BASTEI
LÜBBE

BASTEI LÜBBE

Von Jason Darks Sonderausgaben sind bisher folgende Titel erschienen:

73 901 Willkommen in der Hölle
73 902 Zeit der Monster
73 903 In Satans Diensten
73 904 Flüche aus dem Jenseits
73 905 Kämpfer gegen die Hölle
73 906 Dämonenbrut
73 907 Geister, Zombies und Vampire
73 908 Gegen Tod und Teufel
73 909 Alptraum Atlantis
73 910 Im Bann der schwarzen Magie
73 911 Vampir-Schrecken
73 912 Monster aus dem Schattenreich
73 913 Hexenspuk und Teufelssaat
73 914 Im Reich des Bösen
73 915 Grauen aus der Hölle
73 916 Sarggeflüster
73 917 Im Haus der Angst
73 918 Todesträume
73 919 Das Spiel der Dämonen

JASON DARK

JOHN SINCLAIR

Schreckens-welten

Acht spannende Grusel-Abenteuer

BASTEI LÜBBE

BASTEI LÜBBE TASCHENBUCH
Band 73 920

Erste Auflage: Mai 1999

Lektorat Rainer Delfs
Titelbild: Ugurcan
Innenillustrationen: Fabian Fröhlich
Umschlaggestaltung: QuadroGrafik, Bensberg
Satz: Druckzentrum Südwest GmbH,
Villingen-Schwenningen
Druck und Verarbeitung: 45954
Groupe Hérissey, Évreux, Frankreich
Printed in France

ISBN 3-404-73920-5

Der Preis dieses Bandes versteht sich einschließlich der gesetzlichen Mehrwertsteuer

Inhalt

Die fliegenden Särge

Die fliegenden Särge

Der Mann hatte dicke, nikotingelbe Finger. Verlegen drehte er seine Schirmmütze zwischen den Händen, sein Blick war gesenkt, er rutschte auf dem Stuhl herum. Kurz gesagt, er fühlte sich ziemlich unwohl in seiner Rolle.

Zumindest war sie ungewohnt, denn bisher hatte er in seinem 40jährigen Leben noch nichts mit der Polizei zu tun gehabt, wie er glaubhaft versicherte.

Nun saß er vor mir.

Er hieß Eric Ladween, und die Kollegen der uniformierten Polizei hatten ihn zu mir geschickt.

Ich war gespannt, was er mir zu berichten hatte. Ich bot ihm eine Zigarette an, die er dankend nahm. Dann gab ich ihm Feuer. Wieder nickte er.

Nach diesen beiden »Taten« setzte ich mein bestes Lächeln auf. »Nun legen Sie mal Ihre Nervosität ab, Mr. Ladween. Hier frißt Sie niemand, und hier wird Sie auch niemand verhaften. Denken Sie einfach, Sie säßen mit einem Freund in der Kneipe.«

»Aber... aber ich bin bei Scotland Yard.«

»Natürlich.«

»Und... ähm, ich bin nur ein kleiner Hafenarbeiter, Sir. Vorm Yard hat man immerhin Respekt. Ich habe ja viel gehört...«

»Alles halb so schlimm«, winkte ich ab.

»Na ja.« Er hob die Schultern. Dieser Mann fühlte sich zwischen Kränen und Ladungen wohler als auf dem harten Schreibtischstuhl in meinem Büro. Das konnte ich ihm auch nicht verdenken. Er trug eine graue Jacke, die sich in den Schultern spannte, und eine schwarze Hose, an deren Bügelfalten er des öfteren zupfte. Sein Gesicht wirkte eingefallen, es hatte eine ungesunde Farbe angenommen, seit er dieses Büro betreten hatte. Das schwarze Haar mit den zahlreichen grauen Fäden war glatt nach hinten gekämmt. Eine Tasse Kaffee hatte er abgelehnt, einen Whisky nahm er jedoch.

»Dürfen Sie das denn?« fragte er, als ich ihm einen Schluck anbot.

Ich grinste. »Bei besonderen Gästen immer.«

»Na ja, dann will ich mal nicht so sein.«

»Sehen Sie.« Ich schenkte ihm einen Doppelten ein und nahm auch einen kleinen Schluck.

»Nun erzählen Sie mal«, forderte ich ihn auf.

»Wie gesagt, Sir, ich arbeite im Hafen. Und zwar dort, wo was los ist, wo die Schiffe entladen werden. Wir müssen wirklich hart ran, da kann man keine großen Pausen einlegen.«

Er berichtete von seiner Arbeit. Ich ließ ihn, so redete er sich erst einmal in Fahrt. Das nahm ihm die Hemmungen. Schließlich kam er zum Kern der Sache.

»Gestern war es, da kam ein Schiff aus Sizilien. Es war ein normaler Frachter, gar nicht mal besonders groß, aber er hatte eine ausgefallene Ladung an Bord. Särge!«

Eric Ladween sah mich scharf an, als wartete er auf mein Erschrecken, doch ich blieb ruhig und bat ihn, weiter zu erzählen.

»Ja, wir löschten die Fracht und stapelten die Särge auf dem Pier. Der Wagen, der sie abholen wollte, kam nicht. Es war auch schon spät, deshalb blieben die Särge über Nacht stehen. Ich bin noch nicht sofort nach Hause gegangen, sondern habe noch mit zwei Kollegen gefeiert. Der eine Kollege hatte Geburtstag gehabt. Wir haben uns in unsere Materialbude gesetzt und zwei Flaschen Gin geleert. Ich trank nur zwei Gläser, weil ich noch fahren mußte. Als ich dann mal rausging, da sah ich es. Wissen Sie, Sir, die Särge standen gar nicht weit weg. Normalerweise sind es ja Gegenstände, die fest auf dem Boden bleiben, wenn Sie verstehen, was ich meine.«

»Sicher.«

»Doch als ich aus der Bude kam, da schwebten sie über dem Boden. Zwei Särge flogen.« Der gute Mann riß die Augen auf und bewegte seine Arme, wobei er die Flugbewegungen nachahmte. »Sie zischten durch die Luft. Ich war wie von Sinnen, konnte erst gar nichts sagen, fing aber dann an zu schreien und rannte in die Bude zurück. Die anderen lachten mich aus, aber ich schwöre es, Sir, ich habe gesehen, wie die Särge flogen.«

»Was geschah dann?« fragte ich.

»Nichts. Ich bin geflohen. Habe mich in mein Auto gesetzt und bin verschwunden. So etwas kann man doch nicht mit ansehen, das ist grauenhaft.«

»Sicher.« Ich zündete mir eine Zigarette an. »Was haben denn Ihre Kollegen gesagt?«

»Gelacht.«

»Die haben die fliegenden Särge also nicht gesehen?«

»No.« Ladween schüttelte den Kopf. »Die hockten in der Bude und trauten sich nicht heraus.«

»Ist natürlich schwer zu glauben, was Sie da erzählen«, sagte ich zu dem Stauer.

Der nickte. »Aber ich schwöre Ihnen, daß es stimmt. Betrunken war ich nicht. Ich habe mit Molly, meiner Frau, darüber gesprochen. Sie riet mir, zur Polizei zu gehen. Das tat ich auch. Die Männer, ich meine die Polizisten am Hafen, lachten mich aus. Bis mir einer riet, zum Yard zu gehen. Da säße einer, der für solche Spinnereien ein offenes Ohr habe. Entschuldigen Sie, Sir, aber das hat er gesagt.«

»Ich glaube es Ihnen.«

»Jetzt bin ich hier, nachdem mir der Polizist Ihren Namen verraten hatte.«

»Es war gut, daß Sie gekommen sind, Mr. Ladween.«

»Glauben Sie mir denn, Sir?«

»Das werden wir sehen.«

»Also nicht.« Seine Stimme klang enttäuscht.

»Davon habe ich nichts gesagt.« Ich wechselte das Thema. »Das Schiff kam aus Sizilien, sagten Sie?«

»Ja.«

»Sie wissen nicht zufällig den Namen?«

»Coletta.«

»Gut. Und für wen waren die Särge bestimmt?«

»Da habe ich keine Ahnung.«

»Bleiben die Särge in London?« hakte ich nach.

»Möglich, Sir.« Er räusperte sich. »Wissen Sie, wir kümmern uns nur darum, daß das Schiff gelöscht wird. Wohin die Ladung geht und was mit ihr geschieht, ist ja nicht unsere Sache, wenn Sie verstehen, was ich meine.«

»Klar.« Der letzte Satz gehörte wohl zu den Lieblingssprüchen des Stauers.

Aber ich wollte herauskriegen, an wen die Särge gehen sollten. Da mußte ich das Hafenamt anrufen. Dort wird die Ladung eines jeden Schiffes registriert. Hoffentlich erwischte ich einen Mitarbeiter, denn es war die Zeit zwischen den Jahren.

Da machten viele Leute Urlaub. Zwischen Weihnachten und

Neujahr hatte keiner so recht Lust, noch etwas zu tun. Auch ich hätte gern Urlaub genommen, hatte aber keine Tage mehr frei. So hockte ich im Büro, um mich mit Akten zu beschäftigen. Sogar mein Chef, Sir Powell, war zu Hause geblieben und spannte aus. Glenda Perkins hatte ebenfalls frei, nur ich hielt Wache.

Das Mädchen an unserer Telefonzentrale bat ich, mir die Nummer des Hafenamts herauszusuchen.

»Wenn Sie sich einen Moment gedulden würden, Sir«, sagte die Kleine mit der weichen Stimme.

»Sogar zwei!«

In der Zwischenzeit erfuhr ich von Ladween, daß er mit drei Kindern gesegnet war.

»Da gratuliere ich Ihnen«, sagte ich.

Er winkte ab. »Sie sind einer der wenigen, die so denken. Für die meisten bin ich schon asozial.«

»Das wird sich auch mal ändern.«

»Hoffen wir's.«

Das Telefon schrillte. Ich meldete mich und bekam von dem freundlichen Girl die Nummer.

»Dann werden wir mal schauen«, sagte ich zu Ladween und tippte die Zahlen in die Tastatur meines Apparates.

Ich erhielt tatsächlich eine Verbindung. Also wurde gearbeitet. Nachdem ich mein Anliegen vorgetragen hatte, verband man mich zweimal weiter, bis ich den richtigen Mann an der Strippe hatte.

»Ich sehe nach, Sir«, sagte er.

»Ja, tun Sie das.«

Warten. Ladween blickte mich gespannt an. Dabei nagte er auf der Lippe, ein Zeichen seiner Nervosität.

»Hallo?« hörte ich die Stimme meines Gesprächspartners. »Sind Sie noch dran?«

»Sicher.«

»Diese Fracht aus Sizilien, die Särge, sind für einen Privatmann bestimmt. Ein gewisser Mr. Logan Costello hat sie bestellt.«

Ich schluckte.

»Sir, hören Sie noch?«

»Ja, natürlich. Ich darf mich recht herzlich bei Ihnen bedanken.«

»Das war doch Ehrensache. Und rutschen Sie gut ins neue Jahr, Sir.«

»Danke, das werde ich.« Langsam legte ich den Hörer zurück. Hinter meiner Stirn hatte es schon längst zu arbeiten begonnen. Logan Costello! Das war ein Name! Nicht zum erstenmal war er mir begegnet, denn Costello gehörte zu den Großen der Londoner Unterwelt. Wahrscheinlich war er sogar der Größte, denn er regierte in Soho. Keine Mieze verdiente dort ihr Geld, wovon Costello nichts abbekam. Jeder Lokalbesitzer mußte seinen Obolus an ihn entrichten. Glücksspiel, Rauschgift, er hatte alles unter Kontrolle. Und dieser Logan Costello hatte die Särge bestellt. Wofür brauchte er sie? Das war die Frage, die ich mir berechtigt stellte, denn sein Bruder Ennio, der ein Sarggeschäft besessen hatte, war tot. Er hatte Bill Conolly und mich in Säure auflösen wollen, doch es war uns gelungen, im letzten Augenblick zu entkommen. Es hatte dann einen harten Kampf gegeben, in dessen Verlauf Ennio Costello sein Leben verlor.

Logan, sein mächtiger Bruder, setzte diesen Tod auf meine Rechnung. Obwohl ich Ennio nicht erschossen hatte, aber darüber dachte Logan gar nicht nach.

Und jetzt hatte er die Särge bestellt. Es sah verdammt nicht gut aus, wenn ich ehrlich war. Die Frage stellte sich, wozu er die Totenkisten überhaupt brauchte. Was wollte er damit?

Ich würde es herausfinden, denn seit diesem Anruf war der Fall zu meinem geworden.

Ich sah Ladween an. »Die Särge stehen noch auf dem Pier?«

»Ja.«

»Gut, dann fahren wir jetzt hin und schauen sie uns einmal aus der Nähe an.«

Er schüttelte plötzlich den Kopf.

»Daß Sie mir glauben«, murmelte er, »kaum zu fassen!«

»Es ist mein Job.«

Ich nahm den Mantel vom Haken. Auch Ladween war aufgestanden.

Mein Wagen stand auf dem Hof. Fast frühlingshafte Temperaturen herrschten in London. Ein blauer Himmel mit ein paar langgezogenen Wolkenstreifen, kein Schnee, kein Regen, eigentlich ein Wetter für den März. Ich war einerseits froh darüber, da gab es keine glatten Straßen.

»Mann, solch einen Wagen fahren Sie?« staunte Ladween.

»Ich bin Junggeselle.«

»Das sagt alles.«

Ladween beschrieb mir den Weg. Er kannte sich in der Hafengegend besser aus als ich, obwohl mich die Fälle in der letzten Zeit oft in den Hafen geführt hatten. Da brauchte ich nur an den Fall des Gordon Fariac zu denken.

Wenn ich allerdings gewußt hätte, was mir noch bevorstand, dann hätte ich Eric Ladween zurückgelassen. So aber fuhr er mit.

Als das Telefon klingelte, hockte Logan Costello noch im Bett. Er schlief nur unter seidenen Decken und hatte das Frühstückstablett vor sich stehen.

Das Klingeln ließ ihn zusammenzucken, denn wenn jemand ihn direkt anrief, bedeutete das zumeist Ärger, weil kaum jemand diese geheime Nummer kannte.

Er hob ab und schrie ein hartes »Ja?« in die Muschel.

»Ich bin es!«

Costello wurde bleich. Es gab nur wenige Menschen auf der Welt, vor denen er sich fürchtete, und einer von ihnen war am Draht.

»Was kann ich für Sie tun?« dienerte der große Logan Costello.

»Sind die Sachen eingetroffen?«

»Ja.«

»Wo stehen sie?«

»Am Hafen.«

»Haben Ihre Leute die Särge geöffnet?«

»Nein.«

»Gut, dann sehen Sie zu, daß Sie auch in Zukunft die Totenkisten geschlossen lassen.«

»Natürlich.«

»Und was ist mit der zweiten Partie?«

»Kommt heute.«

»Wann genau?«

»Das Schiff müßte an sich schon entladen werden«, erklärte Logan Costello.

»Gut, dann werden Ihre Männer die Särge am Abend zu dem vorbereiteten Platz schaffen.«

»Es geht in Ordnung.«

»Das hoffe ich, Costello. Du darfst eins nicht vergessen. Wer für mich ist, hat die Macht. Und zwar eine Macht, gegen die deine direkt lächerlich wirkt.«

Costello wagte nicht zu widersprechen. Er hielt den Hörer noch fest, als der andere schon längst aufgelegt hatte.

Der Mafioso stierte auf sein Frühstückstablett. Er hatte plötzlich keinen Appetit mehr. Die knusprigen Hörnchen, der Toast, die Konfitüre – nichts konnte ihn mehr locken. Immer wenn dieser Mann anrief, wurde es brandgefährlich.

Logan Costello hatte mit dem mächtigsten Verbrecher der Erde gesprochen, mit einer Person, die ein Mittelding zwischen Mensch und Dämon war, die den Namen Solo Morasso trug, auf die jedoch ein anderer wesentlich besser paßte:

Dr. Tod!

Wir waren zum Hafen gefahren. Auch zwischen den Jahren herrschte hier Hochbetrieb. Die Schiffe kümmerten sich nicht um Weihnachten oder Neujahr, jeder Tag, den sie länger auf See verbrachten oder am Pier lagen, kostete die Reederei Geld.

So herrschte Betrieb wie immer.

Ich mußte vorsichtig fahren. Immer wieder kreuzten Gleise unseren Weg. Lastwagen kamen uns entgegen. Dicke Brummer, vollgeladen und bepackt. Die Fahrer nahmen auf andere Wagen keine Rücksicht. Sie waren die Stärkeren und fanden ihren Weg.

Parallel zu einem langgestreckten, barackenähnlichen Bau mit einer ungeheuer großen Laderampe fuhr ich vorbei und mußte dann nach links einbiegen, wo sich der Pier befand, auf dem die Särge lagerten.

Ladween war nervös. Er knetete wieder seine Hände. Die Zunge huschte über seine Lippen. Irgendwie hatte er Angst.

Die hohen Kräne überragten alles. Wie die Schornsteine auf

einem Fabrikgelände. Die langen Greifarme bewegten sich nach allen Seiten und tauchten hinein in die tiefen Bäuche der Schiffe, um dort die Ladung hervorzuholen.

Wir fuhren auf den Pier.

»Kann ich den Wagen hier irgendwo unbeschadet abstellen?« fragte ich.

»Da vorn.« Eric Ladween deutete nach links.

Er hatte recht. Da gab es ein flaches Gebäude, vor dem schon einige Wagen parkten. Dort stellte ich meinen Bentley ab.

Wir stiegen aus. Neugierige Augen beobachteten uns hinter den Scheiben der Kontore, als wir langsam dorthin schritten, wo die Kräne die Last aus den Bäuchen der Schiffe abstellten.

Der Pier stand zur Hälfte voll. Gewaltige Container, in denen sich die Ware stapelte, sahen wir ebenso wie große, vollbeladene Holzpaletten, um deren Ladung Metallbänder oder Kunststoffplanen gepreßt waren. Zwischen der aufgestellten Fracht gab es Wege genug. Viel zu warm schien die Sonne vom Himmel. Das Thermometer war über zehn Grad Celsius gestiegen. Die Arbeiter schwitzten. Ohne Helm kam ich mir ziemlich deplaziert vor, aber auf die Schnelle konnte ich mir auch keinen leihen. Zudem wollte ich mir nur die Särge ansehen.

Eric Ladween führte mich nach links. Er ging vor mit dem etwas schaukelnden Gang eines Seemanns.

Ein Mann mit dem roten Helm eines Vorarbeiters trat uns in den Weg. Mich schaute er finster an.

»Was haben Sie hier zu suchen?«

»Der Herr ist von der Polizei, Matt«, erklärte Ladween.

»Bulle?«

Ich zückte meinen Ausweis. »Scotland Yard.«

Der Vorarbeiter räusperte sich. »Sag bloß, du hast den wegen deiner komischen Särge geholt?«

»Genau.«

Der Vorarbeiter riß den Mund auf und begann zu lachen. »Habt ihr Bullen nichts anderes zu tun, als auf das Gewäsch von betrunkenen Spinnern zu hören?«

»Ich war nicht betrunken!« stellte Eric richtig.

»Hör auf, Mann.« Der Vorarbeiter wandte sich an mich. »Wissen Sie, Mister, er kann nicht zugeben, daß er sich einen hinter die Binde gegossen hat. Dann würde er nämlich fliegen. Aber gleich die Polizei...«

»Wo stehen die Särge?« Ich kam zur Sache.

Matt zog die Nase hoch. »Sie können gleich zusehen, wie die zweite Partie anrauscht. Sie wird nämlich gelöscht.«

»Eine zweite Ladung?«

»Ja, Mister. So ist das.«

»Lassen Sie sehen.«

Der Vorarbeiter ging vor. Bald hatten wir die Container- und Plattenstapel hinter uns gelassen und konnten direkt ans Wasser, wo nicht nur der Frachter ankerte, sondern auch ein Kran stand, von dessen Arm ein langes Seil lief und im Bauch des Schiffes verschwand.

An Deck liefen einige Schauerleute umher. Sie verständigten sich durch lautes Zurufen und in der Zeichensprache.

Die Kranwinde drehte und das Seil spannte sich. Es bestand aus Stahl und hielt noch stärkere Lasten als die Särge aus. Ich suchte die anderen Särge, sah sie aber nicht, und als ich den Vorarbeiter danach fragte, erwiderte er:

»Die stehen schon in der Lagerhalle.«

Damit war ich zufrieden.

Die Winde des Krans quietschte. Vom Fluß her wehte ein lauer Wind und fuhr mir unter den offenen Mantel.

Stück für Stück hievte der Kran die Ladung aus dem Bauch des Frachters. Noch konnte ich nichts sehen, aber gleich darauf erschienen sie.

Ja, es waren Särge.

Von einer guten Qualität sogar und pechschwarz lackiert. Sie machten einen makabren Eindruck. Obwohl die Strahlen der Sonne auf sie fielen, wirkten sie irgendwie düster.

Ich wandte mich an den Vorarbeiter.

»Werden die Särge noch hier kontrolliert?«

»Wie meinen Sie das?«

»So, wie ich es gesagt habe. Schaut hier irgend jemand nach, ob die Dinger auch leer sind?«

»Nein.«

»Und warum nicht?«

»Das ist schon in Italien geschehen.«

Ich nickte.

Die Särge schwebten bereits über Deck. Sie standen auf einer Palette. Damit sie nicht kippten, waren sie mit einem Band befestigt. Es lief einmal längs und einmal quer über die Totenkisten.

»Schwenken!« schrie jemand.

Den Ruf hätte er sich sparen können, denn der Kranführer wußte auch so, was er zu tun hatte.

Der große Hebearm setzte sich in Bewegung und schwenkte nach links, dem Pier zu, wo wir standen.

Alles lief normal ab, schien glattzugehen. Ich legte meine Hand gegen die Stirn und schirmte mich so vor den Sonnenstrahlen ab.

Es war doch ein komisches Gefühl, wie diese Masse an Särgen auf mich und die anderen Männer zuschwebte.

Da geschah es.

Als würden unsichtbare Hände daran zerren und reißen, so plötzlich platzte die Verspannung weg. Es gab einen lauten, peitschenden Knall, und dann war der Teufel los...

Hatte Eric Ladween nicht von fliegenden Särgen gesprochen? Es stimmte, die Särge flogen tatsächlich. Seine Worte waren auf makabre Weise wahr geworden. Nach allen Seiten rasten sie weg, und drei von ihnen auch auf uns zu.

Wie die anderen, war auch ich in den ersten Sekunden wie gelähmt gewesen. Der Schock hatte mich einfach unbeweglich gemacht. Doch als die Särge Kurs auf mich nahmen und ich es sah, wie sie immer größer wurden, wurde es mir doch ein wenig mulmig.

»Weg!« brüllte ich.

Das Kommando galt auch den anderen.

Der Vorabeiter reagierte sofort. Er schlug einen Haken nach rechts und sprintete los, damit er nur nicht von diesen mörderischen Totenkisten erwischt wurde.

Auch Ladween startete. Er jedoch übersah eine dieser verdammten Eisenschwellen, die überall auf dem Pier verteilt lagen. Mit der Schuhspitze kickte er dagegen – ich hörte noch seinen verzweifelten Schrei und sah ihn fallen.

Obwohl ich selbst mit Riesenschritten aus der Gefahrenzone rannte, riskierte ich einen Blick zurück.

Nein, ich konnte ihm nicht mehr helfen, war einfach zu weit entfernt. Die schwere Totenkiste krachte in den Rücken des Mannes und schleuderte ihn endgültig nach vorn, wo er auf dem Gesicht liegenblieb.

Vor Wut biß ich mir die Unterlippe blutig. Das Splittern der Totenkiste drang ebenso an meine Ohren wie das Rauschen über mir.

Das war der zweite Sarg!

Aus dem Lauf wuchtete ich zur Seite, der harte Pierboden raste auf mich zu, ich zog den Kopf ein, winkelte die Arme an, tickte hart auf und rollte mich über die Schulter ab, wo ich trotzdem den Schmerz noch bis in den Rücken spürte. Der Aufprall war eben zu stark gewesen.

Über mir war ein Schatten. Instinktiv riß ich die Hände hoch, nahm die Arme vors Gesicht, da prallte der fliegende Sarg bereits auf den Pier.

Direkt neben mir!

Ich hörte das Krachen. Die Wucht des Aufpralls riß die Totenkiste in mehrere Teile, die sternförmig nach allen Seiten spritzten und auch mich nicht verschonten.

Ich erhielt einen harten Schlag an Kopf und Schulter, fluchte, blieb jedoch ansonsten unverletzt.

Zwei Sekunden später war es still.

Dann vernahm ich die Schreie der Stauer. Vom Schiff her, das die Ladung geborgen hatte, liefen die Männer, riefen und gestikulierten wild. Auch der Kranführer verließ seine kleine Kabine und kletterte aus luftiger Höhe dem Erdboden zu.

Ich rappelte mich hoch.

Die Särge interessierten mich im Augenblick nicht, dafür jedoch die Menschen.

Und vor allen Dingen Eric Ladween.

Ich sah und hörte ihn.

Seine Schreie gellten über den Pier. Er mußte unsagbare Schmerzen haben, denn die schwere Totenkiste war quer über seinen Körper gefallen und hatte wahrscheinlich seine Beine gebrochen.

Ich rannte zu ihm, ging neben ihm in die Knie und hob seinen Kopf.

»Wo haben Sie die Schmerzen?« schrie ich. »Mr. Ladween! Wo?«

»Meine Beine!« schrie er. »Um Gottes willen, meine Beine. Ich kann sie nicht mehr bewegen. So helft mir doch. Meine Güte, so helft, ich halte es nicht mehr aus!«

Ich drehte den Kopf. »Einen Arzt!« brüllte ich quer über den Pier. »Holt einen Arzt!«

»Schon alarmiert!«

Ich wandte mich wieder dem schwerverletzten Mann zu. »Ein Arzt ist bereits unterwegs. Der wird Ihnen helfen«, beruhigte ich ihn.

Eric Ladween hörte mich nicht mehr. Für einen Augenblick dachte ich, er wäre tot, doch nach einer kurzen Untersuchung wurde mir klar, daß er nur bewußtlos war.

Ich ließ ihn liegen. Helfen konnte ich ihm nicht, das war Sache des Fachmanns. Meine Arbeit war es allerdings, den Unfall, falls es einer gewesen war, aufzuklären. Und das würde verdammt schwierig sein, denn ich war kein Fachmann.

Sämtliche Särge waren von der Palette gerutscht. Sie selbst hing noch schief in der Seilhalterung und konnte auch jeden Moment kippen. Zum Glück stand der Schwenkarm so, daß die Platte nicht auf den Pier, sondern in den Laderaum fallen würde.

Der Vorarbeiter tobte. Ich hörte ihn schreien. »Ihr Idioten!« brüllte er die Männer an. »Warum habt ihr nicht aufgepaßt? Seid ihr denn von allen guten Geistern verlassen?«

»Chef, wir...« Ein rothaariger untersetzter Mann begann zu sprechen, doch der Vorarbeiter schnitt ihm das Wort ab.

»Halte du dich da raus, Callahan! Du warst für die Verspannung verantwortlich.«

»Es war alles ordnungsgemäß...«

Der Vorarbeiter bekam einen roten Kopf. »Nichts war ordnungsgemäß, sonst hätte es ja geklappt.« Der Mann ballte die rechte Hand zur Faust. Es sah aus, als wollte er zuschlagen, und dieser Callahan ging schon sicherheitshalber zurück. »Deinen Lohn kannst du dir heute noch abholen. Du bist entlassen, gefeuert, du Dreckskerl. Schlampige Typen wie dich können wir hier nicht gebrauchen.«

Callahan wurde bleich. In seinen Augen loderte die Wut. Er sagte aber nichts.

Dafür der Vorarbeiter. Er schrie weiter und tobte. Dabei erinnerte er mich an Rumpelstilzchen. Für meinen Geschmack machte er ein wenig zu viel Theater. Es war nun mal passiert, hatte einen Schwerverletzten gegeben, zum Glück jedoch keinen Toten. Die Särge lagen zersplittert auf dem Pier herum. Man würde den Verlust verschmerzen können.

Ich war es leid und tippte dem Vorarbeiter auf die Schulter. Der kreiselte herum, als hätte ihn der Blitz getroffen.

»Können Sie mal die Luft anhalten?« fragte ich.

»Wieso?«

»Ich glaube, daß Sie sich hier künstlich aufregen«, sagte ich leise aber bestimmt. »Keinen der Männer wird eine Schuld an dem Unglück hier treffen.«

»Das sagen Sie!« höhnte er.

»Ja.«

»Ausgerechnet ein Bulle will mir weismachen, wie dieses Unglück geschehen ist. Mann, gehen Sie nach Hause, oder schreiben Sie Verkehrssünder auf.«

Langsam stank mir dieser Typ. Der führte sich auf wie der Herrgott persönlich, zudem wurde er noch beleidigend. »Ich möchte, daß Sie sich mit Ihren Kommentaren zurückhalten, bis eine offizielle Untersuchung eingeleitet worden ist«, machte ich ihm klar.

»Sie haben mir überhaupt nichts zu sagen!« schrie der Kerl.

»Doch.«

Der Vorarbeiter sah sich um. Die Männer hatten einen Kreis um uns gebildet. Ich blickte in gespannte Gesichter, und in keinem las ich Sympathie für diesen Kerl mit dem roten Helm, dessen Muskeln unter einer wattierten Jacke verborgen waren. Sein Benehmen artete in offene Feindschaft gegen mich aus, und ich wollte wissen, warum. Denn das war ungewöhnlich. Man konnte sich aufregen, okay, aber nicht so sehr aus der Rolle fallen.

»Ihren Namen«, forderte ich ihn auf.

»Der hat Sie nicht zu interessieren, Bulle!«

»Wollen Sie eine Vorladung?«

Er lachte nur.

Einer der Männer rief: »Er heißt Matt Kongar und ist ein elender Leuteschinder.«

Das war der berühmte Funke, der das Pulverfaß zur Explosion brachte. Mit einem Wutschrei auf den Lippen stürmte Kongar vor, direkt auf den Sprecher zu, und schlug ihn mit einem gewaltigen Hieb zu Boden. »Dich mach' ich fertig, du Hund!« brüllte er. »Dich mach' ich, verdammt noch mal, fertig. Das wirst du bereuen.« Er wollte auf den am Boden Liegenden eintreten, doch da war ich bei ihm.

An der Schulter riß ich ihn herum. Wahrscheinlich hatte Kongar damit gerechnet, denn er schickte sofort seine rechte Faust auf die Reise.

Auch ich war kein heuriger Hase, duckte mich und trat ihm blitzschnell die Beine weg.

Kongar landete auf dem Allerwertesten. Damit hatte er nicht gerechnet, denn der Aufprall schüttelte ihn durch. Er verzog das Gesicht und sprang sofort auf.

»Es reicht«, sagte ich und streckte den Arm aus.

Kongar wollte es wissen. Blitzschnell griff er unter seine Jacke und holte seinen gekrümmten Stauerhaken hervor, dieses lebensgefährliche Instrument, mit dem man Lasten anziehen, aber auch einen Menschen töten konnte.

Das wollte der Mann.

Er war wie von Sinnen und hörte nicht auf meine Warnungen.

Von den Männern griff niemand ein. Die hielten sich zurück. Das war eine Sache zwischen Kongar und mir.

Der Vorarbeiter duckte sich, als er auf mich zukam. »Das hast du nicht umsonst gemacht, Bulle!« flüsterte er rauh. »Dir werde ich es zeigen, verdammt!«

»Laß den Haken fallen«, warnte ich.

»Nein!«

Er schlug zu. Ein raffiniert angesetzter Hieb, der seitlich angesetzt war und mir die Hüfte aufgerissen hätte.

Ich sprang zurück. Der Haken verfehlte mich. Dabei wollte ich den zurückschnellenden Arm packen, doch Kongar entwischte.

Dazu lachte er wild. Gleichzeitig stürmte er vor. Den Schädel hielt er gesenkt, den rechten Arm vorgestreckt.

Die Männer schrien auf, weil ich ihn dicht an mich herankommen ließ.

Erst im letzten Augenblick drehte ich mich zur Seite, so daß Kongar ins Leere lief und mich auch der Haken nicht berührte. Dafür stellte ich ihm ein Bein.

Matt Kongar vollführte einen halben Salto und küßte abermals den Pier. Diesmal schlug er sich die Lippen auf. Ich sah das Blut in seinem Gesicht, als er auf die Beine kam.

Da hörten wir die Sirenen. Es war der Ambulanzwagen. Im Schlepptau hatte er ein Fahrzeug der Polizei. Irgend jemand hatte die uniformierten Kollegen alarmiert.

Der Vorarbeiter blieb stehen. Er starrte mich an, blickte zurück und gab plötzlich Fersengeld. Er rannte weg, so rasch ihn seine Beine tragen konnten.

Im ersten Moment wollte ich ihm folgen, überlegte es mir jedoch anders. Dieser Kerl konnte nicht entkommen. Ich kannte seinen Namen und wußte, wo er arbeitete. Den würde ich mir später holen, denn da waren noch einige Fragen offen. Seiner Reaktion folgend, ging ich davon aus, daß Kongar irgendwie Dreck am Stecken hatte. Wir würden es herausfinden.

Ich lief dem Wagen entgegen. Der helle Transporter mit dem Arzt hatte als erster gestoppt. Ein Mann im weißen Kittel lief bereits auf den Verletzten zu, während zwei Sanitäter eine Trage aus der Ladefläche des Wagens schoben.

Die Polizisten nahmen Kurs auf die Stauer. Sie würden mit ihren Fragen beginnen.

Ich aber sprach mit dem Arzt. Bei der ersten Untersuchung störte ich ihn nicht, redete ihn danach an, wobei ich ihm meinen Ausweis zeigte.

»Wie sieht es aus, Doc?«

»Nicht gut, wenn ich ehrlich bin.«

»Kommt er durch?«

»Ich hoffe es. Beide Beine sind auf jeden Fall gebrochen. Wie konnte das passieren?«

Ich deutete in die Runde. »Durch fallende Särge.«

»Hört sich makaber an.«

»Das ist es auch, Doc.«

Die beiden Helfer waren da. Der Arzt gab ihnen einige Anweisungen, wie sie den Schwerverletzten auf die Trage legen sollten. Die Träger hatten ihre Erfahrungen, alles ging glatt.

Ich rauchte eine Zigarette. Auf dem Pier sah es aus wie auf einem mittleren Schlachtfeld. Kein Sarg war mehr heil geblieben. Nur noch Trümmer.

War es wirklich ein Zufall gewesen, daß diese Ladung von der Palette rutschte? So ganz konnte ich daran nicht glauben, wenn ich bedachte, für wen die Ladung bestimmt war!

Logan Costello!

Mafioso, Verbrecher, Gangster, Killerchef!

Was hatte er mit den Särgen zu tun? Wollte er unbequeme Mitwisser darin verschwinden lassen? Hatte er sich vielleicht wieder ein neues Beerdigungsinstitut zugelegt und wollte es jetzt füllen?

Möglich war alles, und ich sah mich schon in einer direkten Konfrontation mit Logan Costello. Bisher hatte ich das immer vermeiden können.

Aber sein Name tauchte mir in letzter Zeit viel zu oft auf. Dem mußte man einen Riegel vorschieben.

Ich schaute weiterhin auf die Sargtrümmer. Als der Arzt mich ansprach, zuckte ich zusammen.

»Sind noch mehr Verletzte zu bergen?«

»Nein, Doc.«

»Okay. Mr. Sinclair, dann fahren wir jetzt. Der Verletzte muß ins Krankenhaus.«

»Doc, tun Sie mir einen Gefallen. Versuchen Sie alles, was in Ihren Kräften steht, um den Mann zu retten. Er hat eine Frau und drei Kinder, die noch benachrichtigt werden müssen.«

Er reichte mir die Hand. »Ich verspreche Ihnen, daß ich alles tun werde.«

»Danke.«

Der Wagen fuhr ab. Ich sah ihm so lange nach, bis er nicht mehr zu sehen war. Dann blickte ich zu den Polizisten hinüber. Sie sprachen mit den Arbeitern. Hin und wieder deutete einer auf mich, und so fühlte ich mich veranlaßt, zu den Leuten zu gehen.

Wie schon erwähnt, ich stand inmitten der Sargtrümmer. Die Totenkisten waren durch die Aufprallwucht so zersplittert, daß Teile oft nach allen Seiten wie Speere wegstanden. Viele Trümmer und Bretter lagen auch aufeinander, aber bewegen konnten sie sich nicht.

Und doch war dies der Fall!

Bei dem größten Trümmerhaufen nahm ich plötzlich eine Bewegung wahr, die unterhalb der Stücke vor sich gehen mußte, denn die Bretter wurden gegeneinander geschoben. Zwei kleinere rutschten sogar ab.

Ich wurde mißtrauisch.

Vergessen waren die Polizisten, ich wollte nur sehen, was unter dem Holz vor sich ging.

Mit dem Fuß schob ich einige Sargtrümmer zur Seite – und zuckte wie elektrisiert zurück.

Ein gelbgrüner schillernder, langer, glitschiger Arm war aufgetaucht, um nach mir zu greifen.

Fast wäre er auf meinen Schuh geklatscht, hätte ich nicht so rasch reagiert.

Ein schrecklicher Verdacht keimte in mir hoch, und ich ließ es darauf ankommen. Hastig bückte ich mich und schleuderte ein paar Latten zur Seite.

Freie Sicht!

Und ich sah es. Dieses widerliche schleimige Wesen, das glatt auf dem Boden lag und hin- und herzuckte.

Ich sah so etwas nicht zum erstenmal. Das schleimige Wesen vor mir war – ein Ghoul!

Es gibt Dämonen der verschiedensten Sorten. Schreckliche Gestalten, halb Mensch, halb Tier. Alptraumgeschöpfe, Fabel-wesen, Tiermonster, alles mögliche, aber die Ghouls gehören zu den schlimmsten. Sie sind die abartigsten, denn sie ernähren sich von Leichen.

Und hier hatte ich einen Ghoul vor mir, und zwar in seiner Urexistenz, als gelbgrünes, widerliches, schleimiges Wesen, dessen Haut durchscheinend war und ich die zahlreichen kleinen

Adern sehen konnte, die den Körper durchzogen. Durch die Adern lief eine dunkle Flüssigkeit, dunkler als unser Blut.

Der Ghoul an sich hatte keine menschliche Gestalt. Er konnte sich verändern, und erinnerte mich irgendwie an eine Qualle, die in ständiger Bewegung ist.

Er hatte mich gesehen, und er versuchte, sich unter den Brettern zu verstecken. Auch eine typische Eigenschaft. Feigheit, wenn er spürte, daß der andere stärker war.

Ich zog die Beretta.

Die Waffe nahm ich immer mit. Ein paarmal war ich böse hereingefallen, das sollte mir jetzt nicht mehr passieren.

Der Ghoul rutschte weiter, und er schaffte es in der Tat, sich unter einem Brett zu verkriechen.

Ich schoß.

Der Schuß schreckte die Polizisten auf, als sein Echo über den Pier hallte.

Die Kugel hieb in die schwammige Masse, ich hörte das Klatschen und einen klagenden Schrei, den der sterbende Ghoul ausstieß, denn geweihtem Silber hatte er nichts entgegenzusetzen.

Eine seltsame Wandlung trat ein.

Die Masse zerfloß. Als würde sie von großen Händen ausgedrückt, so rann sie nach allen Seiten weg und versickerte in den Spalten der Erde.

Nur ein ekliger Geruch blieb zurück, das war alles. Als die Polizisten bei mir eintrafen, war von dem Ghoul nichts mehr zu sehen.

Ich atmete auf.

Einen hatte ich erledigt. Wie viele befanden sich noch unter den Trümmern?

»Sir, Sie haben geschossen?« Ein Sergeant sprach mich an.

»Ja, ich dachte, es hätte sich unter den Trümmern etwas bewegt, aber ich habe mich getäuscht.«

Der Sergeant sah mich an, als hätte er einen Irren vor sich. Er begriff nicht. Hätte ich an seiner Stelle aber auch nicht. »Wenn Sie das meinen, Sir.«

»Ja, Sergeant.«

»Können wir Ihnen sonst irgendwie behilflich sein?« erkundigte er sich.

»Nein, danke.«

»Die Untersuchungen, Sir, werden von unserer Spezialabteilung geleitet«, erklärte er mir, »denn ich bin mir nicht sicher, ob dieser Unfall wirklich ein solcher war.« Er musterte mich dabei, als hätte ich eine Erklärung parat, doch ich konnte ihm nur soviel sagen, wie er vielleicht von den Männer gehört hatte.

Ich wollte die Leute weghaben, um in Ruhe den Pier untersuchen zu können. Deshalb sagte ich: »Für Sie und Ihre Leute gibt es nichts mehr zu tun. Sie können dann gehen, Sergeant.«

»Jawohl, Sir.«

»Auch von den Männern möchte ich in der nächsten Viertelstunde keinen mehr hier sehen.«

Der Sergeant nickte. Solche Entscheidungen verstand er wirklich nicht. Aber ich hatte meine Gründe. Wenn tatsächlich noch ein Ghoul irgendwo auftauchte, wollte ich niemanden in Gefahr bringen.

Bevor ich die Sargtrümmer näher in Augenschein nahm, sprach ich noch mit dem Stauer Callahan. Von ihm erfuhr ich, wo die erste Ladung Särge lagerte.

Ich wartete endgültig ab, bis die Leute verschwunden waren, und machte mich dann an die Untersuchung der Sargtrümmer. Jede Latte hob ich einzeln hoch. Dabei stellte ich fest, daß drei Sargdeckel heil geblieben waren.

Da gab es zwei Möglichkeiten. Entweder war nur ein Ghoul vorhanden gewesen, oder es war den anderen gelungen, sich klammheimlich aus dem Staub zu machen.

Die zweite Alternative erschien mir als die wahrscheinlichere. Sie war allerdings auch die gefährlichere. Wenn sich die Ghouls hier im Hafen herumtrieben, bedeutete das für die Arbeiter eine Gefahr. Sie brachten es fertig und töteten einen Menschen, nur um ihren widerlichen Hunger stillen zu können.

Keine besonderen Aussichten.

Auf dem Pier kannte ich mich nicht aus. Obwohl mir der Weg zur Lagerhalle beschrieben worden war, tat ich mich schwer, das Gebäude zu finden.

Ich mußte um einige Lagerschuppen herumlaufen, stolperte über Gleise und war heilfroh, als ich das Lagerhaus entdeckte.

Daß es das richtige war, erkannte ich an der Beschriftung über der großen, zweiflügeligen Tür.

Der Name Costello war an die Backsteinmauer gepinselt worden. Die weiße Schrift hob sich gut von dem Rot der Steine ab.

Es stellte sich nur die Frage, wie ich dort hineinkommen sollte. Die Tür war nämlich verschlossen.

Normalerweise ist es einem Polizeibeamten nicht erlaubt, in die Häuser oder Besitztümer anderer Menschen einzudringen, doch in diesem Fall konnte ich es vertreten. Ich vermutete innerhalb dieses Lagerhauses eine Gefahr, deshalb riskierte ich es, die Tür zu öffnen.

Ein kleines Besteck trug ich immer bei mir. Zwar gelang es mir damit nicht, komplizierte Schlösser zu öffnen, für einfache reichte es jedoch. Dieses Schloß war einfach.

Ich wollte nicht unbedingt gesehen werden, blickte mich um und war zufrieden, daß sich niemand in der Nähe befand. Etwa eine Minute werkelte ich an dem Schloß herum.

Dann war es offen.

Ich atmete auf, schlüpfte durch den Türspalt und huschte in die große Lagerhalle.

Es war nicht stockdunkel. Durch Oberlichter an der Decke fiel mattes Tageslicht.

Und es war nicht still.

Direkt nach meinem Eintritt vernahm ich die schmatzenden, schlürfenden Geräusche, wie ich sie auch schon auf alten Friedhöfen vernommen hatte.

Die Ghouls waren da!

Matt Kongar wußte genau, daß er sich in seiner Wut zu Fehlern hatte hinreißen lassen. Aber das war nicht zu ändern. Beim Anblick des Bullen hatte er rot gesehen. Er haßte Polizisten, denn ihnen verdankte er drei miese Jahre in seinem Leben, die er hinter dicken Gefängnismauern verbracht hatte.

Matt Kongar, der Mann, der angeblich vor nichts Angst hatte, fürchtete sich dennoch.

Vor Costello.

Er kannte diesen Kerl, den Mafioso, für den Kongar arbeitete.

Logan Costello verzieh Fehler niemals. Da war er unerbittlich, und Kongar hatte einen Fehler begangen.

Deshalb mußte er sich verstecken.

Er war froh gewesen, daß ihm niemand folgte, denn der blonde Polizist von Scotland Yard war ein eiskalter Hund, das hatte Kongar sofort geahnt. Mit dem war nicht gut Kirschen essen, deshalb mußte er zusehen, daß er aus der Reichweite dieses Sinclair kam.

Zum Glück kannte sich Matt Kongar auf dem Gelände aus. Er wußte genau, wo er sich verstecken konnte und wer ihm auch Unterschlupf gewährte. Seine Lippe blutete noch immer. Es würde eine Zeit dauern, bis die Wunde verheilt war. Allein deshalb wünschte er diesem verfluchten Bullen alles Schlechte.

Als er sah, daß ihm niemand folgte, ging er langsamer und ließ seinen Atem zur Ruhe kommen. Von den belebten Piers hielt er sich fern. Er wollte keinen unnötigen Fragern in den Weg laufen, denn die Ereignisse hatten sich bestimmt herumgesprochen, und er war hier bekannt.

Ein großer Drahtzaun versperrte seinen weiteren Weg. Hinter dem Zaun lagerte Holz. Die einzelnen Latten und Bohlen waren aufeinandergestapelt und standen als große Vierecke herum.

Der Vorarbeiter lief parallel zum Zaun entlang. Der Weg war nicht besonders. Schlaglöcher säumten ihn wie kleine Krater. In den tieferen stand noch das Wasser, dessen Oberfläche durch einen Ölfilm bunt schillerte.

Die rote Telefonzelle leuchtete schon von weitem. Sie war sein Ziel.

Er konnte durch die Scheiben schauen, die Zelle war leer. Hastig zog Kongar die Tür auf und wühlte in seiner rechten Hosentasche nach Kleingeld.

Mit dem Rücken lehnte er sich gegen die Scheibe. Vor diesem verdammten Anruf fürchtete er sich. Mit Logan Costello war wirklich nicht zu spaßen.

Der würde toben!

Die Hände des bärenstarken Vorarbeiters zitterten, als er die Geldstücke in den Münzschlitz warf. Die Nummer, die er wählen mußte, kannte er auswendig.

Ein paarmal läutete es durch. Das Geräusch war fast ebenso

laut wie das Klopfen seines Herzens. Schweiß hatte sich auf seiner Stirn gesammelt, und Kongar erschrak, als eine rauhe Stimme sagte: »Bei Logan Costello.«

»Hier... hier Kongar«, meldete sich der Vorarbeiter. »Ich muß sofort mit dem Chef sprechen.«

»Was willst du?«

»Gib mir den Chef, verdammt, es ist wichtig!«

»Das kannst du auch mir sagen.«

»Nein!« Kongar schrie das Wort in den Hörer. Er wußte, daß es nicht einfach war, den großen Boß an die Strippe zu kriegen, und für ihn grenzte es schon an ein Wunder, als sich Costello meldete.

»Was gibt es denn?«

Kongar holte tief Luft. »Da ist etwas schiefgelaufen«, meldete er vorsichtig.

»Rede!«

Kongar berichtete. Als er davon erzählte, daß die Ladung baden gegangen war, heulte Costello vor Wut fast auf. »Das darf doch nicht wahr sein!« schrie er.

»Doch, Sir.«

»Wie konnte das passieren?«

»Ich habe keine Erklärung. Ein verdammter Zufall, mehr nicht.«

»Und jetzt?«

»Ich weiß nicht, Sir.«

Costello schnaufte. »Bist du wahnsinnig? Weißt du, was davon abhängt, daß die Ladung an die richtige Adresse gelangt? Alles hängt davon ab. Und nicht nur dein Leben, Kongar, sondern auch meine Existenz.«

Der Vorarbeiter schwieg.

»Und was war mit dem Bullen?«

»Er spielte sich auf. Da hatte ich einen Streit mit ihm.«

»Wie kann man nur so idiotisch sein! Wie hieß der Kerl?«

»Sinclair!«

»Was?« brüllte Costello. »John Sinclair? Schnüffelt der da auch wieder rum? Bist du des Wahnsinns? Das ist einer der Superbullen. Der hängt dich am kleinen Finger auf, Kongar. Meine Güte, was bist du nur für ein Idiot...«

»Sir, ich...«

»Halte jetzt keine Volksreden, sondern höre genau zu. Was ist mir der ersten Ladung?«

Der Vorarbeiter wischte sich den Schweiß von der Stirn. »Die steht bereit.«

»Im Lagerhaus?«

»Ja, in Ihrem. Da sollten die anderen Särge ja auch hin. Alles war gut vorbereitet.«

»Weiß dieser Sinclair davon?«

Da rutschte Kongar zum erstenmal eine Lüge über die Lippen, denn er verneinte. Der Vorarbeiter konnte sich sehr gut vorstellen, daß Ladween dem Polizisten etwas erzählt hatte, aber das zuzugeben hätte unter Umständen Kongars Todesurteil bedeutet. Aus diesem Grunde verneinte er.

»Wenigstens etwas«, sagte Costello, der die Lüge geschluckt hatte und aufatmete.

»Was soll ich tun?«

»Die erste Ladung wird heute noch abgeholt. Du begibst dich in das Lagerhaus und wartest dort auf meine Männer. Ich sage ihnen Bescheid, daß sie dich dort finden können. Wenn die Leute kommen, werden die Särge aufgeladen, und ab geht die Post. Ist das alles in deinen Schädel reingegangen?«

»Ja.«

»Okay, Kongar. Ich bin ein großzügiger Mensch. Einen Fehler hast du gemacht, und den verzeihe ich dir. Einen zweiten nicht mehr. Kommt so etwas noch einmal vor, kriegst du das Bad in der Themse. Und zwar mit Betonschuhen.«

»Verstanden, Chef.«

Costello legte auf. Auch Kongar hängte den Hörer ein. Erst jetzt bemerkte er, wie sehr er schwitzte. Am gesamten Körper klebte der Schweiß. Seine Knie zitterten ebenso wie die Hände. Dieser Anruf war für ihn wie ein Gang nach Canossa gewesen, aber er hatte ihn überstanden.

Zum Glück...

Kongar fiel fast aus der Zelle. Als er draußen stand, steckte er sich ein Zigarillo zwischen die Lippen und saugte den Rauch tief ein. Einen Gin hätte er auch gebrauchen können, doch die Flasche war nicht zur Hand.

Nun hatte Kongar sich vorgenommen, alles genau so zu machen, wie ihm der große Boß es gesagt hatte. Sollte ihm dabei jemand in die Quere kommen, würde er ihn ermorden, denn vor dem Mafioso hatte er noch mehr Angst als vor der Polizei.

Ich ging zwei Schritte zur Seite und preßte mich dicht neben der Tür an die Wand. Auf diesem Fleck blieb ich erst einmal stehen, denn ich wollte auf keinen Fall in das offene Messer rennen. Ich hatte die Ghouls zwar gehört, aber ich sah sie nicht in diesem verdammten Halbdämmer. Sie konnten sich überall versteckt halten, und deshalb mußte ich so vorsichtig sein.

Die Halle war länger als breit. Sechs Oberlichter zählte ich, sah auf der linken Seite die hier lagernde Ladung stehen und wie die großen Paletten an der Wand hochwuchsen.

Gegenüber jedoch entdeckte ich etwas anderes.

Särge!

Ich lauschte den Geräuschen.

Das Schmatzen kam von rechts, wo die Särge standen, und es hörte sich seltsam leise an. Etwas dumpf.

Ich ließ mir einige Sekunden Zeit und hatte des Rätsels Lösung.

Die Ghouls liefen nicht frei herum, sondern steckten in den Särgen. Deshalb war ihr widerliches Schmatzen nicht so deutlich zu vernehmen.

Ein Vorteil für mich, denn wenn die Ghouls in den Totenkisten lagen, konnten sie mir im Augenblick nicht gefährlich werden. Es sei denn, sie hievten die Sargdeckel hoch und sprangen aus ihrer makabren Schlafstätte, doch das hätte ich gehört.

Meine Bleistiftlampe brauchte ich nicht hervorzuholen, ich schaffte den Weg zu den Särgen auch ohne zusätzliche Beleuchtung. Was mir bevorstand, war klar.

Ich mußte sämtliche Särge öffnen und die Ghouls mit gezielten Schüssen erledigen.

Eine Aufgabe, die ich keinem wünschte. Dabei fragte ich mich, ob diese Ghouls wirklich für Logan Costello bestimmt waren. Wenn ja, was wollte er damit? Costello war ein Gangster, kein Dämon. Und umgab sich ein Verbrecher mit Ghouls?

Kaum.

Dahinter steckte etwas anderes. Und ich würde es herausfinden. Meinen Plan hatte ich längst gefaßt. Sollte es mir gelingen, die Ghouls auszuschalten, wollte ich so lange in dieser Halle warten, bis jemand erschien, um die Särge abzuholen.

Der würde sich wundern...

Ich blieb vor den Särgen stehen. Es war eine lange Reihe. Man hatte sie nicht übereinandergestapelt, sie standen an der Wand. Einer neben dem anderen.

Und jeder Sarg war verschlossen. Das merkte ich, als ich an der Reihe entlangschritt.

Wo lagen jetzt die Ghouls?

Als hätten sie gerochen, daß ich in der Nähe war, so verhielten sie sich plötzlich ruhig. Kein Ton drang mehr an meine Ohren. Nicht das leiseste Schmatzen oder Schlürfen war zu vernehmen.

Die Leichenfresser wollten es mir schwermachen. Aber dagegen hatte ich etwas. Ich schritt wieder zurück, bis ich den ersten Sarg in der langen Reihe erreichte, und ging neben ihm in die Knie. Um besser sehen zu können, holte ich die kleine Lampe hervor und leuchtete die Schlösser an.

Sie waren relativ einfach zu öffnen, denn es waren normale Schnappschlösser. Man brauchte nur die obere Seite hochzuklappen. Das tat ich viermal.

Jetzt konnte ich den Deckel anheben.

Mit der linken Hand übernahm ich dies, in der rechten hielt ich die Beretta schußbereit.

Ein wenig mulmig war mir schon zumute, denn auch Ghouls sind gefährlich, da soll sich mal keiner täuschen.

Der Deckel war verdammt schwer. Es kostete mich Mühe, ihn eine Handbreit hochzuhieven, dann fiel er wieder zurück.

Es gab keinen anderen Weg. Ich mußte beide Hände zu Hilfe nehmen und dabei die Pistole wegstecken.

Alle zehn Finger hoben den Deckel an.

Es klappte. Er fiel auf den daneben stehenden Sarg, es schepperte, und sofort zog ich wieder die Beretta.

Der Sarg war leer!

Pech gehabt!

Die Totenkiste war auch nicht von innen verkleidet. Kein Kissen, auf dem man liegen konnte, nur das harte Holz. Ich nahm den Deckel, legte ihn lose wieder auf das Unterteil und machte mich daran, den zweiten Sarg zu öffnen.

Ebenso vorsichtig wie beim ersten ging ich hier zu Werke. Erst die Schlösser an der einen, dann die an der anderen Seite. Jetzt konnte ich den Deckel heben.

Das schaffte ich auch.

Im selben Augenblick fuhr ich zurück. Dieser Sarg war von einem Ghoul besetzt.

Ich war überrascht, wie schnell dieser Dämon aus der Totenkiste war. Seine schleimige Körpermasse quoll hoch, über den Rand hinweg und streckte sich, um mich zu packen.

Beim Zurückweichen hatte ich Pech und stolperte über den ersten Sarg. So stark, daß ich das Gleichgewicht verlor und mit dem Rücken zuerst auf dem Boden landete.

Der Ghoul wühlte sich zu einer vollen Körpergröße aus der Totenkiste. Er hatte mich gesehen und wollte angreifen.

Ich rollte mich über die Schulter ab und gelangte wieder auf die Füße. Überrascht riß ich die Augen auf.

Der Ghoul war so groß wie ich, hatte Ähnlichkeit mit einem Menschen und ein gewaltiges Maul, das er jetzt aufriß und eine Reihe spitzer Zähne präsentierte, die wie abgefeilt wirkten.

Der war gefährlich.

Ich schoß.

Das Silbergeschoß hieb in den qualligen Leib und blieb irgendwo stecken, bevor es seine weißmagische Kraft entfaltete.

Der Ghoul sackte zusammen, als wäre er ein Luftballon, dem man die Luft herausgelassen hatte. Er wurde immer kleiner, schrumpfte und löste sich zu einer stinkenden Lache auf, die sich langsam auf dem Boden ausbreitete.

Sie roch so widerlich, daß ich mir am liebsten die Nase zugehalten hätte, doch an mich selbst konnte ich jetzt nicht denken, es gab noch mehr Särge zu kontrollieren.

Wenn in jedem zweiten Sarg wirklich ein Ghoul steckte, sah ich bescheiden aus. So viele Kugeln hatte ich überhaupt nicht bei mir. Irgendwie mußte ich mir da was einfallen lassen.

Ja, das Kreuz. Damit konnte ich die Ghouls erledigen. Eine Berührung reichte, dann waren die widerlichen Geschöpfe erledigt. Ich öffnete den dritten Sarg und fand ihn leer. Beim vierten und fünften erging es mir ebenso.

Das Verhältnis stimmte nicht mehr, das machte mich eigentlich froh. Dann war der sechste Sarg an der Reihe.

Ich hatte inzwischen schon so etwas wie Routine im Öffnen der Sargdeckel. Es klappte vorzüglich. Schnell bekam ich die beiden Schlösser auf, nahm mir die andere Seite vor und hob den Deckel.

Der glitschige Arm schnellte mir entgegen. Ich kam nicht rasch genug weg, so daß die Klaue auf meiner Schulter landete und sich sofort darin festkrallte.

Oh, dieser Ghoul hatte Kraft. Ich gab einen Moment nicht acht, er hängte sich buchstäblich an mich und zog mich auf den Sarg zu, wobei es den Anschein hatte, als wollte er mich in die Totenkiste hineinziehen.

Ich hielt in der rechten Hand das Kreuz. Die Spitze legte ich auf den grünen Arm.

Das Kruzifix strahlte für eine Sekunde lang an der Auftreffstelle, wobei ein Zischen ertönte, und im nächsten Moment lockerte sich der Griff.

Der Arm fiel nach unten.

Er war in der Mitte durchgetrennt, klatschte zu Boden, blieb dort liegen und verdorrte.

Ja, er trocknete richtig aus. Nicht alle Ghouls veränderten sich so, daß ihre flüssige Masse im Rinnstein landete.

Das war der zweite.

Welche Überraschungen erwarteten mich noch?

Sie kamen schneller, als ich glaubte. Ich hatte mich voll auf das Öffnen der Totenkisten konzentriert und nicht darauf geachtet, was hinter mir oder um mich herum geschah. Ich war auch davon ausgegangen, allein in der Lagerhalle zu sein. Als ich dann das fremde Geräusch in meinem Rücken hörte, war es zu spät.

Im nächsten Augenblick umschlang etwas Kaltes, Hartes meinen Hals und würgte mir die Luft ab.

Ich schielte nach unten und erkannte entsetzt, daß es ein Stauerhaken war, der sich da um meinen Hals gekrallt hatte...

Ich stand ganz still. Jetzt nur nicht falsch bewegen, dann war ich ein toter Mann.

Der Atem des anderen streifte an meinem Ohr entlang. Ohne ihn gesehen zu haben, wußte ich, wer der Kerl war.

Der Vorarbeiter Matt Kongar!

Und er hielt mich mit seiner mörderischen Waffe umklammert. Jeder Stauer beherrschte dieses Instrument perfekt, auch Kongar würde da keine Ausnahme bilden. Im Gegenteil, er war wahrscheinlich noch eiskalter und brutaler.

Ich rührte mich nicht. Selbst das Atmen schränkte ich auf ein Minimum ein, dem anderen wollte ich keine Gelegenheit geben, zuzupacken und mir den Hals aufzureißen.

Er lachte.

Widerlich und ekelhaft hörte es sich an. Dieser Kongar war ein Killer, das merkte ich in diesem Augenblick.

»Jetzt, Bulle, bist du in meiner Hand. Nun wirst du tun, was ich verlange!« keuchte er.

Ich enthielt mich jeder Äußerung.

Er zog fester. Dabei wühlte sich der Haken tiefer in meinen Hals, ich spürte das Ziehen, als würde die Haut reißen. Ich bekam noch weniger Luft und mußte zurück.

Zwei, drei torkelnde Schritte. In den Knien knickte ich ein, Weg von den Särgen. Er zog mich dorthin, wo die Paletten standen, dazu mußte ich quer durch den Raum.

Seitlich des Halses spürte ich das spitze Ende des Stauerhakens. Dort hatte er die Haut aufgerissen. Blut quoll aus der Wunde. Das konnte ich genau spüren.

»Du Hund!« geiferte der Kerl. »Du verdammter Hund hast gedacht, mich überlisten zu können, aber dazu mußt du früher aufstehen. Kongar ist allen überlegen. Mich packt keiner. Hörst du? Hast du verstanden, du Mistkerl?«

»Ja, verdammt«, krächzte ich.

Ich blieb stehen und roch das Holz der großen Paletten. Zwischen den aufgestapelten Waren gab es enge Gänge. In einen dieser Gänge konnte man einen Mann relativ leicht hineindrücken und dann töten.

Diese Möglichkeit fiel mir siedendheiß ein. Wahrscheinlich dachte auch mein Gegner daran.

Er zog an seinem Stauerhaken und dirigierte mich gleichzeitig damit nach links.

Ich wußte Bescheid.

»Rein mit dir!« zischte der Kerl.

Der Gang zwischen der abgestellten Palette und den bis zur Decke reichenden Warenkisten war sehr schmal. Ich kam kaum hindurch. Auf jeden Fall streiften meine Schultern rechts und links die Wände. Der verdammte Haken blieb nach wie vor um meinen Hals geklammert. Und Kongar hielt sich in meinem Rücken auf. Ich konnte ihn nicht sehen, wußte nicht, ob er triumphierte, welch ein Gesicht er machte. Aber er würde sich freuen, da war ich mir sicher. Dieser Mann konnte endlich einen Polizisten töten.

Leere Särge, um meine Leiche verschwinden zu lassen, gab es ja genug. Sicher kannte Kongar auch die richtigen Hintermänner, die so etwas erledigten.

»Stehenbleiben!« zischte er.

Da sein Arm nicht sehr lang war, befand er sich dicht hinter mir. Ich spürte wieder seinen Atem. Immer dann strich ein Schauer über meinen Rücken.

Für mich war dieser Kerl widerlich.

Ich stoppte nicht abrupt, denn durch solch eine Bewegung hätte der Haken leicht in meinen Hals eindringen können.

Sekundenlang geschah nichts. Ich blickte nach vorn. Dieser schmale Gang endete vor einer Wand. Wenn ich nach oben schielte, konnte ich die Decke kaum sehen, weil die Wände der aufgestapelten Waren zu hoch waren.

Welche Chancen hatte ich?

Kaum eine. Dieser Matt Kongar hielt sämtliche Trümpfe in seiner Hand. Das war schlimm. Zudem konnte ich mich nicht bewegen, ich war eingeklemmt und wandte meinem Gegner den Rücken zu.

Die perfekte Falle.

Nach einer Weile begann er zu reden. »Bulle, ich habe dich. Daran gibt es nichts zu rütteln. Außerdem haben wir noch eine Rechnung offen. Normalerweise lege ich nicht gern einen um, aber ich habe mit gewissen Leuten gesprochen, und die gaben mir zu verstehen, daß sie dich gern tot sähen. Klasse, nicht?«

»Wer waren die Leute?« fragte ich leise.

»Oh, gute Freunde.«

»Logan Costello?«

»Kann sein.«

Ich atmete etwas tiefer ein. Auf meiner Haut lag der Angstschweiß. Ja, ich hatte Angst. Costellos Brutalität war mir hinreichend bekannt. Wenn er einen Mordbefehl gab, dann führten ihn seine Männer auch aus. Sie parierten.

Matt Kongar gehörte zu Costellos Bande. Er hielt wahrscheinlich hier im Hafen Kontakt zur Basis.

In solchen Situationen kann Zeitgewinn oft lebenswichtig sein. Deshalb fragte ich: »Hast du schon einmal einen Menschen umgebracht, Kongar?«

»Bisher noch nicht.«

»Dann weißt du auch, was dir blüht. Fast jeder Mord wird aufgeklärt. Besonders der an einem Polizisten. Ich kenne keinen Polizistenkiller, der nicht gefangen worden ist.«

»Dann werde ich der erste sein.

»Das haben die anderen auch gesagt.«

»Du kannst mir keine Angst machen, Bulle. Ich habe einen Job, und den führe ich aus. Das sollst du dir merken. Du hast nur Schiß. Warum gibst du es nicht zu?«

»Ich streite es nicht ab. Aber ich möchte dir auch in deinem Interesse vorschlagen, mit uns zusammenzuarbeiten. Es ist wirklich besser für dich.«

»Oh, wie großzügig.«

Von seinen spöttischen Worten ließ ich mich nicht beirren. »Es ist ein guter Vorschlag, Kongar. Wenn du als Kronzeuge gegen Costello auftrittst, hast du alle Chancen, straffrei aus dem Fall hervorzugehen. Ich persönlich würde mich für dich einsetzen. Ist das ein Wort?«

»Klar, aber nicht für mich.«

Dieser Mann war einfach nicht zu belehren. Er kannte nur seinen Auftrag und seinen Haß. Was sollte man da machen?

»Hast du noch einen Wunsch, Bulle?«

»Ja, eine Frage.«

»Okay, ich gestatte sie dir.«

»Was geschieht mit den Särgen? Für wen sind die Ghouls bestimmt?«

»Welche Ghouls?«

»Hast du mich nicht beobachtet? Ich meine die Kreaturen, die in den Särgen gelegen haben.«

»Die Totenkisten werden abgeholt.«

»Und wohin geschafft?«

»Keine Ahnung.«

»Wer holt die denn ab?«

Kongar lachte. »Ich weiß gar nicht, wieso dich das noch alles interessiert. Du kannst mit deinem Wissen sowieso nichts mehr anfangen, Bulle.«

Da hatte er sogar recht. Falls es mir nicht gelang, einen Ausweg zu finden.

Fieberhaft überlegte ich. Dieser stählerne Haken saß einfach zu hart um meinen Hals. Nach vorn konnte ich mich nicht bewegen, dann hätte ich mir selbst den Hals aufgerissen. Nach hinten würde er mich ziehen, wenn er mich tötete.

Wann geschah das?

In der nächsten Minute, in den nächsten Sekunden?

Ich durfte nicht länger warten, sondern mußte selbst zusehen, daß ich einigermaßen heil aus dieser lebensgefährlichen Situation herauskam. Vielleicht konnte ich ihn überraschen.

Einen winzigen Vorteil hatte ich. Kongar stand sehr nahe, so daß ich ihn unter Umständen packen konnte.

Jetzt machte sich bezahlt, daß ich bereits in zahlreichen lebensbedrohlichen Situationen gesteckt und trotzdem nicht die Nerven verloren hatte. Ich stand sozusagen im Training, und ich zögerte auch keine Sekunde länger.

Ohne erkennbare Reaktion warf ich mich nach hinten, wobei ich beide Arme über meine Schultern schleuderte und das rechte Handgelenk des völlig überraschten Kongar zu fassen bekam. Mein Griff war wie eine Klammer.

Ich wuchtete meinen Körper zurück, während ich gleichzeitig Kongars rechten Arm nach vorn zog. Ich spürte einen brennenden Schmerz am Hals, die Spitze riß eine noch etwas tiefere Wunde, und dann prallten wir beide in dem engen Gang zu Boden.

Das ging nicht schnell, sondern intervallartig, weil wir von den eng stehenden Kisten und Palettenstapeln aufgehalten wurden. Ich hielt eisern Kongars Handgelenk fest. Der Vorarbeiter befand sich in einer schlechteren Position, denn ich lag auf ihm, was Kongar überhaupt nicht behagte, denn ich hörte sein wildes Fluchen und Keuchen.

Verständlich, denn er hatte sich schon als großen Sieger und mich als Leiche gesehen.

Lachen konnte ich zwar nicht, wenn man ein Sprichwort abwandelte, aber ich befand mich in einer guten Ausgangslage.

Und ich nahm die zweite Hand zur Hilfe, die ich ebenfalls um das Gelenk klammerte.

Dann wuchtete ich es zur Seite.

Hart knallte es gegen die Kistenwand. Ich hörte den dumpfen Aufprall und auch den erstickten Schrei des Vorarbeiters, doch den eisernen Haken ließ er nicht los. Er klammerte sich daran fest, als wäre es der berühmte lebensrettende Strohhalm.

Wieder hieb ich zu.

Kongar schrie wütend.

»Laß los!« keuchte ich.

Ein dritter Versuch.

Kongar regte sich. Es gelang ihm, die Beine anzuziehen. Er wollte mir die Knie ins Kreuz stoßen, doch ich hieb mit der Hacke gegen sein Schienbein.

Es war kein fairer Kampf, das wußte ich selbst, aber hier ging es ums Überleben, und da setzt man eben harte Mittel ein. Es gelang mir, Kongars rechte Hand zu drehen. Bevor er sich darauf einstellen konnte, hämmerte ich in einem vierten Anlauf seine Hand gegen die Kistenwand.

Und diesmal klappte es.

Der Haken blieb darin stecken.

»Verdammter Bulle!« schrie Kongar. Er wollte den Haken aus dem Holz ziehen, doch dagegen hatte ich etwas.

Ich schlug ihm aufs Gelenk, das von meinem Griff bereits dick und rot war.

Kongar ließ los. Er heulte dabei in wilder Wut und begann zu strampeln.

Jetzt standen die Chancen wieder gleich!

Ich stemmte mich vor. Das war wieder schwierig in diesem engen Gang, und ich gab nicht acht, so daß Kongar mir einen Tritt in den Rücken geben konnte.

Der tat weh.

Ich verzog das Gesicht und sah wirklich für einen langen Augenblick rot. Um jedoch nicht durchzudrehen und Gleiches mit Gleichem zu vergelten, warf ich mich nach vorn, so daß ich aus der Reichweite des Vorarbeiters kam.

Erst jetzt drehte ich mich um.

Den Haken jedoch, dieses gefährliche Instrument, hatte ich aus dem Holz gerissen und hielt ihn in der Hand.

Dann spürte ich das Blut. Es rann aus der Wunde am linken Hals. Als ich mit den Fingern darüberfuhr und mir die Kuppen besah, waren sie rot und naß.

Kongar hatte noch Mühe, sich auf die Beine zu quälen. Ganz natürlich, denn er war breiter in den Schultern als ich, und für mich war dieser Gang schon verdammt schmal.

Obwohl Kongar einiges von mir hatte einstecken müssen, dachte er nicht daran, aufzugeben.

Er wollte den Kampf und meine Vernichtung.

»Bleib stehen«, sagte ich, als er Anstalten machte, den Gang zu verlassen.

Der Vorarbeiter hörte nicht. Er wühlte sich weiter hoch.

Ich machte mich schmal und schritt seitwärts auf den Vorarbeiter zu. Weit ausholen konnte ich nicht, aber er mußte trotzdem meinen ersten Schlag schlucken, denn ausweichen konnte er nicht.

Kongar gurgelte auf.

Mit der Handkante setzte ich nach.

Der Vorarbeiter riß seinen Arm hoch und wehrte den Schlag ab. Dafür trat er nach mir, traf mein Knie, und ich biß die Zähne zusammen, um nicht aufzuschreien.

Der Vorarbeiter lachte wild. Es bereitete ihm Spaß, mir Schmerzen zuzufügen, aber da hatte er sich geschnitten. Mich kriegte er nicht klein. Bevor Kongar verschwinden konnte, hatte ich ihn. Ich setzte einen Schlag an, den nur bestimmte Menschen lernen, weil er normalerweise zu gefährlich ist.

Kongar sah meine Hand kommen, er sah auch wohl die Konzentration in meinem Gesicht, denn ich durfte mich in der Wucht des Hiebes nicht verkalkulieren, sein Mund öffnete sich, er wollte schreien, da traf ich ihn.

Kongar schien zu erstarren. Für einen winzigen Augenblick glaubte ich, einen Steinmenschen vor mir zu haben, weil seine Gesichtszüge plötzlich einfroren, dann sackte er langsam in die Knie, alle Muskeln erschlafften, und durch eine komische Drehbewegung blieb er auf halbem Wege zwischen den Kisten hängen.

Bewußtlos.

Ich atmete auf, weil es keinen Toten gegeben hatte, obwohl ich verflixt nahe daran gewesen war, zu sterben. Ich spürte die Reaktion. Der Streß der letzten Minuten forderte seinen Tribut. Meine Knie begannen zu zittern, sie wurden weich wie Pudding, ich mußte einfach die Augen schließen und mich anlehnen. Die Helden im Kino stauben sich oft nur das Jackett ab und ziehen sich die Krawatte zurecht nach solchen Kämpfen, aber ich war kein Super-Agent, sondern ein normaler Mensch, dem es in diesen Augenblicken verflucht dreckig ging.

Etwa zwei Minuten dauerte es, bis ich mich wieder erholt hatte. Dann beschäftigten sich meine Gedanken mit der Aufgabe, die mich in diese Lagerhalle geführt hatte.

Ich wollte die Särge kontrollieren. Nicht einmal die Hälfte hatte ich geschafft. Noch einmal so viele mußte ich untersuchen. Mir blieb auch nichts erspart.

Aber warum ich allein?

Nicht weit entfernt stand eine Telefonzelle. Ich würde hingehen und Suko anrufen. Er konnte mir behilflich sein. Bisher hatte ich Glück gehabt, das wollte ich nicht allzusehr strapazieren.

Und wenn die Ghouls erledigt waren, konnten Suko und ich uns um Costello kümmern. Laut Kongars Aussage wußte er bereits Bescheid, daß die Polizei ihm auf der Spur war.

Ich dachte noch weiter und ging davon aus, daß sich Costello mit einem ganz anderen verbündet hatte.

Mit Dr. Tod!

An ihn heranzukommen und ihn entscheidend zu schlagen, das war mein größter Wunsch.

Um den Vorarbeiter brauchte ich mich in der nächsten Zeit

nicht zu kümmern, der würde erst einmal zwei Stunden »schlafen«. Damit er nicht sofort entdeckt wurde, zog ich ihn tiefer in den Gang hinein und lehnte ihn mit dem Rücken an die Wand.

Da konnte er erst einmal sitzen.

Ich quetschte mich wieder zurück, bis ich den schmalen Gang hinter mich gebracht hatte und vor den Särgen stand.

Es war still in der Halle. Nur der widerliche Geruch der sterbenden Ghouls lag noch in der Luft. Er würde auch so leicht nicht weichen, wenn kein Durchzug entstand.

Plötzlich blieb ich stehen. Da es sehr still war, hatte ich das Geräusch eines fahrenden Wagens genau vernommen. Und es wurde lauter. Kein Zweifel, der Wagen fuhr auf das Lagerhaus zu. Es war auch kein Pkw, sondern ein Lastwagen.

Das Fahrzeug bremste.

Genau vor der Lagerhalle, wie ich unschwer hören konnte. Dann schlugen Türen, ich vernahm gedämpfte Stimmen, und mir war klar, daß ich bald Besuch bekommen würde.

Damit konnte ich mir meine Pläne abschminken.

Jemand fuhrwerkte am Schloß herum.

Ich sah nur noch eine Chance. Ich mußte mich verstecken. Und zwar dort, wo ich mit Kongar gekämpft hatte.

Wieder zurück in den Gang.

Ich war gerade dort verschwunden, als die Tür aufgedrückt wurde und die ersten Männer die Lagerhalle betraten...

Die Tür schwang so weit herum, daß sie mit der Klinke gegen die Wand prallte und wieder zurückgestoßen wurde.

»Verdammt, stinkt das hier«, sagte eine tiefe Stimme. »Das ist ja schon pervers.«

»Kannst dir ja die Nase zuhalten«, sagte ein anderer und lachte leise.

»Scheißjob.« Das war eine dritte Stimme.

Ich bewegte mich behutsam vor, damit ich etwas erkennen konnte, mußte aber achtgeben, daß mich die Kerle nicht entdeckten.

Vier zählte ich.

Was wollten die hier?

Ich erfuhr es im nächsten Augenblick, denn der erste Sprecher sagte: »Verflucht, da sind ja Särge offen.«

Schweigen.

Die Ankömmlinge standen vor den Särgen und schauten nur. »Davon hat Costello nichts gesagt.«

Ah, es waren Costellos Leute. Sie waren wie Packer gekleidet, aber ich sah deutlich die Ausbuchtungen in Höhe ihrer Achseln.

»Nehmen wir die mit?«

Der erste Sprecher antwortete mit einem glatten »Nein« auf die Frage seines Kollegen.

»Aber Costello...«

»Wir werden das hinterher klären. Erst einmal laden wir die Kisten auf.«

»Ist ja gut.«

Ein anderer fragte plötzlich: »Und wo steckt unser Freund Matt Kongar?«

Darauf wußte auch keiner der Männer eine Antwort. Die vier konnten nur schauen. Nichts sagen.

»Dieser Hund hat sich dünne gemacht«, zischte der erste Sprecher.

»Kann sein.«

Ich betete innerlich, daß die Typen nicht auf die Idee kamen, die Lagerhalle genau zu durchsuchen, denn gegen vier Gegner würde ich kaum etwas ausrichten können.

»Wenn Kongar Mist gebaut hat, reißen wir ihm den Hals ab«, versprach jemand.

»Und wie.«

»Los, an die Arbeit. Ich will den Kram hinter mich gebracht haben«, sagte Sprecher Nummer eins. Er war ein großer Mann mit dichten, blonden Haaren, die ihm in den Nacken wuchsen.

Vier Männer teilten sich die Arbeit. Zu zweit packten sie immer einen Sarg und trugen ihn nach draußen. Ich hatte keine Chance, durch die Tür zu schauen, denn hätte ich mich weiter vorgewagt, wäre eine Entdeckung sicher gewesen.

So blieb ich in meinem Versteck.

Den Haken hatte ich weggelegt. Kongar brauchte ihn nicht und ich auch nicht.

Die Männer arbeiteten zügig und schweigend. Sarg für Sarg schleppten sie aus der Lagerhalle und schafften ihn auf die Ladefläche ihres Wagens.

Die offenen Totenkisten ließen sie wirklich liegen. Vielleicht holten sie die Dinger später ab.

Ich stand wie auf glühenden Kohlen.

Wann endlich konnte ich mein Versteck verlassen? Ich hatte bereits meinen ursprünglichen Plan umgeworfen. Jetzt wollte und konnte ich Suko nicht mehr anrufen. Anderes war wichtiger. Ich mußte herausfinden, wo die Kerle die Särge hinschafften.

Ein Manko war es, daß mein Bentley nicht in der Nähe parkte. Deshalb hoffte ich auf eine andere Möglichkeit.

Noch vier Särge.

»Die letzten, ein Glück«, sagte der Blonde und faßte selbst noch einmal mit an.

Wenig später war die Halle von den Särgen befreit.

Die Männer atmeten auf, und in mir wuchs die Spannung. Wie würde es weitergehen?

Dann verließen die Packer die Halle. Ich war wieder mit dem bewußtlosen Kongar allein. Hoffentlich schlossen die Kerle nicht ab. Nein, sie drückten die Tür nur zu.

So rasch es ging, löste ich mich aus meinem Versteck. Ich drehte und wendete mich, atmete auf, weil ich nicht entdeckt worden war, und huschte zur Tür.

Vorsichtig zog ich sie auf. Nur so weit, daß ich den Wagen sehen konnte.

Es war tatsächlich ein Lkw mit einer großen Ladefläche und einer grauen Plane darüber.

Noch stand der Wagen, aber der Motor lief bereits. Wenn ich tatsächlich meinen Plan durchführen wollte, dann mußte ich mich beeilen. Die Voraussetzungen dafür waren ziemlich günstig. Alle vier Männer fanden im Fahrerhaus Platz. Und soeben stiegen die beiden letzten auf der Beifahrerseite ein.

Wuchtig hieben sie die Tür ins Schloß.

Ich rannte. Es waren nur wenige Schritte, dann hatte ich den Wagen erreicht.

Jetzt ging es wirklich um Sekunden, denn bevor der Lkw startete, mußte ich einen Teil der Plane gelöst haben, so daß ich mich auf die Ladefläche schwingen konnte.

Sie war ziemlich nachlässig festgezurrt worden. Hastig löste ich einen Knoten und zwang mich dabei, meine Finger ruhig zu halten. Ich brauchte ja nicht viel Platz, um auf den Lkw klettern zu können. Noch zwei Schlaufen – okay.

Da ruckte der Wagen an.

Ich hatte zum Glück damit gerechnet und mich rechtzeitig festgehalten, so daß ich zwar mitgeschleift wurde, dies jedoch nur bei der Anfahrtgeschwindigkeit.

Ich hielt Schritt. Dabei rannte ich mit dem Wagen um die Wette, bis ich den richtigen Tritt fand und mich abstoßen konnte, um sofort hochzuschwingen.

Ich schlug mit der linken Hand die Plane zur Seite. Abstoßen, nachgreifen, es klappte.

Ich atmete auf.

Noch immer hing ich in einer bescheidenen Schräglage, aber ich schaffte es, mich mit dem Oberkörper über die Plane zu rollen. Ich fiel nicht bis auf die Fläche, weil mich die Särge daran hinderten. Sie standen zu dicht nebeneinander.

Ich rollte auf die Totenkisten. Der Wagen hatte jetzt an Geschwindigkeit gewonnen. Da ich die Plane nicht festgezurrt hatte, konnte der Wind sie hochheben. Sie knatterte und schlug gegen den Aufbau. Die Geräusche paßten mir nicht. Ich griff zu und band sie von innen fest. Das klappte mit Geduld und etwas Geschick.

Großes Aufatmen.

Durch die Ritzen fiel genügend Licht auf die Ladefläche, so daß ich mich umsehen konnte. Es gab wirklich keinen Platz mehr für mich. Dafür standen die Särge zu dicht nebeneinander. Wenn ich mich zum Fahrerhaus hin bewegen wollte, mußte ich über die Totenkisten klettern, was ich nur auf allen vieren bewerkstelligen konnte. Wenn ich daran dachte, daß in den Särgen noch Ghouls lagen, wurde mir ganz anders. Ich fragte mich, wo die Fahrt endete. Eigentlich war das Ziel egal, für mich wurde es sowieso eine Reise ins Ungewisse...

Zur selben Zeit in der City von London.

Hier hatte ein Mann sein Büro, der in Fachkreisen einen großen Namen besaß.

Cyril Ransome!

Anwalt, Notar, Gutachter. Er lebte wie die Made im Speck. Sein Büro hatte ihn zum Millionär gemacht, und seine zehn Angestellten verdienten auch nicht schlecht.

Eigentlich hätte Cyril Ransome ganz zufrieden sein können, wenn auf seinem Konto nicht zwei Dinge in den Miesen gestanden hätten.

Zum ersten fehlte ihm der lang ersehnte Adelstitel, und zum zweiten gab es da eine Jugendsünde, die nicht auf die weiße Weste des erfolgreichen Anwalts paßte.

Und gerade die Jugendsünde machte ihm schwere Sorgen.

Es war eine Erpressersache, in die er sich eingemischt hatte. Im Klartext: Er hatte sich bestechen lassen. Und mit diesem Geld hatte er praktisch angefangen, hatte sich seine Praxis aufgebaut und sie zu einem renommierten Betrieb entwickelt.

Alles ging in seinem Leben glatt, es gab keine Schwierigkeiten, bis vor drei Tagen.

Noch genau erinnerte sich Ransome an den Anruf. Eine Männerstimme hatte nur ein Wort gesagt:

CASSANDRA.

Das war damals der Deckname für die Aktion gewesen. Ransome war zwar zusammengezuckt, aber er hatte sich so gut in der Gewalt gehabt, daß er so tat, als wüßte er von nichts.

Der Anrufer legte auf.

Zwei Stunden später rief er abermals an. Diesmal kam er mit Fakten. Er bewies dem Anwalt, daß er damals tief in der Sache mit drin gehangen hatte, und sprach auch von gewissen Unterlagen, die er in seinen Händen hielt.

»Was wollen Sie?« hatte der Anwalt gefragt.

Der andere lachte nur und legte auf.

Ransome war nervös geworden. Er blieb sogar zwei Stunden länger im Büro, doch der Anrufer rührte sich nicht.

Mitten in der Nacht, Ransome und seine Gattin lagen bereits in den Betten, klingelte in seiner Privatwohnung das Telefon. Wieder war der andere am Apparat.

»Sie wissen genau, Cyril, was Sie sich da geleistet haben! Sie hätten den Industriellen anzeigen müssen, haben es aber nicht getan, sondern Geld kassiert. Fünfhunderttausend Pfund, eine verdammt erkleckliche Summe. Damit haben Sie begonnen und sich eine Praxis aufgebaut. Mit Geld, das Ihnen nicht zustand, habe ich mich klar genug ausgedrückt?«

»Sie haben.«

»Fantastisch, großer Anwalt. Aber weiter im Text. Ich war damals noch zu jung, um alles zu durchschauen, aber ich bin inzwischen älter geworden und sehe nicht ein, daß nur die einen auf der Sonnenseite des Lebens stehen und die anderen nicht. Bisher alles klar?«

In Cyril Ransome stieg langsam die Wut hoch. Dieser Kerl sollte endlich die Summe sagen, denn ihm ging es nur darum. »Reden Sie endlich, und sagen Sie mir, wieviel Geld Sie wollen!«

»Langsam, langsam, Sie sind viel zu ungeduldig, lieber Freund. Ich komme noch zur Sache. Fünfhunderttausend Pfund haben Sie damals ergaunert, Ransome. Eine wirklich haarige Summe, mit der sich schon gut leben läßt. Sie haben dies gezeigt. Zudem kennen Sie sich sehr gut in der Volkswirtschaft aus. Sie wissen um die Belange der Ökonomie, und Sie wissen auch, daß die Kaufkraft des Pfundes in den letzten Jahren stark gefallen ist.«

Da wußte Ransome, daß die Summe wesentlich höher sein würde als Fünfhunderttausend.

Scharf sog er die Luft durch die Nase. »Wieviel?«

Da hatte der Anrufer aufgelegt.

Der Anwalt, der nur selten aus der Haut fuhr, hätte vor Wut am liebsten den Hörer gegen die Wand geschmettert, er beherrschte sich jedoch im letzten Augenblick.

Dafür trank er einen Whisky, der schon über zwanzig Jahre Lagerung auf dem Buckel hatte. Als er ins Schlafzimmer zurückkehrte, machte seine Frau Licht. Sie war wach geworden.

»Was ist denn los?« fragte sie.

»Nichts.«

»Natürlich, Cyril. Das sehe ich dir doch an. Dieser Anruf vorhin hat Ärger bedeutet!«

Ransome ließ sich aufs Bett fallen. Er war zum zweitenmal verheiratet. Mit einer wesentlich jüngeren Frau, die zwar besorgt tat, es aber nicht war. Sie wollte nur sein Geld, und er wollte mit ihr repräsentieren. Aber Sorgen mit ihr teilen, nein, das ging nicht. Dafür war Joyce nicht der Typ. Wenn Betty, seine erste Frau, noch dagewesen wäre, dann ja, aber so lief nichts.

Ihre Hand kam, und die Kuppen der Finger streichelten sein Gesicht. »Willst du mir wirklich nichts sagen, Darling?«

»Nein, verdammt!« Er schlug die Hand zur Seite.

Da wußte Joyce, daß sie ruhig zu sein hatte, denn wenn Ransome so reagierte, war er meistens sauer.

Der Anwalt löschte das Licht.

Schlafen konnte er nicht mehr. Dazu hatte ihn der Anrufer innerlich zu sehr aufgewühlt. Wach lag er unter der dünnen Decke und starrte gegen die Wand.

Joyce war schon eingeschlafen. Sie hatte abends wieder einige Cocktails getrunken und die nötige Bettschwere. Jetzt schlummerte sie selig. In der Nacht geschah nichts mehr, dafür am anderen Morgen. Der Anruf erreichte ihn im Büro.

»Na, gut geschlafen?« meldete sich der Erpresser.

»Kommen Sie zur Sache.«

Der Unbekannte lachte. »Gern. Wie ich schon in der Nacht sagte, hat die Inflation überall große Löcher gerissen. Auch bei mir. Als kleines Trostpflaster für mich sehe ich eine Million Pfund durchaus als eine angemessene Summe an.«

»Was wollen Sie?«

»Eine Million!

Der Anwalt war geschockt. So hoch hätte er die Summe wirklich nicht angesehen. Das war ein Hammer. Er konnte sie aufbringen, aber sie machte ihn arm.

»Hören Sie noch, Ransome?«

»Ja.«

»Ich kann mir vorstellen, daß Ihnen die Summe einen kleinen Schock versetzt hat, aber das ist ganz natürlich. Und es ist Ihnen auch klar, daß Sie die Polizei aus dem Spiel lassen werden. Sollten Sie nicht gehorchen, gehen bestimmte Unterlagen, in denen all die Dinge schriftlich niedergelegt worden sind, an die Kammer.«

»Klar.«

»Fein. Kommen wir zur Abwicklung des Geschäfts. Dieses

Geld kann man nicht so ohne weiteres auftreiben, das weiß ich selbst. Deshalb gebe ich Ihnen auch einen Tag Zeit. In vierundzwanzig Stunden haben Sie das Geld. Wenn nicht...« Er machte eine kleine Pause. »Die Folgen tragen Sie allein.«

Der zweite Schock. Nur vierundzwanzig Stunden.

»Das... das schaffe ich nie«, keuchte der Anwalt.

»Sie müssen.«

»Es geht aber nicht.«

»Hören Sie auf.« Die Stimme des Anrufers klang plötzlich scharf. »Für Sie ist doch sonst nichts unmöglich. Besorgen Sie das Geld, und damit fertig.«

Soweit die Anrufe.

Momentan hockte der Anwalt in seinem Büro und brütete vor sich hin. Er hatte beide Ellbogen aufgestützt und das Kinn in die Handteller gelegt.

Eine Million!

Sicher, er konnte das Geld lockermachen, aber dann war er selbst ziemlich am Ende. Und außerdem dachte er gar nicht daran, diesem habgierigen Erpresser die Summe in den Rachen zu werfen. Er wollte sich auch nicht kaputtmachen lassen, deshalb gab es für ihn nur eine einzige Alternative.

Ransome zog die Schublade auf und griff ganz hinten unter eine dünne Mappe.

Dort lag seine Waffe.

Eine alte Armee-Pistole, die er schon immer hatte abgeben wollen, es aber hinausgeschoben hatte.

Diese Waffe sollte ihm jetzt helfen. Sie war geladen und im Laufe der Zeit immer gepflegt worden. Und schießen konnte er auch damit. Das war einfach.

Er steckte die Waffe weg. Sie fand zwischen Rippen und Hosengürtel genügend Platz.

Seine Sekretärin meldete sich. Sie redete immer durch die Sprechanlage. »Die Post, Sir.«

»Bringen Sie sie herein.«

Wenige Sekunden später lagen die Briefe auf dem Schreibtisch des Anwalts.

Fast alle hatten einen Absender.

Bis auf einen blaugrauen Umschlag, der neutral gehalten war.

Ransome ahnte, wer ihn geschrieben hatte. Seine Finger zitterten, als er den Umschlag öffnete.

Ein weißer Bogen fiel heraus. Der Absender hatte ihn zweimal gefaltet, und der Anwalt mußte ihn erst auseinanderziehen.

Normalerweise unterziehen sich Erpresser der Mühe, ihre Forderungen aus Worten aufzukleben, die sie aus Zeitungen ausgeschnitten hatten. Das war hier nicht der Fall. Der Erpresser hatte selbst geschrieben, mit einem Kugelschreiber, wie unschwer festzustellen war.

Cyril Ransome las einmal und auch ein zweitesmal. Dann wußte er Bescheid. Ein Lächeln stahl sich auf seine Lippen. Dieser unbekannte Bursche machte es ihm leicht. Er bestellte ihn in den Sandhurst Forest, nördlich von London, wo es noch die alten Munitionsbunker gab. Dort sollte der Treffpunkt sein.

Punkt 16 Uhr.

Ransome nickte. Er hatte sich entschlossen, hinzufahren. Aber mit seiner Waffe.

Der Anwalt steckte den Zettel wieder ein. Er wollte ihn später wegwerfen.

Die andere Post ließ er ungeöffnet. Persönlich brachte er sie seiner Privatsekretärin ins Vorzimmer. »Sie können die Sachen dann an die Mitarbeiter weiterleiten, Brenda.«

Die Frau schaute ihren Chef erstaunt an. »Wirklich, Sir? Wollen Sie nicht erst...«

»Wenn ich es Ihnen doch sage.«

»Verstanden, Sir.«

Brenda wunderte sich, in welch einem Tonfall Ransome sprach. So hatte sie ihn selten erlebt.

Der Anwalt war noch nicht fertig. »Ich werde heute nicht mehr zurückkommen«, sagte er. »Meine Termine kann Mr. Giddins übernehmen.«

»Geht in Ordnung, Sir.«

Cyril Ransome betrat noch einmal sein Büro, holte den schmalen Aktenkoffer, zog seinen Mantel über und verließ die Kanzlei. Er hoffte nur, daß er alles richtig gemacht hatte. Wenn nicht, war es auch nicht zu ändern.

Der Anwalt besaß einen großen Mercedes, der in der Tiefgarage parkte. Er ließ den Wagen aus dem Komplex rollen und fuhr nun ein paar Straßen weiter, wo seine Hausbank lag.

Dort war er mit einem der leitenden Direktoren verabredet. Man hatte ihm das Geld selbstverständlich zur Verfügung gestellt, wenn auch mit einem überraschten Heben der Augenbrauen. Allerdings war der Direktor zu sehr Gentleman, um nach dem Zweck der Million zu fragen.

Auf dem Parkplatz der Bank fand Ransome noch eine freie Stelle. Dort stellte er den 280er ab, betrat das Gebäude durch den rückwärtigen Eingang und fuhr sofort mit dem Lift hoch in die Chefetage, wo er angemeldet war.

Die Sekretärin wußte Bescheid und hielt dem Anwalt die Tür zum Chefzimmer offen.

Nickend passierte Cyril Ransome.

Der Direktor wußte Bescheid. Er ging seinem finanzkräftigen Klienten entgegen.

Beide reichten sich die Hände.

»Bitte, nehmen Sie Platz, Mr. Ransome«, sagte der Bankdirektor und deutete auf die Ledergruppe, die aus zwei Sesseln und einer schmalen Couch bestand.

»Danke.«

»Möchten Sie etwas trinken?«

Der Anwalt lehnte ab. Er überragte den Bankdirektor um einen Kopf. Obwohl die Männer fast gleichaltrig waren, hatte Ransome noch sein volles, wenn auch jetzt ergrautes Haar. Der Bankdirektor hatte eine spiegelblanke Glatze.

»Das Geld habe ich bereitgestellt und schon nach hier oben bringen lassen, Mr. Ransome.«

»Danke, das ist nett.«

»Wollen Sie es nachzählen?«

»Nein, nein. Ich vertraue Ihnen.«

»Danke, Sir.« Der Bankdirektor ging zu einem kleinen Tresor, stellte die Kombination ein, wobei er das Schloß mit dem Körper gegen den Besucher abdeckte, und holte das Geld. Es befand sich ebenfalls in einer schmalen Ledertasche. Da die Scheine sehr groß waren, nahm die Summe nicht viel Platz in Anspruch.

Der Bankdirektor überreichte dem Anwalt die schmale Tasche, die er bequem in seinem Aktenkoffer verstauen konnte.

»Ich danke Ihnen«, sagte Ransome.

»Aber ich bitte Sie. Es ist Ihr Geld. Sie haben natürlich viel Zinsen verloren.«

»Da kann man nichts machen.« Ransome wandte sich bereits der Tür zu. Er zögerte jedoch, bevor er die Schwelle überschritt.

»Ist noch etwas, Sir?« fragte der Bankier.

»Ja.« Ransome drehte sich um. Ein kaum merkliches Lächeln huschte über seine Lippen. »Sie können mir Glück wünschen.«

»Das mache ich, Sir, ganz bestimmt.«

»Danke.« Cyril Ransome ging. Den Aktenkoffer hielt er dabei so fest umklammert, als wollte er ihn nie wieder loslassen.

Haben Sie schon mal auf schwankenden Särgen gelegen? Für mich jedenfalls war es das erste Mal. Der Lastwagen hatte meines Erachtens so gut wie keine Federung. Bei jedem Schlagloch schaukelte er von einer Seite zur anderen und wurde hoch- und niedergeworfen. Ein Spiel, das mir überhaupt nicht paßte, wogegen ich aber nichts unternehmen konnte.

Eine Zeitlang hatte ich mich hingesetzt und mit beiden Händen abgestützt. Das ging einigermaßen gut, bis ich steif wurde und mich hinlegte. Viel bequemer war das auch nicht, bei dieser harten Unterlage. Weit vom Ausstieg entfernte ich mich sowieso nicht, so daß ich hin und wieder die Plane hochhieven und einen Blick nach draußen werfen konnte.

Wir fuhren noch immer durch das Hafengebiet. Über eine im rechten Winkel zu den Piers laufende Straße. Wir befanden uns an der nördlichen Seite der Themse, und dann sah ich schon die breite Queen Victoria Street. Es ging also in die Londoner City hinein.

Ich verhielt mich ruhig. Erst am Zielort wollte ich den Kerlen eine Überraschung bereiten, obwohl mir lieber gewesen wäre, wenn ich Suko in meiner Nähe gewußt hätte.

So befanden sich nur Ghouls bei mir. Und die hatten sich bisher still verhalten.

Ich war immer darauf gefaßt, daß irgendwann einmal ein Sargdeckel hochgehoben wurde und einer der Ghouls erschien, doch da spielte sich nichts ab.

Sie blieben ruhig.

Es ist schon makaber, auf einer Fuhre Särge zu hocken. Sie standen auch nicht ganz dicht nebeneinander. Bei jeder schärfer genommenen Kurve prallten sie gegeneinander.

Wieder sah ich mich um.

Direkt hinter mir befand sich ein Bus. Der Fahrer bekam Stielaugen, als er mich plötzlich sah. Ich ließ die Plane wieder fallen und zog mich zurück.

20 Minuten vergingen.

Durch zahlreiche Ampelstopps, bei denen ich mich überzeugen konnte, wo wir uns befanden, war zu erkennen, daß wir von Süden nach Norden fuhren. Quer durch London. Inzwischen hatten wir auch einige Friedhöfe passiert, der Lastwagen hatte nicht gehalten.

Auf das Ziel war ich wirklich gespannt.

Nach einiger Zeit war ich es leid und suchte mir einen bequemen Platz auf der Ladefläche. Schließlich setzte ich mich so hin, daß mein Rücken die linke Seitenplane berührte und ich im rechten Winkel zur Aussteigeklappe hockte.

Dieser Platz war zwar auch nicht ideal, aber man konnte es aushalten.

Hin und wieder hob ich die Plane ein wenig an, um nach draußen zu schauen. London kenne ich ganz gut. Es ist allerdings sehr schwer, aus einem fahrenden Wagen heraus und bei so wenig Sehfläche eine Standortbestimmung durchzuführen. Ich sah ein Hinweisschild auf den Bahnhof Farrington.

Da wußte ich Bescheid, daß wir noch immer in nördlicher Richtung fuhren. Vielleicht wollten die Kerle sogar die Millionenstadt verlassen. Möglich erschien mir alles.

Eventuell wurden die Särge auch nur umgeladen, von einem Lagerhaus ins andere. Wenn das eintrat und der Fall damit stagnierte, mußte ich mir etwas einfallen lassen.

Noch war es nicht soweit.

Der Geruch fiel mir auf.

Muffig, modrig, widerlich.

Es gab nur eine Erklärung. Die Ghouls kamen. Aber sie steckten noch in den Särgen.

Ich wurde aufmerksam, blieb vorerst sitzen und beobachtete die Särge genau.

Zwei Deckel fielen mir auf. Sie waren hochgeklappt worden. Zwar befand sich dort nur ein schmaler Spalt, doch die Oberteile waren verkantet und lagen schräg.

Ampelstopp.

Der Wagen stand still, und diese Chance nutzten die beiden Dämonen. Sie drückten weiter gegen die Deckel, so daß eine Öffnung entstand, die groß genug war, um sie nach draußen zu lassen.

Und sie kamen.

Schleimige Gestalten, die sich buchstäblich aus den Totenkisten drehten. Lange Arme streckten sich vor, klumpenartige Finger glitten über die Totenkisten, wo sie eine Schleimspur hinterließen. Der Gestank wurde wieder unerträglich.

Gleichzeitig fuhr der Wagen an.

Ich hatte einen Moment nicht aufgepaßt, mich etwas vorgebeugt und wurde dann wieder zurückgeworfen, wobei ich mit dem Rücken gegen die Plane fiel.

So hockte ich wieder in der alten Stellung.

Ich hütete mich jedoch, die Beretta zu ziehen. Mit einem Schuß wollte ich die gefährlichen Dämonen nicht erledigen, es hätte zuviel Aufsehen gegeben.

Zum Glück hatte ich das Kreuz.

Die Ghouls waren verdammt schnell. Der erste hatte seine makabre Ruhestätte schon verlassen. Geschmeidig bewegte er sich über die Särge auf mich zu, wobei er eine grüngelbe Schleimspur hinterließ.

Ich bewegte mich auch, gab die sitzende Stellung auf und erwartete meinen Gegner auf Hände und Knie gestützt.

Der zweite Ghoul befand sich ebenfalls in Bereitschaft. Er hockte hinter seinem Artgenossen und glich ihm fast aufs Haar. Nur in den Köpfen unterschieden sie sich. Der erste hatte einen langen Flaschenschädel, der zweite einen dicken Vollmondkopf. Beide hatten sie die breiten Mäuler mit den scharfen Zähnen.

Die Taktik der Ghouls war klar. Sie wollen mich erst töten, um so ihr Opfer zu bekommen.

Wenn ich daran dachte, rann mir ein Schauer über den

Rücken. Es war wirklich kein erhebendes Gefühl, dies genau zu wissen.

Den ersten ließ ich so nahe wie möglich herankommen. Dann, als er sich aufrichtete und mir eine relativ große Zielfläche bot, schleuderte ich das Kreuz.

Es war ein wuchtiger Wurf, und das Kreuz traf den Ghoul. Es bohrte sich in seinen qualligen, aufgeschwemmten Körper. Zu Dreiviertel blieb es darin stecken.

Ein unartikulierter Laut drang aus dem Maul des Ghouls. Er warf sich zurück und riß beide Arme hoch. Aus seinem Maul drang gelber, dampfender Brodem, während er in den ersten Todeszuckungen lag und ich so rasch wie möglich auf ihn zukroch, um an mein Kreuz zu gelangen.

Dabei konzentrierte ich mich zu sehr auf diese Kreatur und ließ die zweite außer acht.

So klein, quallig und schleimig die Ghouls auch oft waren, auf jeden Fall hatten sie Kraft. Dem zweiten war es gelungen, einen Sargdeckel hochzuhieven. Weil ich mich zu sehr auf das Kreuz konzentrierte, achtete ich nicht so sehr auf ihn.

Er schleuderte den Deckel.

Ich sah es zwar rechtzeitig und wäre ihm auch ausgewichen, wenn ich mehr Platz gehabt hätte.

So aber konnte ich mich nur zur Seite werfen, und das reichte einfach nicht.

Der Sargdeckel, breit, sehr lang und schwer, traf mich trotzdem. Eine Ecke hieb gegen meine linke Schulter, wobei der Deckel gekippt wurde, und gegen meinen Kopf prallte.

Der Schlag war zwar nicht so hart, daß er mich ins Reich der Träume geschickt hätte, ich wurde jedoch zurückgeworfen, und der verfluchte Sargdeckel kippte auf mich.

Natürlich war der ganze Vorgang nicht ohne Geräusche über die Bühne gegangen. Das Poltern hatte ich noch in den Ohren, und ich hoffte inständig, daß die vier Männer im Führerhaus von dem Kampf nichts mitbekommen hatten.

Der Ghoul setzte nach.

Jetzt schneller als zuvor.

Er kroch über die Särge, wand sich dabei wie ein Wurm, eine Qualle, und noch bevor ich den hinderlichen Sargdeckel richtig zur Seite wuchten konnte, hatte er ihn schon gepackt und weggezogen.

Jetzt lag ich vor ihm.

Er riß sein Maul auf.

Es waren zwei lange Zahnreihen, die er mir da präsentierte, sie wirkten wie gefährlich Stahlstifte. Wenn es dem Ghoul gelang, seine Zähne in meinen Hals oder sonst wohin zu schlagen, gab es für mich nur noch wenig Chancen.

Ich zog die Beine an, ließ sie wieder vorschnellen und wuchtete die Füße in seinen schwammigen Körper.

Die Schuhe blieben drin stecken. Weit beförderte ich den Ghoul nicht nach hinten. Dafür bestand sein Oberkörper eben aus zu wenig fester Materie.

Seine Hände klatschten auf meinen Hals, wollten sich darum schlingen, doch mir gelang es, sie wegzuschlagen.

Es wurde ein verbissener lautloser Kampf, den wir beide führten. Keiner wollte nachgeben, jeder wollte gewinnen. Dem Ghoul gelang es, meinen Körper zu umschlingen, so daß ich nicht an meine Beretta konnte. Er befand sich jetzt dicht vor mir. Ich nahm den ekligen Leichengeruch wahr, den er ausströmte und der mein Gehirn mit Watte zu füllen schien. Kaum konnte ich atmen, hörte die schmatzenden, gurgelnden Geräusche des widerlichen Dämons und kämpfte verbissen weiter.

Der Ghoul ließ nicht los. Im Gegenteil, er verstärkte seinen Druck noch. Wieder wunderte ich mich, welche Kraft in diesen qualligen Körpern doch steckte.

Wir wurden hin- und hergeworfen in unserem wilden Kampf. Und all das geschah auf den Särgen. Keiner wollte aufgeben oder irgendwie nachlassen.

Zudem schwankte der Wagen. Jede Kurve warf uns aus der Bahn. Der Fahrer schien eine grüne Welle erwischt zu haben. Ampelstopps gab es keine. Ich versuchte alle Tricks. Leider war es wie so oft. Diesen Ghoul konnte ich einfach nicht packen. Er bot mir keine Fläche, sondern veränderte sein Aussehen und seine Körperform ständig. Es war ein regelrechtes Wechselspiel, in das sich allerdings eine Richtung herauskristallisierte.

Durch das Schaukeln des Wagens und durch unsere Kampfbewegungen wurden wir weiter gegen die hintere Ladefläche gepreßt, wo ich auch die Plane gelockert hatte.

Beim erstenmal prallte ich mit dem Rücken gegen den niedrigen Aufbau. Dann gelang es mir, den Ghoul hochzuhieven. Was danach geschah, konnte ich eigentlich nur raten. Irgendwie klammerte sich der widerliche Dämon an der Plane fest. Und zwar an der Stelle, die ich nicht völlig geschlossen hatte. Bei dieser Bewegung ließ er meinen Körper los, versuchte aber, mich mit den Beinen zu umschlingen.

Diesmal wich ich aus.

Der Ghoul faßte ins Leere, gleichzeitig wurde der Wagen hart in eine Kurve gerissen, und plötzlich war der Ghoul verschwunden.

Alles hätte mir passieren dürfen, nur ausgerechnet das nicht. Jetzt war er frei, ich dachte an die Menschen, rappelte mich auf die Knie, riß die Plane hoch und schaute nach draußen.

Ich sah ihn nicht.

Nur Wagen, die hinter uns fuhren. Dafür hörte ich aber das Kreischen von Rädern, wenn Fahrzeuge hart und schnell abgebremst werden, wildes Hupen und einen Krach.

Als hätte der Fahrer etwas geahnt, so beschleunigte er. Darauf war ich nicht gefaßt gewesen, wurde erst nach vorn und dann nach hinten katapultiert, wobei es mir nicht gelang, Halt zu finden und ich rücklings auf die Särge fiel.

Jetzt war die Chance vorbei, noch abzuspringen und zu verhindern, daß der Ghoul Unheil anrichtete.

Ich hoffte nur, daß es keine Opfer gab...

Der Anwalt fuhr zügig. Er wollte noch eine ganze Weile vor dem vereinbarten Zeitpunkt am Ort sein, damit er sich die Umgebung genauer ansehen konnte.

Nur nicht unvorbereitet sein, das war immer seine Devise gewesen, an die er sich auch hielt.

Den Sandhurst Forest kannte er nur vom Hörensagen. Es war ein großes Waldgebiet im Londoner Norden, wo hin und wieder noch Manöver stattfanden und es auch zahlreiche Bunker aus dem letzten Krieg gab, die nicht zugeschüttet worden waren.

Fanden keine militärischen Übungen statt, kümmerte sich kaum ein Mensch um das Areal. Meist lag es leer und verlassen.

Cyril Ransome verzichtete darauf, den Motorway zu nehmen. Er kam über die Stadtstraßen ebenso rasch an sein Ziel. Den Regent Park hatte er längst hinter sich gelassen, der Verkehr war schwächer geworden, und Ransome fuhr über die Wellington Road in Richtung Norden seinem Ziel entgegen.

Gespannt war er auf den Erpresser. Er wollte vor allen Dingen wissen, mit wem er es zu tun hatte, wer dieser Mann nun eigentlich war, der leider zuviel aus Ransomes Vergangenheit wußte. Denn die Sache damals war wirklich nur zwischen ihm und dem Industriellen van Goeck besprochen worden.

Niemand sonst wußte Bescheid.

Das jedenfalls hatte ihm van Goeck, der eingewanderte Holländer, glaubwürdig versichert, bis Ransome eines Besseren belehrt worden war.

Jetzt mußte er die Zinsen zahlen, die ebenso hoch waren wie das eingesetzte Kapital. Aber da sollte sich der unbekannte Erpresser geschnitten haben. Die Zinsen würde er wohl zahlen, jedoch mit Blei.

Ransome schreckte wirklich vor einem Mord nicht zurück. Bisher hatte er die Verbrecher vor Gericht verteidigt, nun war er drauf und dran, selbst zu einem Gesetzesbrecher zu werden.

Das jedoch machte ihm nichts. Er spürte kein Bedauern, kein Mitleid, weil eben zuviel auf dem Spiel stand. Und er würde auch aus diesem Mann herauskitzeln, wo er die Unterlagen versteckt hatte. Es gab da gewisse Methoden, denen keiner widerstehen konnte. Auch kein schmutziger Erpresser.

Die Gegend verlor immer mehr ihren städtischen Charakter. Sie wurde ländlicher, einsamer, der Verkehr flaute noch weiter ab, zur rechten Seite der Straße breiteten sich Felder aus. Sie sahen winterlich aus. Ein paar Schneereste, die im Schatten lagen, schmutzig grau und noch nicht weggetaut waren. Hier und da ein Baum mit kahlen Ästen, die wie ein Filigran wirkten vor dem bleiernen Himmel.

Weiter vorn, wo die Straße einen Bogen machte, begann das Waldgebiet des Sandhurst Forest. Ransome hatte sich zuvor den

Weg auf der Karte genau angesehen und auch die einzelnen schmalen Straßen oder Pfade, die durch den Forest führten.

Es gab da welche. Allerdings rechnete er damit, auf Feldwege zu treffen, wo man jetzt im Matsch versank. Doch der Mercedes würde sich schon durchwühlen.

Der Anwalt senkte die Geschwindigkeit. Zweimal wurde er überholt. An der großen Kurve fuhr er noch langsamer. Jetzt gab er acht. Der Erpresser hatte ihm nicht gesagt, wo genau sie sich treffen wollten. Ransome würde schon Bescheid bekommen und nur zu den Bunkern fahren, das reichte.

Dem Anwalt war es egal. Er hatte sowieso einen Zeitgewinn auf seinem Konto stehen, denn wenn er die Bunkeranlagen erreichte, war er noch eine halbe Stunde zu früh.

An den Hinweistafeln las er ab, daß er sich dem militärischen Manövergebiet näherte. Es stand allerdings nirgendwo, daß ein Betreten des Waldes verboten war. Das würde wahrscheinlich nur geschehen, wenn Manöver stattfanden.

Der Anwalt fuhr fast nur im Schrittempo weiter. Er schaute nach links, denn dort dehnte sich der Wald aus. Entlaubte Bäume. Kahl, leer, eine Totenlandschaft. Der Boden wellig, an vielen Stellen noch mit Laub bedeckt.

Es führten Pfade in den Wald hinein. Die meisten jedoch waren nur handtuchbreit.

Dann jedoch sah der Anwalt einen breiteren Weg, den er auch mit dem Mercedes nehmen konnte. Allerdings traten auch hier Schwierigkeiten auf, denn in den Weg hatten schwere Panzer ihre Spuren hinterlassen. Die Ketten wühlten den Boden auf, hatten tiefe Furchen gegraben, in denen noch Wasser stand.

Ransome blieb keine andere Möglichkeit. Er wollte auch nicht weitersuchen und bog ab.

Sofort glaubte er, in einer Schaukel zu sitzen. Die Stoßdämpfer des Wagens wurden arg strapaziert. Vier Räder wühlten sich durch die Panzerspuren, schleuderten selbst Dreck, Wasser und Lehm hoch, der sich an der Karosserie festsetzte.

Ransome hielt das Lenkrad fest umklammert. Vorsichtig agiert er mit dem Gaspedal. Der Weg war nicht gerade, beschrieb Kurven und Schleifen. Manchmal wurde er enger, dann wieder breiter.

Der Anwalt konnte zwischen die Bäume schauen und sah auch die Erhebungen.

Darunter lagen die alten Bunker, in denen Menschen Schutz vor Bomben gesucht hatten. Wie es aussah, führte die Strecke nicht direkt zu den Bunkern hin, sondern daran vorbei. Ransome mußte also eine Abzweigung finden, um zu seinem Ziel zu gelangen.

Die fand er auch.

Einen schmalen Pfad. Laub überdeckte die Schlaglöcher mit den Wasserresten. Wenn der Wagen hindurchfuhr, spritzte es hoch auf. Auch auf den Scheiben klebte der Dreck, so daß Ransome spülen und mit den Wischern nachziehen mußte.

Bald kämpften die Reifen gegen losen Sand. Zudem ging es noch bergauf. Die Strecke war wirklich eine Strapaze, aber Ransome erreichte trotz aller Widrigkeiten sein Ziel. Er stoppte, stieg aus und sah sich die Umgebung an.

Wie es schien, war er der einzige Mensch weit und breit. Von diesem Erpresser war nichts zu sehen. Ein kaltes Lächeln umspielte die Lippen des Mannes. Er hatte seinen Mantel gegen einen kurzen Autocoat vertauscht, so kam er schneller an seine Waffe. Von seinem Platz aus zählte er vier Bunker. Sie alle führten tief in die Erde hinein und waren durch Eisentore gesichert.

Der Anwalt schaute sich die Schlösser an. Drei hingen verrostet in den Angeln. Ein viertes jedoch war neu und erst nachträglich angebracht worden.

Mißtrauisch blieb Ransome vor der Tür stehen und betrachtete das Schloß. Es mußte einen Grund dafür geben, daß jemand es ausgewechselt hatte. Hing es vielleicht mit dem Erpressungsversuch zusammen?

Ransome hob die Schultern. Die Tür war von außen gesichert, also konnte der Erpresser im Innern des Bunkers schon mal nicht lauern, um ihn zu überraschen.

Der Anwalt verspürte Lust auf eine Zigarette. Er zündete sich einen Glimmstengel an und blies den Rauch in den grauen Winterhimmel. Es war zu warm, um zu schneien, allerdings hatte der Wetterbericht einen Kälteeinbruch vorhergesagt.

Seltsam, mit welchen Gedanken man sich vor solch einem wichtigen Treffen beschäftigt, dachte der Anwalt und hob die

Schultern. Andererseits bewies es auch, daß er seine Nerven noch unter Kontrolle hatte. So leicht machte man ihn nicht fertig.

Er drehte sich um – und erstarrte. Die Zigarette fiel ihm vor Schreck aus der Hand, denn vor ihm stand der Erpresser...

Der Ghoul klatschte auf das Pflaster.

Ein Rover befand sich dich hinter dem Lastwagen. Der Fahrer war durch das Ereignis so geschockt, daß er vergaß, auf die Bremse zu treten, und das Pedal erst niederdrückte, als er den Ghoul schon überfahren hatte.

Dann aber rutschten die Reifen. Es war eine Vollbremsung, mit der der Hintermann des Roverfahrers auch nicht gerechnet hatte. Er verringerte seine Geschwindigkeit zwar noch, krachte aber trotzdem in das Heck des Rovers, das eingedrückt wurde wie Pappe, sich verkantete und laut knirschte.

Auch andere Fahrer mußten bremsen. Ein Wagen stellte sich dabei quer. Die Reifen waren zu schlecht, und in den kleinen Renault 4 fuhr ein anderer.

Im Nu war ein Chaos entstanden.

Der Roverfahrer saß die ersten Sekunden leichenblaß hinter dem Lenkrad. Ihm war nichts passiert, der Gurt hatte ausgezeichnet gehalten, aber der Schock saß tief.

Irgend jemand war von der Ladefläche des Lastwagens gefallen, und er hatte ihn überfahren.

Mein Gott!

Erst jetzt wurde dem Mann richtig bewußt, was er getan hatte. Er löste den Gurt, riß die Tür auf und sprang aus seinem Fahrzeug. Auf der Straße blieb er stehen.

Inzwischen hatten auch die anderen Fahrer ihre Autos verlassen. Die meisten regten sich schrecklich auf, schimpften und gaben dem Mann im Rover die Schuld.

In der Nähe trillerte die erste Polizeipfeife.

»Aber ich konnte doch nichts dafür!« schrie der Roverfahrer. »Das ist ein Unglück. Da ist einer von der Ladefläche gefallen, und ich habe ihn überfahren. Mein Gott.« Der Mann bückte sich.

Darauf hatte der Ghoul gewartet. Er war natürlich nicht tot.

Man konnte ihn so nicht umbringen, nur seinen Körper ein wenig deformieren. Zu töten war er auf diese Art und Weise nicht.

Seine Hand schnellte vor.

Genau in dem Augenblick, als sich der andere gebückt hatte und sich sein Kopf auf gleicher Höhe mit den Rädern befand.

Der Arm klatschte in das Gesicht des Mannes, der nicht einmal dazu kam, einen Schrei auszustoßen, denn dieser grünliche Schleim lag auch auf seinen Lippen.

Zahlreiche Zeugen beobachteten den Vorfall, doch keiner wagte einzugreifen, die Menschen glaubten nicht, was sie sahen.

Der Mann fiel zu Boden.

Darauf hatte der Ghoul gewartet. Jetzt konnte er ihn unter den Wagen ziehen.

Mensch gegen Bestie. Wer würde gewinnen?

Der Ghoul setzte seine Kräfte ein. Als der Mann merkte, daß er unter sein Fahrzeug gezogen werden sollte, versuchte er sich auf der Straße abzustützen.

Ohne Erfolg, der Belag war einfach zu glatt, und er verlor den Halt, so daß er dem Ghoul zwangsläufig folgte.

Das war der Augenblick, als der erste Bobby am Tatort eintraf. Er hatte auch keinen Durchblick, weil alle dazwischenredeten. Er verschaffte sich Gehör.

»Ruhe!« brüllte der Polizist.

Eine Frau kreischte: »Da ist jemand verletzt. Der blutet. Sie müssen einen Krankenwagen holen!«

Das hörte der gute Mann genau. Er vernahm allerdings auch noch etwas anderes.

Schreie!

Nicht laut, eher dumpf und erstickt klingend. Sie drangen unter dem Rover hervor, als würde sich dort ein Mensch in größter Lebensgefahr befinden.

In der Tat kämpfte dort ein Mensch um sein Leben. Der Ghoul gegen den Fahrer des Rovers, wobei die Bestie wesentlich größere Vorteile hatte als der Mensch.

Der Dämon war geschmeidiger, paßte sich dieser Enge an, konnte seinen Körper strecken, drehen und wenden.

Den Oberkörper hielt er hart umklammert, so daß die Arme des Mannes anlagen und er keine Chance hatte, sich zur Wehr zu setzen. Er versuchte es zwar, doch der Ghoul war stärker. Auch mit den Beinen konnte sich der Mann nicht wehren. Immer wenn er sie anziehen wollte, prallten seine Knie gegen den Auspufftopf.

Es war ein Kampf mit verteilten Vorzeichen. Und der Ghoul gewann ihn. Plötzlich sah der Fahrer das Gebiß des Monsters dicht vor seinem Gesicht, er setzte noch zu einem Schrei an, den er jedoch nicht mehr ausstoßen konnte.

Der Ghoul war schneller...

Erst jetzt hatte sich der Polizist auf den Boden gekniet und unter den Wagen geschaut.

Was er sah, brachte sein Herz fast zum Stillstand. Über einen Menschen hatte sich ein wahres Monster gelegt. Eine grüngelbe schleimige Masse, die den anderen fast zerdrückte, auf jeden Fall aber seinen gesamten Körper bedeckte. Der Mensch rührte sich nicht, das Wesen zuckte hin und her, der Bobby sah auch Bewegungen seinen Kopfes und hörte schlimme Geräusche.

Seinen Gummiknüppel hielt er längst in der Hand. Damit schlug er von der Seite her zu, traf die Masse auch und sah, wie der Knüppel darin stecken blieb.

Der Polizist erlebte in diesen Augenblicken wirklich einen schlimmen Alptraum. Das Grauen sprang ihn an, er roch den penetranten Verwesungsgeruch und zuckte zurück.

Blaß im Gesicht schrie er seinen eben erst eingetroffenen Kollegen zu: »Wir müssen den Wagen wegfahren.«

Er selbst warf sich auf den Sitz. Der Schlüssel steckte. Eine Umdrehung, der Motor sprang an.

Der Bobby fuhr vor. Er merkte genau den Ruck, wie die hinteren Reifen über den Widerstand rollten. Der Mann biß die Zähne zusammen. Nur nicht schwach werden, hämmerte er sich ein. Um Himmels willen nicht nachgeben.

Er bremste. Die Schreie der Menschen trafen seine Ohren, als er aus dem Wagen stieg. Jeder hatte jetzt das schleimige Wesen gesehen, wie es über dem Fahrer des Rovers lag.

Aber niemand traute sich, einzugreifen. Im Gegenteil, die Menschen flohen. Sie spritzten regelrecht nach allen Seiten weg, denn das gelbgrüne Ungeheuer dort auf dem Boden bereitete ihnen eine panische Furcht.

Nur die Polizisten blieben.

Auch sie waren ratlos, sahen sich gegenseitig an, und niemand wußte, was er tun sollte.

Dann erhob sich das Wesen plötzlich. Es blickte die Männer an, fletschte seine Zähne und zog den Toten ebenfalls in die Höhe. Bevor die Bobbies eingreifen konnten, schleifte der Ghoul sein Opfer über die Straße und verschwand mit ihm in einer schmalen Einfahrt zwischen zwei Häusern.

Die Polizisten blieben zurück. Sie trugen keine Waffen, sonst hätten sie geschossen. Einer jedoch fragte: »War der Man tot, den das Ungeheuer mitgeschleift hat?«

»Ja.«

»Und jetzt?«

»Wir müssen anrufen. Darüber sollen sich andere die Köpfe zerbrechen. Dieser Fall ist für mich zu hoch. Gib Scotland Yard Bescheid. Vielleicht wissen die dort eine Patentlösung.«

Der Polizist nickte.

Ein dritter Bobby blieb stehen und hielt die Menschen zurück, die sich langsam näher trauten. Inzwischen war auch das Heulen der Krankenwagensirene zu hören.

Der erste Bobby aber nahm den Weg, den auch der Ghoul mit seinem Opfer gegangen war. Er lief über die Straße, tauchte in die Einfahrt und orientierte sich.

Ein seitlich angebrachter Hauseingang stach dem Bobby ins Auge. Er wirkte wie ein Loch in der grauen Mauer. Zur offenstehenden Tür führten zwei Stufen.

Mit klopfendem Herzen betrat der Bobby das Haus. Dicht hinter der Schwelle sah er eine zweite Tür.

Sie stand ebenfalls offen und führte in den Keller.

Aus dem Dunkel dort hörte der Bobby so schreckliche Laute, daß ihm die Haare zu Berge standen...

Der Mann war noch jung, nicht einmal dreißig, wie Cyril Ransome feststellte. Beide Hände hatte er in den Taschen des dünnen, unmodernen Mantels vergraben. Das dunkle Haar war viel zu lang. Es fiel über beide Ohren und verdeckte sie.

Der junge Mann machte einen nahezu harmlosen Eindruck.

Nur das spöttische und zugleich wissende Lächeln sagte dem Anwalt, daß er es hier mit dem Erpresser zu tun hatte.

Und dann glaubte er auch, diesen jungen Mann schon einmal gesehen zu haben. Eine entfernte Ähnlichkeit bestand mit diesem van Goeck, dem damaligen Industriellen. Ein Verdacht keimte in Ransome hoch, er hütete sich allerdings, ihn auszusprechen.

Mit dem werde ich fertig, dachte er. Ganz sicher, der macht mich nicht klein. Und eine Waffe scheint er auch nicht zu tragen, es sei denn, er hätte sie in der Tasche.

Ransome wollte Gewißheit haben. »Sie sind der, der mich angerufen und hierher bestellt hat?«

»Ja.«

»Und wer sind Sie, wenn ich fragen darf?«

»Ist das wichtig?«

»Für mich schon.«

Der junge Mann lächelte. »Haben Sie das eigentlich nicht erraten, großer Meister?«

»Ich überlege«, dehnte der Anwalt.

»Dann beeilen Sie sich.«

»Wenn ich mir Ihr Gesicht so betrachte, könnten Sie ein van Goeck sein. Stimmt's?«

»Richtig, großer Meister.«

»Und Sie wollen mich erpressen? Warum? Habe ich mit Ihrem Vater nicht gute Geschäfte gemacht?«

Darauf ging der junge Mann nicht ein. »Wo ist das Geld?» fragte er statt dessen.

»Im Wagen.« Der Anwalt deutete über seinen Rücken auf den parkenden Mercedes.

»Holen Sie es.«

»Gleich«, entgegnete Ransome kaltschnäuzig. »Ich will erst wissen, warum Sie mich erpressen.«

Das Lächeln auf dem Gesicht des jungen Mannes verschwand. »Sie werden sich bestimmt noch gut an meinen Vater erinnern können. Damals ging es ihm gut, das stimmt. Doch dann kamen schlechte Zeiten. Mein Vater reagierte nicht richtig auf den Markt. Seine Computerfirma geriet in die roten Zahlen, weil er mit dem technischen Fortschritt nicht mithielt. Ich war noch zu jung und in der Ausbildung. So kam es, wie es kommen mußte. Wir gingen pleite. Das war auch ein Schock für mich. Ich brach mein Studium ab und gammelte herum. Zu meinem Vater hatte ich keinen Kontakt mehr. Bis mich vor zwei Wochen die Nachricht erreichte, daß er auf dem Sterbebett lag. Ich fuhr in das miese, billige Krankenhaus, wo sie meinen alten Herrn hingeschafft hatten. Menschenunwürdig, kann ich Ihnen sagen. Als mein Vater mich sah, hatte er wohl einen lichten Moment. Und er legte in meinem Beisein eine Art Lebensbeichte ab. Plötzlich erfuhr ich, welch ein Geschäft er und Sie miteinander gemacht hatten. Mein Vater starb wenige Stunden später, aber seine Worte habe ich nicht vergessen. Ich fand sogar Unterlagen, in denen er alles schriftlich fixiert hatte. Bereits kurz vor seinem Tod hatte ich den Plan gefaßt, die Papiere unterstützten mich dabei. Jetzt konnte ich endlich so wirken, wie ich wollte. Ich kümmerte mich auch um Sie, versuchte in der kurzen Zeit so viel wie möglich über Sie zu erfahren. Und siehe da, der gute Anwalt Ransome hatte Karriere gemacht. Er war ein wohlsituierter Gentleman geworden, der Angestellte beschäftigt und sein Geld macht. Bei Ihnen ist alles umgekehrt gelaufen, Ransome. Deshalb fordere ich den Anteil, der eigentlich meinem Vater zugestanden hätte. Sind Sie jetzt zufrieden?«

»Noch nicht ganz.«

»So?«

Cyril Ransome nickte. »Ja, da wäre noch etwas zu klären. Wo haben Sie die Papiere versteckt?«

»Die Unterlagen?«

»Genau.«

Der junge van Goeck lachte. »Sie werden doch nicht im Ernst glauben, daß ich Ihnen darüber Auskunft gebe, mein Lieber. Nein, das bleibt mein kleines Geheimnis. Wenn ich die Million habe, schicke ich Ihnen die Unterlagen zu.«

»Und wer gibt mir die Gewähr, daß Sie keine Fotokopien davon gemacht haben?«

Van Goeck hob die Schultern. »Das, mein Lieber, müssen Sie mir schon glauben.«

Der Anwalt schüttelte den Kopf. »Tut mir leid, van Goeck, aber ich glaube es Ihnen nicht.«

»Ihr Pech.«

»Nein, junger Mann, das Ihre.« Bei diesen Worten griff der Anwalt in die Tasche und holte die Armee-Pistole hervor.

Die beiden Gegner standen etwa fünf Schritte voneinander entfernt. Eine Distanz, auf die Ransome kaum fehlen konnte, was er auch nicht vorhatte.

»So ist das also«, sagte van Goeck.

Der Anwalt nickte. »Ja, so.«

Wieder lächelte van Goeck. »Ich glaube kaum, daß Sie mit Ihrer Art und Weise durchkommen werden. Aber ich sehe immerhin, daß sich nichts geändert hat. Sie sind immer noch das gleiche Stück Mist wie früher, Ransome.«

»Beleidigungen lassen mich grundsätzlich kalt«, konterte der Anwalt. Er fühlte sich ganz als der große Sieger, denn er hatte den Erpresser vor der Mündung. Genau wie er es sich ausgerechnet hatte. Besser konnte es gar nicht laufen. »Wo sind die Unterlagen?« zischte er.

»Das sage ich Ihnen nicht.«

»Wollen Sie eine Kugel?«

»Sie werden nicht schießen.« Van Goeck schüttelte den Kopf. »Auf keinen Fall werden Sie das. Sie schaufeln sich damit nämlich Ihr eigenes Grab.«

»Oder das Ihre.«

»Geben Sie mir das Geld, Ransome, und die Sache ist vergessen!«

»Nein!« Cyril Ransome ging einen Schritt vor, während er diese Antwort dem anderen entgegenpeitschte. Und zum ersten Mal sah Ransome so etwas wie Furcht in den Augen des jungen van Goeck flackern. Die Sicherheit des Anwalts schien ihm doch zu denken zu geben.

Van Goeck wollte zurück.

»Bleib stehen!« befahl Ransome kalt.

Der Erpresser gehorchte.

»Und jetzt die Hände hoch und im Nacken verschränken«, ordnete der Anwalt an. Er wartete, bis van Goeck den Befehl befolgt hatte, und sagte dann: »Gehen Sie langsam vor, bis zu dem ersten dicken Baumstamm. Da lehnen Sie sich gegen.«

Auch das tat der Mann. Er schaukelte beim Gehen, wie jemand, der lange Zeit zur See gefahren ist. Einen halben Schritt vor dem mit Moos überzogenen Stamm stoppte er, nahm die Hände aus seinem Nacken, streckte die Arme aus und ließ sich nach vorn fallen, wobei er sich mit den Händen abstützte und in der Schräglage stehenblieb.

Ransome trat näher. Van Goeck konnte das gemeine Lächeln auf den Lippen des Anwalts nicht sehen, er hörte nur die Schritte und spürte die Nähe des anderen.

Im nächsten Augenblick fühlte er die kalte Öffnung der Mündung in seinem Nacken. Sie wurde ihm direkt ins Fleisch gepreßt und erzeugte ein unangenehmes Gefühl.

»Hast du das schon mal gespürt?« fragte Ransome.

»Nein.«

Der Anwalt verstärkte den Druck. »Es wird gleich verschwinden, vorausgesetzt, du erzählst mir, wo die Unterlagen versteckt sind, mein Junge.«

»Nein!« ächzte van Goeck.

Da verschwand der Druck. Van Goeck wollte schon aufatmen, als ihn der Waffenlauf am Kopf traf.

Er stöhnte auf, und Ransome lachte. »Überlege es dir genau, van Goeck. Noch hast du Zeit.« Seine Stimme wurde schärfer und lauter. »Ich gebe dir dreißig Sekunden. Wenn ich bis dahin nicht weiß, wo die Papiere sind, fange ich an. Zuerst schieße ich dir ins Bein, dann in die Schulter und so weiter.«

Van Goeck hatte den Hieb noch längst nicht verdaut. Er war gegen den Stamm getrieben worden und klammerte sich daran fest. In seinem Schädel schienen noch immer winzige Explosionen stattzufinden. Trotzdem hatte er begriffen, was der andere von ihm wollte.

Dreißig Sekunden!

Davon waren zehn schon vergangen.

»Ich warte«, sagte Ransome kalt.

Van Goeck schluckte. Er hatte es sich zu einfach vorgestellt und hätte nie damit gerechnet, daß dieser Anwalt sich so wehren würde. Aber für ihn stand eine ganze Menge auf dem Spiel. Seine Existenz, er hatte vielleicht so handeln müssen.

»Noch fünf Sekunden.«

Jetzt galt es. Van Goeck drehte sich um und schaute dem Anwalt ins Gesicht.

»Nun?« fragte Ransome.

Der junge Mann schüttelte den Kopf. »Geh zum Teufel, du Betrüger, von mir erfährst du nichts.«

»Okay, wenn das dein letztes Wort war, dann stirbst du eben verdammt langsam und qualvoll.« Ransome lachte und zeigte dabei seine falschen Zähne.

Da fiel der Schuß.

In der Stille war er besonders laut zu hören. Der Anwalt erhielt einen heftigen Schlag in den Rücken und wurde nach vorn geworfen, auf van Goeck zu, der hastig zur Seite trat, so daß Ransome gegen den Baumstamm fiel und sich daran festhielt. Mit beiden Armen umklammerte er ihn. Auf seinem Rücken breitete sich ein roter Fleck aus, der immer größer wurde.

Langsam rutschte der Anwalt an dem Stamm entlang zu Boden. Seine Hände öffneten sich, dann lag er auf dem Gesicht und rührte sich nicht mehr.

Van Goeck lachte. Er konnte sich nicht mehr beherrschen. All die erlebte Anspannung entlud sich in diesem Lachen, das wild durch den kahlen Wald hallte.

So abrupt, wie es aufgeklungen war, brach es auch ab. Van Goeck drehte den Kopf.

Dort kam sein Lebensretter. Oder besser gesagt, seine Lebensretterin. Es war eine etwas ältere Frau mit aschblonden Haaren, die sie allerdings unter einem roten Kopftuch versteckt hatte. Sie trug einen mit Fell gefütterten dunkelblauen Mantel und Stiefel. In der Hand hielt sie eine Pistole.

»Das wurde auch Zeit«, sagte van Goeck.

Die Frau gab keine Antwort. Sie ging an dem jungen Mann vorbei, blieb neben der Leiche stehen, sah das Einschußloch, nickte, bückte sich und drehte den Kopf des Anwalts zur Seite.

Ransome war noch nicht tot. Wie unter Zwang öffnete er seine Augen und starrte die Frau an.

Sie sah in das schmutzige Gesicht und lächelte nur spöttisch.

»Brenda«, keuchte der Anwalt, dann brach sein Blick. Cyril Ransome war endgültig tot.

Die Frau richtete sich auf und steckte ihre Waffe weg. »Damit hat er nicht gerechnet«, sagte sie, »daß seine eigene Sekretärin ihn einmal erschießen würde.«

»Nein, wirklich nicht, Brenda. Du bist gut, Darling.« Van Goeck wollte sie in die Arme nehmen, doch sie wehrte unwillig ab.

»Laß die Faxen, Clemens. Was du hier treibst, ist sowieso nicht echt. Wir sind keine Bett- sondern Geschäftspartner. Das solltest du dir merken. Außerdem zieht die Geschichte nicht, daß sich die ältere Sekretärin in den jüngeren Mann verliebt.«

»Entschuldige.«

»Du brauchst dich nicht zu entschuldigen. Sieh lieber zu, daß wir an das Geld kommen.«

So eilig hatte es van Goeck plötzlich nicht mehr. »Wo hast du eigentlich gesteckt?« fragte er.

»Am Bunker.«

»Aja.«

»Das Geld.«

»Es soll im Wagen liegen«, erklärte van Goeck und setzte sich in Bewegung.

Ransome hatte nicht abgeschlossen. Van Goeck öffnete die Beifahrertür und sah den Koffer auf dem Sitz liegen. »Hier ist er!« rief er, drehte sich und hielt ihn hoch.

»Sieh nach, ob das Geld da ist.«

Van Goeck legte den Koffer auf den schmutzigen Boden. Er besah sich die Schlösser. Es waren keine Spezialanfertigungen, man konnte normal aufschieben.

Der junge Mann öffnete.

Zuerst war er enttäuscht, weil er die Ledertasche sah. Doch als er sie geöffnet hatte, quollen ihm die Scheine entgegen, und seine Augen begannen zu glänzen.

Brenda kam näher. »Alles da?«

»Klar. Willst du nachzählen?« Van Goeck drehte den Kopf und schaute zu Brenda hoch, die neben ihm stehengeblieben war und nachdenklich auf der Lippe nagte.

»Du freust dich ja gar nicht«, sagte der junge Mann.

»Nein oder doch.«

»Wie? Das begreife ich nicht.«

»Vielleicht jetzt.« Brenda zog blitzschnell ihre Pistole, mit der sie bereits einen Mord begangen hatte. Sie richtete die Mündung auf den Kopf des jungen Mannes.

Clemens van Goeck bekam nicht nur große Augen, sondern auch eine höllische Angst. Er wußte, daß diese Frau in ihrer Geldgier zu allem fähig war.

»Bist... bist du verrückt?«

»Nein, mein Lieber, nur realistisch. Ich rechne mir aus, daß eine Million doppelt so viel sind wie Fünfhunderttausend Pfund. Das begreifst du doch auch – oder?«

»Heißt das – heißt das...?«

»Genau das heißt es. Ich werde dich erschießen, lieber Clemens.«

»Nein, Brenda. Das kannst du doch nicht tun. Du bist wahnsinnig. Verrückt.«

»Ach, halt den Mund!« erwiderte die Frau kalt und drückte ab.

Clemens van Goeck starb durch einen Schuß in den Kopf. Ohne einen Laut von sich zu geben, kippte er neben den Wagen und blieb regungslos liegen.

»Narr«, sagte die Mörderin nur. »Du bist wirklich ein Narr. Ich teile doch nicht mit grünen Jungen.«

Sie schaute sich um.

Zwei Leichen lagen dort. Und ein Koffer voller Geld. Die Gegend war einsam, sie konnte die Toten ruhig hier liegenlassen. Bis die gefunden wurden, das dauerte. Dann wahrscheinlich von Soldaten, die hier auf dem Gelände übten.

Sie bückte sich nach dem Koffer.

Mitten in der Bewegung erstarrte sie. Das Geräusch eines Motors warf all ihre Pläne über den Haufen. Sie drehte den Kopf nach rechts, wo sie den Wagen gehört hatte.

Sie sah ihn zwischen den Bäumen. Er fuhr genau den Weg, den auch sie hätte nehmen müssen.

Die Mörderin wurde totenbleich. Plötzlich war ihr gesamter Plan keinen Pfifferling mehr wert, denn jetzt mußte sie ums nackte Überleben kämpfen...

Irgendwann bogen wir von den glatten Straßen ab. Für mich auf der Ladefläche wurde die Fahrt jetzt zur reinen Quälerei.

Ich hockte natürlich noch immer auf den Särgen, doch nun hatte ich das Gefühl, in einer Rüttelmaschine zu sitzen. Es ging hin und her. Mal flog ich nach rechts, dann wieder nach links. Der Lastwagen schaukelte nur so durch das Gelände.

Gelände war der richtige Ausdruck, denn als ich die Plane hob und durch den schmalen Spalt blickte, sah ich den kahlen Wald und den braungrauen, unebenen Boden, der dem Lastwagen so große Mühe bereitete.

Genau wußte ich nicht, wo wir uns befanden. Da konnte ich nur raten. Dadurch, daß ich immer wieder nach draußen gepeilt hatte, war mir eines aufgefallen. Ich hatte markante Merkmale gesehen, kannte Straßen und ahnte jetzt, daß der Wagen in den Sandhurst Forest, das große Manövergebiet, eingefahren war.

Hier lag sicherlich auch das Ziel.

Mir ging durch den Kopf, was ich alles über das Gebiet wußte. Viel Gegend und Umgebung, wie man so schön sagt. Wälder, Heide, welliges Gelände, ideal für Manöver und eine klassische Gefechtsausbildung. Aber auch noch alte Bunker aus dem Zweiten Weltkrieg. Verstecke, in die man sich verkriechen konnte. Vor allen Dingen lichtscheues Gesindel, gefährliche Elemente konnten hier Unterschlupf finden. Menschliche Verbrecher als auch Dämonen.

Letztere vielleicht besonders gut, denn sie suchten keinen Kontakt zur Außenwelt, was bei normalen Gangstern oder Verbrechern ja ganz anders ist.

Zweige schleiften über die Plane. Es hörte sich an, als würden Finger darüber kratzen. Kleinere Äste brachen ab, wenn sie zuviel Widerstand spürten. Das Knacken übertönte sogar noch das Motorengeräusch.

Die vier Kerle hatten mich zum Glück noch nicht gesehen. Sie glaubten, auf der Ladefläche sei alles in Ordnung.

Nun ja, sie würden sich wundern.

Noch fuhren sie über den Weg und hatten ihr Ziel nicht erreicht. Lange konnte es nicht mehr dauern.

Ich sollte recht behalten.

Eine scharfe Kurve, in die der Lkw gezogen wurde und mit der ich nicht gerechnet hatte, so daß ich zur Seite geschleudert wurde und mal wieder auf die Särge fiel.

Dann das Bremsen.

Der Motor verstummte.

Stille.

Ich stand auf. Das heißt, ich richtete mich auf Händen und Knien auf. Da hörte ich schon die Stimmen der Männer.

»Verdammt«, sagte da einer und öffnete die Tür, »was macht denn dieses Weib hier?«

»Keine Ahnung!«

»Na, der werde ich mal auf den Zahn fühlen. Und Teufel, da liegen ja zwei Tote.«

Bei diesen Worten sträubten sich meine Nackenhaare. Zwei Tote und eine Frau?

Da peitschte ein Schuß!

Grün und bleich zur gleichen Zeit im Gesicht, so lehnte der Bobby an der Flurwand. Er traute sich einfach nicht in den Keller, wo das grünschleimige Wesen hockte.

Der Polizist hatte zu große Angst, daß auch er sein Leben verlieren könnte. Er schluckte hin und wieder an dem dicken Kloß im Hals und war froh, daß keiner der Hausbewohner in den Keller wollte und er ihn davon abhalten mußte.

Hoffentlich hatten die Kollegen beim Yard angerufen. Dort sollten ja für alle möglichen Fälle Experten sitzen. Vielleicht auch einer für dieses widerliche Schleimmonster.

Wo kam die Bestie überhaupt her? Früher hatte man immer von grünen Marsmännchen gesprochen, die gab es nun mal nicht, das war sicher. Nur, was war diese Bestie dann?

Der Polizist hatte von Ghouls nichts gehört und nichts gelesen. Er wäre nie auf den Gedanken gekommen, einen der widerlichsten Dämonen vor sich zu haben.

Von der Straße her hörte er Stimmen. Schwach nur, nichts zu verstehen. Im Flur war es halbdunkel. Die Tür zum Keller hatte der Polizist angedrückt. Er konnte die Geräusche nicht mehr hören, die waren zu schrecklich.

Viel zu langsam verging die Zeit. Noch immer kam niemand. Hatten seine Kollegen ihn vielleicht vergessen?

Schritte.

In der Einfahrt, das hörte der Bobby ganz deutlich. Er ging ein paar Schritte zur Seite und zog die Tür auf, um nach draußen zu sehen. Da kam tatsächlich jemand. Zwei Bobbies begleiteten ihn. Aber war der Mann in der Mitte wirklich von Scotland Yard?

Kaum zu glauben. Dieser Mann dort in seiner Lederkluft war untersetzt, breitschultrig und ein Chinese.

Jemand aus dem Reich der Mitte.

Die drei blieben stehen. Der Bobby, der Wache gehalten hatte, fragte: »Sind Sie ein Yard-Beamter?«

»Ja«, erwiderte Suko, obwohl das nicht stimmte, doch er hatte den Auftrag erhalten, sich um diese Sache zu kümmern.

John Sinclair war nicht aufzutreiben, Sir Powell hielt sich ebenfalls nicht im Yard auf, und dessen Stellvertreter hatte zuvor von Powell genaue Instruktionen erhalten. Er wußte auch über Suko Bescheid, der nicht im Yard saß, sondern in seiner Wohnung, als ihn der Telefonanruf erreichte.

Suko hörte genau zu. Als der Bobby ein grüngelbes, schleimiges Wesen erwähnte, war die Sache klar.

Ein Ghoul!

Wie der Blitz war Suko gestartet und auf seiner Harley angerauscht. Die Strafzettel sollte die Polizei irgendwo abheften, es ging wirklich um Sekunden. Ghouls waren in ihrer wilden Gier unersättlich.

Der Bobby salutierte, als Suko seine Identität geklärt hatte. »Er... er ist noch im Keller, Sir«, sagte der Polizist.

»Haben Sie irgend etwas bemerkt?«

»Ja, diese schrecklichen Geräusche. Es war ein so grauenhaftes und widerliches...«

Der Chinese winkte ab. »Sie brauchen nichts weiter zu sagen, ich kenne das.«

»Was... was hat dieses Wesen nur mit dem Mann gemacht?« flüsterte der Bobby.

Suko schaute ihn an. »Können Sie sich das nicht denken, Mister?«

»Meinen Sie... meinen Sie...?«

»Genau, das meine ich«, erwiderte Suko. »Und jetzt lassen Sie mich mal allein weitermachen.«

»Brauchen Sie keine Hilfe?«

»Wahrscheinlich nicht.« Suko betrat den Flur. »Bleiben Sie trotzdem hier oben und halten Sie bitte die Neugierigen fern.«

»Natürlich.«

Die drei Bobbies zuckten zusammen, als sie sahen, wie furchtlos dieser Chinese die Tür öffnete. Doch zuvor holte er noch einen seltsamen Gegenstand unter der Jacke hervor. Es war eine Röhre, ein Stab, mit der er einmal einen Kreis im Uhrzeigersinn über den Boden schlug, so daß aus der Röhre drei Riemen fielen.

Jetzt wirkte sie wie eine Peitsche.

In der Tat hatte Suko die Dämonenpeitsche hervorgeholt. Mit ihr wollte er dem Ghoul an den Kragen.

Suko zog die Tür auf. Im Keller war es jetzt ruhig geworden. Suko machte erst einmal Licht. Er fand den Schalter an der rechten Wandseite und drehte ihn herum.

Zwei trübe Birnen gaben ihr mattes Licht ab. Steinstufen, hoch und schmal, bildeten die Treppe. Suko stieg sie langsam nach unten und blieb erst einmal im Gang stehen.

Daß ein Ghoul in der Nähe war, merkte er an dem typischen Leichengeruch, den diese schreckliche Wesen immer verströmten. Sein eigentlicher Aufenthaltsort war ja der Friedhof. Vor allen Dingen auf alten, verlassenen Totenäckern fühlte er sich wohl. Da grub der Ghoul von Grab zu Grab regelrechte Gänge, die den Friedhof dann wie die Fäden eines Spinnennetzes durchzogen.

Wo steckte die Bestie?

Suko hatte die Auswahl. Unter der Treppe gab es einen schmalen Schacht. Der Chinese hatte die kleine Taschenlampe mitgebracht und leuchtete hinein.

Der Schacht war leer.

Also hatte sich der Ghoul woanders verkrochen. Suko drehte sich um und sah, daß der Gang einen Knick machte. Rechtwinklig verlief er weiter.

Da sah er ihn.

Der Ghoul kam von selbst. Er hatte bemerkt, daß ein Mensch, ein Opfer, diesen Keller betreten hatte. Und der Dämon war bewaffnet. Mit einer handlichen Eisenstange, die wohl irgendwo gelegen haben mußte. Kaum hatte er Suko gesehen, griff er an.

Die Stange raste nach unten, während sich der Körper des schleimigen Wesens streckte.

Suko war nicht umsonst Karatemeister. Dabei ungeheuer wendig und schnell.

Er wich aus.

Die Stange verfehlte ihn, krachte gegen die Wand und hinterließ dort eine tiefe Spur. Sofort war der Chinese wieder im Bilde. Die drei Riemen der Dämonenpeitsche pfiffen durch die Luft und trafen auch ihr Ziel.

Voll klatschten sie gegen den schleimigen Körper des Dämons, der diesem Hieb nichts entgegenzusetzen hatte und ihn auch nicht verdauen konnte.

Die magisch aufgeladenen Riemen rissen ihn buchstäblich auseinander. Der Ghoul schrie und heulte. Drei Schnittstellen zeigte sein Körper, und drei Klumpen klatschten zu Boden, wo sie sich sofort zu einer gallertartigen Masse auflösten, die langsam davonrann und Kurs auf einen Abfluß nahm.

Der Ghoul war erledigt. Er bedeutete keine Gefahr mehr für die Umwelt. Aber wo steckte sein Opfer?

Suko ging in den Quergang hinein. Obwohl das Licht nicht gerade strahlend hell war, sah er es doch.

Auf dem grauen schmutzigen Boden lag ein Skelett.

Das Opfer des Ghouls!

Suko wischte über seine Stirn. Dieser Mensch war einen schrecklichen Tod gestorben, einen sinnlosen Tod vor allen Dingen, da half es auch nichts mehr, daß der Ghoul nun endgültig erledigt war.

Der Chinese ging wieder zurück. Die Peitsche rollte er ein und steckte sie weg.

Drei Polizisten erwarteten ihn. Drei erstaunte und neugierige Gesichter schauten ihn an.

»Und?«

»Er lebt nicht mehr.«

»Der Mann auch?«

Suko nickte. »Ja, er ist leider tot. Ich konnte nichts mehr machen. Sie werden ein Skelett finden, Gentlemen, das ist alles, was ich Ihnen sagen kann.«

»O Gott«, stöhnten die Männer nur.

Der Chinese nickte ihnen zu. »Meine Aufgabe ist erfüllt«, sagte er.

»Sagen Sie, Mister, was war das für ein Wesen, das Sie getötet haben?« wurde Suko angesprochen.

Er wich der Antwort aus. »Es ginge zu weit, wenn ich Ihnen das jetzt erklären wollte.«

»Aber wir brauchen Informationen für unseren Bericht.«

Suko winkte ab. »Das erledige ich schon.« Er verließ das Haus, in dem so Schreckliches passiert war. Ein Ghoul in London! Oder waren es mehrere?

Der Chinese wußte es nicht. Er konnte nur hoffen, daß dies ein Einzelfall gewesen war, und er mußte darüber auch John Sinclair informieren. Nur – wo steckte der Bursche?

Beim Yard hieß es, daß er zum Hafen gewollt hatte. Mehr auch nicht.

Vielleicht zur Kosmetik-Fabrik der Fariacs, aber der Fall war abgeschlossen. Es liefen nur noch letzte Laboruntersuchungen, deren Ergebnisse wohl erst in den nächsten Tagen fertig waren.

Der Chinese gab zu, daß er vor einem Rätsel stand.

Brenda hatte es nicht geschafft!

Sie war nicht weggekommen. Zu schnell hatten die anderen reagiert, als sie die Frau entdeckten.

Sie konnte nur noch eins tun. Hinter dem Mercedes Deckung suchen. Das tat sie auch, nahm den Koffer aber mit, denn der war für sie am wichtigsten.

Als die ersten beiden Männer das Führerhaus verließen, hockte Brenda hinter dem rechten Kotflügel am Wagenende und hatte den Arm mit der Waffe auf dem Kofferraum liegen, um genauer zielen zu können.

Und sie schoß.

Die Pistole ruckte in ihrer rechten Hand. Es gab einen trockenen Knall, und die Kugel hieb in das Führerhaus. Die Kerle aber spritzten sofort auseinander, schimpften und fluchten. Mit

Schrecken sah Brenda, daß sie auch bewaffnet waren und sofort zurückschossen.

Diese Schüsse lagen besser.

Der erste jaulte knapp über sie hinweg, der zweite riß einen langen Streifen in das Dach des Wagens und splitterte dort den Lack ab.

Brenda duckte sich.

Ihr Innerstes war aufgewühlt wie nie. Vorhin hatte sie Nerven und Kaltschnäuzigkeit bewahrt. Hinzu kam eine ungeheure Brutalität, doch jetzt sah sie sich in der Falle. Gegen vier Gegner hatte sie keine Chance.

Und an Flucht war nicht zu denken. Die letzten beiden Männer waren auf der anderen Seite des Führerhauses aus dem Wagen gesprungen. Brenda hatte sie nur kurz gesehen.

Sie kniete im Dreck. Vor so etwas hatte sie sich immer geekelt, aber jetzt sah sie keine andere Chance, als sich zu verteidigen oder einfach aufzugeben.

Tat sie letzteres, dann war auch das Geld futsch. Und wer gibt schon freiwillig solch eine Summe auf? Brenda Kelly zumindest nicht. Nein, sie wollte reich sein.

Nach einer Weile meldeten sich die Männer. »He, Süße, komm raus da. Du hast sowieso keine Chance.«

Brenda rührte sich nicht.

»Wir geben dir zehn Sekunden, dann bepflastern wir dich mit Blei, daß dir Hören und Sehen vergeht!«

Der Frau war klar, daß die Männer nicht blufften. Und sie wußte auch, daß sie keine normalen Bürger vor sich hatte oder irgendwelche Waldarbeiter. Diese liefen im Normalfall nicht bewaffnet herum, sondern trugen Äxte, Beile oder Sägen, aber keine Schießinstrumente.

»Noch fünf Sekunden, Süße!«

Brenda wurde von der Wut überschwemmt. »Fahrt zur Hölle, ihr miesen Hunde!«

Lachen. Rauh, kalt und gefühllos. »Du bist mir eine, Süße. Aber keine Angst, wir werden dich schießwütigen Teufel schon kleinkriegen.« Das letzte Wort war kaum ausgesprochen, als die Männer anfingen zu schießen.

Vier Waffen krachten gleichzeitig. Ein wahrer Kugelhagel ergoß sich über den Wagen, hinter dem die Frau in Deckung lag. Brenda hörte, wie die Geschosse in die Karosserie hämmerten und dort Löcher rissen, und sie hoffte, daß es keinen Kurzschluß gab und der Wagen so in Brand geriet.

Noch geschah nichts. Brenda mußte nur weiter runter und ganz in den Dreck, denn ihre vier Gegner wechselten öfter die Stellung. Sie hatten nun bessere Schußwinkel. Jetzt machte sich bemerkbar, daß Brenda Kelly keine Routine hatte. Sie war zwar abgebrüht, gefühllos und kaltschnäuzig, aber solche Auseinandersetzungen kannte sie nur aus dem Fernsehen.

Als ein Geschoß dicht vor ihr den Boden aufwühlte, zuckte sie zur Seite und drehte sich herum. Die Hand mit der Waffe machte die Bewegung ebenfalls mit, doch Brenda Kelly kam nicht mehr dazu, den Zeigefinger zu krümmen.

Vor ihr stand ein Mann.

Er hatte eine Combat-Stellung eingenommen, hielt seinen Revolver mit beiden Händen fest und zielte auf die Frau.

»Eine falsche Bewegung, Killer-Lady, und du bist tot!«

Brenda blieb hocken. Starr, bewegungslos. Sie schaute den Mann an, sah auch an ihm vorbei und entdeckte die drei anderen Kerle, die jetzt auf ihren Kumpanen zukamen.

Sie trugen ebenfalls Waffen.

Da wußte Brenda, daß sie verloren hatte. Mit einer wütenden Bewegung schleuderte sie ihre Pistole in den Dreck, wo sie von einem der Kerle aufgehoben und eingesteckt wurde.

»Okay, Killer-Lady, jetzt kannst du aufstehen«, sagte der Mann, der sie direkt bedrohte.

Brenda erhob sich. An ihrer Kleidung klebte der Schmutz. Lehm, Blätter und Dreck hatten ihre Spuren hinterlassen. Sie sah nicht nur so aus wie die Verliererin, sie fühlte sich auch so.

Die Männer hatten eine Halbkreis gebildet. Ihr Anführer, der Kerl mit den schwarzen Haaren, grinste kalt. »Da müssen Sie sich aber eine verdammt gute Geschichte einfallen lassen, Killer-Lady. Also. Haben Sie die beiden auf dem Gewissen?«

»Ja.«

Der Mann pfiff durch die Zähne. »Meine Anerkennung, das hätte nicht jede geschafft. Nein, nicht einmal Männer. Du scheinst im Training zu sein.«

Brenda hob die Schultern. »Es hat sich so ergeben, sonst hätten die anderen mich umgebracht.«

»Kann ich verstehen.«

»Wieso?«

»Wer so abgebrüht ist, dem muß man ja Stoff geben, meine Liebe. Warum habt ihr euch gekillt?«

Ja, warum, dachte Brenda Kelly. Sie war eine intelligente Frau und hatte sich auch schon eine Erklärung bereitgelegt, von der sie annahm, daß die Kerle sie schlucken würden.

»Eine Agentengeschichte. Es ging um heiße Papiere. Ich arbeite für die Regierung, die anderen beiden kämpften auf der Gegenseite. Hier kam es zum Showdown.«

»Es kann auch umgekehrt gewesen sein«, bemerkte der Schwarzhaarige.

»Wieso?«

»Daß du eine feindliche Agentin bist.«

»Nein.«

»Beweise es.«

»Sie müssen mir glauben!«

»Vielleicht.« Der Mann nagte auf seiner Unterlippe. Er schaute die Frau an, dann traf sein Blick den Koffer, was Brenda sehr wohl bemerkte. Ein heißer Schreck durchströmte ihr Inneres.

»Da sind wohl die Papiere versteckt?« fragte der Schwarzhaarige.

»Genau.«

»Kann ich sie sehen?« Er lächelte.

Jetzt wurde es kritisch. Brenda mußte sich auf die Schnelle etwas einfallen lassen. »Wozu?« Sie hob die Schultern. »Damit können Sie nichts anfangen. Nur für Fachleute.«

»Wer sagt dir denn, daß ich kein Fachmann bin?«

»Das liegt auf der Hand«, konterte Brenda Kelly. »Unsere Begegnung ist nur zufällig. Sie stehen doch im anderen Lager. Sind Gangster oder Killer.«

»Sind Sie besser?« höhnte der Mann.

»Ich arbeite für die Regierung.«

Der Schwarzhaarige lachte. »Gerade ihr seid doch die größten Henker, denn eure Taten werden offiziell geschützt. Ihr killt und werdet nicht eingebuchtet. Wären wir nicht zufällig hier vorbeigekommen... ja na, lassen wir das. Ich will den Koffer. Gib ihn her, Killer-Lady.«

»Es ist wirklich uninteressant.«

»Nein, verdammt. Her damit!«

Bevor die Frau reagieren konnte, war der Schwarzhaarige vorgetreten, hatte sich gebückt und den Koffer an sich genommen. Er warf ihn einem seiner Kumpane zu.

»Öffnen!«

Brenda Kelly hielt den Atem an. Jetzt war alles aus, da brach ihr Lügengebilde wie ein Kartenhaus zusammen. Keine Chance mehr. Sie würden das Geld finden und sie wahrscheinlich töten.

Der Mann fummelte an den Schlössern herum und atmete auf, als der Deckel hochklappte. Er gab jedoch nicht acht, so daß die Tasche aus dem Koffer rutschte und zu Boden fiel.

In der Eile hatte Brenda sie nicht völlig geschlossen. Das wurde ihr jetzt zum Verhängnis.

Pfundnoten rutschten heraus und blieben auf dem feuchten Boden liegen.

Die Kerle bekamen Stielaugen. »Mann«, sagte einer. »Von wegen Papiere. Das ist Geld!«

»Und welch eine Menge«, flüsterte ein anderer andächtig.

»Das ist bestimmt 'ne halbe Million.«

»Mehr, mehr.«

Der Schwarzhaarige beteiligte sich nicht an der Unterhaltung. Er hielt Brenda Kelly in Schach. »Wirklich tolle Papiere«, sagte er. »Sogar James Bond hätte daran seine Freude gehabt. Leider bist du kein Bond. Auch die Agentin nehme ich dir nicht ab, Süße. Du bist eine Mörderin und ein geldgieriges Luder. Eben eine Killer-Lady, wie ich schon zu Beginn sagte.«

Brenda sah ein, daß sie verloren hatte. Sie versuchte es jetzt mit einem Kompromiß. »Wir könnten uns ja einigen«, schlug sie vor. »Das Geld reicht für alle.«

»Klar, besonders für uns. Wieviel Geld ist es denn?«

»Eine Million Pfund.«

Der Schwarzhaarige grinste. »Die kann man zwar durch fünf teilen, aber auch durch vier. Und vier gefällt mir besser.«

Brenda Kelly schluckte. Mit einer ähnlichen Reaktion hatte sie gerechnet, aber sie wollte es genau wissen. »Was haben Sie vor?« fragte sie mit leiser Stimme.

»Zwei Tote liegen hier. Und wir haben Särge geladen, in die wir die Leichen einladen. Deine natürlich auch, Süße. Ob zwei oder drei Tote – spielt es eine Rolle?«

Brenda gab keine Antwort. Was sollte sie auch sagen? Der andere hatte sowieso die besseren Argumente. Vier Revolver überzeugten immer.

»Leg den Koffer in den Wagen!« befahl der Schwarzhaarige. »Wir werden danach teilen.«

Danach! dachte Brenda. Nachdem sie mich erschossen haben. Jetzt bekam auch sie Angst, und die gnadenlosen Augen des schwarzhaarigen Mannes verrieten ihr, daß sie keine Gnade zu erwarten hatte.

Ein anderer Mann erhielt von ihm die Order, den Bunker aufzuschließen. Und zwar die Tür mit dem modernen Schloß.

Der Mann verschwand.

Brenda Kelly wurde jetzt nur noch von zwei Leuten in Schach gehalten. Auch gegen sie hatte die Frau keine Chance.

»Alles klar!« rief der Mann von der Bunkertür her. »Ihr könnt kommen!« Er zog die Tür auf. An ihrer Stelle sah man jetzt ein viereckiges dunkles Loch.

»Geh hin!« befahl der Schwarzhaarige seinem Kumpan.

Brenda versuchte es ein letztes Mal. »Können wir uns denn nicht doch noch einigen?«

»Nein, verdammt!«

»Dann können Sie mich auch hier töten!«

»Im Bunker ist es besser.« Der Schwarzhaarige grinste. Dann rief er seinen Kumpanen zu: »Ladet ihr schon mal die Särge ab! Ich gehe mit der Süßen hier vor!«

Brenda blieb nichts anderes übrig, als der Aufforderung Folge zu leisten. Mit hochgezogenen Schultern und gesenktem Kopf schritt sie auf den Bunker zu, während sich die drei anderen Männer dem Lastwagen näherten, auf dessen Ladefläche ich hockte...

Die ganze Zeit über hatte ich das Geschehene beobachtet. Nichts war mir entgangen, denn mein Blickwinkel war sehr günstig. Sogar ihre Gespräche hatte ich mit angehört und war von der Brutalität dieser Menschen wieder einmal fassungslos.

Auch die Frau, eine zweifache Mörderin, war nicht besser als die Gangster des Logan Costello.

Sie hatte aus Habgier gekillt, trotzdem konnte ich nicht zulassen, daß sie erschossen wurde.

Ich hatte schon vom Wagen springen wollen, als der Schwarzhaarige die Mörderin auf den Bunker zuführte, doch dann bot sich mir eine bessere Gelegenheit.

Drei Männer kamen in geschlossener Reihe auf den Lkw zu. Und – was am wichtigsten war –, sie hatten ihre Waffen weggesteckt, weil die sie zu sehr behinderten.

Es sah gut aus.

Ich ließ die Männer kommen und machte mich sprungbereit. Vor der Ladefläche blieben sie einen Augenblick stehen und sprachen über das Geld, das ihnen buchstäblich in den Schoß gefallen war. Alle wollten ein großes Faß aufmachen, darin waren sie sich einig.

»Erst die Särge«, sagte jemand. »Dann können sie uns alle.«

Die Plane wurde hochgeklappt. Erst nur ein kleines Stück, dann aber mit einem Ruck ganz nach oben.

Die drei Männer schauten auf die dunkle Fläche. Deshalb konnten sie mich nicht sofort sehen.

Dafür aber spüren.

Blitzschnell war ich über den völlig überraschten Gangstern. Sie stießen nicht einmal einen Laut der Überraschung aus, denn ich sprang sie wie ein Panther an.

Den ersten traf ich mit beiden Beinen an der Brust. Der Mann wurde zurückgeworfen und krachte hart zu Boden. Dabei prallte er mit dem Hinterkopf gegen einen Stein. Sein Schädel war weicher, er hielt den Zusammenstoß nicht aus, und der Kerl wurde bewußtlos, was ich allerdings nicht sofort sah, denn ich mußte mich um die beiden anderen Typen kümmern.

Ich selbst hatte mich gut fangen können und war auf den Beinen geblieben. Sofort wirbelte ich herum. Die Beretta hielt ich bereits in der Rechten.

Mit ihr schlug ich zu.

Gangster Nummer zwei bekam den Lauf unter das Kinn geknallt und kippte zurück bis an die Ladefläche.

Der dritte zog seine Waffe.

Und plötzlich starrte er in die Beretta-Mündung. Er blieb steif stehen.

»Alles klar?« fragte ich.

Er nickte.

»Umdrehen!«

Der Mann gehorchte. Er war noch in der Drehung, als ich zuhieb. Es gab ein dumpfes Geräusch, dann sackte der Knabe zu Boden und blieb bewußtlos liegen.

Aber der zweite war noch da.

Und er stürzte auf mich zu, weil er den ersten Hieb inzwischen verdaut hatte.

Ich empfing ihn mit einer gestochenen Linken, die ihn ziemlich durchschüttelte. Sofort setzte ich nach, wobei meine gekrümmte Handkante einen Halbkreis beschrieb.

Der Gangster stellte sich für einen Moment auf die Zehenspitzen, als er den Treffer spürte; dann wurden seine Augen glasig, und er sackte korkenzieherartig zu Boden, wo er liegenblieb und sich nicht mehr rührte.

Das war's.

Ich wischte mir den Schweiß von der Stirn. Drei Gegner zu schaffen gelingt mir auch nicht immer. Ich hatte meinen Erfolg einem wahren Glücksfall zu verdanken. Die Männer waren mit ihren Gedanken bei der hohen Summe gewesen und hatten auch nicht damit gerechnet, einen blinden Passagier auf der Ladefläche zu finden.

Jetzt brauchte sich von ihnen keiner mehr Gedanken darüber zu machen. Sie würden erst einmal schlafen. In der Zwischenzeit konnte ich mich um den vierten kümmern.

Diesen Schwarzhaarigen wollte ich auch noch schnappen. Und natürlich die Frau. Sie sollte mir auf keinen Fall durch die Lappen gehen, sondern sich vor Gericht für ihre Taten verantworten.

Ich schaute zum offenen Bunker hinüber.

Von dem Verbrecherpaar war nichts zu sehen. Die Dunkelheit

des Bunkers hatte beide geschluckt. Sonst war niemand in der Nähe, dem mein Kampf gegen die drei anderen hätte auffallen können.

Ich konnte mich also ungestört an den Bunker heranschleichen, was ich auch tat. Dabei nahm ich nicht den direkten Weg, sondern schlich mehr seitlich auf mein Ziel zu, daß ich von innen nicht sofort bemerkt werden konnte.

Am Eingang blieb ich stehen.

Bisher hatte ich kein Licht im Bunker gesehen, doch als ich nun um die Ecke peilte, bemerkte ich einen schwachen Schein.

Stimmen vernahm ich allerdings nicht.

Ich drehte mich förmlich in den Bunker hinein und gelangte in einen dunklen Gang. Allerdings liefen noch alte Kabel unter der Decke her. Hin und wieder sah ich auch durch kleine Gitter geschützte Lampen, die die Kabelreihe ab und zu unterbrachen.

Zu beiden Seiten des Gangs waren Bänke an dem Gestein befestigt. Hier hatten die Menschen früher gesessen und die schweren Bombenangriffe abgewartet.

Jetzt lag nur noch Staub auf dem Holz.

Ich wurde noch vorsichtiger und duckte mich mehr zusammen, je weiter ich mich dem Lichtschein näherte.

Drei, vier Schritte noch, dann blieb ich stehen, denn dicht vor mir hörte der Gang auf.

Dafür blickte ich in das unterirdische Gewölbe und sah dort ebenfalls zahlreiche Särge. Da stand ein ganzes Lager voller Totenkisten. Nur in der Mitte war noch etwas frei.

Unwillkürlich fragte ich mich, wer so viele Särge sammelte. Es war jedoch müßig, weiter darüber nachzudenken, denn erst einmal mußte ich einen Mord verhindern.

Auf der freien Fläche hielten sich der Mann und die Frau auf. Die Mörderin hatte beide Arme hoch erhoben, während der Schwarzhaarige sie mit der Waffe bedrohte.

Soeben sagte er: »Du kannst dir einen Sarg aussuchen, Killer-Lady. Welchen möchtest du haben?«

»Keinen. Schieß endlich!« sagte die Mörderin mit spröder Stimme.

»Okay, Süße, du hast es nicht anders gewollt!«

Das war genau die Situation, wo ich eingreifen mußte. Ich

tauchte wie ein Geist auf, und meine Stimme hallte dumpf durch die große Bunkerhöhle.

»Ich an deiner Stelle würde nicht abdrücken, Freund!«

Der Schwarzhaarige hörte meinen Befehl, und sämtliches Leben schien aus seinem Körper zu weichen. Er stand da, als hätte ihn jemand festgeleimt.

Aber auch die Frau war überrascht. Sie drehte sich zwar nicht, schielte aber in meine Richtung.

»Wer bist du?« fragte der Mann, nachdem er seinen ersten Schock überwunden hatte.

»Ein Freund.«

Er lachte nur.

»Wirklich«, hakte ich nach. »Ich bin ein Freund. Ich möchte dich nämlich vor Dummheiten bewahren. Ich weiß nicht, ob du schon einen Menschen getötet hast, aber du bist dabei, ein furchtbares Verbrechen zu begehen, wofür es keine Entschuldigung gibt. Sei froh, daß ich rechtzeitig aufgetaucht bin.«

»Wo sind die anderen?«

»Die schlafen.«

Jetzt zuckte der Schwarzhaarige zusammen. »Wer bist du eigentlich, und wo kommst du her?«

»Ich fuhr mit euch, auf der Ladefläche, und ich habe euch schon beobachtet, wie ihr die Särge am Hafen aufgeladen habt. Ich weiß alles und bin außerdem noch Oberinspektor bei Scotland Yard. Damit ist alles gesagt. Laß die Kanone fallen.«

»Ein Bulle!« keuchte er.

»Der dich vor Schaden bewahren will.«

»Aber sie hat gekillt. Zwei Männer hat sie umgebracht, Bulle. Mit ihr kannst du dich befassen.«

»Halt das Maul«, zischte Brenda.

»Keine Angst, die Lady kommt auch noch an die Reihe. Aber erst bist du dran.«

»Nein, Bulle. Ich werfe die Kanone nicht weg. Eine Million kann ich kriegen, und jetzt soll ich aufgeben? Bulle, das ist eine Sache zwischen dir und mir. Ich brauche auch nicht mehr zu teilen. Deshalb wäre ich dumm, wenn...«

Er sprach nicht mehr aus, was er noch sagen wollte, sondern flirrte herum und schoß.

Er feuerte in der Bewegung, viel zu hastig, und auch die zweite Kugel wischte an mir vorbei.

Dann schoß ich zurück.

Vor der Mündung zuckte es blaß auf, und im nächsten Augenblick hieb die geweihte Silberkugel in den Arm des Verbrechers. Es war der rechte, der Schußarm.

Der Mann ruckte hoch, als befänden sich unter seinen Füßen Sprungfedern. Die Waffe ließ er fallen, preßte seine Hand auf die Wunde und taumelte zur Seite, wobei er nicht achtgab und zwischen die aufgestellten Särge fiel.

Ich hatte mich sekundenlang nur auf ihn konzentriert. Diese Chance nahm die Frau wahr.

Waffenlos sprang sie mich an. In ihrer Wut und ihrem Haß wirkte sie wie eine gereizte Tigerin. Ich kam nicht schnell genug weg, sie prallte gegen mich und wollte alle zehn Fingernägel durch mein Gesicht ziehen.

Eine Hand schlug ich zur Seite, die zweite streifte mich am Hals und riß dort die Haut auf.

Ich drückte das Weib von mir. Sie ruderte mit den Armen, hielt sich jedoch und griff erneut an.

Obwohl sie eine zweifache Mörderin war, scheute ich davor zurück, hart zuzuschlagen. Ich brachte es einfach nicht fertig, ihr so zu begegnen wie einem Mann.

Mit ihren Fäusten trommelte und schlug sie auf mich ein, wobei sie mir die wildesten Beschimpfungen entgegenschleuderte. Das Kopftuch hatte sich gelöst und war zu Boden geflattert. Aschblondes Haar fiel strähnig in das Gesicht der Furie, die nicht zu bremsen war.

Immer wenn ich dachte, einen ihrer Arme gepackt zu haben, entwischte sie wieder.

Schließlich gelang es mir doch.

Ich hatte meine Beretta hastig weggesteckt und konnte nun beide Hände zu Hilfe nehmen. Dadurch bekam ich ihren rechten Arm zu fassen, bog ihn hoch und nahm die Furie in den Polizeigriff. Wenn sie sich nicht irgend etwas brechen wollte, mußte sich die Frau meinem Druck beugen. So gelangte sie in eine gebückte Haltung, aus der heraus sie nach hinten treten wollte und nur knapp mein Schienbein verfehlte, so daß ich den Arm noch höher biegen mußte, damit sie ihre Attacken stoppte.

»Ruhig!« zischte ich.

Sie erschlaffte. Urplötzlich gab sie auf und begann zu weinen, was mich jedoch nicht erschütterte.

Nicht die Tränen einer zweifachen, eiskalten Mörderin.

»Hören Sie auf!« fuhr ich sie an. »Das Geheule nimmt Ihnen keiner ab, und ich schon gar nicht.«

Sie verstummte tatsächlich und zog nur noch einmal die Nase hoch. Dafür sagte sie mit erstickt klingender Stimme: »Mister, eine Million Pfund liegen in dem Wagen. Wir können teilen. Fünfhunderttausend sind auch für einen Bullen verdammt viel Geld, überlegen Sie sich das.«

»Nein!«

»Alles. Sie kriegen alles. Einverstanden? Und ich lege auch noch diesen Idioten da um!«

Hoppla, da hatte sie mich auf eine Idee gebracht. Der Mann war zwar verletzt, aber noch nicht ausgeschaltet.

Ich drehte mich um und nahm die Frau mit.

Der Schwarzhaarige lag zwischen den Särgen und versuchte, auf die Beine zu gelangen, was gar nicht so einfach war, da er seinen rechten Arm nicht gebrauchen konnte.

»Bleiben Sie liegen!« befahl ich.

»Verdammt!« keuchte er. »Ich bin verletzt. Ich brauche einen Arzt. Hol mir einen. Ich krepiere...«

»So leicht stirbt man nicht.«

»Mistbulle.«

Er haßte mich, obwohl ich ihn vor der wohl größten Dummheit seines Lebens bewahrt hatte. Aber das konnten oder wollten diese Verbrecher nicht einsehen.

Er hörte auch nicht auf mich, sondern kämpfte sich weiter in die Höhe, weil er unbedingt aufstehen wollte.

Ich wollte etwas sagen, ihn weiterhin abhalten, da geschah etwas, was mir buchstäblich den Atem raubte.

Die beiden Särge, zwischen denen der Gangster lag, blieben nicht mehr auf dem Boden, sondern erhoben sich.

Ja, sie schwebten plötzlich. Der Schwarzhaarige hatte noch

den linken Arm auf einem der Särge liegen gehabt, jetzt fiel er herunter. Etwa ein Yard über dem Boden blieben die Särge in der Luft stehen.

Da hatte ich den Beweis.

Der Stauer Ladween war zu mir gekommen und hatte von fliegenden Särgen gesprochen.

Sie flogen tatsächlich.

Aber nicht nur die beiden, auch im Hintergrund der Höhle erhoben sich zwei weitere Särge und schwebten lautlos auf die beiden ersten Totenkisten zu, wobei sie sich über sie setzten, allerdings so knapp, daß kaum eine Handbreit Zwischenraum blieb.

Ich starrte die Särge an.

Plötzlich wußte ich, daß mir von ihnen eine große Gefahr drohte. Die würden nicht in der Luft stehenbleiben, sondern...

Ich konnte den Gedanken nicht zu Ende denken, denn schon geschah es.

Die Särge flogen los.

Genau auf die Frau und mich zu!

Ich ließ die Mörderin los. Jetzt gab es nur noch eine Chance für uns.

Flucht!

»Laufen Sie!« brüllte ich der schreckensbleich dastehenden Frau zu und gab ihr einen Stoß, weil sie nicht sofort reagierte.

Ich selbst rannte, denn die schweren Särge würden uns zerschmettern, wenn sie uns erreichten.

Trotz meiner trampelnden Schritte hörte ich das Zischen, wie die Särge durch die Luft schnitten. Sie kamen mir vor wie makabre Raketen, und ich warf einen raschen Blick nach rechts, wo die Mörderin rennen mußte.

Ich sah sie nicht. Sie mußte wohl hinter mir sein.

Dann hörte ich ihren Schrei.

Grauenhaft, spitz und grell hallte er in dem alten Bunker wider und pflanzte sich als schauriges Echo fort, das mir fast das Blut in den Adern zu Eis werden ließ.

Ich warf mich gegen die Wand und tauchte gleichzeitig zu

Boden. Zum Glück, denn die zweite schwere Totenkiste wuchtete über meinem Kopf hinweg.

Eine jedoch hatte die Mörderin erwischt. Mit der Kante war die Frau am Kopf getroffen und zu Boden geschmettert worden. Sie lag dort in verrenkter Haltung, und ich sah die Lache unter ihrem Gesicht, die sich langsam ausbreitete.

Blut.

Im nächsten Augenblick zischten die beiden nächsten Särge vorbei. Diese vier waren durch den Gang nach draußen geflogen.

Aus dem Hintergrund der Höhle hörte ich den Schwarzhaarigen schreien, während ich neben der Frau in die Knie ging und in ihr Gesicht schaute.

Angst und Entsetzen hatten es in den letzten Sekunden ihres Lebens gezeichnet. Beides war auf ihren Zügen wie festgemeißelt. Ich sah aber auch den leeren Ausdruck in ihren Augen, wo die Pupillen wie gebrochenes Glas wirkten.

Es gab keinen Zweifel.

Die zweifache Mörderin lebte nicht mehr. Das Schicksal, das sie den anderen zugedacht hatte, unter anderem auch mir, hatte sie nun selbst erwischt.

Der Schwarzhaarige schrie: »He, Bulle, wo steckst du? Verdammt, hol mich hier weg!«

»Bleib liegen!« brüllte ich zurück. »Ich werde dich holen, aber später!«

»Neiiinnnn...!« Er heulte auf. Ich kümmerte mich nicht um das Geschrei. Im Moment hatte ich andere Sorgen. Die fliegenden Särge waren es. Ihr Geheimnis wollte ich unbedingt enträtseln.

Wie kam es dazu, daß sie, die toten Gegenstände, fliegen konnten? Welche Macht trieb die Totenkisten an?

Magie? Oder waren es die Ghouls, die vielleicht in den Särgen hockten? Ich konnte es einfach nicht lassen, mir darüber Gedanken zu machen, obwohl es jetzt wichtiger war, die fliegenden Särge als Tatsache hinzunehmen und sich in Sicherheit zu bringen.

Vier waren jedenfalls durch den Gang nach draußen geflogen. Ob sich alle Särge, die hier lagerten, selbstständig machen konnten, wußte ich nicht.

Auch die vier reichten.

Ich rannte jetzt nicht mehr, sondern ging vorsichtig dem Ende des Ganges entgegen. Der Schwarzhaarige weit hinter mit hatte sich beruhigt. Er sah wohl ein, daß es besser war, wenn er mich nicht auf sich aufmerksam machte.

Womit konnte ich den fliegenden Särgen begegnen? Mit der Beretta wohl kaum. Ich konnte mir nicht vorstellen, daß diese Särge durch Kugeln zu stoppen waren, da mußte man wohl eine andere Magie anwenden. Welche, das wußte ich auch nicht.

Ich blieb erst mal stehen, als ich den Ausgang des Bunkers erreichte. Mit Argusaugen peilte ich nach draußen und suchte die vier Särge. Ich sah sie nicht.

Dafür den Lastwagen, den Mercedes und die beiden Toten. Auch die von mir niedergeschlagenen Männer lagen noch dort und rührten sich nicht. Sie bekamen zum Glück von all dem nichts mit.

Die frische Luft fuhr mir ins Gesicht. Sie schmeckte winterlich kühl. Der Himmel war mit dichten, grauen Wolken überzogen, die sich immer tiefer senkten und bald ihre Schneelast abladen würden.

Zwei weitere Schritte brachten mich so weit, daß ich einen noch besseren Überblick hatte, doch die Särge waren verschwunden.

Stille lag über dem Land. Ich steckte meine Waffe weg und schaute mich um.

Kahle Bäume, der graue Himmel, aber von den fliegenden Särgen sah ich keine Spur.

Sie waren weg.

Ich schluckte einen Fluch herunter, denn damit hatte ich nicht gerechnet.

Noch war alles unklar in diesem Fall. Es gab fliegende Särge, eine Mörderin, eine Million Dollar, zwei Tote, aber wie hing das alles zusammen? Und welch eine Rolle spielten die Ghouls in dem Fall?

Ein Geräusch machte mich aufmerksam. Es hörte sich an wie ein Brausen und Pfeifen, und es erklang über mir.

Ich hob den Kopf.

Da sah ich sie.

Vier Särge stießen aus den grauen, tiefhängenden Wolken nieder, in denen sie sich versteckt hatten. Und alle vier Särge waren besetzt. Auf ihnen hockten die Ghouls...

Jeder der vier Dämonen hatte auf einem Sarg Platz genommen. Sie saßen ziemlich weit vorn, dicht hinter der Kante.

Vier schleimige Wesen, die natürlich auch wußten, daß in der Nähe Tote lagen, und die sich mit ihnen beschäftigen wollten.

Aber diese Suppe würde ich ihnen versalzen, das hatte ich mir fest vorgenommen.

Wieder zog ich meine Waffe. Ich drehte mich um, schaute in alle vier Richtungen, denn sie schossen wirklich daraus hervor, um mich einzukesseln.

Größer wurden die Särge. Auch die Ghouls schienen zu wachsen. Ich sah ihre weit aufgerissenen Mäuler mit den widerlichen, harten, stiftartigen Zähnen, und ich sah ihr Grinsen.

Für sie war ich ein Opfer.

Leicht wollte ich es ihnen nicht machen. Diesmal lief ich nicht weg, sondern ging in die Knie.

Einen Sarg, oder besser gesagt, den »Steuermann«, nahm ich aufs Korn.

Ich mußte dabei in die Knie, weil ich so einen besseren Schußwinkel hatte. Ungefährlich war das nicht, denn von den drei anderen Seiten näherten sich ebenfalls die Särge mit hoher Geschwindigkeit, und alle vier würden mich gleichzeitig erreichen.

Dann schoß ich.

Über Kimme und Korn hatte ich gezielt, um mich in dieser wichtigen Sekunde nicht ablenken zu lassen. Und ich sah, wie die geweihte Silberkugel in die Brust des auf dem Sarg hockenden Ghouls hieb.

Ein Windstoß schien den Dämon von der Totenkiste zu fegen, so wuchtig war der Einschlag. Ich sah noch ein wirbelndes grüngelbes Wesen, dann wurde es für mich Zeit.

Was ich hier ziemlich langsam schildere, spielte sich in Wirklichkeit sehr schnell ab. Eine Sache von Sekunden praktisch. Und innerhalb von Sekunden mußte ich auch weg.

Zum Glück kam ich auf dem glatten Boden gut in Schwung. Ich rutschte nicht aus, startete zur Seite und rannte auf die nächstbeste Baumgruppe zu.

Ich hatte sie noch nicht erreicht, als ich bereits das Splittern vernahm.

Ein Aufschlag, ein Krach, der Sarg war in die Erde gerast und auseinandergeplatzt.

Im nächsten Augenblick fiel ich zwischen die Bäume und das sperrige Unterholz.

Zweige schlugen in mein Gesicht, kratzten über die Haut, hakten sich in die Kleidung. Ich prallte zu Boden, rutschte mit dem Kinn durch den Dreck und rollte mich zur Seite.

Jetzt hatte ich besseres Blickfeld.

Der Sarg war in der Tat gegen die Erde gerast und vollständig zersplittert. Die anderen drei aber waren von den Ghouls rechtzeitig herumgerissen und wieder in die Höhe gezogen worden, wo sie sich zu einem neuen Angriff formierten.

Der von der Kugel getroffene Ghoul lag auf der feuchten Erde und verging. Die Flüssigkeit sickerte in den Boden.

Ich stand auf.

Drei Gegner noch.

Ob ich die schaffte, war fraglich. Ich konnte nicht so schnell rennen, wie die Särge flogen, und der Weg zum Mercedes war auch ziemlich weit. Sie hätten mich immer erwischen können. Ob ich mit dem Fahrzeug entkam, war auch fraglich.

Was also tun?

Stellen.

Noch hatte ich die Beretta. Und darin steckten genügend Kugeln, um die Ghouls zu vernichten.

Ich suchte die Ziele. Die Särge befanden sich ziemlich hoch in der Luft, eigentlich zu hoch für einen sicheren Schuß. Meine Gegner schienen genau zu wissen, wie sie mich hinhalten konnten. Zudem waren sie durch den Tod ihres Artgenossen gewarnt.

Ich lockte sie.

Die Deckung verließ ich und stellte mich auf die freie Fläche vor den Bunker.

Die verdammten Ghouls sollten endlich kommen, ich wollte dieser Sache ein Ende bereiten.

Und sie kamen.

Zumindest einer.

Über mir kippte der Sarg plötzlich nach vorn. Es sah aus, als würde er abstürzen, dann jedoch wurde sein Flugwinkel besser, und die makabre Totenkiste nahm den direkten Kurs auf mich.

Ich ging in Combat-Stellung.

Zielen und feuern – eine Bewegung.

Aber daneben. Die Kugel traf nur den Sarg, da richtete sie keinen Schaden an.

Der zweite Schuß.

Diesmal war der verfluchte Sarg schon zu nah. Ich hörte noch das rollende Echo, als ich mich bereits zur Seite warf. Noch in der Luft vernahm ich das Splittern, als der nächste Sarg voll in den Boden rammte und auseinandergerissen wurde.

Der Ghoul schrie klagend, es hörte sich an wie ein Tier. Ich kümmerte mich nicht darum, denn die beiden letzten Särge hatten sich gedreht und nahmen Kurs auf mich.

Sie flogen nebeneinander.

Wenn ich ihnen so entgegensah, erinnerte sie mich an zwei Raketen, die man auf ihr Ziel programmiert hatte.

Schießen konnte ich nicht mehr. Wenn ich einen Ghoul traf, würde der andere übrigbleiben.

Es gab nur eine Chance.

Rein in den Wald.

Und ich rannte los, als ginge es um Weltmeisterehren. Meine Füße stampften über den harten Boden. Ich rutschte weg, fing mich wieder, rannte weiter und vernahm hinter mir die wilden Schreie.

Jeden Moment erwartete ich den mörderischen Aufprall, den ich nicht überleben konnte, weil er mir das Rückrat brechen würde. Und dann riskierte ich es, stieß mich ab und warf mich mit einem verzweifelten Sprung zwischen die Bäume.

Geschafft?

Ein Krachen, dumpfe Aufprallgeräusche. Bäume zitterten. Ich bedeckte meinen Kopf mit beiden Armen. Etwas klatschte auf meinen Rücken, Dreck spritzte über mich, dann wurde es ruhig.

Ich war unverletzt.

Glück gehabt.

Sofort sprang ich auf die Füße, drehte mich um und sah die Särge, von denen nur Überreste zwischen Bäumen und Unterholz herumlagen. Skurrile Gebilde, die einmal so gefährlich gewesen waren.

Die Ghouls hatten überlebt.

Sie wanden sich über den Boden und glitten unter den Trümmern hervor, bevor sie sich erhoben.

Einer stand dicht bei mir und öffnete sein Maul.

Ich schoß!

Die Kugel klatschte in den Kopf des schleimigen Wesens, das sich hier in seiner Urform zeigte. Die widerlichen, schleimigen Bestien krochen auch durch die Gänge unter den Friedhöfen.

Das geweihte Silber zerstörte den Ghoul. Er zerlief nicht, sondern trocknete buchstäblich aus, wobei sich sein unförmiger Körper immer mehr zusammenzog.

Der letzte Ghoul.

Diese Bestie wollte sich absetzen. Hüpfend übersprang er die Trümmer der Särge und suchte das Weite.

Ich blieb ihm auf den Fersen.

Und ich war schneller. Mit den Schuhen schleuderte ich störende Bretter zur Seite, dann hatte ich ihn.

Diesmal nahm ich nicht die Beretta, sondern das Kreuz. Als sich der Ghoul umwandte, schleuderte ich es ihm entgegen.

Die geweihte Macht zerstrahlte ihn buchstäblich. Es gab eine grelle Lichtexplosion, die mich blendete, und als ich wieder klar sehen konnte, war von dem Ghoul nichts mehr zu sehen.

Das war's dann. Ich bückte mich, nahm mein Kreuz und ging wieder zurück.

Ich wollte noch den Schwarzhaarigen holen, wie ich es ihm versprochen hatte.

Er verließ gerade den Bunker. Totenbleich im Gesicht. Er hob den gesunden Arm und krächzte: »Ich... ich habe alles gesehen...«

Dann fiel er in Ohnmacht.

Wir hatten uns in den Mercedes gesetzt. Der Mann hieß Dale Arden, wie er mir erzählte, als ich seine Wunde provisorisch verband. Das Geld lag auf dem Rücksitz. Ich würde es abgeben und dafür sorgen, daß es in die richtigen Hände kam.

Aber von Arden wollte ich wissen, wie das alles zusammenhing. Warum diese Sargsammelei?

Er wußte nicht viel.

»Wir sollten sie nur hier in diesen Bunker schaffen«, erklärte er.

Ich starrte durch die Scheibe. »Sonst nichts?«

»Nein.«

»Waren Sie schon mal hier?«

»Ja, wir haben das Schloß angebracht.«

»Für Logan Costello?«

Er nickte.

»Sammelt Costello Särge?« fragte ich.

»Keine Ahnung. Es sieht so aus.«

Ich dachte nach. Es konnte sein, daß er diese Totenkisten brauchte, um unbequeme Mitwisser loszuwerden, aber welche Rolle spielten dann die Ghouls? Was hatte Costello mit den Bestien zu tun?

Das wußte Arden auch nicht, als ich ihn danach fragte. Er hob nur die Schultern.

Andererseits sah solch eine Aktion ganz nach Dr. Tod aus. Er war der einzige, der mit einem gewaltigen Sarglager etwas anfangen konnte. Als Versteck für Ghouls oder Vampire. Das alles konnte durchaus passieren. Ob es so gewesen war, wußte ich nicht. Vielleicht würde ich es gar nicht erfahren. Auf jeden Fall wollte ich das Lager räumen lassen.

Ich startete.

»Wohin?« fragte mich Arden.

»Sie müssen in ärztliche Behandlung.«

»Ist Ihnen nicht egal, was mit mir geschieht?«

»Auf keinen Fall.«

»Hm, ein menschlicher Bulle.«

»Soll es ja geben.« Danach schwieg ich, weil ich Mühe hatte, den Wagen auf dem schmalen Feldweg zu halten. Er schaukelte wie ein Schiff bei hohem Seegang. Und Arden, der sowieso schon einiges hinter sich hatte, wurde leicht grün im Gesicht.

Leider hatte das Fahrzeug kein Telefon. Ich konnte die Kollegen erst von der nächsten Zelle aus sprechen. Als wir die Straße erreichten, war ich froh. Die Schaukelei hörte auf. Endlich wieder Asphalt.

Da machte mich etwas stutzig.

Das flappernde Geräusch über uns. Ich kurbelte die Seitenscheibe nach unten und streckte den Kopf hinaus, während Arden durch die Frontscheibe schielte.

Der graue Hubschrauber verschmolz fast mit den Wolken, die immer tiefer sanken. Dennoch sah ich genau, welchen Kurs die Maschine einschlug. Sie flog in Richtung Bunker.

Ich stoppte.

»Was ist denn jetzt los?« fragte Arden.

»Wir müssen wieder zurück.« So rasch es ging, wendete ich den großen Wagen und fuhr noch schneller zurück. Fast hätte ich sogar den schmalen Weg übersehen und riß im letzten Moment das Steuer herum.

Diesmal prügelte ich den Mercedes über die schlechte Wegstrecke. Der Hubschrauber war nicht mehr zu sehen, da ich jedoch weiterhin das Fenster geöffnet hatte, hörte ich ihn.

Er mußte bereits gelandet sein.

Ich fuhr noch schneller.

Wir hüpften auf den Sitzen. Einmal stieß ich mir sogar am Wagenhimmel den Kopf. Dale Arden hatte die Zähne zusammengebissen. Diese Fahrt tat seiner Verletzung nicht gut.

»Halten Sie durch«, sagte ich, »und gehen Sie in Deckung.« Ich hatte ein unbehagliches Gefühl bei der Sache.

Die ersten Flocken fielen vom Himmel und tupften gegen die breite Frontscheibe.

Ich hielt.

Der Hubschrauber war gelandet. Noch drehten sich die Rotorblätter. Es stieg auch niemand aus, und das machte mich stutzig. Deshalb blieb auch ich sitzen. Die Beretta hatte ich auf meinem Schoß liegen.

Dann schwang die Tür des Hubschraubers auf. Heraus stieg –

eine Frau. Dunkle Haare, die im Rotorwind flatterten. Eine leichte Pelzjacke trug sie und eine enge Hose.

Ich sah aber auch die Maschinenpistole in ihrer Hand. Ohne Waffe konnte ich mir die Frau überhaupt nicht vorstellen. Pamela Scott, auch Lady X genannt, war ein Mitglied von Dr. Tods Mordliga.

Sie blieb am Ausstieg stehen, sah den Mercedes und verengte die Augen.

»Bleiben Sie ja unten!« flüsterte ich Arden zu, als ich vorsichtig die Tür öffnete.

Vielleicht konnte ich sie packen.

Da hatte sie mich gesehen. Sie warf den Kopf zurück, und ich hörte, wie sie meinen Namen schrie.

Im nächsten Augenblick spuckte die MPi ihre lange Kugelgarbe aus. Ich machte einen gewaltigen Hechtsprung, als die Bleihummeln den Boden aufrissen und auf mich zujagten.

Mit der Schulter kam ich auf, rollte mich herum und feuerte zurück. Leider traf ich nicht, doch Lady X zog sich nach der zweiten Garbe zurück.

Der Hubschrauber startete.

Fast senkrecht hob er vom Boden ab. Innerhalb weniger Sekunden hatte er die Höhe der Baumwipfel erreicht und verschwand.

Ich richtete mich auf und atmete tief durch.

Das Geräusch verklang in der Ferne, es kam auch nicht zurück, und ich ging wieder zum Wagen, wo Arden angstschlotternd hockte.

»Wer war das?« fragte er.

»Eine gute Freundin von mir«, erwiderte ich sarkastisch und schwieg mich ansonsten aus.

Zwei Stunden später wimmelte es auf dem Gelände von Polizisten. Suko war auch dabei, und ich erfuhr, daß er einen Ghoul erledigt hatte. Da war ich froh.

Wir untersuchten die Särge.

Sie alle waren leer. Nichts wies auf irgendwelche Ghouls mehr hin. Andere Kollegen kümmerten sich um die Toten. Dieser Fall wurde später genau aufgeklärt, und ich erfuhr, daß er sich mit dem meinen überhaupt nicht berührte.

Irgend jemand hatte Costello geholt. Er kam in Begleitung seines Anwalts.

Der Gangsterboß, er trug einen eleganten blauen Tuchmantel, der ihn seriös erscheinen ließ, sagte zwar einiges, aber im Prinzip so gut wie nichts.

Wir erfuhren, daß er die Särge preiswert in Italien erworben hatte und sie hier lagern wollte, bis er wieder ein neues Bestattungsunternehmen eröffnet hatte.

So die offizielle Version.

Die Wahrheit war eine ganz andere. Costello arbeitete sicherlich mit Dr. Tod zusammen und sollte irgend etwas für ihn vorbereiten. Was es war, wußte niemand von uns. Wir konnten Costello die Särge auch nicht vorenthalten, er hatte sie gekauft und diesen Bunker praktisch als Lager gepachtet.

Verlierer auf der ganzen Linie?

Nein, nicht ganz. Ich hatte erfahren, daß Dr. Tod auch in das Ghoulgeschäft eingestiegen war, wenn ich das mal so nennen darf. Und ein Ghoul fehlte ihm noch in seiner Sammlung. Einige hatte ich erledigt, doch es würden neue kommen, dessen war ich mir sicher. Ob Dr. Tod in dem Hubschrauber gesessen hatte, konnte ich nicht sagen. Eine Fahndung nach der Maschine war im Sande verlaufen. Der Hubschrauber hatte keinerlei Kennzeichen getragen.

Suko sprach das aus, was ich dachte. »Er plant wieder etwas. Wir werden unsere Augen offenhalten müssen.«

»Du sagst es, Suko!«

Ich konnte mir nicht helfen. Wenn ich an die Zukunft dachte, bekam ich Magendrücken. Sie sah düsterer aus als je zuvor...

ENDE

Ich flog in die Todeswolke

Der Nachtportier wunderte sich, als er zu dieser späten Stunde noch die Gestalt vor der Tür sah. Kein Zweifel, das war eine Frau, der Portier erkannte deutlich die langen Haare.

Was wollte sie? Jetzt noch jemanden besuchen?

Der Mann öffnete. Eine Frau konnte ihm nicht gefährlich werden – dachte er.

Er zog die Tür auf, sah die langen rotblonden Haare, den aufgestellten Mantelkragen und die Faust.

Die allerdings zu spät. Der Hieb traf ihn genau am Kinn und schleuderte ihn zurück in den Flur. Die hat einen Schlag wie ein Pferd, dachte der Mann. Dann sah er nichts mehr, nur das Messer an seiner Kehle.

»Du verhältst dich ruhig, okay?«

»Ja...«, krächzte der Mann. Er verdrehte die Augen und schielte auf die Klinge. Trotz der unmittelbaren Lebensgefahr hatte er bemerkt, daß die »Frau« ein Mann war. Eine Frau sprach nicht mit solch tiefer Stimme.

»Steh auf!« Er hörte den Befehl, und die Klinge verschwand von seinem Hals.

Der Portier erhob sich taumelnd. An seinem Körper schienen Zentnerlasten zu hängen, er hatte schreckliche Angst, daß dieser verkleidete Kerl ihn umbringen wollte.

Es tauchte noch ein zweiter auf. Lautlos huschte er durch die Tür und stand mit wenigen Schritten neben seinem Kumpan und dem schreckensbleichen Portier.

»Alles klar?« fragte der Neuankömmling.

»Ja.«

»Dann in die Kabine mit ihm.«

Der Portier saß in der gläsernen Box, wo er einen guten Überblick hatte und jeden sehen konnte, der das Haus betrat. Von der Seite konnte man die Kabine betreten.

Der Portier durfte sich setzen. Der Mann mit dem Messer blieb hinter ihm stehen. Kalt lag die Klinge auf dem Nacken des Portiers. Mit der freien Hand zog sich der Mann die Perücke vom Kopf und schleuderte sie zu Boden. Er konnte dieses widerliche Ding nicht mehr tragen.

»Was... was wollen Sie eigentlich?« erkundigte sich der Portier, nachdem er Mut gefaßt hatte.

»Du hast doch die Schlüssel!« zischte der zweite Mann.
»Welche?«
»Von allen Wohnungen.«
»Nein, ich...«
Der Hieb traf ihn in der Seite. Der Kerl wußte genau, wo es weh tat.

Das Stöhnen des Portiers bewies, daß er auch hier richtig lag. »Mit Lügen lassen wir uns nicht abspeisen!« zischte er, während der zweite das Messer leicht andrückte.

Der Portier spürte einen kurzen Stich, wie beim Blutabnehmen, dann rann es feucht in seinen Kragen.

»Eine dumme oder falsche Antwort noch, dann sticht mein Freund richtig zu!«

»Okay!« Der Portier flüsterte das Wort. »Was wollt ihr?«

»Schlüssel.«

»Alle?«

»Idiot, nur von einem Apartment. Du hast doch so einen Generalschlüssel, du mußt ihn haben...«

»Der liegt bei der Hausverwaltung.«

»Ach, wirklich? Und was machst du, wenn es mal brennt? Wenn in einer der Wohnungen Feuer ausbricht?«

»Da habe ich ein Spezialinstrument. Aber keinen Schlüssel«, erwiderte der Portier.

»Siehst du, und dieses Instrument wollen wir haben.«

»Ich kann es nicht aus der Hand geben«, jammerte der Portier.

»Willst du sterben?« fragte der mit dem Messer.

»Sie kriegen den Schlüssel.«

»Na bitte.« Der Messermann lachte leise.

»Darf ich aufstehen?«

»Gern.« Der Messerdruck am Hals des Mannes verschwand, und der Portier erhob sich von seinem Stuhl. Es ging ihm schlecht, er war nicht mehr der Jüngste, und es wäre Wahnsinn gewesen, den Einbrechern Widerstand entgegenzusetzen.

Der Schlüssel befand sich an der Seite des Pults, in einem kleinen Safe.

Der Portier mußte ihn erst aufschließen. Als er sich bückte, schoß ihm das Blut in den Kopf. Eine Folge der wahnsinnigen Angst. Er war Zeuge, hatte genug Krimis gesehen, in denen die

Verbrecher die Zeugen nicht am Leben ließen. Seine Hände zitterten plötzlich so sehr, daß er den Schlüssel fallen ließ.

»Idiot!« zischte der Mann mit dem Messer.

Beim zweiten Versuch klappte es. Der Portier konnte die Safetür aufziehen.

Das Instrument lag unter einigen Unterlagen in einem kleinen Kasten. Der Portier holte ihn hervor, und der zweite Mann riß ihm den Kasten aus der Hand.

Er klappte den Deckel hoch. Ein fingerlanges Gebilde aus Kunststoff stach ihm ins Auge. Es sah aus wie ein schmaler Stab, war aber an einer Seite eingefräst.

»Ist er das?« fragte der Messerkerl und drückte dem Portier die Klinge wieder an den Nacken.

»Ja.«

»Okay, dann los.«

Der zweite Mann trat neben seinen Kumpan. Aus der Manteltasche zog er einen Revolver. Als der Portier das sah, wurde er kalkweiß. Sie töten dich, schoß es ihm durch den Kopf, sie erschießen dich.

Das geschah nicht. Der Mann schlug zu. Kurz und trocken. Ein heftiger Schmerz zuckte durch den Schädel des Portiers, dann sank er langsam zu Boden.

Neben seinem Stuhl blieb er liegen. Die beiden Männer warfen noch einen letzten, zufriedenen Blick auf den Bewußtlosen und verließen die Glaskabine. Ohne große Eile schlenderten sie zu den Aufzügen.

Sie stiegen in einen ein.

Als die Tür vor ihnen zuglitt, fragte der Kerl mit dem Messer: »Wie hieß gleich der Kerl, bei dem wir den Koffer stehlen sollen?«

»Sinclair, John Sinclair!«

Es gibt Dinge, an die gewöhnt man sich auch im Schlaf. Wenigstens war es bei mir so. Wenn an Regentagen das Wasser gegen die Scheiben meines Schlafzimmers klatschte und der Regen auf die Fensterbank trommelte, dann waren das Geräusche, die mich überhaupt nicht störten. Im Gegenteil. Ich fühlte mich richtig wohl, wenn ich so gemütlich in der Wohnung sein konnte.

Auch nachts störte mich der Regen nicht. Ich hatte einen gesunden Schlaf, konnte aber sehr schnell wach werden, wenn ein ungewohntes Geräusch entstand. Das einmal als Erklärung vorweggenommen, damit Sie verstehen, warum ich plötzlich aus dem Schlaf hochschreckte.

Sofort war ich hellwach!

Ich setzte mich im Bett auf und lauschte. Es war still in der Wohnung. Bis auf das leise Summen des Weckers hörte ich kein anderes Geräusch. Kein Regen tropfte auf die Fensterbank, dazu war es zu kalt.

Aber was hatte mich geweckt? Weshalb hatte mein innerer Wecker Alarm geschlagen?

Im Zimmer war es nicht völlig dunkel. Der Radiowecker verbreitete einen schwachen grünlichen Schein, der sich jedoch am Ende des Bettes in der Dunkelheit verlor.

Hatten mich vielleicht fremde Gedanken aus dem Schlaf gerissen? Planten meine Feinde, die Dämonen, einen neuen Angriff?

Nein, es mußte etwas völlig anderes gewesen sein, das mich aus dem Schlaf gerissen hatte. Von nichts wurde ich nicht wach, deshalb beschloß ich, der Sache auf den Grund zu gehen.

Ich erhob mich.

Als ich neben dem Bett stand, kam ich mir doch etwas komisch vor in meinem Schlafanzug und den Pantoffeln. Aber wer geht schon im Smoking ins Bett?

Ich schritt auf die Tür zu, die sich als schwacher Umriß von der Wand abhob. Ich schloß sie immer, wenn ich zu Bett ging. Vor der Tür blieb ich stehen.

Irgend etwas hielt mich zurück, sofort die Klinke nach unten zu drücken. Ich wartete erst.

Nichts zu hören.

Als ich sicher war, daß mich niemand überraschen konnte, legte ich meine Hand auf die Klinke und drückte sie nach unten. Lautlos schwang die Tür auf.

Ich zog sie nach innen und schaute in den Flur.

Er war leer.

Dann ging ich die ersten Schritte vor. Da geschah es. Ich wußte plötzlich, daß jemand im toten Winkel der Tür lauerte. Ich hörte ihn nicht, sah ihn nicht, aber ich roch ihn.

Da war eine Bewegung.

Etwas raste von der Seite her auf mich zu und hätte meinen Kopf getroffen, wenn ich nicht blitzschnell zur Seite gehechtet wäre. Leider prallte ich gegen die Wand, wobei ich ein Bild vom Nagel riß.

Dafür hörte ich einen Fluch, und der klang verdammt menschlich, war nicht von einem Dämon ausgestoßen worden. Im nächsten Moment sprang eine Gestalt auf mich zu. Den rechten Arm hatte sie leicht angewinkelt, damit sie noch in der Bewegung mit dem widerlichen Totschläger zuhauen konnte.

Ich war noch nicht voll da und riß nur meinen Arm hoch.

Unendlich langsam kam mir diese Bewegung vor. Ich hatte trotzdem Glück, der andere änderte seine Schlagrichtung nicht mehr, so daß mein Arm und sein Gelenk zusammenprallten.

Der Totschläger machte sich selbständig, weil der Einbrecher diese Kollision nicht in seine Rechnung mit einbezogen hatte. Irgendwo prallte die heimtückische Waffe zu Boden, dann aber war ich am Zug. Dieser Bursche sollte mich kennenlernen.

Mit einem Kniestoß beförderte ich ihn in den Flur hinein. Damit hatte er wohl nicht gerechnet, denn er schrie erstickt auf. Schon längst war mir klargeworden, daß ich es bei diesem Kerl nicht mit einem Dämon zu tun hatte, sondern mit einem völlig normalen Einbrecher. In letzter Zeit häuften sich die Einbrüche in Wohnungen und Häuser, ich war also auch nicht verschont geblieben.

Schnell setzte ich nach.

Doch ich rechnete nicht mit den Nehmerqualitäten des Mannes. Sein überraschender Tritt erwischte mich an der Hüfte, so daß mein Angriff gestoppt wurde und der Zeitgewinn ihm Gelegenheit gab, wieder auf die Füße zu gelangen.

Auf einmal hatte er ein Messer in der Hand, sprang aber nicht auf mich zu, sondern zurück.

»Komm nur her!« keuchte er. »Ich werde dir den Hals schon aufschneiden.«

Ich räusperte mich. »Okay, Freund, bisher hast du nur eingebrochen, jetzt kommt noch ein tätlicher Angriff mit dem Messer hinzu, es kann bitter für dich werden.«

»Mehr für dich!«

Er war verdammt selbstsicher; diese Selbstsicherheit wollte ich zerstören.

Er fightete geschickt, ließ seinen rechten Arm kurz vorschnellen und dann wieder zurück. Darauf fiel ich nicht rein, blieb ruhig stehen und wartete auf den richtigen Angriff.

Ein wuchtiger Stoß, aus der Schulter geholt, sollte mich treffen. Ich wartete bis zum letzten Augenblick und fing die Messerhand dann geschickt ab, als sie zurückschnellte.

Plötzlich hatte ich sein Gelenk umklammert und wuchtete den Arm gegen die Wand.

Dem harten Aufprall hatte er nichts entgegenzusetzen. Er ließ das Messer fallen und kassierte von mir einen Treffer, der ihn bis gegen die Tür schleuderte.

Dort wurden seine Knie weich. Beide Hände preßte er auf den Leib, sein Atem ging schnell und keuchend.

Ich beeilte mich nicht einmal, als ich auf ihn zuschritt. »Ich habe dir doch gesagt, daß du keine Dummheiten machen sollst. Der Angriff auf einen Polizeibeamten kann dir zwei Jährchen in der Zelle bringen, mein Freund.«

»Hau ab!« spie er mir entgegen und grinste.

Das Grinsen hätte mich mißtrauisch machen sollen, doch wer hat schon auf dem Rücken Augen.

Instinktiv ahnte ich noch die Bewegung hinter mir, zog den Kopf ein, doch es war zu spät.

Der Schlag explodierte in meinem Nacken. Für einen winzigen Moment war ich wie paralysiert. Mein Denken, Fühlen und Handeln war ausgeschaltet, dann kippte ich langsam nach vorn, dem Fußboden entgegen und schaffte es nicht, mich abzustützen. Ich bekam den Aufprall voll mit, wurde jedoch nicht bewußtlos. Nur mein Kopf schien mit Watte gefüllt zu sein. Ich hatte Schwierigkeiten mit der Atmung und bewegte mich irgendwie im luftleeren Raum.

Trotzdem hörte ich Stimmen, konnte verstehen, was die beiden Einbrecher sagten.

»Mann, du bist ein Trottel.« Das war der zweite.

»Er war besser, der Hund. Verdammt, der hat mir einen mitgegeben. Hilf mir mal hoch.«

Keuchen, Fluchen. »Wo ist das Messer?«

»Hier.«

»Danke.«

Schritte.

Dann die zweite Stimme. »Verdammt, was hast du vor, Rick?«

»Ich lege ihn um!«

Deutlich hörte ich den Vorsatz des Messerhelden, und ich konnte nichts dagegen tun. Noch immer gehorchten mir meine Glieder nicht. Bewegungs- und deckungslos lag ich vor der Tür, wobei mein Gesicht im Velours des Teppichs verschwand.

»Bist du verrückt? Willst du dich mit einem Mord belasten? Wir nehmen den Koffer und verschwinden.«

»Aber der Bulle hat mich fertiggemacht!«

»Das stimmt. Wenn sie uns fassen sollten, was zwar unwahrscheinlich, aber trotzdem möglich ist, hängen sie uns einen Mord an den Hals. Kapierst du denn nicht?«

»Du kannst ja verschwinden. Warte draußen!«

»Nein, ich hänge zumindest mit Beihilfe drin. Und solch einen Koffer zu klauen, das ist ja nichts.«

Der Mann mit dem Messer überlegte es sich. »Mistbulle«, sagte er schließlich und trat mir in die Seite.

Ich zuckte in einem Reflex. Mehr geschah nicht. Noch immer konnte ich nicht den kleinen Finger rühren. Der Typ hatte gewußt, wo er hinschlagen mußte.

»Den Koffer habe ich. Räum den Bullen mal von der Tür weg, Rick!«

Rick gehorchte. Er ging nicht eben sanft mit mir um, als er mich zur Seite drehte und kurzerhand wieder fallen ließ, als wäre ich ein voller Kartoffelsack.

Die Diebe stiegen über mich hinweg. Ich hörte, wie sie die Tür öffneten. Rick sagte noch: »Schade, daß ich den Bullen nicht umlegen konnte. Wäre einer weniger gewesen.« Er schnaufte. »Dabei hat unser Auftraggeber gesagt, daß wir ihn umlegen könnten.«

»Ja, könnten...«

Die Tür fiel ins Schloß, und die beiden Männer verschwanden.

Es wurde wieder ruhig in der Wohnung. Ich hörte nur mein keuchendes Atmen, sonst nichts.

Eins jedoch war mir klargeworden. Die beiden Kerle hatten meinen Einsatzkoffer gestohlen!

Es hatte ja so kommen müssen. Irgendwie hatte ich immer damit gerechnet. Gegen Dämonen war der Koffer gesichert, nicht gegen normale, menschliche Diebe.

Obwohl ich auf dem Boden meiner Diele lag, quälte ich mich mit Selbstvorwürfen. Ich hätte ihn besser absichern sollen, hätte mehr achtgeben müssen.

Hätte... hätte... hätte...

Ich hatte es nicht getan und war nun selbst schuld, daß ich jetzt hinterherlaufen konnte.

Schei...

Vielleicht war es die Wut, die meine Lähmung löste. Auf einmal konnte ich mich wieder bewegen. Zwar nur langsam und schwerfällig, aber immerhin, es klappte.

Ich hob den rechten Arm, den linken, drehte die Hand, stützte mich auf dem Boden ab und brach zusammen.

Ich hatte mir zuviel vorgenommen.

Wütend, verzweifelt und zornig blieb ich auf dem Teppichboden liegen. Nur durch die Nase atmete ich ein. Vor mir sah ich die Wand. In der Dunkelheit wirkte sie grau und trübe.

Sinclair, reiß dich zusammen, sagte ich mir und startete einen zweiten Versuch.

Ich kam auf die Beine. Zwar fühlte sich mein Körper doppelt so schwer an wie sonst, aber ich stand, und das war wichtig. Wieder dachte ich an den gestohlenen Koffer. Der Dolch lag darin, die magische Kreide, die Gemme, eine Ersatzberetta, die bolzenverschießende Druckluftpistole, allerdings nicht die Dämonenpeitsche, die hatte Suko in Gewahrsam genommen.

Ich besaß noch meine Beretta und das Kreuz. Damit konnte ich mich zwar auch wehren, aber ein Verlust war der Diebstahl des Koffers schon. Davon biß keine Maus den Faden ab.

Ich öffnete die Tür. Im Schlafanzug taumelte ich wie ein Betrunkener in den Gang, wo mich ein den Fahrstuhl verlassender Mieter überrascht anstarrte und sich erkundigte, ob etwas wäre.

»Nichts«, sagte ich, »gar nichts. Ich komme nur von einer Karnevalsfete.«

Der Mieter warf mir einen bösen Blick zu und verschwand.

Ich hatte es nicht weit. Nur eine Tür weiter wohnten Shao und mein Freund Suko.

Die Klingel sah ich verschwommen, fand den Knopf beim nachfassen, und als Suko öffnete, fiel ich ihm in die Arme...

Niemand sah die beiden Diebe, als sie das Haus verließen. Auf der Straße atmeten sie tief durch, sahen sich an und grinsten.

»Ist doch alles glatt gegangen«, meinte Rick, der Mann mit dem Messer. »Dabei hättest du dir bald in die Hose gemacht.«

Sein Kumpan, er hörte auf den Namen Roy Smith, hob warnend die Hand. »Es war schon besser so, daß du den Bullen nicht gekillt hast. Glaub mir.«

Rick Ramford schaute auf seine Zehenspitzen. »Du hast ja recht«, murmelte er, »sorry.«

»Das hätte dir bald auch nichts mehr genützt«, erwiderte Roy. Er war der ältere und der bedächtigere der beiden Männer. Im Knast hatten sie sich kennengelernt und herausgefunden, daß sie zuvor im gleichen Fach gearbeitet hatten.

Als Einbrecher war jeder für sich zu einer traurigen Berühmtheit geworden, und da sie sich auf Anhieb gut verstanden, beschlossen sie, nach der Entlassung gemeinsam weiterzumachen. Roy Smith wurde sechs Monate früher nach Hause geschickt. Er wartete auf Rick Ramford und kundschaftete nur aus, wo es was zu holen gab. Anschließend führten sie gemeinsam die Raubzüge durch, wobei sie schon bald den Spitznamen ›The Robbers‹ erhielten. Bisher hatten sie der Polizei ein Schnippchen schlagen können, und das Stehlen des Koffers war die leichteste Aufgabe nach ihrer Knastentlassung gewesen.

Sie unterschieden sich im Äußeren und in ihrer Mentalität. Rick war schnell mit der Waffe dabei. Er hatte irisches Blut in den Adern, und in seinem fahlblonden Haar fand sich manch rötliche Strähne. Er hatte ein blasses Gesicht mit zahlreichen Sommersprossen auf den Wangen und machte an sich einen harmlosen Eindruck.

Roy Smith war einige Jährchen älter. Im Gefängnis hatte er unter Haarausfall gelitten. Bei seiner Entlassung hatte er eine Halbglatze gehabt.

Doch seine Beweglichkeit hatte er nicht eingebüßt. Und in Ausdauer und Kondition war er manch Jüngerem noch überlegen. Roy trug die dunklen Haarreste nach rechts und links zur Seite gekämmt, so daß die Ohren bedeckt waren. Sein Gesicht vermittelte dem Betrachter einen gutmütigen Eindruck, nur der schmallippige Mund störte ein wenig.

Die Männer hatten sich vor allen Dingen auf Villeneinbrüche spezialisiert, bis sie vor drei Tagen von einem glatzköpfigen Typ angesprochen wurden, der ihnen zehntausend Pfund für einen Routinejob geben wollte. Sie brauchten nur einen Koffer aus einer bestimmten Wohnung zu stehlen. Wenn sie ihn hatten, sollten sie zum Flughafen Heathrow fahren und dort die erste Überseemaschine nach New York nehmen.

Mehr hatte der Mann nicht gesagt. Als sie einverstanden waren, hatten sie fünftausend Pfund Vorschuß erhalten und zwei Flugtickets.

Rick Ramford zündete sich eine Zigarette an und schirmte die Glut in der hohlen Hand ab. Eine alte Gewohnheit aus dem Knast. Rauchend schlenderten sie weiter. In ihren blauen Mänteln sahen sie aus wie zwei Geschäftsleute. Den Vorschuß hatten sie schon geteilt. In den Brieftaschen knisterten die Scheine.

»Mich würde wirklich interessieren, was in dem Koffer steckt«, meinte Ramford.

Smith blieb stehen. Der Wind wühlte seine wenigen Haare hoch. »Mach dich nicht unglücklich, Junge. Dieser Glatzkopf hat verboten, den Koffer zu öffnen.«

»Richtig. Aber wenn da nun eine Bombe drin ist?«

»Kaum.«

Rick lachte. »Das sagst du. Ich frage mich sowieso, wie wir ihn durch die Kontrolle am Flughafen bringen sollen. Wenn die verlangen, daß wir den Koffer öffnen, sehen wir lecker aus.«

»Das laß nur meine Sorge sein.«

»Wieso? Weißt du mehr?«

Roy Smith lächelte. »Vielleicht...«

»Rede, Mensch.«

»Nein.« Smith setzte seinen Weg fort, und Rick blieb nichts anderes übrig, als ihm zu folgen. Manchmal ärgerte es ihn, daß Roy der Boß war, aber der hatte wirklich mehr auf dem Kasten, und das gab Rick ohne weiteres zu.

Roy Smith blieb hart. Er ließ sich auf keine Diskussion mehr ein, sondern eilte dem nächten Taxistand entgegen. Dort standen immer Wagen, besonders nach Mitternacht.

»Wohin, Sir?« fragte ein Fahrer, als er Roy die Tür aufhielt.

»Heathrow!«

»All right, Sir.«

Roy und Rick stiegen ein. Sie waren zufrieden, ihre Aufgabe lag erfüllt hinter ihnen, und sie gestatteten sich sogar ein kleines Nickerchen. Denn Nerven besaßen die beiden Einbrecher, die hatten sie sich im Knast zugelegt.

Allerdings hätte sich der Driver gern muntere Gäste vorgestellt. Wenn er das Schnarchen hörte, wurde er selbst müde. Als die Lichterkette des Flughafens in der Ferne auftauchte, weckte er seine beiden Fahrgäste.

»Sie haben ja herrlich geschlafen.«

»Das brauchten wir auch.«

Der Fahrer lachte. »So gut möchte ich es auch mal haben, aber ich muß nachts fahren.« Er ließ den Wagen ausrollen.

Roy Smith zahlte den Preis, stieg aus und nahm den Koffer mit. Das Licht machte hier die Nacht zum Tag. Über die großen Rollfelder trieben Dunststreifen, die vom Wind erfaßt wurden und als skurrile Gebilde davonsegelten.

»Wo wollen wir hin?« fragte Ramford.

Smith sah sich um. »Wir gehen an die Bar und trinken 'ne Kanne Kaffee.«

»Wann startet denn die Maschine?«

»In drei Stunden.«

»Shit. Eine verdammt lange Zeit.« Rick Ramford schlug wütend mit der Faust in seine Handfläche. »Was sollen wir so lange anstellen?«

»Kaffee trinken, mein Lieber, was sonst?«

»Du hast vielleicht Humor«, knurrte Ramford. »Leider nur den falschen.«

Ich trank das Wasser in langen, durstigen Zügen, und es schmeckte mir köstlicher als teurer Sekt. Shao hatte mir ein feuchtes Tuch in den Nacken gelegt, das die Schmerzen linderte. Jetzt hockten sie und Suko vor mir.

Beide musterten mich besorgt.

Ich verzog das Gesicht und stellte das Glas zur Seite. »Was seht ihr mich so an? Bin ich ein Aussätziger? Das kann ja schließlich jedem passieren, daß er einen über den Schädel bekommt.«

Shao raffte ihren Morgenrock über die wohlgeformten Knie. »Wir machen uns nur Sorgen.«

Ich winkte ab. »Mir geht es schon wieder besser.« Gleichzeitig verzog ich das Gesicht, weil ein erneuter Schmerzstich durch meinen Schädel zuckte.

»Siehst du.« Sukos Stimme klang vorwurfsvoll.

»Gib mir lieber das Telefon.«

»Du brauchst einen Arzt«, stellte Shao fest und hielt Suko zurück, der sich schon auf den Weg gemacht hatte.

»Nein, ich brauche keinen Arzt.«

»Wie du willst.« Shao stand auf und verließ beleidigt das Zimmer.

»Ja, ja, die Frauen«, stöhnte der Chinese und stellte mir den Apparat hin. »Hier, ruf an.«

Ich wählte die Nummer unserer Fahndungsabteilung, die Tag und Nacht besetzt ist.

Als man dort meine Stimme hörte, stöhnte der Kollege auf. »Ausgerechnet Sinclair. Was ist los?«

»Es geht um Einbrecher. In meiner Wohnung ist eingebrochen worden. Es waren zwei Leute.«

»Beschreibung?«

»Kann ich dir nicht geben.«

»Du bist lustig.«

»Laß mich ausreden«, sagte ich. »Der eine war dunkelhaarig, der andere muß blondes Haar gehabt haben. Der Blondschopf war etwas kleiner als der Dunkelhaarige. Ist doch schon was, oder?«

»Kaum.«

»Außerdem müssen es zwei Spezialisten gewesen sein. Wie die mich einmachten, das war schon Profiarbeit.«

Der Kollege lachte schadenfroh. »Hat man dir einen über den Deckel gegeben?«

»Ja. Und es hat sogar geschmerzt, was bei dir ja nicht der Fall sein kann, denn da schlägt man auf Stroh. Und jetzt sieh zu, daß du einen Riemen auf die Orgel legst. Du erreichst mich in meiner Wohnung. Die Nummer ist bekannt.«

Ich legte auf.

»Was willst du machen, wenn sie tatsächlich gefunden werden?« fragte Suko.

»Dann gibt es Zunder. Die haben nicht aus eigenem Antrieb gehandelt, mein Freund. Da hat ein anderer ganz schwer dran gedreht, glaub mir das. Und jetzt laß mich aufstehen.«

Suko streckte seinen Arm aus, ich erfaßte die Hand und ließ mich aus dem Sessel ziehen.

Ich schwankte noch immer ein wenig, zudem sah ich im Schlafanzug ziemlich lächerlich aus, aber nach jedem Schritt ging es mir ein wenig besser.

Suko brachte mich zur Tür und meinte: »Ich werde mich sicherheitshalber anziehen. Könnte ja sein, daß wir noch einen Einsatz haben.«

»Möglich.«

Die Tür zu meiner Wohnung hatte ich offengelassen. Ich ging ins Badezimmer und ließ Wasser über meinen Nacken laufen, der an einigen Stellen blau angelaufen war. Das sah ich im Spiegel, als ich meinen Kopf drehte.

Ich schlüpfte in meine Kleidung und trank einen Schluck Saft. Dann wartete ich.

Das Telefon hatte ich neben meinen Sessel gestellt. Eine halbe Stunde war seit dem Überfall vergangen. Die Diebe hatten in der Zeit schon einen großen Vorsprung herausholen können. Vielleicht waren sie gar nicht mehr in London, so daß eine Fahndung überhaupt keinen Sinn hatte. Zuerst jedoch mußten wir wissen, wer mich da überfallen hatte. Bisher war die Identitätsfrage nämlich ungeklärt.

Rasselnd schlug der moderne Quälgeist – sprich Telefon – an. Es war der Kollege von der Fahndungsabteilung. »Wir haben unsere Strohköpfe angestrengt«, sagte er, »und es ist sogar etwas dabei herausgekommen.«

»Sag nur.«

»Ja. Bei deinem Einbrecherpärchen kann es sich mit fast hundertprozentiger Wahrscheinlichkeit um das Diebespaar des Jahres gehandelt haben. The Robbers.«

»Kenne ich nicht.«

»Sie sind spitze in ihrem Fach«, sagte der Kollege. »Der eine heißt Roy Smith, der andere hört auf den Namen Rick Ramford. Im Knast haben sie sich kennengelernt, und seit der Entlassung arbeiten sie als gefährliches Duo. Sind Spezialisten.«

»Einer wollte mich sogar umbringen. Dieser Blonde.«

»Das ist Ramford. Er neigt zur Gewalttätigkeit.«

Ich massierte meinen Nacken. »All right, dann laß bitte die Fahndung ausschreiben.«

»Ist schon erledigt. Großfahndung. Alle Polizeistellen, Flughäfen, Bahnhöfe und so weiter...«

»Klasse.«

»Sag mal, was ist dir eigentlich gestohlen worden?« fragte mich der Kollege.

»Ein Koffer.«

»Was, mehr nicht? Und deshalb machst du solch einen Wirbel?«

»Ja, deshalb«, erwiderte ich und legte auf.

Der Kaffee munterte zwar auf, hinterließ aber einen schlechten Geschmack im Mund. Rick Ramford schüttelte sich. »Noch eine Tasse von der Brühe trinke ich nicht.«

»Deine Sache«, meinte Smith.

Auch er war nicht mehr so konzentriert wie noch vor einer Stunde. Das lange Warten ging beiden auf die Nerven. Smith fraß die Zigaretten. Für 20 Glimmstengel brauchte er nur ein Streichholz. Sein Gesicht war von einer blaugrauen Wolke umhüllt. Zusammengekauert saß er auf dem Barhocker und stierte trübe gegen seine Füße, wo er die Umrisse des Koffers sah. Er hatte das wertvolle Stück zwischen die Beine gestellt.

Rick Ramford konnte nicht ruhig sitzen bleiben. Mal stand er an der Bar, mal saß er. Immer wieder schweiften seine Blicke durch die leere Halle. Der Anblick der Sicherheitsbeamten bereitete ihm Unbehagen. Er fragte sich, wie sie den Koffer durch die Kontrolle schmuggeln sollten.

Nur wenige Besucher saßen in den Sesseln oder hatten sich sogar auf die Wartebänke gelegt. Die Lichter an den Ständen der Fluggesellschaften waren auf ein Minimum reduziert. Hinter der viereckigen Bar gähnte die Bedienung. Auch der Frau stand die lange Nachtschicht ins Gesicht geschrieben. Unter ihren Augen befanden sich dunkle Ringe.

»Noch 'n Kaffee?« fragte sie, als sie Ricks Blicke auf sich gerichtet sah.

»Nein, lieber einen Saft.«

»All right.« Müde setzte sich die Frau in Bewegung und öffnete eine kleine Flasche mit Orangensaft. Sie ließ den Saft in ein Glas laufen. »Kann ich dann kassieren?«

»Mein Freund zahlt«, sagte Ramford und grinste. Danach leerte er das Glas mit einem Zug.

Roy beglich die Rechnung.

Immer noch über eine Stunde bis zum Abflug. Die Zeit wollte einfach nicht vorbeigehen.

Zwei Polizisten erschienen. Sie schlenderten nebeneinander her. Rick Ramford sah sie aus den Augenwinkeln, und sofort spannte sich sein Körper.

»Das sind Bullen«, flüsterte er Roy zu.

»Und?«

»Vielleicht suchen die uns.«

»Mach dir nicht in die Hose, Mensch.«

Die beiden Polizisten gingen vorbei. Wie es schien, bedachten sie die Männer an der Bar mit keinem Blick.

Die Beamten verschwanden wieder, und Rick atmete auf.

Roy grinste. »War wohl nichts.«

»Na ja...«

Plötzlich zuckte Roy Smith zusammen. Er drehte seinen Körper nach rechts. Rick Ramford bemerkte die Bewegung und schaute über die Schulter seines Kumpans.

Ein Mann kam herbei und steuerte die Bar an. Obwohl Rick ihn noch nie zuvor gesehen hatte, wußte er Bescheid, als er die Glatze, das runde Gesicht und die Nickelbrille vor den Augen entdeckte.

Dieser Kerl mußte Mondo sein.

Er war es in der Tat. Das war Rick klar, als der Mann neben Smith stehenblieb.

»Und?« fragte er.

Roy nickte. »Es hat alles vorzüglich geklappt.«

Der Glatzkopf gestattete sich ein kleines Lächeln, wobei seine Augen jedoch kalt blieben. »Hat er Schwierigkeiten gemacht?«

»Etwas. Fast hätte Rick ihn erstochen.«

Als Mondo das hörte, krauste er die Stirn. »Und warum hat er es nicht getan?«

»Dafür sind wir ja nicht bezahlt worden. Zudem arbeiten wir als Einbrecher, nicht als Killer.«

»Sie hätten noch einmal zehntausend für den Mord kassiert«, sagte Mr. Mondo.

»Das wußten wir vorher nicht. Jetzt ist es zu spät. Freuen Sie sich doch, daß wir den Koffer haben.«

»Wenigstens etwas.«

»Wollen Sie was trinken?« fragte Roy Smith.

»Nein.«

»Wie geht das überhaupt in New York über die Bühne? Ich meine, wem sollen wir den Koffer geben?«

»Man wird Sie ansprechen. Ich habe unseren Kontaktmann bereits informiert.«

Smith nickte. Rick Ramford hatte bisher nur zugehört. Jetzt aber mischte er sich ein. »Wenn Sie uns schon den Job gegeben haben, Mister, dann sagen Sie uns wenigstens, was der Koffer enthält.«

Der Glatzkopf im grünen Trench schaute Rick an. »Das hat Sie nicht zu interessieren.«

Ramford lachte. »Bringen Sie ihn durch die Kontrollen, Mann?«

»Deshalb bin ich gekommen.«

Da schwieg Ramford. Diese Antwort hatte ihn überrascht, denn damit hätte er nicht gerechnet. Er zündete sich eine neue Zigarette an. »Und wie wollen Sie das schaffen?«

»Das lassen Sie nur meine Sorge sein.«

»Dann fliegen wir mit dem Koffer gar nicht nach New York?« wollte Smith wissen.

»Doch. Sie bekommen ihn ja zurück. Und zwar kurz bevor Sie einsteigen.«

»Wie wollen Sie das denn machen?« fragte Ramford überrascht.

»Meine Sache.«

Rick mochte diesen Glatzkopf nicht. Das zeigte er ihm auch. »Warum fliegen Sie eigentlich nicht selbst nach New York und geben den Koffer ab?«

Die Antwort kam knallhart. »Sie werden nicht dafür bezahlt, daß Sie Fragen stellen, sondern dafür, daß Sie einen Auftrag ausführen. Bisher haben Sie nur die Hälfte geschafft. Nun halten Sie sich ruhig, Ramford.« Mr. Mondo schaute Rick so eisig an, daß dieser eingeschüchtert den Mund hielt.

»Und jetzt geben Sie mir den Koffer und Ihre Waffen«, verlangte Mondo.

»Unsere Waffen?« zischte Rick.

»Mann, damit kommen wir doch nicht durch die Kontrollen«, beruhigte ihn Smith und übergab Mondo den Koffer und seine Waffen.

Murrend holte auch Rick sein Messer und seinen Revolver hervor.

Der Glatzkopf nickte den beiden Männern zu und verschwand. Im Weggehen sagte er: »Wir sehen uns noch.«

Die Halle war nicht mehr so leer. Inzwischen trafen nach und nach die ersten Fluggäste ein, die ebenfalls in Richtung New York düsen wollten. Es war kein Jumbo, der flog, sondern eine vierstrahlige Boeing 707. Rick schaute sich die Passagiere an, die oft zur großen Anzeigetafel hochschielten.

Meist Geschäftsleute, kaum Touristen, denn dies hier war kein Charterflug. Ein paar Frauen befanden sich auch darunter, die Rick sehr interessierten.

Konnte ja ein netter Flug werden. Er grinste.

Roy Smith stieß seinen Kumpan an. »Komm mit. Wir gehen schon in den Warteraum.«

Rick war einverstanden. Sein Flugticket hielt er bereit, als sie die erste Kontrolle passierten. Ein langer Gang nahm sie auf. Dann kam die zweite Kontrolle.

»Sie haben kein Gepäck?« wurden sie gefragt.

»Nein.«

Das machte den Beamten offenbar mißtrauisch. Sie wurden untersucht und dazu in einen kleinen Nebenraum geführt. Doch sie waren ja sauber.

»Sie können gehen. Angenehmen Flug.«

Schweigend verließen die beiden Männer den Kontrollraum. »Wir hätten Handgepäck mitnehmen sollen«, meinte Rick.

Sein Kumpan winkte ab.

Im Duty Free Shop strolchten sie herum und schauten sich die Billigangebote an, ohne allerdings etwas zu kaufen.

Noch eine halbe Stunde.

Der erste Aufruf erfolgte. Die Passagiere nach New York sollten sich bereithalten.

Die beiden Diebe standen am Fenster und starrten auf das Rollfeld. Es war noch immer dunkel. Dunstfetzen trieben weiterhin als lange Schleier über das Rollfeld. Die Männer sahen eine dichte, sich bewegende Lichterkette, die über das Rollfeld kroch.

Es war die Boeing.

Nur von Mr. Mondo sahen sie nichts. Hatte sich der Kerl verzogen und ließ sie jetzt allein und ohne den Koffer ihre Waffen nach New York düsen? Zuzutrauen wäre es ihm schon, doch beide Diebe fragten sich, welch einen Grund das haben sollte.

Der Koffer war schließlich am wichtigsten.

Die Maschine rollte an den langen Schlauch heran. Die Passagiere wurden nicht mit einem Zubringerbus bis an das Flugzeug transportiert. Sie konnten durch den Schlauch direkt in die Maschine hinein.

Und plötzlich war Mr. Mondo wieder da. Sie hatten ihn gar nicht gesehen. Als er neben ihnen stand und sie ansprach, erschraken beide.

Roy Smith schluckte. »Wie haben Sie das denn geschafft?«

Mondo überreichte ihm den Koffer und ihre Waffen. »Mein Geheimnis. Sonst alles klar bei Ihnen?«

»Ja.«

»Dann wünsche ich Ihnen eine gute Reise, Gentlemen«, sagte er und lächelte dabei.

Smith krauste die Stirn. »Verdammt, der spielt falsch«, murmelte er, »sogar sehr falsch.«

»Wieso?«

»Ich traue ihm nicht, das ist alles. Dieser Kerl ist mir nicht geheuer.«

»Auf einmal?«

»Ja.«

»Egal, wir fliegen nach New York und lassen uns von netten Stewardessen verwöhnen. In Manhattan kassieren wir noch einmal ab, sehen uns New York an, und vielleicht gibt es da sogar noch etwas zu holen. Was meinst du?«

»So optimistisch bin ich nicht«, erwiderte Smith düster.

»Und wieso auf einmal?«

»Ich weiß auch nicht. Aber ich habe so ein komisches Gefühl. Mein rechter großer Zeh juckte, das gibt Ärger, sage ich dir. Sogar sehr schweren Ärger...«

Rick Ramford winkte ab. Dafür lächelte er, als die Stewardeß freundlich sagte: »Willkommen an Bord, meine Herren...«

Wir fuhren mit Rotlicht und Sirene. Wir, das waren Suko, zwei Polizisten der Streife und ich.

Unser Ziel: der Flughafen!

Suko und ich saßen im Fond. Wir waren auf einen harten Kampf eingerichtet. Mir ging es wieder besser. Vom Schlag in den Nacken spürte ich nur noch ein leichtes Ziehen.

Die Fahndung hatte tatsächlich Erfolg gehabt. Daran hatte ich selbst nicht so recht geglaubt, aber manchmal erlebte man eben doch Überraschungen. Als der Anruf mich erreichte, war ich wie elektrisiert hochgesprungen. Die beiden Diebe waren von zwei Polizisten am Flughafen gesehen worden. Noch vom Airport aus hatten sie angerufen und mich vor die Entscheidung gestellt, festnehmen oder nicht.

Ich hatte mich dagegen entschieden. Und zwar aus folgendem Grund. Wenn die Sicherheitsbeamten die beiden Diebe unter Arrest gestellt hätten, wäre das ohne Zweifel ein Erfolg gewesen. Wir hätten die Männer durch die Verhörmühle drehen können, wobei es unsicher war, ob sie etwas gesagt hätten. Nahmen wir sie aber nicht fest und setzten wir sie nur unter Beobachtung, konnte ich unter Umständen herausfinden, wer ihnen den Auftrag gegeben hatte, den Koffer zu stehlen. Denn die Flucht zum Flughafen hatte sicherlich ihre Bedeutung. Sie taten nichts ohne Grund. Daß der Koffer noch vorhanden war, hatten mir die Polizisten bestätigt. Die beiden Diebe blieben auch weiterhin unter Kontrolle. Über Autotelefon erfuhren wir, daß die Männer Flugtickets für New York besaßen, wobei ich mich fragte, was sie in New York wollten und wer sie hinbestellt hatte.

Dann erlebten wir eine Enttäuschung. Bei der Kontrolle hatten sie den Koffer nicht mehr.

Wir erfuhren es auf der Fahrt nach Heathrow, und ich wurde blaß, als ich das hörte.

War unser Plan in die Hose gegangen?

»Sieht ganz so aus, als hätten sie uns geleimt«, meinte Suko und verzog das Gesicht.

Ich stimmte ihm zu, sagte aber nichts, sondern preßte wütend die Lippen zusammen.

Es war also doch ein Fehler gewesen, nicht sofort einzugreifen. Aber wer konnte das schon ahnen?

»Willst du umkehren?« fragte der Chinese.

»Nein, Suko, wir halten durch. Ich will die beiden haben. Und wenn ich sie aus der Maschine hole.«

»Deine Entscheidung.«

Wieder meldete sich das Telefon. Eine grüne Lampe flackerte am Armaturenbrett auf. Der Beamte auf dem Beifahrersitz hob ab und hörte schweigend zu. Dann hängte er wieder ein und drehte sich um. Sein Gesicht zeigte ein Lächeln, als er sagte: »Der Koffer ist wieder da, Sir.«

»Wie?«

»Ja, die beiden befinden sich jetzt im Duty Free Shop. Mit dem Koffer.«

»Demselben?«

»Die Beamten haben wenigstens keinen Unterschied feststellen können, Sir.«

Ich hob die Schultern. »Verstehst du das, Suko?«

»Nein.«

Ich schaute nach draußen und sah die flache Landschaft. Eine Ebene, über der die Dunkelheit lag. Weit in der Ferne schimmerten Lichter. Das war Heathrow. Wir sahen auch die Beleuchtung am Tower. Ich konnte es noch immer nicht fassen. Wieso hatten die beiden Diebe den Koffer jetzt wieder? Und wo hatten sie ihn versteckt gehabt, daß er sogar den Kontrollbeamten entgangen war?

Ich kam da nicht mehr mit. Trotzdem war ich froh, daß der Koffer wieder aufgetaucht war.

Ein Blick auf die Uhr.

In einer Viertelstunde startete die Maschine. Und wir hatten den Airport noch nicht erreicht. Es wurde zu einem Wettlauf mit der Zeit, dessen war ich sicher. Wenn wir Pech hatten, waren die beiden Diebe verschwunden, und ich konnte mir das dann auf die Fahne schreiben.

Suko ahnte, welche Gedanken mich bewegten, und versuchte, mir Mut zu machen. »Keine Bange, John, wir schaffen es schon.«

»Schön wär's.«

»Seit wann bist du so pessimistisch?«

»Weil ich das dumpfe Gefühl habe, daß Dr. Tod wieder seine Finger im Spiel hat. Er hat doch wohl das größte Interesse daran, daß der Koffer gestohlen wird.«

»Und wo will er ihn hinbringen?«

»Was weiß ich, wo er sich aufhält? Alle Spuren deuten in die Staaten. Es scheint, daß er sich dort einen neuen Stützpunkt aufgebaut hat. Sein Sarglager hier kann er sich ja von der Backe wischen.« Ich spielte damit auf den Fall der fliegenden Särge an.

Dieses Rätsel war noch immer nicht gelöst. Ich war sicher, daß da etwas im Untergrund schwelte. Vielleicht würden wir in Zukunft mit einer ganzen Invasion von Ghouls Ärger bekommen oder auch Vampiren. Für solche Dämonenarten sind Särge die besten Unterschlüpfe.

Unser Fahrer drückte noch mehr auf das Gaspedal. Er ging auch nicht mit der Geschwindigkeit herunter, als eine weite Kurve im Licht der beiden Scheinwerfer auftauchte. Nur gut, daß die Straßen nicht glatt waren. Nach den starken Schneefällen der letzten Woche waren sie gut geräumt worden.

Ich dachte wieder an die Diebe. Hoffentlich konnten wir sie noch fassen. Wenn sie erst mal in New York waren, würde es schwer sein. Dabei ahnte ich zu diesem Zeitpunkt nicht, wie sehr ich mich irrte und welche grauenhafte, makabre Wendung der Fall noch nehmen sollte.

Erleuchtete Schilder wiesen auf den großen Zubringer zum Airport hin. Wir mußten jetzt von der Straße ab und fuhren in die Auffahrt. Der Polizeiwagen ging sofort auf die rechte Seite, um überholen zu können. Ich bat den Beifahrer, die Sirene abzustellen. Unsere Ankunft sollte nicht unbedingt schon von weitem bemerkt werden.

Er kam der Aufforderung nach.

Weiter.

Parkplätze, zum großen Teil leer, erschienen rechts und links der gut ausgebauten Fahrbahn. Jetzt würde es nur noch wenige Minuten dauern, dann hatten wir es geschafft.

Zum Glück konnte ein Polizeiwagen bis dicht an einen der großen Eingänge fahren.

Genau fünf Minuten vor dem Abflug stoppte der Fahrer den Streifenwagen.

»Alles klar, Sir«, sagte er und grinste.

Ich stieß die Tür auf. »Sie sind eine Wucht, mein Lieber.«

»Danke, Sir.«

Suko und ich hasteten in die große Halle. Die große Glastür hatte sich leicht aufstoßen lassen. Sofort wandten wir uns nach links, wo die elektronisch betriebene Anzeigetafel hing und die Ankunfts- und Abflugszeiten aufgeführt waren.

Der Chef der Sicherheitspolizei erwartete uns bereits. Ich stellte Suko und mich vor.

»Kommen Sie mit, Sir, die beiden Männer sitzen bereits in der Maschine. Möchten Sie sie herausholen?«

Ich mußte mich innerhalb Sekunden entscheiden. »Nein«, sagte ich. »Das auf keinen Fall. Kann ich mitfliegen?«

»Nach New York?«

»Ja.«

»Wenn Sie wünschen, Sir.«

»Natürlich. Und mein Partner ebenfalls. Vorausgesetzt, es sind noch Plätze frei.«

»Mehr als das.«

»Dann kommen Sie.«

Wir eilten los. Ein paar Menschen schauten uns erstaunt hinterher, wie wir durch die große Halle hasteten. Bis Suko einen Ruf ausstieß.

Ich blieb stehen. »Was ist?«

Der Chinese deutete nach rechts.

Und dort sah ich einen Bekannten. Obwohl er uns den Rücken zuwandte und auf einen der Seitenausgänge zustrebte, war doch zu erkennen, daß es sich bei ihm um Mr. Mondo handelte.

Was tun?

Suko nahm mir die Entscheidung ab. »Flieg du allein, John. Es ist dein Koffer. Ich kümmere mich um Mondo.«

»Einverstanden.«

Ich konnte Suko nicht einmal viel Glück wünschen, so rasch war er verschwunden.

Für mich aber wurde es höchste Eisenbahn.

Die Stewardeß lächelte mich an, als ich ziemlich außer Atem die Maschine betrat. »Das war im letzten Moment, Sir«, sagte sie. »Trotzdem, willkommen an Bord.«

»Danke.« Ich drückte mich an ihr vorbei und betrat das Flugzeug. Die Stewardeß schloß die Tür. Mit einem satten Laut fiel sie zu.

Ich sah mich um.

Mein Kommen hatte niemanden interessiert. Der Einstieg befand sich etwa in der Mitte. Nur eine ältere Frau hatte den Kopf gedreht, um nach mir zu sehen.

Wo steckten die beiden Diebe?

Ich hatte jetzt keine Zeit, nach ihnen zu suchen, denn die freundliche Stewardeß wollte mir einen Platz zuweisen.

»Ich habe kein Ticket«, erklärte ich ihr und präsentierte statt dessen meinen Ausweis. »Ich befinde mich in einer besonderen Situation. Der Flug geht in Ordnung, es ist alles abgesprochen.«

»Danke, Sir.« Ihr Lächeln zeigte eine Spur von Unsicherheit, verständlich.

Im hinteren Teil der Maschine fand ich einen Platz, direkt am Fenster. Neben mir waren die Sitze ebenso frei wie die nach dem Mittelgang. Ich schnallte mich an, während die vier Triebwerke heulten und die Boeing langsam Schub bekam.

Noch nie im Leben hatte ich mich so schnell zu einem Flug entschlossen. Wirklich sagenhaft.

Das Flugzeug rollte zur Startbahn. Es fuhr einen großen Bogen. Ich schaute aus dem Fenster und sah die hell erleuchtete Startbahnmarkierung.

Schneller und schneller wurde die Maschine auf der Startbahn und hob ab.

Da war es wieder. Dieses Ziehen im Magen, das bei mir immer dann eintrat, wenn die Maschine abhob. Unter mir verschwand die Erde. Die Boeing stieß mit ihrer Nase schräg in den noch dunklen Himmel hinein und ging auf Westkurs.

Ich sah die Ausläufer von London unter uns weghuschen. Ein heller Lichtteppich, und irgendwie machte sich ein Abschiedsgefühl in mir breit.

Wir durften uns wieder losschnallen. Die beiden Stewardessen halfen einigen Personen. Dann begrüßte uns der Kapitän, er sprach über die voraussichtliche Flugzeit, über Höhe, Geschwindigkeit und gab der Hoffnung Ausdruck, daß sich das Wetter so halten möge.

Ich kannte diese Sätze und hörte gar nicht mehr hin. Mich beschäftigten die beiden Diebe und mein Koffer.

Wo hockten sie? Und wie würden sie reagieren, wenn sie mich entdeckten? Die beiden Diebe hatten mich genau gesehen. Ich sie nicht, denn dazu war es in meiner Wohnung zu dunkel gewesen. Ich konnte also nur auf zwei Männer achten, die einen Koffer bei sich trugen. Aber den hatte fast jeder.

Nur kannte ich meinen Koffer genau und würde deshalb auch die Männer identifizieren.

»Möchten Sie etwas trinken, Sir?« Die Stimme der Stewardeß unterbrach meine Gedanken.

Ich blickte in ihr Gesicht. Es war ein wenig breit, aber es hatte seinen Reiz. »Wenn Sie mir vielleicht etwas zu essen bringen können?«

»Das Frühstück servieren wir erst...«

»Einen Sandwich, bitte.«

»Den können Sie haben.«

»Danke.«

Ich hatte wirklich Hunger, erhielt den Sandwich und aß ihn

mit großen Bissen. Dazu trank ich Kaffee aus der Bordküche. Er schmeckte ganz passabel, wenn er auch den Vergleich mit Glendas Getränk nicht standhielt.

Wir würden in Irland noch einmal zwischenlanden. Bis dahin geschah nichts Außergewöhnliches.

Fünf Fluggäste stiegen noch zu, die sich im hinteren Drittel der Maschine verteilten.

Nach dem Start wurde das Frühstück serviert. Es schmeckte mir ausgezeichnet. Als ich die letzte Tasse Kaffee trank und eine Verdauungszigarette rauchte, fühlte ich mich zufrieden.

Schon bald wühlten unter uns die Wellen des Atlantiks. Inzwischen war es hell geworden, doch die Sonne konnte die dichte Wolkenbank über dem Meer nicht durchdringen. Bis wir höher stiegen und über den Wolken flogen.

Da stand sie dann, die strahlende Wintersonne, und badete unsere Maschine. Die Menschen bekamen sofort bessere Laune. Und für mich wurde es Zeit, mit dem Captain zu reden. Ich wollte in die Kanzel, dazu mußte ich allerdings durch den Mittelgang gehen und ging das Risiko einer vorzeitigen Entdeckung ein.

Doch es kam anders.

Etwa zehn Sitze vor mir stand jemand auf. Ein Mann mit blonden Haaren, das sah ich sofort und war wie elektrisiert.

Der Kerl trug zwar seinen Mantel nicht mehr, trotzdem erkannte ich ihn. Es war der Typ, der mir das Messer in den Leib hatte stoßen wollen. Jetzt konnte es interessant, aber auch gefährlich werden, denn der Blonde, er hieß Rick Ramford, wie ich inzwischen wußte, schaute sich die Passagiere an, die rechts und links des Mittelganges saßen. Dabei nahm er besonders die Frauen aufs Korn, aber auch die Männer ließ er nicht aus.

Er mußte mich erkennen.

Ich setzte mich etwas zur Kante hin, so daß ich mich schnell aus dem Sitz erheben konnte.

Er kam näher.

Meine innere Spannung wuchs mit jedem Schritt, den der Blonde zurücklegte.

Noch zwei Sitze.

Jetzt noch einer.

Dann war er da.

Er schaute zuerst nach rechts. Dort saß einer der in Irland zugestiegenen Passagiere und peilte Ramford über den Rand seiner Brille hinweg an.

Rick senkte den Blick, drehte den Kopf – und blieb stehen, als wäre er vor eine Wand gelaufen. Seine Augen weiteten sich, der Mund blieb ihm vor Staunen offen, er wollte einfach nicht glauben, was er sah.

Ich hatte mit dem Gedanken gespielt, meine Beretta zu ziehen, hatte es jedoch verworfen, weil ich keine Panik heraufbeschwören wollte. Die Menschen reagierten auf Waffen im Flugzeug allergisch.

»So sieht man sich wieder«, sagte ich.

Er schluckte. »Sinclair!« knurrte er. »Verdammt, dich schickt der Teufel.«

»Nein, ich bin freiwillig hier. Ihr habt eben zu viele Fehler gemacht.«

»Scheißbulle.«

»Langsam.« Ich drehte mich etwas. »Schließlich habt ihr mir den Koffer gestohlen, und es wäre interessant zu erfahren, was ihr mit ihm vorhabt. Wo sollt ihr ihn hinbringen?«

»Ich werde nichts sagen!«

»Es wird Ihnen wohl nichts anderes übrigbleiben. Ich werde mir den Koffer zurückholen.«

Ramford holte tief Luft. »Das wirst du nicht!«

»Wollen Sie mich daran hindern?«

Als Antwort schlug er zu. Seine Faust kam verdammt schnell, aber ich hatte aufgepaßt. Hastig nahm ich den Kopf zur Seite, und die geballte Hand pfiff an meinem Gesicht vorbei. Der Mann konnte den eigenen Schwung nicht mehr bremsen und kippte mir entgegen.

Während ich ihn mit einem klassischen Haken empfing, hörte ich die aufgeregten Rufe der Passagiere, die unserem Kampf zuschauten. Rücksicht konnte ich jetzt nicht mehr nehmen.

Ich krümmte die rechte Hand und ließ sie fallen. Dem Schlag konnte der Blonde nicht mehr ausweichen. Er zuckte noch einmal, rollte von meinen Knien und blieb zwischen den Sitzen liegen.

Ich erhob mich. Um Ramford brauchte ich mich nicht zu kümmern. Ich kannte die Wirkung meiner Treffer.

Aber da war noch der zweite.

Dieser Smith hatte genau gemerkt, daß etwas nicht stimmte. Er war als einer der ersten aufgesprungen. Kaum befand ich mich im Gang, als er mich auch schon sah.

Schrecken und Erkennen zeichneten sein Gesicht. Aber er verdaute die Überraschung besser als sein Kumpan. Mit einem heftigen Schlag verschaffte er sich freie Bahn und rannte auf mich zu. Die Fäuste hatte er halb erhoben, ich rechnete auch mit einem Fausthieb, doch er versetzte mir einen gemeinen Tritt.

Diese Tricks lernt man wohl im Knast, und ich fiel darauf herein. Ich konnte zwar noch etwas abdrehen, trotzdem traf mich sein Fuß, und es tat gemein weh.

Ich wurde nach hinten geschleudert und wäre gefallen, wenn ich nicht die Arme ausgebreitet und meine Hände an den Sitzen Halt gefunden hätten.

So blieb ich auf den Beinen.

Smith lachte, als er seinen Lauf abstoppte und mir jetzt die Faust in den Magen hämmern wollte.

Da trat ich zu.

Plötzlich krümmte er sich zusammen, stieß einen heulenden Laut aus und preßte beide Hände auf die getroffene Stelle. Ich hätte gern nachgesetzt, aber immer noch litt ich unter den Nachwirkungen seines gemeinen Tritts.

Ich sackte in die Knie, biß die Zähne zusammen, daß es knirschte, und sah die entsetzten Gesichter der Passagiere. Alle waren jetzt aufgestanden, keiner machte Anstalten einzugreifen, nur die Stewardeß eilte auf die Pilotenkanzel zu, um dem Captain Bescheid zu geben.

Zur gleichen Zeit waren wir wieder fit. Smith wischte sich über die Lippen und warf sich mir entgegen. Dabei hielt er die Arme ausgestreckt. Ausweichen konnte ich nicht, so nahm ich ihn voll und direkt mit einem Konterschlag, der seine Deckung zur Seite fegte.

Smith fiel zwischen die Sitze, nachdem er noch einen weiteren Treffer kassiert hatte.

Dann war ich über ihm. Ich packte ihn am Kragen, hievte ihn hoch und schlug zu.

Für einen Augenblick sah ich seine weit aufgerissenen Augen in dem erschreckten Gesicht dicht vor mir, dann traf ihn der Hammer. Bewußtlos sackte Smith zusammen.

Geschafft!

Jetzt hinderte mich niemand mehr daran, meinen Koffer zu nehmen. Ich drehte mich um und starrte in die Mündung einer Pistole, die ein Uniformierter in der rechten Hand hielt.

»Sie heben die Arme!« befahl er mir.

Ich gehorchte erst einmal. Es war nie sicher, wie diese Leute reagierten, wenn man ihre Befehle nicht befolgte.

Scharf musterte mich der hagere Mann. Unter dem Mützenschirm sah ich das hagere, sonnenbraune Gesicht, in dem die schmale, leicht gebogene Nase sofort auffiel.

Ich hatte den Flugkapitän vor mir und gestattete mir ein Lächeln, was ihn irritierte. »So lächerlich finde ich das gar nicht«, sagte er. »Sie haben hier zwei Männer niedergeschlagen und scheinen sich noch darüber zu freuen.«

»Darf ich Ihnen etwas erklären, Captain?«

»Ich bitte darum.«

»Aber nicht hier. Gibt es einen Raum, in dem wir ungestört miteinander reden können?«

Der Flugkapitän überlegte. Im großen Passagierraum war es still geworden. Niemand gab mehr einen Kommentar ab. Alle starrten den Kapitän und mich an.

»Ist das auch kein Trick, Mister?«

»Nein. Ich bitte Sie um dieses Gespräch.« Fest schaute ich den Mann dabei an, und er war einverstanden.

»Kommen Sie, Mister.«

Ins Cockpit gingen wir nicht. Dort hatte kein Fremder etwas zu suchen. Wir wandten uns in die entgegengesetzte Richtung, die der Flugzeugführer mir mit dem Lauf der Waffe anzeigte. Die Passagiere warfen mir feindselige Blicke zu, als ich durch den Mittelgang schritt. Für sie war ich ein Gangster.

Ich öffnete die Tür, wo es in die kleine Pantry der Stewardessen ging und der Weg zu den Toiletten führte. Wir gingen in die

Pantry. Der Kapitän schloß die Tür, hielt mich aber mit seiner Waffe weiterhin in Schach.

»Sie können die Pistole wegstecken«, sagte ich. »Ich bin völlig harmlos.«

»Das lassen Sie mal meine Sorge sein.«

Ich hob die Schultern. »Wie Sie wollen. Darf ich in die Tasche greifen?«

»Aber langsam.«

»Natürlich.« Ich holte mit spitzen Fingern meinen Sonderausweis hervor und warf das eingeschweißte Dokument auf einen kleinen Tisch, wo drei Tabletts standen. »Lesen Sie.«

Der Flugkapitän ging einen Schritt zur Seite und nahm den Ausweis mit der linken Hand an sich.

Wäre ich ein Highjacker gewesen, hätte ich den Mann jetzt überwältigen können, die Mündung zeigte an mir vorbei.

Er las. Und seine Augen wurden groß. Automatisch ließ er die Pistole sinken, dann steckte er sie weg.

»Alles klar?« fragte ich.

»Sicher, sicher.« Er hob den Blick und schaute mich an, während ich meinen Ausweis wieder einsteckte. »Es tut mir leid, Mr. Sinclair, aber ich wußte nicht, daß Sie...«

»Schon gut.«

Er streckte mir die Hand hin. »Mein Name ist übrigens Brittan, Jack Brittan.«

»Meinen kennen Sie ja«, lächelte ich.

»Und was wird hier eigentlich gespielt?« wollte er wissen.

Ich berichtete ihm, daß ich sozusagen ein blinder Passagier war und daß ich diese beiden Kerle verfolgt hatte. Er unterbrach mich kein einziges Mal, fragte aber: »Was soll jetzt geschehen?«

»Gibt es hier irgendwo einen Raum, in den man die Männer verfrachten könnte?«

»Den Gepäckraum höchstens.«

»Das ist gut. Wir müßten die Kerle natürlich fesseln, denn sie sind gefährlich.«

»Handschellen habe ich leider nicht«, sagte er bedauernd.

»Ich auch nicht. Bis wir in New York sind, dauert es ja noch«, sagte ich. »Mal sehen, was die da vorhaben.«

»Dann sind die nicht auf eigene Faust geflogen?«

»Nein, Captain. Dahinter steckt System. Die Kerle haben einen Auftrag.«

»Wissen Sie, von wem?«

»Ja.«

»Dann ist es doch nicht schwierig, die Spur weiter zu verfolgen.«

Normalerweise nicht, dachte ich. Aber der gute Captain Brittan wußte nichts von Dr. Tod und dessen Mordliga. Er kannte die Zusammenhänge nicht und brauchte sie auch nicht zu kennen. Deshalb antwortete ich mit einem ausweichenden »Mal sehen«.

»Ich helfe Ihnen, die beiden zu verstauen«, bot sich der Pilot an. »Sie können sie dann auch verhören.«

»Danke, das ist gut.«

Wir gingen wieder zurück in den Passagierraum. Die Fluggäste sahen uns erstaunt an, als wir einträchtig nebeneinander herschritten. Damit hatte wohl niemand gerechnet.

Brittan sah sich veranlaßt, eine Erklärung zu geben. »Oberinspektor Sinclair ist Scotland-Yard-Beamter«, sagte der Captain. »Das war vorhin ein Mißverständnis. Die beiden bewußtlosen Männer stehen auf der anderen Seite des Gesetzes.«

»Wollten die das Flugzeug highjacken?« fragte eine Frau mit schrill klingender Stimme.

»Das nicht gerade, aber es ist besser, wenn wir sie fesseln und in den Gepäckraum stecken.«

»Huch, das ist ja richtig spannend«, meinte eine andere Frau und schauderte.

Ich zog die beiden Männer in die letzte Sitzreihe. Dort legte ich sie nebeneinander. Ich war überrascht, Waffen bei ihnen zu finden. Ich nahm sie ihnen ab und gab sie Brittan.

Die Stewardessen hatten unsere Unterhaltung gehört und sofort richtig reagiert. Es war ihnen gelungen, Stricke aufzutreiben, mit denen ich die Kerle fesseln konnte.

Der Pilot sah mir zu. »So etwas ist mir auch noch nicht passiert«, sagte er. »Und dabei fliege ich schon über zehn Jahre.«

Ich grinste. »Man lernt nie aus.«

»Da sagen Sie was.«

Die Stewardeß hatte mir die Stricke gegeben, und ich wollte

die bewußtlosen Männer gerade fesseln, als eine blecherne Lautsprecherstimme ertönte, aus der ich sehr wohl das Zittern heraushörte, als stünde der Sprecher unter Streß oder hätte Angst.

»Captain Brittan, würden Sie bitte in das Cockpit kommen?«

Der Pilot schaute mich an. »Was soll das denn?« murmelte er.

Dann wieder die Stimme. »Bitte, Captain, es ist dringend.«

Ich wußte zwar nicht, ob diese Aufforderung unmittelbar etwas mit meinem Fall zu tun hatte, verspürte aber doch ein ungutes Gefühl. »Kann ich Sie begleiten?« fragte ich leise.

»Sicher.«

Als wir durch den Mittelgang schritten, hörten wir die besorgten Stimmen der Passagiere. »Da ist doch nichts passiert – oder?«

»Nein, nein, Ladies and Gentlemen, es ist alles in Ordnung, soweit ich sehen kann.« Die Stimme des Mannes klang ruhig und sachlich. Sie ließ Panik erst gar nicht aufkommen. Mit Blicken gab der Pilot seinen Stewardessen zu verstehen, daß sie sich um die Passagiere kümmern sollten. Dann erreichten wir die schmale Tür zum Cockpit.

Der Kapitän drückte sie auf.

Zwei Männer drehten sich um. Der Copilot und der Funker. Erstaunt sahen sie mich an. Einen Passagier ins Cockpit zu holen, war zumindest sehr ungewöhnlich.

Brittan stellte mich vor. Er sagte mir auch die Namen der anderen, aber ich reagierte nicht darauf, denn plötzlich wußte ich, warum der Copilot so aufgeregt war.

Normalerweise flogen wir über den Wolken, inmitten eines strahlend blauen Himmels. Doch plötzlich stand vor uns eine gewaltige Wolke. Eine regelrechte Nebelwand, grauweiß und riesig in ihren Ausmaßen. Sie lauerte dort wie ein Ungeheuer, und so kam sie mir auch vor, denn nicht nur ich sah inmitten der Nebelwand eine Teufelsfratze schimmern...

Zunächst sprach niemand von uns ein Wort. Dieses unerklärliche Phänomen machte die Männer sprachlos. Auch ich fand zunächst keine Erklärung, glaubte jedoch, daß diese Nebel- oder Wolkenbank keinen natürlichen Ursprung hatte.

Ich wurde sofort an den Todesnebel erinnert, der in der kleinen Stadt Grynexxa Angst und Schrecken verbreitet hatte. Die damaligen Ereignisse standen als klare Bilder vor meinen Augen, und ich sah mich wieder vor der Kirche mit den schrecklichen Gestalten und den Nebelgeistern kämpfen, während Suko und Bill Conolly in der Kirche um das Leben der Menschen gefightet hatten.

Ja, das war die Wolke, aber sie hatte sich vergrößert, und ich kannte auch den Grund.

Jeder, der durch den Nebel getötet wurde, dessen Seele vereinigte sich mit dem Nebel und vergrößerte ihn. Und er fand immer wieder Opfer. Jetzt sollten das Flugzeug und dessen Insassen die Opfer sein.

Konnte ich etwas tun?

»Wie weit ist die Wand noch entfernt?« frage ich die drei Männer.

Niemand hörte meine Frage, und ich mußte sie wiederholen, um eine Antwort zu erhalten.

Der Copilot hob die Schultern. »Das ist schlecht zu schätzen«, sagte er. »Der Nebel bewegt sich mit der gleichen Geschwindigkeit zurück, mit der wir fliegen. Er hält die Distanz. Ich komme mir vor wie in einem Science-fiction-Film. Vielleicht hundert Meilen.«

»Können wir ihn umfliegen?«

»Er wird sich nicht umfliegen lassen«, erwiderte der Copilot und sah mich kurz an.

»Versuchen wir es!« ordnete der Kapitän an und nahm auf seinem Pilotensessel Platz.

Die drei Männer waren nervös. Auch ich konnte eine Unruhe nicht verbergen. Wenn ich daran dachte, welch ein Unheil dieser Nebel anrichten konnte, wurde mir regelrecht schlecht. Ich hatte die Folgen gesehen, sie waren grausam.

»Vor allen Dingen sagen wir nichts den Passagieren«, bemerkte der Captain, »ich will keine Panik.«

Das war klar.

Ich beobachtete den Nebel weiter. Diese Teufelsfratze, die ich vorhin gesehen hatte, war verschwunden. Vielleicht sollte sie auch nur anzeigen, daß der Nebel keinen natürlichen Ursprung hatte. Daß dämonische Kräfte ihn leiteten.

Brittan legte die Maschine in eine weite Rechtskurve. Er schlug damit einen nördlichen Kurs ein und wollte auf diese Art und Weise die Wolke umfliegen.

Konnte es ihm gelingen?

Wir hofften es, wir zitterten darum, aber ich sah, daß es keinen Zweck hatte.

Der Nebel bewegte sich, er folgte uns, wollte sein Opfer nicht aus den Klauen lassen.

Minuten vergingen in atemlosem Schweigen. Ich sah den Schweiß auf den Stirnen der Piloten und des Funkers glitzern. Auch sie standen unter einem mörderischen Streß. Sie fühlten sich verantwortlich für das Leben der Passagiere, und jetzt wurden sie mit diesem unerklärlichen Phänomen konfrontiert.

Tief atmete Jack Brittan durch. Er sah erst seinen Copiloten und dann mich an. »Nicht zu schaffen, Mr. Sinclair«, sagte er leise. »Es sieht so aus, als könnte der Nebel denken.«

»Das kann sein.«

Die Blicke der Männer wurden erstaunt. »Wissen Sie mehr?«

»Vielleicht.«

»Dann reden Sie doch.«

Noch zögerte ich. Sollte ich den Leuten wirklich die ganze Wahrheit sagen? Nun ja, es blieb keine andere Möglichkeit. Sie und ich mußten den Tatsachen ins Auge sehen. Trotzdem tat ich mich schwer, als ich den Piloten und dem Bordfunker von der Herkunft des Nebels berichtete. Ungläubig staunten mich die Männer an. Als ich meinen Bericht beendet hatte, hoben sie nur die Schultern. »Das gibt's doch nicht«, murmelten sie. »Das ist ein Märchen.«

»Leider nicht.«

Captain Brittan blickte mich an. »Geben Sie uns Ihr Wort darauf, Mr. Sinclair?«

»Ja.«

»Dann glaube ich Ihnen.« Er wandte sich an seine beiden Mitarbeiter. »Wir dürfen jetzt auf keinen Fall die Nerven verlieren, was auch immer geschehen mag. Ich wäre dafür, daß Reaktionen, die den Nebel betreffen, genau abgesprochen werden und daß Oberinspektor Sinclairs Meinung Vorrang hat. Irgendwelche Einwände?«

Kopfschütteln.

»Gut.« Brittan schluckte. »Sie sind an der Reihe, Mr. Sinclair. Was schlagen Sie vor?«

Tja, was sollte ich vorschlagen? Die Frage war berechtigt. Ich kannte den Nebel zwar und hatte auch erlebt, welche Höllengestalten er ausspeien konnte, aber so richtig wußte ich nicht Bescheid. Niemand hatte den Nebel bisher erforscht, er konnte immer anders reagieren, als man vorausberechnet hatte.

Noch hielt er die Distanz, nur wie lange?

Landen konnten wir nicht. Wir befanden uns mitten über dem Atlantik, da gab es keinen Platz, wo man die Maschine auf den Boden setzen konnte.

Ich war mir sicher, daß der Nebel etwas mit dem Diebstahl meines Koffers zu tun haben mußte. Da gab es einen unmittelbaren Zusammenhang. Die andere Seite wollte meinen Koffer. Zwei Diebe hatten ihn mir gestohlen, sollten ihn über den Atlantik bringen, und plötzlich erschien die Nebelwand.

Jack Brittan beobachtete die Instrumente genau. Seine Blicke glitten über die zahlreichen Anzeigen, über diese komplizierte Apparatur, vor der ein Laie wie ich nur den Kopf schütteln konnte. Obwohl ich auch schon geflogen war. Aber zwischen einem Hubschrauber und einer Boeing gibt es doch einen großen Unterschied.

»Genau neunzig Meilen ist der Nebel von uns entfernt«, meldete Brittan. »Wenn er nicht...« Er verstummte.

»Was ist los?« fragte ich.

»Verdammt, der Nebel kommt näher.«

Plötzlich schlug mein Herz schneller. Die Wolke griff also an. Und ich sah es mit bloßem Auge, wie sie schnell größer und größer wurde. Plötzlich war nichts mehr von dem blauen Himmel zu sehen, und im nächsten Augenblick hüllte die Nebelwolke das Flugzeug ein. Wir konnten zwar noch durch die große Scheibe des Cockpits schauen, aber wir sahen nichts mehr.

Alles war grau in grau.

Sekunden vergingen. Eine Zeitspanne, in der wir alle den Atem anhielten.

Dafür spürte ich eine leichte Erwärmung auf der Brust. Mein Kreuz reagierte.

Die Triebwerke liefen ruhig. Nichts deutete darauf hin, daß der Nebel die Technik des Flugzeuges beeinträchtigte. Alles lief normal weiter.

Sicherheitshalber erkundigte ich mich bei dem Kapitän. »Es gibt keinerlei Schwierigkeiten«, meldete er.

Da war ich beruhigt. Aber nicht lange. Ich wußte, wer den Nebel geschickt hatte, und ein Mensch-Dämon wie Dr. Tod ließ nicht mit sich spaßen.

Was hatte er vor?

Diese Frage schwebte wie ein Damoklesschwert über unseren Köpfen...

Suko hoffte, daß dieser Mr. Mondo ihn nicht gesehen hatte. Der Mann hatte es ziemlich eilig gehabt, als er dem Ausgang entgegenstrebte. Wahrscheinlich wollte er so rasch wie möglich zurück. Wohin, das mußte Suko herausfinden.

Als er die Flughafenhalle verließ, lief Mondo mit hastigen Schritten auf einen Wagen zu. Es war ein Range Rover, ein Geländewagen. Mondo stieg auf der Beifahrerseite ein und hämmerte die Tür zu.

Der Wagen fuhr an.

Suko stand etwa 20 Schritte entfernt. Die beiden Polizisten hatten längst den Rückweg angetreten, Suko selbst hatte kein eigenes Fahrzeug, und seine Harley stand in der Tiefgarage.

Wenn er den Wagen verfolgen wollte, gab es nur eine Chance. Er mußte ein Taxi nehmen.

Die Fahrzeuge warteten ganz in der Nähe. In wenigen Sekunden hatte der Chinese sie erreicht. Als er die Tür öffnete, riß er den Fahrer aus dem Halbschlaf.

Erschreckt starrte der Mann Suko ins Gesicht. »Guten Morgen«, sagte er. »Wohin, Mister?«

»Fahren Sie los, schnell.«

»So eilig?«

Suko knallte die Tür zu. »Fahren Sie schon!«

Der Fahrer startete. »Und wohin?«

»Das sage ich Ihnen gleich.«

»Wie Sie meinen.«

Der Toyota schoß aus der Parklücke. Die Reifen wühlten das Wasser einer großen Pfütze auf und schleuderten es zur Seite.

Suko starrte angestrengt nach vorn. Auch die leise Musik irritierte ihn nicht. Er suchte den Range Rover. Auf der breiten Zufahrt herrschte kaum Betrieb, deshalb entdeckte er den Wagen relativ schnell. Er fuhr auf dem Mittelstreifen.

»Sehen Sie dort die Rücklichter?« erkundigte sich Suko.

»Ja.«

»Nehmen Sie die Verfolgung auf.«

»Okay.« Der Fahrer grinste. »Komme mir bald vor wie der Gehilfe von James Bond. Sind Sie einem Verbrecher auf der Spur, Mister?«

»Fast.«

»Kann es gefährlich werden?«

»Kaum.«

Suko war einsilbig. Er wollte den Mann nicht verrückt machen. Sollte es zu einer Eskalation kommen, würde der Chinese den Driver aus der Gefahrenzone schaffen. Für ihn war wichtig zu wissen, wohin Mondo fuhr, um dann eingreifen zu können.

»Da wir schon zusammenarbeiten, Mister, können Sie mich Harry nennen«, erzählte der Fahrer. »Harry, der Agentenschreck.«

»Klar, Harry.«

Der Mann grinste über sein gutmütiges Gesicht. Er kratzte sich am Ohr und sagte: »Jetzt geben Sie mal acht, Mister.«

Rechts blinken, dann wechselte der Mann die Spur. Und er gab Gas.

»He, was machen Sie da?« rief Suko.

»Ein alter Verfolgungstrick. Wir werden die Schaukel überholen, sonst merken die hinterher noch, daß wir ihnen im Nacken sitzen. So etwas wäre nicht gut.«

»Meinetwegen.«

Sehr wohl war Suko nicht. Harry sah das alles ein wenig zu leicht und zu sportlich. Er konnte ja nicht wissen, wie brutal Mondo war. Und wer den Range Rover fuhr, das hatte Suko auch noch nicht gesehen. Vielleicht Lady X, die gefährliche Frau, die mit einer Maschinenpistole ›verheiratet‹ war.

Sie schoben sich an den Range Rover heran. Suko wollte auf keinen Fall auffallen. Er hoffte nur, daß der Beifahrer keinen Blick nach rechts warf und den Chinesen erkannte.

Dann waren sie auf gleicher Höhe. Der Driver drehte den Kopf, er konnte seine Neugierde kaum bezähmen, während Suko im Sitz zusammenkroch und immer kleiner wurde.

Wenige Herzschläge lang blieben sie auf einer Höhe, dann war der Toyota vorbei.

Suko richtete sich wieder auf. »Was haben Sie gesehen?« fragte er.

»Einen Glatzkopf. Er hockte neben der Fahrerin.«

»Fahrerin?«

Der Driver schnalzte mit der Zunge. »Klar, Fahrerin. Eine Superpuppe, sage ich Ihnen. Mann, die hat Dynamit im Pullover. Schwarze Haare, das konnte ich noch erkennen.«

Suko wußte Bescheid. Er hatte richtig getippt. Marvin Mondo steckte wieder mit Lady X zusammen. Die beiden schienen sich zu einem höllischen Paar zu entwickeln.

»Kennen Sie die?« fragte der Fahrer.

»Ja.«

»Sagen Sie nur nicht, die Puppe da gehört zu Ihnen.«

»Nein, das nicht.«

»Aber Sie sind hinter der Wuchtbrumme her?«

»Das ja.«

Der Driver lachte. Er fuhr langsamer und rollte dabei auf die linke Seite. »Also, wenn mein Weib mit solch einem Glatzkopf abgehauen wäre, gäbe es auch Zoff, das kann ich Ihnen sagen.«

Suko ließ den Mann in dem Glauben, daß es sich dabei um einen Eifersuchtsanfall handelte. Sie fuhren zwar in Richtung London, hatten jedoch das gewaltige Areal des Großflughafens London noch nicht verlassen. Der offizielle Teil des Airports lag zwar hinter ihnen, doch an ihn schlossen sich die zahlreichen kleinen Flugfelder an, auf denen die Privatflugzeuge vieler Reicher standen. Hier hatten zahlreiche Geldmagnaten ihre Düsenjets stehen. Die großen Hangars wurden vom kalten Licht der

Bogenlampen angestrahlt. Aus der Entfernung gesehen wirkten sie wie die Kulisse für einen Zukunftsfilm.

Der Driver pfiff und warf Suko hin und wieder einen knappen Blick zu. »Nehmen Sie's nicht so tragisch, Mann. Es gibt noch genug flotte Bienen auf unserer Erde.«

»Klar, Sie haben recht.«

»Immer.« Der Fahrer pfiff weiter.

Suko peilte in den zweiten Rückspiegel an seiner Seite. Er sah den bewußten Wagen hinter dem Taxi. Das beruhigte ihn. »Wollen Sie sich nicht bald überholen lassen?« fragte er den Driver.

»Klar. Wäre an sich an der Zeit. Harry, der Agentenschreck, kommt mit seinem nächsten Trick.« Harry pfiff wieder, doch dieses Geräusch endete mit einem Mißton, dem ein Fluch folgte.

»Was ist los?« fragte Suko.

»Er biegt ab.«

»Was?« Der Chinese drehte sich auf seinem Sitz herum und schaute durch die hintere Scheibe.

Kein Zweifel. Der Wagen mit Mondo und Lady X hatte geblinkt und fuhr bereits auf einer anderen Spur, um in die Abfahrt zu gelangen. Für die Insassen des Taxis wurde es kriminell, da sie sich weiter vorn befanden.

Harry tippte auf die Bremse. Das Fahrzeug wurde langsamer. Und dann zog Harry es unter Mißachtung aller Verkehrsregeln über einen weißen Streifen und ein Stück Rasen, um doch noch in die Abfahrt zu gelangen. Er fuhr dabei über die Trasse, gab dem Unterbodenbau noch einige kräftige Stöße mit und rollte im spitzen Winkel in die Abfahrt hinein, wobei er das Lenkrad sofort wieder herumzog, um auf die richtige Fahrspur zu gelangen.

»Alles von James Bond abgeguckt?« fragte Suko beeindruckt.

»Fast alles. Der Rest ist eigene Initiative.«

»Aha.«

Die Abfahrt wurde fast zu einem Karussell. Harry, der Agentenschreck, kurbelte wie ein Wilder am Steuer, die Reifen rutschten über den feuchten Straßenfilm, aber Harry packte es.

»Da hinten ist der Wagen«, sagte er.

Der Rover fuhr auf gerader Strecke weiter. Er war das einzige

Fahrzeug neben dem Taxi, das um diese Zeit über die menschenleere Straße fuhr. Ideal zum Verfolgen.

»Jetzt können sie uns entdecken«, murmelte Harry und produzierte eine Waschbrettstirn. »Nein, die biegen sogar ab.«

Tatsächlich, der Range Rover blinkte rechts.

»Wo können die hinwollen?« fragte Suko.

Harry kannte das Gelände. »Das ist ein privates Flugfeld«, erklärte er. »Die Hangars da schräg rechts, die gehören dazu. Da stehen die Maschinen.« Er lachte.

»Was ist?«

»Mann, da haut Ihre Perle mit einem Flugzeug ab. Noch besser als im Film. Sagenhaft.« Harry schlug aufs Lenkrad.

Was er als einen Spaß empfand, war für Suko bitterer Ernst. Er ahnte, was die anderen vorhatten. Wenn sie es tatsächlich schafften, mit einer Maschine zu fliehen, sah er lecker aus. Dann war alles umsonst gewesen.

»Soll ich noch dranbleiben?« Harry schaute Suko grinsend an.

»Ja.«

»Sie geben nicht auf, wie?«

»Nie.«

»Das ist gut. Ich sage mir auch: Man darf die Weiber nicht so ohne weiteres laufenlassen. Wenn ich da an meine Alte denke...«

Suko verdrehte die Augen. Der gute Harry fiel ihm langsam auf den Geist.

Der Fahrer hatte jetzt etwas mehr Gas gegeben, und sie holten langsam auf. Suko hoffte nur, daß die Leute im Range Rover den verfolgenden Wagen noch nicht gesehen hatten, aber das war wohl ein Trugschluß. Er kannte das Mißtrauen der anderen. Und sie würden eiskalt reagieren, ohne Rücksicht auf Verluste.

Suko konnte die hellen Scheinwerferbahnen des Range Rovers genau verfolgen. Sie legten einen Lichtteppich auf die Straße, der immer weiter wanderte und sich strikt an die Richtung hielt.

»Soll ich näher ran?« fragte Harry.

»Noch ein Stück.«

»Und dann?«

»Halten Sie sich in Bereitschaft.«

»Wieso?«

»Die Luft könnte ein wenig bleihaltig werden«, erklärte Suko. »Da ist es besser, Sie bleiben aus der Gefahrenzone.«

»Meinen Sie, daß geschossen wird?«

»Ja.«

»Verdammt, das ist ja wirklich James Bond.« Harry schluckte. »Jetzt ist die Karre stehengeblieben.«

»Ja, nicht weit von einem Flugzeug, das bereits aus dem Hangar gefahren wurde.«

»Das sehen Sie?«

»Klar, mein Vater war ein Falke. Stoppen Sie, Harry.«

»Okay.« Der Agentenschreck hielt. Suko löste den Sicherheitsgurt und öffnete die Tür.

»Was haben Sie denn jetzt vor?« flüsterte Harry.

»Ich sehe mich mal um.«

»Und... und wenn es knallt?«

»Verziehen Sie sich.«

»Klar, Mann«, flüsterte Harry. »Sie bleiben dann als Leiche zurück, wie?«

»So leicht stirbt man nicht.«

»Humor hat er ja«, sagte Harry und schaute dem davonrennenden Suko hinterher.

Der Chinese bewegte sich geduckt voran. Er befand sich noch nicht auf den eigentlichen Rollbahnen, sondern erst auf den Zufahrtswegen, die kerzengerade ein großes Rasengebiet durchschnitten. Der Wind trug Stimmen zu dem Chinesen hinüber. Mondo und Lady X verständigten sich durch Zurufe.

Angst hatte Suko nicht. Er sah nur die einmalige Chance, Lady X und Mr. Mondo zu schnappen. Das war für ihn das wichtigste. Er wollte die Mitglieder der Mordliga hinter Gittern sehen. Vielleicht konnte er sie beide fassen. Als Suko daran dachte, kerbte ein hartes Lächeln seine Lippen. Das wäre etwas.

Noch näher huschte er heran.

Er hörte Barbara Scotts Stimme. »Es ist alles klar, wir können starten, Marvin.«

»Und der Wagen dahinten?«

Suko war stehengeblieben und noch mehr in die Hocke gegangen, so daß er sich kaum vom Schwarz des Weges abhob. Die beiden hatten die Verfolger also doch entdeckt. Das war schlecht, aber sie schienen die Gefahr nicht so ernst zu nehmen, denn Lady X sagte: »Die trauen sich doch nicht näher heran.«

»Trotzdem, wir sollten sie ausschalten.«

»Wenn du meinst.«

Suko schluckte. Verdammt, warum hatte der Agentenschreck Harry denn nicht die Scheinwerfer gelöscht? Dann wäre die ganze Chose nicht so auffällig gewesen.

Suko warf einen Blick zum Flugzeug hinüber. Er konnte es zwar nicht genau identifizieren, aber die Maschine schien ihm eine zweimotorige Cessna zu sein. Im Innern, wo sich Lady X befand, brannte Licht. Und Suko sah die Schatten hinter den kleinen Fenstern. Es waren zwei. Sie bewegten sich auf den Ausstieg zu.

Also noch mehr Gegner.

Aber wer?

Er sollte es bereits in den nächsten Sekunden sehen, denn am offenen Ausstieg tauchte der erste auf.

Eine leicht gebückt dastehende Gestalt, die ihre Hände ausstreckte, sich fallen ließ und mit einem dumpfen Geräusch auf dem Boden landete.

Eine Sekunde später sprang der nächste. Auch er ließ sich einfach fallen, kam aber nicht mit den Füßen auf, sondern klatschte voll auf den Beton.

Suko verzog das Gesicht. Als sich die Gestalt erhob, ohne daß ihr etwas passiert war, wußte der Chinese Bescheid. Er hatte es hier nicht mit normalen Menschen zu tun!

Und die beiden wollte Lady X zum Taxi schicken, wo der ahnungslose Harry wartete. Suko mußte etwas unternehmen. Wenn er mit den Wesen kämpfte, würden die anderen natürlich die Chance zur Flucht nutzen. Suko befand sich wirklich in einer Zwickmühle. Es gab allerdings eine Möglichkeit. Er mußte die beiden Wesen in der Nähe des Flugzeuges angreifen.

Und das tat er auch!

Wie erstarrt hockten wir im Cockpit der Maschine. Jeder von uns wartete darauf, daß etwas geschah.

Doch es passierte nichts.

Wir flogen weiter, als wenn nichts geschehen wäre. Nur daß wir eben nichts mehr sehen konnten und sich mein Kreuz ein wenig stärker erwärmte.

Eine Minute verging in einem beinahe andächtigen Schweigen. Schließlich atmete der Kapitän tief durch und sagte: »Wenn es so bleibt, können wir ja beruhigt sein.«

Er vergaß dabei leider die Landung. Sollte uns die Wolke nämlich bis New York in ihren Krallen halten, mußte eine Blindlandung versucht werden. Das waren Probleme der Zukunft, und wahrscheinlich würden wir mit ihnen gar nicht konfrontiert werden.

Der Nebel war da. Ich sah das Hin- und Herquellen der langen Nebelschlieren, Dinge, die ich kannte, und es bildeten sich auch Gestalten heraus, die mich nur entfernt an menschliche Formen erinnerten und dem Vergleich mit Monstern durchaus standhielten.

Ja, das waren die Nebelgeister, entstanden aus den Seelen der Menschen, die Dr. Tod seiner verdammten Wolke zugeführt hatte, damit sie stärker und kräftiger wurde.

Die Mannschaft im Cockpit schien die Gestalten nicht zu sehen, jedenfalls sagte niemand etwas.

Es klopfte an die Tür.

Wir sahen uns kurz an. Ich nickte, und der Captain fragte: »Wer ist da?«

»Judy, Sir.«

An der Stimme erkannte ich die Stewardeß, die mich bei der Ankunft eingewiesen hatte.

»Kommen Sie rein.«

Vorsichtig wurde die Tür aufgestoßen. Judy erschien. Unter dem braunen Haar war ihr Gesicht blaß. Sie schluckte und schloß die Tür.

»Was ist geschehen?« fragte Brittan.

»Die Passagiere werden unruhig wegen der Nebelwolke«, erklärte Judy. »Es wäre vielleicht besser, wenn Sie etwas sagen, Sir.«

Brittan nickte.

»Ja, tun Sie das«, sagte auch ich, wofür ich von der Stewardeß einen dankbaren Blick auffing.

Der Flugzeugführer griff zum Mikrophon, schaltete es ein und sprach: »Ladies and Gentlemen. Es besteht überhaupt kein Grund zur Beunruhigung. Wir durchfliegen soeben ein Schlechtwettergebiet, das sich leider ziemlich weit ausgebreitet hat. Deshalb müssen wir damit rechnen, daß uns dieser Nebel bis dicht vor die amerikanische Küste begleitet. Diese Information habe ich bereits vom New-York-Tower erhalten. Dort ist die Sicht klar. Behalten Sie die Ruhe und nehmen Sie einen Drink. Meine Mitarbeiter und ich werden versuchen, Ihnen den Flug trotz des schlechten Wetters so angenehm wie möglich zu gestalten. Ich danke Ihnen für Ihre Aufmerksamkeit.«

Brittan nickte und hängte das Mikro wieder ein. »Zufrieden?« fragte er die Stewardeß.

»Natürlich, Sir. Aber was ist denn nun wirklich passiert? Ich kenne Schlechtwettergebiete.«

Der Chefpilot hob die Schultern. »Das kann ich Ihnen auch nicht genau sagen. Da müßten Sie schon Mr. Sinclair fragen.«

Jetzt hatte ich den Schwarzen Peter.

»Nein, es ist kein Schlechtwettergebiet«, gab ich zur Antwort. »Wir haben es hier mit einem Phänomen zu tun, das man mit dem Begriff unerklärlich umschreiben kann. Auf jeden Fall birgt dieser Nebel eine Gefahr.«

»Für alle?«

»Wahrscheinlich.«

»Und welche Gefahr ist das?« Judy war in den letzten Sekunden etwas blasser geworden.

»Das kann ich Ihnen auch nicht sagen.«

Sie sah mich an, und ich bemerkte, daß sie grüne Augen hatte. »Können Sie nicht, ober wollen Sie nicht?«

Captain Brittan mischte sich ein. »Am besten, Sie gehen jetzt wieder zu den Passagieren zurück, Judy. Dort ist schließlich Ihr Arbeitsplatz. Überlassen Sie alles weitere uns.«

»Ich habe verstanden.« Judy machte kehrt und verließ das Cockpit mit hochrotem Kopf.

Ein wenig schuldbewußt schaute Brittan mich an. »Was hätte ich sagen sollen?«

Ich nickte. »Sie haben das Richtige getan. Machen Sie sich keine Sorgen.«

»Danke. Und wie geht es weiter?«

»Wir müssen warten, Captain.«

Brittan verzog das Gesicht. »Das paßt mir nicht«, murmelte er. »Ich werde versuchen, mit New York Kontakt aufzunehmen. Mal sehen, was sich da tut.« Er wandte sich an den Bordingenieur. »Stellen Sie eine Verbindung her.«

»Okay.«

Wir warteten. Ich stand so, daß ich den Rücken des Mannes sehen konnte.

Der Funker schüttelte den Kopf. »Das gibt es doch nicht«, schimpfte er.

»Was ist los?« fragte Brittan.

»Ich bekomme keine Verbindung.«

»Wieso?«

»Die Leitung ist tot. Kein Kontakt mit New York.«

»Vielleicht sind wir noch zu weit weg.«

»Nein, unsere Anlage ist ausgezeichnet.« Er kippte noch ein paar Schalter herum, rief New York an, aber die Verbindung kam nicht zustande. »Es tut mir leid, Sir. Nichts zu machen.«

Brittan strich mit zwei Fingern die Gesichtsfalten an seinem Nasenrücken nach. »So sieht die Sache also aus«, murmelte er. »Der Nebel scheint ein stärkerer Feind zu sein, als ich dachte. Verdammt, was tun wir?« Er sah mich an, und es tat mir leid, daß ich ihm eine negative Antwort geben mußte.

»Ich weiß es auch nicht, Captain. Sorry.«

Brittan schüttelte den Kopf. »Mir ist das unbegreiflich. Die Instrumente funktionieren, alles ist klar, wir fliegen normal, und trotzdem ist die Funkverbindung gestört. In was sind wir da nur hineingeraten, verdammt noch mal?«

Ich wußte auch keine Antwort und konnte nur raten. Aber von der großen Gefahr wollte ich nicht reden. Vielleicht hätten die Männer durchgedreht. Wie gefährlich dieser Nebel war, das hatte ich in Grynexxa erlebt.

Schweigen.

Dann die Stimme des Copiloten. Sie zitterte. »Captain, wir sinken!«

Brittan fuhr herum. Sein Gesicht war plötzlich eine Maske aus harter Konzentration. »Dann gehen sie in den Steigflug über, Mann.«

»Das klappt nicht. Die Ruder gehorchen nicht mehr!« Der Copilot brach ab.

Brittan starrte auf den Höhenmesser. »Tatsächlich«, flüsterte er. »Da ist nichts zu machen.« Er versuchte, die Maschine wieder auf die Normalhöhe von zwanzigtausend Fuß zu bringen, was ihm jedoch unmöglich war. Die Boeing sank weiter.

Achtzehntausend Fuß – siebzehntausend ...

Wir sanken nicht schnell, aber stetig. Es schien, als würden unsichtbare Hände das Flugzeug leiten und es dem Meeresspiegel entgegendrücken.

»Wenn die Passagiere das merken, gibt es eine Panik«, sagte der Bordfunker.

Brittan war der gleichen Meinung, er griff als Antwort zum Mikrophon und sprach einige Worte. Er redete davon, daß man versuchen wollte, das Schlechtwettergebiet zu unterfliegen und man deshalb nicht die eigentliche Flughöhe beibehalten könnte. Die Worte schienen auf fruchtbaren Boden gefallen zu sein, denn es gab kein Murren im Passagierraum. Beruhigt schaltete Brittan das Mikro ab. »Womit unsere Probleme allerdings nicht gelöst sein werden«, kommentierte er sehr richtig.

Wir nickten, und wir sanken weiter.

Vierzehntausend Fuß, nein, jetzt schon dreizehntausend ...

»Was ist, wenn der Sinkflug überhaupt nicht mehr endet?« stellte der Copilot die bange Frage.

»Dann landen wir im Bach«, erwiderte Brittan sarkastisch.

»Und gehen unter.«

Der Copilot hatte die Wort dumpf ausgesprochen, und damit genau ins Schwarze getroffen. Eine Notlandung auf dem Wasser würden nur die wenigsten überleben. Wenn da die Funkanlage zerstört war, war es nicht möglich, rasche Hilfe herbeizuholen.

Die Sache sah böse aus.

Zehntausend Fuß.

Verdammt, der Sinkflug ging weiter. Noch immer trieben die Nebelschwaden an der Maschine vorbei. Ich haßte diese Wolke plötzlich. Es war eine Erscheinung, die man nicht als normal bezeichnen konnte, sie war künstlich hergestellt, und ich wußte auch nicht, wie man sie bekämpfen konnte. Schon einmal hatte ich sie nicht vernichten können. Sie war nur weitergezogen und hielt uns jetzt umfangen.

Dr. Tod und seine Mordliga befanden sich wieder voll in Aktion.

Neuntausend Fuß!

Die Spannung verdichtete sich. Das schwere Atmen aller Anwesenden war zu hören, da bildete ich keine Ausnahme. Wie würde es weitergehen? Würden wir auf der Oberfläche des Meeres zerschellen? Aber was hatte dann dieser verdammte Nebel für einen Sinn gehabt?

Es war schwer, logische Erklärungen für Dr. Tods Vorgehen zu finden. Er reagierte immer anders, als es sich seine Gegner vorgestellt hatten. Dr. Tod war ein schrecklicher Exzentriker, der seine menschlichen Eigenschaften zurückgedrängt, wenn nicht sogar verdrängt hatte. Aus ihm war ein Mensch-Dämon geworden.

»Achttausend Fuß.« Die Stimme des Copiloten klang rauh.

»Ja, verdammt, wir wissen es!« rief Brittan, nur der Bordingenieur blieb ruhig.

»Sollen die Passagiere nicht lieber doch die Schwimmwesten anlegen?« fragte ich.

Der Flugkapitän senkte den Kopf und verbarg sein Gesicht in beiden Händen. »Es gibt wohl keine andere Möglichkeit, meine Herren. Ich glaube, daß wir die Maschine nicht mehr abfangen können. Die Steuerung liegt in den Händen anderer. So leid es mir tut, aber ich kann nichts machen.«

Wir waren inzwischen auf siebentausend Fuß gesunken. Der Captain griff bereits zum Mikrophon, um sich abermals zu melden, als ihn die Stimme seines Copiloten unterbrach.

»Sinkflug gestoppt!«

»Was?«

»Sehen Sie selbst, Sir!«

Alle starrten wir auf die Instrumente. Die Nadel zitterte bei sechstausend Fuß, und dort blieb sie auch stehen.

»Wer sagt's denn?« Brittan lachte gekünstelt. »Vielleicht können wir auch wieder an Höhe gewinnen.« Er versuchte es, und gleichzeitig checkte der Ingenieur seine Funkanlage durch.

Beide Ergebnisse waren negativ. Die Maschine ließ sich von Menschenhand nicht mehr lenken, und der Autopilot war ebenfalls ausgefallen.

»Kurs West«, murmelte Brittan. »Der wird genau eingehalten.« Er blickte auf die Borduhr. »In der Zeit sind wir auch. Seltsam, seltsam. Ich begreife das nicht.«

Wir flogen also weiter. Und immer noch begleitete uns der dicke, kaum mit Blicken zu durchdringende Nebel. Er hüllte die Maschine ein wie ein gewaltiges Tuch.

Die Teufelsfratze hatte ich bisher nicht wieder gesehen. Wahrscheinlich hatte sie nur ein Beweis für die unerklärliche Existenz dieses Horror-Nebels sein sollen.

»Meine Güte, da macht man was mit«, murmelte der Kapitän und griff zur Zigarettenschachtel. Wir alle nahmen ein Stäbchen und rauchten schweigend.

»Soll ich Kaffee kommen lassen?« fragte Brittan.

»Das wäre gut.«

»Okay.« Der Flugzeugführer rief die Pantry. Eine der Stewardessen hob ab. Es war Judy.

»Können Sie vier Tassen Kaffee bringen, Judy?« fragte der Captain.

»Gern, Sir. Ich habe gerade frischen gemacht. Wie sieht es aus? Wir sinken ja nicht mehr.«

»Den Umständen entsprechend. Wenn wir uns halten, ist es ja gut.«

»Eine Erklärung für die Existenz des Nebels haben Sie noch immer nicht?«

»Nein.« Brittan legte das Sprechgerät weg und drehte sich in seinem Pilotensitz. »Irgendwann müssen wir uns etwas einfallen lassen«, wandte er sich an mich.

»Ja.« Ich ließ mir auch etwas einfallen. Bisher hatte ich das Kreuz nicht offen getragen. Nun zog ich es aus dem Hemdausschnitt und ließ es offen vor meiner Brust baumeln.

Drei Augenpaare starrten das Kruzifix an. Der sonst so schweigsame Funker fragte: »Was hat das zu bedeuten, Mr. Sinclair?«

»Es ist ein Schutz.«

»Wovor?«

»Vielleicht vor dem Nebel.«

Für diese Antwort erntete ich ein Lächeln, aber ich wußte es besser. Schon einmal hatte mich das Kreuz beschützt, als ich vor der Kirche in Grynexxa gegen die Zombies kämpfte. Der Nebel hatte das Kreuz gemieden, als hätte er eine Heidenangst davor, und um mich herum war damals ein regelrechtes Loch in der Nebelsuppe entstanden.

»Einen abergläubischen Polizisten habe ich auch noch nicht gesehen«, meinte der Copilot.

»Das hat mit Aberglauben nichts zu tun.«

»Ich weiß nicht.«

Plötzlich sprang der Bordingenieur auf. »Verdammt!« fluchte er. »Der Nebel dringt in das Cockpit!«

Diese Meldung alarmierte uns. Ich hatte gehofft, daß er draußen bleiben würde, aber das war nicht der Fall. In langen Schlieren drang der Nebel ein, als bestünde überhaupt kein Hindernis für ihn.

Teufelswerk!

Ich packte den Funker an der Schulter und schob ihn zur Seite. Jetzt mußte sich zeigen, ob das Kreuz dem Nebel noch immer widerstand. »Gehen Sie bis zur Tür zurück!« fuhr ich die drei Männer an. »Machen Sie schon, schnell!«

»Ja, aber...«

Ich sah die erstaunten Gesichter. Niemand wußte so recht, was das zu bedeuten hatte.

»Gehen Sie!« Meine Stimme klang scharf. Ich war auch nervös, denn wenn der Nebel ins Cockpit eindrang, was sollte ihn daran hindern, auch in den Passagierraum zu gelangen?

Deshalb meine überempfindliche Reaktion.

Die Männer hatten eingesehen, daß es besser war, wenn sie mir die Initiative überließen. Sie waren für die technischen Checks im Cockpit verantwortlich, was nun kam, das begriffen sie nicht.

Der Nebel quoll am Boden der Kanzel hervor. Er stieg schnell höher und breitete sich aus. Ebenso schnell hielt ich mein Kreuz in der Hand, ging in die Knie und hielt es gegen den hereinquellenden Nebel.

Die Masse und das Kreuz berührten sich.

Plötzlich gab es ein zischendes Geräusch. Gleichzeitig flog eine kleine Funkenbahn hoch und verlöschte noch in der Luft stehend.

Mir war es, als würde ich in der Ferne ein leises, gequältes Wimmern hören. Ich konnte mir auch denken, wieso. Dieser Nebel setzte sich aus zahlreichen Seelen zusammen, die früher in Menschenkörpern gelebt hatten und deshalb in das Reich des Spuks eingegangen waren. Was keiner außer mir für möglich gehalten hatte, geschah.

Der Nebel zog sich zurück!

Die Kraft des Kreuzes war einfach stärker als er. Die Reste der Todeswolke verschwanden.

Ich erhob mich und nickte den anderen zu. »Vorerst sind wir ihn los«, sagte ich.

Die drei Männer schauten mich an. »Mein Gott«, flüsterte Brittan. »Sie haben es tatsächlich geschafft!«

»Sieht so aus.« Mir gelang sogar ein Lächeln.

»Mann, Sinclair, ich will ja nicht fragen, wie das funktioniert, aber Sie sind ein Held.«

»Moment.« Ich winkte ab. »Bitte keine Lobreden, denn noch ist die Gefahr nicht gebannt. Sie haben gesehen, wie der Nebel in dieses Cockpit gekrochen ist. Was hindert ihn eigentlich daran, auch in den Passagierraum zu quellen und die Fluggäste anzugreifen?«

Betroffenes Schweigen folgte meinen Worten. Die drei Flugoffiziere waren ratlos. Brittan bewegte sich schließlich, setzte sich auf seinen Platz und stellte den Autopiloten ein.

Es klopfte. »Der Kaffee«, sagte Judy.

Der Funker öffnete.

Judy trat ein. Die Stewardeß hielt das Tablett mit beiden Händen fest. In vier Tassen dampfte Kaffee. Er sah verflixt schwarz aus, der Löffel würde sicherlich drin steckenbleiben.

»Wo kann ich das Tablett abstellen?« fragte Judy.

Jack Brittan deutete auf eine freie Fläche neben der Funkkonsole, und Judy ließ das Tablett los, ohne daß auch nur ein Tropfen Kaffee überschwappte.

Sie lächelte. »Ich wünsche Ihnen...« Plötzlich wurde sie leichenblaß im Gesicht. Sie riß die Augen auf, wollte noch schreien, doch das Entsetzen lähmte sie.

Judy starrte auf ihre Hände.

Was heißt Hände? Es waren skelettierte Finger!

Marvin Mondo und Lady X hatten zwar bemerkt, daß sie verfolgt wurden, aber sie ahnten nicht, wie nahe sich bereits einer ihrer Feinde befand.

Nur sechs Schritte entfernt hockte Suko.

Und er griff an.

Lady X, Mr. Mondo und auch die beiden Monster wurden völlig überrascht, als Suko über sie kam. Er gelangte in den Rücken der Helfer, richtete sich auf und hieb mit der Handkante zu.

Es waren harte Schläge, die mit hundertprozentiger Sicherheit ihre Ziele trafen. Normalerweise mußten die Wesen zu Boden fallen, sie wurden auch nach vorn geschleudert, hielten sich jedoch auf den Beinen.

Vom Flugzeug her hörte Suko eine kreischende Frauenstimme. »Verdammt, dieser gelbhäutige Chink!«

Suko achtete nicht auf die Worte. Er stellte sich zum Kampf – und hatte sofort schwer zu tun, denn die beiden Gestalten griffen ihn gezielt an.

Sie wollten Suko mit ihren Schlägen zu Boden rammen, doch der Chinese packte die Gelenke und hebelte sie herum. Die Wesen purzelten nur so, sprangen jedoch sofort wieder auf die Füße.

Der Chinese wußte, daß er keine Zeit zu verlieren hatte. Wenn diese Lady X erst einmal ihre Maschinenpistole geholt hatte, war alles zu spät. Zwischen ihm und dem Flugzeug gab es keinerlei Deckung.

Suko packte einen der Helfer und schleuderte ihn herum.

Im selben Moment tauchte die ehemalige Terroristin am Ausstieg der Maschine auf.

Mit der MPi.

Die Scott schoß sofort.

Das harte Hämmern dieser Waffe unterbrach die Stille. Hell blitzte es dort auf, wo Lady X stand. Suko, der hinter dem Monster stand, merkte, wie es von den Kugeln getroffen und durchgeschüttelt wurde. Aber es starb nicht, es war kein Mensch.

Trotzdem wäre Suko einer Garbe wohl nicht entgangen, wenn Harry, der Agentenschreck, nicht richtig reagiert hätte.

Er schaltete das Fernlicht ein, mußte die Schüsse wohl gehört haben, und seine Neugierde war größer als seine Angst.

Lange Lichtbahnen fluteten über den Boden und fanden ihren Weg bis zum Flugzeug.

Die gleißenden Lichter blendeten die Frau.

Das Schießen verstummte.

Suko nutzte die Gunst des Augenblicks, ließ das Monster los und rannte auf das Flugzeug zu, bevor die Lady abermals schoß. Unter der Maschine fand Suko Deckung, er befand sich jetzt im toten Winkel und einigermaßen gut geschützt.

Der Chinese atmete auf.

Über ihm ratterte die MPi, Lady X zielte jetzt auf die hellen Scheinwerfer, und sie streute die Garben auch, so daß sich die Chancen erhöhten, die hellen Augen zu zerstören.

Suko, der noch von den Ausläufern des Lichtes getroffen wurde, stand plötzlich im Dunkeln, als ein Scheinwerfer ausfiel.

Barbara Scott lachte wild.

Im nächsten Moment verlöschte auch der zweite. Allerdings nicht durch einen Schuß, Harry hatte ihn ausgeschaltet.

Es wurde wieder dunkel.

Zwei Sekunden geschah nichts. Als Schattenrisse hoben sich die Gestalten der Monster ab. Die beiden wußten genau, wo sich der Chinese versteckt hatte, und steuerten ihn an.

Suko duckte sich.

Dann hörte er die Stimme: »Ich kriege dich, du verdammte Ratte. Dann schieße ich dich in Stücke.«

Mein Freund konnte nur den Kopf schütteln vor soviel Haß und Menschenverachtung. Aber was sollte er machen? Mit Worten war die Frau nicht mehr zu belehren.

Mondo sagte: »Komm, wir starten lieber!«

»Nein!« kreischte die Scott. »Erst hole ich mir den Bastard da unten. Ich kriege ihn, verdammt!« Suko hörte, wie sie ein neues Magazin einlegte und die beiden Monster anschrie: »Los holt ihn her, den Hundesohn!«

Klar, daß die Kreaturen dem Befehl gehorchten. Sie waren nichts anderes gewohnt und konnten als künstliche Menschen nicht denken. Zum erstenmal hatte Suko solche Horror-Wesen in Mr. Mondos Monsterklinik kennengelernt. Das waren wirklich künstliche Geschöpfe, vollendeter, als Frankenstein sie damals erschaffen hatte. Mondo hatte sie fast bis zur Perfektion entwickelt.

Aber eben nur fast.

Suko hob den rechten Arm. Die Beretta hielt er längst in der Hand. Er würde die mit allerlei Elektronik gefüllten Schädel der Kreaturen zerstören, denn diese Wesen konnten tatsächlich ihre Köpfe vom Rumpf heben, wobei man kaum die dünnen Drähte sah, mit denen sie befestigt waren.

Suko schoß.

Der trockene Klang der Beretta war wie Musik in seinen Ohren. Und er hatte genau getroffen.

Das ihm am nächsten stehende Wesen bekam die Kugel zwischen die Augen. Bläuliche Blitze sprühten auf, es gab einen regelrechten Kurzschluß, etwas schmorte durch, und der Wind trug den Gestank bis in Sukos Nase.

Das künstliche Wesen aber drehte sich im Kreis und dabei immer um die eigene Achse, bis es den Halt verlor, stürzte und liegenblieb.

Suko schwenkte die Waffe.

Dabei warf er noch einen Blick an dem Wesen vorbei, und das war sein Glück. Lady X hatte die Maschine zwar nicht verlassen, aber sie hatten ihren Oberkörper so weit vorgebeugt und dabei gedreht, daß sie die MPi halten und auch schießen konnte.

Mit einem yardweiten Satz brachte sich der Chinese in Sicherheit, als die Garbe loshämmerte. Die Geschosse siebten an ihm vorbei und rissen helle Streifen in den Beton.

Eine zweite Garbe schoß Lady X nicht ab, ihre Haltung war zu unbequem. Suko nahm an, daß Mondo die Frau abstützte.

Das zweite Wesen war schon verdammt nahe. Es hatte die Arme ausgestreckt und suchte Sukos Hals. Suko wartete, bis die Finger seine Schultern berührten, dann streckte er den Arm aus und drückte ab.

Er konnte den Kopf nicht verfehlen. Gleichzeitig sprang er

zurück, das war gut, denn wieder jagten Funken und bläuliche Blitze aus dem Kunstschädel des Wesens, von denen Suko nicht gern getroffen werden wollte.

Der Chinese zog sich zurück. Die Kreaturen hatte er ausgeschaltet. Außer Mondo und Lady X hatte er bisher keine anderen Gegner gesehen, und da die beiden keine Anstalten trafen zu starten, rechnete Suko damit, daß die Scott weiterkämpfen würde.

Er sollte sich nicht getäuscht haben.

Auch Suko wollte nicht aufgeben, denn vielleicht konnte er beide packen und einbuchten.

Das wäre ein Erfolg gewesen, die Mordliga um Dr. Tod auf diese Art zu schwächen.

Von dem Gedanken beflügelt, wechselte der Chinese die Stellung. Er schlich unter dem Flugzeug her, so daß er an die dem Einstieg gegenüberliegende Seite gelangte.

Seine Blicke tasteten den Rumpf der Maschine ab, aber von den beiden ließ sich niemand sehen.

Zum Glück.

Über sich sah der Chinese die Tragfläche. Und da hatte er eine gute Idee. Es mußte doch möglich sein... nein, er überlegte nicht mehr weiter, sondern setzte alles auf eine Karte. Die Beretta mußte er wegstecken. Suko sprang, streckte die Arme aus, und seine Hände umklammerten den Rand der linken Tragfläche.

Suko hatte sich dabei so nahe wie möglich zum Rumpf hin bewegt, damit die Tragfläche nicht zu sehr wackelte und das Flugzeug schon jetzt anfing zu schwanken.

Einen Moment verharrte er in der ungewohnten Stellung und zog dann vorsichtig die Beine an.

Ja, so klappte es.

Der Chinese spielte seine Kraft aus und schaffte auch diesen Klimmzug. Er war oben, schwang sein rechtes Bein hoch und kletterte vorsichtig auf die Tragfläche.

Dort blieb er erst einmal liegen. Das Metall war feucht, die Fläche konnte man als Rutschbahn bezeichnen. Suko mußte achtgeben, daß er nicht ausglitt.

Vorsichtig drehte er sich nach rechts und verlagerte sein

Gewicht. So klappte es. Suko fand auf der schmalen Tragfläche Platz.

Zoll für Zoll näherte er sich dem Rumpf der Cessna. Er durfte jetzt keinen Fehler machen, und auch seine Gegner mußten in Sukos Sinne handeln.

Der Chinese schaute durch das kleine Fenster. Im Innern der Cessna brannte noch immer Licht. Suko sah Mondo, der am offenen Ausstieg stand und irgend etwas sagte, was der Chinese aber nicht verstand.

Dafür hörte er, wie Lady X sprang. Es war das typische Geräusch, wenn Sohlen zu Boden klatschten.

Nur noch Mondo befand sich in der Maschine.

Von Lady X sah Suko nichts. Sie bewegte sich auf der anderen Seite der Cessna.

Der Chinese mußte sich jetzt beeilen und dabei schnell sein wie selten zuvor in seinem Leben. Er hatte vor, über den Rumpf der Maschine zu klettern und sich von oben aus in den offenen Einstieg zu schwingen. Ein halsbrecherisches Unternehmen, für das Suko sein gesamtes Können aufbieten mußte.

Er richtete sich auf die Knie. Noch ließ er die Waffe stecken, weil er beide Hände brauchte.

Suko hatte den Beginn der Tragfläche erreicht. Vor ihm wuchs der Rumpf hoch. Mondo, im Inneren der Maschine, drehte Suko noch immer den Rücken zu.

Die Vorzeichen standen günstig.

Der Chinese wagte es. Gefühlvoll und so wenig Geräusche wie möglich verursachend, glitt er auf den Rumpf der Cessna und blieb dort für einen Moment liegen. Er konnte jetzt auf die andere Seite sehen.

Lady X hatte sich einige Schritte von der Maschine entfernt und drehte ihm den Rücken zu. Das war schon mal günstig. Breitbeinig stand sie dort, Suko hätte sie in den Rücken schießen können, aber so etwas widerstrebte ihm.

Er wollte schon weiter, als sich die Frau umdrehte.

Das geschah sehr schnell, Suko kam gerade noch dazu, seinen Kopf einzuziehen, sonst hätte sie den Chinesen entdeckt. Statt dessen rief sie etwas zu Mondo hoch.

»Nichts zu sehen von dem Bastard!«

»Hast du schon die andere Seite abgesucht?«

»Nicht nötig, ich kann unter dem Rumpf hinwegsehen.«

»Trotzdem.«

Die Scott stampfte mit dem rechten Fuß auf. Sie trug Lederkleidung und einen dunklen Pullover. Die Jacke hatte sie nicht geschlossen. »Okay, ich sehe nach«, sagte sie. »Aber dann ist Schluß. Wenn wir diesen gelbhäutigen Bastard nicht entdecken, fliegen wir los. Mach schon alles für den Start klar.«

Suko hörte wieder ihre Schritte. Das war gut, jetzt befand sie sich im toten Winkel, und er konnte eingreifen.

Der Chinese kroch über den Rumpf der Maschine und befand sich direkt in Höhe der offenstehenden Einstiegstür.

Jetzt oder nie, dachte Suko.

Er gab sich selbst Schwung, rutschte vor, sein Oberkörper kippte, und die Hände seiner ausgestreckten Arme krallten sich um die Haltestangen im Innern der Türumrandung. Das ging blitzschnell vor sich. Mit einer wahrhaft artistischen Leistung schaffte Suko es, sich in die Cessna zu schwingen.

Marvin Mondo wurde von dieser Aktion völlig überrascht.

Er stand vor der Instrumentenanzeige und checkte alles durch. Dabei achtete er nicht auf die Tür, er dachte auch an keine Gefahr, und deshalb traf ihn Sukos Aktion völlig überraschend.

Wie ein Blitz war der Chinese im Cockpit der Maschine. Bevor Mondo sich versah, stand Suko neben ihm und preßte ihm den Lauf der Waffe gegen den Hals.

»Rühr dich nicht«, sagte er zischend.

Mr. Mondo wagte nicht einmal zu schlucken, sondern stand einfach nur still. Er spürte den kalten Druck der Mündung und wußte, was das zu bedeuten hatte.

»Und jetzt die Finger vom Steuer«, sagte Suko.

Mondo löste seine Hände, denn lebensmüde war er wirklich nicht. Er verhielt sich völlig passiv.

Suko preßte ihm den linken Arm um den Hals, während er ihn in Richtung Ausstieg zog. Dort blieben die beiden Männer stehen. Der kühle Wind fuhr in ihre erhitzten Gesichter und trocknete dort den Schweiß.

»Ruf sie!« befahl Suko.

»Wen?«

Der Chinese verstärkte den Druck. »Stell dich nicht so dumm an. Für Späße habe ich keine Zeit!«

»Okay, okay, ist ja schon gut.« Mondo holte Luft. »He, Lady X, komm her!«

»Was ist denn?« klang die Stimme der Scott.

»Komm, ich...«

»Ja, ja, schon gut. Der Bastard ist entwischt.« Ihre Stimme wurde lauter, die Frau kam näher.

Suko stand dicht am Ausstieg und konnte hinuntersehen. Jetzt tauchte Lady X auf.

Sie ging noch drei Schritte weiter, drehte sich um und zuckte unwillkürlich zurück.

Mit diesem Bild hatte sie nicht gerechnet. Aber sie fing sich sehr schnell und sagte nur: »Du Idiot!«

»Ich konnte nichts machen«, verteidigte sich Mondo. »Er war plötzlich in der Kanzel!«

»Genug der Rederei!« mischte sich der Chinese in den Dialog. »Lassen Sie die Waffe fallen, Lady X!«

»Ich?«

»Sehen Sie noch eine andere?«

»Nein, Chinese, das nicht. Aber ich denke nicht daran, die MPi wegzuwerfen.« Sie lächelte kalt und zeigte dabei ihre Zähne. »Tut mir leid, Mondo!«

Dann riß sie die Maschinenpistole hoch und schoß!

Keiner von uns war in den ersten Sekunden fähig, ein Wort zu sprechen. Wir starrten auf die Hände.

Knochenhände! Wie bei einem Skelett. Jeder einzelne Finger war genau zu sehen und schimmerte weißgelb. Die Haut war völlig von den Händen abgefallen, eine unbegreifliche Tatsache, die mir aber nicht fremd war. Ich hatte gesehen, wie der Nebel wirkte, war selbst dabeigewesen, als Gordon Granada, ein Pilot, zu einem Skelett wurde.

Der Nebel mußte bereits in das Flugzeug eingedrungen sein. Eine andere Erklärung gab es nicht.

Die Sekunden dehnten sich. Judy starrte noch immer ihre Finger an. Die Augen waren verdreht, jetzt riß sie den Mund noch weiter auf, um einen Schrei auszustoßen.

Ich kannte solche Reaktionen. Angst und Schrecken entluden sich in einem oft gellenden Schrei. Aber das konnte ich nicht erlauben. Wenn die Passagiere den Schrei hörten, dann wurden sie mißtrauisch und würden unter Umständen durchdrehen.

Das mußte ich vermeiden.

Ein Sprung brachte mich an die Stewardeß. Als ihr Schrei den Mund verlassen wollte, da preßte ich meine Hand auf ihre Lippen, und der Ruf erstickte.

»Wir müssen sie ruhig halten!« zischte ich den drei Männern zu.

Die Offiziere nickten.

Judy wehrte sich in meinem Griff. Ich fühlte die skelettierten Finger an meiner Hand, als sie den Griff sprengen wollten, doch mit einem Schulterwurf schleuderte ich Judy zu Boden. Sie fiel halb, klammerte sich allerdings auch an mir fest. Sie hatte ihre knöchernen Hände in meine Kleidung gekrallt.

Ihr Gesicht war eine Grimasse. Angst, Schrecken und Wut zeichneten es. Und die Verwandlung schritt weiter fort. Sie hörte ja nicht mit den Händen auf, sondern breitete sich aus. Jetzt wurde auch ihre Haut in Höhe der Gelenke brüchig, die Farbe änderte sich, und blanke Knochen schimmerten aus dem Gewirr von Muskeln und Sehnen.

Die drei Offiziere stöhnten auf. So etwas hatten sie noch nie gesehen. Das war Wahnsinn, das war irre...

Der Prozeß lief weiter. Es gab kein Stoppen, bis zu den Oberarmen hatte sich die Haut gelöst, Judy mußte voll mit der Nebelwolke konfrontiert worden sein.

Das wollte ich wissen.

»Haben Sie den Nebel gesehen?« fuhr ich sie an. »Wo ist er jetzt? Ist er in das Flugzeug gekrochen? Reden Sie...!«

Nein, kein vernünftiges Wort drang aus ihrer Kehle. Das war nicht mehr die hübsche Stewardeß Judy, das war ein regelrechtes Monster, und als Monster mußte sie auch behandelt werden.

»So tun Sie doch was!« schrie der Copilot.

Ich schaute ihn an. »Was denn, verdammt?«

»Helfen Sie ihr!«

»Das geht nicht mehr.«

»Wieso?«

»Sie ist verloren!« schleuderte ich dem Mann als Antwort ins Gesicht. »Es tut mir leid.«

Da schlug der Copilot seine Hände vor das Gesicht und begann zu schluchzen. Hinterher erfuhr ich, daß er und die Stewardeß befreundet gewesen waren und schon über Heirat gesprochen hatten.

Die Skeletthände wanderten an meinem Körper hoch. Auch in Judys Gesicht war die Haut bereits dünner geworden. Ich kannte die Anzeichen genau, bald würde sie wegplatzen.

Da berührte Judy das Kreuz!

Diesmal konnte ich den Schrei nicht mehr stoppen. Alles war zu schnell gegangen. Etwas zischte, der Schrei verlor sich in einem Wimmern, und Judy kippte zurück, nachdem sie die Hand von meinem Kruzifix gelöst hatte.

Die Stewardeß fiel zu Boden. Die rechte Hand war mit dem Kreuz in Berührung gekommen, die schlenkerte sie jetzt, und plötzlich fiel die Hand ab.

Es war ein Bild des Schreckens, als die knöcherne Klaue auf dem Cockpitboden landete.

Die drei Offiziere waren vor Entsetzen stumm. Ich konnte sie gut verstehen, ich hatte mich jedoch mittlerweile an solche Szenen gewöhnt. Leider.

Die Stewardeß wand sich auf dem Boden. Sie war nicht mehr zu retten. Das Böse hatte sie voll getroffen.

Und sie löste sich auf.

Zum Glück war sie auf den Bauch gefallen, so daß niemand sah, wie der schaurige Vorgang auch ihr Gesicht erfaßte.

Die Stewardeß starb.

Wir standen daneben und konnten nichts tun. Nach zwei schlimmen Minuten blieben nur noch die blanken Knochen übrig, die aber so morsch waren, daß auch sie langsam zerfielen.

Asche war der Rest.

Ich blickte die Männer an. Der Bordfunker hatte seine Hände gegen den Mund gepreßt. Ihm war übel. Der Copilot sah gar nicht hin, nur der Captain hielt sich noch tapfer, obwohl auch sein Gesicht eine ungesunde Blässe zeigte.

»Wissen Sie nun, warum ich vor dem Nebel solch eine Angst hatte?« fragte ich ihn.

Er nickte.

Es hatte keinen Zweck, vor der Wahrheit jetzt noch die Augen zu verschließen. Da mußten wir durch. Deshalb sagte ich: »Wir müssen damit rechnen, daß der Todesnebel in den Passagierraum eingedrungen ist, Mr. Brittan.«

»Meinen Sie... meinen Sie, daß...«

»Ja, es ist möglich.«

Er focht einen inneren Kampf aus. Ich ahnte, worum es dabei ging, und schüttelte den Kopf. »Keine Sorge, Captain, ich werde zu den Passagieren gehen.«

»Danke.«

Der Copilot weinte. Er war mit seinen Nerven am Ende. Judy hatte ihm viel bedeutet. Die letzten Minuten mußten für ihn grauenhaft gewesen sein.

Der Bordingenieur hatte sich wieder ein wenig gefangen. Er drehte sich auf seinem Stuhl herum. »Wie ist das möglich?« flüsterte er mit kaum zu verstehender Stimme.

Ich hob die Schultern. Was sollte ich ihm auch groß erklären? Wir mußten die Tatsachen hinnehmen. Sollte ich ihm sagen, daß der Würfel des Unheils dafür verantwortlich war? Daß er den Nebel produzierte? Der Würfel befand sich in Dr. Tods Hand. Durch seinen Besitz war dieser Mensch-Dämon sehr mächtig geworden, zu mächtig. Den Würfel konnte man manipulieren. Wenn ich ihn in meinen Händen gehabt hätte, wäre es mir möglich gewesen, ihn für die Zwecke des Guten einzusetzen. Da Dr. Tod ihn jedoch besaß, benutzte er ihn, um seine schändlichen Taten noch weiter auszubauen. Und dabei hatte ich auf der Bohrinsel den Würfel fast gehabt.

»Sie sind also auch machtlos«, stellte der Flugkapitän fest.

»Nicht ganz. Mein Kreuz kann den Nebel zurücktreiben, aber ich kann nicht überall sein, verstehen Sie?«

»Ja, ja.«

Ich fuhr fort: »Wenn ich nicht hier in der Kabine gewesen wäre, dann hätte er Sie getötet. Sie hätten dann als Skelett weiterexistiert, während Ihre Seele eins mit dem Nebel geworden wäre.«

»Aha«, sagte er, und ich sah ihm an, daß er nichts verstand. Es war auch unbegreiflich, doch es hatte keinen Zweck, die Augen vor den schlimmen Tatsachen zu verschließen.

»Und Sie wollen wirklich in den Passagierraum?« fragte er.

»Ja.«

»Aber wenn nun...«

»Ich habe das Kreuz. Damit kann ich den Nebel durchqueren, Mr. Brittan. Es schützt mich.«

»Natürlich.«

»Außerdem muß ich mich noch um meinen Koffer kümmern. Er befindet sich auch noch dort.«

»Es war also kein Zufall, daß der Nebel gerade diese Maschine angegriffen hat?«

»Nein.«

»Aber die Zusammenhänge behalten Sie lieber für sich.«

»Das möchte ich gern. Zudem wäre es nicht der richtige Zeitpunkt, Ihnen jetzt alles zu erklären. Wir müssen handeln. Bleiben Sie hier, Sir. Ich gehe, und sollte der Nebel versuchen, in das Cockpit einzudringen, dann rufen Sie mich.«

»Klar. Und viel Glück, Mr. Sinclair.«

»Danke.« Glück konnte ich wirklich brauchen. Ich drehte mich um und ging auf die Tür zu. Es war ein schweres Los, das ich auf mich genommen hatte. Meine Hände zitterten, als ich sie auf die schmale Türklinke legte.

Dann zog ich die Tür auf.

Zwei Schritte später stand ich im Passagierraum. Sofort hielt ich den Atem an, mein Herz klopfte schneller, und das nackte Grauen sprang mich an.

Eine dichte Nebelwolke lag innerhalb des Passagierraumes. Die einzelnen Fluggäste waren nur schwer zu erkennen, aber ich konnte deutlich sehen, daß ich keine Menschen, sondern nur noch Skelette vor mir hatte...

Ich blieb stehen.

Sofort drängten die dicken Schwaden auf mich zu, wollten mich ebenfalls umfangen und mir die Haut von meinen Knochen lösen.

Doch da war noch das Kreuz.

Wie damals vor der Kirche hatte ich es in die rechte Hand genommen und den Arm ausgestreckt. Und wie damals wiederholte sich auch hier die Reaktion.

Der Nebel, der schon nach mir gegriffen hatte, teilte sich plötzlich einen Schritt vor mir, blieb stehen, quoll durcheinander und wich sogar zurück.

Das Kreuz war stärker.

Ich konnte durch den Mittelgang schreiten.

Es war ein verflucht schwerer Gang. Überall wo ich hinkam, wich der Nebel zurück, machte mir Platz, damit ich weitergehen konnte, und ich sah rechts und links die Passagiere.

Skelette!

Jeder war zu einem Knochenmann geworden. Bei einigen war die Verwandlung noch nicht völlig beendet, sie befanden sich noch im letzten Stadium, und meinen Augen boten sich schlimme, makabre Szenen.

Zudem hörte ich die erstickten Schreie, das schlimme Röcheln, die wehklagenden Laute.

Der Todesnebel hatte vor nichts und niemandem haltgemacht. Nicht vor Männern, Frauen oder Kindern. Er war unerbittlich, wie sein Schöpfer – Dr. Tod.

Als ich stehenblieb und mich umdrehte, sah ich, wie der Nebel hinter mir zusammenfuhr. Dort bildete er wieder eine graue, sich bewegende, quirlende Wand.

Ich stand am Ende des Ganges, wo die beiden Einbrecher lagen. Sie waren ebenfalls zu Skeletten geworden. Roy Smith und Rick Ramford existierten nicht mehr. Die Fesseln waren von ihren jetzt dünnen Gelenken gerutscht und lagen auf dem Sitz. Sie selbst bildeten ein übereinanderliegendes Gewirr von Knochen.

Der Koffer war unbeschädigt, wie ich mit einem Blick feststellte. Ich wollte ihn auf dem Rückweg mitnehmen und vorher noch in der Pantry des Flugzeuges nachsehen.

Ich öffnete die schmale Tür.

Augenblicklich drängte die Nebelwolke auf mich zu, fächerte jedoch auseinander, als sie sich dicht vor mir befand.

Die Pantry lag direkt links.

Halboffen stand die Tür, und der Nebel hatte seinen Weg in den kleinen Raum gefunden.

Die zweite Stewardeß lag rücklings auf dem kleinen Tisch. Bei ihren letzten Bewegungen hatte sie zahlreiche Tabletts zu Boden geworfen, und mich starrte ein grinsendes Skelettgesicht an.

Ich schloß die Tür. Da war nichts mehr zu machen. Auch auf den beiden Toiletten schaute ich nach.

Sie waren leer.

Aber der Nebel hatte sich überall verteilt. Er wallte in jedem Raum und nahm keinerlei Rücksicht. Nur mich griff er nicht an, deshalb durfte ich mein Kreuz nicht aus der Hand geben. Denn dann war alles vorbei.

Ich ging wieder zurück und wollte gerade die Tür zum Passagierraum aufstoßen, als ich die blechern klingende Lautsprecherstimme hörte.

»Oberinspektor Sinclair! Bitte kommen Sie schnell. Der Nebel, er dringt auch ins Cockpit ein!«

Ich hörte, wie nervös der Kapitän war. Seine Stimme zitterte. Er stand unter einem ungeheuren Druck.

Hart riß ich die Tür auf, wollte schnell durch den Gang laufen, doch das war nicht mehr möglich.

Mindestens ein halbes Dutzend Skelette hatte sich erhoben und versperrte mir den Weg...

Suko hatte mit einer ähnlichen Reaktion gerechnet, obwohl er auch von der Brutalität dieser Frau überrascht war, denn sie schoß auf ihren eigenen Kumpan.

Trotzdem war der Chinese vorbereitet.

Als die MPi ihre Kugelgarbe ausspie, warf er sich blitzschnell nach hinten und gleichzeitig zur Seite, um dem tödlichen Gruß zu entgehen. Mondo ließ er dabei nicht los.

Die Garbe fehlte. Sie rauschte über beide Männer hinweg, als sie zu Boden prallten, und hackte die gegenüberliegende Innenwand des Flugzeuges auf, ohne jedoch ernsten Schaden anzurichten und die Cessna fluguntauglich zu machen.

Lady X hatte bewußt nur wenige Kugeln geopfert. Sie wollte keine Munition verschwenden.

Wild lachte sie auf. »Denk nur nicht, daß du mich leimen kannst, Chinese!« schrie sie. »Nicht mit mir. Ich schieße dich in Stücke, du Bastard!«

Suko sagte nichts. Er ließ Marvin Mondo los und schlug blitzschnell mit der Handkante zu.

Der verbrecherische Wissenschaftler sackte zusammen und blieb bewußtlos liegen.

Jetzt konnte sich Suko um Lady X kümmern. Auf dem Boden der Cessna liegend, robbte er vorsichtig an den Ausstieg heran.

Suko beging nicht den Fehler, sich aus dem offenen Einstieg zu beugen. Er blieb liegen. Dann streckte er den rechten Arm aus, dessen Hand die mit geweihten Silberkugeln geladene Beretta hielt. Bei Lady X hätte er auch eine normale Waffe nehmen können, da brauchte er keine Silberkugeln zu opfern, aber jetzt noch einmal zurückzukriechen und nachzusehen, ob Mondo eine Kanone bei sich trug, dafür fehlte dem Chinesen die Zeit.

Als sich die Pistolenmündung in einer Höhe mit seinem Kopf befand, wagte der Chinese es.

Er sah nach draußen.

Der Blickwinkel war schlecht, er konnte nicht sehen, was sich direkt unter dem Einstieg abspielte. Wenn die Frau schlau war, dann hielt sie sich dort auf.

Sie war es nicht.

Dafür hatte sie sich einen anderen Trick ausgedacht. Sie stand weiter links, vielleicht acht Schritte entfernt, wo Boden und Dunkelheit verschmolzen.

Dort hatte sie ihren Platz.

Lady X war in die Knie gegangen, sie wollte ein so kleines Ziel wie möglich bieten, und ihr Blick brannte sich an der Einstiegsluke der Cessna fest.

Dort mußte ihr Gegner auftauchen.

Suko erschien.

Lady X sah den Kopf des Chinesen. Ein wilder Triumph peitschte in ihr hoch, sie drückte die MPi hart gegen ihre Hüfte und zog den Stecher zurück.

Suko sah nur den Schatten. Er wußte, daß er jetzt ungeheuer schnell sein mußte, kein langes Nachdenken mehr, nur schießen.

Er feuerte.

Zweimal riß er den Abzug der Beretta nach hinten. Die Kugeln hieben aus dem Lauf, trafen, und auch die Frau drückte ab. Es war ein Reflex, mehr nicht, denn Sukos Geschosse hatten Lady X nach hinten gerissen. Sie torkelte noch zwei Schritte, der linke Arm schien irgendwo Halt zu suchen, dann fiel sie hin, als hätte man ihr die Beine unter dem Körper weggezogen, und rührte sich nicht mehr.

Der Chinese wollte erst gar nicht glauben, was er da sah, er rechnete mit einem Trick und blieb deshalb schußbereit. Da jedoch sah er, daß Lady X ihre Waffe nicht mehr festhielt. Die Maschinenpistole lag ein paar Yards von ihr entfernt. Beim Fall hatte sie sie verloren, und die Waffe war auf dem glatten Boden weitergeschlittert.

Suko lächelte plötzlich. Er hatte tatsächlich das geschafft, von dem die anderen noch träumten. Der Chinese hatte Lady X ausgeschaltet. Erst jetzt stand er auf. Das Wissen wühlte ihn innerlich regelrecht auf, der sonst so beherrschte Suko war richtig nervös. Deshalb achtete er auch nicht darauf, was hinter ihm geschah.

Dort richtete sich Marvin Mondo langsam auf. Suko hatte ihn zwar ins Reich der Träume geschickt, aber dieser Mann konnte unheimlich viel einstecken.

Zwar war Mondo noch etwas benommen, doch er wußte instinktiv, daß er jetzt kein Geräusch verursachen durfte.

Nichts sollte den Chinesen warnen.

Suko stand noch immer am Einstieg, während Mondo seinen Arm zur Seite streckte und einen auf der Konsole herumliegenden Türkeil aus Holz in die Hand nahm.

Er hob den rechten Arm.

Noch ein Schritt.

Den hatte er schnell hinter sich gebracht. Dann schlug er zu.

Suko besaß zwar keinen sechsten Sinn, aber er hatte gemerkt, daß sich ein Mensch dicht hinter ihm befand. Er nahm den feinen Geruch wahr, den jeder Mensch ausströmt.

Und Mondo roch nach Schweiß.

Der Chinese wirbelte herum.

Er tat dies mit einer blitzschnellen Bewegung, wuchtete sich gleichzeitig zur Seite, doch der verdammte Kerl war bereits zu nah. Er traf Suko im Nacken.

Der Chinese spürte einen scharfen, brennenden Schmerz und merkte, wie das Holzstück an seiner Haut abrutschte. In seinem Gehirn zuckten Blitze. Unbewußt tat Suko genau das Falsche. Er griff nach vorn und wollte dort Halt finden, doch da war nichts.

Nur der Ausstieg.

Der Chinese verlor das Gleichgewicht, kippte aus der Maschine und prallte zu Boden.

Er hatte zwar noch seine Hände etwas vorstrecken und damit den Fall mildern können, das reichte jedoch nicht, um ihn vor einer Bewußtlosigkeit zu bewahren. Ein harter Schlag traf Sukos Stirn, und für ihn gingen sämtliche Lichter aus.

Mondo stand in der offenen Tür. Den Keil hielt er noch in der Hand. Der Verbrecher starrte nach unten, wo Suko und Lady X lagen. Seine beiden künstlichen Wesen konnte er nicht sehen, die befanden sich unter der Cessna.

Die Augen des Verbrechers waren weit aufgerissen. Mondo hörte das Echo seines Herzschlags. Das Blut rauschte in seinen Ohren. Suko streifte er nur mit einem flüchtigen Blick. Er hatte nur Augen für Barbara Scott, Lady X genannt, die reglos auf dem Boden lag.

Wie tot...

Lebte sie nicht mehr?

Es sah ganz so aus, als hätte der Chinese es geschafft, sie auszuschalten.

Obwohl die Scott auch auf Mondo geschossen hatte, dachte der Verbrecher nicht daran, ihr irgendwelche Haßgefühle entgegenzubringen. Sie hatte eben nicht anders gekonnt, er hätte ebenso gehandelt. Sein Entschluß jedoch stand fest. Er konnte ihr nicht mehr helfen und mußte jetzt Dr. Tod informieren, damit der Gegenmaßnahmen einleiten konnte. Hier auf diesem Flughafen durfte er nicht bleiben. Er dachte auch noch an den Zeugen im Wagen. Das Taxi hatte sich nicht von der Stelle bewegt, sondern stand immer noch dort.

Mondo schlug die Einstiegstür zu. Plötzlich hatte er es mehr als eilig. Er nahm auf dem Pilotensessel Platz, durchgecheckt war die Maschine schon, und startete.

Suko lag noch immer auf der Runway. Doch er hatte einen eisernen Willen und einen fast eisernen Schädel. Die Bewußtlosigkeit dauerte nur kurz. Das Dröhnen der startenden Cessna entriß ihn der Ohnmacht.

Suko öffnete die Augen.

Ein riesiger Schatten wischte über ihn hinweg. Es war das Flugzeug, das langsam in Startposition rollte. Suko wälzte sich auf den Rücken und sah den schwachen grünlichen Schein im Innern des Cockpits. Wer hinter dem Steuerknüppel saß, konnte er nicht erkennen, er rechnete jedoch damit, daß Mr. Mondo Lady X an Bord geholt hatte. Um so überraschter war Suko, als er die Frau nicht weit von sich entfernt am Boden liegen sah.

Mondo floh allein. Die Signalleuchten der Cessna zerfaserten langsam in der Dunkelheit.

Suko konnte sich die Flucht des Mannes nur so erklären, daß er völlig die Nerven verloren haben mußte.

Sein Hals tat ihm weh. Suko betastete ihn mit der Hand und fühlte das Blut. Dieser scharfe Gegenstand hatte ihm hinten im Nacken die Haut aufgerissen.

Aber der Kopf saß noch dran, und das war die Hauptsache.

Er stemmte sich hoch und hatte mit dem Gleichgewicht zu kämpfen, so daß er nicht auf die Beine kam und erst einmal sitzen blieb. Die Welt um ihn herum schwankte, und Suko konzentrierte sich darauf, erst einmal ruhig zu werden, dann mobilisierte er seinen Willen, und er schaffte es tatsächlich, die Schmerzen so weit zurückzudrängen, daß sie ihn kaum noch behinderten. Diese Selbstbeherrschung hatte der Chinese in seinem Heimatland gelernt.

Rasche Schritte drangen an seine Ohren. Dann eine Stimme. »Mann, Mister, daß sie noch leben!«

Jetzt erst sah Suko Harry, den Agentenschreck. Der Driver stoppte vor Suko. Sein Atem ging keuchend und puffte als Wolke aus dem Mund.

»Mann, habe ich eine Angst gehabt«, gab er ehrlich zu. »Da ist ja geschossen worden.« Er schaute Suko fragend an. »Die Frau, nicht?«

»Genau.«

»Ein Teufelsweib.« Seine Augen wurden groß. »Da... da liegt sie ja. Haben Sie die...?«

»Ja.«

Harry wich unwillkürlich zurück. Plötzlich war ihm Suko unheimlich geworden. Sein Blick irrte in die Runde, und er sah auch die beiden Wesen am Boden liegen. Zum Glück war es noch dunkel, so daß er die zerstörten Schädel nicht erkennen konnte.

»Keine Angst«, sagte Suko und bemühte sich, aufzustehen. »Ich bin von der Polizei. Die anderen sind oder waren Verbrecher.«

»Ich kann es immer noch nicht fassen«, murmelte Harry.

Suko lächelte. »War wohl nichts mit dem großen James Bond – oder?«

»Nee, Mister, wirklich nicht.«

»Sie können mich Suko nennen.« Der Chinese hatte es geschafft, auf die Beine zu kommen. Er ging noch nicht auf Lady X zu, sondern blieb erst einmal stehen und atmete rief durch. Er konnte es noch immer nicht glauben, daß er Lady X ausgeschaltet hatte.

Schließlich ging er zu ihr.

Barbara Scott, auch Lady X genannt, lag auf der Seite. Das lange schwarze Haar berührte wie ein dunkles Vlies den Boden, von dem die Feuchtigkeit als leichter Dunst hervorkroch. Die im Westen liegenden Flughafengebäude wirkten wie hell erleuchtete, makabre Zeugen, als Suko sich bückte und die Frau auf den Rücken drehte.

Er berührte das blutige Gesicht der Frau.

Plötzlich zuckte Suko zusammen. Seine Augen verengten sich, er fühlte noch einmal an der anderen Stirnseite nach und konzentrierte sich. Es gab keinen Zweifel.

Unter der Haut pochte eine Ader.

Lady X war nicht tot!

Diese Erkenntnis mußte der Chinese erst einmal verdauen. Dann untersuchte er die Frau genau, fand jedoch keinen zweiten Kugeleinschlag, obwohl Suko zweimal geschossen hatte. Mit einem Schuß hatte der demnach gefehlt. Ein Geschoß hatte eine fingerlange Wunde am Kopf der Frau hinterlassen und sie in eine tiefe Bewußtlosigkeit gerissen. Aber sie würde leben, von einem Streifschuß starb man normalerweise nicht.

Das hätte er wirklich nicht gedacht. Obwohl die Frau eine Verbrecherin war, fiel dem Chinesen doch ein Stein vom Herzen, daß sie noch lebte. Er tötete nicht gern, haßte es sogar, denn die Frau war ein Mensch und kein Monster. Jetzt allerdings kam es darauf an, daß er schnell reagierte.

Zum Glück war Harry da. »Ist Ihr Wagen noch fahrtüchtig?« fragte der Chinese.

»Glaube schon. Der hat zwar einige Bleipillen abbekommen, außerdem ist ein Scheinwerfer kaputt, aber das macht ihm nichts aus.«

»Okay, dann holen Sie ihn her.«

»Mach ich doch glatt.« Harry rannte davon, während Suko neben der Frau sitzen blieb und zahlreiche Gedanken durch seinen Kopf wirbelten.

Marvin Mondo mußte es ähnlich ergangen sein wie ihm. Auch er hatte sicherlich angenommen, daß Lady X tot war. Sonst wäre er nicht geflüchtet.

Welch ein makabrer Irrtum, der allerdings völlig neue Perspektiven eröffnete. Sowohl für die eine als auch für die andere Seite. Dr. Tod würde und mußte reagieren, denn solch eine Schlappe ließ er nicht auf sich sitzen. Und Suko mußte ebenfalls sehr schnell sein. Er hatte vor, Barbara Scott sofort in ein Gefängniskrankenhaus zu schaffen und sie dort unter Bewachung zu stellen. Ihr mußte der Prozeß gemacht werden. Vielleicht konnte man sie dazu bringen, auszupacken. Wenn Suko daran dachte, wurde ihm fast schwindelig. Eine regelrechte Lawine rollte da auf Scotland Yard zu. Und niemand außer ihm und diesem Taxifahrer Harry wußten bis jetzt Bescheid.

Er hörte einen Motor. Harry kam. Der Wagen war auf einem Auge blind. Harry bremste sein Taxi dicht neben Suko ab und stieg aus. Dann öffnete er alle vier Türen.

»Alles klar?«

Der Chinese nickte. »Ja, wir können sie in den Wagen laden. Die Reinigungskosten schicken Sie bitte an Scotland Yard, und auch die Reparatur des Wagens wird übernommen.«

»Nobel, nobel.«

Vorsichtig hievten die beiden Männer die Bewußtlose hoch. Suko hatte sie unter den Achselhöhlen gepackt, Harry hielt die Beine der Frau fest. Ihr Kopf fiel zur Seite, und die Wange ruhte dabei auf dem Arm des Chinesen.

Sie trugen Lady X zum Wagen. Behutsam betteten sie die Frau in den Fond. Harry holte sogar eine Decke aus dem Kofferraum, auf die er ihren Kopf legte.

»Meine Güte, ein Gesicht wie ein Engel und dann so brutal«, murmelte er.

Suko enthielt sich eines Kommentars. Dabei hatte Harry recht. Lady X sah wirklich aus wie ein Engel, aber ihr Innerstes glich dem eines Teufels.

Das konnten die meisten nicht begreifen, und viele wollten es auch nicht wahrhaben, bis sie eines Besseren belehrt wurden.

Die Männer nahmen vorn Platz. »Und was ist mit den beiden da auf der Runway?« fragte Harry.

»Die lasse ich abholen.«

»Wenn Sie das sagen.« Harry startete. Suko hatte ihm als Ziel das Yard Building angegeben. Er konnte es kaum erwarten, mit Sir Powell zu reden...

Nicht zum erstenmal standen mir Skelette gegenüber, die meinen Tod wollten. Damit würde ich fertig werden, in der Beretta steckten noch genügend geweihte Silberkugeln. Nur konnte ich mir diesmal keine Zeit lassen, denn sie war zusätzlich mein Feind, da der Nebel das Cockpit inzwischen erreicht hatte. Mir schien es, als wollten die Skelette verhindern, daß ich die Kanzel erreichte.

Deshalb der Angriff.

Sie sahen wirklich scheußlich aus. Die Schädel waren nicht kahl, sondern zum Großteil noch behaart. Doch die Haare hatten an Farbe verloren, aus den meisten waren graue, glanzlose Strähnen geworden, die, ineinander verfilzt, an der blanken Schädelplatte herabhingen.

Zum Glück behinderten sie sich in dem relativ engen Mittelgang gegenseitig, so daß ich mit einem Schlag gleich zwei oder drei von ihnen treffen konnte.

Noch ließ ich die Beretta stecken. Mein Kreuz würde vorerst reichen. Zudem hatte ich Angst, daß vielleicht eine Kugel die Haut des Flugzeuges verletzte, und wenn der Wind sie weiter aufriß, war ich verloren.

Ich ließ die ersten beiden ruhig herankommen. Es waren eine Frau und ein Mann. Die Frau trug ein blaues Kleid, der Mann einen Anzug, aus dessen Kragen der Skelettkopf ragte.

Erscheinungen, die einem Angst einjagen konnten. Mir nicht mehr, und ich zeigte ihnen, was ich davon hielt.

Dem ersten Skelett drückte ich mein Kreuz mitten ins Gesicht. Schon bei der Berührung zersprangen die Knochen und fielen wie die Teile eines Puzzles umher.

Das zweite hatte ebenfalls keine Chance. Bevor die Frau im blauen Kleid Hand an mich legen konnte, hatte ich ihr unseliges Leben schon zerstört.

Okay, zwei weniger.

Aber andere drängten nach, schoben die makabren Gerippe nach vorn und auf mich zu.

Ich wich zur Seite aus. Kaum jemand befand sich noch auf den Sitzen. Bevor ich mir den Weg freigeschlagen hatte und wirklich zuviel Zeit verging, kam ich auf dem etwas unkonventionellen Wege sicherlich weiter.

Ich turnte über die Sitze. Dabei hangelte ich mich von Rückenlehne zu Rückenlehne, warf mich darüber und stemmte mich auf den Sitzen wieder ab. Sitz für Sitz näherte ich mich so der Pilotenkanzel, meinem eigentlichen Ziel.

Es dauerte ein wenig, bis die Skelette begriffen, was ich vorhatte, dann allerdings reagierten sie und wollten mich packen, was mir überhaupt nicht gefiel.

Das erste Skelett erledigte ich mit dem Kreuz. Es gab einen regelrechten Blitzschlag, als es starb. Von der Seite, dem Mittelgang her, warf sich ein weiteres Skelett auf mich zu. Der Knochenmann grinste mich an. Ich sorgte dafür, daß ihm das Grinsen verging. Er löste sich auf wie seine Vorgänger.

Das alles hatte Zeit gekostet. Dabei hatte ich noch nicht einmal die Mitte des Passagierraumes erreicht, und immer wieder streckten sich mir ihre Klauenfinger entgegen.

Ich schlug sie zur Seite, erledigte noch zwei Skelette, kam auch einige Sitze weiter, bis die Gegner zu einer neuen Methode griffen. Sie hatten wohl eingesehen, daß sie mich auf diese Art und Weise nicht fangen konnten, wobei sie sich zusätzlich gegenseitig im Weg standen und das Schaben ihrer Knochen gegeneinander die makabre Begleitmusik bei meinem Vorwärtsdrang war.

Sie zogen sich von mir zurück, aber nur, um sich hinter meinem Rücken zu sammeln.

Das merkte ich, als ich gerade geduckt auf einer Rückenlehne hockte und mich abstoßen wollte. Ich kam auch weg, aber es gelang mir nicht, drei Sitzreihen zu überspringen, denn eine kalte Klauenhand umklammerte meinen rechten Fußknöchel.

Ich fiel zwischen die Sitze und zum Glück weich. Nur meine rechte Hand mit dem Kreuz stieß auf den Boden, wobei der Aufprall jedoch vom Teppich gedämpft wurde.

Hinter mir hörte ich ein zischendes Kichern, wohl der Ausdruck eines Triumphes, der mir nun überhaupt nicht gefiel.

Ich kämpfte mich wieder hoch. Es blieb erst mal beim Vorsatz, denn die verdammten Gerippe waren schnell. Sie tauchten nicht nur in meinem Rücken auf, sondern krochen jetzt auch von der Seite heran, wo sie zuvor im Mittelgang gelauert hatten.

Die knöchernen Finger schlugen nach mir, rissen an meiner Hose, denn die verfluchten Monster wollten mich unbedingt zu sich heranziehen. Ich hing immer noch in einer Schräglage, versuchte, mich freizutreten, aber die Gerippe hielten eisern fest. Meine Knöchel wurden umspannt wie von stählernen Klauen.

Als mich dann von der Seite her ein Schlag gegen die Wange traf, war das ein Startsignal.

Wütend keilte ich aus. Dann zog ich hart meine Beine an. Die Klauen ließen nicht los. Dafür geschah allerdings etwas anders. Durch meine heftige Attacke zog ich die Knöchernen über die Rückenlehne hinweg, so daß sie auf mich fielen, mich zwischen den Sitzen einklemmten und gleichzeitig unter sich begruben.

Im Western heißt es oft: Da wurde er zum Tiger. So ähnlich reagierte ich nun. Da die Skelette in meiner Nähe waren, und ich das Kreuz noch immer festhielt, setzte ich es auch ein. Die geweihte Waffe klirrte gegen die gelblich schimmernden Knochen und zerstörte die Monster innerhalb von Sekunden.

Ich wühlte mich im wahrsten Sinne des Wortes frei und schleuderte die verdammten Knochen von mir.

Es war ein harter Kampf. Immer wieder schossen Blitze hoch, hörte ich ein Knirschen und Klappern, dazwischen leise Schreie und hohle Geräusche, wenn Schädel zersprangen.

Aber ich schaffte es und befreite mich.

Plötzlich schoß ich zwischen den Sitzen hoch, schleuderte ein Knochenmonster zur Seite und warf mich in den Mittelgang, wo ich etwas Luft hatte.

Jetzt konnten wir weitersehen.

Der Weg zur Cockpittür war im Augenblick nicht versperrt. Ich hatte freie Bahn.

Die ich auch ausnutzte.

Mein Sprint auf die Tür zu und durch die Nebelwolke war schon fast olympiareif. Allerdings kam ich nicht mehr dazu, die Tür aufzureißen, denn sie wurde von innen aufgestoßen.

Der Copilot erschien.

Als Skelett!

Ich stoppte, als hätte mich ein Faustschlag aufgehalten. Das hatte ich zwar befürchtet, aber dennoch gehofft, daß der Fall nicht eintreten würde.

Schaurig sah er aus. Die Uniform, aus der knöcherne Teile ragten, hinzu kam das bleckende Grinsen, und ich sah auch noch letzte Hautreste auf seiner Stirn.

Das Monster versperrte mir den Weg. Der Nebel quoll in die Kanzel, würde sich dort weiter ausbreiten und auch die anderen zu Monstern machen.

Bis ich schließlich der einzig normale Mensch in diesem verdammten Düsenjet war!

Da packte mich die Wut.

Ich hämmerte dem ehemaligen Copiloten mein Kreuz gegen die hohlen Rippen, so daß er buchstäblich in zwei Teile gerissen wurde. Sie purzelten nach rechts und links weg.

Für mich war der Weg frei.

Ich stürmte in das Cockpit.

Als nächsten sah ich den Bordingenieur. Er hockte als Skelett auf seinem Drehsessel und schaute mir entgegen.

»Da!« brüllte ich und schmetterte das Silberkreuz gegen seinen Kopf.

Das Skelett flog vom Sitz, blieb auf dem Boden liegen und brach langsam in Stücke.

Ich wandte mich um, schmetterte die Tür zum Passagierraum zu und drehte den Schlüssel.

Zwei Offiziere hatte ich als Skelette erlebt. Blieb noch einer übrig. Der Kapitän.

Wo war er?

»Mr. Brittan!« rief ich.

Ich hörte ihn nicht. Dafür sah ich ihn. Er hockte in einer Ecke und drehte mir den Rücken zu. Der Nebel war vor meinem Kreuz zurückgewichen und hatte zum großen Teil das Cockpit verlassen. Nur noch Reste davon quollen durch die Flugzeughaut.

Meine Sicht war besser geworden, und ich atmete auf. Ich schaute zwar auf den Rücken des Captains, sah aber zwischen Haaransatz und Kragen das Fleisch des Nackens schimmern.

Der Nebel schien diesen Mann verschont zu haben.

Ein Wunder!

Ich sprach ihn noch einmal an.

Jack Brittan kam hoch. Langsam, als hätte er große Mühe. Mit beiden Händen stemmte er sich ab.

Und ebenso langsam drehte er sich um.

Ich war schon zuvor mißtrauisch geworden, hatte so ein komisches Gefühl gehabt, weil der sich Captain für meinen Geschmack viel zu langsam bewegte, und sah mich nicht getäuscht.

Jack Brittan befand sich in einem Übergangsstadium. Er schaute mich zwar noch an, aber durch seine Haut schimmerten bereits die weißgelben Knochen...

Wir starrten uns an.

Noch war Leben in seinem Gesicht, noch hatte sich die Kraft des Nebels nicht so weit ausgebreitet, daß sie sämtliche Haut vom Körper ätzen konnte.

Das Kreuz zuckte in meiner Hand. Sollte ich es ihm entgegenschleudern und ihn damit töten? Aber was geschah danach, wenn Jack Brittan nicht mehr lebte? Dann befand ich mich als einziger Mensch an Bord dieses Flugzeuges und würde irgendwann, wenn der Treibstoff verbraucht war, über dem amerikanischen Festland abstürzen oder abgeschossen werden. Beides würde ich nicht überleben.

Ich konnte ihn auch nicht am Leben lassen. Er würde versuchen, mich zu töten, denn darauf waren diese Kreaturen programmiert, die keine Seele mehr hatten.

Der Nebel hatte sich verzogen. Er konnte die Nähe meines Kreuzes nicht ertragen, und ich sah, daß die Veränderung des Piloten nicht fortgeschritten war.

Das heißt, er blieb, wie er war. An den Wangenknochen war die Haut ein wenig aufgeplatzt. Dort sah ich die Knochen, und auch an den Fingern schien sie mir ziemlich dünn zu sein, vielleicht gab es dennoch eine Rettung.

Den Versuch mußte ich wagen.

Ich sprach Brittan an. »Captain, hören Sie mich?«

Er nickte.

Schon ein Vorteil. »Können Sie meine Worte auch verstehen?«

»Ja.« Die Stimme klang zwar gequält, sie hörte sich dennoch normal an. Ich atmete auf. »Möchten Sie, daß ich Ihnen helfe, Brittan?«

»Bitte.«

Ich lächelte. Der Captain schien vernünftig zu sein. Der Nebel hatte ihn noch nicht voll erwischt, vielleicht blieb uns beiden noch eine Chance.

Ich hob die rechte Hand mit dem Kruzifix. »Sehen Sie das Kreuz, Mr. Brittan?«

»Ja.«

»Haben Sie Angst davor? Fürchten Sie es?« Jetzt war ich auf seine Antwort gespannt.

Es dauerte etwas, bis er redete. »Ja, ich fürchte es. Nein, eigentlich nicht.« Er widersprach sich.

Was war zu tun?

Ich mußte einen Versuch starten. »Nehmen Sie das Kreuz in die Hand, Jack!«

Er zuckte zurück. »Nein!« Seine Hände fuhren hoch und wischten fahrig über sein Gesicht. Als er sie zurückzog und die Innenflächen betrachtete, waren sie schweißfeucht.

Der Mann focht einen inneren Kampf mit sich selbst aus. Er wußte nicht genau, ob er das Kreuz nehmen sollte. Klar, der Todesnebel hatte ihn angegriffen, attackiert und war dabei, sein Menschsein zu zerstören, aber der Kapitän dachte noch nach. Sein Fühlen und Handeln war menschlich.

Deshalb dieser Versuch mit dem Kreuz.

»Nehmen Sie es!« forderte ich ihn auf. »Los, zögern Sie nicht länger, Jack!« Ich ging während der Worte auf ihn zu. Zurückweichen konnte er nicht mehr, da er das Cockpit im Rücken spürte.

Dicht vor seinem Gesicht stand meine Hand mit dem Kreuz. Selbst ich zitterte ein wenig, auch an mir waren die letzten Minuten nicht spurlos vorübergegangen, aber ich mußte es wagen.

Er hob den Arm. Zögernd öffnete sich seine Hand. Fast war es wie bei Myxin, als der kleine Magier, von Asmodina gedemütigt, das Kreuz nahm und es bei ihm nichts tat.

Wie würde es bei Brittan reagieren?

Jetzt befanden sich seine Finger dicht vor dem Kreuz, die Hand war offen, und ich drückte ihm das Kruzifix gegen die Haut.

Instinktiv schlossen sich seine Finger darum. Er riß die Augen weit auf, der Mund öffnete sich, ein stöhnender Laut drang daraus hervor, ein gewaltiges Zittern durchlief seinen Körper, das Kreuz begann zu strahlen, und ich sah meine Hoffnungen schwinden.

Würde die Kraft des Lichts den Mann zerstören?

Brittan taumelte zur Seite. Er krümmte sich dabei, doch er ließ das Kreuz nicht los. Fest umklammerte er es mit der linken Hand, obwohl er Schmerzen empfinden mußte. Gräßliche Laute drangen aus seinem Mund, Speichel tropfte zu Boden, doch er hielt eisern fest.

Und er schaffte es.

Jawohl, Freunde, Captain Jack Brittan war kein Opfer des Todesnebels geworden.

Der unnatürliche Glanz des Kreuzes verblaßte, es sah wieder normal aus, wie bei mir, wenn ich es um den Hals trug.

Mir fiel ein regelrechter Stein vom Herzen. Ich schaute den Captain an. Er hatte Tränen in den Augen, er wußte, was mit seinen Mitarbeitern passiert war, und er war nahe daran gewesen, den gleichen Weg zu gehen. Seine Hände fuhren hoch zum Kopf und betasteten das Gesicht. Er fühlte keine Knochen.

»Geschafft«, flüsterte er, »verdammt, wir haben es geschafft, Sinclair.« Er schluckte. »Oder?«

»Vielleicht«, erwiderte ich. »Auf jeden Fall leben wir, und das ist die Hauptsache.«

»Sicher, Mr. Sinclair, sicher...«

»Sagen Sie John.«

»Okay. Um noch mal auf das Leben zurückzukommen, John, wie sieht es denn im Passagierraum aus?«

»Wollen Sie eine ehrliche Antwort?«

»Ja.«

»Es sieht schlimm aus, Jack. Verdammt schlimm. Keiner hat es überstanden.«

Eine Mischung aus Staunen und Entsetzen legte sich auf sein Gesicht.

»Dann sind alle Passagiere...«

Ich nickte. »Ja, sämtliche Passagiere sind ein Opfer dieses Todesnebels geworden.«

»O Gott, das darf nicht wahr sein...«

»Es stimmt aber. Leider«, erwiderte ich leise. »Wir sind die einzigen normalen Menschen an Bord.«

»Und was machen wir?«

»Zusehen, daß wir nicht in den verdammten Bach kippen«, sagte ich grimmig.

»Die Skelette werden uns sicherlich töten wollen«, meinte der Flugkapitän.

»Klar.«

»Und wie wehren wir uns?«

»Sie wehren sich gar nicht, Jack. Das übernehme ich. Einige

habe ich schon ausgeschaltet, mein Kreuz hat mir wirklich ausgezeichnete Dienste geleistet. Wäre es nicht gewesen, liefe ich schon längst als Gerippe herum, aber das Kruzifix besitzt eine magische Aura, die mich schützt.«

»Ein wundersames Ding«, meinte Brittan.

»Das kann man wohl sagen.«

Obwohl mein Kreuz Lücken in die Reihen der Skelette gerissen hatte, gaben die Knochenmänner noch längst nicht auf. Ich sah sie nicht, aber beide hörten wir sie.

Die Gerippe hielten sich an der Cockpittür auf und kratzten mit ihren knöchernen Klauen über den Kunststoff, wobei diese unheimlichen Geräusche bei mir eine Gänsehaut erzeugten.

Der Pilot war neben mich getreten. »Was machen wir?« hauchte er. »Die rennen doch sicherlich die Tür ein.«

Ein dumpfer Schlag gegen die Tür bestätigte seine Worte. Die Gerippe wollten ins Cockpit, davon biß keine Maus den Faden ab. Sie hatten gemerkt, daß dort noch jemand war, der sich als Opfer eignete. Aber sie sollten ihn nicht bekommen, dafür würde ich sorgen.

»Gehen Sie zurück!« ordnete ich an.

Jack Brittan gehorchte.

Ich drehte mit der linken Hand den Schlüssel herum, legte die andere auf die Klinke und riß die Tür mit einem gewaltigen Ruck auf, womit keines der Gerippe gerechnet hatte, denn zwei der Knochenmänner purzelten in das Cockpit, während die anderen plötzlich zurückwichen, weil sie das Kreuz gesehen hatten.

Die zwei jedoch fielen mir praktisch vor die Füße. Und nun erlebte Captain Jack Brittan zum erstenmal aus nächster Nähe die Wirkung des geweihten Kruzifix!

Als der erste Knochenmann nach meinen Beinen fassen wollte, drückte ich ihm das Kreuz auf die Schädelplatte. Haarsträhnen verfingen sich in dem Silber, es knisterte, zischte, blitzte auf, dann wurde der Schädel gespalten.

Ich ging einen Schritt zurück und nahm mir das nächste Skelett vor. Es war schon im Begriff, Brittan anzugreifen, als ich es an der knochigen Schulter herumwirbelte und ihm mein Kreuz zwischen die Knochen in der Hüfte steckte.

Einmal drehte es sich im Kreis. Noch während der Bewegung brach der Knöcherne auseinander.

Wir hatten Ruhe.

Fassungslos schüttele Jack den Kopf. »Ich kann es immer noch nicht glauben«, murmelte er. »Aber verdammt, ich habe es mit eigenen Augen gesehen. Und wenn ich mir vorstelle, daß mit mir das gleiche passiert wäre...« Er brach ab.

»Denken Sie nicht mehr daran«, riet ich ihm und schloß die Tür, weil ich schon wieder Geräusche gehört hatte. Die Gerippe gaben einfach keine Ruhe.

»Ja, John, Sie haben recht.« Der Flugkapitän bückte sich und zog eine Schublade auf. »Eigentlich ist es verboten«, sagte er, »aber eine kleine Flasche habe ich immer bei mir. Jetzt muß ich einen Schluck trinken.«

Er zeigte mir den Scotch.

Ich nickte. »Okay, einen kann ich auch vertragen.«

Wir tranken aus der Flasche. Angenehm warm rann der Whisky durch meine Kehle und breitete sich im Magen aus. Brittan verschloß die Flasche wieder und stellte sie weg.

»Und jetzt?« fragte er.

Was sollte ich sagen? Die weiteren Vorgänge konnte ich nicht beeinflussen, die lagen in der Hand eines anderen. Ich schaute durch die gewaltige Scheibe.

Der Nebel umtanzte uns noch immer. Dicke, dunkelgraue Schwaden, die die Boeing einhüllten und sie nicht mehr loslassen wollten. Weiterhin flogen wir blind, und auch die Höhe hatte sich nicht geändert.

Sechstausend Fuß!

Ich rieb mir die Augen. Die Anstrengung war auch an mir nicht spurlos vorübergegangen. Am liebsten hätte ich mich hingelegt und geschlafen, doch das war nicht drin.

Jack Brittan nahm seinen Platz ein. »Ich versuche es noch mal«, sagte er und betätigte das Höhenruder. Er wollte die Maschine aus der Nebelwand heraussteuern. Das Ruder reagierte zwar, aber die schwere Boeing gehorchte ihm nicht. Sie blieb auf der gleichen Höhe und jagte mit konstanter Geschwindigkeit weiter.

Die Magie war stärker als die Technik.

»Es klappt nicht.« Jacks Stimme klang deprimiert. »Ich weiß nicht mehr, was ich tun soll.«

»Ich auch nicht«, gab ich zu.

Es entstand eine Schweigepause. Auch ich hatte mich hingesetzt und lauschte den Geräuschen der Düsen. Sie klangen nur gedämpft an meine Ohren, so daß ich die Laute vernehmen konnte, die draußen vor der Tür entstanden. Dort hielten sich noch immer die Skelette auf. Manchmal prallten sie auch gegen die Tür, ansonsten unternahmen sie nichts.

Es hatte keinen Sinn, die Augen vor den Tatsachen zu verschließen, deshalb erkundigte ich mich: »Was kann geschehen, Jack, wenn wir weiterfliegen und die Maschine nicht mehr in den Griff bekommen?«

Brittan nickte sorgenvoll. »Genau diese Gedanken quälen mich auch«, erwiderte er. »Wir werden irgendwann keinen Treibstoff mehr haben und abstürzen.«

»Über Land?«

»Ja, auf dem amerikanischen Kontinent.«

Das hatte ich befürchtet. Mein Gott, wenn ich daran dachte, daß die Maschine über einer Großstadt abstürzen konnte, wurde mir regelrecht schlecht. Aber würde Dr. Tod es soweit kommen lassen, oder hatte er etwas anderes vor? Ihm war ja wichtig, daß er mich ausschaltete. Und es entsprach seiner Art, dies auf eine spektakuläre Art und Weise zu versuchen.

Wir rauchten eine Zigarette.

»Wie sieht es mit Fallschirmen aus?« fragte ich nach einer Weile.

»Sie wollen abspringen?«

»Das wäre die letzte Möglichkeit.«

»Stimmt«, gab Brittan zu. Er stand auf. »Ich lege sie schon bereit. Aber damit ist das Problem der abstürzenden Maschine noch immer nicht gelöst.«

»Genau. Wenn es eben geht, müssen wir versuchen, die Boeing in der Luft zu halten.«

Das war bei den jetzigen Bedingungen so gut wie unmöglich. Die Maschine gehorchte uns eben nicht.

Brittan holte die Fallschirme hervor, während ich nach draußen in den Nebel starrte.

Noch immer umwölkte er uns. Ich sah sogar die Gestalten, die sich aus der grauen Suppe herausschälten. Grausame Fratzen, Geister, die der Nebel geformt hatte und die einst die Seelen der Getöteten gewesen waren. Ich hatte sie schon in Grynexxa gesehen, bis dann die Zombies erschienen, gegen deren Anführer ich vor der Kirche gekämpft hatte.

Der Captain warf das Fallschirmpaket vor mir auf den Boden. »Ich helfe Ihnen, es anzulegen, John«, sagte er. »Dieser Fallschirm ist übrigens mit einem Schlauchboot gekoppelt. Sobald wir das Wasser berühren, bläst es sich auf, und es befindet sich auch ein kleines Funkgerät darin. Vielleicht haben wir Glück und werden aufgefischt.«

Das hoffte ich stark.

Brittan hatte die Erfahrung und Routine. Er selbst zog sich eine dicke Jacke über. Ich hatte die des toten Copiloten genommen. Das Kreuz hing weithin sichtbar vor meiner Brust.

»Alles klar, John?«

»Etwas fehlt noch.«

»Was?«

»Der Koffer.«

»Verdammt«, sagte der Captain, und damit sprach er mir aus dem Herzen. Aber was sollte ich machen? Ich mußte ihn haben.

»Wollen Sie ihn holen?«

Ich nickte. Dabei sah ich die Angst in den Augen des Piloten. Er wollte nicht allein bleiben, das war klar, aber ich versprach ihm, so rasch wie möglich wieder zurück zu sein. »Außerdem habe ich die Hälfte der Gerippe erledigt, es wird nicht so schlimm.«

»Hoffentlich.«

Ich öffnete die Tür.

Die Knöchernen standen nur einen Schritt dahinter und zuckten zurück, als sie mich und das Kreuz sahen.

Ich schlug nach rechts und nach links, traf beide Male voll, und die Skelette brachen zusammen.

Dann zog ich die Tür zu. Ich warf mich förmlich in den Gang hinein, in dem noch immer der Nebel quoll. Wieder stellten sie sich mir in den Weg, aber diesmal war ich besser vorbereitet. Ich hieb um mich, zerstörte die Skelette oder trieb sie zurück. Dann war ich bei meinem Koffer. Ich nahm ihn in die linke Hand und kämpfte mir den Weg ins Cockpit wieder frei. Dort war der Nebel bereits wieder eingedrungen, aber noch nicht so weit vorgequollen, daß er Jack Brittan berührt hätte. Der Captain hatte sich bis in die hinterste Ecke zurückgezogen.

Mein Kreuz verscheuchte den Todesnebel.

Ich hämmerte die Tür zu und schloß ab. Mit dem Rücken lehnte ich mich dagegen. »Geschafft!«

Brittan nickte. Auf seinem Gesicht stand der Schweiß. Er hatte große Ängste ausgestanden. »Ich rechnete schon damit, daß Sie nicht mehr rechtzeitig kommen.«

»Keine Angst«, grinste ich. »Ich halte meine Versprechen.«

»Das habe ich gesehen.«

Jack Brittan ging ein Stück zur Seite und schaute sich die Instrumente an. »Ich möchte unseren Standort herausfinden«, sagte er.

Bei seiner Arbeit beobachtete ich ihn. Plötzlich wurden seine Augen groß. »Verdammt«, flüsterte er.

»Was ist?« Rasch stand ich neben ihm.

Der Pilot deutet auf den Höhenmesser. »Wir sinken, John. Verflucht, wir sinken...«

Suko hatte Lady X aus den bescheidenen Mitteln der Autoapotheke versorgt. Die Frau war noch immer bewußtlos. Sie lag im Fond und rührte sich nicht. Suko gab sehr genau acht, daß sie nicht erwachte, denn ihre Reaktionen waren unberechenbar. Dieses Weib konnte sich innerhalb von Sekunden in ein Raubtier verwandeln. Am liebsten hätte Suko ihr Handschellen angelegt, aber die trug er leider nicht bei sich.

Harry war schweigsam geworden. Die Ereignisse steckten ihm noch zu sehr in den Knochen. Und von James Bond wollte er auch nicht mehr viel wissen, wie er Suko nochmals versichert hatte.

An einer Telefonzelle bat der Chinese den Fahrer, kurz anzuhalten. »Sie können auch aus dem Wagen anrufen«, schlug ihm Harry vor.

»Das glaube ich sogar. Aber da hätte ich unter Umständen Mithörer. Das möchte ich vermeiden.«

»Ach so.«

Suko betrat die Zelle. Kleingeld trug er zum Glück bei sich. Und die Rufnummern wußte er auch.

Sir James Powell befand sich noch nicht im Büro, deshalb klingelte Suko bei ihm privat an. Der Superintendent war ein Mann, der sich praktisch immer im Dienst befand. Er hob ab, und seine Stimme klang klar.

»Suko hier«, sagte der Chinese.

»Sie? Was ist mit John Sinclair?«

»Wieso? Er ist abgeflogen.«

»Das weiß ich selbst. Aber wir haben seit dem Start nichts mehr von der Maschine gehört.«

Suko schluckte. Das war allerdings hart. Auf der einen Seite der Erfolg, auf der anderen der Mißerfolg.

»Zudem ist auch noch der Funkkontakt abgerissen«, erklärte Sir James Powell.

»Vielleicht eine technische Panne.«

»Daran glaube ich nicht. Aber was gibt es bei Ihnen, Suko? Sie rufen ja nicht ohne Grund an.«

»Nein, Sir. Ich habe Lady X!«

»Was?« Zum erstenmal in seinem Leben erlebte der Chinese Sir James außer Fassung. »Wiederholen Sie das!«

»Ich habe Lady X.«

»Lebend?«

»Auch das.«

Sir James atmete schwer durch die Nase. »Wo sind Sie jetzt?«

»Die Straße weiß ich nicht einmal. Aber die Scott liegt mit einer Schußverletzung in einem Taxi. Streifschuß am Kopf. Sie ist bewußtlos. Ich weiß nicht, wann sie erwacht, deshalb will ich mich beeilen. Soll ich sie ins Gefängnishospital schaffen lassen?«

»Nein, direkt zum Yard. Wir haben im Keller Zellen. Lady X müssen wir unter Kontrolle halten.«

»Verstanden, Sir.«

»Sie fahren jetzt auf dem schnellsten Wege her. Ich leite alles in die Wege.«

»Geht klar, Sir!« Suko hängte ein und verließ die Zelle. Harry, der Agentenschreck, schaute ihn neugierig an. »Na, was hat es gegeben?«

Suko zog die Tür zu. »Alles klar. Fahren Sie zum Yard Building.«

»Mach' ich doch glatt.«

Suko drehte sich auf dem Beifahrersitz und warf einen Blick in den Fond.

Lady X lag noch immer regungslos. Mit geschlossenen Augen und ohne Maschinenpistole wirkte sie wie eine völlig harmlose Frau. Man konnte sich kaum vorstellen, daß sie eine menschliche Bestie war.

»Soll ich Gas geben?« fragte Harry.

»Und wie.«

Harry lachte und gab dem Toyota Stoff. Der machte einen regelrechten Sprung nach vorn, so daß beide Männer in die Sitzpolster gepreßt wurden.

»Für Strafmandate kommt Scotland Yard auf«, beruhigte Suko den rasanten Driver.

»Will ich auch hoffen.«

In London hatte der erste Berufsverkehr eingesetzt. Es kam schon zu Stauungen an den Ampeln, und deshalb dauerte es seine Zeit, bis sie die Innenstadt erreichten.

Harry sah zu, daß er auf die breite Victoria Street kam. Hier fuhr er auf der rechten Seite und hupte manchmal wild, um sich freie Bahn zu verschaffen. Schon mehrere Male war die Nummer des Fahrzeuges notiert worden.

Harry zeigte, was in ihm steckte. Er überholte knapp und manchmal riskant, aber er baute keinen Unfall. Es ging alles glatt. Sogar Lady X blieb in ihrer tiefen Bewußtlosigkeit, worüber Suko sehr froh war.

»Soll ich anhalten?« fragte Harry.

»Nein, fahren Sie um das Gebäude herum. Es gibt an der Hinterseite einen Parkplatz. Da können Sie den Wagen abstellen.«

»Okay, James.«

»Suko, bitte.«

»Ich war schon wieder im Agentenfilm.«

»Dachte, Sie hätten die Nase voll.«

Harry grinste verwegen. »Nicht so ganz.« Dann bremste er hart, weil ein Wagen den Parkplatz verließ. Harry ließ den Toyota in eine Parktasche rollen und stoppte seidenweich ab.

»Alles aussteigen«, sagte er.

Suko öffnete schon die Tür.

Sir Powell kam ihm bereits entgegen. In seiner Begleitung befanden sich vier kräftige Beamte und ein Arzt.

»Alles glatt gelaufen?« fragte der Superintendent.

Suko öffnete die Fondtür. »Bis auf die Strafanzeigen.«

»Kinderkram.« Der Alte winkte ab.

Der Weißkittel beugte sich als erster in den Fond. Knapp zwei Minuten dauerte die flüchtige Untersuchung. Dann kroch er wieder hervor. »Alles klar«, dozierte er. »Die Frau hat einen Streifschuß abbekommen. Sie liegt noch in tiefer Bewußtlosigkeit, ist aber nicht lebensgefährlich verletzt. Wir können sie transportieren.«

Zwei der vier Begleiter hatten inzwischen eine Trage herbeigeschafft. Auf die wurde Lady X gelegt.

Sir James und Suko schauten ihr nach, wie sie weggefahren wurde. »Die wird sicher untergebracht«, versprach der Superintendent. »Solch einen Erfolg haben wir lange nicht mehr auf unsere Fahnen schreiben können.« Der alte Haudegen strahlte richtig, die Augen hinter seinen dicken Brillengläsern blitzten. »Und nun berichten Sie mal, wie Sie es geschafft haben, dieses Teufelsweib zu fangen, Suko.«

Der Chinese hob die Schultern. »Leider ist mir Mr. Mondo entkommen. Der Erfolg ist gar nicht so groß.«

»Machen Sie sich darüber mal keine Gedanken. Den kriegen wir auch noch. Verlassen Sie sich darauf.«

»Wenn Sie meinen, Sir!«

Suko erzählte die Geschichte in Stichworten, als sie durch den Hintereingang das Yard-Gebäude betraten. Sie fuhren nicht hoch zu den Büros, sondern direkt in den gewaltigen unterirdischen Kellertrakt, in dem die Labors, das Rechenzentrum, die Verwaltung der riesigen Verbrecherkartei und auch einige Zellen untergebracht waren. In einer würde Lady X liegen. Ärzte wechselten sich mit ihrem Dienst rund um die Uhr ab, so daß die medizinische Versorgung gesichert war. Suko nahm an, daß Lady X eine Gehirnerschütterung davongetragen hatte.

Künstliches Licht erhellte Gänge und auch Räume. In der Datenerfassung und -verarbeitung blieb die Temperatur konstant. Die beiden ungleichen Männer wandten sich nach links, wo es zu den Krankenhäusern und in den Zellentrakt ging.

Ein Gitter versperrte plötzlich den Weg. Dahinter saß ein Beamter, der aufsprang und grüßte, als er den Superintendenten erkannte. Nur selten erhielt er solch hohen Besuch.

»Schließen Sie schon auf!« sagte Sir James.

Der Mann beeilte sich.

Sir James Powell und Suko schritten den langen kahlen Gang hinab. Die Krankenzimmer lagen ziemlich am Ende, nach den Zellentüren mit den daumenbreiten Gucklöchern.

Zwei Krankenzimmer standen nur zur Verfügung. In dem rechten lag Lady X. Der Arzt war noch bei ihr, ferner die vier Beamten. Sie hielten Wache. Als Sir James und Suko das Zimmer betraten, schickte der Superintendent sie hinaus. Er wandte sich an den Doc. »Wie sieht es nun aus?«

»Ich habe ihr eine Spitze gegeben. Sie wird gleich zu sich kommen.«

»Wir können warten?«

»Ja.«

Suko blickte auf das Bett, in dem Lady X lag. Ihr Gesicht war blaß. Das schwarze Haar stand im hartem Kontrast zu dem weißen Stoff des Kopfkissens. Die schmalen, aber kräftigen Hände lagen auf der Decke. Hände, die schon oft gemordet hatten. Wenn man die Frau so ansah, konnte man das wirklich nicht glauben.

Sir James Powell hatte sich auf einen Stuhl gesetzt, während Suko stehenblieb. »Sie können den Raum auch verlassen«, ordnete der Alte an. »Wenn wir Sie brauchen, rufen wir Sie.«

Der Arzt ging.

»Ich will keine Zeugen haben«, wandte sich Sir James an den Chinesen. »Was hier geredet wird, soll möglichst geheim bleiben. Dr. Tod und die Mordliga bilden einfach eine zu große Gefahr, als daß man die Öffentlichkeit von der Bedrohung unterrichten könnte.«

Diese Worte fielen bei Suko auf fruchtbaren Boden. Ihn aber drückte ein anderes Problem. »Was ist mit John?«

»Da fragen Sie mich etwas, das ich Ihnen nicht beantworten kann. Es sieht nicht gut aus, sagen wir mal so. John Sinclair ist abgeflogen, er hat sich aber nicht wieder gemeldet. Das bereitet uns eben Sorgen. Die Maschine scheint spurlos verschwunden zu sein.«

»Hat man Suchflugzeuge eingesetzt?« fragte Suko.

»Noch nicht.«

»Das wäre aber verdammt nötig.«

»Ich weiß. Und ich habe mich auch bereits mit den amerikanischen Kollegen in Verbindung gesetzt. Sie müssen die Suche übernehmen, weil sich die Boeing bereits näher an ihrem Territorium befindet.«

»Und?«

»Bis jetzt ist noch nichts klar«, berichtete Powell.

»Ob sie abgestürzt ist?« flüsterte Suko.

»Das wollen wir nicht hoffen.«

»Ich glaube ja, das Ganze war eine Falle«, sinnierte der Chinese. »Dr. Tod hat sich da etwas einfallen lassen.«

»Wobei wir ihm wohl mit der Verhaftung seiner Lady X in die Quere gekommen sind«, sagte Powell.

»Und wie wird Dr. Tod reagieren?« fragte Suko. »Wir haben eine Geisel, er hat eine.«

»Dann glauben Sie, daß er John in seiner Gewalt hat?«

Suko nickte.

Sir James Powell schwieg. Beide kannten den Grund. Es war ein ungeschriebenes Gesetz, daß ein Polizist als Geisel in der Hand eines Verbrechers nicht ausgetauscht wurde. Sir James Powell konnte da keine Ausnahme machen, sollte der Fall wirklich eingetroffen sein, wie Suko annahm.

»Vielleicht schafft John es auch so«, sagte der Chinese. »Der hat ja so manches Mal das Unmögliche möglich gemacht.«

Da war der Superintendent mit ihm einer Meinung.

Sie hielten sich jedoch nicht weiter mit dem Thema auf, denn Lady X bewegte sich.

Suko hatte das Zucken ihrer Augenlider zuerst gesehen und machte Sir James Powell darauf aufmerksam.

Der Superintendent drehte sich ein wenig auf seinem Stuhl. Er schaute der ehemaligen Terroristin ins Gesicht.

Deren Blick war noch nicht klar, er zeigte Verständnislosigkeit. Sie lag da mit offenen Augen und starrte hoch zur Decke. Dann verzog sie das Gesicht und stöhnte auf.

»Wie geht es Ihnen?« fragte Sir Powell.

Lady X lauschte der Stimme nach. Dann verdrehte sie die Augen, so daß sie den Superintendenten sehen konnte. Sie überlegte einen Moment und fragte mit tonloser Stimme: »Wer sind Sie?«

Sir James stellte sich vor.

Als Lady X diesen Namen hörte, verzog sie die Mundwinkel nach unten. »Das darf doch nicht wahr sein«, hauchte sie. »Der Oberbulle an meinem Bett. Shit, was habt ihr mit mir gemacht?«

»Sie sind angeschossen worden«, erklärte Sir James, der sich durch die Beleidigung nicht aus der Ruhe bringen ließ. »Sie haben einen Streifschuß am Kopf. Sie müssen mit einer Gehirnerschütterung rechnen.«

Barbara Scott hob die Hand und führte ihre Finger zum Kopf, wo sie das dicke Pflaster ertastete. »Ja«, flüsterte sie, »jetzt erinnere ich mich wieder. Das Flugzeug, dieser gelbhäutige Bastard im Einstieg. Habe ich ihn erwischt?«

»Nein, ich sitze hier!« Suko antwortete. »Sie haben Pech gehabt, Lady X. Ich war etwas schneller.«

»Ja, dein Glück.« Sie hustete. »Wo habt ihr mich eigentlich hingeschleppt, ihr Bullen?«

»Sie liegen in einem gut abgesicherten Krankenzimmer des Yard Building«, gab ihr Sir James zu verstehen.

»Ihr habt Angst, wie?«

»Wovor?«

Sie lachte. »Daß man mich hier herausholen könnte.«

»Das schafft keiner.«

»Hör auf, du Oberbulle. Du kennst Dr. Tod nicht. Der bringt alles fertig. Der würde mich sogar aus der Hölle holen, verlaß dich drauf. Ich an eurer Stelle würde es mir überlegen.«

»Was sollen wir uns überlegen?«

»Laßt mich frei!«

»Entschuldigen Sie, daß ich lächeln muß. Aber daran glauben Sie doch selbst nicht.«

»Wenn Sie noch etwas leben wollen, dann gehen Sie lieber auf meinen Vorschlag ein.«

Sir James Powell behielt sein Lächeln und seine Ruhe bei. »Ich habe das Gefühl, Sie verkennen die Tatsachen, Miss Scott. Wir befinden uns in der stärkeren Position, denn Sie sind unsere Gefangene. Begreifen Sie das endlich!«

»Das ist alles nur Schein. Im Moment haben Sie gewonnen. Ich bin jedoch sicher, daß Dr. Tod bereits seine Fäden zieht, um mich aus dem verdammten Loch herauszuholen. Nein, Sie kommen aus der Klemme nicht raus. Es sei denn, Sie lassen mich frei.«

»Damit Sie noch mehr morden können?«

»Niemand braucht sich unseren Plänen in den Weg zu stellen. Wer sich daran hält, lebt weiter«, lautete die ungemein zynische Antwort der Terroristin.

Sir James Powell schoß das Blut ins Gesicht. »Das haben Sie wirklich im Ernst gemeint?«

»Klar!«

»Dann bin ich froh, daß Sie wenigstens die Pläne kennen. Denn sicherlich können Sie uns einiges darüber verraten.«

Lady X lachte nur. »Das hätten Sie wohl gern, wie? Aus mir bringen Sie kein Wort hervor. Soweit kommt es noch, daß ich zur Verräterin werde. Nichts, Powell, nichts werde ich sagen. Sie können mich foltern, Sie können wer weiß was mit mir anstellen, doch Worte bekommen Sie aus mir nicht heraus. Das will ich Ihnen sagen.«

»Und was ist mit John Sinclair?« fragte Suko. »Wer hat den Befehl gegeben, seinen Koffer zu stehlen?«

»Ach, der Chink hat auch was zu sagen. Ist Sinclairs Koffer tatsächlich weg? Wie schön, dann ist er ja geschwächt.«

»Er hat ihn inzwischen wieder«, sagte Suko trocken.

»Macht nichts. Den Bumerang haben wir noch. Und wir denken nicht daran, ihn euch zurückzugeben. Es ist eine gefährliche Waffe. Nicht umsonst hat sie Tokata einen Arm gekostet, aber bei Solo Morasso befindet sie sich in guten Händen.«

Suko war über diese Antwort erfreut. Lady X war nicht auf John Sinclairs Schicksal eingegangen. Wahrscheinlich wußte sie noch nicht, was gelaufen war. Und der Chinese hütete sich, etwas darüber verlauten zu lassen.

»Noch was?« fragte sie.

Sir James schüttelte den Kopf. »Nein, vorerst wäre das alles, Miss Scott. Aber wir sprechen uns wieder.«

Lady X lachte. »Höchstens in der Hölle. Ich habe nicht vor, mit Ihnen noch mehr Worte zu wechseln.«

Der Superintendent erhob sich. »Der Arzt wird sich um Sie kümmern, Miss Scott.«

»Schicken Sie ihn zum Teufel.«

»Auf Wiedersehen.« Sir James ging. Suko schloß sich ihm an. An der Tür drehte er sich noch einmal um und warf einen Blick auf das Bett. Lady X hielt die Augen geschlossen. Sie wollte keinen der Männer sehen.

Der Arzt wartete im Flur. Er saß auf einer Holzbank. Fragend schaute er die beiden Männer an.

»Der Patientin scheint es relativ gut zu gehen«, erklärte Sir James. »Wenn Sie nach ihr sehen, dann gehen Sie bitte nie allein.«

Der Doc zeigte sich verwundert. »Wie das? Sie ist doch eine kranke Frau.«

»Krank?« Sir James hob die Schultern. »Möglich. Aber angeschossene Tiere sind am gefährlichsten, wenn Sie mir diesen Vergleich gestatten. Und Miss Scott ist noch schlimmer.«

»Na denn«, sagte der Doc, »werde ich mal die schußsichere Weste anziehen.«

»Das geht in Ordnung«, meinte Suko, »obwohl sie nicht bewaffnet ist.«

Sir James war schon vorgegangen. Er schritt etwas gebeugt. Schwere Gedanken quälten ihn. Es war gar nicht einfach, das Bündel an Verantwortung zu tragen. Wenn Lady X durchdrehte, wenn es ihr gelang, auf welche Art und Weise auch immer, freizukommen, dann mußte Sir James Powell dafür geradestehen.

Suko holte den Superintendenten ein. »Was haben Sie jetzt vor?« fragte er.

»Wir werden eine Suchaktion starten. Solch ein Riesenflugzeug kann doch nicht ohne weiteres verschwinden.«

Der Chinese nickte. »Das, Sir, meine ich auch.«

Wir sanken tatsächlich.

Fünftausend Fuß betrug die Höhe nur noch.

Verdammt auch. Ich blickte zu Captain Brittan hinüber. Er hockte auf dem Pilotensitz. Schweißnaß war sein Gesicht. Die Lippen hatte er zusammengepreßt. Seine Hände umkrampften das Ruder. Aber er konnte nichts machen.

Die Mechanik und auch die Elektronik gehorchten ihm nicht. Das Flugzeug war steuerlos – und sank.

Wir verloren schnell an Höhe, so daß ich mir ausrechnen konnte, wann die Maschine auf der Wasseroberfläche zerschellen würde.

»Nichts«, sagte Jack Brittan, »wir schaffen es nicht mehr.«

»Dann müssen wir aussteigen!«

»Ja.«

Ich schluckte, plötzlich spürte ich einen Klumpen im Magen und ein Kribbeln auf dem Rücken. Meine Knie wurden weich. Jeder von Ihnen wird das Gefühl sicherlich kennen. Es war die Angst, die mich da gepackt hielt. Die Angst vor dem Neuen, vor dem nicht Faßbaren. So etwas hatte ich noch nie getan, wohl immer in Filmen den Mut der Fallschirmspringer bewundert, wenn sie wie riesige Pilze dem Erdboden entgegensanken. Aber wir würden, wenn überhaupt, nicht auf dem Erdboden landen, sondern mitten im Atlantik.

Und nur mit einer geringen Chance, überhaupt gerettet zu werden. Denn wer wußte schon, welche Trumpf-Karten Dr. Tod noch in der Hinterhand hielt?

Wir schauten uns an.

Jack Brittan nickte. »Kommen Sie, John, wir dürfen keine Zeit mehr verlieren. Wenn die Maschine zu tief fliegt, dann schaffen wir es nicht mehr.«

Da hatte der Flugkapitän recht. Aber noch lag eine Kraftprobe vor uns. Aus der Kanzel konnten wir nicht springen. Wir mußten zu dem normalen Ausstieg, dafür quer durch den Passagierraum, in dem die Skelette lauerten. Mir machte es nichts, ich war bewaffnet, aber was geschah mit dem Captain?

Ich öffnete den Koffer. Die Zeit mußte ich mir nehmen. Dann holte ich den silbernen Dolch hervor. Er war mit den gleichen

Zeichen versehen wie das Kreuz. Nur war diese Waffe nicht von den vier Erzengeln geweiht worden.

Ich reichte Jack den Dolch. »Versuchen Sie, sich damit zu verteidigen«, sagte ich ihm. »Er hat fast die gleiche Wirkung wie das Kreuz. Auf jeden Fall können Sie sich damit die Skelette vom Hals halten. Und bleiben Sie immer dicht hinter mir.«

»Verstanden.«

»Dann los.«

Ich ging zur Tür und öffnete. Sofort quoll mir die Nebelwolke entgegen, die sich aber sofort teilte, als sie die Magie meines Kreuzes zu spüren bekam.

Eine nebelfreie Schneise tat sich vor uns auf, durch die wir schreiten konnten.

Ich spürte den heißen Atem des Piloten in meinem Nacken. »Keine Panik, Jack«, sagte ich, »beruhigen Sie sich. Bleiben Sie nur ruhig.« Dabei machte ich die ersten Schritte und wurde prompt angegriffen.

Ich stieß das Kreuz in ein gierig aufgerissenes Skelettmaul, und das Gerippe zerplatzte. Hinter mir bewegte sich Jack Brittan. Aus den Augenwinkeln bemerkte ich, wie seine rechte Hand zur Seite fuhr und der Dolch eine skelettierte Frau tötete.

Wir kamen voran.

Und auch der Captain wurde nicht von dem gefährlichen Nebel angegriffen, weil die Aura des Kreuzes ausreichte. Wenn wir allerdings in die Wolke sprangen, dann mußte sich Brittan an mich klammern, damit er nicht davontrieb und ungeschützt ein Opfer des Nebels werden konnte.

Der Einstieg lag knapp hinter der Mitte. Wir schafften es tatsächlich, uns bis zu ihm durchzukämpfen. Ich erledigte noch zwei Skelette, Jack Brittan eins.

Dann standen wir vor der Tür.

»Ich muß öffnen«, sagte Brittan. »Sie kennen sich mit der Verriegelung nicht aus.«

Ich trat zur Seite, damit der Captain vorbei konnte. Um uns herum waberten die Schwaden, aber dort, wo wir standen, befand sich eine genügend große Lücke.

»Wenn der Einstieg offen ist, klammern Sie sich sofort an mich!« rief Brittan.

»Verstanden.«

Sekunden vergingen. Im Nebel sah ich die Fratzen der Skelette nur schemenhaft. Man griff uns nicht mehr an. Die Knöchernen hatten wohl eingesehen, daß sie gegen meine Waffe machtlos waren.

»Achtung!«

Jack Brittan war jetzt soweit.

Leider hatten wir nicht die Zeit, so etwas zu üben. Es mußte also beim erstenmal klappen.

»Alles klar?« fragte er.

»Ja.« Ich rückte noch ein Stück an ihn heran und umfaßte ihn mit beiden Armen.

Da löste Brittan die Verriegelung, und die Automatik öffnete die Tür. Was nun geschah, ging so schnell, daß ich Mühe hatte, es zu berichten. So etwas hatte ich noch nicht erlebt.

Wie ein Ungeheuer fauchte der Wind in das Flugzeug. In Sekundenbruchteilen riß er alles mit sich, schleuderte Taschen, Beutel und Koffer aus den Gepäckablagen. Ich hatte mir meinen Koffer unter den linken Arm geklemmt, und dann wurde der Wind zu einer Riesenfaust, die uns packte und aus der Maschine riß.

Das war mörderisch.

Ich hörte mich selbst schreien, riß die Augen auf und konnte doch nichts sehen. Das Heulen und Pfeifen um uns steigerte sich zu einem wahren Höllenkonzert. Ich selbst wurde zum Spielball der Gewalten, aber instinktiv hielt ich mich fest.

Wieviel Zeit war vergangen?

Sekunden – Minuten? Ich wußte es nicht. Ich bekam kaum Luft, hörte nur noch die jaulenden Geräusche und sah die tanzenden, wirbelnden Nebelspiralen als Schemen vor meinen weit aufgerissenen Augen weghuschen.

Dann gab es einen Ruck. Mein Fall wurde gebremst, trotzdem ging es noch rasend schnell in die Tiefe.

Ich hörte eine Stimme. »Die Leine, John! Zieh die Leine, verdammt. Mach schon!«

Brittan hatte mir gezeigt, wo die Stelle war. Aber in der Aufregung fand ich sie nicht.

Die Wasseroberfläche rückte näher.

Da zog Brittan.

Er hatte die bessere Übersicht. Etwas zischte raketenartig nach oben und entfaltete sich zu einem Pilz. Wir hatten Angst gehabt, daß sich die beiden Fallschirme verheddern würden, das trat zum Glück nicht ein.

Dafür verspürte ich einen ungeheuren Ruck unter den Achselhöhlen. So kräftig, daß ich das Gefühl hatte, meine Arme würden aus den Gelenken gerissen. Ich schrie, riß die Augen auf und sah dicht vor mir das Gesicht des Captains.

Aber der Fall verlangsamte sich. Mir schien es plötzlich, als würden wir in der Luft stehenbleiben. Zum erstenmal kam ich wieder richtig zur Besinnung und spürte jetzt auch den eiskalten Januarwind, der mir schneidend ins Gesicht fuhr und die Haut malträtierte wie zahlreiche kleine Messer.

Eine Bö packte uns, hob unsere Körper in die Höhe und schmetterte uns sofort wieder in die Tiefe.

Eisern hielten wir einander fest.

Der Todesnebel war verschwunden. Wenigstens sah ich die Wolken nicht mehr um mich herum. Dafür schaute ich in die Tiefe.

Wellenberge. Vom Wind aufgetürmtes Wasser. Graugrün, endlos in seiner Weite – der Atlantik.

Für uns eine Hölle!

Wieder ein Windstoß. Diesmal drückte er uns schräg nach unten und der Wasseroberfläche zu. Plötzlich hatte ich das Gefühl, viel zu schnell zu fallen. Wasser wirkt wie Beton, wenn man aus großer Höhe und mit starker Geschwindigkeit darauf aufprallt.

Was einem im Film so langsam gezeigt wird, geschieht in Wirklichkeit sehr schnell.

Immer näher kamen wir der Oberfläche mit ihren gewaltigen, vom Wind aufgeworfenen Wellen.

Noch Sekunden, dann würden wir in das Naß eintauchen. Überleben oder nicht, das war die Frage.

Ich verspürte plötzlich wieder Angst!

ENDE

Das
Elixier
des
Teufels

Asmodina persönlich hatte Dr. Tod diesen Hort eingerichtet. In ihm war er vor seinen Verfolgern sicher, denn niemand wußte, wo dieser Unterschlupf lag. Zudem war er schwarzmagisch gesichert, so daß die Kräfte des Lichts abprallten, wenn sie versuchten, den Hort zu stürmen.

Hier hockte er. Hier fühlte er sich wohl. Und hier bewahrte er seine beiden kostbarsten Stücke auf: Den Würfel des Unheils und seinen erbeuteten Bumerang, den er als Mensch-Dämon durchaus anfassen konnte. Die Magie dieser Waffe tat ihm nichts.

Doch an diesem Tag war alles anders. Dr. Tod hatte eine Konferenz einberufen. Er mußte dies tun, denn etwas war schiefgelaufen. Eine wahrhaft illustre Gesellschaft hatte sich um den länglichen Steintisch versammelt, an dessen Kopfende ein grauhaariger Mensch saß, mit harten Gesichtszügen und eiskalten Augen. Waren die Haare früher noch pechschwarz gewesen, so hatten sie im Laufe der Zeit eine graue Färbung angenommen, aber das störte Dr. Tod überhaupt nicht. Ihn interessierte das Aussehen eines Menschen nicht, für ihn zählte nur, was der Mensch ihm brachte und wert war.

Er ließ seine Blicke über die Anwesenden gleiten. Ein Stuhl war leer. Der an seiner linken Seite. Dort hatte immer Barbara Scott, alias Lady X, gesessen, und um sie ging es. Nur wegen ihr hatte er diese Konferenz einberufen.

Rechts von ihm hatte sich Mr. Mondo niedergelassen. Dieser Glatzkopf mit der Nickelbrille, der so harmlos aussah und doch einer der gefährlichsten Verbrecher war.

Die Runde führte Tokata fort. Über ihn etwas zu sagen erübrigte sich. Seine Gestalt sprach für sich. Er war übergroß, eingepackt in Leder und mit einer Maske versehen, hinter der die bleichen Knochen eines halb skelettierten Gesichts schimmerten. Der Samurai des Satans war ein fast unüberwindlicher Gegner. Er konnte besonders gut mit seinem Schwert umgehen, das der Legende nach in der Hölle geschmiedet worden sein sollte. Dieses Schwert hatte fast magische Eigenschaften. Es zertrümmerte alles. Stein, Holz und natürlich Tokatas Gegner. Zu denen auch ein Mann namens John Sinclair zählte, dem Tokata den Verlust seines linken Armes zu verdanken hatte. Der magische Bumerang hatte ihn kurzerhand abrasiert.

Tokata gegenüber hockte eine ebenso schreckliche Gestalt. Vielleicht war sie sogar noch schlimmer. Es war Vampiro-del-mar, Kaiser der Vampire und Blutfürst. Dr. Tod hatte ihn vom Meeresgrund geholt und dafür gesorgt, daß er Blut erhielt, um zu neuen Kräften zu gelangen. Trotzdem hatte er sein Aussehen nicht verändert. Vampiro-del-mar war ebenso groß wie Tokata, allerdings knochiger. Seine Haut schillerte grünlich und riß immer wieder auf, wenn er seine Adern zu sehr mit Blut aufgefüllt hatte. Er hatte ein unförmiges Gesicht mit Kugelaugen, die starr und glanzlos blickten, aber aufmerksam schauten, sobald der Vampir Blutgeruch in seine Nase bekam. Dann noch sein Gebiß. Er hatte nicht nur zwei Vampirzähne, sondern die gesamte Zahnreihe bestand aus diesen Hauern. Die beiden Eckzähne jedoch waren besonders spitz und lang. Wenn er den Mund öffnete, sah man, daß die Spitzen der Zähne leicht gekrümmt waren.

Soviel zu Vampiro-del-mar. Dr. Tod gegenüber, am anderen Ende des Tisches, saß eine Frau. Wenigstens war sie das bis zum Ansatz der Brust. Ansonsten bestand ihr Körper aus dem zottigen Fell eines Werwolfs. Im Gegensatz zu Lady X hatte sie hellblondes Haar, das ihr bis zum Fellansatz am Rücken fiel. Ihr Gesicht konnte man als schön bezeichnen. Allerdings nur beim ersten Hinsehen. Schaute der Betrachter genauer hin, so waren die fast gelben Raubtieraugen zu erkennen, denen keine Bewegung entging. Diese Frau war keine andere als Lupina, die Königin der Wölfe. Eine schreckliche Mutation, halb Mensch, halb Tier, die sich bei Vollmond völlig in einen weiblichen Werwolf verwandelte und auf die Suche nach Opfern ging.

Es geschah selten, daß Dr. Tod eine Konferenz des Schreckens einberief, aber diesmal mußte es sein. Denn Marvin Mondo, der Wissenschaftler und Verbrecher, gleichzeitig auch Monstermacher, war mit einer für Dr. Tod und die Mordliga schrecklichen Nachricht erschienen.

Suko, dem Chinesen aus dem Team um John Sinclair, war es gelungen, Lady X zu überwältigen und gefangenzunehmen. Diese ehemalige Terroristin war kein Monster, sondern ein Mensch. Sie stand allerdings in punkto Brutalität und Menschenverachtung den Dämonen in nichts nach. Wer nicht auf der

Seite der Mordliga stand, war für sie ein Feind. Und das waren eine ganze Menge.

Dr. Tod hatte einen Plan gefaßt, um John Sinclairs Einsatzkoffer in seinen Besitz zu bringen. Zwei Diebe hatte er angeheuert. Roy Smith und Rick Ramford. Sie waren in Sinclairs Wohnung eingedrungen und hatten den Koffer gestohlen. Die Flugkarte nach New York steckte bereits in ihren Taschen. Vom Zeitpunkt des Verbrechens bis zum Start der Maschine gelang es Scotland Yard jedoch, herauszufinden, wer den Koffer gestohlen hatte. Und durch eine Blitzfahndung war es auch gelungen, die Diebe ausfindig zu machen, und John Sinclair flog mit derselben Maschine wie die beiden Diebe.

Das alles war Dr. Tod bekannt, der Würfel des Unheils, von ihm manipuliert, hatte ihm die Szenen gezeigt.

Dr. Tod, alias Solo Morasso, reagierte und schickte seinen gefürchteten Todesnebel. Eine riesige Wolke, die fast wie Säure wirkte. Unter deren Einfluß wurden die Menschen zu Skeletten, zu Dienern des Bösen, und sie attackierten Sinclair. Wie der Kampf ausgegangen war, das wußte Dr. Tod noch nicht, denn Marvin Mondo war mit der Nachricht dazwischen gekommen, daß Lady X dem Chinesen Suko in die Falle gegangen war. Mondo und Lady X hatten die Aufgabe gehabt, die beiden Diebe zu überwachen. Sie waren allerdings entdeckt worden, und diesem Chinesen gelang es, Lady X zu überwältigen.

Soweit die Geschichte.

Solo Morasso dachte nicht daran, Lady X in den Fängen der Polizei zu lassen. Dafür wußte sie zuviel, und er wollte einen Plan ausarbeiten, um sie zu befreien. Deshalb hatte er diese Konferenz einberufen. Zuerst jedoch bekam Mondo sein Fett weg. Dr. Tod machte ihn fertig. Er schleuderte ihm die Vorwürfe entgegen, sprach von Feigheit und Nichtkönnen.

Die anderen Mitglieder der Mordliga nickten beifällig.

Dr. Tod fuhr fort: »Es geht nicht an, daß man ein Mitglied der Mordliga eliminiert, bevor unsere Gruppe vollständig ist. Wie ihr selbst wißt, fehlt noch einer. Ich will Xorron, den Herrn der Zombies, noch haben, doch es ist immer wieder etwas dazwischen gekommen. Zuletzt hat Sinclair das Sarglager entdeckt, das ich eingerichtet hatte. So vergeht wieder Zeit, bis ich für Xorrons Rückkehr alles vorbereitet habe. Es sieht im Augenblick wirklich nicht gut aus, und wir brauchen Lady X dringend. Sie ist kein Dämon, kein Monster, sie kann sich unter den Menschen bewegen, ohne daß es auffällt, und uns dabei mit Informationen versorgen. Habt ihr das begriffen?«

Nicken.

»Dann wird es Zeit, daß wir etwas unternehmen«, sagte Dr. Tod. »Wie ich erfahren habe, befindet sie sich in Haft. Und zwar bei Scotland Yard, das sich etwas darauf einbildet, die sichersten Gefängnisse zu haben. Denken sie, aber ich will sie vom Gegenteil überzeugen. Wer von euch glaubt nicht, daß wir es schaffen können, Lady X zu befreien?«

Niemand meldete sich.

Um Dr. Tods strichdünne Lippen flog für einen winzigen Moment ein knappes Lächeln. »Das ist gut. Ich habe auch schon einen Plan.« Morasso legte beide Hände um den Würfel, schaute auf die Oberfläche dieses blauweiß schimmernden Quaders und begann zu sprechen. Er legte den anderen einen Plan zurecht, dem sie eigentlich nur zustimmen konnten. Niemand widersprach, als Dr. Tod redete. Zum Schluß fragte er: »Wer hat etwas dagegen einzuwenden?«

Keiner meldete sich.

»Du, Mondo?«

Der Monstermacher grinste. »Nein, der Plan ist so gut, daß er einfach klappen muß.«

Der Meinung war auch Lupina, die Königin der Wölfe.

Tokata, der Samurai des Satans, und Vampiro-del-mar nickten nur.

Dr. Tod war zufrieden. Er löste seine Hände von dem Würfel und betrachtete den Bumerang. »Mit ihm«, flüsterte er, »habe ich noch etwas vor. John Sinclair soll durch den Bumerang sterben. So habe ich mir das vorgestellt.«

Keiner widersprach, aber jeder hoffte, daß sie es schaffen würden, ihren Erzfeind zu besiegen.

»Wo befindet er sich jetzt?« Diese Frage stellte Lupina. In sie hatte sich John Sinclair, als er zu einem Werwolf gemacht worden war, einmal verliebt.

»Wo er sich befindet?« Solo Morasso lachte. »Über dem Atlantik. Ihr wißt, daß mein Würfel mit dem Todesnebel in Verbindung steht. Durch ihn kann ich erkennen, wo sich Sinclair befindet. Noch immer in der Boeing. Sie rast weiterhin steuer- und führerlos in Richtung Westen, direkt auf die amerikanische Küste zu. Die Magie des Nebels ist stärker. Sie kann sich daraus nicht befreien, und sie wird irgendwann zerschellen.«

»Was ist mit den Passagieren?« fragte Mondo.

»Sie sind zu Skeletten geworden. Sie konnten dem Nebel nichts entgegensetzen. Allerdings ist Sinclair durch sein verdammtes Kreuz geschützt worden, aber es ist im Augenblick nicht einmal so wichtig. Wir müssen Lady X herausholen und dürfen nicht länger zögern.«

Die anderen nickten.

Dr. Tod erhob sich. Mit ihm standen auch die übrigen Mitglieder der Mordliga auf.

Deren Blicke fielen auf ein Bild, das sich hinter Dr. Tod an der Wand befand. Es zeigte Asmodina, die Tochter des Teufels, die auch in Gestalt einer Schlange auftreten konnte. Asmodina war sozusagen die Chefin der Mordliga, und damit stand sie auch über Dr. Tod, dem das überhaupt nicht mehr paßte. Sollte es ihm gelingen, Xorron, den Herrn der Zombies, irgendwann in nächster Zeit zu erwecken, hielt er einen großen Trumpf in der Hand.

Dann würde man weitersehen.

»Ihr könnt gehen«, sagte er. »Ich brauche euch nicht mehr. Haltet euch aber bereit.«

Die anderen nickten. Sie verschwanden lautlos.

Dr. Tod aber blieb auf seinem Platz hocken. Wieder umspannten seine Hände den Würfel, und er konzentrierte sich auf ein bestimmtes Ereignis, das leider noch in der Zukunft lag...

Wasser kann die Wirkung von Beton haben, wenn man aus großer Höhe hineinfällt.

Daran mußte ich denken, als ich die wogende Wasserfläche des Atlantiks auf mich zukommen sah. Obwohl ich an einem Fallschirm hing, hatte ich Angst. Der Fall ging mir viel zu schnell, und dicht vor der Oberfläche löste sich noch Jack Brittan, der Chefpilot, von mir. Ein heftiger Windstoß trieb ihn an.

Ich hörte die Seide des Fallschirms knattern, preßte den Koffer fest gegen mich und tauchte in die Fluten.

Eiskalt war das Wasser.

Der Schock blieb nicht aus. Auf einmal war nur noch Wasser um mich herum, ich hatte das Gefühl, als würde meine Brust zusammengequetscht und von eisernen Reifen immer enger gezogen. Luft bekam ich überhaupt nicht mehr, ich preßte nur die Lippen zusammen.

Dabei hatte ich die Augen aufgerissen, legte den Kopf etwas in den Nacken und schaute hoch.

Über mir lag der rötlich schimmernde Seidenpilz des Fallschirms auf dem Wasser. Wenn er sich vollgesaugt hatte, würde er ebenfalls sinken. Bis dahin jedoch mußte ich es geschafft haben.

Ich schwamm mit beiden Beinen und der rechten Hand. Jetzt behinderte mich die schwere Kleidung. Zuerst hatte ich das Gefühl, überhaupt nicht von der Stelle zu kommen, geschweige denn, der Oberfläche entgegen zu schwimmen.

Doch ich stieg langsam höher. Schräg schwamm ich von der Seide des Fallschirms weg. Vollgesaugt war sie sehr schwer, und wenn ein Windstoß sie erfaßte, würde sie mich wegzerren. Das schaffte auch eine Welle. Kurz vor dem Auftauchen spürte ich einen harten Ruck unter den Achselhöhlen, wurde wieder zur Seite geschleudert und gleichzeitig tiefer gedrückt.

Zudem mußte ich Luft haben.

Ich wühlte mich verzweifelt der Oberfläche entgegen. Erfahrungen hatte ich in den letzten Monaten genügend sammeln können, denn ich hatte leider oft genug im Atlantik gelegen. Allerdings nie soweit von der nächsten Küste entfernt wie jetzt.

Ich schaffte es.

Plötzlich konnte ich atmen, schleuderte mir die Haare aus der Stirn und sog die Luft ein.

Kalte, feuchte, mit Gischtperlen angereicherte Luft drang in meine Lungen, aber sie tat gut.

Automatisch schwamm ich. Ich mußte in Bewegung bleiben, wenn ich nicht erfrieren wollte. Als der Schirm von einer Welle auf mich zugetrieben wurde, fiel mir ein, daß ich ihn noch lösen mußte. Ich fand die Haken und hatte freie Bahn.

Dann suchte ich Brittan.

Obwohl kein Sturm herrschte, war das Meer doch aufgewühlt. Es fiel mir schwer, über die Wellenberge zu schauen, die auf mich wie grünlich schimmernde gläserne Türme wirkten. Dazwischen allerdings sah ich ebenfalls etwas Rotes schimmern.

Jacks Fallschirm.

Und ich sah noch mehr. Jack brauchte nicht mehr zu schwimmen. Er hockte in einem knallgelben Schlauchboot, das sich aufgeblasen hatte. Da fiel mir ein, daß ich ebenfalls ein solches Schlauchboot in meinem Schultergepäck hatte.

Durch einen Handgriff konnte ich das zusammengefaltete Boot dazu bringen, daß es sich mit komprimierter Luft füllte und zu einem ovalen Wulst wurde, in den ich mit großer Mühe kletterte.

Mit angezogenen Knien lag ich da und ruhte mich erst einmal aus, während die Wellen das kleine Boot hochhoben, mit ihm spielten und Gischtstreifen über mich hinwegflogen.

Vorsichtig drehte ich mich nach einigen Minuten der Ruhe herum und nahm eine sitzende Stellung ein.

Ich sah mich um.

Wo war der Nebel?

Er befand sich nicht mehr in unserer Nähe, sondern hoch über uns. Wobei ich das Gefühl hatte, daß er immer höher stieg und sich langsam auflöste.

In der Tat verschwand er. Mir fiel ein Stein vom Herzen. Zum ersten Mal seit langer Zeit konnte ich wieder lachen. Von der Maschine sah ich nichts mehr. Sie war inzwischen aus meinem Blickfeld verschwunden. Da der Nebel nicht mehr da war, würde sie vielleicht doch ins Meer stürzen. Sie hatte sich ja im Sinkflug befunden.

Ich hoffte es jedenfalls stark, daß sie nicht über bewohntem Gebiet abstürzte.

Eine Welle hob mich und das Schlauchboot hoch. Für Sekunden hatte ich einen guten Überblick. Jack Brittan, mein Leidensgenosse, befand sich gar nicht mal so weit entfernt. Vielleicht fünfzig Yards, aber dazwischen lag das Meer, das bei diesem Seegang eine unüberbrückbare Entfernung bildete.

Ich winkte.

Der Pilot sah mich, grüßte zurück und hielt mit einer Hand ein

Funkgerät hoch, mit dem er Notsignale senden konnte. Ich sah für einen Moment das Blitzen der Antenne. Dann rauschte ich hinab in das nächste Wellental.

Im Boot duckte ich mich zusammen. Dabei sah ich auch den kleinen Wulst, der mir zuvor nicht aufgefallen war. Er befand sich an der dickwandigen Hülle und ließ sich öffnen.

Ich fand eine Notration, Wasser, Entsalzungstabletten, Brot, Wurst, eine dünne Gummiplane, die, auseinandergefaltet und über das Schlauchboot gezogen, einen guten Regenschutz bot.

Was wollte man mehr?

Ein Blitz erregte meine Aufmerksamkeit. Er hatte in weiter Ferne stattgefunden, und eigentlich nahm ich nicht mehr wahr als ein fahles Leuchten. Allerdings erriet ich die Ursache des Blitzes. Sie mußte mit dem Absturz der Maschine zu tun haben. Ich war sicher, daß die Boeing explodiert war. Aus welchem Grund, das würde ich wohl niemals erfahren, wahrscheinlich beim Aufprall.

Das spielte auch keine Rolle mehr. Für uns kam es darauf an, daß die Funksignale gehört und wir gerettet wurden, denn ewig konnten wir nicht hier im Atlantik treiben.

Ich dachte wieder an den Nebel und fragte mich, warum er so plötzlich verschwunden war und uns nicht weiter attackiert hatte. Da mußte es einen triftigen Grund geben, der, so glaubte ich, nicht bei uns auf dem Meer zu finden war.

Ich sollte ihn später erfahren, im Moment jedoch hatte ich andere Sorgen.

Die Kälte!

Sie machte uns verdammt zu schaffen. Und sie war wie ein schleichendes Gift. Die Temperaturen lagen um den Gefrierpunkt, wenn nicht darunter. Zudem blies ein steifer Wind, der das Wasser in den Falten der Parkajacke zu Eis werden ließ.

Meine Füße spürte ich kaum noch, aber ich raffte mich dazu auf, ununterbrochen die Zehen zu bewegen, damit der Kreislauf nicht völlig einschlief. Dabei bewegte ich auch die Arme, schlug sie gegen meinen Körper, hob die Schultern, zog die Beine an, streckte sie wieder und führte die Gymnastik durch, die mir die Enge des Schlauchboots gestattete.

Währenddessen wurde ich von den Wellen auf- und niedergetragen, schwebte mal auf der Spitze eines gläsernen Wellenkamms, um dann wieder in das Tal zu schießen.

Plötzlich hörte ich einen Ruf. Nur Fetzen erreichten meine Ohren, der Wind war einfach zu rauh.

Ich drehte den Kopf.

Captain Brittan hatte geschrien. Ich schaute von meinem tanzenden Boot zu ihm rüber. Er schrie mir etwas zu, was ich leider nicht verstand, doch er gab dabei nicht auf.

Schließlich hörte ich das Wort »Kontakt«.

Jetzt wußte ich Bescheid. Brittan hatte tatsächlich Kontakt bekommen. Sein Funkgerät funktionierte. Jetzt hieß es warten, und die Zeit würde lang werden, da war ich mir sicher. Denn man beginnt, die Minuten zu zählen, sucht, soweit es geht, den Horizont ab und hofft auf das rettende Schiff, wobei die verdammte Kälte immer weiter in den Körper kriecht.

Es macht wirklich keinen Spaß, frierend und zitternd in einem kleinen Schlauchboot mitten auf dem Atlantik zu hocken und auf Hilfe zu warten.

Die Kälte blieb Sieger.

Obwohl ich mich verdammt anstrengte, schaffte sie es, immer weiter vorzudringen. Ich mußte mein Gesicht massieren und breitete dann sogar die Plane aus, um unter ihren Schutz zu kriechen.

Am Himmel wühlte der Wind die Wolken auf. Graue Berge, mit Regen oder Schnee gefüllt und bereit, ihre Füllung abzulassen.

Das geschah auch.

Urplötzlich prasselte es auf die Plane nieder. Zuerst war es nur Regen, dann wurde daraus Schneeregen und zum Schluß dichter, nasser Schnee. Die schweren Flocken rutschten zuerst von der Plane ab, blieben später liegen. Die Schneedecke wuchs.

Die Plane war zwar über mir dicht, doch von der Seite fegte der Schnee in das Boot. Auch konnte ich mich nicht mehr so bewegen wie zuvor, so daß die Kälte mich mehr und mehr in ihre Klauen bekam. Ich schluckte zwei Vitamintabletten und hoffte nur, daß ein Rettungsschiff bald eintraf.

Hin und wieder lugte ich unter der Plane hervor. Der Schnee vermischte sich wieder mit dem Regen und bildete einen dichten, grauweißen Vorhang, der mit Blicken kaum zu durchdringen war. Ich sah auch meinen Leidensgenossen nicht mehr, die Suppe war zu dicht.

Wie sollte uns da ein Schiff finden?

Wenn man einmal in einer Pechsträhne hängt, dann bleibt man auch darin kleben. Diese Erfahrung machte ich jetzt. Meinen Koffer hatte ich zwar wieder, doch wie es weitergehen sollte, wußte ich auch nicht.

Bis ich das Licht sah!

Ich hatte mal wieder die Plane angehoben, als ein Lichtstrahl über das Wasser und auch durch den Schneeregenvorhang blitzte. Ein zweiter Lichtfleck gesellte sich hinzu und tanzte in eine andere Richtung über die Wasserfläche.

Wenig später zischte etwas in den Himmel, entfaltete sich dort und fiel als glühender Regen dem Wasser zu.

Brittan hatte eine Leuchtrakete abgeschossen!

Jetzt mußten sie uns sehen.

Ich schleuderte die Plane zur Seite. Es war egal, ob mich der Schneeregen traf, ich wollte das rettende Schiff sehen.

Und ich sah es.

Als gewaltiger Berg aus Stahl und Eisen tauchte es aus dem grauen Vorhang auf. Jetzt leuchteten mehrere Scheinwerfer, in deren Licht der fallende Niederschlag wie Tausende von Diamantsplittern glitzerte. Ein Spiegel sendete Morsesignale.

Ich hatte das mal gelernt, identifizierte die Botschaft auch und wartete, daß man uns die versprochenen Rettungsinseln zuwerfen würde. Erst jetzt erkannte ich das Schiff.

Es gehörte zur englischen Marine und war ein Zerstörer. Ich grinste, die Pechsträhne schien sich dem Ende zuzubewegen. Etwas Besseres hätte uns gar nicht passieren können.

Später erfuhr ich, daß Sir James Powell, mein Chef, Alarm geschlagen hatte.

Erst einmal flog die Rettungsinsel herbei. Sie bestand aus Kork, war also ziemlich leicht und wurde abgetrieben.

Nach ein paar Versuchen klappte es. Ich hielt meinen Koffer eisern fest und warf mich auf die Korkinsel, die durch eine Trosse mit dem Kran auf dem Schiff verbunden war.

Sie zogen mich an Deck.

Und dort führte man mich sofort in die Gastkabine, wo schon

ein in Decken gehüllter und frierender Jack Brittan wartete, der einen Becher Tee mit Whisky trank.

Ich erhielt auch einen Schluck.

Dann erschien der Captain. Als er meinen Namen hörte, glitt ein breites Lächeln über sein Gesicht.

»Ein Sir James Powell hat die Marine und die Luftwaffe angespitzt. Ich war so frei und habe bereits persönlich über Ihre Rettung berichtet.«

»Danke, Sir.«

»Da ist noch etwas«, sagte er. »Man erwartet Sie dringend in London. Dort muß etwas geschehen sein, was unmittelbar mit Ihrem Fall in Zusammenhang steht. Es ist sehr wichtig, wie man mir von oberster Stelle mitteilte.«

»Wissen Sie Näheres?« fragte ich und zog mir die nassen Klamotten aus.

»Nein, aber Sie müssen auf dem schnellsten Wege zurück.«

»Und wie?«

»Wir sind zwar kein Flugzeugträger, aber ein Hubschrauber wird Sie zu einem hinfliegen. Dort startet dann eine Maschine, die Sie nach London schafft. Der Hubschrauber ist schon bereit, die zuständigen Stellen sind informiert.«

Ich stellte die Teetasse weg und nickte. Wie hieß noch das schöne Sprichwort?

Raus aus den Kartoffeln – rein in die Kartoffeln! Ausruhen konnte ich mich wieder nicht...

Es soll ja wahre Morgenmenschen geben, die sofort nach dem Aufstehen hellwach sind. Jane Collins gehörte nicht dazu. Als der Wecker sie aus dem Schlaf riß, nahm sie das Ding und steckte es unter die Bettdecke. Gleichzeitig jedoch begann der Radiowecker zu spielen, und die Stimme von Barbara Streisand erreichte ihre Ohren.

»Women in Love« sang die Dame.

Jane dachte jedoch nicht an Liebe, sondern an das Aufstehen. Sie schwang ihre langen Beine aus dem Bett, wo das Nachthemd hochrutschte und ein Betrachter einen wirklich sehenswerten

Anblick gehabt hätte. Doch Jane hatte allein geschlafen, es befand sich kein männliches Wesen in der Nähe.

Sie schlüpfte in ihre warmen Pantoffeln, streckte sich, gähnte, schüttelte das lange Haar durch und verschwand unter der Dusche. Nach dem erfrischenden Bad ging es ihr besser. Ein Blick durch das Fenster zeigte ihr, daß sich das Wetter seit dem gestrigen Tag auch nicht gebessert hatte, und so entschied Jane Collins sich für die Winterkleidung, die sie bald schon leid war, da die Schaufenster der Modegeschäfte bereits ihre Frühlingssachen dekoriert hatten.

Jane im Schottenrock und grünem Rollkragenpullover. Auch darin machte sie eine gute Figur.

Zum Frühstück aß sie Knäckebrot und ein wenig Quark. Dazu trank sie ungesüßten Kaffee. Die Figur sollte nämlich bleiben.

Das Telefon sorgte dafür, daß sie nicht zu Ende essen konnte. Jane schluckte den letzten Bissen herunter und hob ab.

»Sir Powell«, sagte sie, »was verschafft mir die Ehre Ihres Anrufes?«

»Ob es eine Ehre ist, lassen wir mal dahingestellt sein«, sagte der Superintendent. »Ich möchte, daß Sie zum Yard kommen.«

»Nur so?«

»Nein, ich habe einen Auftrag.«

»Das gibt es doch nicht. Seit wann wendet sich Scotland...«

»Kommen Sie so rasch wie möglich.« Damit legte der Alte auf.

Jane runzelte die Stirn. Einige Sekunden betrachtete sie den Hörer. Was hatte das denn wieder zu bedeuten? Es schien wirklich zu brennen, wenn Powell so reagierte. Ob es mit John zusammenhing? Jane war neugierig und rief an, doch dort hob niemand ab.

Bei Suko meldete sich seine Freundin Shao. Sie freute sich, Janes Stimme zu hören, aber die Detektivin kam sofort zur Sache.

»Genau weiß ich auch nicht, was dort geschehen ist, aber es hängt irgendwie mit Dr. Tod und seiner Mordliga zusammen. Suko ist nämlich auch nicht greifbar. Sir Powell hat auch ihn vereinnahmt.«

»Und du weißt wirklich nichts?« fragte Jane.

»Nein. Suko hat nur Kleidung geholt. Alles ist streng geheim. Seltsam, nicht?«

»Ja. Kann man wohl sagen. Egal, ich werde es auf alle Fälle erfahren, bis später dann.« Jane legte auf. Auch sie überlegte, ob sie packen sollte, doch davon hatte Powell nichts gesagt. Also nahm sie nur ihre Handtasche mit.

Eine halbe Stunde später sah sie sich nicht nur Sir James Powell gegenüber, sondern auch Suko und Bill Conolly.

Der Reporter bedachte sie mit einem schiefen Grinsen, während Suko sehr ernst schaute und Sir Powell einen neuen Vorrat an Magentabletten vor sich aufgebaut hatte.

»Hat es euch in die Petersilie gehagelt?« fragte Jane.

»So ähnlich«, erwiderte Bill. Dafür kassierte er von Sir James einen strafenden Blick.

»Kommen wir zur Sache«, sagte der Superintendent und bot Jane einen Stuhl an. »Was ich Ihnen jetzt zu sagen habe, behalten Sie für sich, Miss Collins.«

»Klar.«

Sir James Powell nahm noch einen Schluck Wasser und begann zu berichten.

Jane spitzte die Ohren. Was sie aber dann zu hören bekam, war so außergewöhnlich, daß sie nur den Kopf schütteln konnte und erleichtert war, als sie hörte, daß John Sinclair sich in Sicherheit befand.

»So sehen bisher die Lageberichte aus«, sagte der Superintendent zum Schluß. »Wir haben Miss Scott aus dem Krankenzimmer in eine Zelle bringen lassen. Leider stand uns nur eine Dreierzelle zur Verfügung. Sie sitzt jetzt mit einer Frau zusammen, die sich ebenfalls in unserem Gewahrsam befindet und auf ihren Prozeß wartet. Sie werden die Frau kennen, Miss Collins. Es ist Viola Mandini.«

Janes Augen wurden groß. Viola Mandini, hatte Sir James gesagt. Und ob sie die kannte. Ein Alptraum wurde lebendig. Kurz vor dem Weihnachtsfest war es gewesen, da hatten John, Suko, Shao und sie einen Horror in der Geisterbahn erlebt.

Und sie waren auch auf die Familie Mandini getroffen. Die Mutter hatte Zwillinge geboren, bei denen der Teufel der Vater gewesen war. Memo Mandini, der Ziehvater, hatte von alldem nichts gewußt. Er war in den Teufelskreis mit hineingeraten und wäre fast von seiner Frau und der eigenen Tochter umgebracht worden. John Sinclair hatte Viola Mandini gestellt. Sie saß noch in Untersuchungshaft, bevor ihr der Prozeß gemacht wurde. Und nun hatte man Lady X in ihre Zelle gelegt. Beide zusammen bildeten wirklich ein satanisches Duo.

Jane schluckte. »Gab es denn keinen anderen Weg, als die beiden zusammenzulegen?«

»Nein.«

»Aber es existieren doch noch mehr Zellen.«

»Das stimmt. Nur werden die zur Zeit renoviert. Ein unglücklicher Zufall, wirklich, aber man kann dem auch etwas Positives abgewinnen.«

»Da bin ich gespannt.«

Sir James gestattete sich ein kleines Lächeln. »Wie ich schon erwähnte, ist die Zelle für drei Personen geschaffen. Das ist zwar altmodisch, aber deshalb wird ja umgebaut, so daß wir Einzelzellen bekommen. Ein Platz ist noch frei.«

»Den ich einnehmen soll?«

»Erraten, Miss Collins.«

Jane schaute sich um. Suko grinste schief. Bill blickte zu Boden. Die Männer wußten, was sie der Detektivin da aufbürdeten. Jetzt hing alles von ihrer Entscheidung ab. Zwingen konnte man sie nicht. Aber Jane war zu sehr mit den Fällen verwachsen, als daß sie abgelehnt hätte, doch etwas hinderte sie daran, den Vorschlag anzunehmen.

»Es geht nicht«, sagte sie. »Und zwar aus folgendem Grund. Beide Frauen kennen mich.«

»Daran haben wir natürlich auch gedacht«, lächelte Sir James Powell. »Deshalb wird ein perfekter Maskenbildner dafür sorgen, daß man Sie nicht mehr erkennt.«

»Und meine Stimme?«

»Die müßten Sie verstellen.«

Alle sahen Jane an und warteten gespannt auf ihre Antwort. Die Detektivin überlegte nicht mehr lange. Obwohl sie wußte, daß sie sich in ein Nest mit zwei Klapperschlangen begeben würde, stimmte sie zu.

»Ich mache es!«

»Danke, das haben wir erhofft«, erwiderte Sir James.

»Nicht erwartet?«

»Ein wenig schon.«

»Sie sind wenigstens ehrlich«, sagte die Detektivin. »Wann soll ich anfangen?«

»Sofort.«

»Oh, dann hätte ich doch einige Sachen aus der Wohnung mitnehmen sollen.«

»Das erledigen wir«, sagte der Superintendent.

»Klar. Und welche Aufgaben haben Suko und Bill?« wollte Jane wissen.

»Die beiden werden sich in den nächsten Tagen ebenfalls im Gefangenenkeller befinden. Allerdings als freie Männer. Wir rechnen sehr stark damit, daß Dr. Tod schon bald zuschlägt.«

»Wie könnte er vorgehen?«

»Vielleicht schickt er den Nebel«, sagte Bill.

Jane erschrak. »Mein Gott, dann sind wir verloren.«

»Deshalb muß John auch so rasch wie möglich zurück. Nur sein Kreuz hilft dagegen.«

Obwohl Jane die Ereignisse in Grynexxa nicht persönlich miterlebt hatte, war ihr doch aus Erzählungen bekannt, wie gefährlich dieser Todesnebel war. Sie verdrängte das Thema einfach und fragte statt dessen: »Was haben Sie eigentlich mit Lady X vor?«

»Ihr wird der Prozeß gemacht.«

»Aber Dr. Tod wird immer versuchen, sie aus dem Zuchthaus oder Gefängnis zu befreien.«

Sir Powell gab Jane recht. »Deshalb hoffen wir ja auch, so schlimm es sich anhört, daß er es jetzt versucht und nicht erst später, wenn wir machtlos sind.«

»Das stimmt.« Jane fuhr mit der Zunge über ihre Lippen. »Diese Lady X ist verletzt – oder?«

»Ja und nein«, antwortete der Superintendent. »Sie ist zwar von einer Kugel am Kopf gestreift worden, aber sie hat keine Gehirnerschütterung davongetragen. Sie muß einen Schädel aus Eisen haben.«

»Das glaube ich auch.« Jane Collins stand auf. Ihr Lächeln fiel gequält aus, als sie sagte: »Okay, dann werde ich mal in den Knast gehen. Vielleicht gefällt es mir sogar.«

»Dann können sie dich ja als Aufseherin behalten«, sagte Bill.

»Danke, mein Job ist mir lieber.«

Als Claire Dickson zweiunddreißig Jahre alt war, starb ihr sieben Jahre älterer Mann überraschend an einem Herzschlag. Claire stand mit dem zweijährigen Mädchen nun allein auf der Welt und mußte zusehen, daß sie ihre Tochter Angie und sich durchbrachte.

Nachdem die erste Trauer vorbei war und das Leben sie wiederhatte, erinnerte sich Claire an ihren Beruf, den sie vor der Ehe ausgeübt hatte. Sie arbeitete damals als Justizangestellte, und sie hoffte, diese Tätigkeit wieder aufnehmen zu können.

Leider fand sich für sie kein Platz. Man machte ihr aber den Vorschlag, sozusagen in den Außendienst zu treten. Im Untersuchungsgefängnis von Scotland Yard war gerade eine Stelle freigeworden, die neu besetzt werden mußte.

Claire Dickson bewarb sich. Und mit dem ihr angeborenen Ehrgeiz schaffte sie es tatsächlich, innerhalb von fünf Jahren die Leiter nach oben zu klettern.

Claire Dickson wurde Chefaufseherin im Untersuchungsgefängnis. Ihr unterstanden zwei weibliche Kräfte.

Sie verdiente gut und kam auch mit den Gefangenen einigermaßen zurecht. Nur bei diesen beiden Frauen, die man zusammen in eine Zelle gesteckt hatte, war alles anders.

Die eine hieß Viola Mandini, saß schon seit dem vergangenen Jahr und wartete auf den Prozeß. Sie war ein wenig der Brigitte-Bardot-Typ, nur mit roten Haaren.

Die andere, Barbara Scott, sollte eine gefährliche Terroristin gewesen sein. Und das glaubte Claire Dickson sogar, denn sie hatte noch nie in ihrem Leben eine Frau gesehen, die solch gnadenlose Augen hatte. Unter ihrem haßerfüllten Blick konnte man frösteln. Claire war es auch verboten, die Zelle zu betreten, das Essen wurde durch eine Klappe in der Tür gereicht. Oft rührten es beide Frauen nicht an.

Und jetzt sollte noch eine dritte Person in die Zelle gelegt werden.

Claire Dickson, die im Keller einen kleinen Raum mit Schreibtisch, Telefon und einem schmalen Aktenschrank besaß, hatte die Unterlagen der Neuen gerade vor sich liegen, als diese gebracht wurde. Zwei von Claires Kolleginnen begleiteten sie.

Jane und Claire musterten sich.

Die hat nicht solche Augen, dachte die Aufseherin und deutete auf einen Stuhl.

»Danke«, sagte Jane und nahm Platz.

Die beiden Frauen, die sie hergebracht hatten, verließen das Büro und warteten draußen.

Jane hatte keine Sträflingskleidung anzuziehen brauchen. Als Untersuchungshäftling durfte sie ihre normalen Sachen tragen. Sie war ja noch nicht verurteilt.

Claire blätterte die noch dünne Akte der Frau auf. »Sie heißen Jane Mandell, sind fünfundzwanzig Jahre und stehen in dem Verdacht, Ihren Freund vergiftet zu haben. Stimmt das?«

Jane spielte jetzt. Sie verzog die Lippen und spürte dabei die Plastikstücke im Mund. Der Maskenbildner hatte sich wirklich Mühe gegeben. Jane hätte sich selbst nicht erkannt. Ihr Gesicht hatte man mit Spritzen und Plastik unkenntlich gemacht. Sie trug eine schwarze Perücke. Die Augenbrauen waren dunkel gefärbt. Jane sah älter aus und auch verruchter, denn der Akte nach war sie eine Soho-Dirne gewesen, die sich an ihrem Zuhälter gerächt hatte.

»Ich kann mich an nichts erinnern«, antwortete sie auf die Frage.

Claire hob den Kopf. Sie hatte ein etwas rundliches Gesicht, doch durch das nach hinten gekämmte dunkle Haar wirkte es ein wenig streng. »Ich bin nicht Ihre Richterin, aber ich hatte nur eben die Frage gestellt. Sie sind bei uns als Untersuchungshäftling und...«

»Was heißt hier Häftling, du Tante? Ich werde bald frei sein, und dann könnt ihr mich alle mal.«

Claire nickte ergeben. Diese Töne waren ihr nicht neu. »Es ist klar, Sie sind unschuldig, aber lassen Sie mich ausreden.«

»Na los.«

»Sie haben als Untersuchungshäftling natürlich mehr Rechte als ein verurteilter Gefangener. Das heißt, Sie können sich Ihr eigenes Essen bestellen. Sie können Zeitungen lesen, dürfen rauchen, Radio hören, Sie dürfen...«

»Kann ich auch Kunden empfangen?«

»Das leider nicht.«

»Shit.«

Claire Dickson ließ sich nicht beirren. »Leider haben wir keine Einzelzelle frei, weil hier umgebaut wird. Sie müssen sich den Raum schon mit zwei anderen Frauen teilen.«

»Ehrlich?«

»Ja.«

»Solch ein chickenshit.« Jane verzog die Lippen. Sie spielte ihre Rolle wirklich hervorragend. »Da freut man sich auf die Ruhe, und schon habe ich zwei andere Kneifzangen in der Nähe. Wie heißen die beiden denn, und was haben sie verbrochen?«

»Das werden sie Ihnen selbst sagen.« Claire Dickson stand auf. »Ich bringe Sie jetzt in die Zelle.«

»Und wie lange muß ich da schmoren?«

»Das hängt davon ab, wann und wie schnell Ihr Fall bearbeitet wird«, erwiderte die Aufseherin.

»Und das kann lange dauern.«

»Ich weiß es nicht. Bitte kommen Sie jetzt mit.« Claire hatte die Höflichkeit im Laufe der Jahre nie abgelegt.

Vor der Tür warteten ihre Kolleginnen. Ihre Gesichter waren ausdruckslos, als die beiden Frauen Jane Collins, alias Mandell, in die Mitte nahmen.

Claire ging voran. Sie trug auch die Schlüssel. Es war nicht ruhig. Man hörte, daß gebaut wurde. Eine Säge kreischte, Hammerschläge dröhnten gegen die Wände, und in der Luft lag ein nie abreißender Staubschleier, der sich überall festsetzte.

Sie gelangten in den schmalen Gang, wo sich die Zelle mit den beiden Frauen befand.

Claire Dickson schloß auf und ließ Jane Collins den Vortritt in die Zelle.

Die beiden anderen Frauen ließen ihre Zeitungen sinken, als sie die Neue sahen.

Jane war an der Schwelle stehengeblieben. Sie spürte den

sanften Druck einer drängenden Hand im Rücken und ging zwei Schritte in die Zelle hinein.

Hinter ihr wurde die Tür zugeschlagen.

Claire Dickson runzelte die Stirn und schüttelte dabei den Kopf.

»Was ist?« fragte eine der Aufseherinnen. Sie hatte strenge Gesichtsfalten und machte einen leidenden Eindruck.

»Ich weiß nicht so recht. Drei Frauen zusammen in einer Zelle. Ob das gutgeht?«

»Ist doch nicht dein Bier.«

»Das stimmt. Aber ich bin dafür verantwortlich, daß alles glatt verläuft.«

»Das ist von oben angeordnet worden.« Die drei Frauen gingen inzwischen wieder den Gang hinab.

»Schon, nur die Kleinen hängt man.«

»Da sagst du was.«

Die zweite Aufseherin mischte sich ein. »Ich bin auf jeden Fall froh, wenn dieser Umbau vorbei ist.«

Die anderen stimmten zu.

Claire Dickson ging wieder zurück in ihr Büro. Sie hatte noch einigen Papierkram zu erledigen. Die Frau schloß Janes Akte und schaute auf das Bild, das ihre siebenjährige Tochter zeigte. Es war eine Strandaufnahme vom letzten Sommer. Claire fuhr immer mit Angie in Urlaub. Sie hing an der Kleinen. Angie war ihr einziger Halt.

Da klingelte das Telefon. Die Aufseherin hob ab und meldete sich. Zuerst hörte sie nichts, dann eine dünne, weinerliche Stimme. »Mummy, bist du's?«

Claire Dickson vereiste.

Das war Angie, die da gesprochen hatte. »Angie!« rief sie. »Was ist geschehen?« Sie zitterte plötzlich.

Jemand antwortete. Aber nicht Angie, sondern eine harte Männerstimme. »Wir haben dein Kind! Wenn du es lebend wiedersehen willst, komm nach Feierabend sofort in deine Wohnung...«

Bevor die Frau noch richtig begriff, hatte der andere aufgelegt. Seine letzten Worte jedoch brannten in Claire Dicksons Hirn...

Der Tisch war niedrig. Er reichte einem normal gewachsenen Menschen kaum bis zu den Schienbeinen. Dafür stand er aber in der Mitte des großen Raumes auf einem breiten Podest, zu dem von allen vier Seiten zwei Stufen hochführten.

An einer Längsseite des Tisches stand ein Sessel. Er war so gearbeitet, daß er fast wie ein Liegestuhl wirkte, nur war seine Rückenlehne höher gezogen. Das Sitzteil allerdings wirkte wie eine große Schale. Der Sessel bestand aus grünem Leder, das drehbare Untergestell war aus Holz gefertigt.

Im Sessel hockte ein Mann.

Dr. Tod!

Und er starrte vor sich auf den Tisch mit der dünnen, bläulich schimmernden Steinplatte, in die seltsame Zeichen geritzt waren. Ein Symbol fand sich immer wieder.

Asmodinas Kopf!

Denn sie hütete diesen Raum, in dem der Tisch stand. Alles gehörte zu ihrem Reich.

Eine Atmosphäre der Angst und des Grauens herrschte hier. Die Luft stand nie ruhig. Man konnte das Gefühl haben, als wäre sie sichtbar, und manchmal hörte der einsame Mann vor dem Tisch auch ein leichtes Raunen oder Kichern.

Er kümmerte sich nicht darum, weil er voll mit seiner Aufgabe beschäftigt war.

Er wollte das Elixier des Satans herstellen – den Todestrank!

Alles stand bereit. Ein kleiner Kocher, Kolben, Gläser und Flaschen, deren Inhalte aus seltsamen Ingredienzien bestanden. Das waren Zutaten, die es auf der Erde nicht gab.

Mehl aus Dämonenknochen, Hexenspeichel, Schuppen von Monstern und der Saft seltener Pflanzen.

All dies befand sich in einem Kolben, der über dem Feuer kochte. Die dicke, sirupartige Flüssigkeit brodelte, wallte, dampfte und spuckte. Dr. Tod hatte sich vorgebeugt und beobachtete aus weit aufgerissenen Augen das Gebräu.

Er dachte daran, wie schwer es ihm gefallen war, Asmodina das Rezept zu entlocken. Sie wollte das Geheimnis des Todestranks für sich behalten, doch Solo Morasso hatte sie in einem langen Gespräch davon überzeugt, daß er das Rezept brauchte und den

Trank herstellen mußte, denn nur mit ihm konnte er seinen Plan ausführen.

Lady X mußte freikommen!

Sie hatten sich schließlich auf einen Kompromiß geeinigt. Asmodina hatte die Zutaten selbst gemixt und sie dann Solo Morasso überlassen. Das ärgerte ihn, denn er wußte nun nicht, in welchem Verhältnis die Zutaten zusammengemischt wurden.

Aber er brauchte den Trank. Und er hatte auch schon einen Plan gefaßt. Er wollte ein wenig davon nehmen und ihn Mr. Mondo, dem verbrecherischen Wissenschaftler, zur Analyse geben.

Doch erst einmal mußte er gekocht werden.

Die Flamme des Brenners schimmerte bläulich. Sie flackerte nicht. Kein Windzug strich durch diesen Raum. Es war nur das leichte Raunen und Säuseln zu hören. Ansonsten war es vollkommen still. Trotz aller Brutalität war Dr. Tod auch ein wenig verspielt. Er hatte sich der Bedeutung der Stunde entsprechend angezogen, trug eine beigebraune Kutte, die ihm bis zu den Knöcheln reichte, und hatte sich die Kapuze über seinen Schädel gestreift.

Es zuckte ihm in den Fingern, den Trank vom Feuer zu nehmen, aber er beherrschte sich.

Noch mußte er warten.

Wenn die ersten Schwaden aufquollen, am oberen Ende des Gefäßes kondensierten und dann durch die Kühlschlange, die sich an die Öffnung anschloß, liefen, um in einer Schale als fast klare Flüssigkeit aufgefangen zu werden, dann erst war alles okay.

Dr. Tod sah genau hin.

Da, die ersten Schwaden! Sie bildeten sich dicht über der Oberfläche der Flüssigkeit und stiegen träge in die Höhe, wo die Hitze nicht mehr hinreichte und es kälter war.

Langsam krochen sie durch das Rohr in die Kühlschlange hinein. Dort kondensierten sie und wurden zu einer gelblich schimmernden Flüssigkeit, die einen leichten Grünstich hatte. Als Tropfen rannen sie den Weg über die schräge Ebene nach unten und wurden von der rötlich braunen Tonschale aufgefangen.

Das Elixier des Satans war fertig. Solo Morasso hatte es geschafft. Er lachte böse, und in seine Augen trat ein unheilvoller Glanz.

»Barbara Scott«, flüsterte er heiser, »der erste Schritt zu deiner Befreiung ist getan...«

Jetzt brauchte er nur noch zu warten, bis sich die Schale gefüllt hatte, denn Dr. Tod wollte jeden Tropfen. Er bewegte sich zur Seite und blieb genau dort stehen, wo sich die Schale befand. Dann ging er in die Knie, so daß sich die tönerne Schale für den Todestrank genau in Augenhöhe befand.

Tropfen für Tropfen lief die helle Flüssigkeit mit dem leichten Grünschimmer in das Gefäß. Der Boden war schon bedeckt, und es dauerte Dr. Tod immer noch zu lange, bis das Destillat langsam die Schale füllte.

Dieser Trank war etwas Besonderes. Wenn es ihm tatsächlich gelingen sollte, einige Proben beiseite zu schaffen und sie dann zu analysieren, dürfte es Mondo nicht schwerfallen, den Trank nachzubrauen.

Ein Reagenzglas hatte er sich bereits eingesteckt. Es befand sich nicht in seinem Gewand, sondern in der Jacke darunter. Wie ein Dieb schaute sich Dr. Tod um, bevor er das schmale Glasröhrchen hervorholte und es unter die Öffnung des Kühlkolbens hielt.

Ein paar Tropfen reichten.

Er mußte sich gewaltsam zusammenreißen, denn seine Hände wollten anfangen zu zittern. So etwas passierte ihm selten, und in letzter Zeit schon gar nicht, aber es zeigte ihm, daß er doch noch mehr Mensch war als Dämon. Obwohl ein Mensch ohne positive Gefühle.

Als das Röhrchen ein Drittel gefüllt war, nickte Solo Morasso zufrieden. Den Gummistopfen hielt er schon parat. Mit dem Daumen drückte er ihn auf die Öffnung.

Jetzt konnte nichts mehr schiefgehen. Gelassen wartete Dr. Tod, bis sich die Schale gefüllt hatte. Er ließ sich dabei sogar wieder in den Sessel fallen.

In dem großen Kolben war jetzt alles verdampft. Ein paar letzte Tropfen rannen noch in die Auffangschale, dann war es vorbei.

Das Elixier des Satans befand sich in der Tonschale. Eine sagenhafte, fantastische Vorstellung, dachte Dr. Tod. Er hatte es geschafft, diesen Trank herzustellen, und nun mußte er seine Kraft beweisen.

Dr. Tod beugte sich vor, umfaßte die Schale mit beiden Händen und streckte die Arme der Decke entgegen.

Handwarm war dieser Todestrank. Er sah den dünnen Schleier über der Oberfläche und spürte, wie es in der Schale noch leicht brodelte.

Ja, das Elixier des Satans. Er hatte es. Und er würde es einsetzen, um Lady X zu befreien...

Claire Dickson konnte sich nicht mehr auf ihre Arbeit konzentrieren. Der Anruf hatte sie völlig aus der Bahn geworfen. Sie las in den Akten, sah die Sätze und Buchstaben zwar, doch sie begriff ihren Sinn nicht mehr.

Ihre Gedanken kreisten um Angie.

Hin und wieder zuckte ihre Hand zum Telefonhörer, aber sie traute sich einfach nicht, bei sich zu Hause anzurufen. Wenn die Verbrecher wirklich da waren und Angie...

Nein, nur nicht weiterdenken. »Sie können ihr doch nichts tun«, hauchte sie. »Angie ist doch noch ein Kind...« Das redete sie sich so lange ein, bis sie selbst daran glaubte. »Es war ein Scherz. Ein billiger, grausamer Scherz.«

Aber war es das wirklich?

Ein erneuter Anruf riß sie aus ihren Gedanken. »Ja?« meldete sich Claire hastig.

Es war nur eine Kollegin, die eine Information wollte. Die Zeit schien überhaupt nicht herumzugehen.

Endlich war Feierabend. Selten hatte die Frau so pünktlich Schluß gemacht. Sie floh fast aus dem Yard-Gebäude.

Ihr kleiner grüner Renault, den sie Laubfrosch getauft hatte, stand nicht weit von der Ausfahrt entfernt. Die Polizei hatte sie nicht eingeschaltet, obwohl sie nur hätte ein paar Schritte zu laufen brauchen. Wenn das Ganze ein Bluff oder Kinderscherz gewesen war, hätte sie sich lächerlich gemacht. Und das wollte sie auf keinen Fall.

Es war für sie eine Quälerei, sich durch den Londoner Berufsverkehr zu schlängeln. Oft kam sie nur schrittweise voran. Da sie auf die andere Seite der Themse mußte, geriet sie an der Westminster Bridge in einen Stau.

Warten.

Claire rauchte selten, aber jetzt zündete sie sich eine Zigarette an. Sie blies den Rauch gegen die Scheibe, wo das Gebläse ihn zerriß.

Claire Dickson wohnte in der Nähe des Waterloo-Bahnhofs, in einem sechsstöckigen Haus aus den 50er Jahren. Sie war nach dem Tod ihres Mannes und ihrer Eltern dort eingezogen. Die Wohnung entsprach zwar nicht den allermodernsten Gesichtspunkten, aber es war ein Bad vorhanden und auch eine Toilette.

Endlich fuhr sie in die Straße. Zum Glück fand sie einen Parkplatz. Neben dem Haus wurde ein Kino abgerissen. Jemand wollte dort eine Spielhalle nebst Sex-Shop eröffnen. Die Arbeiter der Abruchfirma hatten bereits Feierabend gemacht.

Hinter den eingerissenen Mauern gähnte düster der ehemalige Kinoraum. Claire Dickson schloß die Haustür auf und hastete die Treppe zum ersten Stock hoch. Das Treppenhaus war ziemlich geräumig. Eine Mieterin aus dem letzten Stockwerk kam ihr entgegen und wunderte sich, daß Claire ohne Gruß an ihr vorbeilief.

Mit zitternden Fingern schloß sie die Wohnungstür auf. Nach dem ersten Schritt schon fiel ihr der seltsame Geruch auf, der in ihrer Wohnung herrschte.

Irgendwie faul, muffig...

Ihr Herz schlug schneller. Und plötzlich wußte Claire, daß der Anruf kein Bluff gewesen war. Bestätigt wurde dieses Wissen, als die Tür zum Wohnzimmer aufgestoßen wurde und ein Fremder die schmale Diele betrat.

Claire schrie auf.

Sie hatte den Mann noch nie gesehen, aber er flößte ihr Furcht ein. Schwarzblaues Haar, ein kantiges Gesicht, eiskalte Augen, strichdünne, brutal verzogene Lippen und eine Stimme, in der kein Gefühl beim Sprechen mitschwang.

»Claire Dickson?«

Die Frau nickte nur.

»Kommen Sie mit!« Der Mann deutete auf die Badezimmertür. Ein Zeichen, daß Claire vorgehen sollte.

Sie tat es. Und sie merkte, wie sehr ihre Knie zitterten. Eine ungeheure Angst hielt sie plötzlich umklammert. Vor ihren Augen drehte sich alles, das Grauen saß einfach zu tief.

Vor der weiß lackierten Tür blieb sie stehen. Sie traute sich nicht, sie zu öffnen.

Sie spürte die Anwesenheit des Fremden, dessen Namen sie nicht wußte.

»Öffnen!« befahl er.

»Was... was haben Sie mit meinem Kind gemacht?« Claire raffte all ihren Mut zusammen.

»Öffnen!« Als dritte Aufforderung erhielt sie einen Stoß in den Rücken. Sie stolperte auf die Tür zu.

Da drückte Claire die Klinke nach unten, stieß die Tür auf, und im nächsten Augenblick weiteten sich ihre Augen vor namenlosem Entsetzen.

»Angie!«

Das war kein Ruf mehr, sondern ein verzweifelter Schrei. Die Siebenjährige trug noch immer die gleichen Cordjeans wie am Morgen und hatte auch ihren roten Pullover an. Beide Kleidungsstücke hoben sich sehr deutlich vom den gelb schimmernden Fliesen ab, auf denen das Mädchen bewegungslos lag.

Und vor ihr stand eine unheimliche Gestalt mit nur einem Arm. Sie hielt ein langes Schwert in der Hand. Die Spitze wies auf Angies Brust.

Es war Tokata. Dr. Tod hatte ihn mitgebracht.

Noch nie in ihrem Leben hatte Claire Dickson eine solch grauenhafte Gestalt gesehen. Dies monsterartige Wesen stellte für Claire Dickson das absolut Böse dar, das Grauenhafte, den reinen Horror. Das war kein Mensch mehr, der sie da durch die Maske anstarrte, das war...

Plötzlich schwankte die Gestalt vor Claires Augen. Dabei war sie es, die nicht mehr konnte. Sie schaffte es einfach nicht, sich auf den Beinen zu halten, und hätte Solo Morasso sie nicht abgestützt, wäre sie gefallen.

Dr. Tod ließ ihr einige Minuten Zeit, um den grauenhaften

Eindruck zu verkraften. Dann zischte er: »Reißen Sie sich zusammen!«

Claire nickte. Leichenblaß war ihr Gesicht. Sie konnte einfach nicht mehr hinschauen. Sie sah aber ihr Kind, über dem die Spitze des Schwerts schwebte.

»Was... was habt ihr mit Angie gemacht?« flüsterte sie mit tonloser Stimme.

»Noch nichts!« erwiderte Dr. Tod kalt.

»Ist... ist sie nicht...«

»Nein, sie lebt!«

Claire fiel ein Stein vom Herzen. Angie lebte. Man hatte sie nicht umgebracht. Die nächsten Worte allerdings zerstörten grausam ihre Hoffnungen.

Dr Tod sagte: »Es liegt an Ihnen, Mrs. Dickson, ob Ihre Tochter auch weiterhin am Leben bleibt.«

Claire nickte automatisch.

»Haben Sie mich überhaupt verstanden?«

»Ja.« Sie schluckte. »Aber was soll ich tun? Ich... ich habe kein Geld. Wirklich nicht. Sie können das nehmen, was ich besitze, aber bitte, lassen Sie mir Angie!«

»Geld interessiert uns nicht!«

Dann wollten die etwas anderes. Aber was? Claire wagte nicht, danach zu fragen. Es war auch nicht nötig. Dr. Tod rückte von allein mit der Sprache heraus.

»Sie arbeiten doch im Untersuchungsgefängnis von Scotland Yard? Oder irre ich mich da?«

»Nein.«

»Deshalb werden Sie uns einen Gefallen tun. Das heißt...«

»Aber ich bin nur ein kleines Licht«, rief die Frau verzweifelt aus.

»Das lassen Sie unsere Sorge sein. Für meine Pläne sind Sie genau richtig.«

»Ja, Sir.« Claire nickte, wobei sie keinen Blick von ihrer kleinen Tochter ließ.

Wie tot lag das Kind am Boden. Aber es atmete, und das war für Claire wichtig.

»Was... was wollen Sie denn?«

Dr. Tod lachte. »Das möchte ich nicht gern hier im Bad besprechen. Und denken Sie immer daran. Einer wird jedesmal auf Angie achtgeben, Mrs. Dickson.«

»Ich habe verstanden«, hauchte die Frau.

»Wunderbar. Dann kommen Sie mit ins Wohnzimmer. Dort sitzt es sich gemütlicher, und ich kann Ihnen meinen Plan in aller Gemütsruhe erläutern.«

Claire Dickson warf noch einen letzten Blick auf ihre Tochter, bevor sie sich umdrehte und das Bad verließ.

Dr. Tod aber lächelte. Diese Frau hatte er soweit. Sie würde keine Schwierigkeiten machen, dafür hing sie zu sehr an ihrer kleinen Tochter. Mit gesenktem Kopf schritt Claire Dickson vor dem Mensch-Dämon her. Sie war in den letzten Minuten um Jahre gealtert.

»Eine Neue, sieh an«, sagte Viola Mandini und schwang ihren Oberkörper hoch. Die Rothaarige hatte auf dem Bett gelegen. Jetzt schaute sie Jane aus ihren Katzenaugen forschend an.

»He«, grüßte Jane, nahm ihre Tasche und warf sie auf das dritte freie Bett. »Auf eine fröhliche Feier.«

Die Mandini lachte nur. Sie hat sich nicht verändert, stellte Jane Collins fest.

Noch immer trug sie ihre Überheblickeit zur Schau. Die aufgeworfenen Lippen, die grünen Katzenaugen, die geschmeidige Figur und das Gesicht mit den hochstehenden Wangen machten aus ihr den Typ Vamp, auf den viele Männer anspringen. Mit gekonntem Hüftschwung schlenderte sie auf Jane zu. »Über eins mußt du dir im klaren sein, Süße, den Ton hier geben Babs und ich an.«

»Meinetwegen.«

Die Mandini nickte zufrieden. »Wer bist du eigentlich?«

»Das behalte ich für mich.«

»Ich würde es dir nicht raten, Kleines. Wir können dir hier das Leben zur Hölle machen, und das meine ich ernst.«

Jane winkte ab. »Okay, sei doch nicht gleich eingeschnappt. Ich heiße Jane Mandell, bin auf den Strich gegangen und habe mich von meinem Zuhälter verprügeln lassen. Als ich es leid war, habe ich ihn vergiftet. Alles klar?«

»Sicher.« Jetzt stellte sich Viola Mandini vor.

Jane ließ sich auf das Bett fallen. Sie beobachtete, daß sich Viola umdrehte und zu Lady X ging. »Was hältst du von ihr, Babs?«

Erst jetzt zeigte die Scott so etwas wie Interesse. Sie sah Jane an. Der Blick brannte auf dem Körper der Detektivin. Jane fühlte sich unbehaglich. Wenn Viola Mandini schon gefährlich war, so war sie aber harmlos im Gegensatz zu Lady X.

»Die gefällt mir nicht!« Mehr sagte Lady X nicht. Nur vier Worte, danach schwieg sie wieder.

Jane Collins beschloß, auf der Hut zu sein. Sie ließ sich jedoch nichts anmerken, sondern spielte weiterhin die rüde Dirne aus Soho. »Ihr könnt mich alle mal kreuzweise.«

Die Katzenaugen der Mandini zogen sich zusammen. »Nimm dein Maul nur nicht zu voll, Süße, sonst wird es dir gestopft.«

»Wo willst du denn die vielen Leute hernehmen, die das schaffen?« grinste Jane spöttisch.

»Das besorge ich dir.«

»Besorge mir lieber 'nen Kerl, der zahlt.«

Viola lachte. »Deinen Job kannst du vergessen. Bis sie dich rauslassen, bist du alt und grau.«

»Warum soll es mir besser ergehen als dir?«

»Woher weißt du, was ich verbrochen habe?« Die Stimme der Mandini troff vor Mißtrauen.

»Ich weiß es nicht, kann es mir aber vorstellen. Was hast du denn angestellt?«

»Das gleiche wie du.«

»Auch gekillt, nicht?« Jane lachte. »Dann sind wir ja Schwestern und können direkt ins Altersheim gehen, wenn sie uns rauslassen. Und die da drüben? Die Schwarze mit dem Pflaster? Hat man sie verprügelt?«

»Nein. Bar...«

Plötzlich sprang Lady X auf. »Du sollst dein Maul halten, Viola. Ich habe dir doch gesagt, daß ich sie nicht mag, verdammt.«

»Ist ja schon gut«, sagte Jane. »Ihr habt mich ja schließlich auch ausgequetscht.«

»Das ist etwas anderes«, machte ihr die Mandini klar. »Du bist schließlich die Neue.«

»Deshalb küsse ich euch noch lange nicht die Füße.«

»Deine große Klappe wird dir noch vergehen.« Viola ging an ihr Bett und zündete sich eine Zigarette an. Sie setzte sich hin, rauchte und betrachtete Jane nachdenklich.

Etwa eine Minute ließ die Detektivin sich das gefallen. Dann fragte sie: »Ist was?«

»Ich weiß nicht so recht«, murmelte die Rothaarige, »aber irgendwie gefällst du mir nicht.«

»Ich bin auch nicht lesbisch.«

»Das meine ich nicht. Ich habe das Gefühl, daß wir uns schon irgendwo begegnet sind.«

In Janes Hirn schrillten die Alarmglocken. War die Tarnung doch nicht so perfekt? Sie überspielte ihre Nervosität. »Bestimmt haben wir uns schon gesehen. Du siehst mir ganz so aus, als hättest du dein Geld auch im Bett verdient.«

Das war zuviel. Viola Mandini bekam einen roten Kopf. Ihr Gesicht verzerrte sich. »Noch eine dumme Antwort, und du kannst was erleben, Jane Mandell.«

»Dann frage mich auch nicht.«

»Nein, rede ruhig weiter«, sagte Lady X. Sie hatte sich auf die Seite gedreht, den Arm angewinkelt und ihren Kopf in die Handfläche gestützt. »Es interessiert mich. Vielleicht hat man sogar versucht, uns ein Kuckucksei ins Nest zu legen.«

Viola schaute Lady X an. »Du meinst, sie wäre ein...«

»Ja, das meine ich. Ein kleiner Spitzel.«

Jane Collins verzog erst die Lippen, schlug sich dann auf die Schenkel und lachte laut auf. »Ich soll für die Bullen arbeiten? Das gibt es nicht, ehrlich. Was sollte ich denn aus euch herauskriegen, wenn schon alles klar ist?«

Auf die letzte Frage erhielt sie keine Antwort, dafür sagte Lady X: »Eine Nutte bist du auch nicht.«

Jane legte den Kopf schief. »Und woher willst du das wissen?«

»Weil Nutten anders sind als du. Schau dir allein deine Kleidung an. Der karierte Rock, das ist doch kein Hurengewand! Nein, Süße, du bist eine verdammte Laus.«

»Ach, leckt mich doch...«

»Auch mit diesen Sprüchen kannst du uns nicht überzeugen«, zischte die Scott, »du nicht. Oder was meinst du, Viola?«

Die Rothaarige hob die Schultern. »Wenn du mich schon so direkt fragst, ich kann da nicht viel sagen. Aber komisch kommt mir diese Mandell auch vor.«

»Das ist sicherlich nicht ihr richtiger Name.« Lady X stand auf. »Ich wäre dafür, daß wir einen Versuch starten.«

»Wie meinst du das?«

Die Scott schaute Viola an. »Wir könnten zum Beispiel testen, ob ihre schönen schwarzen Haare echt sind. Wenn ja, entschuldigen wir uns sogar.« Sie lachte höhnisch.

Jane Collins wußte längst, daß es jetzt gefährlich wurde. Daß sie ungeheuer aufpassen mußte. Diese Lady X war von ihr unterschätzt worden. Sie zeigte eine ungeheure Raffinesse.

Auch Jane stand jetzt. »Seid ihr eigentlich verrückt?« fragte sie. »Ihr habt doch einen Riß im Hirn, eine Laufmasche in der Pupille. Laßt mich in Frieden!«

Lady X blieb stehen. »Hast du Angst?«

»Nein.«

»Warum dann das große Maul? Es passiert dir ja nichts. Wir wollen nur an deinen Haaren zupfen. Wenn du echt bist, hast du nichts zu befürchten. Wenn nicht, dann...«

»Ich lasse diesen Kinderkram nicht mit mir machen!« erklärte die Detektivin fest.

»Also doch eine falsche«, sagte Viola Mandini.

»Halte du dich raus!«

Lady X war stehengeblieben. »Jane«, murmelte sie. »Ich kenne einige Frauen mit dem Namen Jane. Und eine hasse ich besonders. Sie heißt Jane Collins. Schon mal gehört den Namen?«

»Nie!«

»Die habe ich mir sehr gut angesehen, denn sie gehört zu meinen Freunden, und auch Viola kennt sie. Sie hat sie damals in der Geisterbahn erlebt. Schau sie dir an, Viola. Meinst du, diese kleine Schlampe könnte die Collins sein?«

Viola wiegte den Kopf. »Ich weiß nicht so recht. In der Geisterbahn war es zu düster, aber bekannt kommt sie mir vor, das habe ich auch gesagt.«

»Na bitte, was wollen wir mehr. Okay, kleine Viola, sieh doch mal nach!«

»Klar.«

Die Rothaarige näherte sich Jane Collins von der Seite. Jane wußte, daß ihre Tarnung geplatzt war, wenn es den beiden Weibern gelang, ihr die Perücke vom Kopf zu reißen. Sie hatte Viola Mandini und Lady X unterschätzt, denen steckte das Mißtrauen bis in beide Fußknöchel.

»Hört auf!« sagte Jane zum letzten Mal.

»Nein!« zischte die Scott.

Auch auf dem Gesicht der rothaarigen Viola Mandini las Jane die nackte Feindschaft. Und die Frau von der Geisterbahn wollte es wissen. Sie griff sofort zu.

Damit hatte Jane gerechnet. Ein Schritt brachte sie aus der Reichweite. Dafür stieß sie beide Hände vor, traf Viola an den Schultern und schleuderte sie bis zum Waschbecken zurück, wo sie sich hart die Hüfte stieß.

»Du dreckige Mistbiene!« schrie Viola. »Jetzt kannst du etwas erleben!« Sie stieß sich wieder ab.

Jane warnte noch einmal. »Hör auf, es hat keinen Zweck, ich lasse mich nicht...«

Viola schlug zu. Wie sie die Hand gekrümmt hatte, zeigte, daß sie auch Karate konnte. Aber Jane war ebenfalls kein heuriger Hase. Sie fing den Schlag ab, bekam Violas Arm zu fassen und hebelte ihn herum. Ein klassischer Judogriff, dessen Wirkung Jane noch mit einem leichten Beinschlag verstärkte.

Die Rothaarige krachte zu Boden.

Sekundenlang blieb sie liegen. Ihr Gesicht zeigte einen erstaunten Ausdruck, als könnte sie nicht begreifen, daß Jane sie so lässig besiegt hatte.

»Das lernt man auf dem Strich«, sagte die Detektivin, »wenn man sich gegen irgendwelche Freier verteidigen muß.«

»Oder auf der Polizeischule!« unterbrach Lady X die Detektivin kalt. »Nicht wahr?«

Während Viola kopfschüttelnd auf die Beine kam und sich den Arm hielt, lächelte Lady X nur spöttisch.

Und dann schlug sie zu.

Jane Collins hatte sich von dem heimtückischen Lächeln täuschen lassen. Viel zu spät zuckte sie zurück. Die Faust traf sie genau über dem Rockgürtel. Diesen Schlag konnte sie nicht mehr parieren. Jane flog zurück, fiel zum Glück auf ihr Bett und bekam plötzlich keine Luft mehr.

Die Scott rieb sich die Knöchel. »Dir werde ich es zeigen, du kleine Schnüfflerin«, sagte sie kalt und wandte sich an die Mandini. »Da, schau sie dir an. So macht man das. Nicht wie du, das ist Anfängerarbeit, meine Liebe.« Lady X war keine normale Frau. Sie hatte eine harte Ausbildung in den geheimen Wüstencamps der Terroristen hinter sich, sie kannte alle Tricks und Kniffe, und vor allen Dingen das unfaire Kämpfen war ihr beigebracht worden.

»Jetzt werden wir mal sehen, wen wir vor uns haben«, sagte die Scott träge. »Ihr Haar ist einfach zu schön, um echt sein zu können.« Sie ging zum Bett und blieb dicht davor stehen.

Jane hatte noch immer mit den Nachwirkungen des Schlages zu kämpfen. Ihre Bauchmuskeln zuckten. Es bereitete ihr Mühe, Luft zu holen. Tränen stiegen in ihre Augen und bildeten dort einen feuchten Film.

»Na?« höhnte die Scott. »Immer noch eine solch große Klappe, kleine Schnüfflerin?«

»Ich... ich bin keine Schnüfflerin.«

»Das werden wir gleich haben, Süße.« Lady X warf Viola einen kalten Blick zu. »Jetzt paß mal auf, Mädchen. Hier kannst du noch was lernen.«

»Mach sie fertig!« keuchte die Mandini. Sie haßte die Neue wegen des Niederschlags.

Lady X beugte sich zu der auf dem Rücken liegenden Jane hinunter. Die Detektivin wollte die Beine anziehen, um sich zu verteidigen, doch nicht einmal dazu war sie fähig.

Übergroß sah sie die Hände der Scott vor ihren Augen. Zwischen den Gelenken schimmerte das Gesicht mit den erbarmungslosen Augen.

Wie die Kralle eines Geiers stieß die Rechte vor und wühlte sich in Janes schwarzes Haar.

Jemand klopfte an die Tür!

Bill Conolly und Suko saßen genau dort, wo der Gang den Knick machte. Einmal führte er zu dem großen unterirdischen EDV-Komplex, auf der anderen Seite in die Richtung der Untersuchungszellen.

Es gab dort einen kleinen Raum, nicht größer als eine Abstellkammer, die zu den Putzkolonnen gehörte, wo die Frauen ihre Utensilien unterbrachten.

Man hatte den Raum kurzerhand leergeräumt und zwei Stühle hineingestellt. Zudem war die Tür ausgewechselt worden. Die neue hatte einen Glaseinsatz. So konnten Bill und Suko immer sehen, wer das Yard-Building betrat.

Ausgerüstet waren die beiden nicht nur mit ihren Spezialwaffen – sie trugen die mit Silberkugeln geladenen Berettas und Suko dazu noch die Dämonenpeitsche –, sondern auch Walkietalkies, über die sie sich jederzeit mit Sir James Powell in Verbindung setzen konnten, wenn etwas Außergewöhnliches geschah.

Bis jetzt hatte sich nichts getan. Beide dachten natürlich an Jane und auch an John Sinclair.

Es war inzwischen die Nachricht eingetroffen, daß sich John auf dem Flug nach London befand, was beide sehr begrüßten. Sie hofften nur, daß er noch zeitig genug da war, bevor die anderen zuschlugen. Daß Dr. Tod etwas im Schilde führte, daran bestand kein Zweifel. Es war nur die Frage, wie er es anstellen wollte.

»Wahrscheinlich wird er in der Nacht angreifen«, sagte Bill und starrte durch die Scheibe auf den Flur, wo zwei Männer der EDV in weißen Kitteln herumliefen.

»Schätze ich auch«, meinte Suko.

»Die Frage ist nur, ob er es mit Gewalt versuchen wird«, murmelte Bill.

»Wie sonst?«

»Durch einen Trick.«

Suko stand auf und reckte sich. Ihm gefiel es nicht besonders in der engen Kammer. »Nein, Dr. Tod ist kein Mensch, der zu Tricks greift. Der geht immer den direkten Weg der Zerstörung und Gewalt. Das kennen wir doch langsam.«

»Meinst du, er käme nicht durch?«

Bill Conolly nickte. »Genau. Wir sind zu gut bewacht. Das Yard Building ist eine Festung.«

»Und wenn er den Nebel schickt?«

Da sagte Bill nichts mehr. Er wußte, wozu Dämonen fähig waren. Erst vor kurzem hatten sie es in einer verdammten Illusion geschafft, London in Schutt und Asche zu legen, indem sie die Zeit einfach angehalten hatten.

Mit Schaudern dachte Bill an das Abenteuer, obwohl er kein direkt Beteiligter gewesen war, sondern nur am Rande damit zu tun gehabt hatte. Wie auch Suko und Jane.

Als er an Jane dachte, sagte er: »Hoffentlich packt sie es.«

Suko wußte sofort, wen Bill damit meinte. »Jane ist nicht von gestern. Die wird sich schon durchsetzen.«

»Aber gegen Lady X...«

»Auch sie ist nur ein Mensch.«

Bill lachte auf. »Ein Glück. Wäre sie ein Dämon, dann wäre sie noch schlimmer. So kann man vielleicht ein wenig Hoffnung haben.«

»Willst du sie umkehren?« Suko blickte den Reporter erstaunt an.

»Nee, aber ein paar Gefühle wird sie doch noch haben. Ich kann mir einfach nicht vorstellen, daß ein Mensch, besonders eine Frau, so schlimm sein kann.«

»Kennst du die Frauen?«

»Ja, ja«, grinste Bill. »Die sind manchmal schlimmer als wir. Oh, verflixt.«

»Was ist?« fragte Suko.

»Wenn man vom Teufel spricht, ist er nicht weit.« Bill lachte. »Da kommen sie.«

»Wer?«

Bill brauchte nicht mehr zu antworten. Suko hatte sich umgedreht und Shao als auch Sheila erkannt. Der Reporter stieß bereits die Tür auf und winkte dem Portier zu, daß er die Frauen passieren lassen konnte.

Sir Powell hatte bewußt keine weiteren Wachen aufgestellt. Er wollte die Leute nicht nervös machen. Man wunderte sich sowieso schon, weshalb zwei Zivilisten in der Nähe des Hintereingangs hockten und die anderen Ausgänge bis auf den Haupteingang verschlossen waren. Eine Antwort erhielt niemand.

Sheila trug einen Korb. Sie stellte ihn vor Bill ab und hauchte dem Reporter einen Kuß auf die Lippen.

Shao tat bei Suko das gleiche.

Bill deutete auf den Korb. »Was soll das denn?« fragte er.

»Ganz einfach. Wir haben an euch gedacht. Ihr sitzt hier so einsam, und da wollten wir euch Proviant bringen, das ist alles.«

Bill hatte sich schon gebückt und den Stoff zur Seite geschlagen. »Das sieht ja gut aus«, sagte er, obwohl er noch gar nichts erkennen konnte. Sheila hatte die Sachen ja in Alu-Folie eingepackt.

»Hau nicht so auf den Putz. Laß mich erst einmal auspacken«, sagte sie, nahm den Korb und ging in die kleine Kammer, wo sie ihn auf einen Stuhl stellte.

Hähnchenschenkel, Koteletts, Saft, es war alles da. Sogar Kaffee schwappte in der Warmhaltekanne.

Die beiden Männer freuten sich. Sie hatten wirklich Hunger.

»Na denn«, sagte Bill und biß herzhaft in einen Hähnchenschenkel. »Aber bleiben könnt ihr nicht«, sagte er kauend. »Wenn der Alte das sieht, springt er an die Decke.«

Sheila nickte. »Wir lassen euch die Sachen hier.«

»Und gehen anschließend essen«, vollendete Shao.

»Tut das«, sagte Suko nickend.

»Wenn alles vorbei ist, kannst du den Korb wieder mitbringen.« Sheila sah ihren Mann an. »Worum geht es denn eigentlich?«

Bill schüttelte den Kopf. »Kein Kommentar.«

»Aber es ist gefährlich?« Sheila schmiegte sich an den Reporter.

»Das kann es werden.«

»Dann gib auf dich acht.«

»Mach ich.«

»Und wo ist John?« wollte Shao wissen.

»Noch unterwegs.« Suko gab die Antwort. Trotz des Essens blickte er an Shao vorbei auf den Eingang. Ihn ließ er keine Sekunde aus den Augen. Deshalb fiel ihm auch die Frau auf, die mit seltsam steifen Schritten und bleichem Gesicht das Gebäude betrat und vom Portier nicht aufgehalten worden war. Suko überlegte kurz und erinnerte sich wieder. Das war eine der Aufseherinnen. Sogar die Chefin vom Trakt. Sie trug jetzt Zivil, einen langen, grünen Mantel, und war wenige Sekunden später verschwunden. Suko dachte sich nichts dabei.

Bill Conolly drängte zum Aufbruch. »Tut mir leid, Kinder, aber ihr müßt gehen. Das hier ist keine Kneipe.«

»Ja, ja, wir verschwinden.«

Suko und Bill wurden zum Abschied noch einmal geküßt. Dann gingen die beiden Frauen.

Der Reporter drehte sich um. »Ist doch prima, nicht? Jetzt fehlt uns nur noch ein Bett.«

Suko grinste schief. »Das ist genau richtig für dich, du alter Penner.«

»Was heißt hier Penner? Jeder Mensch braucht seinen Schlaf.«

Das Sprechgerät gab einen Piepton von sich. Suko, der gerade keine fettigen Hände hatte, zog den Apparat aus der Tasche und meldete sich.

Sir James Powells Stimme klang quäkend, als er fragte: »Irgendwelche besonderen Vorkommnisse zu vermelden?«

»Nein, Sir!«

»All right. Bleiben Sie weiterhin wachsam.«

»Natürlich, Sir. Aber haben Sie von irgendwelchen Aktivitäten der Gegenseite gehört?«

»Noch nichts.«

»Und was ist mit John Sinclair?«

»Er landet in fünf Minuten auf dem Airport der Luftwaffe. Ein Wagen steht schon bereit, der ihn abholt und so schnell wie möglich zu uns bringt.«

»Das ist gut.«

Bill hatte mitgehört. »Wenn John da ist, fühle ich mich wohler«, gab er ehrlich zu.

»Ich auch.«

Nicht, daß die beiden Männer eine solch große Angst gehabt hätten, aber sie dachten an den Todesnebel. Wenn Solo Morasso ihn wirklich einsetzte, war kein Kraut gegen ihn gewachsen.

Die beiden Freunde stellten den Korb in die Ecke des kleinen Raumes und tranken Kaffee. Dabei hatten sie sich wieder gesetzt. Bill Conolly merkte, daß Suko über irgend etwas nachdachte.

»Hast du was?« fragte er.

»Ja, ich denke nach.«

»O wie schön.«

»Hör auf. Dafür ist das Thema viel zu ernst. Ich frage mich die ganze Zeit über, ob das Gefängnispersonal Überstunden macht.«

»Du meinst die Wachhabenden im Untersuchungsgefängnis?«

»Genau.«

»Aber wieso?«

Suko trank seine Tasse leer und stellte sie auf die Erde. »Als Shao und Sheila vorhin hier waren, da sah ich eine der Aufseherinnen kommen.«

»Die habe ich auch bemerkt. Das ist Mrs. Dickson. Sie hat hier die Leitung bei den weiblichen Gefangenen.«

»Die ist aber doch schon nach Hause gegangen«, sagte der Chinese.

»Wie? Verstehe ich nicht.«

»Zur normalen Zeit hat sie Schluß gemacht und ist mit den anderen nach Hause gegangen. Jetzt aber kehrte sie zurück. Das ist es, was mich ein wenig stört.«

Bill runzelte die Stirn. »Seltsam, aber in Anbetracht der Notlage muß sie vielleicht Überstunden machen.«

»Möglich, nur nicht sicher.«

»Dann fragen wir doch den alten Pavian«, sagte der Reporter ein wenig respektlos.

Suko nickte.

Bill Conolly holte sein Walkie-talkie hervor und stellte die Verbindung zu Sir Powell her.

Der meldete sich sofort.

»Conolly hier, Sir. Es geht um folgendes...« Der Reporter begann zu berichten. Der Alte hörte aufmerksam zu und sagte zum Schluß. »Ich melde mich gleich wieder, Mr. Conolly. Es ist gut, daß Sie mir das gesagt haben. Ich werde mir den Dienstplan und die Personalakte dieser Frau kommen lassen.«

»Danke.« Bill unterbrach die Verbindung und wandte sich Suko zu. »Er prüft das nach.«

Plötzlich hatte eine gewisse Spannung die Männer ergriffen. Der Vorfall konnte sich natürlich als völlig harmlos herausstellen, doch Bill ging davon aus, daß er lieber einmal mehr fragte als einmal zu wenig.

Sir James meldete sich schnell. »Mr. Conolly! Die Frau hat keinen Dienst. Es gibt deshalb überhaupt keinen Grund für sie, wieder ins Yard Building zu kommen. Sie ist übrigens Witwe und hat eine siebenjährige Tochter.«

Der Reporter stieß einen Pfiff aus. »Da läßt sich unter Umständen einiges zusammenreimen, Sir«, sagte er.

»Meine ich auch. Deshalb habe ich einen Streifenwagen zu ihrer Wohnung geschickt. Wir dürfen jetzt auf keinen Fall irgendeinen Fehler begehen. Sehen Sie nach den Frauen. Ich komme dann selbst zu Ihnen hinunter.«

»Okay, Sir.« Bill schaltete das Gerät aus. Suko stand schon an der Tür.

Wenige Sekunden später eilten die beiden Freunde den langen Gang entlang.

Ihre Herzen klopften plötzlich schneller...

Lady X hielt inne, als sie das Klopfen vernommen hatte. Sie zischte einen Fluch.

»Ausgerechnet jetzt!« flüsterte Viola Mandini. »Was machen wir? Soll ich hingehen?«

»Ja.«

Jane atmete auf. Sie hatte eine kleine Galgenfrist. Sie konnte sich auch wieder aufrichten und sah, daß die Klappe des Gucklochs angehoben worden war. Dann rutschte ein Schlüssel ins Schloß, im nächsten Augenblick ging die Türe auf.

Claire Dickson, die Aufseherin, stand in der Zelle. Hastig schloß sie die Tür und sah die drei Frauen an.

Lady X grinste kalt. Sie winkelte ein Bein an und stemmte lässig ihren Arm in die Hüfte. »Was wollen Sie denn hier?«

Claire konnte noch nicht sofort sprechen, sie mußte sich erst die Kehle freiräuspern. »Ich... ich soll Ihnen etwas bringen.«

»Und was?«

»Hier.« Sie öffnete den Mantel und holte aus der Innentasche eine flache Flasche ohne Etikett. Sie streckte den rechten Arm aus und reichte die Flasche der Scott. »Die hat man mir gegeben. Sie sollen den Inhalt trinken.«

»Wer hat sie Ihnen gegeben?« erkundigte sich Barbara Scott lauernd.

»Ein Mann.«

»Wie hieß er?«

»Ich... ich habe den Namen vergessen. Er klang italienisch.«

»Vielleicht Morasso?«

»Ja.« Claire nickte heftig. »So lautete er.«

Die Scott lachte. »Das ist schon in Ordnung.« Dann blickte sie die Aufseherin an. »Und jetzt gehen Sie. Zu keinem ein Wort. Haben Sie verstanden?«

»Ja.« Claire zögerte noch.

»Was ist denn?«

»Sagen Sie...«, sie schluckte. »Sagen Sie ihm, daß ich meine Tochter lebend wiederhaben möchte. Bitte...«

»Ach, was geht mich Ihr Balg an. Verschwinden Sie lieber.«

Wieder einmal war Jane Collins von der Gefühlskälte dieser Frau geschockt. So konnte wirklich nur ein Mensch sprechen, der kein Herz besaß. Aber die Detektivin sah jetzt klarer. Dr. Tod versuchte also doch, Lady X zu befreien. Nur – was war das für ein Trank? Wieso sollte die Scott ihn trinken? Offenbar traute Lady X dem Braten selbst nicht, denn sie betrachtete die Flasche mißtrauisch.

»Was ist darin?« fragte Viola.

»Keine Ahnung.«

»Willst du es trinken?«

Lady X schwieg. In der Tat liefen ihre Gedanken auch in eine andere Richtung. Sie dachte daran, daß es bei der Mordliga üblich war, daß man, wenn seine Partner versagt hatten, kein Erbarmen kannte. Sie hatte versagt, hatte sich gefangennehmen lassen, und sie hatte auch kurz vor ihrer Gefangennahme auf Marvin Mondo geschossen, als dieser von Suko überwältigt worden war.

Entweder brachte ihr der Trank die Freiheit – oder den Tod. Die Chancen standen fünfzig zu fünfzig.

Da hatte Viola Mandini eine Idee. »Warum läßt du sie nicht zuerst probieren?« schlug sie vor und zeigte dabei auf Jane Collins.

Plötzlich hellte sich das Gesicht der Scott auf. »Das ist die Schau«, lobte sie die Mörderin. »Daß ich nicht selbst darauf gekommen bin. Natürlich, unsere angebliche Bordsteinschwalbe wird ihn erst einmal probieren.«

»Nein!« sagte Jane.

»Wetten doch?« fragte die Scott und kam langsam näher.

Jane wich aus. »Ich schreie«, drohte sie.

»Mir egal.«

Jane Collins bewegte sich ein wenig zur Seite. Sie wollte in die Nähe der Tür gelangen, denn wie sie gehört hatte, war die nicht abgeschlossen worden.

Dagegen hatten die Weiber etwas.

Blitzschnell schnitten sie der Detektivin den Weg ab.

»Jetzt kommst du nicht vorbei!« flüsterte Lady X. Die Frau, die sich mal Barbara und dann wieder Pamela nannte, genau wußte das niemand, lächelte teuflisch. Vielleicht hatte sie auch zwei Vornamen. Jane war es egal. Sie suchte nur einen Ausweg aus dieser Misere.

Die Scott griff an.

Blitzschnell war sie. Dabei hatte sie beide Arme hochgerissen, und ihre Handkanten sausten wie Schwerter durch die Luft. Jane konnte nicht ausweichen, sondern nur abwehren, aber das reichte nicht. Die Schläge waren so wuchtig geführt worden, daß sie die Deckung der Detektivin regelrecht zerhieben.

Jane Collins wurde zurückgestoßen. Plötzlich konnte sie ihre Arme nicht mehr gebrauchen. Sie fielen einfach nach unten, und es gelang ihr nicht mehr, sie zu heben.

Lady X lachte. »Jetzt haben wir dich soweit!« schrie sie und setzte nach.

Jane mußte den nächsten Schlag voll nehmen. Er war mit der flachen Hand geführt worden und schleuderte die Detektivin zurück auf das Bett. Sie dachte nicht daran, aufzugeben, und wuchtete ihren Körper hoch.

Genau in den Faustschlag hinein, den die Scott abgefeuert hatte. Jane spürte einen ungeheuer harten Schlag am Kinn, Sterne blitzten vor ihren Augen, dann merkte sie erst einmal nichts mehr.

Aber sie wurde nicht bewußtlos. Sie hielt sich noch. Nur fiel es ihr schwer, sich zu bewegen. Dafür spürte sie die gierigen Hände. Sie tasteten über ihren Körper, suchten.

»Keine Waffen«, sagte Viola.

»Okay, dann gib ihr den Trank.«

»Aber...«

»Kein Aber. Mach schon, ich halte sie fest.«

Lady X kniete sich neben Jane Collins auf das Bett und drückte beide Hände gegen Janes Wangen.

»Mach den Mund auf!« knirschte sie.

Jane preßte die Lippen zusammen.

»Verdammt, öffne endlich dein Maul, du dämliches Biest. Oder ich mache dich fertig!«

Jane hörte die Stimme wie durch einen Watteschleier. Sie war noch immer nicht voll da, aber instinktiv widersetzte sie sich den Befehlen der ehemaligen Terroristin.

Doch Lady X gab nicht auf. Barbara Scott hielt Jane Collins kurzerhand die Nase zu. Das Mittel wirkte. Die sowieso schon angeschlagene Jane mußte den Mund öffnen, um Luft zu bekommen.

»Die Flasche!« schrie Lady X.

Viola Mandini hatte ausgezeichnet reagiert und das Gefäß schon aufgeschraubt. Sie beugte sich über die Detektivin, kippte die Flasche und stieß ihr die Öffnung zwischen die Lippen.

Die Flüssigkeit gluckerte aus der Mündung. Jane Collins blieb gar nichts anderes übrig, als zu schlucken, obwohl sie hustete und versuchte, die Hälfte des Trankes wieder auszuspeien. Das gelang ihr nicht.

Der Teufelstrank drang in ihren Mund, in ihre Kehle und rann hinein in den Magen.

Zu einem Drittel ließ Lady X die Flasche leerlaufen. Dann sagte sie nur: »Stopp!«

Viola Mandini hielt inne. Sie zog die Flasche wieder zurück. Gemeinsam beobachteten die beiden Frauen die Wirkung des Tranks an der Detektivin.

Wie erschossen lag Jane auf dem Bett. Die Beine berührten noch den Boden, doch die Arme hatte sie ausgestreckt, als wäre sie ein großer, lebloser Käfer.

Ein seltsames Gefühl überkam sie. Es war eine nie erlebte Wärme, die ihren Körper durchpulste und in jedes Blutgefäß drang. Zuerst fühlte sie sich richtig wohl, nur die Glieder wollten ihr nicht gehorchen, obwohl ihr Denken durch nichts beeinflußt wurde.

Sie konnte klar sehen und erkannte deutlich die Gesichter der beiden Frauen. Sie entdeckte die Anspannung auf den Zügen, den lauernden Ausdruck der Augen, wollte etwas sagen, doch ihre Stimme gehorchte ihr nicht mehr.

Die Wärme in ihrem Körper blieb.

Und nicht nur das. Sie steigerte sich, wurde stärker und stärker, so daß Jane Collins auf einmal das Gefühl hatte, sie müßte innerlich verbrennen. Das Blut – ihr Blut, es schien zu kochen, zu sieden, gleichzeitig dicker zu werden und auch schneller durch die Adern zu laufen.

Schmerzen!

Das Blut drückte, breitete sich aus. Jane hatte das Gefühl, platzen zu müssen. Sie wollte schreien, um Hilfe flehen, doch nicht einmal ein Krächzen drang aus ihrer Kehle.

Von einem Augenblick zum anderen war die Luft weg. Sie konnte nicht mehr atmen, ein letztes verzweifeltes Röcheln noch. Schluß.

Es war eine Not, wie sie Jane Collins noch nie erlebt hatte. Sie warf sich auf dem Bett hin und her, zuckte, und trotz dieser grauenhaften Schmerzen sah sie alles klar und deutlich.

Das ist das Ende, dachte sie. Das ist der Tod. Sie merkte selbst, daß sie nicht mehr atmen konnte, aber seltsamerweise bekam sie alles mit. Obwohl sie nicht mehr atmete, blieb sie weiterhin am Leben. Nur eben steif und völlig regungslos.

Wie scheintot...

»Ist sie gestorben?« wisperte die Mandini.

»Nein«, erwiderte Lady X. »Wir können den Trank zu uns nehmen.«

»Du willst...«

»Ja, ich will«, sagte die ehemalige Terroristin und riß der Mandini die Flasche aus der Hand, um das zweite Drittel in langen, gierigen Zügen zu leeren...

In langsamer Fahrt bog der Streifenwagen in die schmale Straße ein. Parkende Autos hatten den Spielraum so eingeengt, daß das Polizeifahrzeug kaum durchkam und in Schlangenlinien gelenkt werden mußte.

Die beiden Beamten schimpften entsprechend und beschlossen, der Verkehrspolizei einen Wink zu geben, damit hier Parkverbotsschilder aufgestellt wurden.

»Hier muß sie wohnen«, sagte Hook Daniels, der Fahrer. Sein

Kollege nickte und sah aus dem Fenster. Mit forschenden Blicken suchte er die Hausfronten ab.

Die Wohngegend machte keinen gepflegten Eindruck, aber es wurde viel gebaut. Man riß alte Häuser ab und baute neue auf. Stadtteilsanierung, die auch vor dieser Gegend nicht haltgemacht hatte.

»Da ist es«, sagte der Beifahrer. »Neben dem ehemaligen Kino.«

»Und wo sollen wir parken?«

»Fahr doch auf den Bürgersteig.«

Hook Daniels machte das nichts aus. Er lenkte den Streifenwagen quer auf den Gehsteig, stoppte und stieg zusammen mit seinem Kollegen aus. Sie gingen auf den Hauseingang zu, verfolgt von zahlreichen Blicken der Anwohner.

Die Dunkelheit hatte den Tag bereits überholt und die blasse Januarsonne vom Himmel vertrieben. Es war kalt geworden. Das Thermometer sank auf unter Null. Auf den Scheiben der parkenden Wagen glitzerte schon die erste Reifschicht.

Zum Glück fanden die Beamten ein Klingelbrett und stellten fest, daß Mrs. Dickson in der ersten Etage wohnte.

»Zu viele Treppen sind ungesund«, grinste Hook Daniels, der nur noch drei Jahre bis zur Pensionierung hatte.

»Willst du unten bleiben?« fragte sein Kollege.

»Dienst ist Dienst. Merk dir das, du Spund.«

Nebeneinander schritten die beiden Männer die breite Treppe hoch. Still war es nicht. Irgendwo dudelte ein Radio. Aus einer Wohnung im Parterre erschallte das Schreien eines Babys.

Vor der Wohnungstür im ersten Stock blieben die Männer stehen. Sie sahen sich kurz an, und Hook Daniels legte einen Zeigefinger auf den Klingelknopf.

Das schrille Läuten hallte durch die Wohnung, aber es rührte sich nichts.

Hook schob seine Mütze nach vorn und kratzte sich am Hinterkopf. »Gehen wir, oder versuchen wir es noch einmal?«

»Wo bleibt deine Berufsauffassung?«

»Richtig, George.« Hook Daniels schellte ein zweitesmal.

Diesmal hatte er Erfolg. Leichte Schritte näherten sich der Wohnungstür.

»Hört sich an wie ein Kind«, murmelte George.

Es war auch eins, das die Tür öffnete. Ein kleines Mädchen mit flachsblonden Haaren und verweinten Augen.

Daniels wurde mißtrauisch. Er konnte nicht viel sehen, weil die Wohnung hinter dem Kind dunkel war. Hook Daniels ging in die Knie, um mit dem Kind zu sprechen.

Das war sein Verderben. Aus dem Dunkel der Wohnung erschien Tokata, der Samurai des Satans. Und mit ihm kam die mörderische Klinge des in der Hölle geschmiedeten Schwerts.

Nur eine Handbreit über dem Kopf des Kindes fegte die Klinge hinweg und traf mit tödlicher Präzision ihr Ziel. Plötzlich hatte Hook Daniels einen roten Streifen auf der Brust. Er kippte nach vorn, während Tokata das Kind zurück in die Wohnung zog.

Das alles hatte kaum zwei Sekunden gedauert. George sah seinen Kollegen auf der Türschwelle liegen, sah das Blut und reagierte erst jetzt. Seine Hand raste zur Waffe. Er hätte lieber flüchten sollen, denn so entging er der Klinge nicht.

Tokata hieb mit dem rechten Arm von oben nach unten zu. George spürte nur einen winzigen Moment den alles verzehrenden Schmerz, dann war es vorbei.

Tot kippte er über seinen Kollegen.

Unter der Maske drang ein dumpfer Laut hervor, das wohl ein Lachen sein sollte. Tokata steckte das Schwert weg, bückte sich und zog die beiden Toten in die Wohnung, wo er sie im Korridor liegenließ. Es war auch höchste Zeit, denn Schritte auf der Treppe kündigten an, daß jemand nach oben wollte.

Sacht drückte der Samurai des Satans die Tür ins Schloß. Als er sich umdrehte, stand die kleine Angie im Korridor. Sie sah die beiden Männer, und das Kind warf sich herum, um wegzulaufen.

Es hatte gegen Tokata keine Chance. Weinend warf sich die Siebenjährige in einen Sessel...

Bill Conolly und Suko hatten es mehr als eilig, als sie den Gang hinunterrannten. Sie waren so schnell, daß sie fast mit einer Frau zusammengestoßen wären, die ihnen entgegenkam und dem

Ausgang zustrebte. Die Frau lief Bill Conolly praktisch in die Arme.

Sie war in Gedanken versunken gewesen und schreckte auf, als sie Bills Hände auf ihren Schultern spürte. Der Reporter sah in das Gesicht, sah auch den grünen Mantel und wußte sofort, wen er vor sich hatte.

Claire Dickson.

»Suko!« Sein Ruf hielt den Chinesen zurück. »Das ist Mrs. Claire Dickson.«

Suko kam sofort.

Bill hatte die Frau bis gegen die Gangwand zurückgeschoben. Mrs. Dickson verkrampfte ihre Hände um den Mantelkragen. »Was... was wollen Sie von mir?«

»Sie müssen reden!«

»Wieso? Ich...«

»Tun Sie nicht so, Mrs. Dickson. Wir wissen alles.«

»Was wissen Sie?«

»Warum sind Sie noch einmal zurückgekommen?«

Die Aufseherin hatte ihren ersten Schrecken überwunden. »Was erlauben Sie sich, Mister? Ich bin hier angestellt. Sie sind fremd. Ich lasse Sie festnehmen.«

»Reden Sie nicht. Wen haben Sie besucht? Sie sind doch nicht ohne Grund zum Yard gegangen.«

»Ich bin Ihnen keine Rechenschaft schuldig«, erwiderte die Frau mit trotziger Stimme.

»Doch, das sind Sie!« Ein anderer mischte sich ein. Es war Sir James Powell. Mit hastigen Schritten kam er den langen Gang herab.

Bill ließ Claire Dickson los, die den Kopf drehte und blaß wurde. Entweder hatte sie ein schlechtes Gewissen, oder aber sie fürchtete sich vor dem Superintendenten.

Wahrscheinlich beides.

»Sir, das ist sie«, sagte Bill Conolly.

Der hohe Polizeibeamte schaute Claire Dickson scharf an. »Sie werden uns antworten müssen, Mrs. Dickson.«

Claire nickte.

»Wo waren Sie?«

»Ich hatte etwas vergessen.«

»Was?«

»Meinen Schlüssel.« Sie log, das merkte man ihr an, denn sie konnte keinem der drei Männer in die Augen sehen.

»Warum lügen Sie?« fragte der Alte.

»Ich sage die Wahrheit.«

»Wir können Ihre Kolleginnen fragen, ob es stimmt. Wenn ja, entschuldige ich mich. Wenn nicht, spielen Sie mit Ihrer Arbeitsstelle. Dann werden Sie entlassen.«

Claire Dickson hob den Kopf. Bill und Suko sahen in ihren Augen Tränen schimmern. Diese Frau mußte unter einem seelischen Druck stehen, und sie tat dem Reporter leid, aber er mußte jetzt hart bleiben und nachhaken. Zuviel stand auf dem Spiel.

»Sind Sie zu einem Entschluß gekommen?« wollte Sir James wissen.

»Ja, Sir.«

»Und?«

»Ich habe Sie angelogen.«

Sir James nickte. »Das wußten wir. Jetzt möchten wir von Ihnen den Grund erfahren.«

Das Gesicht der Frau nahm einen qualvollen Ausdruck an. »Aber ich kann nicht reden, Sir. Verstehen Sie doch. Es geht nicht, beim besten Willen nicht. Machen Sie mit mir, was sie wollen.«

»Sie werden erpreßt!«

Claire Dicksons Antwort ließ einige Zeit auf sich warten, dann hauchte sie ihre Zustimmung.

»Wie werden Sie erpreßt?«

»Sir, ich...«

»Wenn Sie jetzt schweigen, machen Sie alles noch schlimmer. Ich habe bereits veranlaßt, daß ein Streifenwagen zu Ihrer Wohnung fährt. Die Polizisten sollen nachsehen, ob dort alles in Ordnung ist. Sie geben uns dann Bescheid.«

»Mein Gott, was haben Sie getan! In der Wohnung ist Angie, meine kleine Tochter.«

»Allein?«

»Nein«, schluchzte die Aufseherin. »Jemand ist bei ihr. Eine furchtbare Person. Kein Mensch mehr, ein Monster, das nur noch einen Arm hat. Grauenhaft...«

»Tokata«, flüsterte Bill.

Suko wurde bleich, und Sir Powell schloß für zwei Sekunden die Augen.

Bill und Suko ahnten, was jetzt in seinem Kopf vorging. Er hatte die beiden Beamten losgeschickt. Wenn sie auf Tokata getroffen waren, dann lebten sie sicherlich nicht mehr.

»Entschuldigung«, sagte der Superintendent und lief weg. Bestimmt würde er versuchen, die Männer noch über Funk zu erreichen. Wenn es nicht klappte, dann war die Wahrscheinlichkeit groß, daß die beiden nicht mehr lebten.

Der Reporter fragte sofort weiter: »Also, Mrs. Dickson. Wir haben uns richtig verstanden. Wem wollten oder haben Sie vorhin einen Besuch abgestattet?«

»Den beiden Neuen.«

»Also Pamela Scott und Jane Mandell?«

»Barbara Scott.«

»Manchmal nennt sie sich so«, sagte Bill. »Was wollten Sie bei den Frauen?«

»Ich mußte ihnen eine Flasche bringen, in der eine Flüssigkeit war.«

»Welche?«

»Das weiß ich nicht. Die hat mir ein Mann gegeben.« Sie lieferte eine Beschreibung von Dr. Tod.

Suko und Bill warfen sich bezeichnende Blicke zu. Sie wußten beide Bescheid.

»Und was ist dann geschehen?« hakte der Reporter nach.

»Ich habe die Flasche nur übergeben und bin sofort wieder gegangen. Bis Sie mich aufhielten.«

Bill Conolly stieß Suko an. »Komm, wir dürfen nicht mehr zögern.« Zusammen mit der Aufseherin liefen sie zur Zelle. Den Schlüssel hatte Claire Dickson wieder abgegeben, so daß Bill nur durch das Guckloch schauen konnte. Als er sich wieder umdrehte und Suko anblickte, war er kalkweiß im Gesicht.

»Was ist los?«

»Die drei«, Bill schluckte. »Also, die drei Frauen, auch Jane, liegen wie tot auf dem Boden...«

Wir flogen in die Kälte. Das heißt, in London herrschten niedrigere Temperaturen als draußen auf See. Wir hatten auf dem Flug viel Schnee gehabt, waren durch ein Unwetter geflogen, daß mir Hören und Sehen verging, und erst über der Insel änderte sich das Wetter.

Klarer Himmel, hervorragende Fernsicht, nur getrübt durch über Städten liegende Dunstglocken.

Kurs Osten.

Ich hockte hinter dem Piloten, eingehüllt in Fliegerkleidung und mit einer Atemmaske versehen. Schließlich flogen wir schneller als der Schall. Als man mir das vorschlug, hatte ich nichts dagegen gehabt, obwohl es das erste Mal war, daß man mich auf solch immense Geschwindigkeiten trimmte.

Dann die Landung. Wir verloren an Geschwindigkeit. Ein gewaltiges Areal wischte unter uns hinweg. Baracken, Hangars, in denen die Air-Force-Jets standen.

Die Maschine sackte dem Erdboden entgegen und berührte ihn endlich. Knatternd sprang der Bremsfallschirm auf, ich fühlte mich in den Sitz gepreßt und bekam leichte Kreislaufbeschwerden, aber ich packte es dennoch.

Die Maschine rollte aus.

Wir standen.

Ich atmete auf. Himmel, war das ein Flug gewesen. Der Pilot öffnete die Haube, eine Leiter wurde herangefahren, aber noch schneller war der Jeep, in dem zwei Offiziere saßen und angespannt zuschauten, wie ich mit zitternden Knien die Leiter hinunterstieg, dem grinsenden Piloten die Hand reichte und zum Wagen ging.

Der Mann neben dem Fahrer war ausgestiegen, salutierte und machte sofort Meldung.

»Sie müssen augenblicklich nach London. Aber vorher sollen Sie sich mit Ihrem Chef in Verbindung setzen.«

Ich nickte. »Fahren wir!«

Im Höllentempo ging es ab. Mir jedoch kam es so vor, als würde der Jeep stehen.

Wir fuhren auf die Commander-Baracke zu. Danach ging alles im Laufschritt. Bis zum Telefon kam ich, dann mußte ich mich erst einmal setzen, weil mir schwindlig wurde.

Verdammt, ich war keine Maschine.

»Möchten Sie einen Kaffee?« fragte mich ein noch jüngerer Offizier.

»Gern.«

Ich erhielt ihn. Der Mann stellte die Tasse neben das Telefon, und ich rief Superintendent Sir James Powell an. Er hob sofort ab. »Dr. Tod hat schon zugeschlagen«, berichtete er mir. »Und Tokata ist in London.«

»Wo?«

»Ich habe die genaue Adresse erfahren. – Holen Sie das Kind raus, John. Um die anderen Dinge kümmern wir uns hier.«

»Ich werde alles versuchen, Sir«, sagte ich rauh.

Ich durfte gar nicht daran denken. Ein siebenjähriges Mädchen in der Hand dieses Monsters.

Konnte es etwas Schlimmeres geben?

»Tot?« flüsterte Suko.

»Ja.«

»Aber das ist doch nicht möglich.«

»Sieh selbst.« Bill Conolly trat zur Seite und machte dem Chinesen Platz.

Der schaute durch die Öffnung. Und er sah die gleiche Szene wie Bill. Drei Frauen lagen auf dem Boden. Er erkannte Barbara Scott. Sie lag in der Mitte der Zelle und hielt mit den Fingern der rechten Hand noch die leere Flasche umklammert.

Wo ihre Füße endeten, lag der Kopf von Viola Mandini. Das rote Haar verdeckte ihr Gesicht.

Jane Collins sah Suko neben einem der Betten liegen. Sie mußte hinuntergerutscht sein, denn mit einer Hand berührte sie noch die Liegefläche.

Alle drei Frauen rührten sich nicht.

Bill Conolly hatte recht gehabt.

Sie waren tot.

Suko schluckte. Als er sich umdrehte, war sein Gesicht ebenso kalkig wie das von Bill.

Unaufgefordert hatte Claire Dickson die Schlüssel geholt. Sie selbst schloß auf und betrat mit den beiden Männern die Zelle.

Neben Lady X blieb sie stehen. Bill fragte: »War das die Flasche, die der Mann Ihnen gegeben hatte?«

»Ja.«

Der Reporter bückte sich und versuchte, Lady X die Flasche aus den Fingern zu nehmen. Es gelang ihm nur schwer, weil die Finger irgendwie verkrampft wirkten und sich hart um den dünneren Hals gekrallt hatten.

Bill legte die Flasche zur Seite. Jetzt erst sah er sich Jane an. Er spürte plötzlich das Würgen in der Kehle, das Atmen fiel ihm schwer, sein sonst so klarer Blick verschwamm.

Jane tot?

Das durfte nicht sein, das gab es nicht. Er fühlte ihren Puls.

Nichts.

Den Herzschlag.

Auch nichts.

Dann machte Bill einen letzten Versuch und holte einen kleinen Taschenspiegel hervor, den er der Detektivin an die Lippen hielt. War noch ein Rest Leben in ihr, dann mußte der Spiegel durch den Atem beschlagen.

Er beschlug nicht!

Für Bill Conolly gehörte diese Minute mit zu den schlimmsten seines Lebens. Er blieb unbeweglich hocken, bis Sukos Schatten auf ihn fiel. Da erst hob der Reporter den Kopf.

Suko blickte auf den Spiegel. Maskenhaft starr war sein Gesicht. Er brauchte kein Wort zu sprechen. Nur im Hintergrund hörte man das Schluchzen der Aufseherin, die beide Hände vor ihr Gesicht geschlagen hatte.

»Sie sind tot«, flüsterte der Reporter. »Es gibt keinen Zweifel. Der Spiegel ist nicht beschlagen.«

Suko hob nur nur die Schultern.

Bill konnte Janes Gesicht nicht mehr sehen. Sie mußte gelitten haben. Dieses Leid spiegelte sich auch auf ihren Zügen wider. »Dieser verdammte Teufelstrank«, murmelte der Reporter und hob die Flasche hoch, wobei er sie gegen das Licht hielt. Ein paar Tropfen rannen noch an der Innenseite dem Boden entgegen, wo sie sich sammelten und eine Lache bildeten. Diese Flasche würde Bill ins Labor geben und dort den Inhalt untersuchen lassen.

Hoffentlich fanden die Chemiker etwas heraus, aber das brachte Jane auch nicht ins Leben zurück.

Bill war zum Heulen zumute. Wachsbleich und irgendwie gläsern wirkte seine Haut, die Lippen hatte er fest zusammengepreßt, im Hals saß noch immer der würgende Kloß, und seine Hände zitterten.

Dann erschien Sir James Powell. Er hatte gesehen, daß die Tür offenstand, übertrat die Schwelle und blieb wie angewurzelt stehen. Schlagartig verschwand das Blut aus seinem Gesicht. Er starrte die drei leblos daliegenden Frauen an und hob anschließend den Blick, um Bill und Suko anzusehen.

Der Reporter hob die Schultern.

»Tot?« fragte Sir James.

Bill nickte, während Suko nachdenklich zu Boden starrte.

»Es war alles umsonst«, sagte der Reporter. »Wir haben uns falsch verhalten. Wir hätten anders reagieren sollen.«

»Nein.« Sir James schüttelte den Kopf. »Machen Sie sich keine Vorwürfe, Bill. Sie haben getan, was Sie konnten.«

»Und jetzt?«

»Wir lassen die drei Leichen wegschaffen. Der Arzt soll sie obduzieren.«

»Ja, Sir.« Bill schluckte. »Ich weiß gar nicht, wie ich es John sagen soll. Er wird durchdrehen, wenn er hört, daß Jane nicht mehr am Leben ist.«

»John muß sich um Tokata kümmern. Ich habe meinen besten Mann zu Ihrem Haus geschickt, Mrs. Dickson.«

»Zu diesem Monster?« fragte die Frau.

»Einer muß es stellen.«

»Laß uns gehen«, sagte Bill. »Ich kann die tote Jane nicht mehr ansehen.«

»Falls sie tot ist«, murmelte der Chinese.

»Wieso? Glaubst du mir nicht?«

Suko hab die Hand. »Doch, Bill, ich glaube dir. Nur will das nicht in meinen Schädel, daß Dr. Tod Lady X so einfach tötet. Er braucht sie doch.«

Sir James war schon gegangen und hatte Mrs. Dickson mitgenommen. Suko und Bill blieben im Gang stehen, während der Chinese langsam die Tür zudrückte.

»Wenn du das so siehst.«

»So sehe ich es. Schalte mal sämtliche Gefühle aus, Bill. Nimm einfach an, daß Solo Morasso hier einen ungeheuren Trick gestartet hat. Daß er uns leimen will.«

»Du meinst, die drei sind nicht tot?«

»Ja!«

»Daran glaubst du fest?«

»Was heißt glauben? Ich kenne nur Dr. Tod und seine Mentalität. Er kann es sich einfach nicht leisten, auf ein Mitglied seiner Mordliga zu verzichten.«

Bill nickte. Seine Gesichtsfarbe war schon wieder ein wenig zurückgekehrt. »Nehmen wir an, du hast recht. Wie sollen wir reagieren?«

»Wir müssen mit Sir Powell reden. Auf jeden Fall werden wir so tun, als wären wir auf den Trick hereingefallen. Das heißt, wir reagieren so, wie Dr. Tod es sich wahrscheinlich vorstellt. Die Leichen werden weggeschafft. Kühlhaus, Obduktion. Aber soweit wird es Morasso nicht kommen lassen. Er schlägt vorher zu.«

»Wo wir dann dabei sind.«

»Genau.«

Bill Conolly atmete tief ein. »Mann, Suko, wenn das wahr sein sollte, dann, also dann...«

»Warten wir es ab«, schwächte der Chinese Bills Freudenausbruch ab. »Wir müssen zuvor alles mit Powell bereden, denn ein Fehler darf uns jetzt nicht unterlaufen...«

Mein Chef, Sir James Powell, hatte mir zwar erklärt, wo ich Tokata finden konnte, aber um ein solches Monster zu stellen, bedurfte es gewisser Vorbereitungen. Das war wirklich kein Spaziergang.

Und ich fühlte mich nicht gerade in Topform. Schließlich hatte ich einiges hinter mir, und ein Monster wie Tokata, das war kein einfacher Gegner, sondern schon ein tödliches Trauma. Ich traute mir kaum zu, Tokata zu besiegen. Sein Haß auf mich war sowieso riesengroß, denn mir hatte er den Verlust seines linken Arms zu verdanken. Der Bumerang hatte ihn abrasiert, war dann aber unglücklicherweise in die Hände von Solo Morasso gefallen, dem es als Mensch-Dämon nichts ausmachte, diese Waffe anzufassen.

Schon öfter hatte ich erlebt, wie Tokata mit seinem Schwert umgehen konnte.

Vor dieser Waffe hatte ich einen regelrechten Horror. Sie flößte mir Angst ein, denn dieses Schwert war eine Wunderwaffe im negativen Sinne. Tokata beherrschte sie mit großer Perfektion, und er schlug sich damit im wahrsten Sinne des Wortes den Weg frei. Er würde auch keine Rücksicht auf die minderjährige Geisel nehmen. Ob Mann, Frau oder Kind – Gefühle waren bei diesem Monster nicht vorhanden.

Ich wußte das, konnte mich darauf einstellen, und trotz allem war dieser Samurai des Satans unberechenbar. Es gibt nicht viele Gegner, vor denen ich Angst habe, aber Tokata gehört dazu.

Einen Wagen hatte man mir zur Verfügung gestellt. Es war ein schiefergrauer Vauxhall Astra GL, der kleinste Wagen dieser Marke, aber er war schnell und wendig.

Ich scheuchte ihn durch London und erreichte mein Ziel doch nur in der Dunkelheit.

Langsam rollte ich durch die Straße. Es war keine vornehme Gegend, Sanierungsgebiet eben. Als ich an dem Haus vorbeifuhr, peilte ich aus dem Fenster.

Hinter den Scheiben im ersten Stock brannte kein Licht. Ansonsten waren die Wohnungen in dem Haus erleuchtet. Der erste Stock kam mir wie eine düstere Höhle vor.

Ich fröstelte. Vor kurzem hatte ich mein Gesicht im Innenspiegel betrachtet. Gut sah ich wirklich nicht aus. Grau die Haut, mit tiefen Ringen unter den Augen. Mir fehlte der Schlaf, die Anstrengungen machten sich doch bemerkbar.

Offiziell und von vorn wollte ich das Haus nicht betreten. Obwohl ich nur wenig gesehen hatte, war mir doch die Bauruine neben dem Gebäude aufgefallen.

Darauf baute ich meinen Plan.

Einen Parkplatz fand ich nach einigem Suchen. Ich stieg aus und ging den Weg zu Fuß zurück.

Aus den offenen Türen eines Pubs quollen dicke Qualmwolken. Das Gewirr der Stimmen tönte bis auf die Straße. Ich sah auch den Streifenwagen, der schräg auf dem Bürgersteig stand. Sir James hatte mir davon berichtet. Von den beiden Beamten hatte er nichts gehört. Es war anzunehmen, daß sie nicht mehr lebten.

Wenn ich daran dachte, fühlte ich einen dicken Kloß im Magen. Tokata war ungeheuer grausam. Er machte vor nichts und niemandem halt. Ein Leben zählte für ihn nicht. Da war er gnadenlos.

Man hatte anscheinend erst angefangen, das Gebäude abzureißen. Wo früher der Eingang war, gähnte ein dunkles Loch. Darüber standen die Mauern noch, und ich sah die Reklame eines Kinos. Die Leuchtschrift hing in Fetzen von der Mauer.

Ein schneller Blick nach beiden Seiten. Niemand beobachtete mich. Hastig tauchte ich in den Eingang, und die Dunkelheit verschluckte mich.

Überall lagen Trümmer. Mauerreste, Steine, Staub. Es war unmöglich, sich leise zu bewegen. Immer wieder knirschte unter meinen Sohlen der Dreck.

Die Hinterwand stand noch. Dafür befanden sich in einer Seite einige Löcher, durch die ich klettern konnte. Einmal stieß ich mit dem Kopf gegen eine Mauerecke und schluckte im letzten Moment einen Fluch herunter.

Dann stand ich im Hinterhof.

Links von mir lag das Haus, in dem sich Tokata versteckt hielt. Keine Mauer trennte die Hinterhöfe. Licht schimmerte aus den zahlreichen Fenstern, so daß ich mich gut orientieren konnte und nicht gegen die übervollen Mülltonnen stieß.

Leider gab es keine Feuerleiter, über die ich bis an die Fenster gelangen konnte. Ich mußte also in das Haus eindringen und den offiziellen Weg nehmen.

Das paßte mir überhaupt nicht.

Zum Glück fand ich die Hoftür nicht verschlossen, drückte sie auf und verzog das Gesicht, weil die Tür in den Angeln quietschte. Ich schlüpfte durch den Spalt und stand in einem düsteren Treppenhaus.

Aber ich hörte das Flüstern und das Girren eines jungen Mädchens. Irgendwo hatte sich ein Liebespärchen in die Ecke gedrückt. Es mußte mich auch gehört haben, denn die Geräusche verstummten. Statt dessen blitzte der Strahl einer Taschenlampe auf. Im nächsten Moment wurde ich geblendet.

»Ein Spanner, sieh mal an!« ertönte eine Stimme irgendwo vor mir. »Dazu noch ein Fremder.«

»Gib ihm doch was aufs Maul, Billy!« forderte das Girl.

Auch das noch.

Ich ging einen Schritt zur Seite, bis ich die Wand an der Schulter spürte und der unmittelbaren Blendung entkam.

»He, bleib hier.« Der Strahl sank nach unten. Aus der Dunkelheit sah ich eine breitschultrige Gestalt auf mich zukommen. Eine Lederjacke glänzte ebenso wie die Orden, die daran hingen. Sie klimperten allerdings noch.

»Mach keinen Ärger, Junge«, warnte ich.

»Schiß?«

Nein, Schiß hatte ich nicht, wollte aber keine Auseinandersetzung.

Der Typ schlug zu. Er war nicht einmal langsam, aber eben nicht schnell genug für mich. Ich streckte meinen rechten Arm aus, und seine Faust klatschte gegen meinen Hand.

»Laß es!«

»Scheiße«, sagte er. Dann griff er richtig an, warf seinen Körper und damit sein Gewicht in die Waagschale. Es gelang ihm tatsächlich, mich gegen die Wand zu drücken. Beide Arme stemmte er gegen meine Brust. Dann zog er einen zurück und holte mit dem anderen aus. Ich sollte seine Faust zu schmecken bekommen.

Ich nahm den Kopf zur Seite.

Bill drosch gegen die Wand. Und das bekam seinen Knöcheln überhaupt nicht. Er heulte wie ein junger Hund, begann zu tanzen, und ich gab ihm noch einen Schubs, daß er nach hinten taumelte und gegen das untere Fundament der Treppe stieß.

Das Mädchen – es hatte in der Dunkelheit den Kampf abgewartet – machte Licht.

Ein noch junges Gesicht, von blonden Haaren umrahmt, starrte mich an.

»Was haben Sie gemacht?« kreischte die Kleine.

»Nichts!« erwiderte ich wahrheitsgemäß.

Sie glaubte mir aber nicht und begann zu schreien.

Verdammt, damit machte sie alles kaputt. Es fehlte noch, daß hier eine menschliche Sirene rumheulte.

»Hören Sie auf!« fuhr ich sie an.

Bevor ich noch eingreifen konnte, warf sich die Kleine auf dem Absatz herum und hetzte davon. Um ihren Knaben kümmerte sie sich nicht mehr.

Schreiend und kreischend rannte sie in den Flur hinein und dann die ersten Stufen hoch.

Auf dem Absatz warf sie sich herum, streckte beide Arme aus und rief: »Mörder, Einbrecher!« Sie stampfte mit dem Fuß auf, was ein dröhnendes Geräusch auf dem Boden erzeugte.

Diese Reaktion paßte mir natürlich überhaupt nicht in den Kram. Dieses Weib machte noch das ganze Haus rebellisch, dazu natürlich Tokata, der durchdrehen würde.

Am Fuß der Treppe blieb ich stehen. »Kommen Sie her!« zischte ich. »Ich bin kein Mörder und auch kein Spanner.«

Sie schüttelte den Kopf, daß ihre blonden Haare flogen. »Hau ab!« giftete sie mich an. »Hau ab, du!«

Da flogen die ersten Türen auf. Neugierige Gesichter starrten in den Flur.

Stimmengewirr.

»Was ist den hier los, verdammt?«

»Seid ihr wahnsinnig?«

»Hör auf zu kreischen, du Sirene!«

Keiner wußte so recht, was vorgefallen war. Aber die Blonde schrie noch immer.

Da war ich es leid. Mit langen Schritten hetzte ich die Stufen hoch, war mit drei Sätzen vor ihr und schlug ihr die flache Hand ins Gesicht.

Das wirkte.

Plötzlich verstummte die menschliche Sirene. Ein anderer Ausdruck spiegelte sich auf ihrem Gesicht wider. Erstaunen und Nichtbegreifen. Da hatte es doch tatsächlich jemand gewagt, sie zu schlagen.

»Bist du jetzt ruhig?« Ich packte sie an der Schulter, drehte sie herum und drängte sie auf die Treppe zu. »Da kannst du verschwinden, Mädchen!«

Sie ging auch.

Dafür kam ein Mann. Er trug ein Unterhemd und hatte die Figur eines Vorarbeiters am Bau, der seinen Männern noch beweist, wie viele Steine man so schleppen kann.

Drohend schaute er mich an. »Was hast du mit Eve gemacht? Sie ist meine Tochter!«

»Nichts«, erwiderte ich.

»Soll ich dich zerquetschen?«

Er war größer als ich und sicherlich auch stärker. Aber da war noch mein Ausweis, dem ich ihm unter die Nase hielt. Er wurde auf einmal ziemlich blaß.

»Bulle?«

»Ja.«

Er grinste etwas verlegen. »All right, Bulle. Nichts für ungut. War nicht so gemeint. Und meine kleine Eve kann ein paar hinter die Löffel gut vertragen. Ist genau solch eine Schreisirene wie ihre Alte.«

»Das hat wohl jetzt keinen Zweck mehr«, sagte ich.

Er ging wortlos.

Ich aber stieg die Treppe weiter hoch, um zur Wohnung zu gelangen, wo sich Tokata befand.

Bis jetzt wußte ich noch nicht, wie ich vorgehen sollte. Vielleicht von der Nachbarwohnung aus dem Fenster klettern, dann an der Hauswand entlang und einen Versuch starten, von außen in die Wohnung von Mrs. Dickson zu gelangen.

Wie gesagt, das alles waren Überlegungen. Ich hatte mich noch nicht entschlossen und sollte vorerst auch nicht dazu kommen, denn ein anderer nahm mir die Entscheidung ab.

Plötzlich wurde die Tür zu Mrs. Dicksons Wohnung aufgerissen.

Auf der Schwelle stand – Tokata!

Bill Conolly rauchte eine Zigarette nach der anderen. Für zehn Glimmstengel brauchte er nur ein Streichholz, weil er sich eine an der anderen anzündete. Aber er war nervös. Er hatte es noch immer nicht überwunden, daß Jane Collins ›tot‹ vor ihm gelegen hatte. Der Blick der gebrochenen Augen, das Nichtbeschlagen des Spiegels war einfach zuviel für ihn gewesen.

Und dann hatte Suko seine Theorie dargelegt.

Jane Collins sollte nicht tot sein, nur scheintot. Aber konnte das überhaupt stimmen? War diese Annahme nicht zu gewagt? Der Chinese setzte praktisch auf Dr. Tod wie auf einen Joker. Und er war jetzt dabei, Sir Powell seine Theorie zu unterbreiten. Intensiv redete er auf ihn ein. Bill hatte Suko noch nie so erlebt. Der Chinese hatte sich wirklich in den letzten Jahren gewandelt – alle Achtung!

Der Reporter gesellte sich zu den beiden. Suko unterbrach seinen Vortrag.

Sir James schaute Bill Conolly an. »Was halten Sie von der Theorie, Mr. Conolly?«

Bill hob die Schultern. »Ich bin davon nicht überzeugt. Bei näherem Nachdenken allerdings könnte es durchaus sein, daß Suko recht behält.«

»Sie schätzen Dr. Tod also als einen Spieler ein.«

»So ungefähr.«

»Ich weiß nicht...«

»Aber ich sehe keinen Sinn darin, daß Dr. Tod diese Lady X umbringt«, meinte Suko. »Wenn wir genau überlegen, hat er von ihrem Tod keinen Nutzen. Er braucht die Scott. So leicht findet er auch keine andere, die sich bedingungslos auf seine Seite stellt.«

»Das stimmt«, gab Bill zu.

»Ich bin nur gespannt, was der Arzt sagt«, murmelte Suko.

Sir James schüttelte den Kopf. »Nichts wird er sagen, meine Herren.« Als er die beiden überraschten Gesichter sah, lächelte er. »Ganz einfach. Ich bin dagegen, daß wir Jane Collins von einem Arzt untersuchen lassen. Sollte Dr. Tod zuschlagen, möchte ich nicht, daß ein Unbeteiligter in Gefahr gerät.«

Da war was dran, und beide Männer nickten.

»Wie haben Sie sich den Fortgang vorgestellt?« wollte der Reporter wissen.

»Ganz einfach. Jane und die beiden anderen Frauen werden offiziell in den Obduktionsraum gebracht, und dann können wir gespannt sein, was geschieht. Sie beide bleiben auf jeden Fall in der Nähe. Ich ziehe mich zurück, denn ich möchte wissen, wie es John Sinclair ergangen ist. Er steht Tokata gegenüber, und dieser Kampf – falls es einen geben sollte, ist noch längst nicht entschieden.«

Irgendwie drängte sich jetzt alles. Man hatte nicht mehr viel Zeit, irgend etwas anzuleiern. Man mußte improvisieren, statt Pläne zu schmieden.

Schritte rissen die drei Männer aus ihren Gedanken. Sie drehten die Köpfe und sahen die Träger über den Gang kommen. Es waren zwei Leute, und sie brachten eine Kunststoffwanne mit, in der die »Toten« ihren Platz finden sollten.

Bill wies die Leute ein.

Die Männer waren abgebrüht. Kein Wunder bei einem täglichen Umgang mit Leichen.

Zuerst wurde Lady X »eingeladen«. Wie eine Puppe hoben sie die Frau hoch, schafften sie weg, kamen wieder und nahmen Viola Mandini mit. Zuletzt folgte Jane Collins.

Bill konnte nicht hinschauen, als die Detektivin in dem Sarg aus Kunststoff verschwand. Die Männer befestigten den Deckel und gingen fort.

Die leere Zelle blieb zurück.

Eine Aufpasserin kam und holte Sir James zum Telefon. Suko und Bill gingen mit.

Es war ein Hausgespräch. Der Laborleiter wollte den Superintendenten sprechen.

Sir Powell hörte zu und nickte ein paarmal. Dann fragte er: »Eine genaue Analyse ist nicht möglich?«

Er erhielt wohl eine negative Antwort, denn als er den Hörer auflegte, wirkte sein Gesicht verschlossen.

Bill und Suko sahen ihn fragend an.

»Das war der Chemiker. Er und seine Leute sind dabei, den Trank zu analysieren.«

»Und?«

»Organische Stoffe, das ist alles, was sie bisher herausgefunden haben«, erklärte Sir James.

»Aber keine genaue Analyse«, sagte Bill leise. »Mist.«

»Die Zeit war zu kurz«, erklärte der Superintendent.

Da hatte er wohl recht. Die drei Männer gingen in einen anderen Trakt des Gebäudes. Dort lag der Obduktionsraum, wo die Leichen untersucht wurden.

Die beiden Träger waren dabei, Jane Collins aus dem Sarg zu heben. Auch sie war steif. Das lange Haar der Perücke fiel nach unten und schleifte fast über den Boden, als Jane zu einem der großen Obduktionstische getragen wurde.

Man legte sie dort hin.

Die beiden anderen Frauen waren bereits mit Tüchern abgedeckt worden. Man hatte sie allerdings nicht entkleidet, wie es sonst üblich war. Sir James hatte dagegen gesprochen.

Die Männer gingen.

Zurück blieben Sir James, Bill Conolly und Suko.

Es war kühl, und die Männer fröstelten. Dieser Raum sah aus wie ein medizinisches Versuchslabor oder eine moderne Gruselkammer. Eine Schiebetür führte in einen zweiten Raum, wo sich die Kühlfächer befanden. Dort sah Bill nach.

Der Raum war leer. Von den fünf Fächern standen alle offen. Keine Leiche wurde dort aufbewahrt.

»Dann müßten wir hier warten«, sagte Bill und schaute Sir Powell fragend an. »Oder?«

Der Superintendent nickte. »Suko und Sie bleiben hier. Sollte etwas Unvorhergesehenes passieren, geben Sie mir sofort über Sprechfunk Bescheid.«

»Klar, Sir!«

Der Superintendent ging. Er nickte den Männern noch einmal zu. Viel Glück brauchte er nicht zu wünschen. Jeder wußte genau, was ihn erwartete.

Als die Tür mit einem dumpfen Laut hinter Sir Powell zufiel, sahen sich Suko und Bill an. Suko holte die Dämonenpeitsche hervor, schlug über dem Boden einen Kreis, und die drei Riemen fielen heraus.

»Ob sie etwas nützt?« fragte Bill skeptisch und deutete auf die Peitsche.

»Besser als nichts.«

»Stimmt auch wieder.« Der Reporter überprüfte seine Beretta und nickte zufrieden. Die Waffe war voll geladen. Er würde sich verteidigen können.

Sein Blick fiel auf die drei »Leichen«. Von ihnen waren nur die Umrisse unter den Laken zu erkennen. Nichts rührte sich. Keine Bewegung, völlig still lagen die drei.

Bill Conolly gefiel diese Atmosphäre nicht. Sie war ihm einfach zu makaber. Ein Frösteln lief über seinen Rücken. Schwere Gedanken quälten ihn. Er dachte an John Sinclair und Tokata. Würden die beiden zu einem endgültigen Kampf aufeinandertreffen?

Noch hatte er nichts gehört. Auch von Dr. Tod hatte er nichts erfahren.

Es blieb alles ruhig.

Suko hielt es nicht mehr aus. Er hob bei Jane das Laken ein wenig an und schaute in das Gesicht.

Wächsern und bleich war es. Zweifel stiegen in dem Chinesen hoch. Hatte er vielleicht das Spiel überreizt? War Jane Collins letzten Endes doch tot?

Bill Conolly merkte, welche Gedanken den Chinesen beschäftigten. »Quäl dich nicht«, sagte er.

Suko hob die Schultern. »Man macht sich ganz zwangsläufig Selbstvorwürfe«, erwiderte er leise.

»Ich habe über deine Theorie nachgedacht«, sagte Bill und trat während des Sprechens näher. »Ich glaube sogar, daß du recht hast. Dr. Tod kann es einfach nicht riskieren, eine solch gute Dienerin zu verlieren. Das ist meine Meinung.«

»Möglich.«

Bill blieb neben Suko stehen. Beide blickten sie in Janes wächsernes Gesicht. Die Wangen waren eingefallen, die Proportionen hatten sich etwas verschoben. Da Jane nicht mehr sprach und sich bewegte, waren die Kunststoffeinlagen in den Wangen gerutscht.

Das Gesicht der Detektivin bot einen grotesken Ausdruck. Auch paßten die schwarzen Haare nicht zu ihr.

»Mann, Mädchen«, flüsterte der Reporter, »mach uns ja keinen Kummer, hörst du?«

Als hätte Jane Collins die Worte verstanden, reagierte sie.

Plötzlich öffnete sie die Augen!

Meine Reaktionszeit betrug nicht einmal eine Sekunde. Kaum war Tokata erschienen, als ich mich auf ihn warf. Er kam gar nicht dazu, sein Schwert zu ziehen. Mit vollem Gewicht prallte ich gegen ihn und schleuderte ihn zurück in den Flur.

Es war eine überraschende Aktion gewesen, mit der auch der Samurai des Satans nicht gerechnet hatte. Erst nach einigen torkelnden Schritten konnte er sich wieder fangen.

Mit dem Absatz rammte ich die Tür zu.

Irgendwo in der Wohnung hörte ich das Weinen eines Kindes. Das mußte die kleine Angie sein.

Sie lebte also!

Meine Hand zuckte zum Kreuz. Da fiel mir ein, daß diese Waffe wirkungslos war. Tokata entstammte einer anderen, fremden, nichtchristlichen Mythologie, das Kreuz nutzte gar nichts, wenn ich ihn damit attackierte. Darüber lachte er nur.

Verändert hatte er sich nicht. Er trug noch immer seine dunkle, wie gepanzert wirkende Lederweste und die Maske vor dem Gesicht, hinter der gelblich weiß die Knochen seines schon mumifizierten Gesichts schimmerten.

Eine Gestalt wie aus einem Alptraum, die jetzt mit einer gedankenschnellen Bewegung das Schwert zog.

Ich sah aber nicht nur das, sondern auch die beiden Polizisten am Boden.

Sie waren tot. Tokata hatte keine Gnade gekannt. Da wußte ich, was auch mir bevorstand, falls es dem Samurai gelingen sollte, mich zu überwältigen.

Tokata griff an.

Er war ungeheuer schnell. Durch meinen heftigen Angriff und durch das Zuschlagen der Tür hatte ich mir quasi den Rückzug versperrt. Ich mußte mich stellen, und das in einem engen Flur, wo ich kaum ausweichen konnte.

In der rechten Hand hielt er das Schwert. Der linke Arm war ihm abgetrennt worden. Nur noch ein kleiner Stumpf ragte aus der Schulter hervor.

Rechts von mir befand sich eine Tür. Und die stand offen.

Als Tokata auf mich zuflog, wuchtete ich mich auf die Tür zu, rammte sie auf und sprang in das dahinterliegende Zimmer.

Der Samurai des Satans verfehlte mich. Und damit auch sein

Schwert. Ich prallte mit der Schulter auf, rollte mich jedoch ab und stand wieder auf den Beinen.

Ein schneller Blick.

Es war der Schlafraum der Familie. Ein breites Doppelbett, ein Schrank, eine Kommode, ein Hocker. Und an der Wand ein Spiegel. Wenn ich hineinschaute, sah ich die Tür.

Durch die stürmte Tokata. Sein verdammtes Schwert blitzte auf. Die Klinge zerschnitt die Luft, beschrieb einen Bogen und stieß auf mich nieder.

Über die gesamte Bettbreite brachte ich mich in Sicherheit. Der erste Schlag zerhieb noch die Kante, der zweite riß das Oberbett auf, und ein Federwirbel quoll aus der Öffnung, was ich nur am Rande mitbekam, denn ich fiel in diesem Augenblick zu Boden.

Tokata stieß einen dumpfen Schrei aus. Wie das Raunen der Hölle hörte es sich an.

Ich zog meine Beretta und feuerte auf die Gestalt, während ich mich rückwärts bewegte und mich dabei dem breiten Fenster näherte. Wie schon so oft schlugen die geweihten Geschosse in die breite Gestalt des untoten Samurais, aber sie konnten ihn nicht aufhalten. Tokata war auf diese Art und Weise nicht zu stoppen. Mir gelang es höchstens, ihn ein wenig aus dem Konzept zu bringen.

Zwei Kugeln verschwendete ich nur, dann spürte ich die Fensterbank im Rücken.

Tokata stand noch auf dem Bett.

Zwei Schritte höchstens trennten uns. Der Samurai bot ein Bild des Schreckens, eine angsteinflößende Alptraum-Gestalt, die jetzt einen Triumpfschrei ausstieß, weil sie mich sicher glaubte.

Tokata war ein Bündel aus Kraft und Schwarzer Magie. Vor allen Dingen die Kraft spielte er aus, deshalb litt darunter die Raffinesse und Beweglichkeit.

Zum Glück.

Er hob den rechten Arm. Ich sah die Schwertklinge blitzen, und dann warf sich Tokata auf mich. Das Schwert hätte mich wirklich in der Mitte geteilt, denn Tokata schlug mit aller ihm zur Verfügung stehenden Kraft zu.

Ich hechtete nach links weg. Ein verzweifelter Sprung, in den ich all meine Schnelligkeit legte. Ich spürte noch den Luftzug der Klinge, merkte, wie der Stoff zerriß, im nächsten Augenblick ertönte ein Splittern und Krachen.

Als ich zu Boden fiel und den Kopf hob, wußte ich, daß meine Rechnung aufgegangen war.

Tokata hatte seinen wilden, ungestümen Angriff nicht mehr stoppen können. Er war voll in das Fenster gefallen, hatte das Holzkreuz und die Scheibe zertrümmert. Ich sah gerade noch seine Beine, dann verschwand Tokata in der Tiefe.

Zum Glück führte dieses Fenster zum Hinterhof hinaus.

So schnell es ging, sprang ich auf die Füße. Mein Jackenärmel war nur noch ein Fetzen, aber das kümmerte mich nicht. Ich mußte nachsehen, wie es Tokata ergangen war.

Der Samurai des Satans war in den Hof gefallen und hatte zwei Mülltonnen umgerissen. Er lag noch am Boden, zu erkennen als Schatten in der Dunkelheit.

Ich trat zurück. Im Fensterrahmen hingen nur noch Fragmente. Holzreste und Glasscherben, mehr nicht.

Einen Teilsieg hatte ich errungen. Es lag auf der Hand, daß Tokata nicht aufgeben würde. Er kämpfte so lange, bis er mich in seinen Klauen hatte.

Das Kind!

Lieber Himmel. Siedendheiß fiel mir die kleine Angie Dickson ein. Wo steckte sie?

Ich raste aus dem Zimmer, hatte so viel Schwung drauf, daß ich im Flur gegen die Wand prallte, mich herumdrehte und gerade den Namen der Kleinen rufen wollte, als ich sie sah.

Angie stand im Gang.

Wie verloren kam sie mir vor. Sie trug nur ein dünnes Kleid und hatte verweinte Augen.

Blitzschnell war ich bei ihr. Sie wollte zurückweichen. Ich hielt sie fest und lächelte. »Deine Mummy schickt mich«, sagte ich. »Komm, wir müssen hier weg.«

»Ist er noch da?« fragte sie mit weinerlicher Stimme, und ich sah die Angst in ihren Augen.

»Nein, er ist weg.«

Ich nahm Angie auf den Arm. Eine Hand legte ich auf ihren Hinterkopf und drückte das kleine Gesicht gegen meine Schulter. Angie sollte auf keinen Fall die toten Polizisten aus der Nähe sehen.

Ich öffnete die Tür.

Eigentlich hatte ich vor, nach unten zu laufen, doch Tokata machte mir einen Strich durch die Rechnung.

Ich sah ihn nicht, hörte ihn dafür.

Sein schauerliches Gebrüll hallte durch das Treppenhaus, und im nächsten Moment hörte ich den gellenden Schrei einer Frau.

Sie mußte das Monster gesehen haben!

Ich verzog das Gesicht, blickte in den Treppenschacht und hörte das harte Schlagen einer Tür.

Keine Sekunde länger durfte ich mit dem Kind hier oben bleiben. Wenn Tokata uns sah, tötete er mich und das Mädchen.

Der Weg nach unten war versperrt. Mir blieb nichts anderes übrig, als in die entgegengesetzte Richtung zu laufen. Also unter das Dach. Vielleicht fand ich dort irgendeinen Fluchtweg, der von dem Samurai noch nicht entdeckt worden war.

Ich jagte die Stufen hoch. Vier, fünf Sätze benötigte ich , um einen Treppenabsatz zu überwinden, nahm dann den nächsten und bekam fast eine Tür vor den Schädel, als jemand sie hart auframmte.

Mit dem Fuß stieß ich die Tür wieder zurück. Ein Fluch ertönte. Ich fuhr den Mann an. »Verschwinden Sie, Polizei! Bleiben Sie in ihrer Wohnung.«

Er verzog sich.

Unter mir polterte Tokata die Stufen hoch. Und abermals hörte ich sein schreckliches Gebrüll. Die Wände des Treppenhauses schienen zu erzittern, so laut schrie der Samurai des Satans.

»Kennst du den Weg zum Speicher?« fragte ich Angie.

»Ja.« Ihr schwaches Stimmchen war kaum zu hören.

Ich raste weiter und geriet dabei gehörig ins Schwitzen. Es ist nicht jedermanns Sache, mit einem Kind auf dem Arm die Treppen hochzujagen. Auch die kleine Angie hatte ihr Gewicht. Mir kam es vor, als würde sie immer schwerer werden.

Noch ein Stockwerk!

Ich wußte nicht, wie weit Tokata hinter mir war und ob er aufgeholt hatte. Zeit, mich umzudrehen, hatte ich nicht. Ich hoffte nur, daß ich es noch packte.

Der Speicher.

Ich gelangte in einen kleinen Vorflur, wo das Treppenhaus praktisch endete. Ein etwa ein Yard langes Geländer trennte den Flur zum Schacht hin ab.

Gegenüber befand sich die Tür.

Ich riß sie auf.

Ja, der Speicher war riesig. Endlich konnte ich Angie absetzen. Ich nahm sie bei der Hand und rannte mit ihr auf ein Fenster zu. Die Scheibe war grau von Schmutz, in den Spinnweben ein Muster gezeichnet hatten.

Ein schneller Blick zurück. Die Tür stand offen, ich konnte in das Treppenhaus sehen. Tokata entdeckte ich nicht.

Ich riß das Fenster auf.

»Klettern wir jetzt auf das Dach?« fragte mich die kleine Angie.

»Nein.«

Ich hatte spontan geantwortet. Ebenso spontan war mir eingefallen, wie ich Tokata leimen konnte. Ich faßte Angie fester und zog sie zurück. Und zwar dorthin, wo es auf dem Speicher am dunkelsten war. Ich fand eine Ecke und kauerte mich mit Angie nieder.

Meinen Zeigefinger legte ich auf die Lippen. Angie verstand die Geste und nickte.

Die Angst war aus ihren Augen gewichen. Der Blick zeigte jetzt mehr Hoffnung und Neugierde. Hoffentlich brauchte ich das Kind nicht zu enttäuschen, denn das Gegenteil konnte unter Umständen tödlich für die Kleine werden.

Links neben uns stand ein Schrank. Vielmehr das Unterteil davon. Ein Oberteil hatte nicht mehr hingepaßt, denn die Schräge mit den dicken Balken begann direkt über uns.

Wenn uns Tokata hier erwischte, hatte wir keine Chance mehr. Dann konnte er uns töten.

Ich hätte mich vielleicht noch gestellt, aber ich wollte Angie aus dem Gefahrenbereich wissen.

Tokata kam.

Von meinem Standort aus konnte ich das hellere Türrechteck erkennen.

Da sah ich ihn.

Er übersprang mit einem gewaltigen Satz die Schwelle, blieb stehen und sah sich um.

Innerlich betete und zitterte ich.

Wie würde er reagieren? Hatte er uns vielleicht entdeckt? Die ersten Schritte. Vorsichtig, lauernd. Zur Hälfte hatte er seinen rechten Arm ausgestreckt. Die Hand umklammerte den Schwertgriff, wobei die Klinge eine Verlängerung seines Armes bildete.

Er schien dem Braten nicht zu trauen. Hatte er tatsächlich etwas bemerkt?

Ich hoffte es nicht – und atmete auf, als sich der Samurai mit weiten Sprüngen dem offenen Fenster näherte, das Schwert wegsteckte und nach draußen aufs Dach kletterte.

Dann verschwand er.

Sofort nahmen Angie und ich die Gelegenheit wahr. Ich zog das Mädchen hoch und huschte mit ihm auf Zehenspitzen in Richtung Tür, die der Samurai nicht geschlossen hatte.

Ich nahm mir aber die Zeit und zog den Schlüssel ab. Von außen schloß ich ab. Man mußte Tokata so viele Hindernisse wie möglich in den Weg legen.

»Jetzt wird alles gut«, sagte ich optimistisch. Ich war auch sicher, daß Bewohner die Polizei alarmiert hatten, und in der Tat hörte ich den fernen Sirenenklang, der anschwoll und schließlich verstummte. Der oder die Wagen waren eingetroffen.

Angie und ich hasteten die Treppe hinunter. Die Beine der Kleinen wirbelten, sie wollte unbedingt mit mir Schritt halten, was sie auch tatsächlich schaffte.

Unangefochten erreichten wir den unteren Flur, wo sich einige Menschen versammelt hatten, die uns ängstlich und unwissend entgegenschauten. Sie wußten nicht, was los war.

»Gehen Sie wieder in Ihre Wohnungen!« fuhr ich sie an. »Die Gefahr ist längst nicht gebannt.«

Hart wurde die Haustür aufgestoßen.

Vier Polizisten erschienen. Sie hatten ihre Waffen bereits gezogen und wollten sie auf mich richten, als mich einer der Männer erkannte.

»Sie hier, Sir?«

Die Mündungen der Waffen sanken nach unten.

Ich machte den Beamten mit ein paar Worten klar, daß sie sich um Angie kümmern sollten.

Zwei Polizisten nickten.

»Und bringen Sie das Kind, um Himmels willen, aus der Gefahrenzone«, sagte ich.

Angie wollte noch nicht. »Wo ist meinen Mummy?« fragte sie und schaute mich aus großen Augen an.

Ich lächelte. »Du wirst jetzt zu ihr gebracht.« Ich erklärte den Beamten, wohin sie zu fahren hatten.

Angie bedankte sich noch. Ich freute mich, daß sie alles so gut überstanden hatte. Für mich war der Fall noch nicht erledigt. Nach wie vor befand sich Tokata in Freiheit. Wenn er merkte, daß ich ihn geleimt hatte, würde er durchdrehen.

Und dann gute Nacht.

»Was ist eigentlich passiert?« wurde ich gefragt.

Sollte ich den Polizisten die Wahrheit sagen? Nein, lieber nicht. Erstens klang sie zu unwahrscheinlich, und zweitens würden sie mir bestimmt nicht glauben.

Deshalb sprach ich von einem entflohenen Sträfling.

»Den packen wir schon«, sagte einer der Beamten zuversichtlich.

Ich wollte widersprechen, kam aber nicht mehr dazu, denn von der Straße her ertönte ein infernalisches Gebrüll.

Mir rutschte das Herz fast in die Hose. Ich schleuderte die beiden im Weg stehenden Beamten zur Seite, hatte freie Bahn und rannte aus dem Haus.

Der Schrei hatte nicht nur mich angelockt, sondern auch zahlreiche Menschen.

Sie hatten sich wider alle Verkehrsregeln auf die Straße gestellt und starrten in die Höhe.

Auch ich legte den Kopf in den Nacken.

Jetzt sah ich den Grund, weshalb die Gaffer hier auf der Fahrbahn standen.

Sie hatten Tokata gesehen.

Wie ein Denkmal stand der Samurai des Satans auf dem Dachfirst, wo er sich als gewaltiger Schatten abhob und sein Schwert in der rechten Hand hielt, dessen Spitze in den dunklen Himmel zeigte.

»S... Suko...!«

Bills Stimme war kaum zu verstehen, nur noch ein Hauch, aber sie erreichte die Ohren des Chinesen.

Suko drehte den Kopf. Sein Gesicht nahm einen überraschten Ausdruck an, als er sah, daß Jane Collins die Augen aufgeschlagen hatte. Er konnte nichts sagen, aber ein Lächeln auf den Lippen zeigte an, daß er einen unverkennbaren Triumph empfand.

Bill mußte reden. Er wußte sonst nicht, wie er sich Luft verschaffen konnte. »Das kann ich einfach nicht glauben. Das... das ist so komisch. Ich werde noch verrückt. Unfaßbar.« Er beugte sich über Jane, und seine Hände streichelten ihr Gesicht.

Einen Lidschlag später zuckte er zurück. »Mein Gott.«

»Was ist geschehen?« flüsterte Suko.

»Faß sie mal an.«

Auch der Chinese strich über die Gesichtshaut der Detektivin. »Nein«, sagte er leise, »das gibt es doch nicht. Das ist nicht möglich. Die Haut fühlt sich ja an, als würde Jane kochen.«

»Ja, ihr Blut siedet.«

Die beiden Männer standen vor einem Phänomen. Normalerweise wäre ein Mensch längst innerlich verbrannt. Solche Temperaturen hielt niemand aus. Doch bei Jane Collins wurden sämtliche Naturgesetze auf den Kopf gestellt.

»Was machen wir?« hauchte Bill.

Suko gab keine Antwort. Er ging zu den anderen Frauen, hob erst bei Lady X das Laken ab und dann bei Viola Mandini. Auch sie hatte die Augen aufgeschlagen, und ihre Haut fühlte sich an, als würde darunter das Blut kochen.

Der Chinese ging wieder zu Jane Collins zurück. Er nahm ihre Hand.

»Was hast du vor?« fragte Bill.

»Ich will sehen, ob sie sich wieder bewegen kann.«

»Meinst du?«

»Mal schauen.« Suko hob Janes rechten Arm hoch. Als er die Hand losließ, fiel der Arm nach unten. Steif war er. Als hätte Suko ein Brett gehalten.

»Nichts zu machen«, sagte Bill.

»Wir müssen abwarten, was geschieht.«

»Das kommt mir alles wie ferngelenkt vor«, erklärte der Chinese. »Jane und auch die beiden anderen sind keine Persönlichkeiten mehr. Sie werden von einem anderen an der langen Leine geführt. Wir müssen sehen, wie sich das entwickelt.«

»Du meinst Dr. Tod?«

»Wer sonst?«

Da hatte Suko natürlich recht. Wer kam schon anderes in Frage als dieser Superverbrecher?

»Alarmieren wir Sir James?« fragte Bill.

»Wir setzen ihn zumindest davon in Kenntnis.« Suko holte bereits sein Walkie-talkie hervor.

Bill hörte mit. Suko erklärte in wenigen Worten, was Bill und er hier unten erlebt hatten.

»Unternehmen Sie nichts«, warnte der Superintendent. »Bleiben Sie, um Himmels willen, am Ball.«

»Okay.«

»Wenn die drei Frauen versuchen sollten, das Haus zu verlassen, nehmen Sie die Verfolgung auf.«

»Geht klar, Sir.«

»Nur wenn Sie merken, daß sich die Lage zuspitzt, dann fordern Sie Verstärkung an. Ich habe der Bereitschaftspolizei bereits Bescheid gegeben. Die Einsatzreserve steht Gewehr bei Fuß.«

»Dann wollen wir mal sehen, wie es weitergeht«, sagte Bill. Er schwitzte trotz der niedrigen Temperaturen, die hier unten herrschten. Mit einem Tuch wischte er sich den Schweiß von der Stirn.

Die drei Frauen hatten sich bisher noch nicht gerührt. Nach wie vor lagen sie steif und starr auf ihren Liegen. Nicht einmal den kleinen Finger rührten sie. Aber sie bewegten die Augen. Bill und Suko sahen sehr deutlich, wie sie mit den Pupillen rollten.

Eine Weile beobachteten die beiden Männer nur. Dann flüsterte der Reporter: »Irgend etwas geht hier vor. Wahrscheinlich erhalten sie Befehle, die sie innerlich aufwühlen.«

»Möglich.«

Minuten vergingen.

Nichts tat sich. Außer dem Summen der Klimaanlage war es ruhig innerhalb des Obduktionsraumes.

Dann jedoch ging es Schlag auf Schlag.

Zuerst setzte sich Jane Collins auf. Als hätte man sie an einem Band gezogen. Plötzlich saß sie da und rollte mit den Augen, während ihre Arme weiterhin am Körper herabhingen und dabei wie steifgefroren wirkten.

Als nächste schnellte Barbara Scott in die Höhe. Auch sie blieb sitzen, ebenso wie Viola Mandini.

Suko und Bill waren zurückgewichen. Aus sicherer Entfernung beobachteten sie die drei Frauen. Gleichzeitig schwangen sie sich von ihren Liegen. Sie gaben ihren Unterkörpern den nötigen Schwung, und die Füße berührten den Boden.

Hier blieben sie stehen.

»Mensch, die werden verschwinden«, sagte Bill Conolly leise.

»Aber wohin?«

Da wußte der Reporter auch keine Antwort. Obwohl er sich denken konnte, daß die drei Frauen den Weg nach draußen suchen würden. Denn was sollten sie hier in dem Obduktionsraum?

Sie gingen jetzt aufeinander zu. Dabei nahmen sie Jane Collins in die Mitte, stellten sich in einer Reihe auf und legten die Köpfe in den Nacken, als würden sie irgendwelchen fernen Stimmen lauschen.

Das war sicherlich so. Bestimmt standen sie mit ihrem Herrn und Meister in telepathischer Verbindung.

Ein paar Sekunden vergingen.

Dann, wie auf ein geheimes Kommando, setzten sie sich in Bewegung. Zuerst den rechten Fuß, danach den linken. Steif und irgendwie ungelenk schritten sie auf die zweite Tür zu, die gleichzeitig zum Ausgang führte.

»Die wollen tatsächlich weg!« flüsterte Bill.

Von den beiden Männern hatten die wie seelenlos wirkenden Geschöpfe keine Notiz genommen. Für sie waren sie Luft, gar nicht existent, sie schritten einfach vorbei.

Sie öffneten die Tür.

Dahinter lag ein Vorratsraum. Medizinische Geräte standen dort. Zahlreiche gefüllte Flaschen, aber auch Meßinstrumente. An einem Haken hingen zwei Arztkittel.

Peinliche Ordnung herrschte in dem Raum. Kein Stäubchen bedeckte den Boden.

Aber der Raum hatte eine Tür. Und sie war nicht verschlossen. Lady X öffnete.

Hinter der Tür lag ein Gang. Er war mit gelblichen Kacheln gefliest, die etwa in Schulterhöhe endeten.

Auf einem Schild entdeckten beide Männer das Wort Exit – Ausgang.

Suko holte wieder das Sprechgerät hervor und sprach einige Worte im Flüsterton.

»Nicht aus den Augen lassen«, erklang Sir Powells warnende Stimme.

»Und die Einsatzreserve?«

»Halte ich noch zurück.«

»Okay, Sir.«

Die beiden Männer hielten sich immer drei Schritte hinter den Frauen. Sie traten nicht einmal besonders leise auf, denn das war nicht nötig. Die Frauen hatten sie zwar gesehen, aber sie nahmen ihre Anwesenheit weiterhin nicht zur Kenntnis.

Sir Powell mußte dafür gesorgt haben, daß der Gang freiblieb, denn es kam ihnen niemand entgegen. Alle fünf Personen hatten freie Bahn. Kein Mensch hielt sie auf.

Der Gang machte einen Knick. Bill und Suko wußten nicht, wo sich der Hinterausgang befand. Zudem mußten sie erst nach oben fahren.

Am Ende des Ganges war der Fahrstuhl. Er nahm die gesamte Breite ein.

Es ging nicht mehr weiter. Wenn die drei Frauen jetzt nach draußen wollten, mußten sie den Fahrstuhl nehmen.

Sie taten es.

Jane Collins hob sogar den rechten Arm und preßte ihren Daumen auf den bewußten Knopf. Einige Sekunden mußten die Frauen warten, dann rumpelte und polterte es.

Der Fahrstuhl kam.

Es war kein normaler Lift. In der Breite glich er eher einem Lastenaufzug. Als er stoppte, quietschte es. Die Tür öffnete sich auch nicht automatisch, sondern mußte aufgezogen werden. Diese Aufgabe übernahm Jane Collins.

Sie ließ Lady X und Viola Mandini vorgehen.

Suko und Bill überlegten. Sie schauten sich dabei an. Bis der Chinese nickte.

»Packen wir es!« sagte Bill Conolly und rannte vor.

Jane hatte den eisernen Griff bereits losgelassen. Sie wollten die Tür von innen zuziehen, als Bill Conolly sie erreichte und den Rand mit beiden Händen packte.

Er schaffte es nicht, die Tür aufzuziehen. Jane Collins' Kraft war größer.

Suko kam dem Reporter zu Hilfe. Zu zweit gelang es ihnen dann. Sie sprangen in den Fahrstuhl.

Lady X und Viola Mandini standen dicht an er Wand, wo sich die Anzeigetafel befand. Die Scott streckte den Arm aus und drückte einen grünen Knopf.

Der Lift würde im Parterre halten.

Jane riß die Tür zu. Dann wandte sie den Kopf und sah nicht ihre »Freundinnen« an, sondern die beiden Männer, die einmal ihre Freunde gewesen waren.

Bill und Suko waren gespannt. Beide hielten dem Blick stand, doch Jane sah aus, als hätte sie die Männer überhaupt nicht erkannt. Ohne Glanz waren die Augen, nur die Pupillen bewegten sich rollend.

Der Aufzug ruckte an.

Schwerfällig setzte er sich in Bewegung, schüttelte sich einmal, als wollte er nicht weiterfahren, und rumpelte dann in die Höhe. Eben ein typischer Lastenaufzug.

Zum Glück hatte Sir James Powell richtig reagiert und seine Einsatzreserve zurückgehalten. Es hatte keinen Zweck, die Frauen jetzt schon anzugreifen oder kopfscheu zu machen. Besser war es, man erfuhr, wo sie hinwollten.

Der Aufzug erreichte sein Ziel, ohne daß Bill und Suko von den drei Frauen angegriffen worden wären.

Lady X war es diesmal, die sich herumdrehte, auf die Tür zuging und sich dagegenstemmte.

Die Tür schwang auf.

Jane folgte der ehemaligen Terroristin, den Schluß bildete Viola Mandini.

Die Spannung wuchs.

Suko flüsterte ins Sprechgerät. Bill Conolly hörte ein paar Satzfetzen. »Wir sind jetzt oben... Hinterausgang... achtgeben... Gut, Sir, wir bleiben dran.«

»Mal sehen«, murmelte Bill.

Hier kannten sich die beiden Männer wieder aus. Sie waren jetzt nicht mehr weit vom Eingang entfernt. Und dieses Ziel strebten die drei Frauen an.

Niemand hielt sie auf.

Sir James Powell hatte wirklich für eine perfekte Organisation gesorgt. Der Fußgängerverkehr auf diesem unteren Flur war buchstäblich umgeleitet worden.

Beide Männer waren gespannt, wie Sir Powell und seine Mannschaft wohl reagieren würden, wenn die drei Frauen das Gebäude verließen.

Sie steuerten den Hinterausgang an. Dabei gingen sie so zielstrebig, daß man das Gefühl haben könnte, sie hätten sich schon immer hier aufgehalten.

Auch der Portier saß nicht in seiner Loge.

Die letzten Schritte.

»Verdammt«, flüsterte Bill, »was machen wir?«

»Erst einmal abwarten.«

Als ein Kontakt unterbrochen wurde, schwang die Tür auf. Freie Bahn für die drei Frauen.

»Sir, sie haben soeben das Gebäude verlassen«, meldete Suko.

»Dann müßte Dr. Tod jetzt reagieren.«

»Könnte sein.«

»Bleiben Sie dicht dran.«

Suko kam der Aufforderung nach. Neben Bill Conolly hielt er sich auf, der die Frauen nicht aus den Augen ließ. Sie waren stehengeblieben. Vor ihnen lag der Hof, auf dem einige Wagen parkten. Dahinter hörte man den Verkehrslärm der Straße.

Sonst war alles völlig normal.

Oder?

Suko stieß den Reporter an. »Das Geräusch«, sagte er. »Das kennen wir doch.«

Auch Bill hörte es jetzt. Es war das Brummen eines Motors und das Flappern der Rotorblätter.

Ein Hubschrauber!

Suko meldete die Entdeckung weiter. Denn es war in der Tat eine Überraschung. Trotz der Dunkelheit sahen die Männer die Maschine, wie sie buchstäblich über die Hausdächer kroch.

»Wir müßten eingreifen«, sagte Suko.

»Warten Sie noch!« klang Sir Powells Stimme. »Erst wenn der Hubschrauber gelandet ist. Dann haben wir eine wesentlich bessere Chance, die Leute zu kriegen.«

»Wie Sie meinen, Sir.«

Die drei Frauen hatten die Köpfe in den Nacken gelegt und blickten zum nachtdunklen Himmel hoch, wo der erleuchtete Helikopter langsam heranschwebte.

Suko und Bill konnten in die Glaskanzel sehen. Dort bewegten sich mindestens zwei Personen.

Jetzt schwebte die Maschine über dem Hof.

Würde sie landen?

Ja, sie ging langsam tiefer. Aber nur in Zeitlupe sozusagen, als würde der Pilot mit der Landung zögern oder wäre sich noch nicht richtig schlüssig.

»Warum machen die das?« murmelte Bill.

Dann sahen er und Suko den Grund.

Der Hubschrauber brauchte Platz, denn er setzte seine neue Waffe ein. Plötzlich quollen unter der Maschine aus zahlreichen Öffnungen dicke, weiße Schwaden hervor.

»Mein Gott, der Todesnebel«, flüsterte Bill Conolly...

Tokata hatte also noch nicht aufgegeben. Und er hatte gemerkt, daß er uns auf dem Dach nicht mehr finden konnte. Aber er zeigte sich, wollte seine Macht demonstrieren, wollte beweisen, daß mit ihm noch zu rechnen war.

Natürlich wurde er gesehen.

Und nicht nur von mir. Zahlreiche Neugierige standen vor dem Haus oder blockierten die Straße.

Sie alle wollten Tokata sehen.

Weitere Polizeiwagen trafen ein. Die Sirenen wimmerten und heulten. Ihr kreisendes Licht warf zuckende Reflexe über die Hauswände und verwandelte die Straße in eine gespenstische Szenerie.

Tokata rührte sich nicht. Meine größte Befürchtung war, daß er vom Dach springen könnte – er war ja unverletzbar – und unter den Menschen ein Blutbad anrichtete. Wenn dieses Monster durchdrehte, konnte es von keinem gestoppt werden.

Auch von mir nicht!

Ich hörte die erregten Stimmen der versammelten Menschen. Die meisten schätzten die Lage überhaupt nicht richtig ein. Das konnte man ihnen auch nicht vorwerfen, sie wußten es ja nicht besser. Sie glaubten an einen Gag, und genau erkennen konnte sie Tokata ja nicht. Eher dachten sie an einen Selbstmörder.

Dieser Meinung war auch die Polizei. Auf mich trat ein Streifenführer zu und meldete, daß die Feuerwehr bereits unterwegs sei. »Wenn er dann springt, können wir ihn auffangen.«

Zuerst war ich dagegen. Dann disponierte ich blitzschnell um. Vielleicht war es sogar gut, wenn die Feuerwehr mit ihren Leiterwagen eintraf. Wenn ich Tokata entgegenkletterte, ließ er die Menschen in Ruhe. So hoffte ich wenigstens. Denn er war ja scharf darauf, mich allein in seine Klauen zu bekommen.

Ich stimmte also zu. Dann sagte ich: »Sorgen Sie dafür, daß keiner von Ihren Leuten auf der Rückseite hochklettert, um diesen...«, mir fiel das Wort Mann schwer, »also diesen Mann vom Dach zu holen. Das kann Ärger geben.«

»Geht in Ordnung, Sir!«

»Und kümmern Sie sich um die Gaffer. Fordern Sie Verstärkung an. Drängen Sie um Himmels willen die Menschen zurück. Es kann sonst zu einer Katastrophe kommen.«

Der Sergeant schluckte. »Darf ich mir die Frage erlauben, was überhaupt geschehen ist, Sir?«

»Die Hölle ist los!«

»Ich verstehe nicht...«

»Das brauchen Sie auch nicht. Diese Gestalt dort oben ist kein Mensch, sondern ein...« Als ich den ungläubigen Blick des Beamten sah, winkte ich ab. »Schon gut, kümmern Sie sich um Ihre Aufgabe. Vielleicht erkläre ich Ihnen später alles.«

»Jawohl, Sir!«

Jetzt wurde mir die Zeit knapp. Ich wartete auf das Erscheinen der Feuerwehrwagen und lauschte auch, denn die Feuerwehr kündigt sich ebenso lautstark an wie die Polizei.

Noch war nichts zu hören.

Die Polizisten schafften es in der Tat, die Gaffer zurückzudrängen. Die schweren Fahrzeuge hatten freie Bahn.

Dann kamen sie.

Zuerst hörte ich den Höllenlärm. Die Sirenen der roten Wagen sind ja lauter als die der normalen Streifenwagen. Echos brachen sich an den Hauswänden, wurden nahezu überlaut und schmerzten mir in den Ohren. Schon bogen die ersten Wagen in die Straße ein. Schwere Fahrzeuge. Der Boden und die Wände zitterten. Zwei große Wagen sah ich. Dahinter fuhr ein Volvo der Ambulanz.

Einer der Polizisten wies die Kollegen von der Feuerwehr ein. Er dirigierte die schweren Fahrzeuge bis dicht vor das Haus, wo sie ihre Leitern ausfahren konnten.

Die Wagen stoppten.

Kaum waren die Männer von den Rettungswagen gesprungen, lief die Aktion schon an. Die schwere Leiter – dreh- und ausfahrbar – wurde geschwenkt und schob sich schon hoch.

Ich lief zu dem Einsatzleiter der Feuerwehr und präsentierte meinen Ausweis.

Der Mann sah mich fragend unter seinem dunklen Helm an. »Was wollen Sie, Oberinspektor?«

Ich deutete auf die Leiter. »Lassen Sie mich dort allein hochklettern.«

»Sind Sie lebensmüde?«

»Nein, aber ich kenne die Gestalt dort oben auf dem Dach. Wir dürfen sie nicht reizen.«

»Ist das kein Selbstmörder?«

»Nein.«

»Also gut. Aber ich übernehme keinerlei Verantwortung. Das müßte Ihnen klar sein.«

»Brauchen Sie auch nicht.« Verdammt, mir saß die Zeit im Nacken. Sie drängte.

Der Einsatzleiter gab seinen Leuten Anweisungen.

Ich blickte an der Hausfront hoch, während einige Männer das Sprungtuch entfalteten.

Noch immer stand Tokata auf dem First des Daches wie ein steinernes Denkmal. Er rührte sich nicht, sondern beobachtete nur. Noch sprang er nicht. Ich war jedoch sicher, daß er den Feuerwehrleuten sofort auf den Pelz rücken würde, wenn sie damit begannen, die ausgefahrene Leiter hochzuklettern.

Diesen Job übernahm ich.

Ich fühlte mich wirklich nicht wohl dabei. Es konnte ebensogut ein Gang in den Tod werden, wenn ich das so sah. Ich verzichtete auch auf einen Helm, als ich auf den Wagen kletterte und am Fuß der Leiter für einen Moment stehenblieb.

Von hier sah es aus, als würde sie in den Himmel wachsen. Und noch immer schob sie sich weiter. Aber die erste Hälfte konnte ich bereits in Angriff nehmen.

Ich begann, die Sprossen hochzusteigen. Zügig ging ich voran. Ich wollte mich zu Beginn nicht unnötig verausgaben, sondern auch noch Kraft haben, wenn ich oben war.

Vor mir glitzerten die hellen Aluminiumsprossen. Sie schienen ineinanderzuwachsen.

Ich griff zu, trat, griff wieder zu und trat.

Unendlich lang kam mir der Weg vor. Von unten hatte die Leiter gar nicht so hoch ausgesehen, aber ich mußte wirklich meine Atmung kontrollieren und regulieren, um hinterher auch noch Kondition zu haben.

Lärm und Stimmen blieben hinter mir zurück. Ich fühlte mich plötzlich sehr allein.

Wenn ich allerdings den Kopf hob, sah ich Tokata und damit auch sein Schwert.

Der Samurai des Satans erwartete mich!

Plötzlich war der verdammte Hubschrauber nicht mehr zu sehen. Die Nebelwolke hatte ihn buchstäblich eingehüllt. Aber man hörte die Maschine. Das Flappern der Rotoren und das Brummen des Motors drangen gedämpft durch die Wolke an Bills und Sukos Ohren.

Die beiden Männer starrten zu dem gefährlichen Nebel hoch. Sie fröstelten, denn sie wußten, was passierte, wenn sie mit der Wolke in Berührung kamen. Die Haut würde ihnen vom Körper fallen, und zurück blieben zwei Skelette.

Aber noch schwebte die Wolke in der Luft und verhüllte den Hubschrauber.

Diesmal meldete Bill dem Superintendenten, daß Dr. Tod tatsächlich den Horror-Nebel geschickt hatte. »Er hüllt den Hubschrauber noch immer ein«, flüsterte der Reporter.

Sogar Sir Powells Stimme zitterte, als er fragte: »Senkt sich die Wolke?«

»Nein, noch nicht.« Bill beobachtete weiter und ließ das Sprechgerät eingeschaltet. »Aber jetzt, Sir, wallt sie auf den Boden zu. Gemeinsam mit dem Hubschrauber. Verdammt, was sollen wir machen?«

»Ziehen Sie sich zurück! Auf keinen Fall in die Wolke hineinlaufen, Mr. Conolly.«

»Und Jane Collins?«

Da schwieg Sir James. Er wußte selbst, welch eine schwere Entscheidung er zu treffen hatte.

»Lassen Sie Miss Collins laufen!«

»Wir sollen sie opfern?«

»Ja. Wenn Sie ebenfalls in die Wolke laufen, ist alles vorbei. Dann sterben Sie garantiert.«

»Okay, Sir!« Bills Stimme war kaum zu verstehen, als er die Worte sagte.

Suko hatte mitgehört. Er nickte. »Es bleibt uns nichts anderes übrig«, murmelte er.

»Verdammt, das paßt mir nicht«, flüsterte Bill. »Wenn wir Jane jetzt opfern, dann würde ich mir mein Leben lang Vorwürfe machen. Wirklich, Suko, ich...«

Der Chinese schüttelte den Kopf. »Wer spricht denn von opfern?« sagte er. »Glaubst du denn im Ernst, daß der Nebel der Frau etwas antut? Sie haben doch nicht umsonst das Zeug getrunken. Laß dir gesagt sein, das alles gehört zum Plan von Dr. Tod. Um Jane Collins brauchen wir keine Angst zu haben.«

»Wenn du meinst...«

Der Nebel sank tiefer. Zum Glück befand sich niemand auf dem großen Hinterhof. Auch Suko und Bill zogen sich wieder zurück. Beiden paßte das überhaupt nicht. Normalerweise hätten sie die drei Frauen gar nicht so weit kommen lassen und sie überwältigt. Aber da war der Nebel, der sie schützte und die beiden Männer zur Handlungsunfähigkeit verdammte.

So sah es aus.

Es war ein ziemlich großer Hubschrauber. Manchmal, wenn der Rotorenwind die Nebelwolke durcheinanderwirbelte, sahen die beiden Männer einen Teil der Maschine, die jetzt zur Landung ansetzte und mit beiden Kufen gleichzeitig aufkam.

Lady X, Jane Collins und Viola Mandini waren stehengeblieben. Sie warteten auf einen Befehl.

Die Spannung wuchs.

Würde Sir Powell jetzt reagieren? Würde er vielleicht den Schießbefehl geben?

Bill wollte wissen, woran er war, und erkundigte sich per Walkie-talkie.

»Nein!« lautete die Antwort des Superintendenten. »Wenn wir sie jetzt reizen, wird sich die Wolke ausbreiten. Dr. Tod ist ein eiskalter Verbrecher. Wir dürfen kein Risiko eingehen.«

Da hatte Sir James dem Reporter aus dem Herzen gesprochen.

Beide Männer glaubten zu erkennen, daß der Einstieg aufgestoßen wurde.

Es war in der Tat so. Sie hörten die dumpfe Stimme des Mensch-Dämons Solo Morasso.

»Steigt ein!«

Die Frauen gingen vor.

Auch Jane. Sie begab sich in die Hand dieses Mannes, womit er einen Trumpf in der Hand hielt.

Noch wenige Schritte, dann hatten sie den Nebel erreicht, und es mußte sich zeigen, ob Suko mit seiner Vermutung recht gehabt hatte.

Lady X ging schneller. Sie konnte es kaum erwarten, in den Hubschrauber zu steigen, und ließ die beiden anderen Frauen hinter sich zurück.

»Sollen wir?« fragte Bill.

»Was?«

»Ich meine, sollen wir Jane holen? Sie hat den Nebel noch nicht erreicht. Wir...«

Zu spät. Als hätte die Todeswolke Bills Gedanken erraten, fächerte sie zur Seite und hüllte nicht nur die Detektivin ein, sondern auch Viola Mandini.

»Verdammt!« knirschte Bill.

Er und Suko hörten das dumpfe Geräusch, das entstand, als die Tür zugeschlagen wurde.

Dann startete der Pilot. Für einen Augenblick fächerte die Wolke auseinander, so daß Suko und Bill freie Sicht auf die Maschine hatten. Sie sahen auch den Piloten.

Es war Marvin Mondo!

Bill Conolly ballte die Hände. »Verflucht noch mal, da wird Jane vor unserer Nase entführt, und wir sind hilflos. Das will einfach nicht in meinen Schädel.«

Suko schwieg. Auch er war innerlich erregt. Seine Gesichtsmuskeln zuckten.

Bill sprach noch weiter, doch seine Worte wurden vom Flappen der Rotorblätter übertönt.

Die Maschine hob ab.

»Und jetzt?« schrie der Reporter. In seiner hilflosen Wut rannte er einige Schritte vor.

Er hatte keine Chance.

Dafür stieg der Hubschrauber inmitten der Nebelwolke hoch und verschwand über den Dächern.

Zurück blieben zwei ratlose Männer. Dr. Tod hatte es durch einen genialen Schachzug geschafft, Bill Conolly und Suko zu überlisten...

Das Licht explodierte förmlich hinter der Scheibe des Scheinwerfers, wurde gefächert und sammelte sich hinter dem Glas zu einem breiten Strahl, der lautlos zuerst an der Hauswand hochglitt, Fenster aus der dunklen Fassade riß, sie mit ihrer Lichtfülle ausleuchtete, geschwenkt wurde, mit glitzernden Reflexen auf der Alu-Leiter weiterwanderte und endlich sein Ziel traf.

Mich!

Plötzlich war alles um mich herum erhellt. Ich blieb stehen und drehte den Kopf.

Die Männer wollten mir eine Hilfe geben, aber die brauchte ich nicht. Sie sollten den verdammten Scheinwerfer ausschalten, ich sah Tokata auch ohne ihre Hilfe.

»Aus!« brüllte ich. »Scheinwerfer aus!« Dabei schlug ich mit dem Arm, um meinen Befehl zu unterstreichen.

Hoffentlich hörten sie mich. Ja, der Scheinwerfer erlosch. Schlagartig wurde es dunkel.

Beim Herumdrehen war ich geblendet worden. Jetzt mußte ich mich erst wieder an die neuen Lichtverhältnisse gewöhnen. Die Hälfte der Strecke lag hinter mir, und Tokata stand noch immer auf dem Dachfirst, ohne sich zu rühren.

Und da stimmte meiner Ansicht nach etwas nicht. Der Samurai war ein Monster, das kämpfen und töten mußte. Diese Untätigkeit paßte einfach nicht zu ihm.

Wenn er so dastand, mußte es einen Grund dafür geben. Über den grübelte ich nach.

Aber ich fand keine Erklärung. Wahrscheinlich würde es so sein, daß er nur auf mich lauerte, um mich umzubringen. Und ich hatte keine Waffe, mit der ich das verhindern konnte. Ich mußte mich da völlig auf mein Geschick verlassen.

Hätte ich wenigstens die Dämonenpeitsche bei mir gehabt, wäre schon viel gewonnen gewesen. Myxin hatte sie damals aus einer anderen Welt mitgebracht. Sie war an keine christliche oder andere Mythologie gebunden, sondern von einem Schwarzblüter gegen Schwarzblüter geschaffen worden.

Aber die Peitsche besaß Suko. Und der war weit weg.

So kletterte ich weiter.

Sprosse für Sprosse blieb hinter mir. Mit jedem Yard schmolz zwar die Entfernung, aber mein Unbehagen und meine Unsicherheit wuchsen, die letzten Endes in Furcht übergingen.

Ja, ich fürchtete mich vor diesem Monster. Gern kletterte ich die Leiter wirklich nicht hoch. Aber es war mein Job. Bevor ich andere, Unschuldige, in Gefahr brachte, mußte ich eben alles versuchen oder versucht haben.

So machte ich weiter.

Tokata erwartete mich bereits. Längst hatte er mich gesehen, denn so schlecht war sein Blickwinkel nicht. Er stand breitbeinig auf dem First. Von seinem Gesicht konnte ich nichts erkennen, die Maske verbarg fast alles, zudem tat die Dunkelheit ihr übriges.

die Maske verbarg fast alles, zudem tat die Dunkelheit ihr übriges.

Die Spitze des Schwertes hatte er leicht gesenkt. Sie zielte genau auf den Dachrand. Allerdings bestand zwischen Rand und First noch ein Zwischenraum, so daß Tokata mich mit einem Schlag nicht treffen konnte.

Die letzten Sprossen!

Acht zählte ich!

Acht Schritte bis zum Tod?

Mein Gott, nur nicht daran denken.

Ich ging weiter. Inzwischen hatte ich mich an die Kletterei gewöhnt und die Atmung darauf eingestellt. Sprosse für Sprosse stieg ich höher, hatte nur noch zwei Stufen vor mir und blieb auf der drittletzten endgültig stehen.

Ich blickte über den Dachrand.

Tokata hatte sich noch immer nicht vom Fleck gerührt. Er starrte mich an, und ich hatte nur Augen für ihn. Aus der Tiefe drangen die Stimmen bis zum Dach hoch. Sie waren allerdings nicht mehr als ein fernes Summen.

Wie würde er reagieren? Würde er angreifen, und würde er mich auch treffen? Denn zwischen uns befand sich die Dachschräge.

Sekunden vergingen. Meine Angst ließ nach. Ich hatte mich an die neue Situation gewöhnt.

Plötzlich hörte ich ein Geräusch.

Rechts von mir ertönte das satte Brummen. Zuerst dachte ich an ein hoch fliegendes Flugzeug, dann erkannte ich am Röhren den fliegenden Hubschrauber.

Und da sah ich ihn schon.

Nein, eigentlich nicht ihn, sondern die Wolke, die die Maschine einhüllte.

Dr. Tod hatte seinen Nebel geschickt!

Er wanderte näher. Zusammen mit dem Hubschrauber flog er genau in meine Richtung.

Da wußte ich, was Dr. Tod beabsichtigte. Er wollte Tokata mitnehmen und mit ihm flüchten.

Der Hubschrauber kam rasch näher, erreichte sein Ziel und blieb direkt über dem Haus in der Luft hängen.

Schwach schimmerten die Umrisse der Maschine durch den Nebel, der nur von den Rotorblättern aufgewirbelt wurde, ansonsten jedoch wie eine klebrige Schicht hängen blieb.

Ich wartete direkt darauf, daß etwas geschah, und sollte nicht enttäuscht werden.

Etwas fiel aus dem unteren Rand der tödlichen Wolke.

Eine Strickleiter.

Sie klatschte auf Tokatas Schulter, wurde vom Wind erfaßt und wieder weggetragen.

Der Samurai des Satans mußte sein Schwert wegstecken, wenn er die Leiter erfassen wollte.

Das tat er auch.

Die gefährliche Klinge verschwand in der Scheide, dann griff Tokata nach der Leiter.

Genau in dem Moment betrat ich das Dach!

»Den kriegen wir nie mehr!« schrie Bill und stürmte zurück in das Yard-Gebäude.

Suko nahm Verbindung zu Sir James Powell auf. »Sir, der Hubschrauber ist soeben unseren Blicken entschwunden!«

»Das ist nicht weiter tragisch. Wir behalten weiter Kontakt. Ich habe das Militär eingeschaltet. Über Radar und Funk können wir den weiteren Flug verfolgen.«

»Stört denn nicht der Nebel?«

»Nur zum Teil. Sie werden ebenfalls an der Verfolgung teilnehmen. Ich stelle Ihnen einen Wagen zur Verfügung.«

»Okay, Sir.« Suko winkte Bill Conolly zu, der soeben aus dem Gebäude rannte.

»Ich habe schon die Schlüssel!« rief der Reporter. »Es ist der dunkle Ford dort.«

Die beiden Freunde eilten quer über den Parkplatz. Sie durften die Maschine jetzt nicht aus den Augen verlieren. Bill fuhr, während Suko auf dem Beifahrersitz Kontakt mit der Zentrale hielt.

Der Reporter startete mit kreischenden Reifen. Auf Spritkosten konnte er jetzt keine Rücksicht nehmen.

Schon erklang die erste Meldung.

»Das Objekt fliegt in südöstliche Richtung. Es nähert sich bereits der Themse.«

»Verstanden.«

Bill hatte mitgehört. Er fuhr schneller, jagte die Victoria Street entlang und schaltete das Blaulicht ein. Rechts wischte Westminster Abbey vorbei. Der Reporter wollte zum Parliament Square und von dort über die Westminster Bridge auf die andere Seite der Themse.

Natürlich befand sich der Hubschrauber immer im Vorteil. Er brauchte keine Kurven zu nehmen oder auf irgendwelchen Verkehr zu achten. Für ihn war immer Platz.

Hier im Regierungsviertel waren die Straßen zum Glück ziemlich frei, so daß Bill und Suko rasch ihr erstes Ziel, die Westminster Bridge, erreichten.

»Sind auf der Brücke«, meldete Suko, als unter ihnen die Fluten der Themse schäumten. Auf der anderen Seite sahen sie schon die Lichter des großen Waterloo-Bahnhofs.

»Kurs des Hubschraubers immer noch der gleiche«, meldete Sir Powell.

»Können Sie sich ein Ziel vorstellen?« fragte der Reporter.

»Nein, noch nicht.«

Die Sirene auf dem Dach des Wagens jaulte wie verrückt. Sie schaffte freie Bahn.

Bill saß entspannt, aber trotzdem voll konzentriert hinter dem Lenkrad. Er war ein ausgezeichneter Autofahrer und konnte nicht nur mit seinem Porsche umgehen.

Suko beugte sich hin und wieder vor, um schräg nach oben durch die breite Frontscheibe zu peilen.

Es sah nur den weiten Himmel, auf dem sich der Widerschein zahlreicher Lichter spiegelte. Von der Todeswolke sah er nichts. Dazu war der Himmel zu dunkel.

»Der neue Kurs ist jetzt Süd«, meldete Sir James.

Bill schaltete schnell. Nach der Brücke wandte er sich nach links und fuhr die Lambeth Palace Road entlang, die zur nächsten Brücke, der Lambeth Bridge, führt.

Hier drehte der Reporter noch mehr auf. Er hatte den Ehrgeiz, den Hubschrauber nicht entkommen zu lassen, obwohl die Maschine schneller war als die PS-stärksten Wagen.

Zwei Minuten vergingen, während Bill und Suko in Richtung Süden rauschten.

Sir James meldete sich nicht. Der Apparat blieb stumm.

Dann endlich erklang seine Stimme: »Das Objekt hat sein Ziel erreicht!«

»Wo?« fragten Suko und Bill fast gleichzeitig.

Sir Powell gab den Straßennamen durch. Es war ganz in der Nähe, Stadtteil Lambeth.

»Es ist übrigens das Haus, in dem Tokata die beiden Polizisten ermordet und eine Geisel gefangengehalten hat«, erklärte der Superintendent.

»Dann müßte John da sein!« rief Suko.

»Ist er auch.«

»Und?«

»John Sinclair ist, laut Angaben der Polizei, allein gegen Tokata angetreten. Noch steht der Sieger nicht fest, aber Johns Chancen sind sehr gering.«

»Verstanden, Sir, wir fahren hin!«

Bill schlug wütend auf das Lenkrad. »Das hat gerade noch gefehlt«, knurrte er. »Typisch Sinclair.«

»Was hättest du denn gemacht?« fragte Suko.

»Das gleiche.«

»Na bitte.«

Sie rasten weiter. Bill überholte, was es zu überholen gab. Die Sirene jaulte. Breite Scheinwerfer warfen einen großen, hellen Teppich vor dem Wagen auf die Straße. Das Licht auf dem Dach flackerte. Geisterhaft zuckte der Schein über den Asphalt.

Bei dieser Autojagd ging es im wahrsten Sinne des Wortes um Sekunden.

Eine Ampel.

Sie zeigte Rot.

»Verdammt, da fahr ich rüber«, sagte Bill und ging sicherheitshalber vom Gas.

Und die Zeit rann davon.

Minute reihte sich an Minute.

Abbiegen. Rechts herum. Bill jagte mit kreischenden Reifen in eine schmale Straße. Der Wagen wollte mit dem Heck ausbrechen, doch der Reporter zwang ihn wieder in die Spur.

Auf dem Beifahrersitz hockte Suko und machte die Dämonenpeitsche klar. Beide Männer rechneten mit einem harten Kampf...

Damit rechnete ich auch!

Die letzten Sprossen hatte ich überwunden und schwang mich auf das Dach. Das Ende der Leiter stand über dem Niveau der Dachkante. Dahinter jedoch begann sofort die Schräge, die zum First führte, wo Tokata nach der Leiter gegriffen hatte.

Um ihn zu erreichen, mußte ich eine wahre Turnerleistung vollbringen, denn die Dachschräge war nicht trocken, und zudem trug ich Schuhe mit Ledersohlen.

Vor mir sah ich die Pfannen. Uralte Dinger, die verdammt brüchig aussahen. Auch die Dachrinne war nicht mehr die stabilste.

An einigen Stellen auf dem Dach glitzerte es. Dort war es besonders glatt, denn die Feuchtigkeit hatte dort eine dünne Eisschicht gebildet. Wenn es eben ging, wollte ich diese Stellen umgehen.

Ich suchte den besten Aufstieg. Normal gehen konnte ich nicht. Auf Händen und Füßen mußte ich höher kriechen, was natürlich Zeit kostete und Tokata die Gelegenheit gab, im Innern des Hubschraubers zu verschwinden.

Jetzt wollte ich Licht haben.

»Scheinwerfer!« brüllte ich so laut, daß sich meine Stimme schon überschlug.

Sie schalteten zwei an.

Ein Strahl zuckte rechts auf, der andere kam von der linken Seite, wobei das meiste Licht schräg über das Dach fiel. Doch die Ausläufer dieser Lichtkegel reichten aus, um mir eine bessere Sicht zu verschaffen.

Tokata, dieses untote Monster aus Japan, kletterte bereits die Strickleiter hoch.

Sie schwankte nicht nur im Wind, sondern auch unter seinem Gewicht, das er unregelmäßig verteilte. Es war für ihn gar nicht so einfach, mit nur einem Arm die Balance zu halten.

Aber ich kletterte weiter.

Nach wie vor stand der Hubschrauber in der Luft und wurde von der Todeswolke eingehüllt.

Ich hatte mein Kreuz offen vor die Brust gehängt, so daß ich gegen diese Wolke immun war. Mit beiden Händen krallte ich mich jeweils an den Dachpfannen fest und zog mich so höher. Verdammt, ich wollte den Hubschrauber erreichen.

Wie es dann weiterging, wußte ich nicht. Auch lag ich deckungslos auf dem Dach. Man hätte bequem aus der Maschine heraus auf mich schießen können, doch anscheinend war Lady X nicht dabei. Sie hätte es sofort getan.

Dabei konnte ich zu diesem Zeitpunkt nicht wissen, was sich im Yard-Gefängnis abgespielt hatte, deshalb rechnete ich weiter damit, daß dieses verdammte Weib mit seiner MPi im Einstieg erscheinen würde.

Die Hälfte der Strecke hatte Tokata trotz aller Widrigkeiten hinter sich gelassen.

Ich ebenfalls, obwohl ich zweimal abgerutscht war, denn die Feuchtigkeit auf dem Dach wirkte wie Schmiere, so daß ich kaum einen festen Halt finden konnte.

Aber weiter!

Ich kam mir bald vor wie ein Bergsteiger, griff zuerst mit der rechten Hand vor, prüfte, nahm dann die linke und stemmte mich dabei mit den Rändern der Sohlen ab.

So schaffte ich Zoll für Zoll.

Mein Gesicht war schweißnaß. Ich mußte die Zähne zusammenbeißen, denn meine Kondition war nicht mehr die beste, nach dem, was hinter mir lag.

Der First!

Nur noch wenige Armlängen war er von mir entfernt. Diese kurze Strecke würde ich auch noch hinter mich bringen.

Und ich schaffte es.

Meine Hände krallten sich um die waagerecht liegenden Pfannen. Sie waren zu meiner Überraschung noch ziemlich stabil, so daß ich einigermaßen Halt fand.

Ich atmete auf.

Jetzt war der schwierigste Teil der Strecke geschafft. Nichts konnte mehr schiefgehen.

Langsam zog ich die Beine nach und drehte dabei den Kopf

ein wenig nach rechts, wo die Strickleiter im Wind und durch Tokatas Gewicht hin- und herschwang.

Dann hockte ich auf dem First.

Tokata hatte hier gestanden. Es war wirklich ein Kunststück, auf diesem schmalen Stück einen Halt zu finden.

Ich blieb erst mal in der Hocke sitzen und hob den Kopf.

Tokata hatte es fast geschafft. Er brauchte nur noch seinen Arm auszustrecken, um den Rand der Einstiegsluke packen zu können.

Konnte ich es schaffen?

Ich warf alles in die Waagschale. Auf dem schmalen Dachfirst kriechend bewegte ich mich nach vorn. Ein Windstoß hatte die Nebelwolke zerrissen, so daß ich eine bessere Sicht hatte.

Tokata verschwand im Hubschrauber.

Und die verdammte Leiter befand sich vielleicht noch vier Yards von mir entfernt.

Unerreichbar!

Aber der Hubschrauber flog noch nicht ab. Ich sah Bewegung in seinem Innern und vernahm plötzlich einen gellenden Schrei.

Einen Frauenschrei!

Dann erschienen Gestalten am Ausstieg. Sie kämpften miteinander. Ich hörte eine Stimme.

»Nein, laßt mich los, ihr Bestien!«

Im nächsten Augenblick schien mir das Blut in den Adern zu gerinnen. Die Stimme kannte ich.

Sie gehörte Jane Collins!

Eine Frau erschien an der Tür. Sie wurde von einer riesigen Gestalt umklammert.

Tokata!

Und diese Frau, die mit Janes Stimme geschrien hatte, war gar nicht die Detektivin.

Jane hatte blondes Haar, das der Frau war schwarz. Das Gesicht konnte ich nicht genau erkennen, dafür hörte ich das grausame Lachen, und dann erhielt die Frau einen Stoß in den Rücken, der sie aus dem Hubschrauber katapultierte.

Sie fiel genau auf mich zu...

Wenn diese Person mich traf, würde mich das Gewicht vom Dach schleudern und in die Tiefe reißen.

Diese Vorstellung schwirrte in meinem Kopf herum, als der Körper dicht neben mir auf das Dach fiel. Der Laut, mit dem er aufprallte, ging mir durch Mark und Bein. Ich sah ein erschrecktes Gesicht und glaubte, Jane Collins zu erkennen, war mir jedoch nicht sicher. Auf jeden Fall mußte der Frau geholfen werden.

Sie rutschte ab.

Ich lag in diesem Augenblick verdammt ungünstig, konnte nicht nachfassen und verlor den Kontakt.

Die schwarzhaarige Person rutschte über die Dachpfannen. Sie schlug in Panik wild um sich, schrie und schien nicht zu wissen, wo sie sich befand.

»Beine und Arme ausbreiten!« brüllte ich.

Sie hörte nicht.

Verdammt, wenn sie so weitermachte, dann stürzte sie noch ab. Das mußte ich verhindern.

Und der Hubschrauber?

Im Unterbewußtsein hörte ich nur das Flappen der Rotorblätter, zu sehr mußte ich mich auf meine eigentliche Aufgabe, die Rettung des Mädchens, konzentrieren.

Während die Maschine startete, rollte ich mich vom First ab, gab mir Schwung und folgte dem rutschenden Körper. Dabei sah ich zu, daß ich dorthin gelangte, wo sich die Feuerwehrleiter befand, den nur dort hatte ich noch eine Chance.

Doch wie der Teufel wollte, die Frau trat um sich, traf meine Hand und drehte sich dann um die eigene Achse. Sie mußte auf eine glatte Stelle geraten sein.

Plötzlich hatte ich nicht mehr die Beine vor mir, sondern ihren Kopf. Es gab nur eine Chance, wenn ich sie retten wollte.

Ihr Haar!

Meine Finger gruben sich in die schwarze Flut, während über mir der Hubschrauber verschwand.

Eisern hielt ich fest.

Vielleicht zu fest.

Auf einmal spürte ich den Ruck, und dann hielt ich die Haarflut in der Hand.

Es war nur eine Perücke gewesen. Langes blondes Haar wurde vom Wind zerwühlt.

Das war Jane!

Und sie rutschte auf den Dachrand zu, wenige Schritte von der vorstehenden Leiter entfernt.

»Halt dich fest!« brüllte ich.

Jane hörte meine Worte nicht. Sie hüpfte förmlich über die Dachkante und verschwand.

Den Schrei werde ich nie vergessen, und ich wartete förmlich auf das brutale Geräusch des Aufpralls...

Bill Conolly war wie der Henker gefahren. Zum Schluß hatte er sogar noch den Hubschrauber gesehen, der, eingehüllt in die Wolke, über einem Hausdach stand.

»Wir sind da!« sagte Bill und riß den Wagen in die letzte Kurve.

Dann jedoch mußte er hart bremsen, denn ein Ring von Neugierigen versperrte den Weg.

Die Menschen spritzten förmlich zu Seite, als der Wagen mit heulender Sirene und Blaulicht um die Kurve preschte. Sie schufen eine Gasse, durch die Bill fuhr, bis ein querstehender Streifenwagen seine Fahrt stoppte.

Suko und Bill sprangen aus dem Wagen.

Scheinwerfer erleuchteten das Haus, auf dessen Dach sich alles abspielte.

Die beiden Männer war noch zu weit entfernt. Sie konnten nicht genau sehen, was vor sich ging, doch sie bekamen mit, wie eine blondhaarige Frau über die Dachkante fiel und in die Tiefe stürzte.

»Das war Jane«, sagte Bill und wurde leichenblaß...

Der Aufschlag erfolgte nicht!

Drei, vier, fünf Sekunden vergingen – für mich kleine Ewigkeiten, aber es war nichts zu hören.

Ich lag auf dem Bauch, klammerte mich irgendwo an den

Dachpfannen fest, hörte das Blut in meinen Ohren rauschen und vernahm meinen keuchenden Atem.

Was war gesehen?

Dann eine Megaphonstimme. Sie hallte zu mir hoch, klang blechern, aber ich konnte sie verstehen. Und die nächsten Worte waren Musik in meinen Ohren.

»Oberinspektor Sinclair, Oberinspektor Sinclair. Sie brauchen sich keine Sorgen zu machen. Ein Sprungtuch hat die Frau aufgefangen!«

Ein Sprungtuch – mein Gott!

Natürlich, die Feuerwehrmänner hatten es ausgebreitet, als ich damit begann, die Leiter hochzuklettern. Auf einmal wurde mir schwindlig. Vor Glück oder Erleichterung. Ich zitterte und war einfach nicht mehr in der Lage, mich zu bewegen.

Ich blieb liegen.

Das mußten die Männer der Feuerwehr gemerkt haben. Sie holten mich vom Dach. Zu dritt stützten sie mich, und sie hatten Routine. Sicher erreichte ich den Erdboden.

Und dort konnte ich auch nicht stehen, ich mußte mich erst einmal hinsetzen.

Jemand gab mir heißen Tee zu trinken. Der half. Und plötzlich waren Suko und Bill da.

Strahlende Gesichter, Erleichterung, wo ich hinschaute, aber auch Trubel, Feuerwehrwagen, Rotlichter. Ich trank meine Tasse leer und bedankte mich bei den Männern der Feuerwehr.

Dann suchte ich Jane.

Sie lag im Wagen der Ambulanz. Als ich durch die Hecktür hineinkroch, da lächelte sie schon wieder.

»John«, sagte sie nur, und in ihren Augen schimmerten Tränen.

Auch mir saß etwas im Hals. »Warum, zum Teufel, mußt du auch Perücken tragen?« fragte ich rauh.

»Ich verspreche dir, in Zukunft die Haare höchstens zu färben«, erwiderte sie.

Dann redeten wir über den Fall. Man hatte Jane im Hubschrauber eine Spritze gegeben. Danach war sie wieder völlig normal gewesen. Wie sie allerdings in die Maschine gekommen war, wußte sie selbst nicht zu sagen. Wir erzählten es ihr später.

Eine rauhe Stimme riß mich in die Wirklichkeit zurück. Sir James Powell war da.

Er wartete vor dem Wagen, lächelte aber doch, als ich auftauchte, und reichte mir die Hand. »Ich freue mich, daß ich Sie gesund wiedersehe, John.«

»Danke, Sir.«

»Und Miss Collins?«

»Alles okay. Sie hat diesen Teufelstrank wohl verkraftet. Wenigstens habe ich nichts feststellen können.«

Mein Chef war beruhigt.

Einen Sieg hatten wir nicht errungen. Lady X und damit auch die anderen Mitglieder der Mordliga waren entkommen. Der Hubschrauber hatte sich buchstäblich in Luft aufgelöst und war von den Radarschirmen verschwunden.

Ich sah noch, wie die Polizisten ihre von Tokata ermordeten Kollegen aus dem Haus trugen.

Wieder zwei Opfer mehr, die auf das Konto der Mordliga gingen. Und wir hatten es noch nicht geschafft, sie zu zerschlagen. Im Gegenteil, da war noch jemand hinzugekommen – eine zweite Frau.

Viola Mandini.

Wir mußten uns etwas einfallen lassen. Aber zuerst ließ sich Jane Collins etwas einfallen. Zwei Tage später – die Feuerwehrmänner hatten dienstfrei – lud Jane die gesamte Schicht zu einem Umtrunk ein. Der Legende nach sollen die Jungs eine Kneipe leergetrunken haben, woran Bill und ich auch nicht ganz unbeteiligt gewesen waren...

ENDE

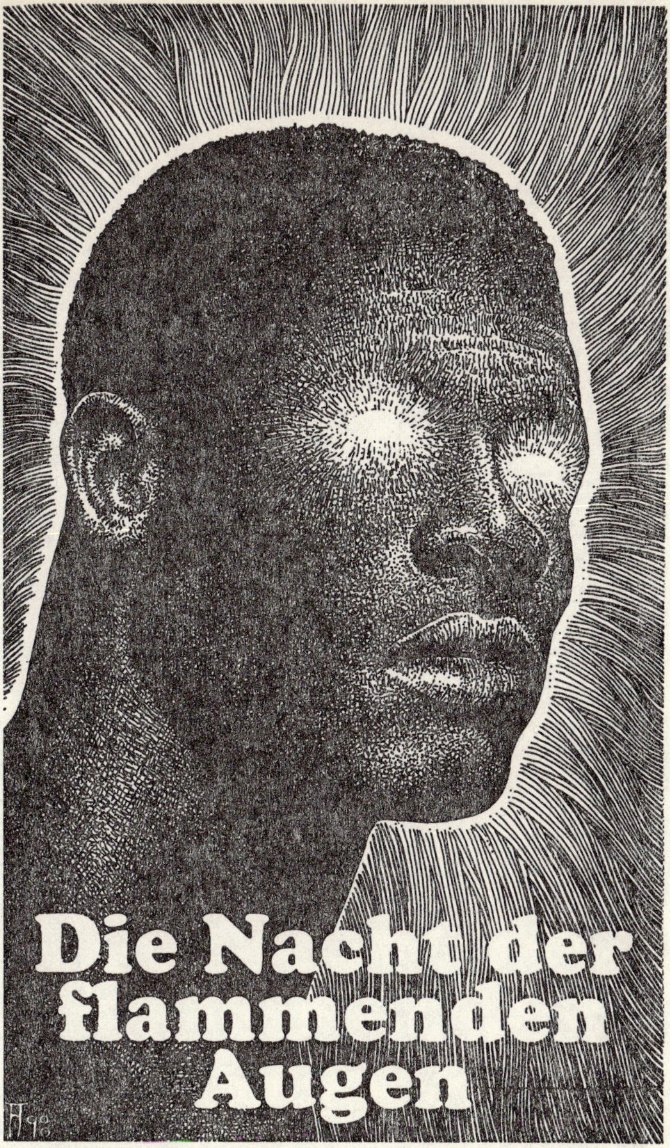
Die Nacht der
flammenden
Augen

Trommelklang!

Dumpf anzuhören. Unheimlich, gespenstisch – fremd. Nach Afrika in den Dschungel passend, aber nicht nach London.

Und doch wahr.

Garry Gibson hörte die Trommeln schon seit geraumer Zeit, und er wußte auch, wem sie galten. Sie wurden für ihn geschlagen, für ihn ganz allein.

Manchmal eine Ehre für denjenigen, der damit gemeint war, aber oft bedeuteten sie auch etwas anderes.

Den Tod!

Wie bei Garry Gibson. Ihm versprachen die Trommeln den Tod. Denn er hatte zuviel gesehen.

Daß er sie überall hören konnte, wo er sich auch befand, war Berechnung. Garry sollte immer an sein Schicksal erinnert werden. Daran, daß man ihnen nicht entkam.

Er blieb stehen. Schweratmend lehnte er sich gegen eine Hauswand, während ihn eine gespenstische Stille umgab und er nur von Ferne dieses Tam-Tam der Todestrommeln hörte.

»Verdammt noch mal, warum habe ich mich auch darauf eingelassen«, fluchte er wütend. »Ich hätte es nicht tun sollen. Nein, wirklich nicht. Ich hätte mich . . .« Er schüttelte den Kopf, hustete und starrte auf das rissige Pflaster der schmalen Gasse. Seine rechte Hand fuhr in die Tasche. Die suchenden Finger ertasteten das kühle Metall der Luger. Die Waffe, auf die sich Garry Gibson immer verlassen hatte, würde ihn auch heute nicht im Stich lassen. Es fragte sich nur, ob sie ihm auch etwas nützte, denn die anderen waren kaum zu besiegen.

Vorsichtig sah Gibson sich um.

Die Straße war nicht leer. Aus einer Bar torkelten zwei Betrunkene, unter einer Laterne stand ein Strichmädchen. Es hatte sich in einen warmen Pelz gehüllt, den brauchte man in der Nacht, denn der Januar hatte noch einmal den trockenen Frost gebracht.

Garry Gibson stellte seinen Mantelkragen hoch, rammte beide Hände in die Taschen und ging die Straße hinunter.

Er mußte auch an der Laterne vorbei.

»He, Süßer«, sagte die Nutte. »Möchtest du dir nicht bei mir ein paar warme Gedanken machen?«

Garry lief weiter.

»Verdammter Geizhals!« schrie die unechte Blondine ihm nach. Anschließend folgte ein sehr wüstes Schimpfwort, um das sich Garry Gibson allerdings nicht kümmerte.

Er hatte andere Sorgen. Und dabei war der Anfang völlig normal gewesen. Ein Routinejob, mehr nicht.

Garry stammte aus Glasgow. Dort war er aufgewachsen, zur Schule gegangen, hatte als Tankwart, Fernfahrer, Diskjockey und Fußballer gejobbt und ein ziemlich wildes Leben geführt. Bis er 30 wurde. Da hatte er eine innere Wandlung erfahren, sich eine Zeitung gekauft und die Stellenangebote durchgelesen. Für ihn war nichts dabei gewesen, bis sein Blick auf eine kleine Anzeige fiel. Eine Schule bildete dort Privatdetektive aus.

Durch Fernsehserien animiert, war Garry voll auf die Anzeige abgefahren. Er bestand eine Aufnahmeprüfung und wurde drei Monate lang geschult. Dann ließ man ihn auf Klienten los. Meist ging es um Scheidungsfälle und kleinere Erpressungen. Garry löste die Fälle und erhielt größere.

Wie auch vor vier Tagen. Da sollte er einen Diplomaten aus dem Senegal beobachten, der angeblich Gelder unterschlagen hatte. Garry hängte sich an den Diplomaten und landete in London, wo sich der gute Politiker sofort nach Soho begab. Hier verlor Garry erst einmal die Spur des Mannes. Allerdings hatte sich Gibson im selben Hotel einquartiert wie der Schwarze, und am nächsten Abend blieb er Ogabe, so hieß der Typ, auf den Fersen.

Wieder ging es nach Soho.

Und diesmal wurde es spannend, denn Ogabe verschwand in einem obskuren Haus, das nur von Farbigen bewohnt wurde. Garry knackte ein Schloß und folgte ihm weiter.

Er landete im Keller.

Was er dort zu sehen bekam, war so schlimm und makaber, daß selbst der abgebrühte Garry Gibson nicht mehr weitermachte und die Flucht ergriff. Er dachte darüber nach, ob er den Job abbrechen sollte, doch Garry hatte Ehrgeiz. Er wollte ihn zu Ende führen, und an den nächsten Tagen folgte er Ogabe wieder.

Dann entdeckten sie ihn.

Mit Müh und Not gelang es ihm, aus dem Haus zu entkommen, aber sie blieben auf seiner Spur. Und sie schienen überall ihre Leute sitzen zu haben, denn wenn jemand irgendwo die Trommel anschlug, wurde schon woanders geantwortet.

Der Detektiv erreichte das Ende der Straße. Hier blieb er erst einmal stehen.

Nachdem sich sein Atem beruhigt hatte, stellte er fest, daß der Trommelklang verstummt war.

Garry lachte auf und schüttelte den Kopf. Sie hatten seine Spur verloren.

Geschafft!

Er holte die Zigaretten hervor und zündete sich ein Stäbchen an. Tief inhalierte er den Rauch. Durch die Nasenlöcher ließ er ihn wieder ausströmen. Vor seinem Gesicht mischte sich der Rauch mit dem Atem.

Garry wandte sich nach links. Wo er sich genau befand, wußte er nicht. London war ihm fremd. Soho mit seinen engen Gassen und zahlreichen Straßen erst recht. Auch herrschte um diese Jahreszeit so gut wie kein Betrieb. Bei der Kälte zogen es selbst vergnügungssüchtige Touristen vor, zu Hause zu bleiben.

Die meisten Lokale hatten geschlossen. Nur an wenigen Stellen flackerte die Leuchtschrift einer Bar.

Garry Gibson ging schnell weiter. Dabei überlegte er, ob es noch Sinn hatte, in das Hotel zurückzukehren. Die anderen kannten ihn jetzt, und er kannte ihr Geheimnis. Dieser Ogabe würde alles daransetzen, um ihn zu erledigen.

Was tun?

Verzweifelt grübelte Gibson nach einer Lösung. Er war kein ängstlicher Mensch, das hatte er schon mehr als einmal bewiesen, aber dieser Fall hier zerrte an seinen Nerven. Der war ihm nicht geheuer. Garry zündete sich die nächste Zigarette an der noch brennenden Kippe an. Er war so in Gedanken versunken, daß er die beiden Männer auf der anderen Straßenseite nicht beachtete, die im Schatten der Hauswände schritten und mit Gibson auf einer Höhe blieben.

Der Detektiv eilte weiter.

Dann zuckte er zusammen.

Trommeln!

Plötzlich vernahm er wieder dieses dumpfe Tam-Tam, das so an seinen Nerven zerrte.

Sie hatten seine Spur nicht verloren. Verdammt noch mal, die wußten immer Bescheid.

Ein Wagen bog in die Straße ein. Gibson blieb stehen, als er die hellen Augen der Scheinwerfer sah. Die beiden Lichtlanzen warfen breite Bahnen auf die Fahrbahn. Lautlos rollte das Gefährt näher.

Garry drückte sich eng gegen die Hauswand. Er schirmte seine Augen ein wenig ab, um nicht geblendet zu werden. Diesen Wagen hörte man nicht, wenn er fuhr.

Lautlos rollte er voran – und war da.

Ein Rolls!

Himmel, ein goldfarbener Rolls Royce in dieser Gegend. Das war ja schon pervers, fast eine Schande. Garry sah, daß Vorhänge die Scheiben verdeckten, doch im Innern der Luxuskarosse brannte Licht. Matter Schein füllte den Stoff der Vorhänge.

Dann war der Wagen vorbei.

Vielleicht nur ganz harmlos, dachte Garry und wischte sich den Schweiß von der Stirn. Für Sekunden paßte er nicht auf.

Diese Zeit reichte den beiden Männern. Sie hatten im Schutz des Rolls die Straße überquert und mit ein paar lautlosen Sprüngen die andere Seite erreicht.

Plötzlich standen sie vor Garry.

Der Detektiv erschrak bis ins Mark. Denn die beiden sahen ebenso aus wie die, die er in dem Keller gesehen hatte.

Es waren normale Menschen, bis auf eine Kleinigkeit.

Jeweils auf ihren Stirnen leuchtete ein flammendes Auge!

Garrys Gesicht verzerrte sich. Auf einmal schoß die Angst in ihm hoch. Dieses verdammte Gefühl der Hilflosigkeit, sich nicht gegen die Typen wehren zu können.

Viel sah er nicht von ihnen. Es waren Schwarze, das konnte er gerade noch erkennen. Von ihren Gesichtern jedoch sah er nichts. Die flammenden Augen schienen immer größer zu werden und das gesamte Gesicht zu erfassen.

Garry Gibson spürte, wie seine Knie weich wurden. Er merkte, daß er keine Chance mehr hatte, daß die anderen ihn gnadenlos töten würden. Aber verdammt, er wollte nicht sterben. Nicht durch diese beiden und in diesem dreckigen Viertel von Soho.

Garry reagierte.

Er wußte selbst nicht, woher er den Mut nahm. Er spie die Zigarette aus, traf dabei einen Körper und riß gleichzeitig die Luger aus der Tasche.

Dann schoß er.

Fahlgelb zuckte es vor der Mündung auf. Garry hörte den Einschlag der Kugel und einen röchelnden Laut. Die Gestalt rechts von ihm verschwand. Sofort schwenkte Gibson die Waffe und schoß auf den linken. Der hatte sich nicht bewegt und nahm die Kugel ebenfalls voll.

Wild lachte Gibson auf.

Er wunderte sich zwar, daß die beiden noch immer stehenblieben, aber er dachte sich nichts dabei. Der Detektiv warf sich in die Lücke zwischen den Verfolgern und hetzte auf die Straße. Dort wandte er sich nach links und lief in die Richtung weiter, aus der vorhin der schwere Rolls gekommen war.

Die Angst peitschte ihn voran. Er hatte zwei Menschen umgebracht, war zum Mörder geworden. Jetzt würde ihn nicht nur die geheimnisvolle Bande jagen, sondern auch die Polizei.

Garrys Schuhe schlugen ein hämmerndes Stakkato auf den Asphalt. Dreißig, vierzig Yards hatte er zurückgelegt, als er zum erstenmal den Kopf drehte und sich umsah.

Der Schock traf ihn wie ein Hieb. Nur wühlte er seine Psyche auf und verursachte keinen körperlichen Schmerz.

Die beiden Angeschossenen verfolgten ihn. Ihre Augen leuchteten dabei. Die Flammen bildeten regelrechte Räder, die die gesamte Breite der Stirn einnahmen.

»Mein Gott«, ächzte der Detektiv, lief weiter, paßte nicht auf und stolperte über seine eigenen Beine.

Er fiel hin.

Liegen bleiben. Bleib doch liegen! schoß es ihm durch den Kopf. Seine Lungen stachen, die Kehle brannte, aber da war noch ein Rest von Energie, der ihn wieder hochtrieb.

Er hetzte weiter.

Und die Verfolger blieben ihm auf den Fersen. Wie zwei Roboter liefen sie. Gar nicht mal so schnell, aber ungeheuer zielstrebig.

Wie lang ist die Straße denn noch? Verdammt, wann ist sie endlich zu Ende?

Die Angst verzerrte bei Garry die Perspektiven. Verbissen hetzte er voran. Die Zeit der Schwäche war vorbei, er mobilisierte die Reserven. Wieder vernahm er den Klang der Trommeln.

Dieses dumpfe Geräusch, das ihn fast zum Wahnsinn trieb und in seinem Hirn widerhallte.

Er warf den Kopf hin und her. Das Trommeln schien ihn von allen Seiten einzukreisen, er glaubte dunkle Gestalten an den Hauswänden zu sehen, die rhythmisch ihre Trommeln schlugen.

Einbildung?

Vielleicht, aber das grelle Licht vor ihm war keine Einbildung. Ein Wagen bog in die Straße ein.

Lautlos, sanft, fast schwebend...

Der Rolls!

Ja, das war der Wagen. Und er stand mit den anderen in Verbindung. Er war nicht so harmlos und fuhr auch nicht von ungefähr durch diese Straße.

Er wurde schnell, der Fahrer beschleunigte. Das Licht der Scheinwerfer vergrößerte sich zu einer grellen Sonne, die irgendwo im All zu zerplatzen schien und ihre blendende Helligkeit in die Augen des Detektivs streute.

Garry stolperte vorwärts, riß die Arme hoch. Tief in seinem Gehirnschacht schrie eine warnende Stimme, daß er überfahren werden sollte, und diese immer deutlicher werdende Warnung steigerte Garrys Reaktion.

Er wußte es selbst nicht, wie er es schließlich schaffte, aber er sammelte all seine Kräfte und warf sich nach rechts. Es war ein gewaltiger Sprung, eine schon fast artistisch zu nennende Leistung, wie er sich überschlug und auf den Gehsteig an der anderen Straßenseite aufprallte. Dabei rollte er bis zur Hauswand, gegen die er hart anschlug und sich den Kopf stieß.

Aber er hatte es geschafft.

Der Rolls fuhr vorbei – und wurde abgebremst.

Das sah Garry Gibson, als er sich auf die Füße stemmte und einen Blick zurückwarf. Wie geheimnisvolle rote Sonnen leuchteten die großen Hecklichter des Superschlittens.

Die Beifahrertür schwang auf. Jemand verließ den Wagen.

Ein Hüne von Mensch. Ein riesiger Neger, eingehüllt in eine Livree. Er wandte Garry den Rücken zu und blieb so stehen.

Der Detektiv kam wieder auf die Beine. Solange sich die anderen nicht um ihn kümmerten, hatte er noch eine Chance. Wie ein Dieb schlich er an der Häuserzeile vorbei und hörte plötzlich Lachen, Stimmengewirr und Musik.

Da war eine Bar. Ganz in der Nähe lag sie. Wenn er es schaffte, sie zu erreichen, dann war er vielleicht in Sicherheit. Die anderen würden es nicht wagen, ihn zwischen so vielen Zeugen umzubringen. Nein, das brachte niemand fertig.

Seine beiden Verfolger waren jetzt beim Wagen, wo noch immer der hünenhafte Fahrer stand. Der Fahrer drehte sich um und deutete mit dem Arm dorthin, wo Garry lief.

Aber Gibson reagierte instinktiv richtig. Er hatte soeben den Eingang der kleinen Bar erreicht, übersah jedoch die nach unten führende Treppe und stolperte die Stufen hinunter. Nach der dritten fiel er. Er zog den Kopf ein und blieb unverletzt am Fuß der Treppe liegen.

Vor sich sah er eine Holztür mit einem auf Spalt gestellten Oberlicht aus Glas.

Deshalb die Musik und die Stimmen.

An der Klinke zog sich der Mann hoch und drückte gleichzeitig die Tür auf.

Mit ihr zusammen fiel er in den Raum hinein. In eine Mischung aus billigem Parfüm, Whiskydunst, Rauch und Schweiß. Eine typische Bar in Soho, wo kaum Touristen zu finden sind und die Bordsteinschwalben ihre Pausen machten.

Keiner achtete auf den erschöpften Mann, der sich neben der Tür an die gekalkte Wand lehnte und ein paarmal tief durchatmete, wobei er den Rauch in die malträtierten Lungen saugte und einen Hustenanfall erlitt.

Ein Mann, der zur Toilette wollte, sah dies und hielt ihm ein Bierglas vor die Nase.

»Das ist gegen Husten.« Er lachte und ging weiter.

Garry nickte nur. Er raffte sich auf und schlug den Weg zum umlagerten Tresen ein. Dabei passierte er einen alten, halbblinden Spiegel. Als er hineinschaute, erschrak er.

Garry Gibson erkannte sich selbst nicht mehr. Sein dunkles

Haar war schweißverklebt, die Augen blickten stumpf und furchtsam, die Haut an den Wangen zitterte, und die Falten zwischen Nase und Mundwinkel hatten sich verstärkt.

So sieht einer aus, der am Ende ist, dachte er. Zählte man noch die verschmutzte Kleidung hinzu, so konnte man ihn wirklich für einen Penner halten.

An der rechten Seite des halbrunden Tresens fand er noch einen freien Platz. Ziemlich nahe an der Wand. Hinter der Theke bediente ein unwahrscheinlich dicker Mann. Die schwarzen Haare waren auf dem kleinen Kopf auf Streichholzlänge geschnitten und standen hoch.

»Was willst du trinken?« wurde Gibson von dem Wirt angesprochen.

»Bier.«

»Großes?«

»Ja.«

Er erhielt es. Das Bier war schlecht gezapft, doch Garry störte sich nicht daran. Als er den ersten Schluck genommen hatte, und den Krug wegstellen wollte, sah er die geöffnete Hand des Wirts auf der Theke liegen.

»Wieviel?«

»Ein Zehner.«

Er gab dem Wirt das Geld. Die anderen Männer und Frauen an der Theke nahmen von Garry keine Notiz. Ihre Aufmerksamkeit galt einer Frau, die leicht angetrunken auf einem der runden Tische einen Striptease produzierte und dabei Lieder aus dem Erfolgsmusical »My Fair Lady« sang.

»Sie war mal Schauspielerin«, hörte Garry eine spöttische Frauenstimme. »Mann, wenn die so schlecht im Bett ist, wie sie strippt, kann ich mir vorstellen, daß sie keinen Freier kriegt.«

Andere lachten.

Garry blieb ernst. Ihm war wirklich nicht spaßig zumute. Aber so hat jeder seine Probleme, dachte er.

Er trank einen Schluck. Die ehemalige Schauspielerin schleuderte ihren Wickelrock fort. Einer der Gäste bekam ihn über den Kopf, worauf die anderen lachten und anfingen zu klatschen.

Dieses rhythmische Geräusch störte die Gedankengänge des Detektivs. Jetzt hockte er zwischen wildfremden Menschen und wußte nicht, was er tun sollte. Oft schielte er zur Tür, doch nach ihm hatte niemand mehr die Bar betreten.

Ob sie noch draußen lauerten?

Bestimmt, die ließen sich nicht so leicht abschütteln, denn er war schließlich ein Zeuge, und den ließ man nicht am Leben.

Garry griff nach den Zigaretten.

Zwei Stäbchen befanden sich noch in der Packung. Als die Stripperin ihre Bluse fortwarf, brannte der Glimmstengel.

Was tun?

Ewig konnte er hier nicht hocken, das war ihm klar. Und auf der Straße lauerten seine Feinde. Sie warteten nur darauf, daß er sich zeigte.

Es mußte ihm jemand helfen.

Innerlich lachte Garry Gibson bei diesem Gedanken auf. Wer von diesen Typen sollte ihm schon zur Seite stehen? Er brauchte sich nur umzusehen. Da hockten Fixer mit hungrigen Augen, Dealer mit festgeklebtem, arrogantem Grinsen in den Mundwinkeln, Dirnen, Verbrecher, Totschläger, Zuhälter – eine wahrhaft illustre Gesellschaft. Nein, die würden für ihn, den Fremden, keinen Finger rühren.

Garry knöpfte sich den Mantel auf. Ihm war warm geworden. Das kam von der verdammten Angst. Wäre er doch nur Diskjockey geblieben. Seine Gedanken streiften ab. Wie konnte er sich aus dieser verdammten Klemme befreien?

Er steckte in London, einige hundert Meilen von Glasgow entfernt, kannte keinen Menschen...

Moment mal. Plötzlich machte es ›Klick‹ in seinem Hirn. Natürlich kannte er jemand.

Allerdings nur eine Frau. Von der hatte er jahrelang nichts gehört. Sie war die Nichte seiner Stiefmutter. So um drei Ecken war sie mit ihm verwandt. Er hatte sie auch zweimal gesehen, als sie mal nach Schottland gekommen war.

Wie hieß die Kleine denn nur?

Kleine ist gut, dachte er. Die ist bestimmt über zwanzig Jahre alt und würde sich an ihn kaum noch erinnern können. Trotzdem ließ er sich das Telefonbuch geben.

Der dicke Wirt warf es ihm hin. Der Luftzug stäubte Asche aus dem Becher.

Als dann noch weitere Telefonbuchbände folgten, bestellte sich Garry ein neues Bier. Während er suchte, warf die Schauspielerin ihre knapp geschnittene Tanga-Hose ins Publikum. Nackt tanzte sie auf dem runden Tisch, wobei zwei Gäste sie mit Taschenlampen anleuchteten und sich köstlich amüsierten.

Das alles sah Garry Gibson nicht. Er suchte den Namen seiner entfernten Cousine.

Und er fand ihn.

Als das Telefon vor ihm stand und er die Nummer wählte, war es genau eine Stunde vor Mitternacht...

Um diese Zeit geht der Normalbürger ins Bett.

Auch Glenda Perkins bildete da keine Ausnahme. Sie hatte zwei Überstunden gemacht, über einer Statistik gebrütet, war nach Hause gefahren, hatte gegessen und keine Lust, in die Glotzkiste zu schauen. Sie rief eine Freundin an, die sich soeben mit neuer Frühjahrsgarderobe eingedeckt hatte, und darüber kamen die beiden Frauen ins Plaudern.

Glenda berichtete von ihrem Job, von der Routine des Alltags und von einem Mann namens John Sinclair.

»Bist du immer noch ein wenig verliebt in ihn?« lachte die Freundin.

»Ja.«

»Dann sieh doch mal zu, daß du ihn dir fängst.«

»Es steht eine andere Frau dazwischen.«

»Glenda, ich bitte dich. Es sollte dir doch gelingen, John weichzukochen. Mensch, wenn ich so aussehen würde wie du, dann...«

»Hör auf, hör auf«, lachte Glenda. »Wir reden ein anderes Mal über das Thema.«

»Aber nur, wenn sich etwas verändert hat.«

»Mal sehen.«

Glenda bekam doch einen gelinden Schreck. Fast eine Stunde hatte sie gesprochen. Es wurde Zeit, zu Bett zu gehen.

Glenda verschwand im Bad, duschte noch kurz und zog ihr knöchellanges Nachthemd über. Es war durchsichtig und ein Traum aus zarter Spitze. Die schwarzhaarige Glenda wirkte in diesem Nachtgewand wie eine zur Verführung bereite griechische Göttin.

Nur war niemand da, den sie hätte verführen können. Glenda blieb vor dem Spiegel stehen und schüttelte ihr Haar aus. Sie verspürte noch Durst. Ein Glas Mineralwasser löschte ihn.

Wiederum war eine halbe Stunde vergangen. Glenda wollte gerade ins Schlafzimmer gehen, als das Telefon anschlug. Das harte Klingeln erschreckte sie. Automatisch wurde sie blaß. Ihr Herz klopfte schneller. Wer sollte sie um diese Zeit noch anrufen?

Sie nahm ab. Kneipenlärm im Hintergrund. Musik, zahlreiche Stimmen. Grölen.

Glenda wollte schon auflegen, als sie die gehetzt klingende Stimme vernahm.

»Bist du es, Glenda?«

»Ja.«

»Ich... also ich... du wirst dich wohl kaum noch an mich erinnern, aber mein Name ist Gibson. Garry Gibson. Du weißt doch, meine Stiefmutter ist deine Tante. Wir wohnen in Glasgow und...«

»Ach ja, Garry, jetzt erinnere ich mich. Himmel, das ist ja eine späte Überraschung.« Glenda hatte in der Tat erst nachdenken müssen. »Bist du in London?«

»Ja, und mir geht es verdammt mies.«

»Wieso? Kein Geld?«

»Das habe ich. Aber sie sind hinter mir her, verstehst du?«

»Nein, Garry. Wer ist hinter dir her? Hast du etwas angestellt?«

»Im Gegenteil. Ich bin inzwischen Privatdetektiv. So ein mieser Schnüffler, der in anderer Leute Ehen herumstochert. Aber darum geht es nicht. Ich bin zufällig in einen Fall hineingerutscht, der mich Kopf und Kragen kosten kann. Da spielen Dinge mit, die ich dir nicht erklären kann. Wenigstens nicht am Telefon.«

»Gib mir ein Stichwort.«

»Augen. Ich werde von Menschen mit glühenden Augen verfolgt. Es klingt komisch, aber es stimmt.«

»Glühende Augen?«

»Ja, Glenda. Ich weiß, es klingt verrückt, aber das stimmt. Ich habe glühende Augen gesehen. Menschen mit glühenden Augen, stell dir das mal vor.«

»Und warum hast du vor ihnen Angst? Warum haben sie dich verfolgt, Garry?«

Gibson atmete tief durch. »Das erzähle ich dir, wenn wir uns sehen.«

»Willst du vorbeikommen?«

»Nein, Mädchen, das geht nicht. Ich sitze hier in einer verrufenen Kneipe in Soho. Ich traue mich nicht vor die Tür, mein Wagen steht ganz woanders. Ich möchte dich bitten, falls es möglich ist, herzukommen und mich abzuholen. Vielleicht hast du einen Freund oder einen Verlobten, der dich begleitet. Würdest du das für mich tun?«

Glenda hatte sich längst entschlossen. Ihr war klar, daß der Mann ihr wirklich nichts vormachte. So konnte niemand seine Stimme verstellen. Nein, Garry ging es dreckig.

»Ich komme«, sagte sie. »Sag mir nur, wo du bist.«

»Das weiß ich gar nicht. Augenblick, ich frage mal nach.«

»Tu das.« Glenda wartete. Sie hörte die Geräusche in der Bar jetzt deutlicher. Ihnen nach zu schließen, mußte es wirklich der letzte Schuppen sein.

»Bist du noch dran?«

»Natürlich.«

Garry Gibson hüstelte. »Hör zu, Glenda. Der Laden heißt Cargo's. Mehr nicht.«

»Danke, ich fahre so rasch wie möglich los.«

»Wann kannst du hier sein?«

»Ich muß mich erst wieder anziehen. Und allein möchte ich auch nicht kommen. Bleib auf jeden Fall da sitzen.«

»Geht in Ordnung.«

Einen Atemzug später war die Verbindung unterbrochen. Glenda lehnte sich zurück. Das hörte sich gar nicht gut an, was dieser Garry ihr da erzählt hatte.

Männer mit glühenden Augen!

Eine andere hätte darüber vielleicht gelacht, nicht ein Mädchen wie Glenda Perkins. Sie war nicht umsonst die Sekretärin des Geisterjägers John Sinclair. Und Glenda hatte bereits mehr als einmal Fälle erlebt, die den Rahmen des normalen sprengten. Es war durchaus möglich, daß übersinnliche Kräfte in diesem Falle mitspielten.

Allein würde Glenda nicht fahren, das war klar. Da sie keinen Verlobten hatte und nur lockere Freundschaften mit Männern pflegte, hatte sie sich entschlossen, ihren Chef mit nach Soho zu nehmen. Vorausgesetzt, er war einverstanden.

Die Nummer wußte Glenda auswendig. Sie hielt den Hörer bereits in der Hand, als ihr Blick das Fenster streifte.

Hinter der Scheibe ballte sich die Dunkelheit. Nur schwach war ein heller Widerschein zu erkennen, weil ganz in ihrer Nähe eine Kirche stand, die angestrahlt wurde.

Deshalb sah Glenda auch deutlicher die kleinen, hellen Punkte vor der Scheibe.

Sie schaute genauer hin. Dabei rutschte ihr der Hörer aus der Hand und fiel wieder zurück auf die Gabel.

Punkte? Hell – die jetzt sogar größer wurden und wie aus dem Nichts ein gelbroter Flammenkranz erschien, der die beiden Augen umtanzte.

Flammende Augen!

Glenda stöhnte auf. Hatte ihr Cousin nicht von flammenden Augen gesprochen?

Ja, er war sogar von ihnen verfolgt worden. Und jetzt befanden sich die Augen vor ihrem Fenster.

Stocksteif stand Glenda Perkins mitten im Raum. Sie wagte sich nicht zu rühren. Ihr Blick wurde von den Augen angesaugt, die sich durch die tanzenden Flammen in dauernder Bewegung befanden, denn auch die Pupillen drehten sich.

Warum waren sie erschienen?

Glenda erfuhr es wenige Sekunden später, denn die Augen bewegten sich beide von einer Seite zur anderen, gingen auseinander, entfernten sich, trafen zusammen und bildeten plötzlich eine flammende Schrift vor der Fensterscheibe.

Doppelreihig geschrieben, hin und her zuckend, aber durchaus lesbar.

Glenda buchstabierte: »Warnung. Laß die Finger von diesem Mann. Er ist des Todes. Wenn du nicht hörst, wirst auch du ein Opfer!«

Zweimal las Glenda die Worte, dann verlöschten sie ebenso schnell, wie sie erschienen waren.

Alles sah wieder normal aus.

Glenda wischte sich über die Stirn und das Gesicht. Hatte sie das vielleicht nur geträumt? War das gar nicht wahr gewesen? Eine Täuschung? Das überreizte Spiel ihrer Nerven?

Sie wollte und mußte es herausfinden. Trotz dieser Warnung, so drastisch sie auch war, dachte Glenda nicht daran, sie zu befolgen. Sie würde einen Teufel tun. Nein, Garry hatte nicht gelogen. Es gab diese flammenden Augen, und wer war wohl besser prädestiniert, das Rätsel zu lösen, als John Sinclair?

Glenda Perkins rief ihn an.

Als Garry Gibson den Hörer auflegte, hatte er sich etwas beruhigt. Jetzt kam ihm der Fall nicht mehr ganz so schlimm vor. Wenn Glenda erschien und ihn abholte, konnte er blitzschnell in ihren Wagen springen und die Flucht ergreifen.

Der Wirt hatte die Bücher wieder mitgenommen. Jetzt starrte er Garry an.

Der Detektiv lächelte.

»Du bist nicht von hier?« fragte der Dicke.

»Nein, Glasgow.«

»Ein Schotte«, lachte der Wirt und schlug Garry auf die Schulter. »Landsmann. Komm her, du schottischer Dickschädel. Darauf gebe ich einen echten Scotch aus.«

»Danke.«

Der Wirt ließ die anderen Gäste nach Whisky schreien und füllte erst einmal zwei Gläser für Garry und sich.

»Cheerio«, rief er, »auf die Highlands, die so herrlich grün sind und wo die Luft noch rein ist. Nicht so wie in dieser stinkenden Bude hier, verdammt.«

Sie tranken. Ein Gast beschwerte sich besonders laut. Und da wurde der Dicke wütend. Er bückte sich, griff unter die Theke und holte einen Hartgummiknüppel hervor.

Noch nie im Leben hatte Garry Gibson jemanden so schnell zuschlagen sehen. Der Krakeeler bekam den Schlag voll mit und kippte vom Hocker. Die anderen sprangen zur Seite, niemand fing ihn auf.

»Schleift den Loddel in die Ecke!« rief der Dicke. »Beim nächstenmal haue ich ihm die Ohren ab, dann sieht er aus wie eine Rolle Pfefferminz.«

Alle lachten. Für einen rauhen Scherz waren die Leute hier immer zu haben.

Auch Garry Gibson hatte seine Angst ein wenig vergessen können. Er entspannte sich langsam. »Ich geh mal für kleine Mädchen« sagte er, als er vom Hocker rutschte.

»All right, Landsmann, dein Platz wird freigehalten.«

»Danke, Landsmann.«

Der Wirt lachte dröhnend und legte beide Hände gegen seinen fetten Bauch.

Garry steuerte die Toiletten an. Die Tür hing schief in den Angeln. Neben ihr stand ein Stuhl, auf dem die Stripperin hockte. Sie war eingeschlafen und noch nicht dazu gekommen, sich wieder anzuziehen. Jemand hatte ihr die Kleidung über den Kopf geworfen.

Garry betrat einen Gang, in dem es scheußlich roch. Der kahle Korridor machte weiter hinten einen Knick. Gibson sah es im Licht einer trüben Lampe. Die Wände waren beschmiert worden, auf dem Boden lag Dreck. Die Toiletten für Damen und Herren waren zwar getrennt, aber sie hatten keine Tür.

Garry betrat das Gentlemen-Klo, wo jemand über einer Schüssel hing und sein Bier rückwärts wieder wegbrachte.

Er sah Garry, hob den Kopf, wischte sich über die Lippen und rülpste. »Jetzt paßt wieder was rein, Freund«, sagte er. »So mußt du es machen.«

Schwankend blieb er vor Garry stehen. Als der keine Antwort gab, ging er weg. »Jetzt reiß ich mir noch 'ne Alte auf«, sang er und schnalzte mit der Zunge.

Garry konnte nur den Kopf schütteln.

Tote Ratten hatte er selten gesehen. Aber hier lag eine, direkt neben der Schüssel.

Das Tier widerte Garry an, doch er konnte sich schließlich nicht in die Hose machen. Als er fertig war, suchte er vergebens nach einem Waschbecken oder Handtüchern.

Nichts war da.

Garry Gibson wandte sich um und wollte zur Tür gehen. Der Weg allerdings war versperrt.

Der hünenhafte Neger aus dem goldfarbenen Rolls Royce stand dort. Er hatte keine Augen mehr, aber in der rechten Hand hielt er einen flammenden Dolch...

Das war natürlich ein Ding.

Da wird man mitten in der Nacht oder am späten Abend von seiner Sekretärin angerufen und schon fast aus dem Bett gescheucht. Aber Glenda telefonierte ja nicht aus lauter Sehnsucht mit mir, sondern hatte einen handfesten Grund.

Ich war sofort in meine Kleidung geschlüpft und hatte mich auf die Socken gemacht. Zuerst wollte ich Suko noch mitnehmen, doch man sollte keine Pferde scheu machen. Vielleicht stellte sich alles als ganz harmlos heraus, was mich allerdings nicht daran hinderte, meine Waffen mitzunehmen.

Glenda wohnte in einem älteren Haus in der Nähe von Mayfair. Die Straße war ruhig, nicht weit entfernt lag ein kleiner Park, wo eine Kirche stand, deren Turm angestrahlt wurde.

Als ich vor dem Haus hielt und aussteigen wollte, winkte mir Glenda bereits vom Fenster aus zu.

Ich verstand das Zeichen und blieb im Wagen sitzen.

Eine Zigarette hatte ich gerade zur Hälfte geraucht, als Glenda die Tür öffnete.

»Geschafft«, sagte sie, ließ sich auf den Beifahrersitz fallen und lächelte.

Ich fuhr an. Der erste Gang ließ sich nicht so leicht einlegen. Es wurde Zeit, daß ich den Wagen mal wieder zur Inspektion brachte. Zudem hatte er schon seine Jahre auf dem Buckel. Eine Sonderanfertigung war er ebenfalls, denn ein Bentley wird normalerweise nur als Automatikwagen geliefert.

»Haben Sie wirklich noch nicht im Bett gelegen?« fragte mich Glenda besorgt.

»Nein. Und wenn, dann wäre es auch nicht schlimm.«

Sie hob die Schultern. Glenda hatte sich einen hellen Staubmantel übergezogen. »Ich weiß wirklich nicht, was ich von der ganzen Sache halten soll«, sagte sie. »Ein Scherz scheint es nicht zu sein, denn die Stimme klang zu ängstlich.«

»Aber mehr wollte er nicht sagen?«

»Nein. Er sprach nur von den glühenden Augen. Und die habe ich ja auch gesehen.«

Das war eigentlich der Punkt gewesen, der mich umgestimmt hatte. Glenda konnte ich trauen. Sie arbeitete lange genug mit mir zusammen und konnte wirklich Spinnerei von anderen Dingen unterscheiden. Diese Augen waren wahrscheinlich echt. Wenn sich jedoch jemand einen Streich erlaubt hatte, dann war ihm der gelungen.

An einer Ampel mußte ich halten. Von der Seite her sah ich Glenda an und lächelte.

»Was ist?« fragte sie.

»Wenn ich so bedenke, daß wir um diese Zeit durch London fahren und dabei nicht zum Vergnügen, ist das eigentlich schade.«

»Finde ich auch.« Sie räusperte sich und senkte den Blick. »Aber man könnte ja...«

»Was könnte man?«

»Ach, verschieben wir das auf später.«

Die Ampel sprang um, und ich mußte starten. Verflogen war der Zauber des Augenblicks. Der Job hatte uns wieder.

Zuvor hatte ich mir auf dem Stadtplan angesehen, wo die Bar in Soho überhaupt lag. Es war eine miese Gegend, in die sich kaum Touristen verirrten. Die Unterwelt war dort zu Hause, und wir mußten verdammt achtgeben. Auf Polizisten war man dort nicht sehr gut zu sprechen.

Die Regent Street, berühmt wegen ihrer Einkaufsmöglichkeiten, trennt Soho von Mayfair. Wir kamen von der Maddox Street, fuhren am Palladium vorbei und bogen rechts ab in ein unübersichtliches Gassengewirr, das mehrere Häuserblocks umgab.

Hier befand sich das Lokal.

Ich fuhr nur im Schrittempo weiter, als ich den Bentley in eine enge Gasse lenkte.

Hier sah es noch wie im letzten Jahrhundert aus. Kopfsteinpflaster, alte Laternen, schiefe Häuser, Kellerkneipen und Wohnungen, bei denen der Wind durch die Fensterritzen pfiff, und die allerlei Gesindel als Unterschlupf dienten.

Aus einer Toreinfahrt sprangen zwei Gestalten, hieben auf die Motorhaube und verschwanden.

Glenda hatte sich erschreckt.

»Daran müssen Sie sich gewöhnen«, grinste ich.

Die nächste Querstraße war breiter. Sie machte einen Bogen, in dessen Scheitelpunkt die Reklame einer Peep-Show ihren rötlichen Lichtteppich auf das Pflaster warf. Hier war die Gegend wieder etwas belebter.

»Die nächste rechts«, sagte Glenda.

Ich blinkte.

Als ich in die Straße einbog, fiel mir sofort der große Wagen auf, der ebenso wenig hierher paßte wie mein Bentley.

Es war ein Rolls Royce. Als das Licht der Bentley-Scheinwerfer über die Karosserie fiel, glänzte sie golden.

»Auch das noch«, sagte ich. »Ein goldener Wagen in diesem miesen Viertel.«

»Ob der was mit Garry zu tun hat, weiß ich nicht«, sagte Glenda. »Er hat wenigstens nichts gesagt.«

»Mal sehen.«

Ich ließ den Bentley hinter dem Rolls ausrollen. Die Straße lag ruhig vor uns. Auch im Rolls saß niemand.

Harmlos...

Glenda hatte den Wagen ebenfalls verlassen. Sie deutete auf eine Treppe, die zur Bar hinunterführte.

»Sieht nicht gerade einladend aus.«

»Wir brauchen uns da ja nicht lange aufzuhalten.«

Da hatte sie recht. Wir schritten die ausgetretenen Steinstufen hinab, wobei sich Glenda bei mir einhängte, und ich ihr angenehmes Parfüm riechen konnte. Auch die Haare dufteten frisch gewaschen. Ich merkte es, als der Wind sie mir ins Gesicht blies.

Es fiel mir verdammt schwer, bei diesem Mädchen nicht schwach zu werden. Ob ich das in Zukunft auch noch durchhalten konnte, war die große Frage.

Eine schmutzige Tür mit auf der Kippe stehendem Oberlicht diente als Eingang.

Ich zog die Tür auf.

Das Gewirr der Stimmen und der widerliche Mief wurden schon einen Schritt hinter der Schwelle zu einer regelrechten Belastung. Glenda rutschte die Tür aus der Hand. Mit einem Knall fiel sie zu.

Und dieser Knall wurde von allen gehört. Die an der Bar sitzenden Personen drehten sich um. Auch die Gäste an den Tischen verstummten in ihren Gesprächen.

Ob Männlein oder Weiblein – jeder starrte uns an. Und plötzlich wurde es totenstill.

»Ja, was sind uns denn da für Vögelchen ins Netz geflogen?« sagte ein elegant gekleideter Muskelprotz und schob sich langsam von seinem Hocker, wobei seine Blicke Glenda Perkins fast verschlangen.

Verdammt, das roch nach Ärger...

Ich hatte natürlich keine Lust, mich herumzuschlagen und den anderen eine Schau zu bieten. Andererseits konnte ich es nicht zulassen, daß sich einer der Typen an Glenda vergriff. Wenn ich den Kerl vorhin als elegant bezeichnet hatte, so war es sicherlich nicht richtig ausgedrückt. Der Kerl zeigte die Eleganz eines Zuhälters. Ein grauer Anzug mit dicken hellen Streifen, zweireihig geknöpft, dazu ein Hemd mit schmalem Kragen und eine ebenso schmale Krawatte.

Die anderen Gäste grinsten und feixten. Sie hatten sofort bemerkt, daß wir nicht in ihr Milieu paßten, aber für einen Polizisten hielt mich wohl auch niemand.

Glenda stand hinter mir und schaute über meine Schulter hinweg in die über der Bartheke quellenden Rauchschwaden. Sie suchte ihren Cousin und schien Schwierigkeiten zu haben, ihn zu finden.

Ich versuchte es weiterhin im Guten. »Machen Sie keinen Ärger, Mister. Wenn Sie Streit haben wollen, suchen Sie sich einen anderen aus, aber keinen Yard-Beamten.«

Der Zuhälter bekam schmale Augen. »Wie war das?« fragte er.

»Ich bin Scotland-Yard-Beamter und halte mich dienstlich in dem Lokal auf.«

Nach diesem Spruch wurden einige Typen ganz unruhig. Sie rutschten auf ihren Stühlen herum oder schielten zum Ausgang.

Ich schritt auf den Zuhälter zu, lächelte ihn an und schob ihn mit den Fingerkuppen der rechten Hand zur Seite. Er griff mich nicht an. Zudem kam von der Bar eine Warnung. »Halte dich ja zurück, Lolly-Boy.«

O Gott, sie nannten ihn Lolly-Boy. Glenda hatte sich bei mir untergehakt. An der Bar machte man uns Platz. Der Wirt – ich sah ihn zum erstenmal in seinem Umfang und war erstaunt – putzte sogar die Stelle, wo wir unsere Gläser hingestellt bekommen sollten.

»Zu trinken möchten wir nichts«, sagte ich schnell, bevor Mißverständnisse aufkamen. »Mir geht es um einen Mann, den ich suche.«

Der Wirt hob die Schultern.

Glenda sagte: »Er hat aus diesem Lokal hier angerufen, Mister.«

Plötzlich flog ein Grinsen über das Gesicht des Wirtes. »Sie meinen den Schotten?«

»Genau.«

»Der machte doch solch einen harmlosen Eindruck. Ich...«

Ich wischte ihm mit einer Handbewegung das Wort von den Lippen. »Er ist auch harmlos. Wir suchen ihn nicht wegen eines Verbrechens oder Vergehens.«

»Nun dann, der ist zu den Toiletten gegangen. Kurz bevor sie das Lokal betraten.«

»Danke sehr.« Ich rutschte vom Hocker und drehte mich um. Dabei las ich Glendas fragenden Blick, konnte mich aber weiter nicht um sie kümmern, weil jeder in diesem Lokal den markerschütternden Schrei hörte, der dort aufgeklungen war, wo die Toiletten lagen...

Garry Gibson blieb stumm. Er konnte gar nicht reden, zu sehr lähmte ihn die Überraschung.

Er starrte den augenlosen Neger an wie einen Geist. Und er mußte zu ihm hochschauen, denn selten in seinem Leben hatte er solch ein Monstrum von Mensch gesehen.

Dazu ein Mensch ohne Augen.

Aber mit einem flammenden Dolch bewaffnet.

Der Neger trug eine Art Livree. Eine dunkelgrüne, eng anliegende Jacke und eine ebensolche Hose. Wenn man genauer hinschaute, sah man die kleinen Augen in den Stoff eingefärbt oder aufgedruckt. Sie waren heller, schillerten gelbrot.

Garry begriff nichts.

Er hatte schon zuvor alles für verrückt und irre gehalten, doch nun stand der Fahrer aus dem Rolls vor ihm.

Ohne Augen.

Und doch konnte er sehen! Wieso?

»Was... was wollen Sie von mir?« fragte der Detektiv stotternd. »Lassen Sie mich vorbei. Ich... ich habe Ihnen nichts getan, zum Henker. Warum verfolgen Sie mich?«

Der Hüne antwortete nicht. Er schien auf irgend etwas zu lauschen und hatte dabei den Kopf ein wenig zur Seite gedreht. Diese Sekunden gaben Garry Gelegenheit, seine Chancen abzuschätzen. Er war zwar auch kein schmächtiger Typ, aber gegen diesen Koloß kam er nicht an. Körperliche Kraft nützte da nichts. Vielleicht konnte er versuchen, den Neger durch Reden hinzuhalten. Der schien nicht der Schlaueste zu sein. Und wenn Gibson ein paar Minuten herausschinden konnte, traf unter Umständen Hilfe ein.

»Hör zu, Kamerad«, sagte er und hatte Mühe, seine Angst zu unterdrücken. »Warum willst du hier auf den Putz hauen? Wenn du mich umbringst, jagen dich die Bullen. Ich mache dir einen Vorschlag. Wir beide gehen gemeinsam zurück in die Bar, setzen uns an die Theke und trinken ein Glas zusammen. Okay?«

Der Neger gab keine Antwort.

Er trat dafür einen Schritt vor.

Da wußte Garry, daß es keinen Zweck hatte, ihn weiterhin mit Worten überzeugen zu wollen. Dieser Hüne hatte den Befehl, ihn umzubringen. Und er würde ihn ausführen.

Garry wich zurück.

Der Neger ging den nächsten Schritt. Er löste sich dabei von der Tür, und Gibson spielte mit dem Gedanken, an ihm vorbeizulaufen und zu verschwinden.

Leider war dieser stinkende Raum zu klein. Er hatte nicht einmal ein Fenster, nur ein schmales Luftloch, kaum größer als eine Männerfaust.

Es sah schlecht aus.

Dann spürte Garry Gibson die Wand im Rücken. Aus, jetzt konnte er nicht mehr weiter.

Aber er erinnerte sich an seine Pistole. Bei den beiden Kerlen auf der Straße hatten die Kugeln nichts genutzt. Vielleicht bei dem Neger hier. Es war eine wahnwitzige Hoffnung, aber Garry wollte nichts unversucht lassen.

Er zog die Waffe. Dabei bog er sein Gelenk etwas ein, so daß die Mündung auf den Kopf des augenlosen Wesens gerichtet war. Ja, für ihn war dieser Mann ein Wesen, mit einem Menschen hatte er nur das Äußere gemeinsam.

»Noch eine Bewegung, und ich schieße!« drohte der Detektiv.

Der Hüne blieb tatsächlich stehen. Garry wollte schon aufatmen, als der Mann eine blitzschnelle Bewegung machte. Plötzlich spürte Gibson einen rasenden Schmerz an der rechten Hand, ließ die Waffe fallen und schrie gellend auf.

Er sackte in die Knie. Sein Gesicht war verzerrt. Angst, Panik und Entsetzen hatten es in eine Grimasse verwandelt. Er sah nur noch den Dolch. Und der näherte sich seinem Gesicht.

Ein zweiter Schrei!

Schaurig zitterte er durch den schmutzigen Toilettenraum, brach dann urplötzlich ab und endete in einem Wimmern.

Der Hüne aber bückte sich und hob den Flammendolch zum Stoß. Die Spitze zielte dabei auf beide Augen des Detektivs...

Ich kam gar nicht so schnell weg, weil ich erst einige Leute aus dem Weg räumen mußte. Eine Frau kippte dabei vom Hocker und klammerte sich im letzten Moment am Handlauf fest.

Ich hatte freie Bahn.

Den zweiten Schrei hörte ich, als ich mich durch die schmale Tür wuchtete, hinter der der Gang mit den Toilettenräumen lag. Den Gestank nahm ich nur im Unterbewußtsein wahr. Ich drehte mich nach rechts, rutschte fast noch aus und stand eine Sekunde später im Toilettenraum.

Sofort überblickte ich die Szene.

Ein Mann lag auf dem Boden. Ich sah kaum etwas von ihm, weil sich ein anderer, ein riesiger Kerl, über ihn gebeugt hatte. Er hielt irgend etwas in der Hand, das ich nicht genau erkennen konnte, sah wohl den tanzenden Widerschein.

Die Beretta hatte ich längst gezogen. Und damit schlug ich zu. Hart, denn ein Mensch befand sich in höchster Lebensgefahr, da konnte ich keine falsche Rücksicht nehmen.

Der Waffenlauf landete im Nacken des schwarzhäutigen Hünen. Ein normaler Mensch wäre in die Knie gesackt und bewußtlos geworden. Nicht dieser Neger.

Er knurrte nur unwillig und drehte sich um. Dabei ließ er zum Glück von dem am Boden liegenden Mann ab.

Mein nächster Hieb traf ihn mitten in der Drehung. Gleichzeitig preßte ich meine linke Hand gegen seine breite Brust und drückte ihn von mir weg.

Der Hüne stand auf dem falschen Bein. So gelang es mir, ihn gegen die Wand zu wuchten.

Wieder knurrte er.

Da sah ich zum erstenmal, welch eine Waffe er in der Rechten hielt. Einen flammenden Dolch.

Ich erschrak!

Automatisch wich ich zurück, denn von diesem Dolch getroffen zu werden bedeutete den Tod. Mein Blick wanderte höher. Es gab mir einen Stich, als ich sah, daß der Mann keine Augen mehr hatte. Leere Höhlen in einem flachen Gesicht mit einer dicken Nase und großen Nasenlöchern.

Er stieß zu.

Es war eine gedankenschnelle Bewegung. Der Flammendolch zielte auf meine Körpermitte und hätte auch getroffen, wenn ich nicht ausgewichen wäre.

Der Neger prallte gegen die Wand.

Ich drehte die Beretta, und als er einen zweiten Angriff startete, feuerte ich.

Schräg hieb die Kugel in seinen Messerarm. Es gab einen platzenden Laut, als wäre irgend etwas gerissen, mehr jedoch geschah nicht. Kein Blut quoll aus der Wunde. Ich konnte durch das Kugelloch schauen und war für Sekunden geschockt.

Wieder stieß er zu.

Diesmal ging ich in die Knie. Der Flammendolch wischte über meinen Scheitel, fuhr gegen die Wand, und ich spürte für einen Moment ein heißes Kribbeln auf der Kopfhaut. Ich hob das Bein, winkelte es an und ließ es sofort wieder vorschnellen.

Ich traf ihn hart. Der riesenhafte Neger wurde zurückgeschleudert. Dabei bewegte er seinen rechten Arm, und der Dolch beschrieb einen flammenden Kreis.

Der Schwarze prallte gegen die Wand.

Und plötzlich schwebten zwei Augen im Raum. Kleine, gelbrote, rotierende Flammenräder, die nahe der Tür in der Luft stehengeblieben waren, sich dann blitzschnell in Bewegung setzten und in den Augenhöhlen des Negers verschwanden.

Wieder stieß er sich ab.

Diesmal jedoch griff er mich nicht an, sondern wischte an mir vorbei, erreichte die Tür und war verschwunden.

Bevor ich die Verfolgung aufnahm, warf ich noch einen Blick auf den Mann am Boden.

Er blutete am rechten Arm, ansonsten war er okay. Seine Angst schien größer zu sein als die Schmerzen.

»Warten Sie hier!« rief ich ihm zu und rannte hinter dem Neger her.

Natürlich waren die Schüsse gehört worden. Im Gang drängten sich die Neugierigen. An ihrer Spitze der Wirt, er hielt einen Totschläger aus Hartgummi in der rechten Hand.

»Der ist zur anderen Seite weg!« schrie er.

Ich rannte nach rechts. Zwei Herzschläge später lief ich um die Gangecke und sah schon die offene Hintertür. Sie hob sich als helleres Rechteck gegen die Dunkelheit des Hofes ab.

Auf der Schwelle blieb ich stehen.

Viel sehen konnte ich nicht. Hier in Soho waren die Höfe hinter den Häusern nicht beleuchtet. Auch dieser lag in tiefster Dunkelheit. Nur schwach nahm ich die Umrisse einer Mauer wahr. Hätte der Schwarze diese Mauer übersprungen?

Ich wußte es nicht, und ich war auch nicht in der Lage, es herauszufinden. Der Hüne blieb verschwunden. Er kannte sich hier besser aus als ich.

Allerdings war ich sicher, daß es nicht bei dieser ersten Begegnung bleiben würde.

Ich ging wieder zurück.

Stimmengewirr schallte mir aus dem schmutzigen Toilettenraum entgegen.

Nur widerwillig machte man mir Platz.

Ich erkannte Glenda Perkins neben ihrem Cousin. Sie kniete am Boden und sprach auf ihn ein.

Garry Gibson lehnte mit dem Rücken an der Wand. Er hielt

seine rechte Hand umklammert. In Höhe des Gelenks befand sich eine tiefe Wunde, aus der Blut tropfte und schon eine rote Spur auf dem Boden hinterlassen hatte.

Ich sah den Wirt in der Nähe. »Haben Sie einen Verbandskasten zur Hand?«

Er nickte, machte kehrt, scheuchte die anderen Gäste aus dem Raum und verließ ihn selbst.

Glenda schaute zu mir hoch. »Das ist mein entfernter Verwandter Garry Gibson.«

Ich ging ebenfalls in die Knie.

Garry grinste mich an. »Scheint so, daß Sie mir das Leben gerettet haben, Mister.«

»Lassen Sie mal Ihre Verletzung sehen.«

Er hob den Arm und verzog das Gesicht. »In der rechten Hand hielt ich meine Pistole, als dieser Hundesohn zustach. Mein Gott, ich begreife das alles nicht.«

»Wir werden den Fall schon aufklären.«

»Sie sind vom Yard, wie?«

»Ja, ich bin dort beschäftigt.«

»Glenda erzählte mir davon. Da habe ich ja verdammt Glück gehabt. Ein anderer hätte...«

Er verstummte, weil der dicke Wirt zurückkam. »Hallo, Landsmann«, grinste der Kneipier. »Alles überstanden?«

»Einigermaßen.«

Der Wirt hatte eine Hausapotheke gefunden. Er blies den Staub vom Kasten und öffnete den Deckel. Ich nahm ihm die Apotheke aus der Hand und fragte: »Wie heißen Sie eigentlich?«

»McMahon.«

»Und mit Vornamen?«

»Ernie. Bin aber nicht verwandt mit dem aus der Sesamstraße. Wer das behauptet, bekommt eins über den Schädel.«

Ich mußte grinsen. Dieser Dicke gefiel mir. Daß in seinem Lokal die Unteren Zehntausend verkehrten, dafür konnte er nichts. Das war in der Gegend so.

In Erster Hilfe wurde jeder Polizist ausgebildet. Da bildete auch ich keine Ausnahme. Ich fand Pflaster, Verbandsmull und auch Jod in dem Kasten.

»Jetzt wird es etwas wehtun«, sagte ich, als ich die Jodflasche öffnete.

»Macht nichts.« Garry grinste verzerrt.

Zwei Sekunden später schrie er doch auf, als das Jod seine Wunde berührte. Der dicke Wirt drehte ab. Er war käsig im Gesicht. »Ich kann kein Blut sehen«, gestand er.

Glenda half mir beim Verbinden. Hinterher war das Gelenk um die Hälfte dicker geworden. Der Verband leuchtete hell.

»Sie können aufstehen« sagte ich zu Garry, erhob mich selbst und reichte ihm die Hand.

Der Detektiv ließ sich hochziehen. Er war immer noch blaß um die Nase, aber er hielt sich tapfer. Glenda hatte Ernie McMahon den Kasten zurückgegeben. Der Wirt war bereits verschwunden.

Als wir zurück in die Bar kamen, hatte er einen Tisch für uns gesäubert. Auf wackligen Stühlen konnten wir Platz nehmen. Whisky stand bereit. Eine Markensorte, nicht das billige Zeug, das er sonst ausschenkte.

Einen Schluck konnte wohl jeder von uns vertragen. Auch Glenda nippte an ihrem Glas, verzog aber das Gesicht. Sie war die harten Getränke nicht gewöhnt.

Natürlich starrte man uns nach wie vor an. Niemand wußte haargenau, was vorgefallen war, es verließ auch keiner das Lokal. Mir schien es, als würden die Leute darauf warten, daß etwas geschah.

Garry leerte sein Glas. Die Pistole hatte ich ihm zurückgegeben. Sie steckte jetzt in seiner linken Manteltasche, wo sie den Stoff ausbeulte.

Ich bot Zigaretten an. »Danke«, sagte Garry, »ich habe nämlich keine mehr.«

Die ersten Lagen wurden bestellt. Ernie hatte jetzt alle Hände voll zu tun, wir konnten uns ziemlich ungestört unterhalten. »Dann erzählen Sie mal, Mr. Gibson«, sagte ich. »Wie sind Sie überhaupt in diese Lage geraten?«

Er berichtete von seinem Auftrag und von einem Diplomaten namens Ogabe, dessen Spur er bis nach Soho verfolgt hatte. »Dann kam ich in ein Haus, das war eine Horror-Höhle, kann ich Ihnen sagen. Ich mußte dem Kerl bis in den Keller folgen, und dort habe ich mindestens ein Dutzend Personen gesehen, die keine normalen, sondern Flammenaugen hatten. Sie hockten vor einem Totempfahl, der fast bis zur Decke reichte und oben ein großes Auge hatte. Das leuchtete feurig, wild und kalt zugleich. Es fällt mir schwer, dies zu beschreiben, ist aber so. Ich bekam Angst, dann entdeckten sie mich.«

»Was war mit diesem Ogabe?« wollte ich wissen.

»Der kniete vor dem Pfahl und huldigte diesem Auge. Für ihn schien es ein Gott zu sein.«

»Oder ein Dämon«, warf ich ein.

Garry schaute mich an. Dann nickte er. »Stimmt, oder auch das. Ich auf jeden Fall war unvorsichtig. So blieb es nicht aus, daß die anderen mich entdeckten. Wie ich aus dem Haus herausgekommen bin, weiß ich nicht mehr, doch aufatmen konnte ich nicht. Die Jagd ging auf der Straße erst richtig los. Die machten mich regelrecht fertig, kreisten mich ein, rannten hinter mir her und immer mit ihren verdammten glühenden Augen und dem Trommelwirbel. Dann kam dieser Rolls Royce.« Als er das sagte, tauschten Glenda und ich einen bezeichnenden Blick. »Zuerst fuhr er ja vorbei, umrundete den Block und kam zurück. Der hätte mich bald auf die Hörner genommen. Ich habe unwahrscheinliches Glück gehabt. Als ich diese Bar hier sah, bin ich hineingelaufen und habe mich an die Theke gesetzt. Dann fiel mir ein, daß ich noch eine entfernte Verwandte hier in London wohnen habe. Die rief ich an. Anschließend wollte ich zur Toilette gehen, und da tauchte plötzlich der Fahrer des Rolls auf. Es war grauenhaft. Bis Sie kamen.«

Ich nickte. »Würden Sie denn das Haus unter Umständen wiederfinden, Mr. Gibson?«

»Klar.«

»Das ist gut.«

»Sagen Sie bloß, Sie wollen da hinein?« fragte er erstaunt.

»Sicher.«

»Das ist Selbstmord.«

»Vielleicht, aber es ist mein Job, solche Fälle aufzuklären.«

Harry Gibson schüttelte den Kopf. »Das verstehe ich nicht.«

»Wollen Sie es ihm sagen, Glenda?« Ich schaute meine Sekretärin lächelnd an.

»Natürlich.«

Glenda sprach über meine Aufgabe. Die Augen des Detektivs wurden dabei immer größer. Zum Schluß meinte er: »Da habe ich ja doppeltes Glück gehabt, daß ich an Sie geraten bin.«

»Das wird sich erst noch herausstellen.« Ich war nicht ganz so optimistisch. Vor allen Dingen glaubte ich nicht daran, daß die Bande mit den feurigen Augen aufgegeben hatte. Diese Typen waren ungeheuer gefährlich. Allein und dazu noch mit zwei Schutzbefohlenen stand ich auch so ziemlich auf verlorenem Posten. Hilfe hätte gutgetan.

Ich stand auf.

Als ich Glendas fragenden Blick sah, erklärte ich ihr, daß ich Suko anrufen wollte.

»Das ist gut«, sagte sie.

»Wer ist Suko?« hörte ich Garry Gibson fragen.

Was Glenda antwortete, vernahm ich nicht mehr, denn ich war bereits zu weit vom Tisch entfernt.

»Haben Sie einen Wunsch?« fragte mich der Wirt.

»Ja, das Telefon.«

»Aber sicher.«

Die anderen Gäste traten respektvoll zur Seite, als ich die Nummer wählte. Keiner führte mehr ein großes Mundwerk. Auch Lolly-Boy, der Zuhälter, nicht. Er schaute auf seine Schuhspitzen, die wie lackiert glänzten.

Der ehemals weiße Apparat war mit einem schmutzigen Film überzogen. Ich wählte Sukos Nummer.

Die Stimme meines chinesischen Partners klang hellwach, als er sich meldete.

»Ich bin's«, sagte ich.

»Kannst du nicht rüberkommen?«

»Tut mir leid, aber ich stecke in einer Bar in Soho. Schwing dich auf dein Feuerroß und komm her. Es gibt da einige Schwierigkeiten.«

»Worum geht es?«

»Kann ich dir nicht am Telefon erklären. Bring auf jeden Fall die Dämonenpeitsche mit und zieh dich warm an.« Ich gab Suko noch den Namen des Lokals durch und sagte ihm auch, daß wir vielleicht im Bentley warteten.

Zu bezahlen brauchte ich nichts. »Auch der Whisky geht auf Kosten des Hauses«, sagte McMahon.

»Danke.« Ich ging wieder zu unserem Tisch, wo man mich gespannt erwartete.

»Es hat alles geklappt«, sagte ich. »Mein Freund wird sich auf sein Motorrad setzen und herkommen.«

»Dann bin ich froh«, sagte Glenda.

Garry Gibson fragte: »Sollen wir hier warten, Mr. Sinclair?«

Ich überlegte. Hier waren wir relativ sicher. Trotzdem wollte ich mich auf der Straße ein wenig umschauen.

»Ja, wir warten hier. Aber ich sehe mal sicherheitshalber draußen nach. Vielleicht irren ein paar Typen auf der Straße herum und warten darauf, daß wir rauskommen.«

»Wir gehen mit!« Glenda sagte es sehr bestimmt und erhob sich schon von ihrem Stuhl.

Mein Einspruch erstickte im Keim. Ich war als erster an der Tür. Der Wirt rief: »Wollen Sie gehen?«

»Nein.«

Ich stieß die Tür auf. Vor mir führte die Treppe in die Höhe. Hinter mir streifte Glendas und Gibsons Atem meinen Nacken. Schnell lief ich die Stufen hoch – und blieb wie angewurzelt stehen.

Die Männer mit den glühenden Augen standen auf der Straße und hatten einen Halbkreis um das Lokal gebildet. Sie wirkten wie Denkmäler, nur ihre Augen waren von einem dämonischen Leben erfüllt.

Gleichzeitig begann der dumpfe Trommelwirbel...

Shao hatte ihren Freund nur ungern fahren lassen, aber sie konnte nichts machen. Wenn Suko gebraucht wurde, dann war er auch zur Stelle. Und das hatte Shao bereits in Hongkong gewußt, wo sie und Suko sich damals kennenlernten.

»Gib auf dich acht«, sagte Shao zum Abschied. Sie brachte Suko bis zur Tür und küßte ihn auf die Wange.

»Natürlich.«

Der Chinese fuhr nach unten in die Tiefgarage, wo seine Harley in einer abgeteilten Box parkte. Die Maschine sprang beim ersten Kick an, der satte Sound des Motors dröhnte durch die Halle und wurde als Echo zurückgeworfen.

Suko fuhr an. Eine wuchtige Rakete auf zwei Rädern, so kam dem Chinesen die Maschine vor. Sicher, es gab schnellere. Die Supermaschinen von Kawasaki, Yamaha oder Honda, doch der Chinese fühlte sich auf seiner Harley wohl.

Per Checkkarte öffnete er die Toreinfahrt und brauste in die Nacht hinaus.

Tageswende. Dazu ein kalter Januar mit böigem Wind. Dieses Wetter trieb niemanden auf die Straße. Suko fand fast leere Fahrbahnen vor und drehte auf. Klar, daß er dabei Strafzettel riskierte, aber er befand sich sozusagen auf einer Einsatzfahrt, und Scotland Yard würde schon dafür sorgen, daß die möglichen Strafzettel unter den Tisch fielen.

Da nicht viel Verkehr herrschte, nahm der Chinese auch Schleichwege. Er mied die breiten Straßen und wurde zu einem regelrechten Kurvenakrobaten. Dann ließ es sich nicht vermeiden, daß er in die breite Charing Cross Road einbog.

Richtung Norden.

Geduckt hockte der Chinese auf der Maschine. Sein roter Helm leuchtete wie ein Fanal. Er trug wetterfeste Lederkleidung und einen breiten Hüftgürtel.

Der Chinese stieß hinein in das Herz von Soho. Rechterhand lagen die Vergnügungsviertel, wo sich Tag und Nacht die Touristen stauten und ihre Devisen loswurden.

Suko mußte nach links. In die andere, die gefährlichere Ecke von Soho.

Er verringerte die Geschwindigkeit und bog kurz darauf in eine der Seitenstraßen ab. Sofort wurde es dunkler. Nur noch wenige Laternen brannten. Das laute Motorgeräusch der Harley hallte durch die Straße und schwang als Echo durch den engen Häuserschlund. Kopfsteinpflaster, feucht glänzend. Es roch förmlich nach Glatteis, denn es war leicht frostig geworden.

Suko mußte achtgeben. Nur wenig Verkehr herrschte hier. Zweimal kam ihm ein Wagen entgegen. Viele Bars und Kneipen hatten schon dichtgemacht. Die rostigen Gitterläden versperrten Türen und Fenster.

John hatte dem Chinesen zwar beschrieben, wo die Bar lag,

aber sich in Soho zurechtzufinden, dazu brauchte man schon einige Zeit. Die fehlte Suko.

Er verfuhr sich zweimal.

Dann fragte er.

Der aalglatte Typ, der an einer Laterne lehnte, lächelte weich und bewegte seine Hüften.

»Was willst du denn da? Da ist ja gar nichts los. Bei mir zu Hause können wir einen richtigen...«

»Ich habe dich nicht nach deinem Zuhause gefragt, sondern nach der Adresse von Cargo's.«

»Ach, sei doch nicht so unwirsch«, sagte der Stricher. Er bequemte sich aber dazu, Suko den Weg zu beschreiben.

»Danke.«

»Und komm mal wieder vorbei!« rief der Knabe. »Du bist so irre männlich.«

Das allerdings hörte Suko nicht mehr. Der Klang des Motors übertönte die Einladung.

Eine Kreuzung.

Nach links hatte der Kerl gesagt.

Die Straße wurde noch enger. Suko fuhr hindurch. Häuser wie alte Ställe. Hier hatte niemand renoviert, alles war grau, schmutzig – trostlos.

Die Straße machte einen Bogen. Davon hatte der warme Jüngling auch gesprochen. Suko fuhr hinein, sah eine noch offene Bar und mehrere Personen davor stehen.

Sie schauten ihm nach.

Dann die Abzweigung.

Der Chinese drehte am Lenker, schlenzte seine Maschine in die Gasse. Ja, es war nur eine Gasse. Hier mußte sich die bewußte Bar befinden.

Suko fuhr schneller. Die beiden Räder holperten durch Schlaglöcher, doch die Stoßfänger fingen alles ab. Sie waren okay.

Dann zuckte Suko zusammen.

Der breite Scheinwerferstrahl war auf ein Hindernis gefallen. Ein Wagen stand halb schräg in der Gasse und versperrte die weitere Durchfahrt.

Da kam der Chinese nicht vorbei. Er wunderte sich nur, daß es sich bei dem Fahrzeug um einen goldfarbenen Rolls Royce handelte. Solch eine Karosse paßte nun wirklich nicht in diese triste Gegend.

Suko stoppte.

Er stieg von der Maschine, kickte den Ständer nach unten und öffnete den Reißverschluß der Jacke, bevor er langsam auf den goldenen Rolls zuschritt.

Der helle Lichtbalken des Motorradscheinwerfers fiel voll auf die getönten Seitenscheiben des Wagens. Die hinteren waren durch Vorhänge verdeckt. Vorn jedoch konnte der Chinese in den Schlitten hineinschauen.

Er war leer.

Trotzdem sah Suko genauer nach. Er ging dabei in die Knie und preßte sein Gesicht fast gegen die Scheibe.

Nichts zu erkennen.

Einer Eingebung folgend, versuchte der Chinese es an der Tür. Sie war offen.

Suko kam allerdings nicht mehr dazu, sich darüber zu wundern, denn aus dem Dunkel eines Hauseingangs löste sich eine riesige Gestalt.

Der Neger!

Vielleicht hätte Suko ihn gehört, wenn nicht weiter vorn Stimmen aufgeklungen wären, so aber kam der Blinde an den Chinesen heran...

Ich blieb stehen!

Hinter mir hörte ich die erschreckten Stimmen meiner beiden Begleiter. Schnell drehte ich den Kopf und zischte ihnen zu: »Keinen Schritt mehr!«

Dann blickte ich wieder auf meine Gegner.

Wie gesagt, sie hatten sich im Halbkreis aufgebaut. Gestalten, die nur schattenhaft zu erkennen waren. Als Ausgleich leuchteten ihre Augen um so heller.

Den Rolls sah ich nicht mehr. Wahrscheinlich war der Hüne damit weggefahren.

Die Absicht der Wesen war klar. Sie wollten uns nicht mehr entkommen lassen. Ich spürte die Aura des Schreckens, die von diesen Gestalten ausging. Nein, das waren keine Menschen mehr, höchstens Dämonen oder Besessene.

Und dann der Trommelwirbel.

Von überall her schien er zu kommen. Es war ein dumpfes, monotones Tam-Tam, das auf die Dauer verdammt störend wirken konnte und an den Nerven zerrte.

Es bewies mir auch, daß diese Gestalten noch Freunde hatten, die im Hintergrund lauerten.

Was war zu tun?

Ich schätzte die Entfernung zu meinem Bentley ab. Höchstens zehn Schritte, mehr nicht. Sollte und konnte ich es wagen, mich in den Wagen zu schwingen?

Es wäre eine Möglichkeit gewesen. Ich hätte dann bis dicht an die Treppe heranfahren können, um Glenda und Garry einsteigen zu lassen. Ein verdammt risikoreiches Unternehmen, bei dem die Chancen mehr als schlecht standen.

Und sich zurückziehen, um auf Suko zu warten? Damit hatte ich das Problem nicht gelöst, mein Partner würde geradewegs in die Falle fahren.

Ich versuchte es anders. Wozu trug ich mein Kreuz bei mir? Vielleicht sprachen die Wesen darauf an, obwohl ich da skeptisch war, denn ihre Magie schien Gibsons Erzählungen nach zu urteilen aus einem anderen Erdteil, Afrika, zu stammen.

Ein Versuch lohnte sich immer.

Ich holte das Kreuz hervor.

Wie immer war es für mich ein gutes Gefühl, wenn ich es in der Hand halten konnte. Irgendwie gab es mir Kraft und Sicherheit, und nicht erst seit dem Zeitpunkt, als ich es mit seiner und der Hilfe des Bumerangs geschafft hatte, den Schwarzen Tod zu besiegen.

Jetzt wagte ich mich an die Figuren heran.

Gleichzeitig verstummte der Trommelwirbel.

Näher und näher ging ich. Es war ein verrücktes Spiel, auf das ich mich da einließ. Die Gestalten rührten sich nicht. Sie ließen mich herankommen.

Warum?

Ich sollte es schnell und drastisch erfahren. Bei einer Gestalt in der Mitte begannen sich plötzlich die Augen zu drehen. Sie wurden tatsächlich zu rotierenden Feuerrädern, und im nächsten Augenblick fauchte mir aus ihnen ein Flammenstrahl entgegen.

In einer Reflexbewegung riß ich mein Kreuz hoch. Ich spürte die Hitze noch an den Fingern, dann wurden die beiden Feuerzungen abgelenkt und wischten zu beiden Seiten meines Kopfes vorbei.

Die erste Attacke hatte ich abgewehrt.

Ich wurde mutiger.

Mit einem gewaltigen Sprung hatte ich die Gestalt erreicht, packte sie an den Schultern und fühlte eine Haut, die mich an Holz erinnerte.

So spröde und trocken. Sie knisterte und schabte sogar zwischen meinen Fingern.

Ich packte die Gestalt und drückte sie herum. Sie wehrte sich überhaupt nicht, und als ich ihr das Kreuz gegen die Stirn drückte, geschah etwas Seltsames.

Das Wesen fiel zusammen.

Unter meinen eigenen Händen bröckelte es mir weg und verging. Nur etwas blieb übrig.

Die Augen!

Feurig anzusehen, schwebten sie etwa in Kopfhöhe in der Luft und wurden zu kleinen Flämmchen, die immer weiter brannten. Die Gestalt hatte ich zwar zerstört, aber nicht deren Geist. Er lebte und existierte in der Flamme weiter.

Ich schlug mit meinem Kreuz nach den flammenden Augen. Ohne Erfolg, ich traf einfach nicht. Die Flammen huschten blitzschnell weg. Dabei blieben sie immer dicht beieinander, hielten also den normalen Augenabstand.

Welch einem Rätsel war ich hier auf die Spur gekommen? Wieso starben diese zombieähnlichen Wesen?

Ich hatte keine Erklärung, griff mir aber den nächsten. Auch er wehrte sich nicht. Sein Körper zerbröckelte.

Die Augen lebten weiter.

Schon zwei Paare tanzten vor mir her, wischten wie Irrlichter auf und nieder und beobachteten mich.

Es war eine makabre Szene in dieser nächtlichen Straße von Soho. Ich hatte so etwas noch nie erlebt. Da standen Zombies oder Dämonen, die sich nicht wehrten, wenn sie attackiert wurden. Ein Phänomen.

Noch etwas kam hinzu.

Obwohl die Augen aus Flammen bestanden, gaben sie praktisch kein Licht ab. Sie standen als leuchtende Fläche in der Luft, erhellten aber nicht die Umgebung.

Ich wollte endlich wissen, woran ich war, und lief die Treppe hinunter. An Glendas und Garrys Gesichtern erkannte ich, daß auch sie nichts verstanden.

»Haben Sie eine Erklärung, John?« fragte mich Glenda.

»Nein«, sagte ich und stieß die Tür zur Kneipe auf. Einige Gäste hatten sich dicht dahinter befunden und wurden getroffen. Darum kümmerte ich mich nicht. Ich suchte den Wirt. »Mr. McMahon?«

»Ja, hier.« Er stand noch hinter der Theke.

»Haben Sie vielleicht leihweise eine Taschenlampe für mich?«

»Klar, können Sie kriegen.« Er wühlte unter der Theke herum und warf mir eine unterarmlange Stablampe zu, die ziemlich schwer und auch lichtstark war.

»Danke.« Ich ging wieder zurück.

Glenda und Garry hatten gewartet. Meine Sekretärin hielt mich am Ärmel fest. »Was haben Sie vor?«

Ich hob die Schultern. »Die Wesen möchte ich mir gern bei Licht betrachten.«

»Sind es denn keine Dämonen?«

»Doch. Aber eine ganz besondere Art. Und das will ich herausfinden.«

Glenda schwieg und sah mir nach, wie ich die Stufen der Treppe hoch eilte.

Sie hatten sich noch immer nicht bewegt. Zwei waren ja von mir erledigt worden.

Blieben noch vier.

Wir würden sehen. Ich schaltete die Lampe ein. Der ziemlich breite Lampenstrahl traf den Boden, und ich ließ ihn höher wandern. Im nächsten Augenblick erfaßte er die erste Gestalt.

Hatte ich vorhin von Holz gesprochen, als ich die Haut anfaßte? Ja, ich glaube. Und ich hatte mich in der Tat nicht getäuscht.

Im Licht der Lampe sah ich, daß ich es hier mit einem hölzernen Wesen zu tun hatte. Einem lebenden hölzernen Wesen.

Kopf und Haut waren dunkel, fast schwarz. Aber deutlich konnte man die Rinde, dazu Einkerbungen und aufgerauhte Stellen erkennen. Ich zog die Beretta, zielte kurz und schoß.

Die Kugel zertrümmerte die Brust eines Wesens und trat am Rücken wieder heraus. Als ich die Taschenlampe hob, konnte ich in das Loch hineinleuchten. Im nächsten Augenblick jedoch knisterte und knackte es, dann fiel das Wesen zusammen.

Nicht wie bei diesem Hünen. Dessen Arm war zwar auch durchschossen worden, aber er lebte weiter.

Dies Wesen hier nicht.

Und wieder schwebte ein Flammenpaar in der Luft.

Der Geist war nicht zu töten.

Die drei anderen Hölzernen erledigte ich mit meinem Kreuz. Jetzt schwebten sechs Augenpaare, also 12 Flämmchen in der Luft. Auch sie hatten einen Halbkreis gebildet, fächerten aber sofort auseinander, als ich sie mit dem Kreuz berühren wollte.

Da war nichts zu machen.

Die große Gefahr allerdings schien mir erst einmal gebannt zu sein. So dachte ich.

Ich blieb am oberen Ende der Treppe stehen und winkte den beiden. »Los, hoch.«

Sie eilten zu mir.

»Wie war das möglich?« fragte Gibson. »Sind Sie ein Zauberer?«

»Dann würde ich uns wegzaubern.«

»Und jetzt?«

Ich legte den beiden meinen Plan offen. »Von diesen Wesen scheint uns keine Gefahr mehr zu drohen. Mein Vorschlag: Wir setzen uns in den Wagen und fahren ab.«

»Was ist, wenn Suko kommt?« fragte Glenda.

»Ich sage dem Wirt Bescheid. Er soll Suko dann zum Yard Building schicken.«

Glenda war einverstanden. Nur Garry nicht.

»Was soll ich denn da?« fragte er.

»Eine Art Schutzhaft«, erklärte ich ihm.

Er grinste. »Diese komische Gestalten sind doch harmlos.«

»Mal sehen.« Ich sah mich um. Die Flammen tanzten über die Straße. Sie hatten Paare gebildet, die in der Luft standen und beobachteten. Manchmal veränderten sie sich auch. Dann wurden aus ihnen wieder Augen, die uns genau beobachteten.

Das war es, was mir nicht gefiel. Ich hatte ein verdammt ungutes Gefühl bei der Sache. Wir befanden uns unter Kontrolle, wurden gesehen, beobachtet. Deshalb wollte ich auch so rasch wie möglich verschwinden. McMahon war mit zwei Sätzen informiert. Dann kehrte ich wieder zurück. Den Schlüssel hielt ich bereits in der Hand. Nebeneinander schritten wir auf den Bentley zu. Aus der Bar traute sich keiner der Gäste raus. Die Leute standen noch unter dem Einfluß der vergangenen Ereignisse.

Ich schloß die Tür auf, ließ Garry in den Fond einsteigen und bedeutete Glenda, sich neben mich zu setzen. Ich rutschte auf den Fahrersitz.

Drei Türen schnappten ins Schloß.

Neben mir atmete Glenda auf. Sie lächelte erleichtert. Auch für sie war es kein Zuckerschlecken gewesen. Ich steckte den Zündschlüssel ins Schloß und drehte ihn.

Der Motor sprang augenblicklich an. Erster Gang, Gas, ich fuhr los. Dabei schielte ich aus dem Fenster, um nach den Flammen Ausschau zu halten.

Ich sah sie nicht mehr.

Dafür schrie Garry Gibson plötzlich auf, kaum daß wir zehn Yards gefahren waren.

Ich trat auf die Bremse, wandte den Kopf und erstarrte.

Garry Gibson, der Detektiv, wurde von vier kleinen Flämmchen umtanzt. Das Metall des Wagens hatte sie nicht daran hindern können, in das Innere des Wagens einzudringen...

Es war wohl mehr Zufall, daß Suko die schattenhafte Bewegung in der Scheibe sah. Seine in zahlreichen Gefahren geschulten Sinne schlugen Alarm.

Er ging etwas in die Knie und kreiselte herum. Gleichzeitig stieß er seinen rechten Arm vor, traf etwas Weiches, brachte dadurch den Hünen aus dem Konzept, und dessen Schlag hämmerte gegen den oberen Türholm.

Das Material war wesentlich stärker als die Hand. Ein normaler Mensch hätte sie gebrochen. Nicht der Hüne mit den toten Augen. Er schüttelte nur den Kopf und schlug Suko in den Magen.

Der Chinese glaubte, ihn hätte ein Pferd getreten. Der Schlag wuchtete ihn in den Rolls hinein. Suko schrammte noch an der Türkante entlang, machte sich aber instinktiv klein und robbte auf die Beifahrertür zu, die er aufdrückte.

Und da waren plötzlich die beiden Augen.

Sie schwebten in der Luft, während an der anderen Seite der Hüne wartete und seinen flammenden Dolch hervorholte.

Suko saß in der Klemme.

Aber er tat das einzig richtige in seiner Situation. Er zog die mit geweihten Silberkugeln geladene Beretta, zielte kurz und feuerte zweimal auf die Augen.

Sie waren schneller als die Kugeln, wischten zur Seite und gaben Suko gleichzeitig die Gelegenheit, aus dem Wagen zu klettern.

Mit dem Kopf zuerst fiel er dem schmutzigen Pflaster der Gasse entgegen, rollte sich ab, kam auf die Beine, steckte die Pistole weg und zog mit einer fließenden Bewegung die Dämonenpeitsche.

Wie der feurige Strahl einer Rakete zischte das flammende Augenpaar auf ihn zu.

Der Chinese hatte längst die drei Riemen aus der Peitsche fahren lassen und schlug einen Halbkreis.

Er streifte die Augen.

Da hörte er das Gebrüll des Hünen.

Während das Augenpaar hoch- und niedertanzte und dabei in der Bewegung an eine Kunjunkturkurve erinnerte, wirbelte Suko herum. Er sah den Neger an der gegenüberliegenden Seite der Kühlerschnauze stehen. Der Kerl hatte beide Hände vor das Gesicht gerissen, und seine Finger verschwanden in den leeren Augenhöhlen, als würde er dort unsagbare Schmerzen verspüren.

Wieso?

Suko suchte nach einer Erklärung. Er konnte sich nur vorstellen, daß dieses Augenpaar in einem unmittelbaren Zusammenhang mit dem Hünen stand.

Der Chinese wollte die Sache beenden und flankte über die breite Motorhaube. Er stützte sich dabei mit den Händen ab, schwang die Beine herum und rammte sie gegen die Hüfte des Schwarzen.

Der fiel zurück und rutschte dabei an der Kante der Motorhaube entlang.

Suko sah sich um, nachdem er sicher auf der Straße gelandet war. Die Augen waren noch da. Das Paar stand direkt über ihm. Für Suko hatte es den Anschein, als wäre die Leuchtkraft schwächer geworden. Der Schlag mit der Dämonenpeitsche hatte diese Augen geschwächt.

Der Neger war noch immer groggy. Er taumelte über die Straße, stieß häßliche Laute aus und dachte nicht daran, Suko noch einmal zu attackieren.

Da sah der Chinese, wie sich der Vorhang hinter den Seitenscheiben im Fond des Wagens bewegte.

Suko machte die Probe aufs Exempel! Er riß die Tür auf.

Im selben Augenblick packte ihn das Entsetzen. Er sah etwas Ungeheuerliches, doch er kam nicht dazu, das Bild zu verkraften. Etwas traf ihn mit ungeheurer Wucht, hüllte ihn ein und zerstörte brutal sein Bewußtsein.

Leblos sank der Chinese neben dem Rolls Royce zusammen.

»John!« schrie Glenda. »Mein Gott, John. Tu doch was!«

Verdammt, und ob ich was tat. Ich hämmerte den Gurt los. Er rollte auf und war noch unterwegs, als ich schon das Schreien hörte. Garry Gibson hatte es ausgestoßen.

Ich drehte mich auf dem Fahrersitz.

Es war grauenhaft. Keiner konnte Garry Gibson mehr helfen. Sein Kopf brannte. Die kleinen tanzenden Flammen hatten ihn erfaßt. Gibson schrie auch nicht mehr. Er warf sich dafür zur Seite und öffnete die Tür, während aus seiner Haut kleine Flämmchen schlugen. Dann warf er sich auf die Straße und rannte davon. Von seinem Kopf aus zog er eine Flammenspur hinter sich her.

Glenda schluchzte. Auch ich hatte nichts gegen die Flammen machen können. Sie waren viel gefährlicher, als ich vorhin angenommen hatte. Die kamen überall hin. Für sie existierten keine Hindernisse, und das war das Schlimme.

Ich suchte sie.

Die Augen tanzten über die Straße. Sie schienen mich verhöhnen zu wollen, und plötzlich huschten sie auf uns zu und drangen durch die Scheibe.

Ich packte Glenda an der Schulter. »Raus aus dem Wagen!« schrie ich ihr zu.

Sie gehorchte automatisch und verließ den Bentley, wo wir nicht mehr sicher waren.

Aber wohin?

Zurück in die Bar wollte ich nicht. Wenn die Flammen uns verfolgten, brachte ich damit zu viele Unschuldige in Gefahr. Wir mußten uns irgendwo verkriechen oder verstecken, damit die verdammten Flammen uns nicht auffraßen.

Ich lief auf die andere Seite des Wagens, wo sich Glenda erhoben hatte und panikerfüllt um sich schaute. Ich faßte sie unter und zog sie mit.

»Was haben Sie vor?« schluchzte sie.

»Wir müssen weg.«

»Und Suko?«

Von ihm hatte ich noch nichts gesehen, er mußte jeden Augenblick auftauchen. Ich beschloß, ihm entgegenzulaufen, damit mußten wir die Straße wieder hoch.

Doch wo steckte Garry Gibson?

Wir suchten nach ihm. Er war verschwunden. Vielleicht hatte er sich in irgendeinen Hinterhof verkrochen oder war dort tot zusammengebrochen. Wir würden ihn sicherlich finden.

Ich drehte mich des öfteren um und hielt dabei nach den Flammen Ausschau. Bisher hatte ich noch keine gesehen. Nach dem Verlassen des Wagens hatten sie sich verzogen. Es lag auf der Hand, daß sie in mir einen Todfeind sahen. Schließlich hatte ich ihre Gastkörper zerstört. Das würden sie mir nicht vergessen, und sie würden sicherlich versuchen, mich in ihre Gewalt zu bringen.

Doch wer leitete sie? Hatte Garry Gibson nicht von einem Afrikaner namens Ogabe gesprochen?

Er schien eine Schlüsselfigur in diesem Spiel zu sein, das ich überhaupt nicht durchschaute. Alles war so undurchsichtig, geheimnisvoll – und gefährlich.

Aber ich würde die Sache irgendwann verstehen. Vielleicht

sogar noch in dieser Nacht, die für uns schon die Nacht der flammenden Augen geworden war. Leider konnte ich nicht so handeln und wirken, wie ich es mir vorgestellt hatte, denn Glenda befand sich bei mir. Für ihre Sicherheit war ich verantwortlich. Garry Gibson hatte ich nicht retten können. Die Flammen waren schneller gewesen als ich.

Ich faßte Glenda an der Hand. Für einen Moment hatten wir Ruhe. Wir liefen die Straße hoch und sahen bereits nach wenigen Schritten den Umriß des goldfarbenen Rolls.

Der Wagen fuhr in diesem Augenblick an. Er setzte sich lautlos in Bewegung. Ich hatte allerdings niemanden einsteigen sehen.

Wir blieben stehen.

»Der flieht«, sagte Glenda. »Ob wir jetzt aus der Gefahrenzone heraus sind?«

»Nein«, sagte ich. Glenda wartete auf eine Erklärung, ich gab sie ihr. »Dieses Gebiet wird von den tanzenden Flammen beherrscht. Da bin ich mir sicher.« Ich streckte den Arm aus und führte ihn in einen Kreis. »Irgendwo lauern sie, haben sie ihren Hort, und den muß ich finden.«

»Und ich?« Sie sah mich aus ihren großen, dunklen Augen an, in denen die Furcht leuchtete.

»Ich werde Sie nach Hause bringen.«

Glenda schüttelte den Kopf. »Nein, John. Da bin ich auch nicht sicher. Ich habe die Augen schließlich vor dem Fenster meiner Wohnung gesehen. Dabei weiß ich nicht einmal, wie sie dorthin gekommen sind. Sie müssen irgendwie Bescheid wissen und alles beobachten, eine andere Erklärung habe ich für dieses Phänomen nicht.«

Da mußte ich Glenda recht geben – leider. Die Augen schienen stärker zu sein, als ich dachte. Während wir noch redeten, hörten wir wieder die Trommeln.

Dumpf, vibrierend.

Tam-tam...

Glenda schauderte und preßte sich enger an mich, wobei sie sich ängstlich umsah. »Die beobachten uns, geben sich durch die Trommeln Nachricht.«

Ich nickte. Wenn man nur wüßte, wo sie geschlagen wurden.

Auch durch genaues Hinhören war nicht festzustellen, aus welcher Richtung das Geräusch kam.

Es war eben überall. Diese Trommeln hatten uns regelrecht eingekreist.

Ich lächelte ein wenig hölzern. »Wir werden uns schon daran gewöhnen, Glenda.«

»Meinen Sie?«

»Es bleibt uns nichts anderes übrig. Kommen Sie, wir müssen weiter. Vielleicht sehen wir Suko.«

Auf ihn setzte ich einige Hoffnung. Wenn sich Suko an meiner Seite befand, waren wir um hundert Prozent stärker.

Doch diese Hoffnung wurde brutal zerstört.

Wir waren vielleicht zehn Schritte gegangen, als ich den Gegenstand am Straßenrand sah. Zuerst wollte ich es nicht glauben, Sekunden später aber wurde die Ahnung zur Gewißheit.

Am Rand der Gasse, dicht neben einer Hauswand, stand ein Motorrad. Sukos Harley.

»O Gott«, sagte Glenda nur.

Da hatte sie mir aus der Seele gesprochen. Ich trat an die Maschine heran. Klar, es war sein Motorrad, und neben ihm lag ein roter Sturzhelm. Den hatte Suko immer getragen. Aber noch etwas sah ich.

Die Dämonenpeitsche!

Einsam und verlassen lag sie auf dem Boden. Die drei ausgefahrenen Riemen berührten noch den Reifen des Hinterrads. Ich hob die Peitsche auf und stellte sie hoch. Die magischen Riemen rutschten wieder in den Griff.

»Was mag hier passiert sein?« flüsterte Glenda.

Ich konnte es mir schon vorstellen und blieb mit meiner Vermutung auch nicht hinter dem Berg. »Wahrscheinlich hat dieser Rolls Royce die Straße abgesperrt. Suko ist ihnen genau in die Falle gefahren, und er wird von dem Neger überwältigt worden sein. Den haben wir ja vor der Bar nicht mehr gesehen.«

»Ob er noch lebt?«

Ich schaute Glenda an. »Male den Teufel nicht an die Wand. Das hoffe ich doch sehr.«

»Aber Garry ist ja auch...« Sie brach ab.

»Möglich, daß hier andere Faktoren eine Rolle spielten als bei Garry Gibson.«

»Das können wir nur hoffen.«

Ich suchte die unmittelbare Umgebung der Harley ab, fand aber keinen Hinweis auf unsere Gegner. Sie waren verschwunden. Der Rolls ebenso wie die Feueraugen.

»Was machen wir denn jetzt?« fragte Glenda. »Sollen wir nicht die Polizei benachrichtigen? Ich meine, die Kollegen könnten doch das Viertel hier durchsuchen.«

»Und dann?«

»Wie?«

»Wenn jemand stirbt, ich übernehme die Verantwortung nicht«, erklärte ich. »Die Polizisten sind schutzlos. Wenn es normale Gangster wären, dann ja, aber gegen die Flammen haben wir noch kein Mittel gefunden. Sechs Augenpaare, die Feuer speien können. Die setzen ganz Soho in Brand, wenn sie wollen.«

»Natürlich. Daran habe ich nicht gedacht.«

»Wenn man nur wüßte, wo dieses Hauptquartier der Bande ist«, murmelte ich, wurde aber in meinen Gedanken unterbrochen, denn auf einmal waren die Augen wieder da.

Sie materialisierten sich buchstäblich aus dem Nichts und standen sowohl vor als auch hinter uns.

Glenda schrie leise auf und preßte sich an mich.

Ich sah mich um.

Die verdammten Augen versperrten uns den Weg. Allein hätte ich vielleicht einen Durchbruch versucht, aber mit Glenda?

»Nehmen Sie doch Ihr Kreuz«, wisperte sie.

All right, ich versuchte es. In der rechten Hand hielt ich mein wertvolles Kruzifix. Als ich langsam auf die beiden Augen zuschritt, schwebten sie vor uns. Ich beobachtete sie genau. Noch rührten sie sich nicht. Als ich aber drei Schritte entfernt war, begannen die drei Augenpaare zu rotieren und schockrote Feuerstrahlen zischten uns entgegen.

Ich warf mich zu Boden und riß Glenda mit, so daß die Strahlen uns beide nicht berührten.

Sofort waren wir wieder auf den Beinen. Mit der linken Hand hielt ich Glenda fest, in der rechten hatte ich das Kreuz, und dann hetzten wir quer über die Straße auf einen Hauseingang zu, wo wir uns gegen die Wand warfen und stehenblieben.

Die Augen verfolgten uns, wollten ihre sicher geglaubten Opfer nicht mehr loslassen.

Ich drückte Glenda das Kreuz in die Hand und probierte eine andere Möglichkeit. Mit der Dämonenpeitsche schlug ich einmal einen Kreis über den Boden, so daß die drei Riemen aus der Öffnung fielen. Die Peitsche war eine schwarzmagische Waffe, und mit Schwarzer Magie hatten wir es hier zu tun.

Ich deckte Glenda mit meinen Körper ab, als ich meinen rechten Arm schlagbereit erhob.

Die Augen bildeten eine glühende Wand. Ich wartete noch ein paar Sekunden, dann schlug ich zu.

Die drei Riemen pfiffen durch die Luft. Vielleicht hätte ich noch etwas warten sollen, denn ich traf die Augen nicht voll, sondern streifte sie nur außen. Aber ich durchbrach ihre Angriffsformation. Plötzlich begannen sie zu tanzen, zuckten hoch und nieder, und ein Auge traf ich.

Einer der Riemen klatschte voll dagegen. Die Wirkung war frappierend. Plötzlich sprühte das Auge wie eine Wunderkerze auf. Ein glühender Regen ergoß sich auf die Straße, und ich vernahm einen gequälten, verwehenden Schrei.

Dann zuckte das Auge, als würden es Stromstöße treffen. Plötzlich war es verschwunden.

Ich schlug zum zweitenmal zu.

Diesmal reagierten die Augen, sie wichen vorher zurück. Elf feurige Punkte waren es nur noch, denn einen hatte ich mit der Peitsche erledigt.

So ganz hilflos waren wir doch nicht.

»Die Dämonenpeitsche schafft es!« flüsterte Glenda. »Sie schafft es wirklich.«

»Dämpfen Sie Ihre Freude«, sagte ich. »Wir müssen erst einmal hier weg.«

»Das Haus!«

Glendas Idee war gut. Diese Buden in Soho waren zwar uralt, aber es gab dort Verstecke in Winkeln und Gängen. Sie standen praktisch miteinander in Verbindung. Deshalb hatten Gangster hier immer ihre idealen Fluchtwege gefunden.

»Ist die Tür offen?« fragte ich.

Glenda versuchte es. »Ja.«

Ich warf noch einen letzten Blick auf die elf in der Luft tanzenden Augen.

Sie hielten im Moment Ruhe. Mein Treffer schien sie durcheinandergebracht zu haben.

Um so besser.

Glenda Perkins drückte die Tür auf. Sie betrat als erste den stockdunklen Flur und stolperte über irgendeinen Gegenstand, der auf dem Boden herumlag.

Ich drückte die Tür zu. »Bleiben Sie stehen!« flüsterte ich und suchte nach meiner Bleistiftlampe, die ich immer bei mir trage.

Ich hatte fünf Finger in der Tasche, als es geschah. Die Hand kam irgendwo aus dem Dunkel, wühlte sich in mein Haar, riß mich hart zurück, und im nächsten Augenblick fühlte ich etwas Kaltes an der Kehle.

Die Klinge eines Messers!

Ich blieb stocksteif stehen und dachte in diesen Momenten nicht an mich, sondern an Glenda, die sich irgendwo vor mir in der Dunkelheit befand.

Säuerlicher Schweißgeruch stieg mir in die Nase. Nach Nikotin riechender Atem wehte in meinen Nacken, und ein angezogenes Knie drückte hart in meinen Rücken.

»John!« hörte ich Glendas wispernde Stimme. »John, wo stecken Sie denn?«

Ich gab keine Antwort, denn der Kerl hinter mir verstärkte den Kniedruck, das reichte als Warnung.

»John, bitte!«

Schritte. Glenda ging jetzt zurück. Vorsichtig, tastend.

Bis eine Taschenlampe aufblitzte. Vorsichtig zerschnitt ein breiter Streifen die Dunkelheit, wanderte über die Wand, wo die Reste grünlich schimmernder Fliesen klebten, und traf Glenda Perkins, die abrupt stehenblieb, als sie geblendet wurde.

Jemand lachte. Es war der Kerl, der die Taschenlampe hielt. Dann sagte er: »Wen haben wir denn da?«

Klang und Dialekt nach zu schließen, waren wir Soho-Muggern in die Hände gefallen. Verbrecher – meist jugendlich –, die von Raub, Totschlag und Überfällen lebten und sich in die schmutzigsten Viertel verkrochen. London wurde immer gefährlicher.

Und ausgerechnet wir mußten solchen Muggern in die Arme laufen. Wahrscheinlich hatten sie uns schon eine ganze Weile beobachtet, aber nicht eingegriffen, um erst einmal einen günstigen Moment abzuwarten. Der hatte sich ergeben.

Leider wußte ich nicht, wie viele es waren. Zwei hatte ich bemerkt. Meist jedoch steckten die Mugger in Banden zusammen, und sicherlich diente dieses verdammte Haus als Unterschlupf für eine dieser Banden.

Daß die brennenden Augen die Mugger nicht attackiert hatten, ließ auf eine Einigung zwischen den Parteien schließen. Da hatte sich der eine an den anderen gewöhnt.

Der Lichtstrahl wanderte an Glendas Körper hoch. »Mensch!« sagte der Typ, der die Lampe hielt. »Die Puppe ist ja ein Festtagsschmaus für uns.«

Der Kerl hinter mir kicherte. »Aber laß mir auch noch etwas übrig, Soccer.«

»Sicher doch.« Soccer ging vor und schnappte nach Glendas Handgelenk. »Komm zu mir, Puppe!«

Glenda fiel gegen ihn, als er sie hart an sich riß. Der Kerl lachte.

Ich sah ihn im Widerschein der Lampe. Er trug dunkle Kleidung, hatte eine Wollmütze auf dem Kopf und in seinem Hüftgürtel allerlei Waffen stecken.

»Okay, Les«, sprach er den hinter mir stehenden Mann an. »Wir können jetzt.«

»Soll der Scheißer hier zusehen?« kicherte Les hinter mir.

»Na klar, und dann schmeißen wir ihn auf den Friedhof, wo er krepieren kann.«

Friedhof? Welcher Friedhof war gemeint? Ich hatte keine Ahnung, war aber gespannt. Ich entspannte mich, als ich eine Galgenfrist bekam.

»Rühr dich nur nicht!« zischte Les hinter mir.

Ich dachte auch nicht daran. Schließlich war ich nicht lebensmüde.

Soccer drehte Glenda herum. Den linken Arm hatte er um ihre Kehle gelegt, in der rechten hielt er nach wie vor die Lampe, mit der er an Glenda vorbeileuchtete. Der breite Strahl fiel auf eine Treppe, die so brüchig aussah, daß man Angst haben mußte, sie zu betreten. Ein Geländer war im unteren Teil überhaupt nicht mehr vorhanden. Nur oben entdeckte ich einige Fragmente.

Les und ich blieben stehen, während Soccer mit Glenda schon die ersten Stufen hochschritt. Sie ächzten und knarrten, doch sie hielten das Gewicht der beiden aus.

Da bis jetzt kein weiterer Kerl aufgetaucht war, rechnete ich damit, daß wir es nur mit zwei Muggern zu tun hatten. Die waren zwar auch verdammt gefährlich, aber mit ihnen konnte ich unter Umständen fertig werden.

»Hast du Angst?« keuchte der Knabe hinter mir.

»Vielleicht.«

»Sag nicht vielleicht, du hast Schiß. Warum bist du überhaupt hergekommen?«

»Verlaufen.«

Der Mugger lachte. »Lüg nicht. Ihr seid mit dem Bentley gekommen. Gutes Modell, wirklich, wenn auch schon etwas älter. Aber den kann man noch zu Geld machen. Egal, wie ihr hergekommen seid. Ein Fehler war es auf jeden Fall.«

»Steht ihr mit den Augen in Verbindung?« fragte ich.

Er schwieg.

»Hast du Angst davor?«

»Nein, sie tun uns nichts. Du fragst wie ein Bulle. Bist du einer?«

»Kann sein.«

»Du hast 'ne Kanone, wie?«

Ich schwieg, weil ich enttäuscht war. Ich hatte schon damit gerechnet, daß der Kerl meine Beretta vergessen würde. Dem war nicht so.

»Ja, du hast eine!« flüsterte er. »Aber bilde dir nur nicht ein, daß du sie gebrauchen kannst. Und wenn du ein Bulle bist, macht es mir um so mehr Spaß, dich verrecken zu sehen. Mein Bruder ist nämlich von einem, wie du es bist, umgebracht worden.«

»Bestimmt nicht ohne Grund.«

»Nee, er hatte eine Geisel. War zufällig ein Kind...«

Mir kam die Galle hoch. Verdammt, wenn dieser Kerl ebenso gefährlich war wie sein Bruder, dann stand uns noch einiges bevor. Mit Schrecken dachte ich an Glenda.

Sie war mit Soccer auf dem ersten Absatz stehengeblieben und hatte sich dort umgedreht. Der Mugger leuchtete die Stufen hinab. »He, Les, ihr könnt kommen!«

»Okay.« Les nahm das Knie aus meinem Rücken. »Geh nur vorsichtig weiter, Bulle. Die Klinge bleibt an deiner Kehle. Wenn ich merke, daß du Mist machen willst, dann geht es sssssit, und du bist nicht mehr. Klar?«

»Kapiert«, sagte ich rauh. Was war das nur für ein Mensch hinter mir. Eine noch junge Stimme, und der Typ war verdorben bis in die Knochen. Soho brachte wirklich den Abschaum hervor.

Ich hütete mich, mich irgendwie falsch zu bewegen, denn ein Ruck nur, und die Klinge hätte meine Kehle durchschnitten. Angeritzt war die Haut sowieso schon. Ein dünner Blutfaden lief feucht am Hals entlang und versickerte in meinem Hemdkragen.

Unter meinen Füßen knirschte der Dreck. Dieses unter Umständen leerstehende Haus war als Mülleimer benutzt worden. Hier hatte die Leute ihren Unrat reingekippt.

Bis zum Beginn der Treppe ging alles gut. Vor der ersten Stufe blieben wir stehen. Der breite Scheinwerferstrahl fiel als heller Teppich bis an meine Fußspitzen.

Jetzt erst sah ich richtig, wie zerstört die Treppe war.

Jeden Moment konnten Stufen brechen, so glaubte ich.

Les schien meine Gedanken erraten zu haben, denn er lachte auf. »Keine Sorge, die Treppe hält noch. Die ist die letzten Jahre nicht eingestürzt, warum sollte sie heute?«

Ich war nicht so überzeugt, enthielt mich aber einer Antwort und betrat die erste Stufe. Dabei schielte ich nach unten, und mein Blick traf zwangsläufig die Klinge. Sie war ziemlich breit und erinnerte mich an die Messer, die auch von Fallschirmjägern getragen wurden.

Sie war beidseitig geschliffen, und das Licht der Lampe warf blitzende Reflexe auf den Stahl.

Les hatte das Messer ein wenig von meinem Hals weggenommen. Ich spürte keinen direkten Hautkontakt mehr. Aber auch so war die Gefahr noch groß genug. Les brauchte die Klinge nur eine Fingerbreite zu sich heranzuziehen, dann hatte er meine Kehle durchtrennt. Ich fragte mich, wie er es schaffen wollte, mir das Messer an die Kehle zu drücken, wenn wir die Stufen hochgingen.

Das gleiche Problem hatte er auch. Plötzlich war die Klinge verschwunden. Dafür spürte ich sie genau an der Wirbelsäule und diesmal mit der Spitze, nicht mit der flachen Seite.

Meine Chancen waren gestiegen. Vielleicht hätte ich schon etwas versucht, wenn da nicht Soccer gewesen wäre, der Glenda in seinem Würgegriff hielt.

»Denk nur nicht, du könntest dir einen Trick einfallen lassen«, flüsterte Les hinter mir. »Denn dann bricht Soccer der Kleinen das Genick. Verlaß dich drauf.«

Ich glaubte es ihm unbesehen.

Es blieb mir also nichts anderes übrig, als die wackligen Stufen hochzusteigen.

Wie schlecht sie waren, merkte ich schon bald. Die Treppe schwankte unter unserem Gewicht, sie wurde immerhin von zwei Personen belastet. Auch der obere Teil des Geländers wackelte und gab dabei Laute von sich, die mich an das Stöhnen eines Menschen erinnerten. Staub rieselte zu Boden, nachdem er zuvor von unseren Schuhen hochgewirbelt war. Ich sah die unzähligen Partikel im Licht der Taschenlampe funkeln.

Stufe für Stufe ging ich höher, immer noch den Druck der Messerspitze im Rücken spürend.

Les lachte. »Bist ja brav, Bulle!« Anscheinend hatte er mich doch in die Kategorie der Polizisten eingereiht, obwohl er sich vorhin nicht sicher gewesen war.

Manchmal hob Soccer die Lampe ein wenig an. Dann traf die helle Lanze mein Gesicht und blendete mich. Er machte das sehr geschickt, denn wer nichts sah, konnte auch nicht angreifen.

Die Treppe hielt in der Tat. Als wir den ersten Absatz erreichten, zog sich Les mit Glenda zurück und schleifte sie die nächsten Stufen hoch.

Diese wirkten etwas stabiler. Zwar hatte auch hier der Zahn der Zeit kräftig genagt, aber es hing doch nicht so viel in Fetzen herunter wie beim ersten Teil.

Wir gelangten in einen Flur.

Drei Räume zählte ich. Zwei davon hatten keine Türen mehr. Die Eingänge gähnten wie dunkle Löcher, durch die der Wind pfiff, da es in den Fenstern der Wohnungen sowieso keine Scheiben gab.

Ein Raum jedoch hatte eine Tür. Und die war nur angelehnt, so daß Soccer sie auftreten konnte. So heftig, daß sie bis gegen die Wand knallte und ein mürrischer Ruf ertönte.

»Ihr Penner!«

»Halt dein Maul, Alter, sonst schnitze ich dir ein Brandzeichen in deine Figur.«

Ich überlegte. Es gab also noch einen dritten Mann. Und der mußte älter sein als die beiden Mugger.

Soccer zog Glenda in den Raum und schleifte sie sofort bis an die Wand neben dem noch heilen Fenster.

Ich erhielt einen Tritt in die Kniekehlen, konnte mich aber fangen und blieb auf den Beinen, spürte aber immer noch das verdammte Messer im Rücken.

Soccer hatte seine Taschenlampe auf die Fensterbank gelegt, so daß der Strahl genügend Licht gab.

Ich befand mich in einem Raum ohne Tapeten. Nackte, kahle Wände. Ein schmutziger, mit Flaschen, Kippen und Papier übersäter Fußboden, zwei Schlafstellen, alte Matratzen, und eine wacklige Kommode, wo eine Lampe ohne Schirm stand, die aber nicht brannte.

Die beiden Lager gehörten wohl den Muggern. Der Alte, er stank nach billigem Fusel, lag im toten Winkel neben der Tür und hatte sich jetzt halb aufgerichtet. Er trug einen verbeulten Hut, unter dessen Krempe hinweg er auf Glenda Perkins schielte.

Wahrscheinlich hatten die drei den Raum genommen, weil er noch eine heile Fensterscheibe hatte. Hinter dem Fenster lag sicherlich ein schmieriger Hof. Erkennen konnte ich nichts, dafür war es zu dunkel.

»Was sagst du, Alter?« lachte Soccer. »Habe ich da nicht ein hübsches Täubchen angeschleppt?«

»Klar.« Der Mann lispelte.

»Und der Kerl ist ein Bulle«, sagte Les in meinem Rücken.

»Dann mach ihn doch fertig!«

»Keine Bange, das läuft schon. Erst einmal kommt die Süße dran. Du kannst ja zusehen, Alter. So etwas Schnuckliges hast bestimmt lange nicht mehr vor die Glotzer gekriegt.«

»Nee, nee.« Der alte Säufer lachte.

Soccer stieß Glenda an, die sich nicht zu rühren gewagt hatte. Sie zitterte vor Angst, war aber stehengeblieben. Jetzt prallte sie an die Wand.

»Zieh dich aus!« sagte Soccer.

Glenda schüttelte den Kopf.

Soccer hob die Augenbrauen, dann sprang er vor und schlug Glenda mitten ins Gesicht.

Meine Sekretärin schlug mit dem Kopf gegen die Wand und begann zu schluchzen.

In mir kochte es. Die Wut stieg hoch wie eine Lohe. Am liebsten hätte ich durchgedreht, aber Les, dieser linke Hund, kannte die Regeln sehr genau.

Er stieß mir die Messerspitze durch die Kleidung, bis ich sie auf der nackten Haut spürte.

Verdammt, das war hart.

Glenda Perkins hatte sich wieder gefangen. Ich sah zwar Tränen in ihren Augen glitzern, ansonsten wirkte sie gefaßt. Sie durfte jetzt nicht durchdrehen, sonst machten die Kerle ihr Vorhaben wahr und brachten sie um.

»Den Mantel aus!« blaffte Soccer. Er zog jetzt ebenfalls ein Messer, aber keine feststehende Waffe, sondern eine, die auf Druck hin aus dem Griff sprang. Dann spielte er lässig mit ihr, warf sie hoch und fing sie am Griff geschickt wieder auf.

Les hechelte: »Ja, mein Freund Soccer kann mit dem Ding umgehen. Der ist ein Künstler.«

Les hatte verkehrte Vorstellungen von Kunst, und Glenda zog ihren Mantel aus.

Sie trug einen dunklen Pullover und einen karierten Rock im Schottenmuster. Der Pullover hatte einen weit geschnittenen Rollkragen, lag ansonsten jedoch eng an, und Glendas hübsche Figur zeichnete sich deutlich unter der Wolle ab.

»Ohhh«, stöhnte Soccer nur, »das ist ja besser, als ich dachte.«

Ich schluckte an meiner Wut. Diese Demütigung konnte ich nicht mit ansehen.

»Ruhig, Bulle, nur ruhig!« sagte Les hinter mir.

»Keine Angst«, knurrte ich rauh.

»Nun den Rock«, verlangte Soccer.

Glenda schaute mich an. Ich sah das Flehen in ihrem Blick und preßte die Lippen hart aufeinander.

Auch sie schien zu merken, was in mir vorging, und lächelte plötzlich, obwohl es ihr verdammt schwerfallen mußte.

Glenda öffnete den Gürtel, warf ihn aber nicht weg, sondern behielt ihn in der Hand. Der Reißverschluß des Rocks befand sich an der Seite. Mit spitzen Fingern tastete Glenda danach und zog ihn nach unten. Etwas Helles blitzte in dem Spalt auf.

Der Stoff des Slips.

Hinter mir hörte ich Les schneller atmen. Und auch sein Kumpan Soccer hatte einen anderen Blick bekommen. Gieriger. Der Mund stand halb offen. Er riß seine Mütze vom Kopf und schleuderte sie zu Boden. Dann zog er die Jacke auf.

Der Rock rutschte an Glendas langen Beinen nach unten. Sie trug noch ihre Strumpfhose und den Pullover.

»Los, zieh den Pulli aus!« verlangte Soccer. Seine Stimme klang heiser. Er stand wirklich unter Strom.

Glenda ließ die Arme sinken und umfaßte den Rand des Pullovers.

Die Spannung verdichtete sich. Ich spürte, wie Les hinter mir zitterte.

Schon längst hatte ich die Muskeln angespannt. Ich würde eingreifen, egal, was geschah.

Und dann sah ich plötzlich zwei helle Punkte vor dem Fenster.

Die Augen!

Nicht nur ich hatte sie gesehen, auch der Alte. Er kreischte los. »Die Augen, sie sind wieder da. Am Fenster, seht!« Er begann zu schreien und zu trampeln.

Soccer schaute hin. Und auch Les. Ich bemerkte es daran, daß er sich bewegte. Der Druck der Messerspitze war auf einmal nicht mehr so stark wie zuvor.

Da riskierte ich es.

Ich wirbelte herum, winkelte gleichzeitig meinen rechten Arm an und warf mich auch zur Seite.

Ich hörte Les' überraschten Schrei, und im nächsten Augenblick überstürzten sich die Ereignisse...

Als Suko erwachte, verspürte er am gesamten Körper die Schmerzen. Er hatte das Gefühl, als hätte ihn jemand in eine viel zu enge Röhre gepreßt, die jetzt überall drückte.

Vorsichtig öffnete er die Augen.

Dunkelheit.

Im ersten Augenblick bekam er Angst, in irgendeiner Kiste oder sogar einem Sarg zu liegen, dann jedoch erkannte er, daß es doch nicht so dunkel war. Ein schwacher grauer Schein fiel in das Innere seines Gefängnisses, so daß Suko Umrisse und Konturen erkennen konnte. Wenn er den Blick etwas hob, sah er nicht nur einen helleren Himmel, sondern auch eine steil neben ihm aufragende Rückenlehne. Das brachte ihn zurück in die Wirklichkeit, und er begann, sich auch an die vergangenen Dinge zu erinnern.

Suko war nach dem Anruf losgefahren, hatte den Rolls entdeckt, den Hünen mit dem Flammendolch und den glühenden Augen, hatte gegen ihn gekämpft und war danach bewußtlos geworden, wobei er zuvor eine schaurige Gestalt gesehen hatte.

In einem Wagen sitzend.

Und er befand sich ebenfalls in einem Fahrzeug. Sollte es dasselbe sein?

Das wollte Suko wissen und sich aufrichten.

Der Chinese erlebte die zweite Enttäuschung. Man hatte ihn gefesselt. Jetzt erst, als er sich darauf konzentrierte, merkte er, wie bewegungsunfähig er doch war. Ausgerechnet dünne Drähte waren um seine Hand- und Fußgelenke gewickelt. Davon konnte man sich ohne fremde Hilfe nicht befreien. Mit anderen Worten, Suko ergab sich in sein Schicksal.

Aber seine Bewegungen waren gesehen worden. Jemand lachte auf. »Da sind Sie ja wieder.« Dann rieb Stoff gegen Stoff, Füße schleiften leicht über eine Matte, und einen Augenblick später erhellte das Licht einer kleinen Leselampe den Fond des Rolls Royce.

Im ersten Augenblick schmerzte das Licht, doch Suko gewöhnte sich schnell daran. Er sah neben sich ein Paar Beine, die von scharf gebügelten Hosen verdeckt wurden. Dann beugte sich die Person vor und starrte Suko ins Gesicht.

Der Chinese hatte das schreckliche Monster erwartet, wurde aber enttäuscht. Ein elegant gekleideter Neger lächelte ihn an, wobei seine Augen kalt blieben.

»Wer sind Sie?« fragte Suko.

»Mein Name ist Ogabe.«

»Hm«, machte Suko und zermarterte sich vergebens sein Gehirn, ob ihm dieser Name etwas sagen mußte. Er tat es aber nicht. Mit Ogabe konnte er nichts anfangen.

Der Schwarze, dessen Kopf dunkel aus dem weißen Hemdkragen ragte, fragte: »Sie wissen also nichts?«

»Nein.«

»Aber Sie sind uns in die Quere gekommen.«

»Dabei muß es sich wohl um einen Zufall gehandelt haben, Mr. Ogabe. Ich habe mit Ihnen und Ihren Geschäften nichts zu tun. Tut mir leid, war wohl eine Verwechslung.«

»Das glaube ich nicht. Wie heißen Sie?«

Suko sagte seinen Namen.

Auch Ogabe konnte damit nichts anfangen. Er wurde etwas unsicher, doch dann vereiste sein Gesicht. »Nein, Mr. Suko, so leicht lasse ich mich nicht auf den Arm nehmen. Sie haben etwas mit der Sache zu tun. Vielleicht nicht bewußt, aber ich habe Sie kämpfen sehen. Dies mit Waffen, die mehr als nur ungewöhnlich waren. Man kann sie durchaus als wirksam gegen gewisse Kräfte bezeichnen, und das stimmt mich sehr mißtrauisch. Nicht wahr, Gali?«

Mit Gali war der Hüne gemeint, der hinter dem Steuer hockte. Jetzt drehte er sich halb, und Suko sah seine schockroten Feueraugen. »Wir sollten ihn uns genau ansehen, Meister.«

»Das werden wir auch.«

Suko spielte nach wie vor den Ahnungslosen. »He, was soll das alles? Laßt mich in Ruhe. Ich will wieder zurück.«

»Ein Zurück wird es für Sie nicht mehr geben«, machte Ogabe dem Chinesen klar. »Höchstens in Awambas Reich.«

»Und wer ist Awamba?«

»Du wirst ihn noch sehen.« Mehr sagte Ogabe nicht. Er gab Gali den Auftrag, auszusteigen und Suko aus dem Wagen zu schaffen.

Der Hüne verließ den Rolls. Als er die Tür öffnete, drang kalte Luft in die Karosse. Auch Ogabe stieg aus. Suko blieb allein zurück. Nur zwei Sekunden, dann wurde die Fondtür geöffnet, und der Neger erschien wieder.

Seine kräftigen Hände griffen in Sukos Achselhöhlen und schleiften den Gefesselten nach draußen. Hart schlug der Chinese mit den Hacken auf. Da Suko seinen Kopf bewegen konnte, schaute er sich erst einmal um.

Trotz der Dunkelheit sah er die tristen Mauern, die ein Hofgeviert umschlossen. Aber er sah noch mehr. Fast hüfthohes Unkraut und verwilderte Sträucher hatten sich hier ausbreiten können und überwuchsen zahlreiche alte Grabsteine, die zum Teil schief im Boden standen und deren Gestein verwittert war.

Das war eine echte Überraschung, denn damit hatte der Chinese nun nicht gerechnet.

Dann befand er sich auf einem Friedhof. Aber wo lag der? In einem Hinterhof? Zwischen alten, verdreckten und verrußten Häuserfassaden? Das war ein Ding. Suko hatte ja schon viel erlebt, so was allerdings noch nicht.

Sollte er sich vielleicht gar nicht mehr in Soho befinden? Hatte man ihn weggefahren?

Dagegen sprach eigentlich der Hinterhof, und als Suko jetzt weitergeschleift wurde, sah er auch das tunnelartige Loch der Einfahrt, durch die der Rolls in den Hof gefahren war.

Von Ogabe war nichts mehr zu sehen. Er war schon vorgegangen. Gali hielt Suko noch immer fest. Er schleifte den Chinesen, der wirklich nicht leicht war, wie eine Feder.

»He, du Büffel, wo bringst du mich eigentlich hin?« wollte Suko wissen.

Keine Antwort.

Dafür ging Gali schneller. Sukos Schuhe hackten über den

rauhen Boden, bis der Neger dicht vor einer Treppe hielt, die neben der Rückwand des Hauses in die Tiefe führte.

Am Ende der Treppe mußte sich ein Loch oder eine offenstehende Tür befinden, denn von dort fiel Licht nach draußen. Suko befürchtete, daß ihn dieser Gali die Stufen hinunterwerfen könnte, doch er erbarmte sich und hob den Chinesen hoch, um ihn sich dann über die Schulter zu werfen.

Dort blieb Suko erst einmal liegen. Seine Beine pendelten am Rücken des Negers, die Arme und der Kopf in Höhe der Brust. Suko schaukelte, als der Kerl mit ihm die Treppe hinunterschritt. Unten befand sich im rechten Winkel zur Treppe eine Tür. Bis zum Anschlag stand sie offen. Durch sie fiel auch der Lichtschein.

Gali und Suko betraten einen fast leeren Kellerraum, in dem es muffig stank. Nur an einer Wand lagen ein paar Bretter, die vor sich hinfaulten. Sie reichten fast bis zum schmalen Fenster hinauf, das mit einer lichtdurchlässigen Eisenklappe gesichert war.

Gali mußte den Kopf einziehen, so niedrig war die Decke. Er dachte auch nicht mehr daran, Suko zu tragen, sondern bückte sich und ließ den gefesselten Chinesen von seiner Schulter rutschen. Suko zog den Kopf ein und milderte seinen Fall damit ein wenig ab.

Gali lachte nur.

Gebückt ging er weiter auf eine dunkle Tür zu. Er zog sie einen Spalt auf, und sofort quollen grünliche Dämpfe durch die Öffnung. Sie stanken erbärmlich, rochen nach Moder, Schwefel und fremdartigen Gewürzen, so daß Suko husten mußte.

Da es still war und der hünenhafte Neger auch nichts sagte, vernahm Suko die gutturale Stimme aus dem anderen Raum. Sie sagte etwas, das der Chinese nicht verstand, dafür aber Gali. Er drehte sich um, ging auf Suko zu, umfaßte wieder seine Achselhöhlen und schleifte ihn auf die spaltbreit geöffnete Tür zu.

Kurz davor blieb er stehen, winkelte sein rechtes Bein an, klemmte seinen Fuß in den Spalt und öffnete die Tür ganz.

Suko wurde in eine völlig andere und fremdartige Welt geschafft, in eine regelrechte Alptraumlandschaft. Er sah sich in den Fieberdschungel Afrikas versetzt.

In großen Trögen und Behältern wuchsen exotische Bäume

und Gewächse. Fast bis zur Decke reichte das Schilf. Lianen und andere Pflanzen waren miteinander verflochten. Es herrschte ein feuchtwarmes Treibhausklima, und grünweißes Licht strahlte aus den Scheinwerfern an der Decke des Raumes.

Aus irgendwelchen Gefäßen strömte der grüne Qualm, dessen ätzender Geruch so sehr Sukos Atemwege malträtierte.

Der Chinese wurde weitergezogen. Es gab einen Weg, der von der Tür direkt zum Ziel führte.

Ziel?

Ja, ein Ziel war vorhanden.

Der Opferplatz!

Er befand sich inmitten des Dschungels und nahm eine kreisrunde Form ein.

In der Mitte stand ein dunkler Totempfahl, der weder bemalt noch beschnitzt war, aber einzigartig in seinem glatten, polierten Holz. Nur an der Spitze war er verändert.

Dort zeichneten sich die Umrisse eines Auges ab, das etwa fünfmal so groß war wie das eines Menschen.

Der Hüne ließ Suko los. Auf dem Boden blieb der Chinese liegen, umwallt von den grünlichen Rauchwolken. Er lag jedoch so, daß er den Totempfahl anschauen mußte.

Dieser Ogabe hatte von Awamba gesprochen. War der Totempfahl mit Awamba identisch?

Suko glaubte fest daran, daß er bald eine Antwort erhalten würde. Und zwar von Ogabe.

Noch sah er ihn nicht. Der Schwarze schien sich irgendwo verborgen zu halten. Da auch der Hüne nicht mehr zu sehen war, konnte Suko die Stille fast körperlich fühlen.

Eine Weile verging. Der Chinese hatte Zeit und Muße, sich an die neue Umgebung zu gewöhnen.

Er hatte sich schon in schaurigeren Verliesen befunden. Dieses hier war zwar fremdartig, aber es flößte ihm keine direkte Furcht ein.

Und dann hörte er Schritte.

Hinter sich.

Leider konnte Suko sich nicht drehen, weil er gefesselt war. Gleichzeitig mit den Schritten klang der dumpfe Trommelwirbel auf.

Tam-Tam...

Zuerst war Suko zusammengezuckt, dann hatte er sich gefangen und wollte sehen, wie es nun weiterging.

Jemand näherte sich.

Ogabe oder Awamba?

Suko wußte es nicht. Er merkte nur den Schatten, der plötzlich über ihn fiel, weiterwanderte, und im nächsten Augenblick stand Ogabe vor ihm.

Der Chinese hob den Blick.

Schon beim erstenmal hatte er sich erschrocken, und auch diesmal traf ihn der Schock, denn die Gestalt war so schrecklich anzusehen, daß Worte zur Beschreibung fast versagten...

Es mußte einfach Ogabe sein, denn die Körpergröße stimmte. Nur das Äußere hatte sich verändert. Ogabe war ein anderer geworden – ein Dämon. Er war Awamba!

Er trug jetzt ein nilgrünes Gewand, das aussah, als wäre es aus Schilf hergestellt worden. Bis zum Hals hatte er die normale menschliche Körperform. Was dann jedoch kam, war das reine Grauen.

Sein Kopf war nur noch ein grünliches, schleimiges, hin- und herzuckendes Gebilde, das wie mit Fett eingerieben glänzte, Blasen warf, die zerplatzten und eine stinkende Flüssigkeit absonderten. In diese wie Teig wirkende Masse hatte jemand die Augen gesteckt.

Sechs verteilten sich halbkreisförmig auf der Vorderseite des Schädels, und jedes Auge glühte wie ein Gruß aus der tiefsten Hölle. Sie waren in andauernder Bewegung, rotierten, wechselten ihren Platz, drückten sich einmal nach oben, dann zur Seite oder wieder nach unten. Nie kam ein Auge mit dem anderen in Berührung, als würden alle sechs von einem wahren Meister gelenkt werden.

Das also war des Rätsels Lösung – oder?

Vor dem Pfahl blieb Ogabe stehen. Und zwar so dicht, daß das Holz seinen Rücken berührte.

Die sechs Augen blickten Suko an.

Feuerrot stachen sie aus dem Grün des schleimigen Kopfes

hervor. Widerlich anzusehen, wie die Masse sich bewegte, als wäre sie aus zahlreichen Würmern zusammengesetzt. Einen Mund oder eine Nase sah Suko überhaupt nicht, und er fragte sich, wie Ogabe mit ihm sprechen wollte.

Kaum hatte er den Totempfahl berührt, als das Auge oben ebenfalls einen rötlichen Schein annahm und ihn auf Suko niederstrahlte. Der Chinese wurde darin gebadet, und er glaubte, ein leichtes Kribbeln in seinen Adern zu spüren.

Dann hörte er die Stimme. Aber nicht Ogabe sprach, sondern das Auge auf dem Totempfahl.

Es war reine Hexerei.

Wie konnte das Auge, das vorhin so tot schien, überhaupt reden? Suko machte sich keinerlei Gedanken mehr darüber, er nahm es einfach hin.

»Du bist der Eindringling«, diese Worte wurden ihm entgegengeschleudert. »Du hast die Ruhe der Toten gestört und damit auch mich, den großen Dämon Awamba.«

»Ein Dämon?« fragte Suko und starrte in das Auge hinein, dessen Schichten verschieden waren. Einmal dunkelrot im Kern und hellrot an den Außenrändern.

»Ja, man nennt mich auch das Auge des Dschungels. Meine Heimat ist der Urwald, dort habe ich gelebt, dort existierte mein Geist. Ich habe über die Tiere gewacht und auch über die Menschen. Man huldigte mir, man stimmte mich gnädig, indem man mir Opfer brachte.«

»Wer wurde geopfert?«

»Menschen.«

»Hast du ihnen die Augen genommen?« fragte Suko heiser.

»Ja, denn durch ihr Licht allein konnte ich sehen. Ich brauchte die Augen, um zu existieren. Ihre Körper aber verdorrten unter der Hitze meines flammenden Blicks. Sie wurden zu Holz, ich saugte ihnen die Flüssigkeit heraus, und sie verkohlten. Aber sie lebten weiter. Als untote Diener geisterten sie durch den Dschungel. Und auch ihre Geister waren nicht tot. Sie vereinigte ich in den Augen, die ich losschicken konnte, damit sie alles beobachteten. Und sie haben viel gesehen. Sie sehen auch jetzt noch. Sie haben dich gesehen und einen blondhaarigen Mann mit einer schwarzhaarigen Frau zusammen. Dieser Mann hat es geschafft und die Körper getötet, aber er hat den Geist nicht vernichten können. Und das ist gut so, denn die Augen werden zu seinem Schicksal, das verspreche ich dir.«

»Heißt der Mann John Sinclair?« Suko wollte auf Nummer Sicher gehen.

»So lautet sein Name.«

»Dann weißt du, wo er sich befindet?«

»Er wird beobachtet.«

»Wo ist er?«

»Willst du es selbst sehen?« fragte der Dämon.

»Ja, zeige ihn mir.«

Das Rot in den Augen wurde blasser. Es geschah nicht auf einmal, sondern intervallweise. Plötzlich war nur noch eine rosafarbene Fläche zu sehen, durch die das erste Weiß bereits schimmerte. Dann begann das Innere des Auges zu zittern, und plötzlich bildeten sich Umrisse und Konturen.

Menschliche Konturen.

Ein Mann und eine Frau.

Sukos Augen wurden jetzt groß. Er kannte die beiden, die ihm da vorgeführt wurden.

Es waren John Sinclair und Glenda Perkins!

Der Chinese schüttelte den Kopf. Das konnte er einfach nicht begreifen, aber hatte nicht Ogabe durch das Auge erklären lassen, daß seine Diener die Feinde unter Beobachtung hielten?

Es war nicht gelogen.

Suko konzentrierte sich voll und ganz auf die Szene, die ihm geboten wurde. Sein eigenes Schicksal war in diesem Moment vergessen.

Sinclair und Glenda befanden sich auf der Flucht. Suko sah sie über eine Straße rennen und in einem Hauseingang verschwinden. Sie versteckten sich jedoch nicht innerhalb des Hauses, sondern blieben im Eingang.

Und John hielt eine Waffe in der Hand – die Dämonenpeitsche. Suko erinnerte sich daran, daß er sie auf der Straße liegengelassen hatte, jetzt war sie John in die Finger gefallen, worüber der Chinese froh war.

Mit der Peitsche schlug John nach den Augen.

Plötzlich verwischte das Bild, wurde für einen Augenblick

schwächer und kehrte auch nicht mehr so scharf zurück wie zuvor. Irgend etwas mußte geschehen sein, denn Suko vernahm einen zischenden Laut, den das Auge alias Ogabe ausstieß.

Einen Lidschlag später war das Bild verschwunden, und die rote Farbe kehrte aus der Tiefe des Auges wieder auf Iris und Pupille zurück.

»Hast du genug gesehen?« wurde der Chinese angesprochen.

»Ja.«

»Du siehst, daß wir nicht gelogen haben. Wir werden uns die anderen auch noch holen.«

»Noch habt ihr sie nicht«, erwiderte Suko trotzig.

»Das ist nur eine Frage der Zeit. Denn hier können sie uns nicht entkommen. In diesem Viertel herrschen wir.«

Das glaubte Suko diesem Ogabe unbesehen. Er wollte aber dennoch wissen, weshalb sie nach England gekommen waren. Und er stellte die Frage. Suko hatte dabei noch einen Hintergedanken. Wenn er die Fragen stellte, dann gewann er Zeit, und vielleicht schafften John und Glenda es, ihn hier zu finden.

»Es lag praktisch auf der Hand, nach England zu gehen«, erklärte Ogabe. »Denn hier gab es bereits eine Sekte. Ich stamme aus dem Senegal, aus einem armen Land, wo kein Dschungel vorhanden ist, aber ich hörte die Botschaft aus dem Urwald, bin hingefahren und wurde aufgenommen in den Kreis des großen Dämons Awamba. Er faszinierte mich, ich tat alles für ihn, wurde sein treuester Diener. Er gab mir Macht und Ansehen, auf daß ich seinen Namen in die Welt trage, was ich auch getan habe.«

»Dann hast du diese Sekte hier gegründet?«

»Ja, ich bin der Anführer. Ich habe auch die Diener ausgesucht, die hölzernen, untoten Körper, die auf einem kleinen Friedhof begraben lagen. Vor Jahren sind sie getötet worden, als sie die Sekte hier aufbauen wollten. Aber sie waren nicht tot. Sie lagen in den kalten Gräbern, ihre Körper waren mit Awambas Zauber versehen, und dieser Zauber wurde wirksam. Die Toten stiegen aus den Gräbern, mit flammenden Augen kamen sie zurück, um Awambas Erbe zu verbreiten. Ich war inzwischen eingetroffen und konnte sie führen. Leider arbeitete ich in Schottland und wurde von einem Detektiv verfolgt, der uns auf die Spur kam. Er lebt nicht mehr, obwohl er den Stein ins Rollen brachte und uns diesen blondhaarigen Mann und die Frau auf den Hals schickte. Aber keine Angst, sie werden es nicht schaffen, obwohl sie die Körper meiner Diener zerstört haben.«

Er redete sehr sicher, aber das taten sie alle. Suko kannte das. Er wollte noch mehr wissen.

»Wo ist denn dieser Hüne, und welch eine Rolle spielt er?«

»Gali? Der ist mein Vertrauter. Auf ihn kann ich mich hundertprozentig verlassen. Ich habe ihn aus dem Senegal mitgebracht, dort sollte er als Sklave arbeiten, aber bei mir war er besser aufgehoben, denn ich habe ihn mit Awamba zusammengebracht. Er war von ihm so angetan, daß er seine Augen freiwillig gab.«

»Und was hast du mit mir vor?« fragte Suko.

Jetzt lachte Ogabe. »Kannst du dir das nicht denken? Wer nicht freiwillig zu Awamba hingeht, den muß man zwingen. Auch du wirst ein Opfer des Dschungeldämons werden. Oder hast du dir etwas anderes vorgestellt, Chinese?«

»Nein, eigentlich nicht.«

»Na bitte.«

Was hätte Suko anderes sagen können? Er hatte wirklich damit gerechnet. Seine Zukunftsaussichten waren nicht besonders gut...

Les war von mir hart getroffen worden. Er flog gegen die Tür und riß sie fast aus den Angeln. Um ihn kümmerte ich mich vorerst nicht mehr, sondern wollte mich seinem Kumpan Soccer zuwenden.

Der jedoch war von Glenda attackiert worden. Sie mußte sich unheimlich geärgert haben, denn meine Sekretärin reagierte wie eine Wildkatze. Fauchend sprang sie auf den Mugger zu, so daß ich für einen Moment die Befürchtung hatte, sie würde in die Messerklinge rennen, aber sie stellte es geschickt an.

Jetzt wußte ich, warum sie den Gürtel noch in der Hand behalten hatte. Sie drosch den Lederriemen Soccer um die Ohren. Den ersten Schlag nahm er voll. Ich hörte das Klatschen und sah, wie sich der Gürtel um seinen Kopf wickelte.

Dann mußte ich mich mit Les befassen, denn der hatte meine Attacke verdaut und stand wieder auf den Füßen. Er ließ mir keine Zeit, die Beretta zu ziehen. Halbhoch sprang er mich an, das verdammte Fallschirmmesser in der rechten Hand haltend, um es mir in den Körper zu wuchten.

Zeit, um mich auf den Angriff zu konzentrieren, hatte ich nicht mehr. Ich konnte nur noch mit reinen Reflexbewegungen arbeiten und hoffte auf mein Glück.

Ich schnellte zur Seite und riß gleichzeitig meinen rechten Fuß hoch. Die Spitze krachte gegen das Gelenk. Ich hörte einen wütenden Laut, aber das Messer ließ der Bursche nicht fallen. Er war katzengewandt, berührte im Fallen den Boden und stand wieder.

Meine Rechte kam wie ein Hammer.

Er stand im Moment deckungslos. Für den Bruchteil einer Sekunde sah ich sein erstauntes Gesicht, als meine Faust davor auftauchte, dann explodierte der Schlag an seinem Kinn.

Es war ein klassischer Knockout, wie man ihn oft im Boxring sieht, und ich hatte wirklich Glück dabei. Mein Gegner breitete die Arme aus, als wollte er mich umarmen, dann jedoch torkelte er rückwärts, prallte gegen die Wand, wo seine Knie nachgaben und er langsam zu Boden rutschte.

Les war erst mal aus dem Rennen.

Aber er hatte noch einen Kumpan. Ich wirbelte herum.

Glenda hatte Soccer zwar überraschen können, aber dieser abgebrühte Kerl ließ nicht lange den Lolly mit sich machen, er kannte die Tricks und setzte sie auch ein.

Plötzlich hielt er den Gürtel in der Hand.

Ich sah noch, wie er ihn abfing, dreckig dabei lachte und Glenda mit einem Ruck zu sich heranzog, die ebenfalls nicht losgelassen hatte, was ein Fehler war.

Mein Sprung brachte mich durch das halbe Zimmer. Bevor Glenda in das stoßbereite Messer hineinlaufen konnte, war ich da. Mit beiden Füßen zuerst rammte ich den Mugger und schleuderte ihn gegen die Wand. Auch Glenda bekam etwas mit. Sie fiel ebenfalls zu Boden, ließ aber den Gürtel los.

Soccer wälzte sich am Boden. Er spielte den Verletzten. Und er spielte ihn so gut, daß ich darauf reinfiel. Denn plötzlich schnellte er hoch und griff an.

Er war ebenso schnell wie sein Freund. Die schmale Klinge

glich einem wendigen Aal, sie wollte mich durchbohren, und ich brachte mich mit einer raschen Drehung in Sicherheit.

Mit dem Rücken stand ich jetzt zum brüchigen Fenster, das eine sehr niedrige Bank hatte. Soccer stand vor mir.

»Gib auf«, sagte ich.

Das Gegenteil tat er.

Plötzlich stürmte Soccer vor, wobei er seinen Kopf senkte, den rechten Arm mit dem Messer in der Hand vorstreckte, um mich so fertigzumachen.

Er lief in meinen Tritt.

Ich durchbrach seine Deckung. Die Wucht hob ihn fast aus den Schuhen. Er flog zurück und riß beide Arme hoch. Quer durch das Zimmer torkelte er, die Tür hielt ihn auf. Blut rann aus seiner Nase, doch in seinen Augen leuchtete der Haß.

»Laß es!« warnte ich.

Er wollte nicht hören.

Ich wehrte seinen Messerstoß ab und wich auch dem nächsten aus, der nah an meiner Hüfte vorbeiwischte. Dann prallte Soccer gegen mich. Plötzlich hatte ich ihn gepackt. Am Kragen und Hosengürtel hob ich ihn hoch und wuchtete ihn gegen die Wand.

Das heißt, er sollte dagegen fallen, doch Soccer war hart im Nehmen. Während er noch unterwegs war, drehte er sich und stolperte genau auf das Fenster zu.

»Vorsichtig!« schrie ich.

Zu spät. Ich hatte vorhin erwähnt, daß die Fensterbank zu niedrig war, sie bot keinen Halt. Und das wurde mir auf drastische Weise vorgeführt. Mit den Oberschenkeln prallte Soccer dagegen, suchte Halt, fand die Scheibe und das Fensterkreuz, aber es war das falsche.

Beides war nur noch Bruch.

Es klirrte, krachte und splitterte. In diese Geräusche mischte sich dann ein gellender Schrei, den Soccer ausgestoßen hatte, als er inmitten eines Scherben- und Holzwirbels aus dem Fenster in die Tiefe fiel.

Hoch war es nicht, wir befanden uns im ersten Stock. Solch einen Sturz konnte man unter Umständen überleben.

Ich war am Fenster, als ich bereits den Aufprall hörte.

Er ging mir durch Mark und Bein. Vorsichtig beugte ich mich nach draußen.

Zum erstenmal blickte ich in den Hinterhof und war überrascht, denn ein normaler Hinterhof war dies wirklich nicht, sondern ein verwilderter Friedhof. Schemenhaft sah ich die Konturen der Grabsteine, die aus dem mit hohem Unkraut überwucherten Boden wuchsen.

Ich sah auch noch mehr.

Soccer!

Er lag direkt unter dem Fenster. In einer Haltung, die ich schon öfter gesehen hatte. So sah ein Mensch aus, der sich das Genick gebrochen hatte.

Wahrscheinlich war Soccer auf einen Grabstein gekracht. Ihm konnte keiner mehr helfen.

Scharf saugte ich den Atem ein.

»John!«

Glendas Schrei riß mich herum. Und sie hatte ihn nicht umsonst ausgestoßen. Etwas hatten wir wohl beide in dem ganzen Trubel vergessen.

Die Augen!

Plötzlich schwebten die feurigen Höllenboten wieder mitten im Raum. Und sie hatten sich Glenda Perkins als Ziel ausgesucht, wollten sie verbrennen.

Zum Glück befand sich Glenda in meiner Nähe. Ich packte sie und zog sie hinter meinen Rücken in Deckung. Der Penner, der sich auch noch im Zimmer befand und die Auseinandersetzung zitternd und atemlos beobachtet hatte, saß eingeklemmt zwischen Tür und Wand, wo er sich nicht zu rühren wagte.

Die Augen wirbelten herum.

Im selben Moment hielt ich schon die Dämonenpeitsche schlagbereit und schlug von unten nach oben zu. Die Spitzen der Peitsche zielten dabei auf die Augen, ich wollte sie zerstören, aus dem Weg haben, und ich traf.

Diesmal gelang es dem Paar nicht, so rasch auszuweichen. Zudem waren die drei Riemen breit genug, um beide Augen zu treffen.

Wie glühende Kugeln wurden sie in Richtung Decke gewirbelt und platzten schon auseinander, bevor sie die Decke überhaupt erreicht hatten. Als glühende, winzige Kometen wirbelten sie durch den Raum, verursachten ein kleines magisches Feuerwerk und sanken zu Boden, wobei ich entfernte Schreie vernahm, als auch der Geist dieser dämonischen Augen verging. Nichts blieb übrig.

Das war geschafft.

Ich schaute zu Glenda.

Das schwarzhaarige Girl – es hatte sich inzwischen wieder angezogen – stand an der Wand und zitterte. Sie wollte etwas sagen, doch nicht ein Wort drang über ihre Lippen.

Ich ging zu ihr und streichelte ihre Wange. »Okay, Mädchen, es ist vorbei. Vorerst«, schränkte ich ein.

Glenda nickte.

Ich ließ sie in Ruhe, denn ich wollte mich um meinen Freund Les kümmern.

Er war noch bewußtlos. Den letzten Hieb hatte er nicht mehr verdaut. Es hätte für ihn auch schlimmer kommen können. So lebte er wenigstens noch.

Ich nahm das Messer, steckte die breite Klinge in die Fußbodendielen und brach sie ab.

Fertig war ich hier noch nicht. Denn es gab noch jemanden, der den Kampf gut überstanden hatte.

Der Penner.

Neben der Tür hockte er wie ein Häufchen Elend. Ich blieb vor ihm stehen und winkte mit dem gekrümmten Zeigefinger. »Schätze, du kannst uns einiges erzählen, Meister der Wermutflasche.«

Er hob beide Hände, umfaßte seine Hutkrempe und zog die Kopfbedeckung über die Augen. »Nein, Sir, ich weiß nichts. Wirklich nicht, Sir. Ich kann nichts sagen.«

»Rede keinen Unsinn!« fuhr ich ihn an.

»Nein.«

Ich war es leid, bückte mich, umklammerte sein schmutziges Jackenrevers und hievte ihn hoch.

Er stand auf zitternden Beinen und hatte seinen Kopf gesenkt, nur um mich nicht ansehen zu müssen.

Mit der linken Hand bog ich ihm die Krempe hoch. Zum erstenmal sah ich wirklich sein Gesicht.

Stoppelbart, kleine Augen, eingefallene Wange, eine Säufernase und zwei dicke, feuchte Lippen, die ununterbrochen in Bewegung waren wie bei einem Hamster.

Langsam drehte ich ihn herum und stellte ihn wie eine Puppe gegen die Wand. »Wie heißt du?«

Er schielte mich an. »Charly.«

»Und?«

»Nur so.«

»Okay, Charly. Du weißt, daß ich von der Polizei bin, nicht wahr?«

Er nickte.

»Fantastisch. Aber du hältst nicht viel von uns.«

Er wollte nicken, schüttelte dann jedoch den Kopf. »Ich meine, wenn ihr mich in Ruhe laßt...«

»Das lassen wir dich doch auch. Aber erst, wenn du mir einiges erzählt hast. Wenn nicht, greife ich zu harten Mitteln.«

Erschreckt schaute er mich an. »Was... was haben Sie vor? Wollen Sie mich foltern?«

Ich mußte mir ein Grinsen verbeißen.

»Auch das.«

»W... wie denn?« Charly war völlig durcheinander.

»Indem ich dich mitnehme und in einen Wasch- und Badesalon stecke.«

Charly erschrak noch mehr. Wasser war wohl für ihn die allergrößte Folterung.

»Aber ich habe Ihnen doch nichts getan«, brabbelte er.

»Deshalb überlege ich es mir auch.«

»Gut, Sir, fragen Sie, doch viel kann ich Ihnen wirklich nicht sagen. Ehrlich...«

»Mal sehen.« Ich schaute zu Glenda und ließ den Penner noch etwas zappeln.

Meine Sekretärin hatte sich wieder ein wenig erholt. Sie lächelte mir zu und war dabei, ihre dunkle Haarpracht zu ordnen. Glenda schien wieder okay zu sein, was mich ungemein beruhigte.

»Du wohnst also hier«, fing ich an.

Charly nickte.

»Wie lange schon?«

»Den Winter über.«

»Und die beiden Mugger?«

»Sind erst vor ein paar Wochen zugezogen.«

»Du hast nichts gesagt?«

»Nein. Was sollte ich machen? Die waren doch viel stärker als ich. Ich war froh, daß sie mich am Leben ließen. Die kamen aus dem Knast und waren gefährlich.«

Das hatte ich erlebt. »Und die Augen haben euch nichts getan?« forschte ich weiter.

»Nein.«

»Aber ihr wußtet von ihrer Existenz.«

»Klar. Wir hatten auch Angst, aber wir haben uns daran gewöhnt. Wir durften nur nichts sagen.«

Ich nickte und deutete auf das Fenster. »Darunter liegt ein Friedhof. Welchen Sinn hat er?«

»Da sind sie hergekommen.«

»Wer?«

Charly wurde plötzlich blaß. »Die... die Toten. Ich habe mal eine Geschichte gehört, daß man sie nur begraben hat, damit sie wiederkommen. Hier spukt es, Sir. Ein böser Geist geht um. Oft höre ich die Trommeln. Dann ist Awamba da.«

»Und wer ist Awamba?«

»Ein gefährlicher Dämon. Man erzählt, daß er aus Afrika kommt. Er tötet alle durch seine Augen. Die sind so gefährlich. Und sie sehen alles.«

»Warum lebst du denn noch?« wollte ich wissen.

»Ich habe mich um ihn nicht gekümmert.«

»Und die beiden Mugger?«

»Die auch nicht. Sie standen ja auf der Seite der Dämonen. Wie auch die anderen Leute in den Häusern. Awamba hat versprochen, daß die Häuser hier nicht abgerissen werden. Ja, Sir, das hat er gesagt, ich habe es gehört.«

Was Lüge oder Wahrheit war, würden wir herausfinden. Charly konnte uns bestimmt nicht viel mehr sagen. Eine letzte Frage hatte ich noch. »In den Gräbern liegt niemand?«

»Nein. Sie sind alle wieder hervorgekommen.« Er schaute mich jetzt ängstlich an. »Sir, wenn die Toten auferstehen, ist das Ende der Welt nicht mehr weit. So hat unser Pfarrer in der Schule immer gesagt. Und die Toten sind auferstanden. Weil ich es ja selbst gesehen habe. Irgendwann in der nächsten Zeit wird die Welt untergehen.«

Daran glaubte ich zwar nicht, aber ich ließ Charly bei seiner Meinung.

Er war noch nicht fertig. »Wissen Sie, Sir, wenn die Trommeln erklingen, ist es soweit. Dann soll wieder einer sterben. Die Trommeln sind die Begleitmusik des Todes. Jedesmal war es...«

Er verstummte.

Auch ich sprach nicht mehr weiter.

Beide hörten wir das gleiche Geräusch.

Trommelklang...

Wir lauschten.

Vier, fünf Sekunden vergingen in atemlosem Schweigen. Auch Glenda hatte dem Dialog zwischen mir und Charly gelauscht. Sie hakte sich bei mir unter.

Sie hatte Angst, verständlich.

Charly preßte sich gegen die Wand. Warnend hob er den Finger. »Ich habe es ja gesagt«, wisperte er. »Wenn die Trommeln erklingen, ist der Tod sehr nahe.« Er knetete unruhig seine Hände. »Solange noch Zeit ist, können wir fliehen.« Er wollte weg, doch ich hatte etwas dagegen und hielt ihn fest.

»Hiergeblieben.«

»Aber die Toten!«

»Damit werden wir schon fertig. Wieso? Kommen denn noch mehr aus den Gräbern?«

»Weiß nicht.« Charly hob die mageren Schultern. Dann griff er in die Innentasche und holte einen Flachmann hervor. Zur Hälfte war er mit billigem Gin gefüllt. Charly schraubte die Pulle auf und nahm einen kräftigen Schluck, der seine Fahne noch verstärkte. Dann rülpste er und ließ die Flasche so schnell verschwinden, als hätte er Angst, daß ich sie wegnehmen könnte.

Noch immer hörten wir die Trommeln. Allerdings leiser als zuvor.

Charly schielte immer wieder zur Tür, doch da kannte ich kein Pardon. Er sollte mir noch einiges erzählen.

»Wo steckt denn dieser Dämon?«

»Wie meinen Sie?«

»Ich will wissen, wo er sein Hauptquartier hat. Das weißt du doch, oder nicht?«

»Schon...«

»Dann raus mit der Sprache.«

Charly zeigte mit zitterndem Zeigefinger auf das Fenster.

»Da ist der Friedhof«, sagte ich.

»Und... und der Keller.«

Ich horchte auf. »Welcher Keller?«

»Wo der Dämon haust, sagt man.«

Tief saugte ich die Luft ein. »Und das erzählst du mir erst jetzt?« fuhr ich ihn an.

»Sir, Sie haben mich vorher nicht danach gefragt.«

Ja, das stimmte auch wieder. Deshalb machte ich dem Penner auch keinen Vorwurf. Aber ich wußte, wohin ich zu gehen hatte. Nur – was geschah mit Glenda? Ich konnte sie nicht mitnehmen, es würde zu gefährlich werden.

»Gibt es hier ein Versteck?« wollte ich von Charly wissen.

»Das hier sind alles Verstecke.«

»Ich meine sichere. Wo die Augen nicht hinkommen.«

»Die sind überall.«

Verdammt, da hatte er recht. Glenda wußte schon, worauf ich hingewollt hatte. »Ich gehe mit Ihnen, John. Sie können mich jetzt nicht abschieben. Mitgefangen, mitgehangen.«

Das Sprichwort kannte ich zwar, es gefiel mir in diesem Augenblick aber nicht.

Doch Glenda blieb hart. Sie ließ sich nicht zurückdrängen. Schließlich stimmte ich zu.

Im selben Moment stieß mich Charly an. »Hören Sie nichts, Sir?«

»Was ist denn?«

Charly wies auf die Tür. »Schritte«, flüsterte er. »Ich habe Schritte gehört.«

Glenda und ich lauschten.

Tatsächlich. Jetzt vernahmen wir sie auch. Charly hatte recht gehabt. Da waren Schritte. Sie kamen die Treppe hoch, und sie näherten sich der Tür.

»Ich habe es doch gesagt«, bibberte der Penner. »Die Toten kehren zurück. Wenn die Trommeln rufen...«

Ich hörte nicht auf ihn, sondern ging zur Tür und wollte sie aufreißen.

Das war nicht mehr nötig. Hart wurde sie aufgestoßen. Ein Monster stand auf der Schwelle.

Es war Garry Gibson!

Glenda schrie auf.

Ich konnte diese Reaktion verstehen, denn ihr Verwandter sah schlimm aus. Er hatte eine schreckliche Metamorphose hinter sich. Sein Gesicht war schwarz, verkohlt, verbrannt. Nur die Augen leuchteten darin feuerrot.

Garry war zu einem Diener des Dämons geworden!

Ich winkte Charly und Glenda zu. »Bleibt hinter mir stehen«, sagte ich scharf und zog gleichzeitig die Dämonenpeitsche, mit der ich einen Kreis über den Boden schlug, so daß die drei Riemen ausfahren konnten.

Garry blieb stehen. Er ging keinen Schritt weiter, sondern schaute sich nur um.

Hinter mir hörte ich Glenda schluchzen. Der Anblick dieses verbrannten Gesichts hatte sie zu sehr geschockt, ansonsten war der Körper völlig normal, nicht so hölzern wie bei den Untoten, die lange in den Gräbern gelegen hatten.

Sollte ich zuschlagen?

Etwas hielt mich davon ab. Ich wußte auch nicht wieso. Wahrscheinlich deshalb, weil mich Garry Gibson nicht angriff. Dann tat er es doch. Urplötzlich warf er sich vor, wobei er beide Arme hochgerissen hatte und auf mich einschlagen wollte.

Lässig wich ich aus. Er war längst nicht so schnell wie die beiden Mugger.

Dann schlug ich zu.

Die drei Riemen trafen seinen Kopf, wickelten sich um seinen Hals und rissen ihn fast von den Schultern.

Garry begann zu schreien. Es waren schrille Schmerzensschreie, die er ausstieß. Die Magie der Peitsche zerstörte sein dämonisches Leben, denn sie war stärker als die seine.

Gibson taumelte zurück. Mit weichen Knien torkelte er über die Schwelle, hinaus in das Treppenhaus, wo sich sein schwarzverbrannter Kopf auflöste und zu grauer Asche wurde. Genau in dem Augenblick, als er mit dem Rücken gegen das Geländer stieß.

Es war brüchig und wäre irgendwann von allein zusammengefallen. Doch Garry beschleunigte den Vorgang.

Er riß auch die letzten Reste aus dem Verbund und stürzte in die Tiefe.

Dumpf schlug er auf.

Sein Schrei hallte noch durch das fast leere Haus und verebbte dann. Ich ging zurück ins Zimmer und winkte Glenda. »Kommen Sie, wir müssen hier raus.«

Sie nickte.

Charly sagte nichts. Er hatte sich wieder in seine Ecke verkrochen und brabbelte unverständliches Zeug vor sich hin.

Noch hielt die Treppe. Vorsichtig betraten wir sie, wobei ich Glendas Hand festhielt.

Schritt für Schritt wagten wir uns nach unten und erreichten unbeschadet den ersten Absatz.

Beim zweiten geschah es dann. Wir hatten kaum unsere Füße auf die übernächste Stufe gestellt, als es unter uns ein Knirschen und Knacken gab. Im nächsten Augenblick brach die Treppe weg.

»Festhalten!« schrie ich noch, aber da war nichts, was wir greifen konnten.

Zusammen mit Glenda fiel ich in die Tiefe, begleitet von einem Regen aus faulendem, brüchigem Holz.

Zwei Sekunden vielleicht waren wir in der Luft. Endlos kam mir die Zeit vor, dann erfolgte der Aufprall.

Er war verflucht hart. Mein Kopf schlug auf den Boden, etwas Schweres fiel auf mich, ich hörte Glenda stöhnen, dann traf noch ein harter Gegenstand meinen Schädel, und jetzt erst dachte ich daran, den Kopf mit meinen Armen zu schützen.

Ich brauchte es nicht mehr. Von oben kam nichts. Die Treppe hatte sich aufgelöst.

Ich öffnete die Augen und sah erst einmal nur Staub. Als große

Wolke schwebte er um uns herum. Auf meinen Beinen spürte ich eine Bewegung. Das war Glenda.

»Sind Sie okay?« fragte ich, wobei Staub in meine Nase drang und eine Niesexplosion auslöste.

»Ja, es geht.«

Glenda bewegte sich zur Seite, wobei sie einige Holzstücke vor sich herschob.

Ich konnte aufstehen, streckte den rechten Arm aus, damit Glenda meine Hand fassen konnte, und zog sie in die Höhe.

Wir sahen uns an. »Glück gehabt«, sagte ich und pulte meiner Sekretärin einige Holzsplitter aus den Haaren.

Ich blutete an der Wange und am Hals, was aber nicht weiter tragisch war.

Um uns herum sah es aus, als hätte eine Bombe eingeschlagen.

Holzwürmer lagen verstreut. Wir blickten nach oben. Dort gähnte ein Loch, wo sich einmal die Treppe befunden hatte. Ein paar Sparren hingen wie Stummel nach unten und schwankten langsam hin und her.

Noch etwas sahen wir.

Garry Gibson!

Er lag inmitten der Trümmer und rührte sich nicht mehr. Das Schicksal hatte ihn ereilt. Sein Kopf war auch nicht mehr die schwarze Masse, sondern hatte sich zu Staub aufgelöst. Wir sahen von Gibson nur noch den Körper.

»Es... es ist schrecklich«, flüsterte Glenda und barg ihren Kopf an meiner Schulter.

Ich sagte nichts und ließ Glenda weinen. Sie hatte einen Verwandten verloren und sollte um ihn trauern. Nach einigen Minuten stieß ich sie an.

»Kommen Sie, wir müssen weiter.«

Glenda nickte, putzte ihre Nase und ging mit. Ich hatte den Weg zur Hintertür eingeschlagen, denn mir war im Gedächtnis haften geblieben, was der Penner erzählt hatte.

Das Hauptquartier des Dämons sollte sich im Keller eines Hauses befinden. Um ihn jedoch zu erreichen, mußten wir den kleinen Friedhof überqueren.

Friedhof! Ich schüttelte den Kopf, wenn ich daran dachte. Ein Friedhof mitten in Soho, auf einem Hinterhof, umgeben von

Hauswänden, das gab es doch nicht! Ich hatte geglaubt, Soho gut zu kennen, wurde aber immer wieder überrascht.

An der Hoftür blieb ich stehen. Sie hing nur noch an einer Angel. Durch den Spalt wehte der kühle Nachtwind. Glenda war hinter mir geblieben und wollte gerade die Tür aufziehen, als ich Charlys Stimme hörte. Sie hallte durch das Abbruchhaus.

»Leben Sie noch, Bulle?«

»Und wie!« rief ich zurück.

Ich hörte den erschreckten Laut und hastige Schritte, wie der Penner sich zurückzog. Höchstwahrscheinlich hatte ich ihm einen zu großen Schreck eingejagt.

Dann öffnete ich die Tür.

Wir betraten den seltsamen Hinterhof nicht sofort, sondern sahen uns erst um.

Nach ein paar Schritten schon begannen die Grabsteine. Sie steckten schief im Boden, als hätte jemand gewaltsam versucht, sie herauszureißen, aber zwischendurch aufgegeben, weil er es doch nicht schaffte.

Dazwischen wucherte das Unkraut. Es war schon ein halber Wald, der sich da vom Boden abhob und sich wie ein Gespinst über die verwitterten Grabsteine gelegt hatte.

»Kommen Sie!« flüsterte ich Glenda zu.

Wir machten die ersten Schritte. Stille umgab uns. Ich ging etwas nach rechts, und meine Augen wurden groß, als ich den Wagen sah, der zusätzlich auf dem Hof parkte.

Es war ein goldfarbener Rolls Royce!

Nun hatte ich Gewißheit. Wir befanden uns in der Höhle des Löwen. Soviel ich erkennen konnte, war der schwere Wagen leer. Keine Spur von diesem Ogabe und auch nicht von dem riesenhaften Neger, der so gefährlich war.

Ich streckte meinen Arm aus und bedeutete Glenda zurückzubleiben. »Es ist zu gefährlich, wenn Sie mitgehen«, sagte ich. »Bleiben Sie lieber an der Tür. Und wenn etwas passiert, dann fliehen Sie. Laufen Sie durch den Hausflur zurück und versuchen Sie, Verstärkung zu holen.«

Glenda Perkins nickte.

Ich wandte mich nach links, weil ich mir den alten Friedhof genauer ansehen wollte.

Nicht nur die Grabsteine fielen mir auf, sondern auch die alten Gräber. Die Erde war nicht festgestampft, wie man hätte annehmen können, sondern aufgelockert, aufgewühlt, als wäre jemand aus der Tiefe hervorgestiegen.

Ich schluckte.

Die Toten, sicher. Sie waren es, die die Gräber verlassen hatten. Diese Wesen mit den schwarzen Körpern und den glühenden Augen waren aus den Gräbern geklettert.

Es war gar nicht einfach, sich einen Weg zu bahnen. Alles war verfilzt, klebte und hing ineinander. Der Boden unter meinen Füßen gab nach, war weich, so daß ich bis zu den Knöcheln im Dreck versank.

Vor dem ersten Grab blieb ich stehen. Die aufgewühlte Erde interessierte mich nicht besonders, eher der Grabstein. Er war seltsam anzusehen, hatte keine Kreuzform und zeigte auch kein christliches Symbol.

Ein unbearbeiteter Steinklotz war kurzerhand in den Boden gerammt worden.

Ich sprang über das Grab und nahm mir den nächsten Stein vor. Dasselbe.

Keine Hinweise auf den Dämon namens Awamba oder Ogabe. Die Stille gefiel mir überhaupt nicht. Sie war nicht normal, sondern hatte etwas Bedrückendes, Gefährliches an sich. Ich merkte es, in diesem Hinterhof, auf dem Friedhof, lauerte das Böse.

Ich hatte lange genug gegen die Mächte der Finsternis gekämpft und konnte dies genau begreifen und fühlen. Aber es war nicht zu packen, sondern nur da.

Ich ging weiter.

Mannshoch wucherte das Unkraut zwischen den Grabsteinen. Ich kam mir nicht mehr vor wie im tiefsten Soho, sondern wie in einem Dschungel. Fehlten nur noch die Tierstimmen.

Dafür sah ich etwas anderes.

Die Augen!

Urplötzlich wurde ich wieder mit dieser grausamen Realität konfrontiert. Ein Augenpaar befand sich vor mir, und die beiden feurigen Kreise schimmerten durch die Büsche.

Ich duckte mich.

Hatten mich die Augen gesehen? Oder war ich gut genug gedeckt gewesen?

Sicherheitshalber zog ich die Dämonenpeitsche, schlug einmal den berühmten Kreis, und die drei Riemen fuhren aus der Öffnung. Meine Devise lautete: Angriff ist die beste Verteidigung.

Danach handelte ich. Ich schnellte hoch, wollte zuschlagen, doch da griffen die Augen an.

Plötzlich bemerkte ich meinen Irrtum, konnte ihn jedoch nicht mehr korrigieren.

Es waren nicht nur die Augen, die auf mich zusteuerten, sondern auch der hünenhafte Neger, der ebenfalls das glühende Augenpaar besaß. Mit Brachialgewalt stürmte er durch das Gebüsch, wie ein angreifender Büffel aus den Savannen des afrikanischen Buschs.

Alles ging so schnell, daß ich überhaupt nicht dazu kam, zuzuschlagen.

Der Hüne war plötzlich da. Ich hörte einen knurrenden Laut, erhielt einen Schlag gegen den rechten Arm, der mich zurückwarf, dann war der Schwarze über mir.

Seine wuchtige Attacke schleuderte mich zu Boden. Ich verlor die Peitsche, dann war der Hüne über mir, packte mich, hob mich hoch wie eine Puppe und warf mich davon.

Ich flog durch das Gebüsch, knickte Zweige und Äste und krachte gegen einen Grabstein.

Es war ein fürchterliches Gefühl. Im ersten Moment bekam ich keine Luft mehr. Ich glaubte, mir sämtliche Rippen gebrochen zu haben.

Unwillkürlich stöhnte ich auf, blieb auf der feuchten Graberde liegen, spürte den Schmutz in meinem Gesicht, spie und spuckte, wobei ich keuchend nach Luft schnappte.

Der Hüne hatte einen Teilsieg errungen, aber er wollte mehr und walzte näher.

Wenn es mir nicht gelang, wegzukommen, war ich verloren, dann stampfte er mich in den Boden.

Ich stemmte mich hoch.

Nur noch ein paar Schritte war er entfernt. Wie ein gewaltiges

Gebirge kam er mir vor, während ich versuchte, meine Kräfte zu sammeln, was kaum gelang.

Der Aufprall gegen den verdammten Grabstein war zu hart gewesen.

Am Stein stützte ich mich ab, taumelte dann zur Seite und sah die glühenden Augen immer größer werden.

Er würde mich packen. Ich brauchte gar nicht weiterzulaufen.

Mit zitternden Händen zog ich die Beretta. Geweihte Silberkugeln schadeten ihm nicht, das hatte ich bereits feststellen können, aber vielleicht hielten sie ihn etwas auf, so daß ich Kräfte sammeln konnte.

Ich schoß.

Verfehlen konnte ich ihn nicht. Dafür bot er ein zu großes Ziel.

Die Kugel hieb in seinen Körper und fuhr hindurch. Unter der rechten Schulter sah ich das Loch.

Er blieb stehen und schüttelte unwillig den Kopf. Auch dieser Neger mußte ein Untoter sein, der lange im Grab gelegen hatte, eine andere Möglichkeit gab es nicht.

Seine Augen leuchteten weiter. Noch stärker und intensiver.

Der nächste Schuß.

Ich hatte auf den Schädel gezielt, verriß aber die Waffe, und die Kugel hieb ihm in die Brust.

Der gleiche Effekt wie zuvor.

Verdammt, wie sollte ich ihn stoppen? Wo befand sich die Dämonenpeitsche?

Ich sah sie nicht mehr, dafür aber ging der Hüne zum Angriff über. Auf einmal waren seine Augen regelrechte Flammenwerfer. Feuerzungen fauchten daraus hervor, und sie hätten mich auch verbrannt, wenn ich nicht zu Boden gehechtet wäre.

Wieder wühlte ich mich durch den Dreck, während über mir das Feuer um den schief in der Erde stehenden Grabstein leckte und auch nach den Zweigen der in der Nähe stehenden Büsche tastete.

Einige Äste fingen an zu brennen. Es hatte lange nicht mehr geregnet, wir hatten in London Hochdruckwetter mit klarem Winterhimmel, und diese Zweige waren für die Flammen eine gute Nahrung.

Ich robbte weiter.

Und wieder fauchte eine Flamme heran. Ich spürte den heißen Hauch, den Atem der Hölle, so dicht leckten die Zungen an mir vorbei, fuhren in die Erde und setzten den nächsten Busch in Brand.

Das Feuer würde sich ausbreiten, dessen war ich mir sicher.

Mir war klar, was der Hüne wollte. Ich sollte von den Flammen eingekesselt werden, um elendig zu verbrennen.

Links von mir fuhr die nächste Lohe in den Boden. Da war es mir klar. Dieser Hüne wollte mit mir spielen. Er hatte gar nicht vor, mich sofort zu töten, die Flammen sollten mich umlodern, einkesseln und dann verbrennen.

Schon wallte der Rauch dicht über den Boden, drang mir in die Augen, die anfingen zu tränen.

Auch hörte ich Glendas Stimme. Sie rief nach mir und brachte sich dadurch selbst in Gefahr.

Ich hustete und keuchte, stemmte mich auf die Knie und sah das Lodern des Feuers. Die Flammen warfen bizarre, tanzende Schatten, zuckten hin und her, schufen eine geheimnisvolle Atmosphäre, und über allen stand der hünenhafte Neger mit seinen feurigen Augen, die abermals einen Feuerstrahl abschossen.

Ich tauchte zur Seite, fiel dort hin, wo sich das Feuer noch nicht ausgebreitet hatte – und hatte unwahrscheinliches Glück.

Meine Finger umklammerten etwas Hartes.

Keinen Ast oder Zweig, sondern die Dämonenpeitsche!

Mein Herz machte einen regelrechten Freudenhüpfer. Etwas Besseres hätte mir gar nicht passieren können. Nach dem Pech und den Auseinandersetzungen der letzten Minuten nun dieses Glück. Es war, als strömte durch diesen Fund frische Energie in meinen Körper.

Der Brand hatte sich nicht weiter ausgebreitet. Er schwelte mehr. Ich sah zwar die dicken Rauchwolken, dunkelgraue Schwaden, die über den Boden krochen, aber die meisten Flammen waren erstickt.

Ich huschte auf einen Grabstein zu und fand dahinter

Deckung. Eine kurze Pause tat mir gut, denn ich wußte im Augenblick nicht, wo mein Gegner steckte.

Dann sah ich seinen Schatten.

Er ging durch die dicken Rauchschwaden. Auch die Richtung, in die er sich bewegte, konnte ich erkennen.

Auf das Haus zu.

Und dort war Glenda.

Mein Magen verkrampfte sich, als ich daran dachte. Nichts hielt mich mehr hinter dem Grabstein, ich wollte und mußte diesem Hünen auf den Fersen bleiben.

Da hörte ich schon den Schrei.

Ich legte noch mehr zu, stolperte, raffte mich hoch, hetzte weiter, taumelte durch den verdammten Qualm und sah schließlich die Hausnummer, aber nicht die Tür.

Die war weiter links.

Dann tauchte ich in den Hausflur, in den mittlerweile die ersten Schwaden zogen.

Wo steckte der Hüne?

Auf Zehenspitzen ging ich weiter. Von Glenda hörte ich nichts. Hatte der Schwarze sie etwa...?

Um Himmels willen, daran durfte ich nicht denken.

Ein Knall. Das Splittern und Krachen von Holz. Danach ein Schrei, und ich rannte vor.

Plötzlich sah ich, was geschehen war. Glenda hatte sich neben dem Eingang hinter einer Tür verkrochen. Die hatte der Hüne eingetreten und war im Begriff, in das Zimmer einzudringen.

»Stehenbleiben!« schrie ich.

Das untote Geschöpf zuckte zusammen, als es meine Stimme vernahm. Dann drehte es sich langsam um. Vergessen war Glenda, und nichts anderes war meine Absicht gewesen.

Ich wußte, daß die feurigen Augen ihre Flammen speien würden, und stellte mich darauf ein.

Mein Schlag traf ihn in der halben Drehung. Die drei schwarzmagischen Riemen klatschten gegen seine Schulter und wickelten sich um seinen Arm.

Das wirkte.

Der Hüne riß den Mund auf, er spürte die Kraft der Magie, die stärker war als seine, und er wankte. Er taumelte in das Zimmer hinein, und ich sah, wie sein Arm brüchig und hölzern wurde, bevor er langsam zerfiel.

Noch einmal schlug ich zu.

Diesmal traf ich sein Gesicht. Der Schlag hob ihn fast aus den Schuhen. Das Gesicht verzerrte sich, die Flammen in den Augen verlöschten, als hätte jemand Wasser hineingekippt.

Hatte ich ihn besiegt?

Noch war ich mir nicht sicher. Der untote Koloß stand breitbeinig vor mir. Risse durchzogen plötzlich seinen Schädel, die sich verbreiterten und zu regelrechten kleinen Spalten wurden, aus denen grünlicher Brodem quoll.

Der Hüne verging.

Zum zweitenmal in seinem Leben. Er hatte bisher nur ein Leben als Untoter geführt. Er schwankte von einer Seite zur anderen. Jeden Augenblick sah er aus, als würde er kippen, doch er fing sich immer wieder. Dann jedoch war es soweit. Er bekam das Übergewicht und prallte schwer zu Boden, der unter dem immensen Gewicht erzitterte.

Still blieb der Koloß liegen. Über ihn hinweg schaute ich Glenda Perkins an. Sie hatte sich gegen die Wand gepreßt, die Hände halb vor das Gesicht geschlagen, und starrte einmal den Hünen, dann wieder mich an. Aber ich sah die Erleichterung in ihren Augen.

Das häßliche Knirschen ließ auch mich den Blick wenden. Der Kopf des einstmals so hünenhaften Negers zerfiel zu schwarzem Staub. Auch von den Augen war nichts mehr zu sehen.

Ich hatte ihn besiegt.

Langsam schritt ich auf Glenda zu. Selbst bei dieser miesen Beleuchtung sah ich die Erleichterung auf ihrem Gesicht.

»Alles okay?« fragte ich.

Sie nickte. »Ich... ich dachte, jetzt ist es aus, als der Riese plötzlich vor mir auftauchte.«

»Ja, es war im letzten Moment. Mich hätte er auch fast erwischt.« Dabei dachte ich an meinen Rücken, der von dem Aufprall gegen den Grabstein verdammt mitgenommen war.

»Und jetzt?« fragte Glenda leise.

»Ich bin noch immer nicht dazu gekommen, in den Keller einzudringen. Das muß ich nachholen.«

»Ja, natürlich.« Dann furchte sie die Stirn. »Aber was ist mit Suko?«

Himmel, Glenda hatte recht. Den Chinesen hatte ich in all dem Trubel vergessen. Ich erinnerte mich wieder an die Maschine draußen auf der Straße, aber von Suko fehlte jede Spur.

»Ich weiß auch nicht, wo er stecken könnte.«

»Vielleicht in diesem Haus«, vermutete Glenda.

Das war möglich. Unter Umständen hatte Suko von allein die Spur gefunden.

»Das werde ich gleich wissen«, sagte ich und bedeutete Glenda, sich weiterhin versteckt zu halten.

»Hier habe ich Angst.«

»Sie können ja in die Bar gehen.«

»Oder ich schließ' mich im Wagen ein.«

An dieser Antwort merkte ich, daß ihr das am liebsten war. Deshalb warf ich ihr die Schlüssel zu.

Sie fing sie auf, kam auf mich zu und blieb vor mir stehen. Dabei sah sie mich an.

Dann brannten plötzlich ihre Lippen auf meinem Mund. Es war ein kurzer, aber intensiver Kuß.

»Viel Glück«, flüsterte sie danach und lief weg.

Sie ließ einen Mann zurück, der ziemlich perplex war, aber zugeben mußte, daß es ihm gefallen hatte...

Je mehr Zeit verging, um so stärker spürte der Chinese die Drahtfesseln. Er hatte das Gefühl, als würde sich der Draht immer tiefer in sein Fleisch drücken.

Die Gelenke schmerzten.

Suko biß die Zähne zusammen. Er konzentrierte sich auf das, was er einmal gelernt hatte. Auf die Unterdrückung der Schmerzen. Dafür dachte er an eine andere Aufgabe.

Er mußte hier weg.

Die Frage war nur, wie? Daß Ogabe alias Awamba ihm keine Chance lassen würde, stand fest. Denn er traf bereits die Vorbereitungen, um Suko zu einem Opfer des Dämons zu machen.

Ogabe hatte sich von dem Totempfahl gelöst. Seine sechs Augen befanden sich in ununterbrochener Bewegung. Er griff unter seinen Umhang und holte ein Gefäß hervor, das mit einer dunklen Flüssigkeit gefüllt war. Suko schaute ihm genau zu, er achtete auf jede seiner Bewegungen, deshalb sah er auch, wie Ogabe plötzlich stehenblieb und sich krümmte. Für einen Moment glaubte Suko, daß der Dämon aus dem Dschungel zu Boden fallen würde, aber er fing sich wieder. Als er den Kopf hob, sah der Chinese, was geschehen war.

Das Auge, das sich etwa in Höhe des Mundes befand, trocknete plötzlich aus. Immer mehr zog es sich zusammen, wurde von einer ungewöhnlichen Kraft nach innen gerissen, und Suko sah anstelle des Auges auf einmal ein dunkles Loch.

Eine kleine Höhle...

Der Chinese hielt den Atem an. Was war geschehen? Wieso verlor Ogabe plötzlich ein Auge?

Der Dämon taumelte zurück. Er stieß einen röchelnden Laut aus, und das Riesenauge oben am Totempfahl begann zu flackern. Für einen Moment wurde die Pupille trübe, dann klärte sich der Blick wieder, war aber nicht mehr so klar wie zuvor.

Suko hoffte auf eine Erklärung, und er erhielt sie auch.

»Getötet!« flüsterte er. »Er hat ein Augenpaar getötet... ich... ich muß mich beeilen.«

»Wer hat was getötet?«

»Der Mann – Sinclair. Er hat es geschafft. Ich spüre es. Die Schmerzen... aber er wird nicht so weit kommen. Noch sind fünf meiner Diener übrig, sie werden ihn schaffen, wenn er versucht, hier einzudringen, das weiß ich.«

»Wieso?« fragte Suko. Zeit gewinnen, er mußte Zeit gewinnen, denn Zeit war alles.

Der Chinese war froh, als sich Ogabe zu einer Erklärung herabließ. »Meine Diener – sie stehen mit mir in Verbindung. Wir sind eins. Und einer ist umgebracht worden. Ich habe es gespürt. Die Schmerzen...« Er schüttelte sich. »Aber es geht weiter. Immer weiter...«

Ein Ruck ging durch seine Gestalt, und es schien, als würde neue Kraft in seinen Körper fließen. Mit beiden Händen hielt Ogabe das Gefäß umklammert. Er schraubte den kleinen Deckel los und warf ihn kurzerhand zu Boden.

Dann kippte er das Gefäß.

Zuerst dachte Suko, ein zäher Sirup würde aus der Öffnung fließen. Als er genauer hinschaute, sah er, daß es kein Sirup war, sondern etwas anderes.

Blut!

Ja, das Gefäß war mit Blut gefüllt.

Schwer tropfte es zu Boden und bildete dicke, rote Flecken. Ogabe ging um Suko herum, er murmelte Worte, die der Chinese nicht verstand. Ogabe zog einen Kreis, der durch eine Blutspur markiert war.

Suko konnte ihn nur dann sehen, wenn er sich in seinem Blickwinkel befand, denn sich zu drehen war dem Chinesen viel zu mühselig.

Nach wenigen Minuten war der Kreis fertig. Ogabe stellte sich wieder an den Pfahl, und sofort glühte das Auge an der Spitze stärker auf, während die fünf anderen in der gallertartigen Masse hin- und herrollten.

»Der Opferkreis ist fertig«, sprach Ogabe alias Awamba. »Er wird dich annehmen, Chinese. Ich spüre es. Hast du noch Fragen? Ich beantworte sie dir gern, denn es dauert seine Zeit, bis das Blut zusammenwächst und Awambas Geist verstärkt.«

»Ja, ich will noch etwas wissen«, sagte Suko. »Was hast du für Blut genommen?«

»Es ist das Blut meiner Diener, die getötet haben und dann auferstanden sind«, erklärte Ogabe. »Ihr Blut, ihre Augen und ich bilden eine Gemeinschaft, die unbesiegbar ist.«

Wie alle Dämonen nahm auch dieser Ogabe für sich in Anspruch, unbesiegbar zu sein.

Suko widersprach nicht, hoffte jedoch, ihm irgendwann das Gegenteil zu beweisen.

Der Zauber wirkte bereits.

Die dicken Blutstropfen auf dem Boden hatten sich ausgebreitet und zu einem Kreis geschlossen. Dieser Blutkreis warf Blasen, die an der Oberfläche mit leisem Blubbern zerplatzten und Dämpfe freiließen, die sich wie ein feiner Nebel über den Kreis legten.

Jetzt erst spielte das Blut seine volle Kraft aus. Es wurde warm. Suko spürte es, da er mit dem Kopf ziemlich am Rand lag. Und die Wärme intensivierte den Nebel.

Er verdichtete sich zu dicken Schwaden, die erst nur fußhoch über dem Kreis lagen, dann aber langsam höher stiegen. Und plötzlich waren auch die Augen wieder da.

Fünf Paare! Nein, nur vier und dazu ein Auge. Sie schwebten über der Nebelwand. Das Blut ihrer ehemaligen Körper hatte sie hergelockt. Sie wollten dabeisein und zusehen, wie das neue Opfer langsam starb. Auch Suko spürte die fremde Magie.

Innerhalb dieses Nebelkreises entstanden schreckliche Gedanken. Blut, Tod und Chaos herrschten vor. Dem Chinesen fiel das Atmen schwer. Er glaubte sich in den Urwald versetzt. Drückende Schwüle legte sich wie ein Reif um seinen Körper und den Kopf.

Ogabe stand vor dem Pfahl und hatte die Arme ausgebreitet. Seine Augen rollten, die Intensität der Farbe nahm zu.

Dann griff er in sein Gewand.

Die Hand zuckte wieder zurück, und im nächsten Augenblick blitzte ein Messer zwischen den Fingern.

Eine schmale Klinge, die sich plötzlich wellenartig verbog und zu einem flammenden Dolch wurde.

Hoch hielt Ogabe das Messer.

»Damit«, rief er aus, »wirst auch du dein Augenlicht verlieren, Chinese! Der Flammendolch des Awamba hat noch keinen Gegner verschont!« Dann lachte Ogabe und führte eine blitzschnelle Bewegung, so daß der Dolch zu einem feurigen Kreis wurde.

Suko lag still auf dem Boden. Er hatte allerdings die Augen verdreht und schaute dem Dämon entgegen, der sich jetzt langsam vom Totempfahl löste...

Den Hünen hatte ich zwar besiegt, aber dessen Flammendolch war nicht zu finden gewesen. Wahrscheinlich war er mit zerstört worden. Illusionen machte ich mir nicht. Mir stand eine Aufgabe bevor, die verdammt schwer sein würde.

Ich wußte nicht, wie viele Gegner mir gegenüberstanden, richtete mich jedoch auf das Schlimmste ein.

Die Dämonenpeitsche hielt ich schlagbereit, als ich das Haus wieder verließ und über den Hof schritt.

Das Feuer hatte sich gelegt. Die Flammen waren zusammengesunken, sie flackerten auch nicht mehr auf. Nur der Brandgeruch und dicke Qualmwolken schwebten noch über den Hof.

Ich empfand es als seltsam, daß sich niemand hatte blicken lassen. Dabei waren die Häuser schließlich bewohnt. Wenn auch von Pennern und Gesindel, die das Licht der Öffentlichkeit scheuten. Aber hier kümmerte sich niemand um den anderen, auch wenn ein Brand geschah, das störte keinen.

Mich störte der Qualm. Ich mußte mich buchstäblich vorkämpfen, hustete und keuchte, landete dabei auf dem seltsamen Friedhof und kam so vom Weg ab.

Ich wandte mich wieder nach rechts und sah die Umrisse des goldfarbenen Rolls.

Das war schon besser.

Im Wagen saß niemand. Ich stellte es fest, als ich hineinschaute. Und auch von den glühenden Augenpaaren entdeckte ich keine Spur. Sie hatten sich zurückgezogen.

Nach einigem Suchen entdeckte ich eine schmale Außentreppe, die an der Rückwand eines baufälligen Hauses in die Tiefe führte.

Die Stufen waren ziemlich abgetreten. Zum Glück bestanden sie aus Stein, so daß ich davon ausgehen konnte, daß die Treppe auch hielt. Vor einer Tür machte ich halt.

Jetzt spürte ich bereits die innere Spannung, die von mir Besitz ergriffen hatte. Es war wie so oft vor einem entscheidenden Kampf. Konnte ich es schaffen? Welche Gegner mich erwarteten, das wußte ich nicht, hoffte aber, mit ihnen fertig zu werden.

Ich drückte die Klinke nach unten, und wie von selbst schwang die Tür auf.

Dahinter lag ein düsterer Kellerraum. Sofort drang mir der seltsame Geruch in die Nase, der diesen Keller schwängerte. Es war kein normaler Duft, wie man ihn kennt und ich ihn vorhin gerochen hatte, dieser hier war irgendwie exotisch, so fremd, so anders. Süßlich und modrig zugleich.

Ich schüttelte mich, huschte in den Keller. Sehen konnte ich kaum etwas, dafür ertastete ich einen Lichtschalter.

Ich drehte ihn herum.

Es wurde heller.

Schlagbereit hielt ich die Dämonenpeitsche, und auch das Kreuz baumelte vor meiner Brust. Beide Waffen brauchte ich nicht einzusetzen, niemand griff mich an.

Ich befand mich in einem normalen Kellerraum, in dem nur alte Bretter lagerten.

Langsam ging ich weiter, denn ich hatte eine Tür gesehen, unter deren Spalt die grünlichen Schwaden hervordrangen.

Hinter dieser Tür mußte mein Ziel liegen, dessen war ich mir sicher.

Dann blieb ich stehen und zuckte dabei zusammen, denn wiederum war das Geräusch an meine Ohren geklungen.

Trommelwirbel...

Suko glaubte wirklich, sein letztes Stündlein wäre gekommen, als plötzlich der Trommelwirbel erklang. Diesmal laut und ganz in der Nähe geschlagen.

Dumpf und geisterhaft hallte er durch den als Dschungel umfunktionierten Keller.

Er paßte zu der schaurigen Stimmung. Das schien auch Ogabe alias Awamba zu merken, denn er blieb plötzlich stehen, neigte seinen schrecklichen Schädel und lauschte.

Der Trommelklang faszinierte ihn. Dieser dumpfe Wirbel heizte seine Stimmung noch mehr auf.

Ogabe begann zu tanzen.

Suko hatte so etwas selten erlebt. Dämonen, mit denen er zu tun hatte, machten nicht solch einen langen Zirkus, sondern reagierten sofort. Aber Ogabe alias Awamba stammte aus dem Schwarzen Erdteil. Dort herrschten andere Gesetze, da flocht man den Tanz in die dämonischen Rituale mit ein.

Die Gestalt des Dämons zuckte. Er warf seinen Oberkörper vor und zurück, tanzte mal auf dem rechten, dann wieder auf dem linken Bein. Normalerweise hätte Suko gelacht, wenn man ihm so etwas präsentiert hätte, aber hier lachte er nicht, dafür war seine Situation viel zu ernst. Wenn der Tanz beendet war, dann würde Ogabe ihn töten.

Er hüpfte schneller, paßte sich haargenau dem unheimlichen Rhythmus der Trommeln an, sein mit fünf Augen versehener Kopf flog auf und nieder, das Auge auf dem Totempfahl strahlte viel heller als sonst, und die grelle Pupille zuckte.

Es wurde ein ekstatischer, nahezu wütender Tanz, den dieser

dämonische Medizinmann vorführte, und er steigerte sich immer mehr hinein.

Bis zum Ende.

Auf einmal verstummten die Trommeln.

Ruhe breitete sich aus.

Eine tödliche Stille.

Auch die Augenpaare, die diesen Wirbel mitgemacht hatten, blieben jetzt ruhig.

Sie standen in der Luft – lauerten...

Ogabe hatte den Schädel gesenkt. Suko wußte nicht, was Ogabe vorhatte, dann hob er den Kopf langsam an. Dabei drehte er den Arm, und der Flammendolch wurde zu einem hellroten, feurigen Kreis.

Plötzlich stoppte er die Bewegung, stieß einen schrillen Laut aus und warf sich auf Suko zu...

Ich lauschte dem Trommelklang.

Er blieb nicht gleich, sondern verstärkte sich, wurde schneller und hektischer. Daraus folgerte ich, daß er irgend etwas zu bedeuten haben mußte.

Ich hatte es hier mit afrikanischen Dämonen zu tun und wußte aus zahlreichen Büchern, daß die Zauberer und Medizinmänner aus dem Schwarzen Erdteil ihre magischen Beschwörungen mit wilden Tänzen und Trommelklang begleiteten.

Auch hier?

Wenn ja, hatte ich unter Umständen noch ein wenig Zeit. Denn wenn sie tanzten, töteten sie nicht, dann bereiteten sie erst alles für die dämonische Opfergabe vor.

Ich durchsuchte den Raum. Kein Gegner lauerte auf mich. Bis auf das Holz war er leer.

Dann stand ich vor der Tür, unter der dieser widerlich riechende Qualm herkroch.

Ich sah die feinen Schwaden, die sich im Kellerraum verteilten und träge auf die an der Treppe liegende Tür zuquollen.

Behutsam zog ich die Tür auf. Wenn sie trotzdem in den Angeln quietschte, wurde dieses Geräusch vom Klang der Trommeln übertönt.

Ein erster Blick.

Ich war perplex!

Befand ich mich im Dschungel? Hinter dieser Tür lag eine völlig andere Landschaft. Ein regelrechter Alptraum. Fremdländische Gewächse. Lianen, die von Baum zu Baum hingen, ineinander verschachteltes und verwachsenes Gebüsch, das eine schier undurchdringliche Wand bildete, eine wuchernde, verfilzte, grüne Mauer.

Ich schloß die Tür.

Der Trommelklang hatte sich gesteigert, war lauter geworden, dröhnte in meinen Ohren und ließ die dünnen Trommelfelle vibrieren. Irgendwo mußte es doch einen Weg durch diese grüne Wand geben, verdammt!

Ich suchte und fand ihn.

Ein schmaler Pfad, nicht einmal so breit wie ein erwachsener Mensch, schnitt eine Schneise in das Grün.

Endlich.

Auf Zehenspitzen setzte ich mich in Bewegung. Vor mir quoll und dampfte es. Grünlicher Nebel, der irgendwie zu dem Trommelklang paßte, und dazwischen vernahm ich das harte Stampfen nackter Füße.

Ich wurde noch vorsichtiger.

Jeden Moment rechnete ich damit, aus dem Grün neben mir angegriffen zu werden, es blieb aber alles ruhig.

Dann, von einem Augenblick zum anderen, verstummte der Trommelklang. Es wurde still.

Vor mir sah ich bereits das Ende des Weges und auch etwas schimmern.

Ein Auge!

Es befand sich genau dort, wo ein wuchtiger, in den Boden gerammter Totempfahl aufhörte. Von dort oben leuchtete es mir entgegen. Feuerrot, von einer makabren und unheimlichen Faszination.

Von Ogabe sah ich nichts.

Ich riskierte es einfach und lief schneller. Meine Schultern streiften die Zweige und Äste des Dschungels, sie klatschten in mein Gesicht, klebten an mir und ließen sich kaum abziehen.

Da hörte ich den Schrei.

Im selben Augenblick erreichte ich eine kleine Lichtung und nahm die Eindrücke in Bruchteilen von Sekunden in mich auf.

Ich sah Ogabe.

Aber ich sah ihn zu spät, konnte ihn nicht mehr stoppen, denn er warf sich soeben mit stoßbereitem Messer auf den am Boden liegenden und gefesselten Suko...

Der Chinese hatte sich voll auf diesen Todesstoß mit dem feurigen Dolch konzentriert. Er sah, wie Ogabe seinen gewaltigen Körper vorwuchtete, und paßte genau auf.

Als die Hand mit der flammenden Klinge nach unten raste, da reagierte er.

Suko spannte seine Muskeln, soweit es ihm bei dieser Fesselung möglich war, und warf sich zur Seite. Er wuchtete dabei seinen Körper nach rechts, rollte zweimal um die eigene Achse und kam am Rand des Kreises zur Ruhe.

Der Dolch aber verfehlte ihn.

Eine feurige Bahn hinter sich lassend, raste er nach unten und fuhr gegen den Beton.

Ein Wutschrei drang aus Ogabes Kehle. Damit hatte er nicht gerechnet. Er glaubte Suko tot zu sehen, statt dessen knallte er zu Boden.

Dann war ich da!

Ein Schritt brachte mich in den magischen Kreis, und ich schlug mit der Dämonenpeitsche zu.

Die drei Riemen klatschten auf den Rücken des Dämons, bevor der wieder auf die Füße kam.

Ogabe alias Awamba heulte auf.

Zu einem zweiten, vielleicht entscheidenden Schlag kam ich nicht mehr, denn die Augenpaare griffen mich an. Bisher hatten sie nur zugesehen, jetzt stürzten sie auf mich, und sie zogen feurige Schweife hinter sich her.

Ich wich nach vorn hin aus, wobei ich auf den Totempfahl zusprang, dagegen prallte und ihn zum Zittern brachte. Die ersten Augen verfehlten mich.

Sie drehten in der Luft und griffen zum zweitenmal an.

Ich hieb zu.

Inzwischen hatte ich es gelernt, mit der Peitsche zu treffen. Selbst die pfeilschnellen Augen wurden von den drei Riemen buchstäblich in der Luft zerfetzt.

Abermals sprühten sie wie Feuerwerkskörper auf. Drei insgesamt hatte ich getroffen. Es gab kleine, lautlose Explosionen, die Augen zersprühten. Gleichzeitig hörte ich die markerschütternden Schreie.

Ogabe stieß sie aus.

Ich zählte blitzschnell nach. Elf Augen waren es vorher gewesen. Drei hatte ich getroffen.

Blieben noch acht.

Genau vier Paare! Und die hatten gelernt. Sie blieben nicht zusammen, sondern fächerten auseinander, um mich in die Zange zu nehmen. Von allen Seiten wollten sie angreifen.

Ich aber schaute auf Ogabe.

Durch sein Schreien wurde ich erst richtig auf ihn aufmerksam. Er sah schlimm aus. Vor allen Dingen störte mich der widerliche Schädel mit seinen vier Augen.

Zuvor waren es noch sechs gewesen. Dort, wo die Augen vorher gesessen hatten, befanden sich nun Löcher, als hätte sie jemand mit einem glühenden Eisen in die gallertartige Masse hineingebrannt.

Der Dämon torkelte, stöhnte und jaulte.

Ich begriff. Wahrscheinlich stand er mit den in der Luft schwebenden Augen in Verbindung. Er und diese Feueraugen bildeten eine Gemeinschaft. Tötete ich ein Augenpaar, dann litt auch er. Und wenn ich die restlichen Augen vernichtete? Ging dann auch der Dämon ein?

Ich hoffte es. Nicht zuletzt in Sukos Interesse, der noch immer gefesselt auf dem Boden lag und dem Kampf fasziniert zuschaute.

Ich hatte mich höchstens zwei Sekunden ablenken lassen. Zum Glück griffen die Augenpaare nicht an, doch dann kamen sie von allen Seiten. Ich wußte, daß sie Feuer speien konnten, und mußte so rasch wie möglich Deckung finden.

Ich tat genau das, womit wohl niemand gerechnet hatte. Mein Ziel hieß Ogabe.

Ich hechtete auf ihn zu, bekam ihn auch zu packen und wuchtete ihn herum.

Genau im richtigen Augenblick.

Das erste Augenpaar fauchte Feuer.

Hinter Ogabes Rücken fand ich Deckung, und die Flammen trafen nicht mich, sondern ihn.

Wie Lanzen bohrten sie sich in das Gesicht und verloschen dort mit zischenden Lauten.

Ogabe aber taten sie nichts. Er absorbierte die Flammen.

Ich schlug zu.

Plötzlich wischten die drei Riemen der Peitsche hinter Ogabes Rücken hervor und trafen das dicht vor ihm befindliche Augenpaar, das die Feuerlanzen abgeschossen hatte.

Ein Schrei.

Ogabe zuckte unter meinem Griff. Eisern hielt ich ihn fest, es gelang ihm trotzdem, sich loszureißen. Er kreiselte herum, hielt noch immer den Flammendolch in der Rechten, doch er dachte nicht daran, ihn einzusetzen.

Das nächste Auge trocknete aus.

Ich sah es, als er mich anschaute. Die Masse quoll nach innen und zog sich dort zusammen, bevor sie verschwand.

Zurück blieb ein Loch.

Ich bewegte mich gedankenschnell. Ich durfte meine Gegner nicht zur Ruhe kommen lassen und ihnen vor allen Dingen kein Ziel mehr bieten.

Im Kreis schlug ich die Peitsche.

Und traf.

Wieder sprühte ein Augenpaar. Ogabe, der sich einigermaßen gefangen hatte, erlitt den nächsten Rückschlag. Er hatte sich auf die Zehenspitzen gestellt und den rechten Arm erhoben, um den Dolch zu schleudern, wie ich annahm.

Dazu kam es nicht mehr.

Ogabe alias Awamba sackte zusammen.

Noch vier Augen – zwei Paare. Eins sah ich vor mir, doch wo war das andere?

»John!«

Suko hatte geschrien. Auf meinen chinesischen Partner konnte ich mich absolut verlassen. Wenn er einen Warnschrei ausstieß, war etwas im Busch.

Ohne zu überlegen, warf ich mich zu Boden – und spürte den Gluthauch des Feuers über meinen Kopf hinwegstreifen.

Sofort rollte ich mich auf den Rücken und schlug mit der Peitsche nach den Angreifern.

Doch die Augen waren schnell. Eine Zickzack-Bewegung, und sie verschwanden aus der Reichweite der Dämonenpeitsche. Ich erinnerte mich daran, daß auch mein Kreuz die magischen Flammen abgelenkt hatte. Zum zweiten befand sich Suko noch immer in höchster Gefahr. Deshalb nahm ich mein Kreuz ab und legte es ihm auf die Brust.

Dann sprang ich wieder hoch.

Ogabe hatte sich umgedreht. Mit dem Rücken stand er zum Pfahl. Oben glühte das Auge hellrot. Es war regelrecht erregt, das merkte ich. Dann griff Ogabe an. Er nahm jetzt keine Rücksicht mehr, wollte mich mit dem Flammendolch erledigen.

Ich ließ ihn kommen, tauchte zur Seite weg und schlug gleichzeitig mit der Peitsche zu.

Die drei Riemen wickelten sich gedankenschnell um die Beine des Dämons. Ein Ruck, Ogabe fiel zu Boden.

Dann hatte ich damit zu tun, mich den Attacken der Feueraugen zu erwehren, denn schon wieder waren sie da.

Blitzschnell löste ich die Fesseln von Ogabes Beinen und schlug dann von unten nach oben.

Es wurde ein Volltreffer.

Zwei Augen zerplatzten in der Luft. Wie kleine Fackeln flogen die Teile nach allen Seiten weg und landeten irgendwo in der dschungelartigen Pflanzenwelt.

Ogabe schrie.

Er hatte aufstehen wollen, doch er fand nicht mehr die Kraft. Ein Arm hielt sein Gewicht nicht mehr aus, er konnte sich nicht aufstützen und fiel nieder.

Noch ein Augenpaar!

Ich grinste hart. Damit würde ich auch fertig werden. Aber diese Augen verschwanden. Sie waren viel schneller als ich und schwebten durch den Dschungel.

Verfolgen konnte ich sie nicht, aber ich sah noch eine andere Möglichkeit.

Das alles beherrschende Auge oben im Pfahl.

Ich war schon dabei, mich ihm zuzuwenden, als etwas anderes geschah.

Plötzlich begann es zu zucken, und im nächsten Augenblick strahlte es einen grellroten Schein ab, der wie ein gewaltiger Teppich Suko, mich und und das Kreuz umflorte.

Auch das Kreuz!

Und es reagierte.

Nicht umsonst befand sich dicht über dem Drudenfuß das in einem Dreieck gezeichnete Auge. Man nannte es auch das Allsehende Auge, das von einem Strahlenkranz umgeben war. Zuerst wurde es von den alten Ägyptern als Darstellung des Gottes Osiris gebraucht, bevor es in die christliche Religion einging. Es hatte mir schon einige Male geholfen.

Das Allsehende Auge strahlte einen hellen, silbrigen Glanz ab, der eine unwahrscheinlich starke Gegenkraft zu dem dämonischen Auge bildete.

Beide Strahlen trafen sich.

Es kam zu einem Kampf, zu einer Machtprobe, bei der Suko und ich nur Zuschauer waren.

Eine Explosion.

Gleißend, grell – so schlimm, daß ich meine eigenen Augen schützen mußte.

Ein Krachen, Bersten, dazu ein mörderischer Schrei, der langsam verebbte.

Danach war es still.

Ich öffnete die Augen und sah, was geschehen war. Die Kräfte des Lichts waren Sieger geblieben. Sie hatten das heidnische, dämonische Symbol zerstört. Der Totempfahl war in der Mitte gespalten, als hätte jemand mit der Axt hineingeschlagen. Wo sich zuvor das Auge befunden hatte, gab es nur einen schwarzen, wie ausgebrannt wirkenden Fleck. Der Pfahl begann zu schwanken und neigte sich langsam dem Boden entgegen. Er fiel in den Dschungel, dessen Pflanzen sich ebenfalls verfärbten und verdorrten.

Die Magie dieses Kellerraums war zerstört. Nichts blieb mehr am Leben. Auch Ogabe nicht.

Sein grüner Kopf existierte nicht mehr. Ich sah nur noch ein schwarzes, verkohltes Etwas.

Langsam kam ich wieder zu Atem. Woher der Trommelklang allerdings gekommen war, das erfuhr ich nie. War auch nicht so wichtig.

»He, schläfst du?« Sukos Stimme riß mich aus meinen Gedanken.

Ich drehte mich um.

Mein Partner lag am Boden und grinste schief.

»Was hast du eigentlich getan?« fragte ich ihn spöttisch. »Ich hatte dich doch um Hilfe gebeten. Anstatt mich zu unterstützen, läßt du dich gefangennehmen, fesseln und wartest darauf, daß der liebe John kommt und dich befreit. So gut möchte ich es auch einmal haben, du Faulenzer.«

»Binde mich lieber nicht los«, sagte Suko.

Ich nahm das Kreuz auf und hängte es mir wieder um. »Und warum soll ich das nicht?«

»Weil ich dir dann den Hals zum Korkenzieher drehe.«

Ich band Suko trotzdem los. Er drehte mir zwar nicht den Hals zum Korkenzieher, dafür schlug er mir auf die Schulter. Und wer Sukos Schläge kennt, der weiß, daß ich mich von dieser Dankesbezeigung nur schwer erholen konnte.

Wir fanden Glenda tatsächlich im Bentley sitzend. Neben dem Wagen stand der Wirt mit einer vorsintflutlichen Flinte.

»Ich habe aufgepaßt«, sagte er.

Dafür bedankte ich mich bei ihm.

Glenda Perkins stieg aus. Ich las die Frage auf ihrem Gesicht und kam ihr zuvor.

»Es ist alles okay!«

»Mein Gott.« Sie atmete tief durch. Ich ahnte, wie sie sich bei mir bedanken wollte, doch Suko stand dabei, und da nahm sie davon Abstand.

Vielleicht holten wir das irgendwann mal nach. Mal sehen.

ENDE

Die Gruft
der
Leichenräuber

Ein Grabstein ist ein guter Kugelfang, dachte Harry Hörger, und deshalb suchte er er auch Schutz auf dem alten Friedhof, wo die wuchtigen Grabsteine standen.

Freiwillig hätte Harry Hörger solch einen Totenacker nicht betreten. Aber man war hinter ihm her, und ausgerechnet einer der schärfsten Polizisten, die Harry kannte, verfolgte ihn.

Karl Ziegler, genannt Ziggy. Hauptmeister und bei kleinen Ganoven ebenso gefürchtet wie bei Straßendirnen. Ziggy war Harry Hörger schon lange auf den Fersen gewesen, hatte ihn aber nie erwischt, bis vor zwei Stunden, als er in die prächtige Villa am Stadtrand einbrach, da war Ziegler plötzlich dagewesen. Wie ein Geist tauchte er auf und leuchtete Harry an.

Hörger war so perplex gewesen, daß er alles fallen gelassen hatte. Dann war er jedoch gerannt. Er hatte sich auf dem Absatz herumgeworfen und war weggelaufen. Einfach in den Wald rein, querbeet, bis er schließlich vor dem alten Friedhof stand.

Und Ziggy, der Greifer, saß ihm immer noch im Nacken. Der gab nie auf. Eiskalt war er. Wie ein Spürhund, ein regelrechter Widerling. Harry mochte ihn nicht.

Der Einbrecher blieb stehen. Obwohl es ziemlich kalt war, schwitzte er. Vielleicht sollte er sich ausruhen, damit sich sein Herzschlag beruhigte. Ewig konnte er nicht so weiterlaufen. Und von Ziegler war im Augenblick nichts zu sehen.

Harry Hörger ging auf Hände und Knie nieder. So blieb er hocken, lauschte auf irgendwelche verdächtigen Geräusche, aber da war nur der Nachtwind, der mit dem vom vergangenen Jahr übriggebliebenen Laub spielte.

Hin und wieder sah Harry noch ein paar Schneeflecken. Sie zeigten eine schmutzige Farbe.

Vor ihm ragte ein alter Grabstein in die Höhe. Dahinter konnte er sich fast verstecken. Diese Dinger waren ungeheuer stabil und stammten aus dem ersten Weltkrieg. Die Inschriften waren verblaßt. Allerdings war oft von Heldentum und falschem Pathos die Rede. Die jungen Männer waren fürs Vaterland gestorben, wie es immer so schön hieß.

Harry lauschte.

Seine Ohren hatten sich inzwischen an die ihn umgebenden Geräusche gewöhnt. Er kannte das Raunen des Windes, wußte genau, wann ein Geräusch von einem Tier oder einem Menschen verursacht wurde, und er hörte auch die Schritte.

Harry erstarrte.

Ja, er hatte sich nicht getäuscht. Das waren Schritte. Und nicht von einem Tier, sondern von einem Menschen.

Ziggy, dieser verdammte Greifer, war in der Nähe.

Die Schritte verstummten.

War er schon in der Nähe? Harry atmete durch den halboffenen Mund, um sich nicht zu verraten. Er hatte zudem Mühe, ein Zittern zu unterdrücken. Der Schweiß an seinem Körper war bereits eingetrocknet und verursachte einen Juckreiz.

Er hatte mal gelesen, daß sich Menschen schon durch ihre Körperausdünstung verraten hatten. Hoffentlich hatte Ziegler nicht so eine gute Nase.

Daß er ausgerechnet auf einen Schnüffler vom BKA treffen mußte, ärgerte Harry am meisten. Aber er war nun mal ein gefürchteter Einbrecher, und da hatten sie Ziggy auf seine Spur gesetzt.

Unheimlich war es auf diesem Friedhof schon. Die alten Grabsteine und Kreuze steckten schief in der mit Unkraut bedeckten Erde. Manchmal wucherten die Gräser so hoch, daß ihre Spitzen sogar die Enden der größten Steine überragten.

Am Himmel spielte sich ein Wetterumschwung ab. Gewaltige Wolken wechselten sich ab mit einem fahlen Dunkelgrau, und von den Gestirnen war überhaupt nichts zu sehen.

Mieses Wetter.

Harry Hörger fror. Obwohl er vorhin geschwitzt hatte, kroch jetzt die Kälte durch seinen Körper. Er war für solch einen Trip überhaupt nicht angezogen. Vielleicht war es aber auch die Angst, die ihn in ihren Krallen hielt.

Still war es nicht. Doch wenn man sich an die Geräusche gewöhnt hatte, hörte man sie nicht mehr.

Da war der Wind, der mit dem hohen Unkraut spielte und die Gräser raschelnd aneinander rieb. Der altes Laub hochwarf, mit ihm spielte und es gegen die Zweige der Büsche warf.

Etwa dreihundert Meter weiter lief die Bundesstraße vorbei, wo der kleine Bach entlangfloß und sich der Grillplatz befand, der im Winter zumeist leer war. Wenn ein Wagen über die Straße fuhr und den Friedhof passierte, wurde das Rauschen der Räder auf dem Asphalt bis zu Harry Hörger hinübergetragen.

Doch wer fuhr schon um ein Uhr morgens über die verlassene Straße? Höchstens Liebespaare, nur war es denen im Winter viel zu kalt. Zudem hieß es, daß es auf diesem alten Friedhof spuken sollte. Das erzählten sich die Leute in den Dörfern. Angeblich sollten die Geister der gefallenen Soldaten umherirren, und auch in der großen Gruft nahe dem Schloß lagen die Gebeine der Gefallenen. Dort war es ebenfalls nicht geheuer, denn im Schloß wohnte niemand mehr. Es verfiel langsam, und der Wind pfiff durch zahlreiche Ecken und Winkel.

Harry hatte sich einen Platz im Schloß als Versteck ausgesucht. Dort lag auch ein Teil seiner Beute.

Schritte!

Das Geräusch kannte der Dieb. Seine Ohren waren darauf programmiert. Und zwar so gut, daß er sogar Frauen- von Männerschritten unterscheiden konnte.

Harry preßte sich eng an den Grabstein.

In dieser lauschenden Haltung blieb er sitzen, wartete auf seinen Verfolger.

Langsam kroch seine Hand unter die Jacke und holte einen Totschläger hervor. Ein Bleiinstrument, das mit einer Gummischicht bedeckt war und ihm schon manchen Dienst erwiesen hatte.

Harry konzentrierte sich.

Es mußte doch festzustellen sein, aus welcher Richtung sein Verfolger sich anschlich. Er selbst war von links gekommen, und da mußte auch der Greifer stecken.

Aber der würde sich wundern.

Die Schritte verstummten. Für wenige Sekunden wurde es ruhig. Dann die Stimme des Greifers.

»Harry! Ich weiß, daß du hier irgendwo steckst. Komm freiwillig raus, ich finde dich doch. Und wenn ich dich erst suchen muß, werde ich sauer. Lange genug bin ich hinter dir hergerannt. Jetzt habe ich keine Lust mehr.«

Den Teufel werde ich tun, dachte Harry. Ja, sauer wurde Ziggy sicherlich. Hörger konnte ihn sich gut vorstellen, wie er da stand. Ziegler gehörte noch zum alten Schlag der Bullen. Ledertrench, drahtig, scharfzüngig, hart.

»Harry, komm raus!«

Die Aufforderung klang schon schärfer, und der Dieb zuckte regelrecht zusammen.

Aber er blieb still.

Plötzlich schnitt ein Lichtstrahl durch die Finsternis. Ein breites, helles Band, das mehrere Male hin- und herbewegt wurde und langsam einen Kreis über den Friedhof schlug. Der Lichtkegel fuhr über Grabsteine und Kreuze, riß geisterhaft die kahlen Zweige der Büsche und Sträucher aus dem Dunkel und verschwand, nachdem Ziggy die Lampe ausgeschaltet hatte.

Hörger atmete auf. Jetzt schwitzte er wieder, und er wischte über seine Stirn.

»Gut, Harry, du hast es nicht anders gewollt!« peitschte die Stimme des Polizisten über den Totenacker. »Ich hole dich! Aber dann wird es hart!«

Kaum war die Stimme verklungen, als Hörger ein schnackendes Geräusch vernahm.

Unwillkürlich verzog er das Gesicht. Dieses Geräusch entstand, wenn eine Waffe durchgeladen wurde. Also wollte Ziggy es diesmal wirklich packen.

Totschläger gegen Pistole. Das Verhältnis war ungleich. Es paßte Harry nicht.

Trotzdem dachte er nicht daran, sich zu stellen. Sollte der Bulle ihn doch suchen.

Er tat es auch. Ziggy ging den Friedhof ab. Harry grinste, als er hörte, daß sich sein Verfolger nach links bewegte. In diesem Falle weg von ihm.

Wenn er weit genug von seinem Versteck entfernt war, dann wollte Harry es wagen und sich zurückziehen. Hinter ihm begann ein Stück Wiese, dann fing sofort der Wald an, der sich bis zu der alten Schloßruine hinzog.

Zwischendurch blitzte mal die Lampe auf, so daß Harry immer erkennen konnte, wo sich sein Verfolger gerade befand. Der Polizist leuchtete jeden Grabstein an. Hörger sah es, wenn er an seiner Deckung vorbeipeilte und das fahle Licht der Lampe die Steine traf, die irgendwie geisterhaft aufleuchteten.

Hörger leckte sich seine Lippen. Jetzt war der Greifer weit genug entfernt. Er konnte es wagen.

Vorsichtig löste sich Harry aus seiner Deckung. Er wandte sich nach rechts, hob immer erst ein Bein an und setzte dann behutsam den Fuß auf, bevor er weiterging.

Drei Schritte legte er zurück.

Dann blieb er stehen.

Ein Splittern war an seine Ohren gedrungen. Genauso hörte es sich an, wenn Holz brach. Ein Fluch folgte und dann ein überraschter Ausruf. Was war geschehen?

Zuerst wollte Hörger ja verschwinden, jetzt aber blieb er. Irgend etwas ging mit dem Bullen vor sich.

Plötzlich hörte er Schüsse.

Trocken peitschten sie auf. Dreimal wurde geschossen, und Harry zuckte bei jedem einzelnen Knall zusammen. Die Echos waren noch nicht verhallt, als plötzlich ein Schrei aufklang, wie Harry ihn schlimmer noch nie in seinem Leben gehört hatte.

Dieser Schrei schüttelte ihn durch und trieb einen Schauer über seinen Rücken.

Harry Hörger, Spezialist für Villeneinbrüche, bekam plötzlich Angst...

Hauptmeister Ziegler war obersauer. Nicht daß er vor einer Villa einige Stunden gelauert hatte, jetzt entwischte ihm der Kerl noch und versteckte sich auf einem Friedhof. Monatelang war Ziggy hinter dem Einbrecher hergewesen. Er kannte seine Tricks, seine Angewohnheiten, bis er ihn endlich gestellt hatte.

Und nun floh Hörger.

Aber er würde ihn stellen, da setzte Ziggy all seinen Ehrgeiz ein. Er hatte Harry mehrmals aufgefordert, sich zu ergeben. Hörger hörte nicht. Also schritt Ziegler selbst den Friedhof ab. Er schaltete dabei die Lampe ein und leuchtete die Grabsteine ab, daneben und auch dahinter. Von Hörger keine Spur, der Hundesohn hielt sich zu gut versteckt.

Seine Dienstpistole hatte Ziegler in die rechte Manteltasche des ledernen Trenchs gesteckt. Dort konnte er sie schnell ziehen, seine Hand brauchte sich nicht erst den Weg zum Holster zu bahnen. Und schießen wollte er, wenn andere Mittel nicht reichten. Er hatte nicht vor, Hörger wieder entkommen zu lassen.

Von der unheimlichen Atmosphäre des Friedhofs merkte der Hauptmeister nichts. Er kannte zwar das Gerede der Einheimischen, doch er kümmerte sich nicht darum. Ziegler war Realist. Spuk und Geistergeschichten hielt er für den größten Quatsch überhaupt.

Deshalb rechnete er auch nicht mit einer Gefahr und schritt weiter. Seine Füße knickten das faulige Gras, er bahnte sich seinen Weg durch das Unkraut, leuchtete die großen Grabsteine an und auch dahinter, aber nirgendwo entdeckte er eine Spur von Hörger. Der war wie vom Erdboden verschluckt. Da Ziegler nicht an übernatürliche Kräfte glaubte, lag es auf der Hand, daß sich Hörger weiterhin auf dem Friedhof versteckt hielt.

Geflohen war er nicht. Dann hätte Ziegler etwas gehört. Und fliegen konnte Hörger auch nicht.

Wieder einmal ging der Hauptmeister um einen Grabstein herum und nahm sich dann den nächsten vor.

Diesem näherte er sich von vorn.

Wenn man genau hinschaute, konnte man noch die Umrisse des alten Kriegergrabs erkennen. Es war ziemlich groß, ebenso wie der verwitterte Grabstein.

Der nächste Schritt.

Etwas weich war der Boden schon, aber Ziegler dachte sich nichts dabei.

Bis er wieder einen Schritt vorging.

Da passierte es.

Plötzlich gab die Erde unter ihm nach. Etwas splitterte, knackte, dann brach der Hauptmeister ein. Er war so überrascht, daß er einen Schrei ausstieß und inmitten von Lehm, Erde, Unkraut und Holz auf dem Grund des Grabes landete.

Jetzt hatte er Pech. Ziegler kam so unglücklich auf, daß er sich den linken Fuß verstauchte. Ein stechender Schmerz zog durch seinen Knöchel bis hinauf in die Wade. Etwas knirschte. Er dachte zuerst, daß es der Knochen gewesen wäre, doch als er nachsah, stellte er fest, daß er mit dem Fuß auf einem fahlgelben Totenschädel gelandet war und ihn zertrümmert hatte.

Ziggy fluchte.

Das mußte ihm ausgerechnet noch passieren. Die Kollegen würden sich halb totlachen, wenn sie von seinem Mißgeschick erfuhren.

Ihm fiel nicht auf, daß das Grab, obwohl es schon so alt war, hätte ungepflegter aussehen müssen. Zumeist war die Erde eingesackt. Hier jedoch war dies nicht der Fall. Alles kam ihm so völlig normal vor, aber er dachte nicht weiter darüber nach.

Bis das Licht der Lampe durch Zufall schräg zu Boden fiel und dabei auf die Seitenwand des Grabes traf.

Zieglers Augen wurden groß.

Da befand sich ein Loch.

Eine kleine Höhle in der Grabwand!

Das gab es doch gar nicht, das war unmöglich. Wer sollte denn Interesse daran haben, hier ein Loch zu graben?

Ziegler wollte es plötzlich wissen. Vergessen war Harry Hörger, hier war er vielleicht durch einen Zufall auf die Spur eines Verbrechens gestoßen.

Er bückte sich und leuchtete in das Loch hinein.

Im selben Augenblick zuckte etwas Langes, Schleimiges daraus hervor und klatschte gegen das rechte Handgelenk des Hauptmeisters, wo es sich wie ein Band umwickelte.

Ziegler war so überrascht, daß er überhaupt nicht reagierte. Er blieb steif stehen und gab dem Unheimlichen Gelegenheit, aus der Höhle am Grabrand zu quellen.

Ein widerliches Etwas schob sich vor dem Hauptmeister in die Höhe. Grünbraun anzusehen, schleimig, einen penetranten Geruch verbreitend.

Zieglers Augen weiteten sich. Der Kopf des anderen befand sich dicht vor ihm und erinnerte ihn an eine klumpige Kugel, die mit zahlreichen Beulen und Geschwüren bedeckt war. Die Andeutung eines Gesichts war ebenfalls zu erkennen. Mehr aber nicht, denn alles befand sich in dauernder Bewegung und zerfloß ineinander.

Ziegler wurde bis gegen die gegenüberliegende Grabwand gedrückt. Und erst jetzt überwand er seine Panik.

Er schoß.

Fahlgelb leuchtete es vor der Mündung auf. Der Polizist hielt die Waffe so, daß er den Angreifer nicht verfehlen konnte, und die Kugel klatschte auch in den Körper des Widerlings, wo sie steckenblieb und Ziegler sie sogar noch sehen konnte.

Wieder schoß er. Sie hätten für einen Elefanten gereicht, aber ein Dämon lachte nur darüber.

Er riß sein Maul auf.

Mein Gott, die Zähne, dachte Ziegler. Mörderische Hauer, die alles zerreißen.

Sein Blick flog an der Gestalt vorbei nach unten, und er sah ein zweites Monster aus dem Loch kriechen.

Ebenso schauerlich anzusehen wie das erste.

Zu einem vierten Schuß ließen ihn die beiden nicht kommen. Ziegler sah plötzlich die schrecklichen Zähne dicht vor seinem Gesicht, schrie in wilder Todesangst, und als sein Schrei verstummte, da lebte er schon nicht mehr...

Harry Hörger zitterte wie Espenlaub.

Der kleine Dieb stand eine mörderische Angst aus, obwohl ihm persönlich keine Gefahr drohte. Trotzdem bibberte er. Er wußte um die Geschichten, die man sich von diesem Friedhof erzählte, und er war sicher, daß Ziggy die Ruhe der Toten gestört hatte und diese sich nun rächen wollten.

Harry Hörger kauerte sich zusammen. Er suchte Deckung im Unkraut und hinter dem Grabstein, dabei traute er sich nicht, wegzulaufen, aus Angst, die anderen könnten ihn hören.

Minuten vergingen. Hörgers Blicke irrten umher. Er suchte nach Gegnern, aber da war nichts.

Ein leerer Friedhof, über den der kalte Februarwind strich.

Langsam erholte sich Harry. Seine Angst ging zurück, und dic Neugierde erwachte. Er wollte doch sehen, was mit dem Bullen geschehen war, der ihn so gejagt hatte.

Harry stand auf.

Witternd streckte er seinen Kopf vor. Er wirkte sowieso wie ein kleines Tier und hatte Ähnlichkeit mit einem Fuchs. Das spitze Gesicht, die lange Nase und der falsch gewachsene Oberkiefer mit der vorstehenden Zahnreihe. Hinzu kamen seine dürre Gestalt und seine schon anormal zu nennende Zähigkeit.

Hörger überlegte. Wo war der Schrei denn genau aufgeklungen? Weiter vor ihm, das hatte er deutlich gehört. Und in diese Richtung mußte er gehen.

Hörger war vorsichtig. Trotzdem ließ es sich nicht vermeiden, daß er Geräusche verursachte, aber die machte auch der Nachtwind.

Er hatte erst wenige Schritte zurückgelegt, als er die Laute hörte.

Sofort stand Harry still.

Schmatzen, Schlürfen und Hecheln...

Schlimme Geräusche.

Wieder begann er zu zittern. Aber er riß sich diesmal besser zusammen, die Neugierde war stärker.

Und er sah auch, wo sich unter Umständen alles abspielen konnte. Aus einem Grab fiel ein schwacher Lichtschein, der sich wie eine helle Glocke über die Öffnung legte.

Wieso? Die Gräber waren doch zu.

Da erinnerte sich Harry an das Knirschen und Knacken, das ihn vor den Schüssen aufgeschreckt hatte. Jetzt war ihm auch klar, was geschehen sein mußte.

Ziggy war in ein Grab gefallen!

Eigentlich zum Lachen, doch wenn Harry an diese widerlichen Laute dachte, verging ihm das Grinsen. Das war schon schlimm.

Auf Zehenspitzen ging er weiter und kam seinem Ziel immer näher. Dann stand er nur zwei Schritte vom Grab entfernt.

Tief atmete er durch. Sollte er nachschauen? Wieder bekam er es mit der Angst zu tun. Harry war kein Feigling, aber das hier erinnerte ihn an einen Horror-Film.

Er überwand seinen Schrecken und trat bis dicht an den Grabrand heran.

Hörger peilte in die Tiefe. Er beugte sich dabei etwas vor. Das Licht der Lampe erhellte das Grabinnere.

Was Harry nun zu sehen bekam, war so widerlich und grauenhaft, daß ihm schlecht wurde.

Ein Blick reichte.

Dann warf sich der Dieb herum und rannte, wie von Furien gehetzt, über den Friedhof. Die nackte Furcht trieb ihn voran. Er dachte nicht mehr an seine Sicherheit und daran, daß er Geräusche verursachte. Er wollte nur weg.

Was er erlebt und gesehen hatte, war so schlimm, daß es ihm wohl kein Mensch glauben würde. Wenn er das erzählte, steckten sie ihn in eine Irrenanstalt.

Ein Uhr!

Normalbürger lagen im Bett und schliefen. Kommissar Mallmann jedoch nicht. Er schuftete für drei.

Will Mallmann lag auf dem Boden und hielt einen Spachtel in der Hand. Damit schabte er den auf dem Estrich festklebenden Gummi des Teppichbodens ab.

Das war eine Quälerei.

Der gute Will Mallmann war in Schweiß gebadet. Den Oberboden hatte er bereits abgezogen, jetzt stach er die Breitseite des Spachtels unter den Gummi und schaufelte ihn ab.

Das kostete Kraft.

Will Mallmann trug nur ein altes Angoraunterhemd und eine ebenso alte Cordhose. Das Zimmer hatte er schon vorher ausgeräumt. Es war sein Schlaf- und Arbeitsraum. Die große Musikanlage mit den vier Boxen stand im Wohnzimmer.

Sie hatte er ausgeschaltet, obwohl er seine neueste LP, Rock Symphonies, gern gehört hätte. Aber er mußte warten. In zwei Tagen sollte der neue Teppichboden geliefert werden, und dann durfte von dem alten nichts mehr zu sehen sein.

Ein Drittel hatte Will geschafft, als er eine Pause einlegte. Er sah wild aus. Das dunkle Haar lag nicht mehr so glatt gekämmt auf dem Kopf, sondern stand hoch. Sein Gesicht mit der kräftigen Römernase glänzte wie mit Speck eingerieben, und als Will Mallmann sah, was er in einer Stunde geschafft hatte, schüttelte er den Kopf. Es war wirklich wenig genug, aber mit dem Schneeschieber, den er erst hatte nehmen wollen, war da nichts zu machen gewesen.

Will hatte auf den Spachtel zurückgreifen müssen. Jetzt ließ er ihn fallen und ging in den Flur, wo auf einem kleinen Tablett die Flasche mit dem Starkbier stand.

Will nahm einen kräftigen Zug.

Danach wischte er sich die Lippen ab und stellte die Flasche wieder weg. Er überlegte, ob er die Pause verlängern sollte, entschied sich aber dagegen. Bis zur Hälfte mußte er es schaffen. Um zwei Uhr konnte er sich immer noch ins Bett legen.

Will ertappte sich bei der Frage, wofür er das eigentlich alles tat. Seine junge Frau war während der Hochzeit ermordet worden. Der Schwarze Tod hatte sie damals umgebracht. Und Kommissar Mallmann hatte durch diesen grausamen Mord solch einen Schock erlitten, daß ihm fast der Lebensmut genommen wurde. Es hatte ungeheuer lange gedauert, bis er darüber hinweggekommen war, doch Karins Tod hatte er bis heute nicht vergessen. Immer wieder sah er ihr Bild vor seinem geistigen Augen obwohl sie ihm als Untote noch einmal gegenübergestanden hatte, aber daran wollte Will nicht mehr denken.

Um zu vergessen, hatte er sich wie ein Irrer in seinen Beruf hineingekniet. Und er hatte seinen Vorgesetzten davon überzeugen können, daß es doch Dinge zwischen Himmel und Erde gab, die rational nicht zu erklären waren. Nach anfänglicher Skepsis stand sein Chef auf Wills Seite und ließ dem Kommissar so ziemlich freie Hand.

Und Will paßte auf. Vor kurzem hatte man ihm einen kleinen Computer zur Verfügung gestellt, der alle Fälle speicherte, die irgendwie in eine okkulte und gespenstische Richtung liefen. Der elektronische Helfer war mit einem Codeschlüssel versehen, den nur Will Mallmann und sein Vorgesetzter kannten. So war der Datenschutz gesichert, und es konnte kein Unbefugter den Computer bedienen.

In den letzten Wochen hatte sich allerdings nichts getan. Will Mallmann war hin und wieder ein paar Fällen nachgelaufen, die sich im Endeffekt jedoch als völlig harmlos herausgestellt hatten. Und auch die fahndungsähnlichen Nachforschungen, die seinen letzten Fall – den Vampir Fariac – betrafen, waren im Sande verlaufen.

In Deutschland gab es keine Verbindung mehr.

Will Mallmann nahm noch einen kräftigen Schluck und entschloß sich dann, weiterzuarbeiten.

Da klingelte das Telefon.

Der Kommissar hatte den Apparat auf den Flur gestellt, dicht neben das Tablett.

Mallmann hob ab.

Ein Kollege aus der Dienststelle war an der Strippe. »Habe ich dich geweckt, Will?« Die Stimme hörte sich schadenfroh an.

»Nein.«

»Auch nicht gestört?«

»Komm zur Sache.«

»Okay, und die ist traurig genug. Du mußt raus, Will. Man hat Hauptmeister Ziegler gefunden. Tot, in einem Grab liegend.«

Mallmann wurde blaß. Er kannte Ziegler. Zwar nicht sehr gut, weil er den Kollegen persönlich nicht mochte, aber er war ein Polizist gewesen, wie auch Mallmann. Und nun hatte man ihn umgebracht.

»Bist du noch dran, Will?«

»Ja. Wo genau hat man ihn gefunden?«

Der Mann von der Bereitschaft nannte den Namen eines kleinen Städtchens im Taunus. »Da gibt es einen alten Friedhof in der Nähe, und da liegt Karl Ziegler. Die Kollegen der Mordkommission sind schon da. Sie lassen die Leiche liegen, du sollst sie dir erst ansehen.«

»Mach ich.«

Will legte auf. Wie betäubt zog er sich an. Ein Mord erschütterte ihn immer. Vor allen Dingen dann, wenn er das Opfer gekannt hatte. Der Kommissar schlüpfte in seine dunkelgrüne gefütterte Lederjacke und nahm auch die Dienstwaffe mit. Dann ging er nach unten. Sein Opel Manta GT/E parkte vor einer Laterne. Feuchtigkeit bedeckte Lack und Scheiben. Will stieg ein und startete.

Der Motor kam zögernd. Das Geräusch erinnerte den Kommissar daran, daß er den Wagen mal wieder zur Inspektion bringen mußte.

Dann fuhr er los.

Nur wenige Fahrzeuge waren um diese Zeit noch unterwegs. Will Mallmann kam sehr gut voran, fuhr ein Stück über die Autobahn und bog dann ab, um in den Taunus zu gelangen.

Dunkel hoben sich die sanft geschwungenen Berge vor dem

grauen Himmel ab. Dicke Wolken wurden vom Nachtwind geschüttelt und führten ihre bizarren Tänze auf.

Die Temperatur lag nahe dem Gefrierpunkt, und vor allen Dingen auf höher gelegenen Straßen mußte der Kommissar auf Glatteisfallen achten. Die kleineren Städte und Dörfer lagen in tiefem Schlaf. Hin und wieder sah Will ein Licht blinken, das ihn an einen fernen Stern erinnerte, ansonsten war es dunkel.

Dann hatte er noch Pech und geriet in ein Nebelgebiet. Der graue Dampf stieg zu beiden Seiten eines Bachs auf und quoll über die Straße. Will mußte langsamer fahren.

Nach hundert Metern hatte er wieder klare Sicht. Er kitzelte das Gaspedal.

Um drei Minuten nach zwei Uhr schließlich hatte er sein Ziel erreicht. Er konnte nicht mit dem Wagen bis an den unmittelbaren Tatort fahren und mußte den Manta dort abstellen, wo auch die Einsatzwagen der Mordkommission standen, aber die paar Meter zu Fuß taten ihm ganz gut. Ein Uniformierter hielt bei den Fahrzeugen Wache und schaute Will fragend an.

Der Kommisssar zeigte seinen Ausweis.

»Sie kennen den Weg, Herr Mallmann?«

Will nickte. Er hatte längst das Licht gesehen, das einen Teil des alten Friedhofs überschwemmte. Von der Straße aus mußte Mallmann durch eine feuchte Wiese laufen, an die sich übergangslos ein Stück Wald und der Friedhof anschlossen.

Mehrere Männer umstanden den Tatort. Die Leitung der Mordkommission hatte Hauptkommissar Fritz Merle, ein Mann, der einige Jahre älter war als Will.

Die beiden kannten sich.

»Da bist du ja endlich«, sagte Merle und nuckelte an seiner Zigarre, deren Rauch wie ein hellgrauer Vorhang vor seinem Gesicht stand.

Will reichte dem Kollegen die Hand. »Hast du mich rufen lassen?«

»Ja.«

»Und warum?«

»Warum, warum, Mensch?« Merle war aufgeregt. Verständlich, denn der Ermordete hatte mal zu seinen Leuten gehört. »Sieh es dir selbst an, Will, dann verstehst du mich.«

»Ja, schon gut.«

Man machte dem Kommissar Platz, damit er an den Grabrand treten konnte.

Will blickte in die Tiefe.

Einen Herzschlag nur, dann zuckte er förmlich zurück und wurde kalkblaß im Gesicht.

»Nun?« fragte ihn Fritz Merle.

»Verdammt, du hast recht.«

Merle saugte an seiner Zigarre. Sein mit Falten übersätes Gesicht verzog sich. »Wer tut denn so etwas?« fragte er. »Verdammt noch mal, Will, wer ist zu so etwas überhaupt fähig?«

»Ich weiß es nicht.«

Merle sah Mallmann schief an. »Wirklich nicht?«

»Nein, ich habe keine Ahnung.« Will log, denn einen Verdacht hatte er schon, doch den sagte er nicht.

»Na dann...« Sein Kollege hob die Schultern. »Sollen wir die Überreste mitnehmen?«

Mallmann nickte.

In den nächsten Minuten war er nur Zuschauer. Anschließend erkundigte er sich bei seinen Kollegen, ob Spuren gefunden und gesichert worden wären.

»Ja, Fußspuren von zwei Personen. Eine haben wir verglichen. Die gehörte zu Ziegler.«

»Und die andere?«

Fritz Merle hob die Schultern. »Nichts weiß man, Will. Das werden vielleicht die Ermittlungen ergeben.«

»Falls es dein Fall bleibt.«

»Wieso? Willst du dich reinhängen?«

»Möglich.«

Merle schob seinen Hut in den Nacken. »Ist natürlich so eine Sache, Will. Gern gebe ich den Fall nicht ab. Schließlich war Ziegler früher einer meiner Mitarbeiter. Du verstehst.«

»Sicher, nur arbeitete er jetzt für das BKA. Einigen wir uns auf einen Kompromiß. Wir bleiben beide am Ball. Ihr geht euren Spuren nach, ich den meinen.«

»Gibt es denn unterschiedliche?«

»Vielleicht.«

»Will, du weißt mehr.«

»Nein, Fritz. Ich weiß nichts. Ich vermute höchstens etwas, aber über ungelegte Eier möchte ich nicht reden.«

Merle grinste. »Lange genug kenne ich dich ja. Aus dir bekommt man wirklich nichts raus, wenn du nicht reden willst.«

»So ist es. Mal was anderes, Fritz, wer hat den Mord überhaupt entdeckt und gemeldet?«

»Ein unbekannter Anrufer. Er wollte seinen Namen nicht nennen, beschrieb nur den Tatort und legte dann auf.« Merle tippte Will mit dem Finger gegen die Brust. »Da müßtest du doch eigentlich mehr wissen, mein Lieber. Er hat doch für euch gearbeitet.«

»Ich werde nachforschen.«

Zwei Männer im grauen Kittel hatten die Überreste der Leiche inzwischen in die Wanne gelegt. Der Tote wurde abtransportiert. Auch die Fotografen packten ihre batteriebetriebenen Scheinwerfer zusammen. Der große Aufbruch erfolgte.

Will blieb noch da.

Als die Kollegen der Mordkommission verschwunden waren, sprang er in das Grab.

Er hatte zuvor nur einen kurzen Blick hineingeworfen, jetzt untersuchte er die Grube genauer. Eine Taschenlampe hatte er mitgenommen. Dieses Grab war sowieso seltsam. Es hätte längst eingestürzt sein müssen, doch es sah von innen aus, als hätte man es immer wieder renoviert.

Aus welchem Grund?

Will tastete die Wände ab. Er tat dies sehr sorgfältig. Dabei fiel ihm auf, daß an einer Stelle, dicht am Grabboden, der Lehm ein wenig heller wirkte.

Das mußte etwas zu bedeuten haben.

Will Mallmann drückte mit der Hand dagegen und pfiff überrascht durch die Zähne, als er merkte, daß der Lehm nachgab. Der saß gar nicht so fest. Wills Finger faßten ins Leere. Er wühlte noch den restlichen Dreck zur Seite und nickte, als er sah, was sich da seinen Blicken bot.

Ein Loch gähnte ihn an.

Und dahinter lag ein Gang. Das Loch stellte entweder den Anfang oder das Ende dar.

Der Kommissar leuchtete mit der Taschenlampe in die Öffnung. Der Strahl traf schon bald eine Lehmwand. Trotzdem sah Will, daß der Gang links weiterführte. Zudem schlug ihm aus der Öffnung ein widerlicher Leichengeruch entgegen.

Sein Verdacht war plötzlich zur Gewißheit geworden.

Auf diesem alten Friedhof hausten die widerlichsten aller Dämonen.

Ghouls!

Der Kommissar fuhr nach Hause. Auf dem Friedhof hatte er es nicht mehr ausgehalten, da er sich ohne wirksame Waffe den Ghouls unterlegen fühlte. Mit normalen Kugeln konnte er gegen diese Wesen nichts ausrichten. Da brauchte man schon geweihte Silbergeschosse.

Und wer hatte die?

Ja, es gab Menschen, die sich auf diese Waffen verließen. Wills Freunde gehörten dazu. Unter anderem ein Mann namens John Sinclair, der auch der Geisterjäger genannt wurde. Schon längst hatte sich Will Mallmann entschlossen, John Sinclair anzurufen. Und das würde er nicht auf die lange Bank schieben, sondern sofort nach seiner Ankunft erledigen.

Will Mallmann parkte den Wagen wieder vor der Laterne, stieg hoch in seine Wohnung und hängte sich sofort an das Telefon. Der Teppichboden war vergessen. Will Mallmann hatte das Jagdfieber gepackt!

Er stand da, hatte beide Hände in die Seitentaschen seiner Lederjacke versenkt und grinste mir entgegen, als ich die Paßkontrolle des Rhein-Main-Airports hinter mich gebracht hatte.

Wir hatten uns einige Wochen nicht gesehen, aber Will war immer noch der Alte. Ein bißchen verlegen lächelnd, aber mit einem Strahlen in den Augen.

»Herzlich willkommen, Geisterjäger«, sagte er und reichte mir die Hand.

Ich schlug ein. Dann hauten wir uns gegenseitig auf die Schulter und freuten uns, noch zu leben.

»War der Flug angenehm?« fragte Will.

»In London Schneeregen, über dem Kanal Nebel, hier sieht es auch bedeckt aus. Oder muß ich mich an Schnee gewöhnen?«

»Vielleicht.«

»Auch das noch.«

»Hat der alte Powell dich laufen lassen?«

»Mit viel Knurren, aber als ich ihm sagte, daß es um Ghouls geht, gab er seine Zustimmung. So kommt man wenigstens nicht aus der Übung«, sagte ich. »Vor einer Woche habe ich erst ein heißes Abenteuer mit Glenda erlebt...«

Jetzt grinste Will impertinent.

»Nicht was du denkst. In ihrer Nähe kann es dir zwar heiß werden, aber das war anders. Es ging da um einen afrikanischen Zauber, der sich in Soho ausgebreitet hatte, und vor diesem Fall habe ich mich furchtbar mit Dr. Tod und seiner Mordliga herumgeschlagen.«

»Mensch, John erzähle mal. Ich habe dir ja von dem Computer berichtet, aber über neue Aktivitäten eines Solo Morasso hat er nichts gespeichert.«

»Später, Will. Jetzt habe ich erst Hunger.«

»Sollen wir ins Restaurant gehen?«

»Nein, nein, um Himmels willen. Auch nicht in diese Nobel-Disco hier. Mir reicht eine Schaschlik-Bude.«

»Mir auch.«

Wir fanden eine. Der Verkäufer war unheimlich dick und ließ sich nicht aus der Ruhe bringen, soviel Betrieb auch herrschte. Er sagte nur immer einen Standardsatz. Jedesmal, wenn er die Schale gefüllt hatte, drehte er sich halb um und fragte: »Darf's was schärfer sein?«

Ich mußte lachen. Der Knabe sagte das so emotionslos, daß man ihm das gar nicht abnahm.

Wir erhielten unser Schaschlik. Will bezahlte.

»Wird auch immer teurer«, sagte ich, denn Will mußte sechs Mark blechen.

»Was willst du machen?«

Anschließend erzählte ich von Dr. Tods Aktivitäten. »Stell dir vor, wir hatten Lady X schon im Untersuchungsgefängnis, da holte er sie wieder raus.«

»Konntet ihr das nicht verhindern?«

»Suko und Bill haben alles getan.«

»Und jetzt ist sie verschwunden?«

Ich schluckte ein Stück Fleisch herunter und nickte dabei. Wahrscheinlich bereitete diese Barbara oder Pamela Scott, wie sie eigentlich richtig hieß, irgendwo einen großen Coup vor. Daß ich ihr sehr bald begegnen würde, ahnte ich zu diesem Zeitpunkt noch nicht.

»Dann gibt es noch etwas Neues«, sagte ich.

»Los, raus damit.«

»Suko hat eine kleine Wunderwaffe bekommen.«

»Ehrlich? Wie das?«

Ich berichtete Will Mallmann von unserem Tibet-Abenteuer und wie wir auf den goldenen Buddha gestoßen waren.*

Dann erklärte ich Will die Funktion des Stabes.

»Toll«, sagte der Kommissar.

Der Meinung war ich auch.

»Und was ist mit deinem Bumerang?« wollte der Kommissar wissen.

»Mensch, erinnere mich nicht daran. Ich bin sauer genug. Den hat immer noch Dr. Tod.«

»Scheiße.«

»Kannst du wohl laut sagen.«

Wir hatten unsere Schaschliks gegessen und wischten uns die Lippen ab. Plötzlich fragte der dicke Verkäufer: »War's scharf genug?«

»Ja, wir wären fast verbrannt«, erwiderte Will.

Der Dicke war sprachlos über diese Antwort. Zum erstenmal vergaß er, seinen berühmten Satz zu sagen.

Wir gingen zu Wills Wagen. Ich erkundigte mich, was eigentlich vorgefallen war. Am Telefon hatte sich der Kommissar nur in Andeutungen ausgelassen.

Will berichtete.

Viel war es auch nicht. Auf jeden Fall stand fest, daß wir die Umgebung des Grabs genauer durchleuchten wollten. Will hatte in der Zwischenzeit nicht geschlafen und heraus-

---

* Siehe John-Sinclair-Taschenbuch, Band 73002: ›Der goldene Buddha‹

gefunden, daß es dort noch eine alte Burgruine gab und auch eine Gruft.

Wir hatten jetzt die riesigen Parkplatzanlagen erreicht. Es grenzte fast an ein Wunder, wenn man da seinen Wagen wiederfand. »Sollen wir direkt zum Tatort fahren?« erkundigte ich mich.

Mallmann schüttelte den Kopf. »Nein, auf keinen Fall. Ich habe nachgeforscht, an welchem Fall der Kollege Ziegler zuletzt arbeitete. Er war einem Dieb auf der Spur. Harry Hörger heißt der Bursche.«

Ich mußte grinsen. »Seit wann beschäftigt man sich beim BKA mit Dieben?«

»Der Mann hatte auch Dokumente gestohlen. Er ist in die Villa eines hohen Regierungsbeamten eingebrochen. Ziegler hatte den Auftrag, sich darum zu kümmern.«

»Hat man die Dokumente?«

»Nein.«

»Aber ihr wußtet schon lange, wer hinter den Diebstählen steckt?« forschte ich weiter.

»Sicher. Nur konnten wir nichts beweisen.« Mallmann hob die Schultern. »Wir haben die Wohnung des Kerls ein paarmal durchsuchen lassen. Nichts zu finden.«

»Und jetzt ist er da?«

»Vielleicht.«

Wir hatten Mallmanns Wagen erreicht. Er stand vor einer Parkuhr. Nur war die Zeit abgelaufen, und jemand hatte einen Zettel unter den linken Wischer geklemmt.

Will schimpfte.

»Tja«, sagte ich und legte eine Hand auf das Autodach. »Hätten wir kein Schaschlik gegessen, wäre das nicht passiert.«

Will drohte mit dem Zeigefinger. »Wenn wir den Fall hinter uns haben, wirst du mich zu einer Sause einladen. Dann kannst du dich wundern, was ich alles esse, um zu einer guten Unterlage zu kommen...«

Ich lachte. Wir stiegen ein und fuhren ab. Einem neuen Abenteuer entgegen.

Jede allein erregte schon Aufsehen genug. Doch wer die beiden zusammen sah, der wurde direkt an eine Sex-Explosion erinnert. Fast alle Männer drehten sich nach den Frauen um, die meisten auch, wenn ihre eigenen dabei waren. Denn Barbara Scott und Viola Mandini waren wirklich zwei Rasseweiber.

Die eine schwarz wie die Nacht, die andere rothaarig wie die Farbe der Hölle.

Sie hätten als Fotomodelle Stargagen kassiert, doch sie hatten sich für einen anderen Job entschieden.

Sie arbeiteten für Dr. Tod.

Damit lagen die Verhältnisse offen. Viola Mandini und Barbara Scott, auch Lady X genannt, waren nichts anderes als zwei eiskalte Verbrecherinnen.

Und sie waren in Dr. Tods Auftrag unterwegs.

Das hatte seine Gründe. Noch immer fehlte diesem Superverbrecher und Mensch-Dämon das sechste Mitglied der Mordliga: Xorron, Herr der Zombies. Irgendwo auf der Welt existierte er.

Dr. Tod hatte Tokata, den Samurai des Satans, aus Japans Erde geholt. Ihm war Mr. Mondo, ein genialer Wissenschaftler mit einem krankhaften Verbrecherhirn, begegnet, ebenso wie Lupina, die Königin der Wölfe. Auch Vampiro-del-mar, den Kaiser der Blutsauger, hatte er aus dem Meeresboden geholt, und Lady X, die ehemalige Terroristin, zählte ebenfalls zu seinen Verbündeten, auf die Dr. Tod keinesfalls verzichten wollte. Mit Hilfe eines geheimnisvollen Tranks hatte er sie sogar aus dem Gefängnis geholt. Dabei war auch Viola Mandini sozusagen abgefallen. Sie, eine Mörderin, hatte sich ebenfalls rasch auf die Seite ihrer Mitgefangenen geschlagen und war in Dr. Tods Dienste getreten.

Für Solo Morasso hatte es einen ungeheuren Vorteil, daß die Mordliga nicht nur aus Dämonen bestand. Wenn er sie losschickte, würden sie auffallen. Bei Lady X war das nicht der Fall. Ebensowenig bei Mr. Mondo. Das waren Menschen, die sich unter Menschen bewegen konnten, wenn sie auch dachten wie Dämonen. Sie sollten immer vorfühlen, auskundschaften, und wenn sie das Terrain sondiert hatten, kamen Dr. Tods grausame Geschöpfe und schlugen zu.

Im Augenblick suchte er noch das sechste, vollwertige Mitglied der Mordliga: Xorron, den Herrn der Zombies.

Dr. Tod forschte überall nach. Bisher ohne Erfolg. Er hatte nicht herausbekommen, wo sich Xorron versteckt hielt. Es gab nur immer vage Hinweise, aber er ging ihnen nach.

Dr. Tod hatte von zwei uralten Ghouls namens Horatio und Hiberno gehört, die auf einem verkommenen Soldatenfriedhof hausten und angeblich wissen sollten, wo sich Xorron, das letzte Mitglied der Mordliga, aufhielt. Sicher war das nicht, aber Dr. Tod ließ sich keine Chance entgehen und schickte die beiden Frauen los.

Für die rothaarige Viola Mandini war das der erste Auftrag in der Freiheit, und sie genoß die Fahrt mit dem schnellen BMW-Coupé über die bundesdeutsche Autobahn.

Viola räkelte sich auf dem Sitz. Das lange Haar trug sie offen. Es breitete sich wie ein Vlies um die Kopfstütze. Die Felljacke hatte sie ausgezogen. Sie lag auf dem Rücksitz. Viola trug einen locker fallenden Pullover und eine enge Cordhose. Über die Füße hatte sie Stiefel mit flachen Absätzen gestreift.

»Was ist?« fragte Lady X, als sie einen raschen Seitenblick auf die Rothaarige warf.

»Mir gefällt es.«

»Was gefällt dir?«

»Die Fahrt in der Freiheit.«

»Das glaube ich dir gern. Auch mir hat es gestunken, im Knast sitzen zu müssen, aber das kommt nicht mehr vor. Ich schwöre es dir, meine Liebe.«

»Du bist dir verdammt sicher.«

Lady X überholte einen Mercedes. »Kann ich auch – mit Dr. Tod als Rückendeckung.«

»Du hältst sehr viel von ihm?«

Lady X nickte. »Er hat uns schließlich aus dem Knast herausgeholt und bewiesen, daß er uns nicht im Stich läßt.«

»Und Sinclair?« fragte Viola.

»Wieso?«

»Was hältst du von ihm? Als Mann, meine ich.«

Die Scott verzog die Lippen. »Wenn ich Sinclair im Bett hätte, würde ich ihn erschießen.«

»So brutal?« Die Mandini lachte.

»Ja. Und du?«

»Ich wüßte nicht so recht.«

»Sag bloß, er gefällt dir.«

»Es wäre doch einmal reizvoll, seinen Feind oder Gegner zu verführen«, lächelte die Rothaarige.

»Was du für Gedanken hast. Laß die nur nicht Dr. Tod hören«, warnte die Scott.

»Deshalb erzähle ich sie auch nur dir.« Viola Mandini glaubte immer noch, in Lady X so etwas wie eine Freundin gefunden zu haben, nur weil diese sie aus dem Gefängnis mitgenommen hatte. Doch da irrte die rothaarige Mörderin. Lady X hielt nichts von Knastbrüderschaft. Wenn es um ihren Vorteil ging, dann ließ sie die anderen eiskalt über die Klinge springen. Sie stand loyal zu Solo Morasso. Solche Gedanken, wie sie die Frau neben ihr hatte, waren verdammt gefährlich.

Die Mandini lächelte. »Ist nicht dein Fall, wie?«

»Nein.«

»Vergiß es.«

»Ist auch besser.« Lady X sprach nicht mehr über das Thema, behielt es aber in ihrem Gehirnwinkel. Sie konzentrierte sich mehr auf das Fahren. Frankfurt hatten sie hinter sich gelassen und fuhren jetzt in Richtung Köln. An einer der nächsten beiden Abfahrten mußten sie runter, da ging es in den Taunus.

Wie die Mandini trug auch Lady X eine Pelzjacke. Das Haar hatte sie allerdings hochgebunden und mit einem Gummi zusammengesteckt. Sie war eine Frau, die Männer anzog, sie aber wieder abstieß, sobald sich die Knaben näher mit ihr befaßt hatten. Barbara Scott strahlte dann solch eine Kälte aus, daß keiner Lust verspürte, länger mit ihr zusammen zu sein. Man ließ von der schönen Barbara lieber die Finger.

»Kennst du eigentlich den Weg?« fragte die Mandini.

Lady X nickte. Sie setzte die dunkle Brille auf, weil die tiefstehende Februarsonne in den Wagen schien und die beiden Frauen blendete.

An einer Steigung röhrte der Motor des BMW auf. Fast verbissen nahm die Scott die lange Kurve und zog dann rüber von der linken ganz auf die rechte Seite, weil sie die Ausfahrtmarkierung bereits gesehen hatte und es Zeit wurde, sich einzuordnen.

Viola schüttelte den Kopf. »Wie du das immer so schaffst«, murmelte sie. »Ich könnte das alles nicht.«

Lady X hob die Schultern. »Man gewöhnt sich daran. Eine Frau sollte eben selbständig sein.«

»Klar.«

Die Abfahrt.

Die breiten Pirellis summten über den Belag, kreischten, aber der Wagen hielt die Spur, auch als er rasant gefahren wurde.

Am Ende der Ausfahrt nahmen die beiden Frauen den Weg in Richtung Bad Schwalbach.

Vor ihnen breitete sich die Landschaft des Taunus aus. Sanfte Hügelrücken, enge Täler mit Bergen drumherum, viel Wald, dazwischen helle Wiesenflecken und natürlich alte Dörfer, die malerisch aus der Entfernung wirkten.

»Die Ghouls hast du noch nicht gesehen, wie?« fragte die ehemalige Tochter eines Geisterbahn-Besitzers.

»Nein.«

»Sie werden uns töten wollen.«

Lady X verzog verächtlich die Mundwinkel. »Vielleicht, aber ich habe ein gutes Gegenmittel. Außerdem kommen wir von Dr. Tod. Das ist etwas ganz anderes.«

»Treiben sie schon lange ihr Unwesen dort?«

»Wenn sie Xorron kennen, sicher.«

Mehr sagte Lady X nicht. Sie konzentrierte sich auf die Fahrt durch den Taunus.

Einen Plan hatte ihnen Dr. Tod mitgegeben. Sie wußten also genau, wie sie an die Ghouls herankommen konnten. Horatio und Hiberno hatten an sich einen ziemlich großen Existenzbereich. Sie hausten unter einem alten Friedhof, von dem sie einen Gang bis hin zu einer Leichengruft gegraben hatten. Den zweien ging es gut. Niemand hatte sie bisher gestört, aber wie Lady X von Dr. Tod erfuhr, waren die Ghouls in letzter Zeit aktiv geworden. Das heißt, sie verhielten sich nicht mehr so vorsichtig und griffen wieder an.

Wahrscheinlich war ihre Sucht ungeheuer stark geworden. Wie dem auch sei, man mußte sich mit ihnen arrangieren, denn Barbara Scott war keine Freundin von Ghouls. Sie mochte die

Dämonen nicht, aber man konnte sich seine Verbündeten nicht aussuchen.

Wie Viola Mandini!

Noch saß sie ahnungslos neben Lady X. Aber Dr. Tod hatte sofort erkannt, daß diese Frau nicht weiter in die Mordliga integriert werden sollte. Obwohl sie auch gemordet hatte, zeigte sie noch Gefühle, und das war schlecht im Geschäft des Schreckens. Deshalb hatte die Scott auch einen klaren Auftrag von ihrem Chef erhalten. Die beiden Ghouls sollten die Auskunft nicht umsonst geben. Ihre Belohnung war Viola Mandini.

Und wie recht Solo Morasso mit seinen Vermutungen gehabt hatte, bewiesen die Worte der Mandini. Sie fand den Todfeind Sinclair sogar ein wenig sympathisch. Nein, das konnte und durfte nicht durchgehen und mußte bestraft werden.

Von diesen Plänen und Gedanken ahnte Viola Mandini natürlich nichts, als sie neben Lady X hockte. Sie war weiterhin der Meinung, daß alles glattlaufen und sie voll akzeptiert sein würde.

Die Närrin!

»Eine Pause könnte ich vertragen«, schlug Viola vor. »Ich habe nämlich Hunger.«

Lady X überlegte. Die Ghouls würden sie sowieso erst bei Anbruch der Dunkelheit treffen. Es war Mittagszeit, und sie verspürte ebenfalls Hunger.

Sie war einverstanden.

Wenige Minuten später hielten sie vor einem Gasthof, dessen Besitzer ein Schild hinausgestellt hatte und darauf sein gutes Essen anpries. Die beiden Frauen kehrten ein. Niemand der wenigen Gäste ahnte, daß er es bei ihnen mit zwei gefährlichen Verbrecherinnen zu tun hatte.

Kein Sonnenstrahl drang in die Tiefe der Erde unter den alten Gräbern. Und dort fühlten sie sich wohl.

Sie waren zufrieden mit ihrem Leben und hatten sich in eine Grotte zurückgezogen.

»Wie geht es dir?« fragte Hiberno.

Sein Bruder Horatio seufzte. »Wunderbar.«

»Ich fühle mich auch wohl.«

»Es waren viele Menschen da«, sagte Hiberno. »Sie haben herumgerätselt, wer den Mann wohl umgebracht haben könnte.«

Horatio lachte glucksend. »Das werden sie nie herausfinden. Wer denkt schon an uns?«

»Das stimmt, Bruder.«

Horatio bewegte sich. Etwas klapperte. Es waren bleiche Knochen, die durch die Bewegung verschoben wurden. Überreste. »Ich habe wieder Spaß am Leben, Bruder, und ich glaube, daß uns das Glück zur Seite stehen wird. Für uns brechen bessere Zeiten an.«

Hiberno fragte: »Woher weißt du das?«

»So etwas spüre ich.«

»Wirklich?«

»Ja, die Zeiten ändern sich. Glaube mir, mein Freund. Wir werden wieder stärker in den Vordergrund treten. Ich habe magische Signale gespürt. Etwas braut sich zusammen.«

Hiberno stieß ein langgezogenes Grunzen aus. »Ich bin sehr gespannt darauf.«

»Ich auch, Bruder...«

Der große Dieb und Einbrecher Harry Hörger wohnte in einem tristen Hinterhaus. Wir hatten seine Bleibe sofort gefunden, aber er war nicht da.

Von den Nachbarn erhielten wir kaum konkrete Hinweise. Man merkte den Leuten an, daß sie mit der Polizei nicht so gern redeten.

»Sollen wir warten?« fragte Will.

Ich blickte auf die Uhr. Es ging bereits auf den Nachmittag zu. Viel Zeit durften wir nicht verlieren, und ich schüttelte den Kopf. »Nein, Will, ich wäre dafür, daß wir fahren. Schließlich liegen noch einige Kilometer vor uns.«

Mallmann gab mir recht. Über eine Außentreppe verließen wir die Bude, durchquerten die enge Einfahrt und gelangten wieder in die schmale Straße, deren Häuser hätten malerisch aussehen können, wenn an den Fassaden was getan worden wäre. So aber wirkte alles ziemlich traurig und verkommen.

In der Nähe des Mantas lungerten einige Typen herum, die den Wagen mit hungrigen Augen betrachteten. Sie hätten ihn wohl gern zerpflückt. Wir stiegen ein, und Will startete.

Während wir durch die Wiesbadener Innenstadt fuhren, fragte mein deutscher Freund: »Hast du eigentlich schon einen Plan, wie du vorgehen willst?«

»Nein.«

»Ich auch nicht. Aber wir müssen die Ghouls finden.«

»Das geht am besten, wenn wir durch die unterirdischen Gänge kriechen.«

Will schluckte. »Ehrlich?«

Ich lachte. »Ja, das habe ich sogar schon hinter mir.« Dabei dachte ich an den Fall der gläsernen Särge, als ich Abbot, einen Leichenbestatter, und Ghouls gejagt hatte.

»Das ist nichts für mich.«

»Weiß ich, Will. Deshalb probieren wir auch eine andere Möglichkeit. Du sagtest, daß es in der Nähe eine alte Burgruine und eine große Gruft geben soll.«

»Richtig.«

»Dann können wir dort unser Hauptquartier aufschlagen.«

»Du sprichst mir aus der Seele, John.«

Die nächsten Minuten vergingen schweigend. Dann hatten wir die Innenstadt und damit den meisten Verkehr hinter uns gelassen und fuhren den Randbezirken der Stadt entgegen.

Ich schaute aus dem Fenster, verdrehte die Augen so, daß ich den Himmel sehen konnte.

Klar war er nicht. Ein leichtes, graues Wolkenband hatte sich wie ein feines Netz vor den Himmel gelegt und ließ den blassen Sonnenball noch fahler erscheinen. Es war wieder kälter geworden. Sicherlich gab es in der Nacht Glatteis.

Kein Vergnügen, bei diesem Wetter unterwegs zu sein. Ich sah die ersten Weinberge des Rheingaus.

»Gefällt es dir?« fragte Will.

»Ja.«

Will Mallmann fuhr sicher. In gefährlichen Kurven zeigte er, daß er ein routinierter Fahrer war, der sich auf sein Können und die Sicherheit des Wagens verließ.

Ich rauchte eine Zigarette und hing meinen Gedanken nach.

Die Gegend wurde einsamer. Es gab weniger Orte, dafür mehr Wald. Auf den flachen Bergkuppen glänzte es noch weiß. Schnee, der liegengeblieben war. Manchmal prasselte Streusalz gegen die Karosserie des Wagens.

Eine scharfe Kurve tauchte vor uns auf. Will senkte die Geschwindigkeit und deutete nach rechts.

»Da liegt die Burgruine«, sagte er.

Ich sah nichts. Wald verdeckte mir die Sicht, über dem ein grauer Himmel lag.

Bald würde die Dämmerung einsetzen, denn es war ein trüber Tag gewesen. Selbst gegen Mittag war es nicht richtig hell geworden.

»Bist du über die Ruine informiert?« fragte ich den Kommissar.

»Wie meinst du das?«

»Wem hat sie gehört?«

Mallmann hob die Schultern. »Keine Ahnung. Es fühlt sich auch niemand dafür zuständig. Zum letztenmal war sie während der amerikanischen Besatzungszeit belegt. Da diente sie als eine Art Hauptquartier. Als die Amerikaner ausgezogen waren, hat sich niemand mehr um das Gemäuer gekümmert. Wandergruppen sind wohl dort hingezogen, das ist auch alles. Allerdings hat man in der Nähe einen der berühmten Grillplätze eingerichtet. Im Sommer herrscht da Betrieb.«

Ich warf Will Mallmann einen schrägen Blick zu. »Und die Ghouls?«

»Wir haben nichts gehört.«

»Na ja.«

Wir durchfuhren ein Dorf. Die Straße wurde in der Ortsmitte sehr eng. Geschäfte, Wohnhäuser zu beiden Seiten, Menschen auf den schmalen Bürgersteigen.

Alles sah normal aus.

Nach dem Ort wurde die Straße breiter. Waldgelände, ansteigend. Zahlreiche Fichten wiegten ihre großen Kronen im Wind.

Will Mallmann blieb noch auf der Straße, bis er in einen schmalen Weg einbog. »Der führt direkt in die Nähe der Burg«, erklärte er mir.

»Und zum Tatort?«

»Auch.«

Der Feldweg testete die Stoßdämpfer des Mantas. Wir wurden ziemlich durchgeschüttelt. Enge Kurven. Zweige wischten über das Wagendach. Es wurde noch dunkler.

Dann sahen wir eine Lichtung. Mallmann lenkte seinen silbergrauen Flitzer nach links. Die breiten Reifen wühlten die weiche, feuchte Erde auf.

Der Kommissar stoppte. »Endstation.«

Wir stiegen aus.

Braunes Gras scheuerte an meinen Hosenbeinen. Die Luft war kalt. Sofort stand der Atem vor meinen Lippen. Ich war froh, die gefütterte Jacke angezogen zu haben.

Vom Rücksitz nahm ich den Einsatzkoffer und klappte ihn auf. Ich gab Will eine mit Silberkugeln geladene Beretta. Ich selbst trug meine Beretta, den Dolch und das Kreuz bei mir. Dann steckte ich mir noch die magische Kreide ein sowie die Dämonenpeitsche, die mir Suko überlassen hatte. Er besaß ja jetzt einen Stab aus dem Erbe des großen Buddha.

»Du hast gut vorgesorgt«, sagte Will.

Ich nickte. »Das muß man auch.«

Will schlug die Tür zu und sah mich fragend an. »Gehen wir zuerst zum Grab?«

»Meinetwegen.«

Der Kommissar schritt vor. Er bahnte sich seinen Weg quer durch das Gelände. Nur gut, daß ich festes Schuhwerk angezogen hatte.

Wege gab es nicht. Oft mußte ich mich ducken, um unter tiefhängenden Zweigen herzulaufen. Es war still in diesem Wald. Unsere Schritte verursachten die einzigen Geräusche. Sie wurden laut, wenn wir über gefrorenen Schnee gingen.

Hin und wieder schreckten wir einen Vogel auf, der hastig einen anderen Platz anflog.

Noch bevor wir das Ende des Waldes erreichten, gestatteten mir die etwas weiter auseinanderstehenden Bäume eine freiere Sicht. Und ich entdeckte den Friedhof.

Er sah wirklich verwahrlost aus. Wie der alte Totenacker, den ich vor kurzem in Soho gesehen hatte, als Glenda Perkins und ich uns gegen die flammenden Augen verteidigen mußten.

Will war stehengeblieben. Er streckte den Arm aus. »Hier ist es passiert!«

Ich nickte. Mein Blick schweifte über den Totenacker. Schief in der Erde stehende Grabsteine, die alle die gleiche Form aufwiesen. An der Oberkante liefen sie rund zu und beschrieben dort einen Halbbogen. Kreuze sah ich nicht, dafür viel hohes Unkraut. Manchmal war es höher als die Steine.

An einigen Stellen war das braune Wintergras geknickt, ein Zeichen, daß hier jemand gegangen war. Der Wind bewegte die Gräser und leichteren Zweige der Unkrautbüsche.

Ein Bild des Jammers bot dieser Friedhof.

»Und wo ist das Grab, in dem die Leiche deines Kollegen gefunden wurde?« fragte ich.

Will Mallmann deutete weiter nach links. Dann ging er vor.

»Wie ist dieser Harry Hörger hierhergekommen?« wollte ich wissen.

»Das haben wir herausgefunden. Mit einem Motorrad. Den Rest der Strecke ist er dann zu Fuß gelaufen.«

Ich lachte. »Er hätte lieber eine Geländemaschine nehmen sollen.«

»Bestimmt.«

Wir gingen zwischen den Grabreihen hindurch. Ein paarmal blieb Will stehen und prüfte durch Tritte die Oberflächenfestigkeit der einzelnen Gräber.

»Warum machst du das?«

Der Kommissar drehte sich um. »Weil Ziegler auf einem Grab eingesackt ist. Könnte ja sein, daß es hier noch mehr dieser heimtückischen Fallen gibt.«

»Klar.«

Die Gräber waren normal. Zwar weich, aber ansonsten hielten sie unserem Gewicht stand.

Schließlich standen wir vor dem bewußten Grab, das Karl Ziegler zur Todesfalle geworden war.

Ich schaute hinein.

»Warte«, sagte der Kommissar und gab mir seine Taschenlampe. Die nahm ich mit, als ich in die Grube sprang, während Mallmann am Rand stehenblieb und mir zusah.

An der Seitenwand entdeckte ich das Loch, das von Will aufgewühlt worden war.

Kein Zweifel, so hausten Ghouls.

Ich ging in die Knie, und sofort fiel mir der widerliche Leichengeruch auf, der in meine Nase drang. Man konnte kaum atmen. Ich hielt die Luft an und hatte das Gefühl, der Ghoul würde irgendwo in der Nähe lauern, so sehr stank es.

Ich knipste die Lampe an und leuchtete in die Öffnung hinein. Der Strahl erhellte den Gang und traf eine Wand. Aber ich sah, daß der Gang links neben der Wand weiterführte.

»Kannst du was erkennen?« rief Will.

»Nicht mehr als du.«

»Kein Ghoul zu sehen?«

»Nein.«

»Und was willst du jetzt machen?« fragte Will.

Ich richtete mich auf und schaute den Kommissar an.

Er las wohl eine Antwort aus meinem Blick und sagte: »Sag nur nicht, daß du in den Gang kriechen willst.«

»Eigentlich schon.«

»Aber das ist doch verrückt.«

»Wie willst du den Ghoul sonst kriegen?«

»Wir könnten ja erst zur Ruine und damit auch zur Gruft gehen«, lautete Wills Gegenvorschlag.

Ich überlegte. Im Prinzip hatte der deutsche Kommissar recht. Aber mir paßte es nicht, jetzt einen Rückzieher zu machen. Andererseits hatte es auch keinen Zweck, hier auf die Ghouls zu lauern. Die konnten sich wer weiß wo versteckt halten.

Ich kletterte aus der Grube.

»Einverstanden?« fragte Will.

»Nicht ganz. Einigen wir uns auf einen Kompromiß.«

»Ich verstehe nicht...«

»Wirst du gleich, Will. Wie weit ist es bis zur Ruine?«

»Ein paar hundert Meter, mehr nicht.«

»Ausgezeichnet. Auf diese Entfernung hin hört man ja einen Schuß. Ich werde zur Ruine gehen, nachdem du mir den Weg erklärt hast, und du bleibst hier am Grab hocken und gibst acht, wenn der Ghoul erscheint. Eine Silberkugel-Pistole hast du. Und deine Schüsse werde ich sicher hören. Treffe ich auf einen Ghoul, dann schieße ich ebenfalls. Abgemacht?«

Will Mallmann verzog das Gesicht, als hätte er in eine Zitrone gebissen. So ganz paßte ihm mein Vorschlag nicht, das war ihm deutlich anzusehen.

»Wir könnten auch tauschen.«

»Nein, ich gehe.«

Will breitete die Arme aus. »Gut, John, überzeugt hast du mich zwar nicht, aber du bist der Gast.«

»Danke.«

Will erklärte mir den Weg. Ich hörte genau zu und speicherte die Angaben des Kommissars in meinem Gehirn. Es war leicht, die Ruine und die Gruft zu finden.

Wir wünschten uns gegenseitig Glück. Dann verschwand ich im Wald, während sich Will Mallmann neben das Grab kauerte.

Horatio stieß seinen Bruder an. »Hörst du es auch?«

»Was?«

»Da sind Schritte!«

Träge drehte sich Hiberno auf die andere Seite. »Ich höre nichts. Du hast dich getäuscht.«

»Nein, aber du hast geschlafen.«

»Ich schlafe nie.«

»Aber da ist jemand.« Horatio blieb bei seiner Meinung.

Jetzt erst bequemte sich Hiberno zu einer Reaktion. Langsam setzte er sich auf.

Beide Ghouls lauschten in der Gruft. Eine schwere Platte verschloß den Eingang. Aber die Platte trug auch den Schall weiter, der die beiden Ghouls aufmerksam gemacht hatte.

Schritte waren zu hören.

Jetzt hörte Hiberno sie auch. »Du hast recht, Bruder«, wisperte das schleimige Gebilde. »Da geht tatsächlich jemand hin und her. Ob er etwas von uns weiß?«

»Glaube ich nicht. Es sei denn, er ist lebensmüde.«

Die beiden Ghouls standen auf. Hiberno hatte inmitten eines

Knochenberges gelegen. Durch heftige Bewegungen sonderte er mehr Schleim ab, der eine rutschige Fläche auf dem Boden der unheimlichen Gruft bildete.

»Du willst also?« fragte Horatio.

»Und wie. Komm, laß uns gehen...«

Die beiden Ghouls freuten sich schon auf das neue Opfer...

Wenn der Sommer den Frühling ablöste und streßgeplagte Großstadtmenschen ins Grüne fuhren, um sich zu erholen, hatten sie es meistens gut. Da waren Wanderwege beschildert und beschriftet, Grillplätze aufgeräumt und wurde auf besonders schöne Aussichtspunkte hingewiesen. Das alles geschah nicht von allein, dafür sorgten die freiwilligen Helfer der Gebirgsvereine oder Wanderklubs.

Ihre Arbeit begann im Winter. Dann machten sie sich auf den Weg, um all das vorzubereiten, was die Touristen hinterher so toll fanden und auch wieder verschmutzten oder sogar zerstörten. Sehr zum Leidwesen der Freiwilligen.

Aber die gaben nicht auf. Jedes Jahr gingen sie in die Wälder, um sie auf den Touristenstrom vorzubereiten. Oft waren es Jugendliche, die solche Aufgaben übernahmen. Sie taten es mit Begeisterung und aus Liebe zur Natur. Die Jungen und Mädchen liebten ihre Umwelt, sie wollten sie nicht verkommen lassen, man konnte ihre Arbeit gar nicht hoch genug einschätzen.

Auch Werner Tonagel und Hermann Deubzer gehörten dazu. Sie waren beide 17 Jahre alt, wohnten am Stadtrand von Wiesbaden und gehörten einem Wanderverein an.

Man hatte sie losgeschickt, um einige Wege im Taunus abzugehen. Sie sollten darauf achten, ob noch sämtliche Papierkörbe vorhanden und auch die Grillplätze in Ordnung waren. Ihnen oblag auch die Kontrolle der Trimmpfade, und die beiden wußten, daß man auf sie setzte. Deshalb nahmen sie ihre Aufgabe sehr ernst und gingen sie mit großem Verantwortungsbewußtsein an.

Sie kontrollierten sorgfältig, und für den heutigen Tag hatten sie sich das Gebiet um die alte Burgruine vorgenommen. Hier gab es einen Grillplatz und mehrere Wanderwege. Beides lag auf einer Anhöhe, wo auch eine Straße vorbeiführte, die allerdings kaum befahren war. Nur im Frühjahr und im Sommer war dort mehr los.

Mit ihren Mopeds waren die beiden jungen Männer bis dicht an das Waldgebiet herangefahren, hatten die Maschinen dort abgestellt und gingen den weiteren Weg zu Fuß.

Zuerst kontrollierten sie zwei Trimmpfade. Hermann reagierte sauer, als er sah, daß eine Holzlatte in der Mitte zerbrochen war. »Sieh dir das an!« schimpfte er. »Diese hirnrissigen Idioten. Vor nichts machen sie halt. Und dann schiebt man uns Jungen immer die Schuld in die Schuhe. Dabei sind es die Alten.«

Werner Tonagel lachte nur. »Was regst du dich auf? Ist doch jedes Jahr das gleiche.«

»Sicher, aber die Leute werden nie vernünftig.«

Werner hob die Schultern. Er holte einen Block aus der Innentasche seiner warmen Jacke und begann, die von ihnen gemachte Entdeckung schriftlich niederzulegen. Werner war der Ruhigere der beiden. Für sein Alter war er ziemlich groß, hatte blondes Haar, das ihm immer in die Stirn fiel, und graue Augen. Er redete nicht viel, denn er überlegte erst und sprach dann.

Sie gingen weiter.

Der Trimmpfad stieg bergan und mündete in einen Waldweg. Sie stellten fest, daß sämtliche Geräte einen neuen Anstrich vertragen konnten. Größere Beschädigungen allerdings fanden sie nicht mehr.

Die jungen Leute wandten sich nach links. Dort lief der Weg in Kehren und Kurven auf den Grillplatz zu, den sie noch kontrollieren mußten. Auch am Weg mußten die Wanderzeichen nachgesehen werden, deshalb wunderte sich Werner, als sein Freund plötzlich scharf rechts abbog und sich in den Wald schlug.

»He, was ist los mit dir?« rief er.

Hermann war stehengeblieben und drehte den Kopf. »Wir kürzen ab, gehen direkt zum Grillplatz und nehmen uns den Weg auf dem Rückmarsch vor.«

»Dann ist es ziemlich dunkel.«

»Ich habe eine Lampe.«

»Wie du willst.« Werner folgte seinem Freund in den Wald hinein. Schweigend marschierten sie los. Hier kamen sie nicht so rasch voran wie auf dem normalen Weg, doch durch die Abkürzung würden sie schon Zeit herausschinden.

Schweigend stapften die beiden jungen Leute durch den Wald. Nur das Geräusch ihrer Schritte war zu hören. Kein Vogel sang. Um sie herum breitete sich eine nahezu fühlbare Stille aus.

»Weißt du eigentlich, daß wir hier durch eine Spukgegend laufen?« fragte Hermann.

»Du meinst die Ruine?«

»Klar, da gehen doch die Geister der Soldaten um. Heißt es.«

Werner nickte. »Sehr richtig. Heißt es. Mehr aber auch nicht. Die Alten reden viel, und man sollte sich daran wirklich nicht stören. Glaub mir.«

»Na ja.«

Werner begann zu grinsen. »Du kommst mir vor, als würdest du diesen Unsinn glauben.«

»Quatsch.« Es klang nicht sehr überzeugend, wie Hermann das sagte, und sein Freund merkte es auch.

»Ja, ja, du glaubst an Geister. Gleich zeigen sie sich und fressen dich.« Er lachte über seinen Scherz.

»Würdest du die Ruine und die Gruft denn betreten?« erkundigte sich Hermann.

»Sicher, warum nicht?«

»Ich auch.«

Jetzt blieb Werner Tonagel stehen. »Ehrlich?«

Hermann hob die Hand. »Großes Ehrenwort.« Am liebsten hätte er das Gegenteil gesagt, aber er konnte sich vor seinem Freund ja nicht blamieren.

»Okay«, sagte Werner Tonagel, »das ist ein Wort. Wir sehen uns die Ruine mal an.«

Sie wichen etwas vom Weg ab, denn der Grillplatz lag weiter westlich.

Beide Jungen waren selbst noch nicht dagewesen. Sie hatten

nur davon gehört. Von den Alten traute sich ja niemand, das Gemäuer zu betreten. Sie hatten zuviel Angst.

»Der Friedhof liegt auch ganz nahe«, meinte Werner so nebenbei.

»Ich weiß.«

»Willst du den auch sehen? Oder gibt es dort keine Geister?«

»Weiß nicht.«

»Dann können wir ja hingehen.«

Hermann schüttelte den Kopf. »Mir ist die Ruine ehrlich gesagt lieber.«

Schon bald lichtete sich der Wald. Die Bäume standen nicht mehr so dicht nebeneinander, ein freierer Durchblick war möglich. Noch hatte die Dämmerung die Tageshelle nicht verdrängt, und die beiden Freunde konnten tatsächlich das alte Gemäuer schon sehen.

Viel stand von der Burg wirklich nicht mehr. Hin und wieder ein Mauerrest, der kaum mannshoch war und einen freien Blick in den ehemaligen Innenhof gestattete.

Dort waren noch einige Gebäude erhalten, auch wenn der Zahn der Zeit an ihnen genagt und das Unkraut die Mauern und Wände zum Teil überwuchert hatten.

In der unmittelbaren Umgebung der Ruine versperrten klotzige Steine den Weg, die von den beiden Freunden überklettert werden mußten. Dann standen sie an der Mauer.

»Willst du immer noch?« neckte Werner seinen Freund.

Hermann stieß ihn in die Seite. »Sicher.« Er hob den Arm und deutete in die Runde. »Hier ist doch alles klar, kein Geist, kein Gespenst. Niemand, der spukt.«

»Noch sind wir nicht drin.«

»Ach, hör auf.« Hermann suchte weiter, stützte beide Hände auf den moosigen Mauerrand und bewegte den Kopf einmal nach links und dann wieder nach rechts.

»Was suchst du denn?« fragte Werner.

»Die Gruft.«

»Unter der Erde!«

»Weiß ich auch«, erwiderte Hermann. »Aber es muß doch irgendwo einen Einstieg geben.«

»Vielleicht innen.«

»Möglich.« Hermann Deubzer flankte mit einem Satz über die Mauer und stand im ehemaligen Innenhof der Burg.

Hier schaute er sich um.

»Geh mal nach links!« rief Werner Tonagel, ebenfalls über die Mauer flankend. »Dieses alte Steinhaus interessiert mich. Sieht wie ein Stall aus.«

»Und da soll die Gruft sein?«

»Weiß ich doch nicht.«

Die beiden Freunde gingen los. Eine Tür hatte das Gebäude nicht. Sie warfen einen Blick ins Innere, konnten aber kaum etwas erkennen, weil es zu dunkel war.

»Nichts zu machen«, meinte Werner.

Sie gingen weiter. Das Hauptgebäude war wirklich nur noch eine Ruine. Zwar stand die Vordermauer, und auch die breite Treppe war erhalten geblieben, doch das Dach hatte den Belastungen der Zeit nicht widerstehen können und war eingefallen. Ein paar dicke Holzbohlen stachen noch wie bizarre Zeugen einer anderen Zeit in den immer dunkler werdenden Himmel.

Vor der Treppe blieben die Jungen stehen. Hermann deutete nach vorn. »Ob wir da mal nachsehen?«

Werner schüttelte den Kopf. »Das ist mir zu gefährlich.«

»Doch Angst vor Geistern?«

»Nein, aber vor Einsturzgefahr.«

Hermann winkte ab. »Hör auf. Das hat hier so lange gestanden und wird uns auch noch überleben.«

»Mensch, das ist Bruch. Hast du denn Tomaten auf den Augen?«

»Ich versuch's trotzdem.«

Hermann wollte gehen, doch Werner hielt ihn fest. »Bleib hier, Mann. Wenn irgend etwas einbricht...«

»Laß mich los.«

Seufzend ließ Werner seinen Arm sinken.

Hermann grinste den Freund an. »Wenn du zu feige bist, kannst du ja hier warten.«

»Das tue ich auch.«

Hermann Deubzer trennte sich von seinem Freund und stieg langsam die Stufen der Treppe hoch. Die sah ziemlich brüchig aus. Zahlreiche Stufenecken gab es nicht mehr. Die Steine sahen aus, als hätte jemand mit Eisenfüßen dagegengetreten.

Doch die Treppe hielt.

Dahinter gähnte der Eingang.

Die Tür war längst zerstört worden und hing nicht mehr in den Angeln. Früher war man direkt in die Halle getreten, das ging leider nicht mehr, denn ein großer Teil des Fußbodens fehlte. Er war in die Tiefe gestürzt und lag dort als Trümmerrest. Wo der Boden noch erhalten war, lagen Teile des Dachstuhls hochkant und quer über- und ineinander verschachtelt, so daß sie einen regelrechten Wirrwarr bildeten – als Holz, Schutt und Staub. Vieles war feucht und modrig, da der Regen ungehindert in die ehemalige Halle hineinfallen konnte.

»Hast du genug gesehen?« rief Werner.

»Nein.«

»Komm trotzdem zurück.«

»Laß mich.«

Werner preßte nach Hermanns Antwort die Lippen zusammen und atmete scharf durch die Nase ein. Die Sache gefiel ihm überhaupt nicht. Er hatte so ein komisches Gefühl. Werner stritt zwar die Existenz von Geistern oder Dämonen ab, trotzdem kam ihm diese verfallene Burgruine nicht geheuer vor.

Irgend etwas Seltsames ging schon von ihr aus, das war nicht zu leugnen.

Zudem wurde es langsam dunkel. Die blasse Sonne war längst verschwunden. Wie ein breites, alles umfassendes Band kroch die dunkelgraue Dämmerung heran.

Bald würde es dunkel sein.

Werner machte einen letzten Versuch. »Wir schaffen unseren Job nicht mehr!« schrie er.

»Dann fahren wir morgen noch mal hierher.« Hermann Deubzer war einfach nicht zu belehren.

Werner wußte nicht, was er tun sollte. Einerseits empfand er wirklich Furcht, etwas, das es bei ihm sonst kaum gegeben hatte, andererseits konnte er seinen Freund nicht im Stich lassen.

Der war aber nicht mehr zu sehen. Hermann Deubzer wurde von der Neugierde gepackt. Er wollte unbedingt die alte Gruft finden und ging davon aus, daß sie irgendwo in der Tiefe liegen mußte. Vorsichtig bewegte er sich am Rand des eingebrochenen Fußbodens entlang. Er konnte einen Blick in die Tiefe und damit in den Keller werfen.

Schaurig war es schon, dort hinunterzuschauen. Der Keller lag tief. Auf seinem Boden glänzten Pfützen. Ein fauliger Gestank drang bis zu dem Jungen hoch. Er sah aber nicht nur Trümmer, sondern dicke Steinwände, die wohl nie im Leben umfallen würden und die Decke an den Seiten noch trugen.

Doch wo befand sich die Gruft?

Hermann dachte schon daran, umzukehren, als ihm einfiel, daß er noch mal von der Tür der gegenüberliegenden Seite in die Tiefe blicken konnte. Von dort hatte er einen ganz anderen Blickwinkel. Allerdings war es nicht einfach und ungefährlich, auf die andere Seite zu gelangen. Er mußte über Schutt und Trümmer klettern.

Hermann warf noch einen Blick zum Eingang. Sein Freund war dort nicht aufgetaucht. Er verstand nicht, daß Werner auf einmal solch eine Angst zeigte.

Der Halbwüchsige konzentrierte sich auf seine vor ihm liegende Aufgabe. Er kletterte den ersten Schuttberg an. Auf dem Geröll lag eine dicke Schicht aus Moos und anderem kargen Pflanzenwuchs. Sogar Gras wuchs schon zwischen den Steinen und Balken. Das gab dem Schutt einen Hauch einer trügerischen Sicherheit.

Auch Hermann fiel darauf rein.

Er wurde unvorsichtiger und dachte: Mir kann schon nichts passieren.

Halt suchte er bei vorspringenden Steinen und Kanten. Dann wurde er sogar so wagemutig, daß er sich zu seiner vollen Größe aufrichtete, die Arme seitlich ausstreckte, um so besser Balance zu halten. Vor sich sah er einen Querbalken. Auf beiden Seiten lag der kopfdicke Balken, er sah ziemlich stabil aus.

Hermann wollte es wagen.

Er federte in den Knien etwas ein, gab sich Schwung und sprang. Die Distanz zu seinem neuen Ziel überbrückte er spielend. Nur hatte er die Witterungsverhältnisse nicht mit einkalkuliert. Er traf den Balken zwar, kam sogar mit beiden Beinen auf, aber das lange Stück Holz war der plötzlichen Last nicht gewachsen.

Es brach.

Das Splittern klang Hermann Deubzer wie eine grelle Musik in den Ohren. Zu seinem Unglück bewegte sich auch noch der Schuttberg unter dem Balken und geriet ins Rutschen.

Nach links, genau der Öffnung zu.

Hermann versuchte, sich zu fangen. Er verlagerte sein Körpergewicht auf die Gegenseite, ruderte dabei mit den ausgestreckten Armen, doch da war nichts mehr, wo er sich festhalten konnte.

Hermann Deutzer rutschte ab.

Das Gestein löste sich unter ihm, der Balken verlor jeglichen Kontakt, und der junge Mann sah die riesengroße Öffnung im Fußboden rasend schnell auf sich zukommen.

Dann fiel er.

Sein gellender Schrei hallte durch die Trümmerruine der alten Burg und verwehte irgendwo unten in den Gewölben als gebrochenes, schauriges Echo...

Werner Tonagel hatte lange genug um seinen Freund gezittert. Er kam sich plötzlich feige vor, denn er stand am Fuße der Treppe und hatte Hermann allein gehen lassen. Und ein Feigling war er noch nie in seinem Leben gewesen. Vor zwei Jahren hatte man ihm sogar eine Rettungsmedaille verliehen.

Er hatte einen kleinen Jungen aus einem Löschteich geholt, in den das Kind gefallen war.

Und hier sollte er kneifen? Auf keinen Fall.

Der 17jährige gab sich einen innerlichen Ruck und stieg die Stufen der Treppe hoch. Nicht schnell, auch jetzt ließ er noch die notwendige Vorsicht walten.

Die Hälfte hatte er gerade hinter sich, als er den gellenden Schrei hörte.

Er schien nicht enden zu wollen, dabei war es nur das Echo, das den Schrei verstärkte.

Werner wurde bleich!

Plötzlich vergaß er die Vorsicht, nahm die restlichen drei Stufen mit einem Satz und blieb abrupt stehen, als er den Rand des eingestürzten Fußbodens erreicht hatte.

»Hermann!« brüllte er und schaute in die Tiefe.

...mann... mann. So antwortete ihm das Echo.

Werner Tornagel ließ sich auf die Knie fallen, rutschte bis zum Rand der gewaltigen Öffnung vor und blickte in den Keller hinab.

Dort lag sein Freund.

Leblos...

Ein heißer Schreck durchzuckte Werner. Hatte sich Hermann bei dem Fall das Genick gebrochen? Das war leicht möglich. Leider war es zu dunkel, um Genaueres erkennen zu können, aber die Vorstellung allein machte Werner bald rasend.

»Hermann!« brüllte er wieder.

Und Hermann rührte sich.

Als das Echo seines eigenen Schreis verhallt war, vernahm Werner Tonagel das Stöhnen. Dann hörte er ein Schimpfwort, und im nächsten Moment richtete sich Hermann auf.

Werner fiel ein zentnerschwerer Stein vom Herzen.

»Bist du okay?« rief er.

Hermann Deubzer drehte den Kopf, und Werner sah das blasse Oval seines Gesichts.

»Ich glaube.«

»Warte, ich hole Hilfe.«

»Nein, nein. Bleib mal.« Hermann versuchte sich aufzurichten. Es klappte sogar. Schließlich stand er, schwankte zwar leicht, konnte aber gehen. Der Junge hatte wirklich ein sagenhaftes Glück im Unglück gehabt.

Er ging ein paar Schritte – und knickte zusammen, wobei ein Schrei über seine Lippen drang.

»Was ist?« rief Werner.

Hermann ließ sich niedersinken. »Mein Fuß, verdammt. Scheint verstaucht zu sein«, keuchte er.

»Und sonst?«

Hermann lachte. »Mann, du hast gut reden. Hab du mal einen verstauchten Fuß.«

»Okay, war nicht so gemeint. Aber wie kommst du hier wieder raus?«

»Weiß ich auch nicht.«

»Ein Seil habe ich nicht. Ich hätte dich sonst hochziehen können.«

»Du kannst ja zurück in die Stadt fahren und dort Hilfe holen«, schlug Hermann vor.

»Nein, das mache ich nicht.«

»Was dann, Mensch?«

»Ich sehe mich hier mal um und werde noch einen anderen Eingang suchen. Da ist bestimmt noch was.«

»Falls er nicht verschüttet ist«, sagte Hermann.

»Du bist doch sonst immer Optimist.«

»Geh schon, Mensch.«

»Und halte dich tapfer!« rief Werner Tonagel. Er warf seinem Freund noch einen Blick zu und konnte nicht ahnen, daß es das letzte Mal sein würde, daß er Hermann so sah...

Der BMW nahm die Steigungen mit Bravour. Er wurde ziemlich schnell gefahren. Es schien, als käme es Lady X auf jede Sekunde an. Zum Glück waren die Straßen nicht verschneit, aber auf den freien Flächen lag noch die weiße Pracht.

»Es wird viel zu früh dunkel«, schimpfte die ehemalige Terroristin und bremste ab, weil sie fast die schmale Abfahrt übersehen hatte, die von der Straße in den Wald führte.

»Ist das der Weg?« fragte Viola Mandini.

»Was denkst du denn?«

»Entschuldigung.«

Wie schon Will Mallmann, nahm auch Lady X die Holperstrecke in Angriff. Sie fluchte über jedes Schlagloch. Verbissen hielt sie das Lenkrad fest und bremste dann so heftig, daß die neben ihr sitzende Viola Mandini in den Gurt geworfen wurde.

»Was ist denn jetzt!« fragte Viola.

»Sieh nach links.«

»Da steht ein Wagen auf der Lichtung. Und?«

»Und, und? Bist du denn blind? Denkst du, das ist normal, hier oben ein Fahrzeug zu finden? Mensch, wir sind am Arsch der Welt. In diese Gegend verläuft sich niemand. Schon gar nicht bei solch einem Wetter. Das hat was zu bedeuten. Los, steig aus.«

Viola Mandini öffnete die Tür und holte ihre Jacke vom Rücksitz. Als sie das Kleidungsstück wegzog, wurde etwas anderes sichtbar.

Eine Maschinenpistole der Marke UZI und ein schwerer Revolver Ruger, der frisch eingefettet war und leicht glänzte.

Lady X nahm beide Waffen an sich. Den Revolver warf sie dann Viola Mandini zu. »Damit kannst du ja hoffentlich umgehen?«

Viola nickte.

Sie schaute auf die schwere Waffe. Ja, so etwas war ihr vertraut. Wie auch eine MPi. Aber darauf verließ sich die Scott. Die Maschinenpistole war gewissermaßen ihr Markenzeichen. Manchmal kam es ihr vor, als wäre ihr diese Waffe mit in die Wiege gelegt worden.

Dumpf schnappten die Türen des Wagens ins Schloß. Die Mandini deutete auf den Manta. »Mich würde mal interessieren, was er hier in der Gegend soll.«

Lady X nickte. Über den Opel zerbrach auch sie sich den Kopf. Es mußte einen Grund haben, daß der Wagen hier stand. Wem gehörte er? Pamela Scott beschloß, noch vorsichtiger zu sein.

Und das sagte sie auch ihrer Kollegin.

»Wir müssen achtgeben. Ich habe das Gefühl, daß sich hier noch ein paar Leute für die Ghouls interessieren.«

»Wie das denn?«

»Warte es ab. Mein sechster Sinn hat mich noch nie getrogen. Der ist geschärft worden.« Sie lachte leise. »Los jetzt, wir sehen uns mal die Gegend an.«

Die beiden Frauen tauchten in den Wald. Sie glichen Partisaninnen, wie sie, schwerbewaffnet, ihren Weg suchten. Lady X ging immer einen Schritt hinter der Mandini. Sie schaute sich nach Gegnern um, suchte Verstecke, aber es blieb ruhig.

Unangefochten durchquerten die beiden Verbrecherinnen das Waldstück. Sie schreckten höchstens ein paar Vögel auf.

»Hast dich wohl getäuscht«, sagte die Mandini.

Lady X schüttelte den Kopf. »Noch ist nicht aller Tage Abend, Viola. Den Friedhof haben wir noch vor uns.«

»Wer sollte sich denn da aufhalten?«

»Rede nicht. Komm weiter.«

Sie sahen den Totenacker. Die Bäume standen nicht mehr so dicht und erlaubten eine etwas freiere Sicht.

Beide blieben stehen.

Lady X lässig, den Kolben der Maschinenpistole gegen die Hüfte gedrückt, aber mit lauernden Augen und gespannten Sinnen. Ihr entging nichts, keine Bewegung.

Diese Frau stand da und witterte wie ein Raubtier.

Viola Mandini hatte sich verkrampft. Man merkte ihr an, daß sie ihre Gefühle noch nicht so sehr unter Kontrolle halten konnte. Sie war einfach zu aufgeregt.

»Nichts zu sehen«, sagte sie.

»Sei ruhig und rede nicht so laut, wenn du etwas sagen willst!« zischte Lady X.

Viola verstummte hastig.

Lady X bedeutete ihr, zurückzubleiben. Sie selbst ging einige Schritte vor und bemühte sich, so wenig Geräusche wie nur möglich zu verursachen. Dabei duckte sie ihren geschmeidigen Körper zusammen und hatte die Augen zu Sicheln verengt.

Gespannt beobachtete die Mandini ihre Kollegin. Insgeheim bewunderte sie die Kaltblütigkeit der Scott. Viola selbst hatte sich immer für abgebrüht gehalten. Als sie Lady X kennenlernte, mußte sie ihre Meinung jedoch revidieren.

Die war hart wie Stahl. Und Gefühle zeigte sie schon überhaupt nicht. Im Unterholz blieb sie hocken und rührte sich nicht. Sie schien irgend etwas entdeckt zu haben, dessen war sie sich sicher. Aber was? Sie selbst konnte nichts erkennen, so sehr sie sich auch anstrengte und ihre Blicke über den Friedhof gleiten ließ.

Schließlich erhob sich Lady X und huschte ebenso leise wieder zurück. »Hör zu«, sagte sie, als sie neben Viola stehenblieb. »Wir sind nicht allein.«

»Was? Wo denn? Ich meine...«

»Halt den Mund und laß mich ausreden!« zischte die Scott. »Da hockt jemand auf dem Friedhof. Irgendein Kerl. Ich habe ihn nur einmal gesehen, bin mir aber sicher, daß ich ihn nicht kenne. Wenigstens nicht persönlich. Zudem sah ich ihn auch nur von hinten. Mein Plan ist folgender. Du, Viola, wirst den Friedhof betreten und gehst einfach auf den Mann zu. Tust völlig harmlos, redest mit ihm, lenkst ihn ab, während ich mich anschleiche. Und dann«, die Scott deutete nickend auf die Maschinenpistole, »werden wir weitersehen. Hast du alles begriffen?«

»Ja.«

»Mach ja keine Fehler. Und steck die Waffe weg. Die braucht der Kerl nicht zu sehen.«

»Du kannst dich auf mich verlassen.« Viola Mandini steckte den Revolver am Rücken zwischen Gürtel und Pullover. Sie lächelte der Scott noch einmal zu und ging los.

Wohl war ihr nicht, aber sie brauchte die Sache ja nicht allein durchzuziehen. Sie wußte die Scott in ihrem Rücken, und das war gut so.

Allerdings konnte sie ein leichtes Herzklopfen nicht vermeiden, als sie den schützenden Wald verließ. Das war der Streß, unter dem sie in den letzten Wochen des öfteren gelitten hatte. Mit dem ruhigen Leben war es nach dem Fall in der Geisterbahn vorbei. Viola und ihr toter Bruder Ennio waren Kinder des Teufels, der mit ihrer Mutter gebuhlt hatte.

Deshalb hoffte sie, daß Satan seine schützende Hand über sie legen würde.

Der Friedhof sah wirklich wüst aus. Da gab es keinen Grabstein, der nicht schief im Boden stand. Auch wucherte das Unkraut hoch, man konnte sich gut verstecken.

Hier sollten die beiden Ghouls hausen. Ein wirklich gutes Versteck, fand die Mandini.

Sie bemühte sich nicht, möglichst leise zu sein, der Kerl sollte merken, daß jemand kam.

Und er merkte es auch.

Will Mallmann war nicht nur am Grab hocken geblieben, er hatte auch hin und wieder eine kleine Runde um die alten Gräber gedreht. Einmal hatte er sogar geglaubt, einen Automotor zu hören, es jedoch hinterher als Täuschung abgetan.

Und dann sah er die Frau.

Sie tauchte wirklich wie ein Geist zwischen den hohen Grabsteinen und dem Unkraut auf. Mit nahezu lasziver Lässigkeit bewegte sie sich voran. Den Reißverschluß der Jacke hatte sie geöffnet, und Will konnte erkennen, welch eine provozierende Figur die Frau da zur Schau trug. Das war wirklich ein Rasseweib. Die langen roten Haare wurden vom Wind bewegt und flatterten wie eine Fahne.

»Hi«, sagte sie, als sie vor dem Kommissar stehenblieb.

Will sprach sie an. »Haben Sie sich verlaufen?«

Die Rothaarige antwortete in Englisch. »Vielleicht. Ich wollte einen Spaziergang machen.«

Mallmann schaltete auch auf die andere Sprache um: »Es ist seltsam, daß man sich um diese Zeit auf einem alten Totenacker verläuft. Wie kommen Sie hierher?«

Viola hob die Schultern. »Ich mache hier in der Gegend Urlaub. Bei Verwandten.«

»Und dann zieht es Sie auf einsame Friedhöfe?« Längst war Wills Mißtrauen geweckt. Er hatte die Frau zwar noch nie gesehen, aber er ahnte, daß mit ihr etwas nicht stimmte. Jetzt fiel ihm auch wieder das ferne Geräusch des fahrenden Wagens ein, das er gehört hatte. Es war also keine Täuschung gewesen.

Viola senkte den Blick. »Nein, auf einen Friedhof wollte ich nicht. Aber meine Schwester hat mir von dieser Ruine erzählt, die hier in der Nähe liegen soll. Ich fand sie nicht und bin hier auf dem Friedhof gelandet.«

»Das soll ich Ihnen glauben?«

»Warum nicht? Ich frage Sie ja auch nicht, was Sie hier wollen. Jeder kann doch hingehen, wo er will. Deutschland ist ein freies Land. Das sagt immer meine Schwester, die mit einem Deutschen verheiratet ist.«

Die Lüge rutschte der Mandini so glatt über die Lippen, daß sie sich vor lauter Lob hätte selbst auf die Schulter schlagen können. Damit täuschte sie sogar einen alten Fuchs wie Kommissar Mallmann. Er fiel auf Viola rein.

»Na ja«, sagte er lächelnd, »kann ja mal passieren. Aber Sie sollten sich trotzdem vorsehen. Dieser Friedhof ist wirklich nicht ungefährlich, Miss.«

»Wenn Sie doch bei mir sind«, erwiderte Viola mit rauher Stimme. In ihr lag ein Timbre, das seine Wirkung auch bei Will Mallmann nicht verfehlte.

»Nun, ich, also, ich habe andere Aufgaben zu erfüllen«, sagte der Kommissar.

»Welche denn?« Viola stellte die Frage und schaute dabei an

Mallmann vorbei. Sie hatte Mühe, ein triumphierendes Lächeln zu unterdrücken, denn sie sah, daß sich Lady X schon ziemlich nahe an den Mann heranbewegt hatte.

Lautlos, versteht sich. Und die Maschinenpistole hielt sie schußbereit.

Viola überlegte fieberhaft, wie sie das Gespräch in Gang halten konnte. Ihr fiel auch etwas ein.

»Dann können Sie mir den Weg zur Ruine wohl auch nicht zeigen, Mister? Oder?«

»Nein.«

»Muß ich allein gehen?« Viola zog einen Schmollmund wie damals die Bardot zu ihren Glanzzeiten.

»Sie sollten gar nicht gehen«, schlug Will Mallmann vor. »Es wird schon fast dunkel. Außerdem ist es gefährlich, die Ruine zu betreten, habe ich mir sagen lassen.«

»Wieso?« Viola riß die Augen auf und schaute Will mit einem unschuldigen Blick an, während sich hinter dem Rücken des Kommissars Lady X langsam aufrichtete.

Sie war nur noch vier Schritte entfernt.

Will hob die Schultern. »Na ja, die Ruine ist eine Trümmerlandschaft. Alles nur Bruch. Man kann leicht einen Fehltritt machen und irgendwo reinstürzen. Das lohnt sich wirklich nicht. Setzen Sie sich wieder in Ihren Wagen und fahren Sie wieder ab.«

Viola hob die Schultern. Die Stirn legte sie dabei in Falten und tat, als müßte sie überlegen.

»Es ist wirklich besser«, drängte Will Mallmann.

Das war der Augenblick, auf den Lady X gewartet hatte. Einen Schritt ging sie noch vor, dann sagte sie mit klirrender Stimme: »So, du Ratte, wenn du nur eine falsche Bewegung machst, bist du ein toter Mann. Rühr dich nicht!«

Will Mallmann versteifte...

Hermann Deubzer hatte sich wieder hinsetzen müssen. Sein linker Fuß schmerzte zu stark, und der Knöchel wurde immer dicker. Hermann konnte dabei zuschauen, wie er anschwoll.

»Scheiße!« schimpfte der Junge, winkelte das Bein an und rollte den Socken nach unten.

Verfärbt hatte sich der Knöchel auch, das konnte er selbst bei diesem miesen Licht erkennen. Nein, da war nichts zu machen. Er mußte schon auf Hilfe warten.

Aber auf Werner Tonagel war zum Glück Verlaß. Er würde sicherlich dafür sorgen, daß bald Hilfe eintraf. Bis es soweit war, mußte Hermann eben hier sitzen bleiben.

Still war es nie.

Irgend etwas knackte und knarrte immer. Steine und Holz waren mit ihm zusammen in die Tiefe gefallen, wobei Hermann noch Glück gehabt hatte, daß er nicht getroffen worden war. Die Steine waren weiter rechts zu Boden gekracht, ein paar hatten ihn zwar gestreift, doch dieser Schmerz ließ sich verkraften.

Mit dem Knöchel sah es schon wesentlich schlimmer aus. Zudem breitete sich der Schmerz auch aus. Er blieb nicht allein auf den Fuß konzentriert, sondern zog hoch bis in die Wade. Es war Hermann unmöglich, zu gehen.

Doch das wollte er nicht wahrhaben. Nach einem zweimaligen Versuch gelang es ihm, sich auf die Füße zu stemmen. Das heißt, auf einen Fuß. Als er den linken belastete, brach er mit einem Schrei auf den Lippen zusammen.

Hart fiel er hin, hatte dabei sein linkes Bein angewinkelt, und der Schmerz trieb ihm sogar das Wasser in die Augen. Warum mußte er auch solch ein Pech haben!

Er hätte dieses verdammte Gemäuer eben nicht betreten sollen. Nun war nichts mehr zu ändern.

Hermann hatte sich gedreht. Er schaute jetzt nicht mehr dorthin, wo der Schutt lag, sondern auf die feucht glänzenden, dicken Steinmauern, die einen Großteil der Decke trugen.

Und seine Augen hatten sich inzwischen an das Licht gewöhnt, so daß er gewisse Einzelheiten erkennen konnte.

Ihm fiel auf, daß sich innerhalb des Bodens eine Steinklappe befand.

Wie eine Falltür, dachte er, und er sah auch den eisernen Ring, der an der Klappe befestigt war.

Die Gruft fiel ihm wieder ein!

Lange genug hatte er den Zugang gesucht, und plötzlich glaubte er, den Eingang zur Gruft vor sich zu sehen.

Hermann überlegte.

Sollte er wirklich versuchen, zur Platte hinzurobben und sie dann anheben? Es wäre eine Möglichkeit, sich die Zeit zu vertreiben. Andererseits sah das Ding so schwer aus, daß es wohl unmöglich sein würde, es in die Höhe zu wuchten.

Hermann wurde von seinen Gefühlen hin- und hergerissen. Angst stand gegen Neugierde.

Wer siegte?

Die Vernunft. Hermann sagte sich, daß er es allein nicht schaffen konnte. Wenn Werner hiergewesen wäre, sähe das alles ganz anders aus. Zu zweit hätten sie es vielleicht geschafft. Aber allein war das wohl nicht möglich.

Er mußte warten.

Hermann lehnte sich etwas zurück und versuchte, eine entspanntere Haltung anzunehmen. An den Schmerz in seinem Fuß wollte er nicht denken, aber es fiel ihm verdammt schwer, weil das Stechen, Pochen und Hämmern zu stark war. Es befand sich auch kein Wasser in der Nähe, wo er seinen Knöchel hätte kühlen können. Er mußte eben sitzenbleiben und leiden.

Er schaute auf seine Uhr.

Wieviel Zeit genau vergangen war, konnte er nicht sagen, da ihm eine Vergleichsmöglichkeit fehlte. Er hatte nicht auf die Uhr gesehen, aber es war inzwischen fast dunkel geworden.

Hermann schaute noch oben, wobei er den Kopf in den Nacken legen mußte.

Deutlich hob sich das Loch ab, wo die Decke eingestürzt war. Bizarr und verkantet wirkte es an den Rändern. Von hier unten sah es schlimm aus, und Hermann fragte sich zum wiederholten Male, warum er das Risiko überhaupt eingegangen war.

Da hörte er ein Geräusch.

Sofort saß er stocksteif und lauschte, ob sich das Kratzen und Knirschen wiederholen würde.

Ja, es klang noch einmal auf.

Und diesmal wußte Hermann, wo es hergekommen war.

Die Steinplatte hatte sich bewegt!

Aber wer tat das? Da mußte jemand von unten gegengestoßen sein. Ob Werner vielleicht einen Weg in die Tiefen des Schloßverlieses gefunden hatte und jetzt gegen die Steinplatte drückte?

Nein, das schaffte er nicht. Werner besaß einfach nicht soviel Kraft, um die quadratische Platte heben zu können.

Da – wieder das häßliche Knirschen.

Wie angeleimt saß Hermann auf seinem Platz und starrte mit hervorquellenden Augen auf die Platte, die nicht nur bewegt, sondern sogar höher gedrückt wurde.

Ein kleiner Spalt lag frei. Und zwischen Spalt und Platte schob sich etwas hervor. Etwas Schleimiges, Glitschiges, das entfernt an einen Arm erinnerte oder an eine Hand, denn vorn bewegten sich fünf klumpenartige Noppen, die den Vergleich mit Fingern durchaus standhielten.

Welch ein Wesen mochte dort hausen?

Hermann Deubzer verging fast vor Angst. Er hatte das Gefühl, sein Rückgrat würde sich in eine Eisstange verwandeln. Er war plötzlich unfähig, sich zu bewegen, die nackte Angst hielt sein Herz wie mit Riesenhänden umklammert.

Wie hatten die Leute noch erzählt?

In dieser Ruine würde das Grauen wohnen. Ja, sie hatten völlig recht, das Grauen wohnte hier. Keine Gespenster oder Geister, sondern ein schleimiges Ungeheuer, das seinen Platz in den Tiefen des Burgverlieses hatte.

Die Steinplatte bewegte sich weiter nach oben. Eine große Kraft mußte in dem Ungeheuer stecken, das so etwas schaffte. Schon bald stand sie hochkant und kippte an der anderen Seite zurück.

Eine Öffnung lag frei!

Aus ihr stieg der Ghoul.

Hermann Deubzer konnte ihn noch nicht richtig erkennen, aber er nahm den penetranten Leichengeruch wahr, der ihm entgegenwehte. Noch nie in seinem Leben hatte er so etwas gerochen, und es wurde ihm regelrecht übel.

Hermann hatte Mühe, sich nicht zu übergeben. Er schluckte, atmete durch die Nase und zitterte wie Espenlaub. Seine Zähne klapperten aufeinander, als er zusah, wie sich der Ghoul mit seinem gesamten Körper aus der Luke schob.

Der Dämon war nur ein widerliches, schleimiges Etwas, aufgequollen, aufgedunsen, in seiner Urgestalt vor dem Jungen stehend, wobei Hermann die Andeutung eines Gesichts bei diesem schrecklichen Wesen erkannte.

Mehr aber nicht.

Der Ghoul war erregt. Er sonderte Schleim ab, der sich auf dem Boden ausbreitete und wie eine zähe Masse hinter ihm herfloß, als er sich auf Hermann zubewegte. Seine Gestalt wirkte fast durchsichtig. Hermann glaubte, die Adern hinter der wie Glas wirkenden sirupartigen Masse zu erkennen, das Zucken und Pulsieren, und er hörte auch die schmatzenden, gurgelnden Laute, die ihm dieser Ghoul entgegenschleuderte.

Seine Angst steigerte sich noch mehr.

Normalerweise wäre er weggelaufen, aber durch den Fall hatte er sich nun mal den Fuß verstaucht, so mußte er bleiben und sich dem Wesen stellen.

Hermann Deubzer wußte genau, daß der Ghoul ihn töten wollte. Solch ein Monster ließ keine anderen Lebewesen in Ruhe. Das war ihm mit erschreckender Deutlichkeit klargeworden.

»Weg!« keuchte er. »Geh doch weg!«

Der Ghoul hörte nicht, er kam näher. Das Opfer war ihm sicher. Auch Hiberno, der noch nicht erschienen war, würde sich darüber freuen. Sie hatten wieder einen.

Hermann war sich darüber klar, daß er etwas unternehmen mußte. Er durfte nicht so hockenbleiben. Er wollte und mußte sich wenigstens wehren.

Aber wie?

Er hatte keine Waffe. Doch da fiel ihm sein Messer ein, das er immer bei sich trug. Es war ein Fahrtenmesser und hatte ihm auf seinen Waldspaziergängen schon des öfteren gute Dienste erwiesen. Es steckte im Gürtel.

Fieberhaft tasteten Hermanns Hände nach dem Messer, fanden den Griff und zogen die Klinge aus der Schneide.

Dem Jungen war jetzt etwas wohler, obgleich er nicht daran glaubte, daß er dieses Wesen mit einem Messer besiegen konnte. Er wechselte es in die linke Hand, beugte sich nach rechts und stützte sich auf. So konnte er auf die Beine kommen.

Dabei bemühte er sich, das Gewicht nur nicht auf den linken Fuß zu verlagern, was ihm auch gelang.

Er nahm das Messer wieder in die Rechte.

Hart umklammerte seine Hand den Griff aus Hirschhorn. Er war ein wenig in die Knie gegangen, hatte sich auch dabei zur Seite geneigt und berührte nur mit der linken Schuhspitze den Boden.

So erwartete er den Ghoul.

Der kam. Er wälzte sich irgendwie träge heran, sonderte dabei immer mehr Schleim ab und stieß schmatzende Laute aus.

Da stach Hermann zu.

Leicht drang die Klinge in den schleimigen Körper und verschwand darin. Hermann sah sie sogar noch durch die Haut schimmern, aber sie erzielte keine Reaktion. Der Ghoul zuckte weder zurück, noch krümmte er sich. Er ging einfach weiter.

Trotz des in seinem Körper steckenden Messers!

Als wäre der Griff glühend heiß, so hastig ließ Hermann ihn los. Er war geschockt, wußte nicht mehr, was er tun sollte, und sah mit Schrecken das im Körper des Ghouls steckende Messer.

Er wich zurück.

Dabei achtete er nicht auf sein Bein, belastete den linken Fuß, und der stechende Schmerz breitete sich schnell wie ein Blitzstrahl in seinem Körper aus.

Hermann Deubzer konnte die Balance nicht mehr halten, verlor das Gleichgewicht und fiel nach hinten. Hart kam er auf, kippte noch weiter und schlug mit dem Hinterkopf gegen einen aus dem nach unten gefallenen Schutt hervorstehenden Stein.

Etwas zerplatzte vor seinen Augen. Sekundenlang hatte er das Gefühl, überhaupt nicht mehr da zu sein.

Da warf sich der Ghoul auf ihn. Er fiel sogar langsam, wie in Zeitlupe, dafür aber zielsicher, und Hermann gelang es nicht mehr, sich zur Seite zu drehen.

Der Ghoul drückte ihn zu Boden.

Hermann schrie.

Er schlug mit beiden Fäusten nach dem Wesen, traf es auch, und er sah, wie seine Hände in der schleimigen Masse versanken. Er hatte Mühe, sie herauszuziehen.

Der Gestank wurde unerträglich. Hermann wehrte sich verzweifelt, als er merkte, wie der Ghoul ihn wegziehen wollte. Irgendwie gelang es ihm, das Stück eines Balkens zwischen die Finger zu kriegen. Damit schlug er zu.

Es waren wilde Schläge, die er gegen den Körper des Ghouls wuchtete. Er hörte das Klatschen und stellte mit Entsetzen fest, daß auch das Holz im Schleim versank.

Nein, so hatte er keine Chance. Gegen die Kräfte dieses Monsters kam er nicht an.

Der Ghoul packte jetzt richtig zu und zog Hermann über den Boden auf die Öffnung zu.

Der Junge sah es mit Entsetzen. Er konnte sich aber nicht dagegen wehren.

Er hatte die Leichengruft finden wollen, nun bekam er sie zu sehen. Und aus der Öffnung sah er plötzlich eine zweite Gestalt steigen, die der ersten aufs Haar glich.

Jetzt rettete ihn nichts mehr.

Hermann Deubzer begann zu schreien...

Ich hatte mich, wie man so schön sagt, in die Büsche geschlagen. Wo ich den Wald durchqueren wollte, wuchs das Unterholz ziemlich dicht, war sperrig und zerrte an meinen Beinen. Ich mußte mir den Weg regelrecht freibahnen und -stampfen.

Im Wald ging es besser. Zwischen den Bäumen fand ich oft genügend Platz, um mich vorbeischlängeln zu können. Will Mallmann hatte mir die Richtung genannt, die ich gehen mußte. Den Weg wollte ich auf jeden Fall einhalten.

Mir war es jetzt schon zu dunkel. Viel würde ich in der alten Ruine nicht mehr erkennen können. Zum Glück trug ich eine Lampe bei mir.

Manchmal mußte ich auch geduckt gehen. Dabei hielt ich meine angewinkelten Arme vor den Kopf, um mich gegen die sperrigen Zweige zu schützen.

Ich hoffte natürlich sehr, daß ich den Ghoul packen konnte. Von einem zweiten hatte ich ja zu dem Zeitpunkt gar keine Ahnung. Ghouls waren für mich die schlimmsten Dämonen. Ich wäre um den halben Erdball geflogen, um einen von ihnen zu kriegen.

Der Wald lichtete sich.

Praktisch im letzten Licht des schwindenden Tages sah ich die Ruine der Burg.

Da war nicht mehr viel zu machen.

Ich blieb stehen und schaute mir die eingestürzten Außenmauern an. Irgendwann würde der Wald so weit vorgewachsen sein, daß er die Mauer überwucherte.

Ich flankte über ein kniehohes Stück Mauerwerk und stand im Innenhof der ehemaligen Burg.

Auch hier sah es nicht besser aus.

Überall lagen die Trümmer herum, große Steine, mit Moos bewachsen, grünlich schimmernd. Das Gras wuchs kniehoch und streichelte meine Hosenbeine.

Langsam ging ich weiter.

Oft drehte ich mich um, schaute nach rechts, links, nach vorn und hinten.

Von einem Ghoul keine Spur.

Ich roch auch nichts, denn der Gestank dieser Wesen war ja immer eine gute Spur.

Langsam ging ich weiter. Meine Füße knickten das hohe Gras. Dann sah ich eine Treppe, die zu meiner großen Überraschung noch heil geblieben war. Sie führte geradewegs auf den Haupteingang des Schlosses zu. Eine Tür war natürlich nicht vorhanden, statt dessen gähnte dort ein großes Loch.

Ich schaute an dem Eingang vorbei und sah noch einige Nebenbauten, die ebenfalls die Zerstörung überstanden hatten. Wo sollte ich anfangen und suchen?

Der Eingang zur Gruft konnte sich sowohl außen als auch innen befinden. Da gab es keine bestimmten Regeln. Ich knipste die Lampe an und leuchtete vor mir den Boden ab, wobei ich langsam im Kreis ging. Je mehr Zeit verging, um so größer wurden meine Kreise. Der gebündelte Lampenstrahl stach wie ein Speer dem Boden entgegen. Käfer krabbelten aus dem Lichtkreis, dann huschten zwei Waldmäuse davon, aber einen Einstieg in die Gruft entdeckte ich auf dem Schloßhof nicht.

Pech.

Ich blieb stehen und lauschte dem Raunen des langsam aufkommenden Abendwinds. Er fuhr durch die entlaubten Kronen der Bäume und regte zahlreiche Zweige und kleinere Äste zu Verneigungen an.

Natürlich konnte ich um das Schloß herumgehen und mir die Rückseite vornehmen, aber dazwischen lag ja noch das halbzerstörte Innere. Vielleicht sah ich dort etwas. Manchmal findet ja auch das blinde Huhn ein Korn.

Ich fand zwar kein Korn, hörte aber den gellenden Angstschrei. Ohne lange zu überlegen, wußte ich, wo er aufgeklungen war.

Im Schloß.

Ich rannte los!

Möglicherweise war die Treppe brüchig, vielleicht hielt sie meinem Gewicht nicht stand, aber das war mir jetzt egal. Ein Mensch hatte geschrien, jemand befand sich in Lebensgefahr, und da mußte ich helfen. Koste es, was es wolle.

Ich nahm die Treppe mit zwei gewaltigen Sätzen, wobei ich meinen Körper streckte wie ein Weitspringer.

Und ich hatte Glück.

Die Stufen hielten.

Ein weiterer Schritt. Im nächsten Augenblick übertrat ich die Schwelle und blieb wie angewurzelt stehen, wobei ich noch wild mit den Armen ruderte, um das Gleichgewicht zu behalten.

Vor mir gähnte die Tiefe.

Ein gewaltiges Loch befand sich im Boden, durch das ich in den Burgkeller starren konnte.

Zuerst war nichts zu sehen, weil ich mich an die Lichtverhältnisse gewöhnen mußte. Ich konnte sowieso nur Schemen erkennen. Aber irgendwelche Gestalten bewegten sich dort.

Ich nahm die Lampe, schaltete sie ein und ließ den Strahl wandern. Er reichte zum Glück bis zum Boden, riß dort Staub, Dreck und Trümmer aus der Dunkelheit. Als ich ihn weiterschwenkte, hatte ich das Gefühl, einen Stromstoß zu erhalten. Gleichzeitig erklang wieder ein gellender Schrei.

Ausgestoßen worden war er von einem jungen Mann, der sich in den Klauen eines widerlichen schleimigen Monsters befand, das ihn auf eine im Boden befindliche Öffnung zuzerrte.

Da hatte ich den Ghoul vor mir!

Aber ich sah noch mehr. Aus der Öffnung war ein zweiter Ghoul gekrochen. Seine langen Arme hielt er ausgestreckt, um seinen Artgenossen zu unterstützen.

Der Junge hatte keine Chance. Die Ghouls waren zu stark und hatten ihr Opfer schon bis an die Öffnung vorgezogen, wo er jetzt mit dem Oberkörper eintauchte.

Sein Schreien wurde dumpfer.

Natürlich hielt ich in der rechten Hand die Beretta. Ich hatte sie sofort gezogen, aber ich konnte nicht schießen, wenn ich den Jungen nicht gefährden wollte.

Ich mußte ihn den Ghouls lassen.

Einen Atemzug später waren sie verschwunden. Zurück blieb die viereckige Öffnung, die mich an den Einstieg in die Unterwelt erinnerte.

Fest stand, daß ich versuchen mußte, den Jungen zu retten. Doch welche Möglichkeiten hatte ich?

Ich schaute nach unten und schätzte die Entfernung ab.

Vielleicht sechs Yards?

Keine gewaltige Entfernung, aber der Boden war hart, nicht nachgiebig. Wenn ich aufkam, würde ich den Aufprall bis in den letzten Knochen spüren.

Und doch gab es keine andere Alternative. Einen bequemeren Weg zu suchen, dafür hatte ich keine Zeit. Ich lief nur ein paar Schritte zur Seite und stellte mich dorthin, wo ich unten eine freie Fläche fand, die nicht von irgendwelchen Schuttresten überladen war.

Beretta und Taschenlampe steckte ich weg. Noch einmal tief durchatmen, Absprung.

Ich fiel.

Meinen Körper zog ich zusammen, und schon erfolgte der Aufprall. Er war wirklich hart. Es schmerzte im Kopf. Ich warf mich nach vorn, vollführte eine Rolle und kam tatsächlich wieder gut auf die Beine.

Zwei Sekunden später stand ich an der Öffnung und leuchtete hinein.

Keine Spur von den beiden Ghouls und ihrem Opfer. Aber ich

roch sie. Dieser penetrante Gestank wies mir den Weg, den ich gehen mußte...

Will Mallmann hütete sich, eine falsche Bewegung zu machen. Die Stimme der Frau hatte so kalt geklungen, daß Will ihr durchaus die Drohung abnahm.

Äußerlich blieb er gelassen, doch innerlich ärgerte er sich, den beiden Weibsleuten auf den Leim gegangen zu sein. Die Rothaarige vor ihm grinste frech. Sie griff jetzt unter ihre Jacke und holte einen schweren Revolver hervor. Mit der Mündung zeigte sie auf Wills Brust.

Der Kommissar fragte sich, was zwei bewaffnete Frauen um diese Zeit und in dieser Gegend suchten. Sollten sie ebenfalls hinter einem Ghoul hersein?

Daran wollte Mallmann nicht glauben.

Sekunden vergingen. Der Kommissar hörte hinter sich die raschelnden Geräusche, als die Frau durch das hohe Gras schritt. Dann klang der Befehl auf.

»Dreh dich um!«

Mallmann gehorchte. Obwohl er vor Neugierde nahezu platzte, hütete er sich, eine allzu schnelle Bewegung zu machen, die die Frau falsch hätte verstehen können.

Will Mallmann wandte sich praktisch auf den Absätzen um.

Dann starrten sie sich an.

Es war noch hell genug, um zu erkennen, wer da vor dem Kommissar mit schußbereiter UZI stand.

Pamela Scott, alias Lady X!

Persönlich war Mallmann der Frau noch nie begegnet, aber er hatte Fahndungsfotos von ihr gesehen. Deshalb wußte er genau, wen er da vor sich hatte.

Hatte er vorhin nur ein wenig Furcht verspürt, so steigerte sich diese jetzt. Will kannte die Gnadenlosigkeit und Brutalität dieser Frau nur zu gut. Er wußte, daß es ihr nichts ausmachte, einen Menschen zu töten. Sie war ebenso schlimm wie ein Dämon, weil sie keine Gefühle mehr besaß.

Nur – wie kam sie hierher und vor allen Dingen, was hatte sie hier zu suchen? Das Kommen dieser beiden Frauen mußte einen

Grund gehabt haben, freiwillig hatten sie die Reise von der Insel sicherlich nicht auf sich genommen.

Wenn jetzt John hier wäre, dachte Mallmann, aber mit einer schnellen Rückkehr konnte er nicht rechnen.

Lady X sah Mallmann an. Scharf und lauernd glitt ihr Blick von seinem Kopf hinunter bis zu den Fußspitzen, sie prägte sich jedes Detail ein, wobei sie ihre Augen zu Sicheln verengt hatte. Sie schien unsicher zu sein, was ihre erste Frage auch bewies.

»Kennen wir uns eigentlich?«

»Ich hatte noch nicht das zweifelhafte Vergnügen«, erwiderte Will Mallmann spöttisch.

Lady X zuckte kurz zusammen. Sie fühlte sich auf den Arm genommen.

»Glauben Sie nur nicht, daß wir hier Räuber und Gendarm spielen, Meister. Wenn Sie noch einmal solch eine dumme Antwort geben, schieße ich Ihnen das Gehirn aus dem Schädel. Klar?«

»Sicher!«

»Okay. Dann auf die Knie!«

»Was soll ich?«

»Auf die Knie mit dir, verdammt. Ich will dich da unten sehen, du Bastard.«

»Aber ich...«

»Viola!«

Die Rothaarige hörte den Ruf und wußte genau, was sie zu tun hatte. Sie trat vor, und im nächsten Augenblick spürte Will den Druck der kalten Mündung im Nacken.

»Willst du jetzt?«

Dem Kommissar blieb nichts anderes übrig, als dem Befehl der ehemaligen Terroristin Folge zu leisen.

Er kniete sich hin und spürte unter seinen Handflächen das kalte, nasse Gras. Wenigstens war der Druck der verdammten Revolvermündung verschwunden.

Sekundenlang geschah nichts. Dann hörte Will wieder die Stimme der Scott.

»Irgendwie, Freund, kommst du mir bekannt vor. Ich weiß nur noch nicht, wo ich dich hinstecken soll.«

»Bestimmt trägt er Papiere bei sich«, sagte die Rothaarige. »Soll ich mal nachsehen?«

»Ja, tu das. Und du rühr dich nicht!«

Das lag auch nicht in Wills Absicht. Wenn er hochschielte, sah er das dunkle Mündungsloch dicht über seiner Stirn. Ein verdammt eisiges Gefühl für ihn.

Dann spürte er die Frauenhände an seinem Körper. Sie tasteten sich vor und fanden auch, was sie suchten.

Zuerst die Beretta.

»Ha«, lachte die Rothaarige, »der hat eine Kanone.«

»Mach weiter!« forderte Lady X.

Natürlich fand Viola Mandini auch die Brieftasche des Kommissars. Sie klappte sie auf, und dabei fiel ihr Blick direkt auf den Führerschein und den Ausweis.

»Ein Bulle!« stöhnte sie.

Lady X lachte kalt. »Habe ich mir fast gedacht. Und wie heißt unser Freund?«

»Will Mallmann!«

Jetzt kam es darauf an. Kannte die Frau Wills Namen, oder kannte sie ihn nicht?

Sekundenlang geschah nichts. Dann hörte der Kommissar ein leises, triumphierendes, aber auch gefährliches Lachen. »Will Mallmann vom deutschen BKA. Spezialist für Terroristenbekämpfung, der schon lange auf der Abschußliste einiger Gruppen steht. Außerdem ist er ein Freund von John Sinclair, diesem Hund!«

Plötzlich klirrte ihre Stimme vor Haß, und in einem Anfall von Wut trat sie zu.

Der Schmerz wühlte in Wills Gesicht. Lady X hatte mit ihrem Schuh seine Nase getroffen. Will flog zurück und blieb neben einem Grab im feuchten Gras liegen.

Er spürte, wie das warme Blut aus einer Nase lief und die Lippen benetzte.

Instinktiv hatte er seinen Körper zusammengekrümmt, doch ein zweiter Tritt erfolgte nicht. Lady X hatte es sich anders überlegt. Sie ging nur auf ihn zu und blieb neben ihm stehen. »Komm hoch, Mallmann«, sagte sie hart.

Will stützte sich auf und stemmte sich in die Höhe. Blut tropfte aus seiner Nase. Mit dem Ärmel wischte Will über sein Gesicht, während Lady X wartete, bis er wieder vor ihr kniete. Mehr ließ sie nicht zu.

»Du hast gemerkt, was passiert, wenn du dumm reagierst«, sagte sie kalt.

»Okay«, quetschte Will hervor.

Die nächste Frage erreichte seine Ohren. »Bist du allein hier, Bulle?«

»Ja.« Mallmann erwartete den nächsten Tritt und freute sich, als er ausblieb.

»Und wen suchst du?«

Mallmann hatte sich entschlossen, einen Teil der Wahrheit preiszugeben. »Den Ghoul«, sagte er.

»Dann weißt du davon?«

»Sicher.«

»Und woher?«

Will Mallmann berichtete, welches Ereignis ihn auf diesen alten Friedhof geführt hatte.

Lady X lachte schallend. »Das hätte ich gern gesehen, wie ein Ghoul sich einen Bullen geholt hat. Aber du hast Pech, Bulle. Es gibt nicht nur einen, sondern gleich zwei. Ich kann dir sogar die Namen verraten. Horatio und Hiberno.«

»Nie gehört.«

»Kann ich mir vorstellen«, sagte Lady X. Dann schnitt sie ein Thema an, vor dem Will Mallmann sich gefürchtet hatte. »Nun zu einem anderen. Was macht mein Freund Sinclair?«

»Keine Ahnung.«

Schweigen. Danach die lauernde Frage. »Steckt er nicht zufällig hier in der Nähe?«

»Nein, ich bin der einzige auf dem Friedhof.«

»Das kann ich kaum glauben.«

»Ich schwöre es.«

Lady X überlegte. Sie wog das Für und Wider ab.

Will Mallmann riskierte es und hob ein wenig den Kopf. So konnte er sehen, wie die ehemalige Terroristin ihre Blicke über den alten Totenacker schweifen ließ.

Sie sah nichts.

»Okay, Mallmann, ich werde dir vorerst glauben. Vielleicht ist

Sinclair auch wirklich nicht hier. Aber daß wir dich gefangen haben, freut mich besonders. Auch wir warten auf die Ghouls. Wir können sie ja nicht herbeizaubern. Aber wie es so oft im Leben ist, die Großen lockt man mit den Kleinen. Du wirst für uns den Lockvogel für die Ghouls spielen. Wie gefällt dir das?«

Mallmann schwieg.

Lady X lachte. »Klar, daß dir so etwas nicht schmeckt, aber dieses Spiel läuft nach meinen Regeln.« Sie wandte sich an Viola Mandini. »Gib mal auf ihn acht.« Wieder spürte Will den Druck der Mündung im Nacken, während Lady X ein wenig zur Seite ging und etwas aus ihrer Tasche holte.

Will hörte es metallisch klimpern.

Dann durfte er aufstehen. Jetzt sah er auch, was die ehemalige Terroristin in den Fingern hielt.

Handschellen – eine stählerne Acht.

Viola Mandini hielt den Kommissar in Schach, während Lady X ihm befahl, die Arme auszustrecken.

Mallmann gehorchte.

Die Scott hatte die Handschellen schon aufgeklappt. Mit einer routinierten Bewegung streifte sie die stählerne Acht über die Gelenke des Kommissars.

»Jetzt gefällst du mir besser, Bulle!«

Die beiden Frauen bauten sich vor dem Kommissar auf. Sie hielten ihre Waffen locker in den Händen, die Mündungen zeigten sogar schräg zu Boden, denn beide waren sicher, daß Will Mallmann ausgeschaltet war.

Der Kommissar dachte auch nicht an Gegenwehr. Wenn er Zeit gewann, war das vielleicht die halbe Miete. Zudem war John Sinclair nicht weit entfernt. Vielleicht hatte er auch schon die Ghouls erledigt, dann gab es dieses Problem gar nicht mehr.

Die Beine fesselte man dem Kommissar nicht. Will Mallmann mußte nach links gehen und sich neben dem Grab aufbauen, in dem man die Leiche seines Kollegen Ziegler gefunden hatte.

Will Mallmann konnte nicht sehen, wie Lady X hinter ihm das rechte Bein hob.

Dann trat sie zu.

Der Kommissar erhielt den Tritt in den Rücken. Aber damit hatte er gerechnet. Er fiel zwar in das offene Grab hinein, doch nicht so, wie diese beiden Weiber es gern gehabt hätten. Will stieß sich nur die Schulter an der kalten Lehmwand.

Dann rollte er sich auf den Rücken.

Riesig erschienen ihm die beiden Frauen, die rechts und links des Grabes standen und ihre Waffen so hielten, daß die Mündungen auf Will Mallmann wiesen.

Es war ein Bild, das der Kommissar nicht vergessen würde, so sehr beeindruckte es ihn.

Unter der Öffnung lagen tatsächlich die unheimlichen Gänge und Verliese der ehemaligen Burg. Die Schwärze der Tiefe füllte sie vollständig aus. Ohne Taschenlampe wäre ich verloren gewesen. So aber fiel der helle Lichtfinger in das Verlies hinein, und ich erkannte eine alte, halb vermoderte Steintreppe.

Die war genau richtig.

Vertrauenerweckend sahen die Stufen nicht aus, doch ich mußte sie nehmen.

Ich stieg hinunter.

Man kann sich ja an vieles anpassen, aber an den Gestank der Ghouls würde ich mich nie gewöhnen. Die rochen so eklig, daß ich mir am liebsten eine Sauerstoffmaske aufgesetzt hätte. Da blieb der Wunsch Vater des Gedankens.

Am Ende der Treppe blieb ich stehen und stieß mir prompt den Kopf. Den unterirdischen Gang, in dem ich gelandet war, konnte vielleicht ein Kind aufrecht durchqueren. Ich mußte mich bücken.

Einmal leuchtete ich in die Runde. Von drei Seiten war ich durch Mauerwerk umringt. An der vierten begann der Gang. Er führte genau in die Richtung, aus der ich gekommen war.

Zum Friedhof.

Schon wurde mir einiges klar. Wahrscheinlich war ich auf den Weg der Ghouls gestoßen, den sich diese Monster gegraben hatten. Außerdem würde mir eine Kriecherei unter der Erde hier nicht erspart bleiben. Ich bewegte mich dann von Grab zu Grab. Wenn ich daran dachte und an die Funde, die ich unter Umständen machen konnte, schüttelte ich mich jetzt schon. Das war wirklich nichts Schönes.

Aber wo befand sich die Leichengruft?

Es war fraglich, ob ich darauf eine Antwort finden würde. Gebückt ging ich weiter. Der Gang war schmal und wurde vom Lampenstrahl fast völlig ausgeleuchtet. Eigentlich hätte ich die Ghouls sehen müssen, doch die schienen sich hier unter der Erde mit erstaunlicher Geschwindigkeit voranzubewegen.

Etwa fünf Minuten vergingen.

Hinter mir war es längst stockfinster geworden. Wenn der Gang jetzt einstürzte, kam ich hier nie wieder raus. Ich hoffte nur, daß er die nächsten Stunden noch hielt.

Allerlei Kriechtiere krabbelten an den Wänden und auf dem Boden herum. Käfer, Ameisen und auch Mäuse.

Bis jetzt kam ich gut voran, bis der Lichtfinger eine Stelle erfaßte, wo sich der Gang teilte.

Was nun?

Ich blieb stehen. Wo waren die Ghouls hingegangen? Ich schnupperte wie ein Hase, aber es roch hier überall nach ihnen.

Ich entschied mich für die linke.

Diesmal landete ich in einem noch engeren Stollen. Manchmal war er noch schmaler als ich in der Breite, und so mußte ich mich querstellen, um überhaupt hindurchzukommen.

Auch die Decke wurde niedriger. Schließlich kam ich gehend nicht mehr weiter.

Die nächste Gangart war die fast kriechende. Eine widerliche Angelegenheit, und dann kam die große Enttäuschung. Es ging nicht mehr weiter.

Der Gang vor mir war zu!

Einfach verschüttet.

Der Fluch, der über meine Lippen drang, hätte noch einen Seemann rot werden lassen.

Ich machte wieder kehrt und hörte gleichzeitig die angsterfüllten Schreie...

Auch Werner Tonagel hatte einen Einstieg entdeckt. Es war ein alter Schacht, der ihn an einen Brunnen erinnerte. Darauf gestoßen war er nur, weil seine Schritte plötzlich so hohl klangen, was ungewöhnlich war.

Als er sich bückte, stellte er fest, daß er über Holzbohlen gelaufen war.

Er nahm sie weg und sah den Schacht.

Unheimlich kam er ihm schon vor. Wie eine Röhre stieß er in die Tiefe. Und als Werner die Innenränder abtastete, stellte er fest, daß sie gemauert waren.

Mit anderen Worten: Menschen hatten diesen tief in den Boden führenden Schacht hergestellt.

Unter Umständen war es ein Brunnen, und Werner fand sogar Steigeisen. Dieser Fund bekräftigte ihn in seinem Vorhaben, es doch einmal zu versuchen.

Er wollte in die Tiefe steigen. Sicherlich würde er einen Gang finden, der ihn zu seinem Freund brachte.

Werner Tonagel überwand seine Angst und begab sich an den Abstieg. Er war schon immer ein guter Kletterer gewesen, so bereitete es ihm keine Schwierigkeiten, in die Tiefe vorzudringen.

Je weiter er sich voranbewegte, um so muffiger wurde die Luft. Auch ein anderer Geruch kam hinzu.

Leichengestank...

Am liebsten wäre Werner wieder umgekehrt, aber das konnte er Hermann nicht antun. Er war ja mit seinem verstauchten Fuß noch viel schlimmer dran. Gemeinsam würden sie vielleicht einen Ausgang finden.

Eine Taschenlampe trug Werner immer bei sich. Sie war zwar klein und nicht sehr lichtstark, doch hier machte sie sich bezahlt.

Der junge Mann leuchtete in die Tiefe.

Etwas glänzte dunkel.

Wasser!

Für einen Moment erschrak Werner. Hatte er es hier doch mit einem Brunnen zu tun, der gefüllt war? Die Antwort fand er, als er auf dem letzten angerosteten Steigeisen stand.

Sein vorgestreckter Fuß versank nur bis zu den Knöcheln im Wasser. Darunter befand sich ein matschiger und morastiger Untergrund.

Werner ließ sich fallen, stand jetzt auf dem Grund des Brunnens und sah sich um.

Er lächelte, als er den Gang erkannte. Es ging also weiter, und das freute ihn.

Werner brauchte nur noch ein paar Meter durch das Wasser zu laufen, dann wechselte der Untergrund und wurde felsig. Der Junge mußte sich ducken, als er sich voranbewegte.

Wieder nahm er den widerlichen Geruch wahr, der ihm entgegenströmte und sich überall verteilt hatte.

Was konnte das nur sein?

Werner blieb stehen und leuchtete. Er suchte nach einem Gegenstand, der den Gestank abgab, fand aber nichts. Auf jeden Fall war der Geruch da, und der Junge konnte ihn nicht länger ertragen.

Sein Magen rebellierte.

Werner taumelte zur Seite. Bisher hatte er sich tapfer gehalten, nun konnte er nicht mehr. Werner Tonagel mußte sich übergeben. Danach ging es ihm besser. Am liebsten wäre er wieder umgekehrt, aber er dachte an seinen Freund Hermann, der unter Umständen in viel größerer Gefahr steckte. Nein, er mußte Hermann finden.

Vorsichtig ging er weiter. Wo dieser Gang hinführte, wußte er nicht. Er hoffte jedoch, irgendwann einmal in den Schloßkeller zu gelangen. Man sprach ja immer von Geheimgängen in den alten Burgen und Schlössern. Warum nicht auch hier?

Dann wurde der Gang breiter.

Werner sah dies als ein gutes Zeichen an. Bestimmt war es jetzt nicht mehr weit bis zu seinem Ziel.

Und er hörte Stimmen.

Sofort blieb Werner Tonagel stehen und hielt den Atem an. Stimmen in dieser Tiefe. Wo kamen sie her? Er lauschte. Vielleicht konnte er Hermanns Stimme heraushören, das jedoch war nicht möglich. Irgend etwas hielt ihn allerdings davon ab, sich bemerkbar zu machen. Werner wollte selbst sehen, was da in der Tiefe vor sich ging.

Auf Zehenspitzen bewegte er sich voran. An der Decke hatte sich Flüssigkeit gesammelt und tropfte manchmal kalt in seinen Nacken. Dann zuckte Werner immer zusammen. Steine und Dreck knirschten unter seinen Sohlen. Der Gang war jetzt fast doppelt so breit wie vorhin am Grund des Brunnens.

Und plötzlich schimmerte Licht.

Kein Lampenschein, sondern flackerndes, unheimlich wirkendes Kerzenlicht.

Da wußte Werner, daß er sich nicht mehr allein unter der Erde in den Gängen befand.

Andere hatten ebenfalls den gleichen Weg gefunden.

Aber wer waren sie?

Freunde – Feinde?

Er dachte wieder an die geheimnisvolle Leichengruft. Ob er sie dort fand, wo die Stimmen herkamen?

Eine Gänsehaut rieselte über seinen Rücken. Der Gedanke bereitete ihm Furcht, erweckte aber auch seine Neugierde. Werner hatte einmal in den sauren Apfel gebissen und würde ihn auch aufessen. Kneifen wollte er auf keinen Fall.

Auf leisen Sohlen bewegte sich der junge Mann weiter. Er hatte seine einzige Lampe ausgeschaltet, der tanzende Schein vor ihm wies ihm den Weg.

Das Licht erhellte zwar die Dunkelheit unter der Erde, es schuf jedoch auch eine gespenstische Atmosphäre, wie sie Werner bisher nur aus Gruselfilmen oder einschlägigen Romanen kannte. Und er stellte fest, daß die Autoren nicht übertrieben hatten, wenn sie diese Atmosphäre näher beschrieben. Sie war tatsächlich unheimlich und vor allen Dingen nichts für schwache Nerven. Auch Werner mußte seinen gesamten Mut zusammenraffen, um nicht voller Panik und Angst den Rückweg anzutreten.

Der Gang machte einen Knick. Im rechten Winkel bog er nach links ab. Und in dieser Ecke fing sich der Widerschein des Kerzenlichts, wo er den geheimnisvollen, unheimlichen Schattentanz produzierte.

Vorsichtig lugte der junge Mann um die Ecke.

Viel konnte er nicht sehen.

Ein Gang und an dessen Ende eine Tür, die halb offenstand. Allerdings verwehrte das Türblatt Werner die Sicht in den hinter der Öffnung liegenden Raum.

Werner Tonagel wollte es wissen. Lag hinter der Tür nun die Leichengruft oder nicht?

Vier Schritte mußte er gehen, dann stand er dicht vor seinem Ziel.

Der Geruch war intensiver geworden. Zum Glück hatte sich Werner inzwischen daran gewöhnt. Es war ihm zwar noch immer übel, aber er brauchte sich nicht zu übergeben.

Mit der rechten Hand umfaßte Werner die Türkante. Dann zog er sie langsam auf.

Zwei Sekunden vergingen.

Und plötzlich wußte Werner Tonagel, wo er war.

In der Leichengruft!

Noch nie in seinem jungen Leben hatte er eine solch schreckliche Szene gesehen. Was sich seinen Blicken präsentierte, war so grauenhaft, daß der Verstand sich weigerte, es überhaupt zu glauben.

Werner Tonagel schaute in ein Verlies, in dem ein gewaltiger Knochenberg sofort ins Auge stach. Da lagen Schädel herum – zum Teil zertrümmert, er sah Armgelenke, Beine, Schulterknochen. Wie abgenagt und von einem rötlichgelben Feuerschein übergossen, den die auf dem Boden stehenden Kerzen verbreiteten, wirkten die blanken Knochen.

Doch er sah noch mehr.

Einen dunklen Sarg, der neben dem Knochenberg stand und geschlossen war.

Vor dem Sarg standen zwei Wesen, die praktisch nur aus einer schleimigen Masse bestanden und dauernd in Bewegung waren. Werner hörte ein Schmatzen und Schlürfen, dazwischen ein Geräusch, das er als hohles Kichern identifizierte und das wohl einen Freudenausbruch darstellen sollte.

Die beiden Wesen sonderten Schleim ab, der sich auf dem Boden ausbreitete, jedoch nicht verlorenging, sondern weiterhin an den Körpern hängenblieb.

Von seinem Freund entdeckte er keine Spur.

Oder?

Plötzlich wurden Werners Augen groß. Er sah sich den Sarg noch einmal genauer an, und da sah er das Stück Stoff, das zwischen Deckel und Unterteil klemmte.

Es war grün, das konnte Werner erkennen. Und Hermann hatte eine grüne Parkajacke getragen.

Sollte er vielleicht...

Werner wagte nicht, den Gedanken zu Ende zu führen, aber alle Anzeichen deuteten darauf hin, daß sich sein Freund Hermann tatsächlich in dem Sarg befand.

Mein Gott...

Was sollte er machen? Noch hatten ihn die beiden Wesen nicht entdeckt. Sollte er sich wieder klammheimlich zurückziehen und so tun, als wäre nichts gewesen?

Nein, das konnte er nicht, das brachte er einfach nicht fertig. Er konnte Hermann nicht allein lassen. An die beiden mit Beulen übersäten schleimigen Wesen dachte er nicht und auch nicht daran, in welche Gefahr er sich begab.

Werner wollte Klarheit haben.

Die sollte er auch bekommen. Allerdings auf eine andere Art und Weise, wie er es sich vorgestellt hatte. Die beiden Ghouls nämlich ergriffen die Initiative.

Sie bewegten sich wie auf ein geheimes Kommando hin auf den Sarg zu und tasteten nach den Verschlüssen. Mit ihren teigigen Fingern schafften sie es tatsächlich, die Sargverschlüsse zu öffnen.

Dann klappten sie den Deckel hoch.

Dabei wandten beide Ghouls dem jungen Mann den Rücken zu. Wieder schmatzten und schlürften sie, so daß es Werner Tonagel kalt den Rücken hinabrieselte. Sie deckten auch mit ihren unförmigen Körpern den Sarginhalt ab, beugten sich jedoch vor und hoben einen länglichen Gegenstand aus der Totenkiste.

Werners Herzschlag wurde zu einem trommelnden Geräusch. Er wollte gar nicht glauben, was er da sah, aber es war keine Täuschung. Die Ghouls holten tatsächlich einen Menschen aus dem Sarg hervor.

Einen jungen Mann!

Hermann Deubzer...

Werners Gesichtsmuskeln erstarrten vor Entsetzen. Er sah, was die beiden Wesen mit seinem Freund gemacht hatten, und glaubte, verrückt zu werden.

Werner Tonagel erkannte seinen Freund nur noch anhand der Kleidung. Ansonsten war von ihm ein Skelett übriggeblieben.

Die Ghouls warfen den Sargdeckel wieder zu und schleuderten das Skelett auf den Knochenberg.

Die Gebeine gerieten ins Rutschen, wirbelten durcheinander. Ein Knochenschädel rollte bis dicht vor die Füße des heimlichen Beobachters.

Jetzt war es aus mit Werners Beherrschung.

Er schrie gellend auf.

Und wie der Blitz zuckten die beiden Ghouls herum!

Werner Tonagel erstarrte vor Angst.

Jetzt hatten die Ghouls ihn bemerkt. Sie starrten ihn an, und erst jetzt sah er in einem der Körper das Fahrtenmesser seines besten Freundes stecken.

Also hatte sich Hermann gewehrt, aber es war ihm nicht gelungen, die unheimlichen Geschöpfe abzuwehren.

Nein, man konnte sie nicht umbringen.

Auch Werner würde es nicht schaffen. In diesem Augenblick wurde er sich dessen bewußt.

Seine Angst steigerte sich zur Panik. Er wollte sich herumwerfen und weglaufen, da zuckte ein schleimiger Arm vor, der wie der Tentakel eines Kraken Werner Tonagel umspannte. Der Arm klatschte auf seine linke Schulter und klammerte sich daran fest.

Werner merkte zu seinem großen Entsetzen, welch ungeheure Kraft in diesem Arm steckte, der ihn langsam nach vorn zog, obwohl sich Werner dagegenstemmte.

Auch der zweite Ghoul schleuderte seinen Arm vor und fand Werners rechte Schulter als Ziel.

Jetzt hatte Werner keine Chance mehr.

Die Ghouls kicherten. Blubbernde Laute drangen dort hervor, wo sich bei einem Menschen die Lippen befanden. Aber die Ghouls hatten auch Mäuler.

Das bewiesen sie in den nächsten Sekunden, denn plötzlich klafften zwei Löcher in der schleimigen Masse, und Werner sah gefährliche Zahnreihen blitzen.

Da wußte er, was ihm bevorstand...

Ich hatte den furchtbaren Schrei gehört, der dumpf durch die finsteren Gänge hallte. Mir war sofort klar, daß sich dort ein Mensch in höchster Lebensgefahr befand.

Ich mußte wieder zurück.

Das war leichter gesagt, als getan, denn nun drängte die Zeit. Längst konnte ich nicht mehr so vorsichtig zu Werke gehen wie auf dem Hinmarsch. Die Quittung erhielt ich mehrere Male. Ich stieß mir den Kopf, Haut platzte auf, Blut rann über mein Gesicht, aber ich verlangsamte meine Schritte trotzdem nicht.

Mit einigen Blessuren versehen, erreichte ich die Stelle, wo sich der Hauptgang teilte.

Diesmal nahm ich den rechten.

Hier kam ich besser voran, obwohl ich den Kopf einziehen mußte.

Der lange, helle Scheinwerferfinger tanzte auf und nieder. Im gleichen Rhythmus wie sich mein Arm bewegte. Er wischte über das feuchte Gestein, breitete jedoch vor mir einen hellen Teppich aus, so daß ich mich gut orientieren konnte.

Dieser unterirdische Stollen war wesentlich länger als der erste. Ich lauschte immer wieder, aber der Schrei wiederholte sich nicht. War das Opfer vielleicht schon tot? Daran wollte ich gar nicht denken und eilte weiter.

Plötzlich sah ich etwas anderes.

Licht!

Ich knipste meine eigene Lampe aus. Jetzt wies mir der Schein den weiteren Weg, und ich hoffte, daß er mich zu dem Versteck der gefährlichen Ghouls führen würde.

Geisterhaft tanzte der Widerschein über die dicken Wände und zauberte ein bizarres Schattenspiel.

Ich traf plötzlich auf einen Quergang und sah eine offene Tür.

Das Ziel!

Eine blitzschnelle Bewegung, und im nächsten Augenblick stand ich auf der Schwelle.

Ein grauenhaftes Bild bot sich meinen Augen.

Zwei Ghouls hatten einen jungen Mann auf einen Berg von Knochen geschleudert, wo er zum Teil eingesunken war. Mit rudernden Armen versuchte er, sich zu befreien. Doch die

Ghouls klammerten ihn fest. Einer hatte sogar ein Messer in der Hand und wollte damit zustoßen.

Leider hielt ich die Beretta noch nicht schußbereit und hatte auch keine Zeit mehr, sie zu ziehen. So warf ich mich mit bloßen Fäusten auf den verdammten Ghoul.

Meine Hände versanken in der schleimigen Masse, aber ich bekam ihn trotzdem so zu packen, daß ich ihn zur Seite schleudern konnte. Er fiel gegen die Wand.

Der zweite Ghoul hatte bemerkt, daß er und sein Kumpan einen neuen Gegner hatten. Er fuhr herum und ließ dabei von dem jungen Mann ab.

Ich sprang zurück und stieß gegen den Sarg. Bevor die Ghouls sich versahen, hatte ich die Totenkiste hochgestemmt und schleuderte sie auf den ersten zu.

Ich traf genau.

Der Ghoul wurde von der schweren Kiste gegen die Wand gedrückt. Er stieß ein undefinierbares Geräusch aus, war aber nicht erledigt, sondern quoll wieder zu seiner ehemaligen Leibesfülle auf. Der Sarg hatte den Aufprall nicht überstanden. Er war zersplittert, seine Teile lagen verstreut im Verlies.

Ich zog die Beretta.

Ghouls, so widerlich sie auch waren, gehörten nicht zu den hohen Dämonen, sie waren mit einer geweihten Silberkugel zu töten. Ich nahm mir den Dämon aufs Korn, der von dem Sarg getroffen worden war.

Der Ghoul kam soeben hoch.

Meine rechte Hand beschrieb einen Kreisbogen, ich zielte und wollte schießen.

Es blieb beim Vorsatz, denn ich hatte den zweiten Ghoul vergessen. Welch ein eingespieltes Team die beiden waren, merkte ich daran, als sich plötzlich eine glitschige Hand um meinen Knöchel krallte und heftig daran zog.

Es war mir unmöglich, das Gleichgewicht zu halten. Ich kippte zurück und fiel so unglücklich hin, daß ich mit der rechten Hand gegen die Kante der halboffenen Tür stieß. Mir wurde die Beretta aus den Fingern geschleudert.

Auch das noch.

Die Ghouls hatten es ebenfalls gesehen. Aus ihren Mäulern

drang so etwas wie Triumphgeschrei, denn jetzt sahen sie sich auf der Siegerstraße.

Es wurde wirklich gefährlich.

Der erste Ghoul kam.

Da ich rücklings auf der feuchten Erde lag, glaubte er, leichtes Spiel zu haben. Es war der Ghoul, der das Messer in der Hand gehalten hatte.

Zeit, die Beretta zu suchen, hatte ich nicht mehr. Aber ich besaß noch den Silberdolch.

Auch der Ghoul hatte ein Messer, und ich zog die geweihte Klinge aus der Scheide.

Da fiel der Ghoul auf mich. Er hielt das Messer so, daß die Klinge nach unten zeigte, sie würde mich unweigerlich treffen, auch wenn ich dem Ghoul meinen Silberdolch in den Körper stieß.

Es gab nur eine Chance.

Ich nutzte sie und rollte mich blitzschnell zur Seite. Um sich sofort auf die neue Lage einzustellen, dafür war der Ghoul zu unbeweglich.

Dicht neben mir klatschte er zu Boden. Ich vernahm ein kratzendes Geräusch, als die Klinge über den steinigen Boden fuhr und mit der Spitze noch ins Türblatt fuhr, wo sie steckenblieb.

Der Ghoul gab einen erstickt klingenden Laut von sich. Meine Reaktion schien ihn geschockt zu haben.

Jetzt mußte es schnell gehen.

Ich federte hoch, drehte mich gleichzeitig und ließ die Klinge nach unten rasen.

Voll wurde der Ghoul getroffen. Er hatte sich nicht einmal mehr auf den Bauch wälzen können. Sein schleimiger, halb durchsichtiger Körper begann zu zucken, wollte sich aufbäumen, aber er hatte nicht einmal mehr dazu die Kraft.

Das Silber zerstörte sein seelenloses Leben. Langsam wurde die quallige Masse flüssig, sogar ziemlich dünn, daß sie wie Wasser wirkte.

Mehr blieb von dem Ghoul nicht übrig.

Aber da gab es noch den zweiten.

Ich kreiselte herum, um mir dieses Wesen aufs Korn zu nehmen, doch der andere war verschwunden.

Ich sah nur einen jungen Mann, der völlig verstört inmitten des Knochenbergs hockte.

Vom ersten Ghoul war nur noch eine Pfütze übriggeblieben.

Ich hob meine Beretta vom Boden auf und ging auf den Jungen zu. Er schien seinen Schock überwunden zu haben, denn er machte Anstalten, sich aus dem Knochenberg zu befreien, was bei dieser lockeren Unterlage gar nicht so einfach war, denn immer wieder rutschten Gebeine nach.

Ich hielt ihm die Hand hin.

»Danke!« keuchte er.

»Wer bist du?« fragte ich ihn.

Er schien meine Frage nicht verstanden zu haben, denn er starrte mit glanzlosem Blick auf die stinkende Pfütze und auf das neben dem Sarg liegende Skelett, das noch einen Teil der Kleidung trug.

»Das war Hermann!« flüsterte der Junge rauh und begann zu weinen.

Ich ließ ihn. Tränen würden seinen Schock sicherlich mildern. Ich konnte ihn auch jetzt nicht allein lassen.

Ich legte ihm meinen Arm um die Schulter und erkundigte mich nach einer Weile: »Was ist geschehen?«

Er hob den Kopf. Sein Gesicht war naß von Tränen. Ich erfuhr, daß er Werner Tonagel hieß und die beiden Jungen unterwegs gewesen waren, um die Wanderwege zu kontrollieren. Sie hatten von der Leichengruft gehört, und Hermann wollte sie unbedingt sehen. Stockend erfuhr ich, was den beiden widerfahren war.

»Findest du den Weg zurück?« fragte ich.

»Ja.«

»Gut, dann kannst du allein gehen.«

»Und Sie?«

Ich lächelte. »Tut mir leid, aber ich muß mich um den zweiten Ghoul kümmern.«

»Ghoul?« fragte er.

»Ja, so nennt man diese Wesen. Es ist eine dämonische Abart«, erklärte ich.

Der Junge nickte.

»Hast du zufällig gesehen, wohin der zweite Ghoul verschwunden ist?« wollte ich wissen.

»Er ist nicht zur Tür raus.«

»Sondern?«

Werner Tonagel ging auf eine Wand zu. Als ich ihm folgte, bückte er sich und drückte dicht über dem Boden ein Stück Mauerwerk zur Seite, so daß ein Loch entstand, durch das der Ghoul bequem hatte schlüpfen können.

Ich schaute mir die Maße an.

Nun, das Loch war zwar nicht sehr groß, aber in der Breite und Höhe würde es auch für mich passen.

Mit der Lampe leuchtete ich hinein.

An den Gestank hatte ich mich inzwischen gewöhnt. Der Strahl verlor sich in einem stockdunklen Tunnel, und ich ahnte, daß sich dieser Tunnel bis zum Friedhof ausbreiten würde.

Jetzt befand ich mich tatsächlich in einer Zwickmühle. Sollte ich dem Ghoul folgen oder auf dem Friedhof auf ihn lauern? Wie ich es auch anpackte, ich würde auf jeden Fall zu spät kommen. Außerdem wartete Will Mallmann ja noch am Grab.

Bevor ich mich einer Erstickungsgefahr aussetzte, nahm ich lieber den bequemeren Weg.

Ich schlug Werner auf die Schulter.

»Komm, ich gehe doch mit dir. Der andere Weg ist mir zu gefährlich.«

Der junge Mann atmete befreit auf.

Will Mallmann hatte darauf gehofft, daß die Aufmerksamkeit der beiden Frauen irgendwann nachlassen würde, doch da täuschte er sich.

Lady X und Viola Mandini gaben acht wie Luchse. Nichts entging ihnen. Wenn Mallmann sich einmal auf die Seite drehte, zuckten sie sofort zu ihm herum, und ihre Gesichter nahmen einen gefährlichen, lauernden Ausdruck an.

Will grinste jedesmal. »Keine Panik«, erklang dann seine Stimme aus dem Grab, »ich laufe euch noch nicht weg.«

Die Frauen sagten nichts. Humor besaßen sie nicht.

Und auch Will war das Lachen vergangen, obwohl er manchmal so lässig tat, aber es war wirklich kein Vergnügen, in diesem feuchten Grab zu liegen.

Er spürte die Kälte. Obwohl er warm angezogen war, kroch sie doch durch seine winterliche Kleidung und ließ ihn hin und wieder mit den Zähnen klappern.

Handschuhe hatte man ihm nicht gegeben. Will bewegte des öfteren seine Finger, um den Blutkreislauf in Gang zu halten, doch die Kälte war stärker. Er hätte sicherlich nur gegen sie ankämpfen können, wenn er sich wirklich bewegt hätte. Dazu jedoch fehlte ihm der Platz.

Als es endgültig finster geworden war, hatten die beiden Frauen Taschenlampen eingeschaltet und auf den Grabrand gelegt. Die hellen Lichtfinger fielen schräg in die Grube und blendeten Will Mallmann hin und wieder, wenn er seinen Körper zu hoch aufstützte.

Gesprochen hatten die Frauen bisher kaum mit ihm, doch Will bemerkte, daß sie langsam unruhig wurden, denn zuviel Zeit war inzwischen schon vergangen, ohne daß sich etwas getan hatte.

Mal blieb nur Lady X am Grabrand zurück, dann wieder Viola Mandini. Die Frauen wechselten sich ab.

Auch Will machte sich seine Gedanken. Er wunderte sich, daß John Sinclair noch nicht zurückgekehrt war. Sollte er vielleicht auf die Ghouls getroffen sein, und war ihm unter Umständen etwas passiert? Daran wagte Will gar nicht zu denken. Ferner wunderte er sich, daß die Ghouls noch nicht erschienen waren. Schließlich lag er schon eine Stunde in diesem verdammten Grab.

Die Kälte nahm zu.

Mallmann spürte sie. An den Füßen fing es an. Die Zehen konnte er nur noch unter Mühen bewegen, so steif gefroren waren sie schon. Er hätte wer weiß was für einen wärmenden Schluck gegeben.

Der Kommissar wälzte sich auf den Rücken und drehte seinen Kopf dabei ein wenig zur Seite, um von den Lichtlanzen nicht geblendet zu werden. »He, ihr beiden!« rief er.

Violas Kopf erschien und gleichzeitig mit ihm auch die Revolvermündung. »Was willst du?«

»Habt ihr keinen Schluck für mich?«

»Nein.«

Im nächsten Augenblick stand die Scott am Grabrand. »Was wollte er?« fuhr sie ihre Komplizin an.

»Was zu trinken.«

»Der kann das Wasser aus dem Boden saufen«, erwiderte Lady X hart. »Hier gibt es nichts.«

»Schon gut«, sagte Will. »War nur eine Frage.«

Danach schwiegen sie wieder.

An den Gestank hatte sich der Kommissar längst gewöhnt. Er war allerdings auch schwächer geworden, der Nachtwind hatte ihn vertrieben und wehte ihn nun als einen Pesthauch der Hölle über den einsamen Totenacker.

Will Mallmann kam sich gedemütigt vor. Man hatte ihn hier in das offene Grab gesteckt, seine Hände gefesselt, und er konnte wirklich nichts tun. War den gefährlichen Frauen hilflos ausgeliefert. Das ärgerte ihn sehr und trieb ihm vor Wut die Galle hoch.

Die Weiber hatten es gut. Wenn sie sich aufwärmen wollten, liefen sie ein paar Schritte, während sich Will höchstens von einer Seite auf die andere drehen konnte.

Der Kommissar spürte irgendwie, daß die Zeit der Ruhe bald vorbei sein würde. Das sagte ihm seine innerliche Uhr. So konnte es nicht weitergehen. Irgend etwas mußt sich ereignen, daran ging kein Weg vorbei.

Und wenn es zu einer Entscheidung kam, dann wollte Will Mallmann auch fit sein und nicht wie ein steifgefrorener Hering in dem kühlen Grab liegen.

Er sah zu, daß seine Bewegungen nicht mehr so träge waren. Er hob auch mal die Schultern, rollte sie hin und her, bewegte Finger und Füße und zog die Beine an.

»Das Turnen nützt dir nichts«, sagte Lady X plötzlich. »Der Ghoul wird dich trotzdem fressen.«

»Und euch als Nachspeise!« keuchte Will.

Die Frauen lachten nur.

Dann ließen sie Mallmann in Ruhe und nahmen jetzt gemeinsam die Wanderung um das Grab auf.

Will hatte sich schon ausgerechnet, wie er auf die Füße gelangen konnte. Wenn er sich mit dem Rücken gegen eine Grabwand lehnte, die Hacken in die feuchte Erde drückte und sich dann Schwung gab, mußte es unter Umständen klappen.

Doch das waren Wunschträume, die beiden Bewacherinnen würden es kaum zulassen.

Trotzdem nahm Will eine sitzende Stellung ein und schob sich zurück, bis er die Grabwand im Rücken spürte.

Die Weiber ließen ihn gewähren. Anscheinend glaubten sie nicht mehr an Widerstand.

Als der Kommissar richtig hockte, atmete er erst einmal auf. Dann begann er damit, einen Plan auszuklügeln, wie er sich möglicherweise befreien konnte.

Doch seine Überlegungen wurden schon am Anfang gestört.

Etwas hatte sich verändert.

Zwar war es immer noch dunkel, und die Frauen schlichen auch weiterhin um das Grab herum, aber Will konnte fast körperlich fühlen, daß etwas anders geworden war.

Plötzlich fiel es ihm ein.

Der Geruch!

Er war längst nicht mehr so schwach wie zuvor, sondern hatte sich verstärkt.

Dieser penetrante Leichengestank, der einem Menschen den Magen hochtreiben konnte.

Es gab nur eine Erklärung.

Der oder die Ghouls waren auf dem Weg!

Plötzlich wurde es Will Mallmann ganz anders. Er begann zwar nicht zu zittern, aber seine Magenmuskeln zogen sich trotzdem zusammen. Spannung ergriff ihn.

Der Kommissar drehte den Kopf und schielte auf das Loch in der Grabwand.

Noch tat sich nichts. Nach wie vor lag die dunkle Höhle ruhig und verlassen.

Aber wie lange noch?

Will schluckte. Er konnte seinen Blick nicht mehr von dem Loch nehmen, und plötzlich sah er in der Dunkelheit eine Bewegung.

Auch die beiden Frauen schienen bemerkt zu haben, daß

etwas nicht stimmte. Sie waren beide nahe an das Grab getreten und schauten nach unten.

»Riechst du nichts?« fragte Lady X ihre Komplizin.

Viola Mandini nickte. »Ja, es ist widerlicher geworden.«

Die Scott lachte nur. »Widerlich ist gut. Das kannst du mit Parfüm vergleichen, denn bald werden wir mehr wissen. Schließlich sind wir ja hergekommen, um mit den beiden zu reden.«

Will sah, wie sich Lady X auf die Knie gleiten ließ und am Rand des Grabes hocken blieb. Die Maschinenpistole hatte sie sich dabei um die Schulter gehängt.

Der Kommissar registrierte das sehr genau, während er weiterhin auf die Öffnung starrte.

Und dort bewegte sich etwas. Plötzlich schoß ein schleimiges Etwas hervor, ein langer, grünlich schillernder Arm, der gegen Will Mallmanns Schuh klatschte.

Der Ghoul war da!

Werner Tonagel hielt sich neben mir, als wir durch den Wald hetzten. Er hatte den ersten Schock einigermaßen überwunden und konnte wieder klar denken. Hin und wieder stellte er Fragen, die ich ihm auch beantwortete.

So hatte er erfahren, daß ich Oberinspektor bei Scotland Yard war und mich mit Fällen beschäftigte, die ins Okkulte gingen.

»Dann gibt es Werwölfe oder Vampire?« fragte er.

»Leider ja.«

Danach gab ich ihm zu verstehen, daß er sich zurückhalten sollte. »Wenn ich den Friedhof betrete, bleibst du am Waldrand stehen und kommst erst vor, wenn ich es dir sage.«

Werner nickte.

Es war dunkel um uns herum. Der Himmel zeigte eine sternklare Pracht. Eine herrliche Nacht, frostkalt und klar. Die Zweige auf dem Erdboden knackten hart, wenn sie von unseren Schuhsohlen zertreten wurden. Der Atem stand als eine nie abreißende Dampfwolke vor unseren Lippen.

Nach etwa zehn Minuten hatten wir den Wald hinter uns gelassen. Ich hoffte, daß der Ghoul den Friedhof noch nicht erreicht hatte, denn ich wollte ihn gern selbst empfangen.

Daß auf dem Friedhof alles klar war, davon ging ich aus und blieb deshalb überrascht stehen, als ich zwischen den Grabsteinen und dem Unkraut etwas Helles schimmern sah.

Licht!

Aber wieso? Wer hatte da eine Lampe eingeschaltet? Will Mallmann etwa? Eigentlich gab es nur diese Lösung, aber trotzdem war ich vorsichtig. Ein ungutes Gefühl hielt mich davon ab, sofort auf den Friedhof zu stürmen.

Werner Tonagel hatte meine Aufregung bemerkt. Er fragte: »Stimmt etwas nicht?«

»So ungefähr«, erwiderte ich. »Irgend etwas tut sich auf dem Friedhof da vorn.«

»Sie meinen das Licht?« wisperte er.

Ich nickte.

»Wir waren nur zu zweit. Und daß man uns jetzt schon suchen könnte, halte ich für ausgeschlossen.«

Der Junge dachte mit, und das gefiel mir. Ich bat ihn, zurückzubleiben, und fügte jedoch noch etwas hinzu. »Sollte irgend etwas passieren, solltest du Schüsse hören, dann verstecke dich irgendwo. Ich rufe dich, wenn alles vorbei ist.«

»Mach ich, Herr Sinclair.«

Ich gab ihm noch einen Klaps auf die Schulter und drang in das Unterholz am Waldrand ein. Fast übergangslos ging es auf den alten Totenacker. Ich duckte mich zusammen und legte den Weg gebückt und manchmal auf allen vieren gehend zurück.

Hinter dem ersten großen Grabstein fand ich Deckung.

Ruhig blieb ich dort hocken, lauschte, aber ich hörte keine Stimmen und sah auch niemanden, so daß ich schon damit rechnete, wirklich nur Will Mallmann vorzufinden.

Zwei Sekunden später änderte ich meine Ansicht radikal.

Da sah ich die Umrisse einer Gestalt durch den Lichtschleier gehen. Und das war nicht Will – sondern...

Ich schaute genauer hin, weil ich glaubte, meine Augen würden mich täuschen.

Aber es stimmte.

Die Person war eine Frau!

Da schlug doch einer mit dem Hammer rein. Eine Frau um diese Zeit und an diesem Ort.

Das wagte niemand so ohne weiteres. Da mußte man schon ein gutes Motiv haben.

Sogar die langen Haare sah ich, die beim Gehen wie eine Fahne hin- und herschwangen und dabei bis auf die Schultern fielen.

Wer konnte das nur sein?

Vielleicht eine Komplizin von Harry Hörger, dem Dieb und Einbrecher? Eine vage Möglichkeit, mehr auch nicht. Zudem würden die sich hüten, den Friedhof zu betreten, nach dem, was ihnen Harry sicherlich berichtet hatte.

Ich wurde noch vorsichtiger, während ich mich weiter an die Person heranpirschte. Sie war jetzt stehengeblieben und wandte mir den Rücken zu.

Die Gelegenheit war günstig. Ich huschte nach rechts und fand hinter einem andern Grabstein Deckung, ohne gesehen zu werden. Allerdings hatte ich eine bessere Sicht.

Da traf mich der erste Schock.

Vorhin hatte ich nicht genau erkennen können, wo sich die Frau nun aufhielt, doch nun stellte ich fest, daß sie direkt an dem Grab stand, wo eigentlich Will Mallmann auf die Ghouls warten sollte. Aber von dem Kommissar war nichts zu sehen.

Da stimmte einiges nicht...

Wo steckte mein Freund Will? Hatte er sich vielleicht von dem Weib überraschen lassen?

Mein Gedankengang wurde unterbrochen, weil eine zweite Person erschien. Ebenfalls eine weibliche.

Jetzt verstand ich gar nichts mehr.

Die zweite Frau blieb gegenüber der ersten stehen, und ich sah, daß beide nur das Grab trennte.

Dann ging die zweite in die Hocke.

Sie schaute in das Grab hinein.

Warum? Hockte dort vielleicht der Ghoul und wurde von ihr erwartet? Einige Sekunden geschah nichts.

Da hörte ich zum erstenmal die Stimme der hockenden Frau.

»Endlich bist du da. Lange genug haben wir gewartet!«

Ich bekam einen zweiten Schock, denn diese Stimme kannte ich nur zu gut.

Sie gehörte Lady X!

Will Mallmann war zurückgeschreckt, als das schleimige Etwas seinen Schuh berührte.

Kein Zweifel, es war ein Ghoul.

Und er schoß nicht nur seinen Arm aus der Öffnung, sondern seinen gesamten Körper, der quallig, schleimig und einfach widerlich aussah, wobei er noch diesen gräßlichen Gestank verbreitete, der darauf hindeutete, daß der Ghoul äußerst erregt war.

Ja, er wollte Opfer.

Und da hockte eins.

Aber so leicht machte man es ihm nicht, denn eine am Grabrand hockende Frau sagte: »Da bist du ja endlich!«

Der Ghoul, er hatte sich schon auf den Kommissar stürzen wollen, veränderte seinen Körper zu einer flaschenähnlichen Form und schaute hoch.

Lady X grinste ihn an. »Ich soll dir die besten Grüße von Asmodina und Dr. Tod bestellen«, sagte sie.

»Wer bist du?« fragte der Ghoul.

»Lady X.«

»Ich kenne dich nicht.«

»Aber ich kenne dich. Du bist Hiberno.«

»Nein, Horatio. Mein Bruder Hiberno ist getötet worden. Vorhin erst, als wir in der Leichengruft waren.«

Die Augen der Frau verengten sich. »Moment mal«, sagte sie mit lauernder Stimme, so daß dem guten Will Mallmann schon angst und bange wurde. »Was sagst du da? Hiberno ist getötet worden?«

»Ja.«

Lady X warf den Kopf herum und sprach ihre Komplizin an. »Hör jetzt genau zu, Viola, hier kannst du unter Umständen noch etwas recht Interessantes erfahren. Wer hat deinen Bruder getötet?«

»Ich kenne ihn nicht.«

»Dann beschreibe ihn mir, verdammt!«

»Es war ein Mann. Groß, und er hatte blonde Haare. Er tötete ihn mit einem silbernen Dolch.«

Scharf saugte Lady X die Luft ein. Dann heulte sie auf. »Sinclair!« schrie sie. »Dieser verdammte Hund. Ich habe es doch gleich gewußt. Er ist hier, nicht wahr?«

Die Frage galt Kommissar Mallmann. Als Will schwieg, hieb ihm die Frau ihre Faust gegen den Kopf. »Ist er nun hier oder nicht?« brüllte sie.

»Ja.«

»Verdammt, verdammt. Wo steckt er dann?«

»Bei der Ruine.«

»Falls er nicht schon unterwegs ist«, meinte die rothaarige Viola Mandini.

»Genau. Und deshalb haben wir auch keine Zeit mehr zu verlieren!« zischte die Mandini. »Keine Sekunde länger. Dieser Hundesohn kann jeden Moment kommen.«

»Und was willst du von mir?« fragte der Ghoul.

»Ich nichts, aber Dr. Tod. Es geht um Xorron, du sollst ihn kennen, wie ich hörte.«

»Ja, ich kenne ihn.«

»Den suchen wir noch.«

»Oh, es wird schwer sein. Er hat sich versteckt, weil er mit den anderen nichts mehr zu tun haben wollte. Du wirst ihn kaum finden.«

»Mit deiner Hilfe vielleicht.«

»Nein, ich will was anderes.«

»Und?«

»Ihn!«

Der Ghoul deutete auf Will Mallmann, und seine schleimige Pranke klatschte vor die Brust des Kommissars.

»Den bekommst du auch. Später. Erst will ich von dir...«

»Nein, ich will ihn jetzt. Ich verstecke ihn solange in meiner Höhle. Töte du ihn!«

Die Scott überlegte keine Sekunde. »Okay«, sagte sie und ließ die UZI von ihrer Schulter rutschen...

Gedanken über den Grund, weshalb sich Lady X auf dem alten Friedhof aufhielt, machte ich mir nicht. Aber wahrscheinlich hing er mit den beiden Ghouls zusammen. Die Bestätigung erhielt ich, als die Frau und das Monster sich unterhielten.

Ich schlich mich an.

Am liebsten wäre ich vorgestürmt, aber das konnte ich mir nicht erlauben. Ich wußte, wie gefährlich diese Barbara Scott war und wie brutal und manchmal auch selbstzerstörerisch sie reagieren konnte. Da mußte man einen kühlen Kopf bewahren.

Die Unterhaltung bekam ich mit, während ich mich auf die zweite Frau konzentrierte. Als sie dann etwas vortrat, sah ich die Waffe in ihrer Hand und erkannte das Weib auch.

Es war Viola Mandini, ebenfalls eine ganz besondere Freundin von mir. Eine Mörderin, der es nicht die Bohne ausgemacht hatte, ihren Vater umzubringen.

Sie und Lady X hatten gemeinsam in einer Zelle des Untersuchungsgefängnisses gesessen und waren durch einen Trick von Dr. Tod befreit worden.

Hier fand ich sie wieder.

Längst hielt ich meine Beretta in der Hand, denn die Lage am Grab spitzte sich zu.

Lady X wandte mir den Rücken zu. Ich hätte jetzt schießen können, aber das brachte ich nicht fertig. Zum Glück war die Mandini neben ihre Komplizin getreten, so daß ich beide praktisch vor der Mündung hatte.

Und ich roch den Ghoul.

Der Gestank stieg aus dem Grab und drang in meine Nase. Er war also doch schneller gewesen.

Der Ghoul und Lady X unterhielten sich. Sie schienen sich zu streiten, waren sich aber plötzlich einig, denn ich hörte, wie der Ghoul die Worte sagte: »Töte du ihn!«

Trotz seiner gefesselten Hände dachte Will Mallmann nicht an Aufgabe. Er konnte sich auch noch mit Handschellen wehren. Blitzschnell riß der Kommissar beide Arme hoch. Seine Hände fuhren Lady X durchs Gesicht und griffen in ihr Haar.

Die Scott hatte die UZI nicht völlig von der Schulter rutschen lassen. Sie war noch damit beschäftigt, das erwies sich nun als Nachteil.

Mit einem gewaltigen Ruck schleuderte Kommissar Mallmann die Frau nach vorn, die kopfüber in das Grab stürzte und dabei genau auf den schleimigen Ghoul fiel, dessen aufgeblähter Körper ihren Fall allerdings stark abbremste.

Die Aktion war so schnell gegangen, daß Viola Mandini gar nicht so rasch reagieren konnte. Sie sprang zwar vor, befand sich jedoch in einem unglücklichen Schußwinkel und konnte Will noch nicht treffen.

Der wollte aus dem Grab, schaffte es aber nicht, denn Lady X und der Ghoul behinderten ihn. Durch den Fall war der Frau die UZI von der Schulter gerutscht und lag am Boden. Wütend strampelte die Scott mit den Füßen, wobei ihre Füße tief in den Körper des Ghouls eindrangen.

Dann kreischte die Mandini auf. Sie hatte endlich das Grab erreicht, stand an dessen Rand und senkte die Mündung des schweren Ruger-Revolvers.

Das alles hatte ich mitbekommen.

Bei Wills Aktion war ich nur fünf Schritte von Viola Mandini entfernt gewesen. Die Distanz überwand ich schnell und hatte die Frau schon anspringen wollen, als sie doch noch zur Seite ging.

Ich mußte deshalb einen Haken schlagen.

Dann aber hatte ich sie.

»Schieß doch endlich!« kreischte Lady X.

Für mich war dieser Ruf ebenfalls ein Angriffssignal. Von der Seite her flog ich gegen die völlig überraschte Viola Mandini und riß sie zu Boden.

Mit der Schulter kam sie auf, schrie, und im nächsten Augenblick war ich über ihr.

Zupacken und den Arm herumdrehen, war eine gedankenschnelle Bewegung. Die Frau stöhnte und war gezwungen, die Waffe fallen zu lassen, wenn ihr nicht der Arm gebrochen werden sollte.

Ich trat den Revolver weg und sprang auf, wobei ich mich noch in der Bewegung drehte, damit ich wieder an das verdammte Grab herankommen konnte.

Ich hörte Wills Schrei.

»John!«

Verdammt, meinem Freund ging es schlecht. In diesem Augenblick kletterte der Ghoul aus dem Grab und wand sich gedankenschnell auf mich zu...

Will Mallmann hatte mich wie einen Geist auftauchen sehen und auch Hoffnung geschöpft, als dieses Gefühl brutal zerstört wurde. Er spürte plötzlich zwei kalte schleimige Hände an seinem Hals.

Der Ghoul würgte ihn!

Will wurde zurückgepreßt, bis er wieder die Grabwand in seinem Rücken spürte. Er bekam keine Luft mehr, der Druck der Klauen schnürte ihm buchstäblich die Kehle zu.

Dicht vor sich sah er die unförmige Masse, die wohl das Gesicht des Ghouls darstellen sollte.

Und schon riß er sein Maul auf. In seinem Gesicht klaffte ein Loch, in dem Will Mallmann die beiden Zahnreihen sah.

Gefährliche Hauer, an den unteren Enden zugefeilt, damit zerbissen die Ghouls alles, was ihnen in die Quere geriet.

Auch Knochen.

Will bekam es mit der Angst zu tun, er hatte seine Knie hochgerissen, den Ghoul auch getroffen, aber leider keine Wirkung erzielt. Solch eine widerliche schleimige Gestalt war einfach nicht zu fassen. Die wand sich überall raus.

Auch Lady X lag noch immer im Grab. Und sie wollte ebenfalls Wills Tod, aber noch mehr den ihres Feindes John Sinclair.

»Da ist Sinclair!« zischte sie plötzlich.

Unbewußt rettete sie mit diesem Satz Will Mallmann das Leben, denn der Ghoul hatte die Worte ebenfalls vernommen, und bei Nennung dieses Namens drehte er durch. Schließlich war es dieser Sinclair gewesen, der seinen Bruder getötet hatte.

Der Ghoul ließ den Kommissar los. Zischend saugte Will Mallmann die Luft in seine malträtierten Lungen, während sich der Ghoul in dem engen Grab herumwuchtete, dabei Lady X zur Seite stieß und aus dem Grab klettern wollte.

Die Scott aber dachte nur an ihre Waffe. Sie lag irgendwo unter ihrem Körper. Lady X fuhr herum und suchte die UZI. Während des Kampfes war eine Taschenlampe vom Grabrand herabgefallen und auf Will Mallmanns Knie liegengeblieben.

Dann hatte die ehemalige Terroristin die Maschinenpistole gefunden. Sie kreischte triumphierend auf und wollte sie hochreißen und dann herumschwenken, da traf sie Will Mallmanns Tritt.

Der Kommissar hatte die Beine angewinkelt und ließ sie vehement vorschnellen.

Beide Füße trafen die Scott etwa in Höhe der Hüfte und schleuderten sie zurück.

Aber Will war noch nicht fertig. Er hatte die Taschenlampe mit seinen gefesselten Händen gepackt, holte weit aus und ließ sie dann wuchtig nach unten sausen.

Barbara Scotts Kopf befand sich genau in der Schlagrichtung. Sie sah das Verhängnis zwar noch, aber sie konnte ihren Kopf nicht schnell genug zur Seite bringen. Hart traf die Taschenlampe sie an der Schläfe. Die Haut platzte auf, ein feiner Blutfaden sickerte über das Gesicht, dann fiel Lady X bewußtlos zur Seite.

Will atmete auf.

Ein kantiges Lächeln verzerrte sein Gesicht. Er beugte sich nach vorn, um die UZI an sich zu nehmen, als die Schwäche ihn schlagartig überfiel. Auf einmal drehte sich alles vor seinen Augen, das Grab, die bewußtlose Lady X – nichts befand sich mehr an seinem Platz. Alles wurde zu einem rasenden Kreisel.

Kommissar Mallmann fiel ebenfalls zur Seite und blieb bewußtlos liegen. Die letzte Stunde hatte ihren Tribut gefordert.

Der Ghoul war aus dem Grab geklettert. Jetzt streckte er sich, und bevor ich die Beretta in seine Richtung drehen konnte, klatschte sein Arm gegen meine Brust.

Es war ein harter Stoß. Der Ghoul mußte all seine Kräfte eingesetzt haben, und er holte mich von den Beinen.

Ich fiel ins Gras. Zum Glück knallte ich nicht gegen einen Grabstein, sonst hätte ich mich noch arg verletzen können. Aber ich war auch so aus dem Tritt gebracht worden, denn nun griff auch Viola Mandini ein. Sie besaß zwar keinen Revolver mehr, aber es gab genügend Gegenstände, die sich als Waffe eigneten.

Ein Stein, zum Beispiel!

Den hob sie auf. Er war etwa doppelt so groß wie ihre Hand,

kantig und rauh. Viola Mandini hielt ihn in der rechten Hand, ihr Gesicht war haßverzerrt, als sie sich auf mich warf und mir mit dem Stein den Schädel einschlagen wollte.

Ich ließ sie kommen, wartete ab, bis sie nah genug heran war, und hebelte ihr dann ein Bein weg.

Die Mandini verlor das Gleichgewicht und fiel hin. Wie es ihr erging, sah ich nicht mehr, denn ich mußte mich um meinen zweiten Gegner, den Ghoul, kümmern.

Er wälzte seinen Körper auf mich zu. Die Zähne hatte er gefletscht, alles zerreißende Hauer, die mich umbringen wollten. Ich lag noch immer am Boden, schnellte hoch, lief zwei torkelnde Schritte, weil ich in der Bewegung stolperte, und hechtete dann hinter dem nächsten Grabstein in Deckung.

Der Angriff des Ghouls verpuffte.

Er mußte sich erst wieder etwas Neues ausdenken, um mich zu packen. Aber da kam er gerade an den richtigen. Jetzt hatte ich Zeit, um ihn zu erledigen.

Diesmal hielt ich die mit Silberkugeln geladene Beretta schußbereit in der rechten Hand. Ich wollte den verdammten Ghoul durch eine schnelle Kugel zur Hölle schicken, schließlich hatte ich noch die beiden Frauen als Gegner vor mir, und die waren weiß Gott gefährlich genug.

Der Ghoul war verschwunden!

Im ersten Augenblick glaubte ich an eine Täuschung, aber es stimmte tatsächlich. Ich sah ihn nicht mehr.

Dafür die Mandini, die auf allen vieren über den Friedhof robbte und ebenfalls hinter einem Grabstein Deckung suchte.

Und dann krachte ein Schuß.

Ich hörte ein dumpfes Wummern, das über den gesammten Totenacker hallte und erst am Waldrand verstummte. Unwillkürlich zuckte ich zusammen und sah den Einschlag der Kugel, wie sie in den Grabstein hieb, hinter dem ich lag.

Das Geschoß hatte ihn an der Schmalseite getroffen, dort einen langen Streifen gerissen und mir Staub ins Gesicht gestäubt.

Sofort ließ ich mich fallen und wirbelte noch in der Bewegung herum.

Ich wollte sehen, wer mir diesen Gruß aus Blei geschickt hatte.

Nicht Viola Mandini und auch nicht Lady X, die sich überraschenderweise ruhig verhielt, sondern der Ghoul.

Mochte der Teufel wissen, wie er es geschafft hatte, den Revolver der Mandini mit seinen unförmigen Fingern zu bedienen.

Und er hielt ihn abermals schußbereit.

Ich rollte mich zur Seite. Genau in dem Augenblick, als die Waffe zum zweitenmal krachte.

Vor dem Grabstein hieb das Geschoß in den Boden und wirbelte dort die Erde auf. Der Dreck überschüttete mich wie ein feiner Regen.

Ich lag auf dem Bauch, sah vor mir den widerlichen Ghoul, wie er seine Waffe zum drittenmal schwenkte und dabei auf mich anlegte.

Diesmal war ich schneller.

Einmal drückte ich ab.

Nur kurz sah ich die gelbrote Stichflamme vor der Mündung. Und sie war noch nicht verschwunden, als die geweihte Silberkugel schräg in den Körper des Ghouls hineinfuhr.

Der Dämon zuckte zusammen. Er kam trotzdem noch zum Schuß, aber die Kugel wischte an mir vorbei und verschwand irgendwo im Gelände.

Der Ghoul brach zusammen. Das heißt, er ging in die Breite, wobei sich von seinem Körper dicke Tropfen lösten und an langen Fäden zu Boden platschten, wo sie große Lachen bildeten, die eklig stanken und langsam im Boden versickerten.

Auch die schwere Waffe fiel zu Boden. Der Ghoul konnte sie nicht mehr halten, weil sich seine Hand ebenfalls aufgelöst hatte.

Zum Teil konnte ich aufatmen.

Doch es bestand kein Grund zur Freude. Die Ghouls hatte ich zwar erledigt, aber es gab da noch zwei Frauen, die zumindest ebenso gefährlich waren.

Nur – wo steckten sie?

Mit schußbereiter Waffe drehte ich mich im Kreis – und sah die Mandini.

Sie hetzte soeben über den Friedhof und wollte im Wald untertauchen. Verdammt, das war schlecht, denn die Frau hatte bereits einen zu großen Vorsprung erreicht.

Ich startete.

Dabei versuchte ich, ihr den Weg abzuschneiden. Ich dachte an Kommissar Mallmann, wobei ich hoffte, daß er mit Lady X fertiggeworden war, denn von beiden hatte ich in den letzten Minuten nichts mehr gehört.

Mit gewaltigen Sätzen sprang ich über die Gräber, trotzdem hätte ich die Frau kaum vor dem Wald eingeholt, wenn sie nicht Pech gehabt hätte.

Über was sie stolperte, sah ich nicht. Auf jeden Fall lag sie plötzlich am Boden, und ich hörte ihren wilden Schrei, der über den Friedhof gellte.

Meine Chance!

Ich flog förmlich über zwei Gräber hinweg und der Mandini genau in den Weg.

Im letzten Augenblick erkannte sie die Gefahr, wollte noch zur Seite wegtauchen, aber sie schaffte es nicht mehr. Plötzlich hatte ich sie gepackt. Meine Arme umschlangen ihre Hüften, ich riß die Mandini zu Boden.

Gemeinsam fielen wir auf die weiche Erde.

Das Weib spuckte Gift und Galle. Sie fluchte, beschimpfte mich, schlug und trat um sich, und ich bekam so manchen Hieb ab.

Ich griff zu härteren Maßnahmen.

Ein Karateschlag mittleren Kalibers ließ sie steif werden. Viola stöhnte auf und dachte nicht mehr an Gegenwehr. Sie blieb liegen, schmerzverzerrt das Gesicht, aber nicht bewußtlos.

Ich kniete vor ihr. »Das hätten Sie sich sparen können«, sagte ich.

»Halt die Schnauze, Bulle.«

»Immer noch nicht vernünftig geworden?«

»Halt's Maul, Mann!«

Dieser Mörderin war wirklich nicht zu helfen. Weder im Guten noch im Bösen. Deshalb packte ich sie am Arm und zog sie auf die Beine. »Okay, Viola, Sie gehen jetzt mit mir, und da gibt es keine Widerrede.«

Sie wollte mich anspucken, ich nahm den Kopf rasch genug zur Seite und zog sie hoch.

Plötzlich wurde sie ruhig und grinste mich sogar an. »All right, John, du kannst mich mitnehmen.«

Den Stimmungswechsel konnte ich mir nicht so rasch erklären, doch als ich ihren verschwommenen Blick sah, da wußte ich, was diese Frau vorhatte.

»Spielt sich nichts ab«, sagte ich hart. »Sie kommen jetzt mit.«

Viola hob die Schultern und drehte sich um. Gehorsam trottete sie vor mir her.

War ihr Widerstand gebrochen? Ich hoffte es, und ich dachte gleichzeitig an Lady X. Mit der würde ich es bestimmt nicht so einfach haben...

Lady X war nicht nur brutaler als die meisten Verbrecher, sie konnte auch verdammt viel einstecken. Sie hatte als Terroristin ein mörderisches Training hinter sich gebracht und war praktisch jeder gefährlichen Situation gewachsen.

Deshalb fand sie sich auch sofort zurecht, als sie aus ihrer Bewußtlosigkeit erwachte.

Nur für einen Moment spürte sie die Schwäche, dann vertrieb ihr Wille sie aus dem Körper.

Noch immer hockte sie im Grab.

Klar und deutlich standen die Ereignisse der Vergangenheit vor ihren Augen.

Sinclair war da!

Diese Tatsache drängte alle anderen in den Hintergrund. Und Sinclair sollte sterben – durch ihre Waffe.

Die UZI besaß sie noch. Die Maschinenpistole lag neben ihr, und wie die Kralle eines Geiers, so griffen ihre Finger nach der Waffe, die für sie die einzige Lebensversicherung darstellte.

Sie mußte den Kommissar zur Seite schieben, um aus dem Grab klettern zu können. Für einen Moment durchzuckte sie der Gedanke, Will Mallmann umzubringen. Dann jedoch dachte sie daran, daß eine Schußfolge ihren Standort verraten könnte, und sie hob sich das für später auf. Mallmann war gefesselt, der lief ihr nicht weg.

Zuerst war Sinclair dran.

Lady X hatte die Augen überall, als sie aus dem Grab stieg. Doch von Sinclair und Viola Mandini sah sie ebensowenig etwas wie von dem Ghoul, den sie im übrigen schon abgeschrieben hatte. Sie kannte den Geisterjäger und wußte, daß er mit solchen Geschöpfen kurzen Prozeß machte.

Geduckt blieb sie neben dem Grab stehen. Die UZI hatte sie schußbereit. Das Gesicht war eine Maske der Konzentration und Anspannung.

Wo steckten die beiden?

Ihre Blicke glitten zum Waldrand. Da der Himmel sternenklar war und auch ein halber Mond sein fahles Licht auf den Friedhof schickte, sah sie die beiden am Waldrand.

Viola Mandini schritt vor Sinclair her.

Damit war für die Scott alles klar. Sinclair hatte es geschafft, Viola Mandini zu überwältigen.

Das war nicht weiter tragisch, denn noch hatte er sie, Lady X, nicht entdeckt. Und die Scott dachte auch gar nicht daran, sich einfangen zu lassen.

Sie huschte geduckt ein paar Schritte zur Seite und fand hinter einem großen Grabstein Deckung.

Jetzt konnten die beiden kommen.

Und sie kamen.

Völlig ahnungslos schritten sie über den Friedhof und würden die Deckung der Scott in etwa zehn Schritten Entfernung passieren. Für eine absolut tödliche Garbe aus der Maschinenpistole gerade die richtige Entfernung.

Lady X hatte auch nicht vor, John Sinclair zu warnen. Sie wollte sofort schießen.

Immer wieder sicherte der Geisterjäger nach allen Seiten, doch er konnte die Frau nicht sehen.

Jetzt befanden sie sich mit dem Grabstein auf gleicher Höhe.

Die nächsten Schritte.

Zwei, drei...

Langsam richtete Lady X sich auf. Sie sah den Rücken des Geisterjägers und zielte genau...

Natürlich rechnete ich mit einer Gefahr. Und natürlich hatte ich meine Augen überall, aber ich entdeckte von Lady X nicht einen Haarstreifen.

Entweder war sie geflohen, oder aber sie lag noch immer in dem verdammten Grab. Zusammen mit Will Mallmann.

Die Mandini sagte nichts. Brav, beinahe zu brav trottete sie vor mir her und hielt den Kopf gesenkt, wobei ihre Blicke den Boden absuchten, als würde dort Gold herumliegen.

Wir hatten es nicht mehr weit zu dem bewußten Grab. Der Friedhof wurde fahler als zuvor, und manches Unkraut glänzte, als wäre es mit Silber angemalt worden.

Wir passierten die Grabsteine. Dabei hatte ich immer ein komisches Gefühl, denn hinter jedem dieser hohen Dinger konnte eine Gefahr lauern.

Nichts geschah.

Das war mir schon bald unheimlich, doch dann überstürzten sich die Ereignisse...

Ich kann gar nicht so schnell berichten, wie alles geschah.

Eine grelle Stimme schrie: »Sinclair!«

Der Junge!

Während sein Warnschrei noch über den Friedhof zitterte, hechtete ich mit einem gewaltigen Satz nach links.

Im nächsten Augenblick begann eine Maschinenpistole zu rattern. Sie spielte ihre mörderische, tödliche Melodie, spuckte das Blei aus, und als ich zu Boden prallte, nahm ich nicht nur den Widerschein des Mündungsfeuers wahr, sondern sah auch, wie Viola Mandini unter den Einschlägen zusammenzuckte.

Die Garbe, die mir zugedacht gewesen war, hatte sie voll in den Rücken getroffen.

Zwei torkelnde Schritte lief sie noch, dann fiel sie zu Boden und blieb mit dem Gesicht nach unten liegen.

Ich schoß.

Wahllos feuerte ich, hoffte auf einen Glückstreffer, während ich mich um die eigene Achse drehte und glücklicherweise hinter einem Stein Deckung fand.

Das MPi-Feuer verstummte.

Dafür hörte ich hastige Schritte, die sich schnell entfernten. Da suchte jemand das Weite.

Ich spritzte hoch aus meiner Deckung und sah Lady X über den Friedhof rennen.

Sie hatte die Flucht ergriffen.

Und sie hatte einen Vorsprung, den ich wohl kaum einholen konnte. Trotzdem versuchte ich es.

Im Laufen lud ich meine Beretta nach. Ich mußte etwas haben, womit ich mich verteidigen konnte.

Ich sah den schreckensbleichen Jungen, der mir das Leben gerettet hatte, am Waldrand stehen und jagte weiter, zwischen die dicht stehenden Bäume.

Ich wollte sie packen.

Lady X feuerte.

Im Laufen schoß sie zurück. Das Blei orgelte durch den Wald, riß Zweige von den Bäumen ab und fetzte die Rinde von den Stämmen, mich aber erreichten die Kugeln nicht.

Lady X schlug den Weg ein, wo auch Will Mallmanns Opel Manta stand. Mir kam der Verdacht, daß die Scott dort auch ihr Fahrzeug geparkt hatte.

Ich beeilte mich noch mehr.

Ob ich aufgeholt hatte, wußte ich nicht. Auf jeden Fall hörte ich noch eine kurze Schußgarbe.

Unwillkürlich zog ich den Kopf ein, doch die Kugeln pfiffen nicht einmal in meine Richtung.

Die Arme hatte ich als Deckung vor mein Gesicht gerissen, während ich mit langen Sprüngen durch den Wald hetzte.

Ein dröhnendes Geräusch drang an meine Ohren.

Lady X hatte ihren Wagen erreicht und den Motor angelassen. Und ich hatte von Wills Wagen keinen Schlüssel. Wertvolle Zeit würde vergehen, bis ich die Scheibe eingeschlagen und das Fahrzeug kurzgeschlossen hatte.

Ich erreichte die Lichtung in dem Augenblick, als Lady X ihren BMW mit durchdrehenden Reifen startete. Der Boden wurde aufgewühlt, eine dicke Auspuffwolke stach als stinkender Nebel hervor und quirlte mir entgegen.

Der Wagen war zu schnell für mich.

Nach wenigen Metern mußte ich meinen Lauf abbremsen, machte kehrt und rannte die paar Schritte zum Manta zurück.

Er stand seltsam schief.

Den Grund erkannte ich sofort.

Lady X hatte den linken Vorder- und Hinterreifen zerschossen sowie eine Garbe durch das Seitenfenster gejagt und die Konsole zertrümmert. Vom Funkgerät waren nur noch Reste zurückgeblieben.

Lady X war wieder einmal entkommen.

Vor Wut schlug ich mit der Faust auf das Autodach.

Wesentlich langsamer ging ich zurück.

Will Mallmann und Werner Tonagel umstanden die Tote. Mein deutscher Freund sah käsig aus, während der junge Werner Tonagel am gesamten Körper zitterte.

Ich bedankte mich bei ihm für die Lebensrettung. Er nickte nur und sagte leise: »Ich habe einfach geschrien.«

Dann kniete ich neben der Toten nieder. Sämtliche Kugeln hatten sie getroffen. Sie mußte sofort tot gewesen sein, als sie den Boden berührt hatte.

Viola Mandini hatte das Schicksal ereilt, das eigentlich mir zugedacht war. Sie hatte nur ein kurzes Gastspiel in der Mordliga gegeben. Mir wäre es lieber gewesen, wenn ich sie hinter Gitter gebracht hätte. Zum zweitenmal.

»Lady X ist verschwunden, nicht wahr?« fragte der Kommissar.

»Leider.«

»Warum hast du sie nicht verfolgt?«

»Fahre du mal mit zerschossenen Reifen, Will. Schätze, das wird dir verdammt schwerfallen.«

Der Kommissar nickte nur. Dann machten wir drei uns zu Fuß auf den Rückweg. Will als Handschellenträger. Den Schlüssel hatte Lady X.

Um den Tod von Hermann Deubzer würde sich Will Mallmann kümmern. Er fand schon Mittel und Wege, um die gesamte Wahrheit zu vertuschen. Er berichtete mir auch über die Motive der beiden Frauen, weshalb sie diesen alten Friedhof aufgesucht hatten.

»Alles dreht sich im Moment um Xorron«, murmelte ich.

»Dann kannst du nur hoffen, daß er niemals gefunden wird«, sagte der Kommissar. Doch er wußte selbst, daß diese Hoffnung auf verflixt tönernen Füßen stand.

Irgendwann würde Xorron erscheinen, dessen war ich mir sicher...

ENDE

Der
Gigant
von
Atlantis

Als die beiden Scheinwerferstrahlen durch das eingeschaltete Fernlicht zu grellen Lichtspeeren wurden und mich blendeten, da wußte ich, daß man mich töten wollte.

Wer raste schon mit solch hoher Geschwindigkeit durch die enge Straße? Das bucklige Kopfsteinpflaster zerstörte doch jegliche Fahrfreude.

Dicht an dicht standen die Häuser zu beiden Seiten. Da gab es keine Einfahrt und auch keine Lücke, in die ich mich hätte hineinwerfen können.

Die Lichtkegel explodierten vor meinen Augen zu grellen Sonnen, und wenn mir in den nächsten zwei Sekunden nichts einfiel, würde mich dieses schwarze, rasende Ungeheuer überrollen.

Einfahrten gab es nicht, aber Türen.

Und in eine ließ ich mich hineinfallen. Sie begrenzte die Rückseite einer Nische, ich krachte gegen das Holz und hatte Angst, daß ich durch die Gegenreaktion wieder nach vorn geworfen wurde. Doch dann hörte ich das Splittern, als das Türholz brach und ich mit dem Ellbogen durch eine Öffnung stieß.

Im nächsten Augenblick war der Wagen vorbei!

Ein Schatten, aus dem grell die beiden Lichter stachen. Ich spürte den Luftzug, der mich noch stärker in die Nische preßte und meine Kleidung flattern ließ. Danach röhrte nur noch der Motor, und auch dieses Geräusch verklang.

Dafür jedoch quietschten die dicken Reifen und rutschten über das Pflaster. Hart wurde der Wagen abgebremst. Er schien hier in der Straße sein Ziel gefunden zu haben.

Ich lag noch unter den Brettern halb begraben und hatte Mühe, mich zu befreien.

Hinter mir begann ein düsterer Flur, in dem es muffig stank. Auch hörte ich eine Stimme.

»Verdammt noch mal, wer hat denn jetzt schon wieder die scheiß Tür eingehauen! Kriegt man denn hier nie Ruhe?«

Ich gab lieber keine Antwort, sondern bemühte mich weiterhin, aus den Trümmern zu klettern.

Während dieses Versuchs dachte ich darüber nach, weshalb ich eigentlich in dieser miesen Gasse gelandet war.

Es ging um Monstermenschen. So jedenfalls behaupteten einige Zeugen. Laut ihrer Aussagen sollten die Monstermenschen angeblich in diesem Viertel aufgetaucht sein. Es waren zwar keine grünen Männchen vom Mars, nur Typen, die einen normalen menschlichen Körper besaßen, aber ein Gesicht, das an eine Mischung zwischen Nashorn und Drachen erinnerte. Grün, schuppig und in der Gesichtsmitte mit einem Horn versehen, das leicht nach oben gebogen hervorstach. Augen hatten diese Wesen ebenfalls. Kleine, funkelnde Pupillen, die eine Farbmischung zwischen Schwarz und Braun zeigten.

So erzählten die Zeugen.

Die Meldung hatte zuerst das zuständige Polizeirevier in dieser Gegend entgegengenommen. Die Beamten lachten darüber, meldeten den Vorfall aber trotzdem weiter, und schließlich landete die Sache auf meinem Schreibtisch.

Von Superintendent Sir James Powell erhielt ich den Auftrag, mich darum zu kümmern.

Und deshalb war ich hier.

Allerdings nicht allein. Mein Freund und Partner Suko hielt sich einen Häuserblock entfernt auf, wo Zeugen ebenfalls diese komischen Monster gesehen hatten.

Grün und schuppig, mit einem Horn versehen.

Sachen gab es. Aber ich wunderte mich über nichts.

Noch war nichts bewiesen, denn der Angriff auf mich konnte auch völlig andere Gründe gehabt haben. Aber mir war es inzwischen gelungen, mich aus den Trümmern zu befreien.

Ich klopfte meinen Mantel ab. Einige Späne fielen noch zu Boden. Sie hatten sich in dem Stoff festgehakt.

Ich blickte nach rechts.

Dort stand der Wagen.

Ich sah dieses dunkle Etwas am Ende der schmalen Straße, aber ich entdeckte keine Menschen.

Lautlos verließ ich meine Deckung und schlich vorsichtig auf das Auto zu. Meine Beretta zog ich aus dem Holster und steckte sie in die Manteltasche.

Dort konnte ich schneller an sie herankommen.

In dem Fahrzeug rührte sich nichts. Es blieb alles still, und man konnte das Gefühl haben, daß überhaupt kein Fahrer hinter dem Steuer gesessen hatte.

Ich erreichte das Heck des Fahrzeugs und schaute durch die Rückscheibe.

Der Innenraum war leer.

Den Wagen identifizierte ich als einen schwarzen Mercedes der oberen Preisklasse. Wahrscheinlich war er gestohlen.

Ich probierte, die Tür zu öffnen.

Sie war offen.

Ich konnte es nicht lassen und stecke meinen Kopf in das Innere. Sofort fiel mir der Geruch auf.

Er war irgendwie seltsam, mit bekannten Gerüchen und Düften überhaupt nicht zu vergleichen. Es roch auch nicht nach Moder oder Verwesung, eher nach einem ranzigen Küchenduft.

Ich schloß die Tür wieder.

Leider hatte ich nicht gesehen, wie viele Personen in dem Wagen gesessen hatten, aber von allein war er sicherlich nicht gefahren. Ich drehte mich um und ließ meinen Blick über die Hausfronten gleiten.

Um diese Zeit, es war fast eine Stunde nach Mitternacht, brannte hinter den meisten Scheiben kaum Licht. Alles war dunkel, nur hin und wieder sah ich einen helleren Schein.

Da die Häuser sehr eng nebeneinander standen, hatte ich praktisch drei Türen zur Auswahl, wo die Fahrer oder Mitfahrer hätten verschwinden können.

Da war guter Rat teuer.

Als ich mich nicht direkt entscheiden konnte, nahm ich die mittlere Tür.

Mit dem Handballen der Linken drückte ich sie auf, während ich meine Rechte in die Tasche versenkt hatte und die Finger dort den Griff der Beretta umklammerten.

Dunkelheit.

Irgendwie wattig und gespenstisch kam sie mir vor. Ein Schauer lief mir über den Rücken, hier konnte alles lauern, nur nichts Gutes. Ich holte meine Minilampe hervor, schaltete sie ein und ließ den fingerbreiten Strahl langsam wandern.

Er strich über einen schmutzigen Fußboden, auf dem ich keinerlei Spuren oder Hinweise erkennen konnte. Zahlreiche Hausbewohner hatten hier ihren Abfall hinterlassen.

Eine Treppe.

Alt, brüchig, hölzern. Sie stach in die Höhe. Ihr gegenüber lagen mehrere Türen, hinter denen ich keinerlei Geräusche vernahm.

Ich wollte das Haus durchsuchen und schritt langsam die morschen Stufen hoch.

Sie ächzten unter meinem Gewicht, bogen sich durch, hielten aber. Auf dem ersten Absatz blieb ich stehen und blickte hoch.

Es war hier nicht mehr so dunkel, aber auch nicht still. Unter mehreren Türen drang Lichtschein hervor, der ein Streifenmuster auf den Boden zeichnete.

Dann hörte ich das Stöhnen.

Das Geräusch kannte ich, und meiner Ansicht nach war es hinter der ersten Tür links hervorgedrungen.

Sollten die unbekannten Fahrer des Wagens sich dort vielleicht versteckt halten?

Ich wollte es genau wissen.

Bevor ich jedoch ging, hörte ich das leise Piepen. Suko meldete sich. Wir standen per Walkie-talkie miteinander in Verbindung.

Ich zog das flache Gerät aus der Tasche und wisperte: »Was ist los?«

»Bei mir ist alles ruhig.«

»Hier aber nicht.« In Stichworten erklärte ich dem Chinesen, was sich ereignet hatte.

»Soll ich kommen?«

»Wäre besser.«

»Okay, John. Willst du warten?«

»Nein, ich dringe in die Wohnung ein. Das Stöhnen klang mir verdammt echt.«

»Viel Glück – Ende!«

Ich steckte das Gerät wieder weg. Mit zwei Schritten stand ich vor der bewußten Tür.

Meine Hand legte sich wie von selbst auf die Klinke. Ich drückte sie nach unten und konnte die Tür aufstoßen.

Mit schußbereiter Beretta betrat ich den Raum.

Eine Lampe brannte. Ihr Licht wurde durch einen grünen Schirm gedämpft, so daß das Zimmer nicht vollständig erleuchtet wurde. Die Lampe stand auf einem kleinen Tisch, der wiederum seinen Platz zwischen dem alten Metallbett und einem wackligen Schrank gefunden hatte.

Von dem Bewohner keine Spur.

Aber es gab noch eine Tür zum Nebenraum. Sie stand spaltbreit offen. Von dort hörte ich auch die Geräusche.

Kehlige Laute, krächzend ausgesprochen, nicht zu verstehen, mir aber dennoch bekannt.

So sprachen Dämonen!

Plötzlich steckte ich wieder mitten in einem Fall. Mein Körper spannte sich, ich war äußerst konzentriert, als ich mich der zweiten Tür näherte.

Meine Gummisohlen verursachten kein Geräusch, so daß ich ungehört bis zur Tür gelangte und sie aufstoßen konnte.

Auch in dem zweiten Zimmer brannte eine Lampe. Sie gab noch weniger Licht.

Trotzdem sah ich die beiden Gestalten, die mir den Rücken zuwandten und auf einen dritten Mann starrten, der am Boden lag, die Beine angezogen hatte und stöhnte.

Die beiden mußten ihn gequält haben.

In mir vereiste etwas, denn wenn ich eins nicht leiden konnte, war es die Unterdrückung Schwächerer.

»Was geht hier vor?« peitschte meine Stimme...

Die beiden Eindringlinge reagierten erst einmal gar nicht. Steif blieben sie stehen. Sie wandten mir den Rücken zu, und ich konnte einen Schritt in das Zimmer gehen.

Dann erst drehten sie sich um.

Langsam, als wollten sie das richtig auskosten, was sie mir zu bieten hatten.

Ich war auf einiges gefaßt, aber der Anblick, den mir die Köpfe der beiden boten, erschreckte mich doch.

Die Zeugen hatten nicht gelogen.

Ich sah mich tatsächlich zwei Monstern gegenüber, deren Schädel grün schillerten, mit zahlreichen Schuppen besetzt waren und aus dessen Gesichtsmitte tatsächlich ein nach oben gekrümmtes Horn wuchs wie bei einem Nashorn.

Ich schluckte.

Dann schüttelte ich den Kopf. Diese Monster waren wirklich einmalig. Ich hatte schon viele Dämonen gesehen, aber keine Nashörner in Menschengestalt, nur einmal auf der Bühne, bei einem Theaterstück. Aber da war alles Pappmaché gewesen. Hier jedoch sah ich, daß die Köpfe echt waren. Sie saßen auf den normalen Hälsen und waren eins mit dem Oberkörper.

Sie starrten mich an.

Dabei sagten sie kein Wort, doch in ihren tückischen Augen las ich mein Schicksal.

Sie wollten mich töten!

Ich beschrieb mit der Beretta einen Halbkreis, der auch von den Dämonen verstanden werden mußte.

Sie rührten sich nicht.

»An die Wand!«

Das Gegenteil taten sie. Die beiden gingen langsam vor. Sie hatten normale Hände, deren Finger aber überdurchschnittlich lang waren.

Und dann warfen sie sich auf mich.

Ich feuerte.

Die Silberkugel traf. Einen zweiten Schuß konnte ich nicht mehr abfeuern, weil mich die Wucht des anstürmenden Monsters zurück gegen das Holz warf. Die Tür knallte ins Schloß.

Plötzlich spürte ich zwei Pranken auf meinen Schultern, die mich hart gegen das Türblatt drückten. Gleichzeitig senkte der Dämon vor mir seinen Schädel, und auf einmal wurde mir klar, was er vorhatte.

Er wollte mir sein Horn in den Leib stoßen!

Mit aller Kraft stemmte ich mich gegen das Untier, versuchte, es zurückzudrücken, stieß ihm meine Knie in den Leib, verschaffte mir etwas Platz und konnte ein Bein anwinkeln.

Das stieß ich vor.

Wuchtig rammte ich es dem Untier in den Leib. Mein Trick hatte Erfolg, die Hände rutschten herab, und das unheimliche Monster wurde quer durch das Zimmer geschleudert, so daß es dicht neben dem Fenster gegen die Wand krachte.

Aber wo steckte das zweite?

Ich sah es nicht mehr. Statt dessen jedoch eine grünlich schimmernde Wolke, die träge durch das Zimmer zog. Meine Silberkugel hatte den Unheimlichen zerstört.

Das zweite Monster reagierte instinktiv. Noch mehr duckte es sich zusammen, dann sprang es zur Seite und war im nächsten Augenblick verschwunden. Dort, wo es gestanden hatte, schlug die Luft mit einem pfeifenden Geräusch zusammen.

Der Verletzte und ich blieben allein im Zimmer zurück.

Ich beugte mich über ihn und erschrak. Zum erstenmal sah ich seine Verletzungen genauer.

Dem Mann konnte wohl niemand mehr helfen. Die beiden Monster mußten ihn grausam gefoltert haben. Er stand bereits auf der Schwelle zum Tod. Ich berührte seinen Kopf und legte ihn so, daß der Schwerverletzte mich ansehen mußte.

»Hören Sie mich?« fragte ich ihn.

»Ja.« Die Antwort war ein Hauch.

»Wer hat das getan?« fragte ich. »Und warum ist das getan worden? Können Sie mir eine Auskunft geben?«

Rasselnde Atemzüge drangen aus dem Mund des Todgeweihten. Blutige Bläschen standen vor seinen Lippen. Ich rechnete schon nicht mehr mit einer Antwort, als der Mann seine Augen noch einmal öffnete und sich sein Blick klärte.

»Sie wollen die... Figur...«

»Welche Figur?«

»Die kleine... in... der Schublade. Ich habe sie auf... Vorsicht, Mister, sie scheint gefährlich zu sein... lange gesucht... es müssen mehrere Figuren da sein... die Monsterfalle... andere Dimensionen. Sie wollen sie zurückhaben...«

»Was wollen sie zurückhaben?« fragte ich. »Die Figur?«

Ich erhielt keine Antwort mehr. Die Augen des Mannes brachen. Ich kannte den Blick. So schauten nur Sterbende. Ein letzter Atemzug, ein verzweifeltes Luftholen, als sich der Körper gegen den drohenden Tod stemmte.

Ich erhob mich. Nie hätte ich gedacht, daß ich so schnell wieder in einen neuen Fall hineinrutschen würde. Gerade erst aus Deutschland zurückgekehrt, wo Viola Mandini den Tod gefunden hatte, wartete bereits ein anderes Abenteuer auf mich. Viola Mandini hatte nur ein kurzes Gastspiel in der Mordliga gegeben.

Mir wäre es lieber gewesen, wenn ich sie wieder hinter Gitter gebracht hätte.

Jetzt steckte ich mitten in dem neuen Fall. Worum es ging, wußte ich nicht, aber ich hatte einen Hinweis.

Da ging es um eine Figur und um Besuche aus einer anderen Dimension.

Daher stammten also diese schrecklichen Dämonen mit den menschlichen Körpern und den Nashornschädeln.

Aber aus welcher Dimension?

Es gab unzählige Jenseitswelten. Man konnte sie wirklich nicht erfassen. Und jedes Reich war irgendwie anders, vielschichtig, manche standen auch untereinander in Verbindung. Es existierten Überlappungsgegenden, wo sich die Dimensionen trafen und wo es manchmal Risse im Gefüge gab. Dann war es möglich, daß Wesen aus einer anderen Dimension auf die Erde gelangen konnten und auch umgekehrt.

Diese Gedanken gingen mir durch den Kopf, als ich das erste Zimmer dieser kleinen Wohnung betrat.

Der Sterbende hatte in den letzten Sekunden seines Lebens von einer Schublade gesprochen.

Wo fand ich die?

Über die Einrichtung habe ich ja schon berichtet und auch über die miese Beleuchtung. Der Tisch stach mir ins Auge. Sicherlich war er das einzige Möbelstück, das eine Schublade hatte. Vorher jedoch schloß ich die Tür, denn ich hatte auf dem Gang Stimmen gehört. Und Zuschauer waren das letzte, was ich gebrauchen konnte.

Die Schublade war kaum gefüllt. Zuerst sah ich den schwarzen Kugelschreiber, dann stach mir ein populärwissenschaftliches Magazin ins Auge, das in den USA erschien.

Ich blätterte es durch.

Ein Artikel war rot angestrichen.

ATLANTIS' ERBE IST UNTER UNS! So lautete die Überschrift. Ich war sicher, daß dieser Bericht etwas mit den vergangenen Ereignissen zu tun hatte, deshalb steckte ich die Zeitschrift ein.

Dann zog ich die Schublade weit auf, und da rollte mir schon eine kleine Figur entgegen.

Ich nahm sie in die Hand und drehte sie so, daß ich das Vorderteil ansehen konnte.

Die Figur zeigte eine haargenaue Abbildung des Monsters, mit dem ich gekämpft hatte. Ich sah die menschliche Gestalt, aber ein nashornähnliches Gesicht. Sogar die kleinen Augen waren gut zu erkennen und das unter dem Horn befindliche breite Maul.

Die Figur war nicht größer als mein Mittelfinger, doch ungewöhnlich schwer.

Ich besah mir das Material genauer. Aus Holz bestand dieser kleine Talisman nicht, aus Eisen ebenfalls nicht. Er mußte aus einer Legierung bestehen, die ich nicht kannte. Unsere Chemiker würden sie aber sicherlich herausfinden.

Auch spürte ich die seltsame Wärme, die von der Figur ausging. Etwa so wie mein Kreuz, wenn es sich leicht erwärmte und dadurch anzeigte, daß sich finstere Mächte in der Nähe befanden.

Ich ließ den Fund in meiner Tasche verschwinden, blickte zufällig zur Tür, sah sie spaltbreit offen und entdeckte auch ein neugieriges Augenpaar.

Rasch ging ich hin.

Das Augenpaar verschwand, doch als ich die Tür aufriß, schaute ich in die Gesichter von fünf Menschen.

Drei Männer und zwei Frauen. Die Frauen trugen Morgenmäntel über ihren Nachthemden.

Finster sahen sie mich an. Ich zeigte ihnen meinen Ausweis. »Der Mieter dieser Wohnung ist tot«, erklärte ich und sah, wie die Menschen blaß wurden. »Kann mir einer von Ihnen den Namen des Mannes verraten?«

»Ja, er hieß Rip Galewsky. Vor drei Jahren ist er aus Polen geflohen.« Der Mann, der mir die Frage beantwortete, knetete seine abgearbeiteten Hände.

»Und mehr wissen Sie nicht über ihn?«

»Doch, er war ein seltsamer Kauz.«

»Inwiefern?«

»Der hatte solch ein komisches Hobby.«

»Welches Hobby?«

»Für uns war er verrückt«, erklärte der Mann mit überzeugter Stimme. »Der sprach immer von anderen Welten. Von Dämonen und so einem Zeug. Er war davon überzeugt, daß es die tatsächlich gab. Erst vorgestern kam er zu meiner Alten und mir. Er sagte, er hätte jetzt das große Geheimnis gefunden.«

»Hör doch auf!« mischte sich seine bessere Hälfte ein. »Mr. Galewski war schon in Ordnung. Und jeder kann ja ein Hobby haben. Du hast eben die Sauferei, er war anders als du, ein feiner Mensch, so wie du nie werden wirst.«

»Misch du dich nicht ein, Alte!« zischte der Mann.

Die anderen lachten über das Ehepaar. Die beiden sahen auch wirklich stark aus. »Sie sprachen vorhin von einem Geheimnis, wenn ich Sie recht verstanden habe?«

»Ja, das stimmt.«

»Können Sie darauf näher eingehen?«

»Nein. Mir hat der Kerl nichts erzählt. Da müssen Sie meine Alte fragen. Die verstand sich besser mit ihm, weil sie immer denkt, sie wäre was Besseres.«

Ich lächelte der Frau zu. »Madam, wenn Sie mir vielleicht helfen könnten...?«

So hatte sie wohl selten jemand angesprochen. Die Frau wurde direkt rot und warf ihrem Gatten einen triumphierenden Blick zu. »Genaues kann ich Ihnen natürlich auch nicht sagen, aber Mr. Galewski sprach immer davon, daß wir nicht allein auf der Welt wären. Und er redete von versunkenen Kontinenten und Jenseitsreichen. Er war ein sehr gebildeter Mensch, wissen Sie.«

»Ein Quatschkopf war er!« brummte der Dicke, und die anderen Zuhörer lachten.

»Was weißt du denn schon?«

Bevor die beiden ihren großen Ehekrach anfangen konnten, stoppte ich sie. »Moment, jetzt mal im Klartext. Wissen Sie konkret, womit sich der Mann beschäftigt hat?«

»Nein.«

»Hat er jemals etwas von einer kleinen Figur mit einem Nashornkopf erwähnt?«

»Auch nicht.«

»Haben Sie denn solche Wesen gesehen?« fragte ich weiter.

Die Frau nickte. »Wir allerdings nicht«, schwächte sie dann ab. »Wir haben davon gehört.«

»Ja, schon gut.«

Schritte ertönten auf der Treppe. Ich peilte an meiner korpulenten Zeugin vorbei und sah Suko die Stufen hochwetzen. Ich hob die Hand und winkte ab. »Alles klar, Alter.«

»Und?« Suko blieb neben mir stehen.

»Sage ich dir gleich.« Ich wandte mich an das nette Zeugenehepaar. »Dann danke ich Ihnen sehr, Madam. Und auch Ihnen, Mister. Sie waren mir beide eine große Hilfe.«

Das tat ihnen gut und würde wahrscheinlich einen Streit von vornherein ausschließen.

Mit Suko ging ich in die Wohnung, wo der tote Rip Galewski lag. Neben der Leiche blieben wir stehen.

»Mann«, flüsterte Suko, »das ist ein Ding. Was haben Sie mit dem armen Kerl gemacht, und wer war es?«

»Die zweite Frage kann ich dir beantworten«, erwiderte ich. »Es waren tatsächlich die Nashornmenschen.«

Suko starrte mich groß an. »Wirklich?«

»Ja.«

Der Chinese schüttelte den Kopf. »Wie ist das möglich?« fragte er leise.

Ich hob die Schultern. »Vielleicht gibt uns das eine Erklärung«, erwiderte ich und holte die Zeitschrift hervor, die ich in der Schublade gefunden hatte. Rasch schlug ich den Artikel auf.

»Atlantis' Erbe ist unter uns«, buchstabierte Suko. Dann sah er mich an. »Sollten die Spuren wieder nach Atlantis führen?«

»Sieht so aus.« Ich räusperte mich und steckte die Zeitschrift wieder weg. »Darüber müßten eigentlich Myxin und Kara besser Bescheid wissen.«

»Wenn wir sie finden.«

Da hatte Suko ein wahres Wort gesprochen. Myxin und Kara hatten sich vor kurzem getroffen. Die Schöne aus dem Totenreich gehörte zu den Menschen, die die große Katastrophe von Atlantis überlebt hatten. Kara war schon einmal gestorben. Ihr Geist hatte das Totenreich durchwandert, und er war auch jetzt in der Lage, die Dimensionen zu durchdringen. Früher waren Myxin und sie Feinde gewesen, doch in der Gegenwart hatten sie sich zusammengetan, um gegen das Böse zu kämpfen. Sie bildeten ein Team, das unabhängig von uns gegen die Mächte der Finsternis antrat. Ich war froh darüber, daß der kleine Magier eine Aufgabe gefunden hatte, denn er wollte sich nicht so recht an uns binden, obwohl er die Schwarzblüter mit Asmodina an der Spitze sehr haßte.

Ich zeigte Suko die Figur. »Die habe ich auch noch gefunden. Sie ist die erste Spur.«

Suko sah sich das Kleinod an und wog es in der Hand. »Ziemlich schwer, nicht?«

Ich nickte.

»Und aus welchem Material besteht sie?«

Da mußte ich die Schultern heben.

»Das werden unsere Chemiker herausfinden«, sagte ich.

»Klar.« Der Chinese gab mir die Figur wieder zurück.

Ich wandte mich zum Gehen und sagte: »Bleib du hier, während ich die Mordkommission alarmiere.«

Im Flur standen noch immer die Gaffer. Ich sah zwar die Neugierde auf ihren Gesichtern, aber es traute sich niemand, mich anzusprechen. Ich hätte auch keine Antworten gegeben.

Meinen Bentley hatte ich in einer Nebenstraße abgestellt. Obwohl ich gar nicht lange unterwegs gewesen war, hatte sich auf dem Dach und den Scheiben schon eine Eisschicht gebildet.

Der Winter meinte es besonders gut in diesem Jahr. Als ich beim Yard Bescheid sagte, stöhnten die Kollegen dort auf. Sie waren es gewohnt, von mir zu den unmöglichsten Zeiten aus dem Bereitschaftsdienst gerissen zu werden.

Dämonen halten sich bekanntlich an keine Dienstordnung.

Obwohl die Wagen der Subway bis zum Bersten voll waren, machte es der alten Dame nichts aus, auch noch einzusteigen. Zwei Jugendliche, die sie provozierend angrinsten, musterte sie nur einmal scharf und räusperte sich kurz. Daraufhin wichen die beiden zur Seite.

Als eine junge Frau der älteren ihren Sitzplatz anbieten wollte, schüttelte diese dankend den Kopf. »Den nehme ich erst, wenn ich alt bin«, sagte sie.

Damit war eigentlich alles gesagt. Wer außer Miss Marple konnte schon so reden?

Nur eine. Mrs. Sarah Goldwyn, die Horror-Oma, wie sie von ihren Freunden getauft worden war.

Und das zu Recht.

Mrs. Goldwyn, dreifache Witwe, mit einem Haus in Mayfair, war an allem interessiert, was sich mit Spuk, Grusel und Horror beschäftigte. Sie hatte in ihrer Wohnung eine umfangreiche Bibliothek, wo es praktisch alles an Horrorliteratur gab, das auf der Welt verlegt wurde. Und diese Bibliothek erneuerte Sarah Goldwyn jedesmal, so daß sie immer auf dem aktuellsten Stand war. Ihr war keine Mühe zu groß. Oft trieb sie sich in alten Londoner Vierteln herum, wo es noch die Kramläden gab, in denen sie so manches Buch erstanden hatte. Aber sie fuhr auch die Flohmärkte ab, denn da hatte sie bisher die meisten Schätze gefunden. Nichts konnte sie davon abhalten. Weder Kälte, Hitze, Regen noch Schnee. Zweimal im Monat, jeweils Samstags, war die Portobello Road, im Stadtteil Notting Hill, ihr Ziel, wo sie so manche Schätze fand. An jedem Samstag öffnete dieser bekannte Flohmarkt seine Pforten, der auch immer ein Anlaufziel für Touristen war.

Lady Sarah wollte diesem Flohmarkt ihren obligatorischen Besuch abstatten. Vielleicht fand sie wieder etwas für ihre Bibliothek, eine große Tasche trug sie jedenfalls bei sich, und auch ihren Spazierstock mit dem schweren Knauf hatte sie mitgenommen. Dieser Stock hatte es in sich. So mancher Schädel konnte davon ein Lied brummen.

Selbst bei den an Extravaganzen gewöhnten Engländern erregte sie Aufsehen. So manch heimlicher Blick streifte sie, den Lady Sarah wohl bemerkte, aber offiziell nicht zur Kenntnis nahm.

Über 70 Jahre zählte sie. Und noch immer rüstig. Sie lief wie ein Uhrwerk. Das schon ergraute Haar hatte sie immer sorgfältig hochgesteckt. Ihr Gesicht zeigte zwar Falten, aber die Augen blickten hellwach und klar. Zudem hatte Lady Sarah ein Faible für Ketten. Manchmal hängte sie sich drei auf einmal um den Hals. Wenn man sie nicht sah, dann hörte man sie, wenn die Ketten gegeneinander klingelten. An diesem Tag trug sie einen langen blauen Mantel, der mit einem Fellkragen besetzt war, denn auch tagsüber drückte in London die Kälte. Trotzdem hatte sich Lady Sarah auf den Weg gemacht. Das bewies, welch eine Energie in ihr steckte.

Während der Fahrt sprach sie kein Wort, sondern schaute stur geradeaus. An den Haltestellen drängten sich die Fahrgäste an ihr vorbei, andere stiegen zu, doch die meisten wollten zum Flohmarkt in der Portobello Road.

Als die Subway dort hielt, schoben sich die Menschen auf den Bahnsteig, wo andere standen, die schon eingekauft hatten. Vom kleinen Schrank über einen alten Spiegel bis hin zur Kaffeemühle und zum Buch, alles mögliche war dabei.

Sarah Goldwyn ließ sich von der Menge treiben. Die dunkle Einkaufstasche hatte sie in die Armbeuge gehängt, und als es auf die Rolltreppe zuging, sah sie die beiden Kerle wieder, die ihr schon in der Bahn aufgefallen waren.

Sie standen direkt vor ihr und baggerten ein junges Mädchen an, das offensichtlich nichts mit ihnen zu tun haben wollte. Die Typen wurden frech und ließen ihre Finger dorthin gleiten, wo sie nichts zu suchen hatten.

Das sahen natürlich mehrere Zeugen, aber niemand wagte einzugreifen, bis auf Lady Sarah.

Sie stand eine Stufe hinter den Kerlen und dem jungen Mädchen.

Auf halber Höhe sprach sie die Typen an. »Sie sollten sich besser benehmen, meine Herren!«

Ihre Stimme klang scharf und war nicht zu überhören.

Die Kerle drehten sich um.

Lady Sarah funkelte sie an.

»Halt du dich da raus, Oma«, sagte der erste. »Sonst bist du nach ihr an der Reihe.«

Lady Sarah wurde ein wenig blasser. Bei ihr ein Zeichen, daß sie sich ärgerte. »Sie werden unverschämt, junger Mann!« stellte sie sachlich fest und handelte.

So schnell, wie sie mit dem Knauf des Stocks zuschlug, konnte der Sprecher gar nicht reagieren. Es gab ein trockenes Geräusch, als der Stock gegen seine Stirn krachte. Der Bursche verdrehte die Augen und kippte langsam nach vorn. Lady Sarah wich zur Seite, damit der Knabe an ihr vorbeifallen konnte. Hinter ihr wurde er dann aufgefangen.

Die Hand des zweiten Mannes verschwand unter der Jacke. Daß er keinen Strohhalm hervorholen wollte, war klar.

Lady Sarah machte kurzen Prozeß.

Wieder traf der Stockknauf den Kopf des jungen Mannes. Auch dieser Bursche überstand den Schlag nicht. Er meldete sich ab.

Das junge Mädchen starrte die Horror-Oma an. »Sie haben...«, flüsterte sie.

»Genau, ich habe. Als ich noch so jung war wie Sie, hätte mir keine ältere Dame zur Seite zu stehen brauchen. Da gab es nämlich noch Kavaliere, die so etwas übernahmen, nicht wahr, meine Herren?« Lady Sarah sah sich mit blitzenden Augen um. Manch einer senkte betreten den Blick, wenn er sich angesprochen fühlte.

Sie hatten das Ende der Rolltreppe erreicht. Lady Sarah nickte dem jungen Mädchen noch einmal zu und verschwand in der Menge. Schon von hier waren die Buden und Stände zu erkennen. Der Flohmarkt war von einer imposanten Größe. Er war eine kleine Stadt für sich, und man konnte dort praktisch alles kaufen.

Kleider, Töpfe, Haushaltsgeräte, alte Bücher, Zeitschriften, Möbel, viel Krimskrams, Porzellan, tausend Sachen, die an eine Zeit erinnerten, die längst vorbei war.

Es herrschte ein unbeschreiblicher Trubel.

Da gab es Händler, die ihre Waren lautstark anpriesen und sich für die Echtheit verbürgten. Andere sagten gar nichts, sondern hockten um wärmende Feuer herum und sahen zu, daß sie nicht festfroren. Die Stände, wo es heißen Tee gab, waren umlagert. Viele Eltern hatten ihre Kinder mitgenommen, die natürlich an altem Spielzeug interessiert waren.

Für all die Sachen hatte Lady Sarah keinen Blick. Sie kannte sich auf den Londoner Flohmärkten ausgezeichnet aus und wußte genau, wo wer seinen Stand aufgebaut hatte.

Auch hier an der Portobello Road.

Die alte Dame umging den größten Trubel und hielt sich immer an der Südseite des Flohmarkts. Sie interessierte sich für die Ecke, wo die meisten Bücher verkauft wurden. Es gab inmitten des Flohmarkts ein kleines Karree. Dort standen die Händler, die alte Bücher und auch geheimnisvolle Schriften anboten.

Nach einer Viertelstunde erreichte Lady Sarah ihr Ziel. Besonders interessierte sie das große dunkle Zelt, in dem es immer gewisse ›Schätze‹ zu finden gab.

Hier mußte sich die Lady ins Gewühl stürzen, aber sie wurde mit erstaunlicher Routine damit fertig. Sie schob sich an den wesentlich jüngeren Besuchern vorbei und stand schließlich im Innern des großen Zeltes.

Man kannte sie hier. Der Besitzer, er packte soeben eine Kiste mit Büchern aus, lächelte ihr zu.

»Willkommen, Mrs. Goldwyn«, sagte er.

Die Horror-Oma blieb stehen. »Haben Sie etwas Neues zu bieten, Mr. McDaven?«

»O bestimmt. Aus einer Schloßbibliothek in Schottland sind einige Novitäten eingetroffen.«

»Und wo kann ich die finden?«

»Gehen Sie nur durch, Mrs. Goldwyn. Ich hoffe, Sie werden zufrieden sein.«

»Danke sehr, Mr. McDaven.«

Lady Sarah wußte tatsächlich Bescheid. Wie immer hatte Mr. McDaven rechts und links der Zeltwände die langen Holztische aufgebaut. Dort bot er seine Bücher an. Da gab es Taschenbücher, aber auch dicke Wälzer, die zum Teil schon fünfzig und mehr Jahre alt waren. Vier Verkäufer – jeweils zwei an einer Seite – achteten darauf, daß niemand etwas stahl. Diese Bücher interessierten Lady Sarah nicht besonders, obwohl ihren scharfen Blicken nichts entging. Die meisten kannte sie vom Ansehen oder hatte sie zu Hause stehen, Neues war nichts dabei. Die Novitäten standen woanders.

Mrs. Goldwyn wußte auch, wo.

Am Ende war praktisch ein Zelt innerhalb des Zeltes aufgebaut. Ein wesentlich kleineres mit einem flachen Dach und einer Sperrholztür. Hier hatten nur gewisse Leute Zutritt, zumeist Stammkunden. Ein Kontrolleur stand davor und fixierte jeden Kunden sehr sorgfältig. Auch hier war Lady Sarah bekannt.

»Ich darf Sie recht herzlich begrüßen, Mrs. Goldwyn«, sagte der junge Mann.

Er hieß Paul McDaven und war der Sohn des Besitzers. Paul hatte schon die Figur seines Vaters, obwohl er erst zweiundzwanzig Lenze zählte. Ein wenig untersetzt, mit einem kugeligen Bauch und dem gleichen schwarzen Haar. Nur trug Paul es länger als sein Vater.

»Wie geht es Ihnen, Paul?« fragte Mrs. Goldwyn.

»Man schlägt sich durch.«

Die Lady drohte mit dem Finger. »Nun machen Sie mal nicht so auf Pessimist. Schließlich läuft das Geschäft ja ausgezeichnet.«

Paul verzog das Gesicht. »Aber mein Studium nicht.«

»Ja, Sie sollten sich mehr auf den Hosenboden setzen. Mein erster Mann, der große Lord habe ihn selig, hat das auch nie getan. Der ist dann Geschäftsmann geworden und hat an der Börse ein Vermögen gemacht.«

Lady Sarah untertrieb immer gern.

»Das habe ich auch vor.«

»Dann strengen Sie sich mal an, Paul.«

»Ich werde mir Ihre Worte merken.« Paul hielt der älteren Dame die Tür auf, und Lady Sarah betrat ein Reich, das sie so ungeheuer liebte. Ihre Augen begannen zu strahlen, als sie die Regale sah, in denen die Bücher standen. Zwei unter der Zeltdecke hängende Lampen verbreiteten soviel Licht, daß man auch engbeschriebene Seiten lesen konnte.

Mit sachkundigem Blick hatte Mrs. Goldwyn erkannt, wo die Novitäten standen. Außer ihr befand sich nur ein Kunde in dem kleinen Zelt. Es war ein Mann. Er wandte der Lady allerdings den Rücken zu, so daß sie nicht sehen konnte, wie er aussah.

Lady Goldwyn trat an das Regal. Die obersten drei Fächer waren mit den neuen Büchern vollgestellt. Die ältere Dame mußte schon auf die kleine Fußbank klettern, um die Schrift auf den Buchrücken entziffern zu können.

Sie begann zu lesen.

Die Bücher beschäftigten sich mit dem schottischen Hochadel des Mittelalters. Meist Familienchroniken, mit denen die Lady wenig anfangen konnte. Obwohl sie ziemlich begütert war, achtete sie doch auf den Cent. Für diese Preise wollte sie die Bücher nicht erwerben. Es waren allesamt Erstauflagen, und sie stammten aus dem letzten Jahrhundert, wo Chronisten die Geschichten der Familien niedergeschrieben hatten.

Nein, da war nichts dabei.

Lady Sarah betrat wieder den Boden und wandte sich seinem Tisch zu, auf dem zwar einige Bücher lagen, aber auch andere

Dinge wie ein kleines Kästchen aus Mahagoniholz, dessen Deckel eine wertvolle Intarsienarbeit zeigte.

Der Kasten interessierte die Lady. Sie nahm ihn vorsichtig hoch und betrachtete ihn. Ihrer Meinung nach stellte er einen Schmuckkasten dar. Der Verschluß war kunstvoll gefertigt, und Sarah Goldwyn gelang es nur nach einigen Probeversuchen, ihn zu öffnen.

Sie hob den Deckel an.

Überrascht stellte sie fest, daß der Kasten nicht leer war. Auf dem Boden lag eine kleine Figur, etwa so lang wie ein Finger.

Mrs. Goldwyn hob die Figur aus dem Kasten. Sie war überrascht, wie schwer dieser Gegenstand in ihrer Handfläche lag. Der mußte aus Eisen oder einer Legierung bestehen. Noch mehr allerdings wunderte sie sich über das Aussehen der Figur.

Der kleine Körper hatte eine menschliche Form, doch sein Gesicht stach davon völlig ab.

Es war eine regelrechte Fratze und erinnerte Lady Sarah an den Schädel eines Nashorns.

Deutlich war das Horn zu sehen, das hervorstach. Sogar die kleinen Augen erkannte sie, wie auch das unter dem Horn sitzende breite Maul.

Seltsam, diese Figur.

Wo kam sie her?

Lady Goldwyns Interesse war geweckt. Solch eine Figur hatte sie noch nie gesehen, vor allen Dingen faszinierte sie das Gesicht, das auch im Kleinen von seinem Schrecken nichts verloren hatte. Ja, es war ein schrecklicher Ausdruck, und als die Lady das Horn mit der Fingerspitze berührte, da fühlte sie, wie spitz es war. Fast hätte sie sich geritzt.

Mrs. Goldwyn zählte zu den wenigen Personen, die merkten, wenn etwas Unheimliches in der Luft lag. Durch ihr vieles Lesen hatte sie einen sechsten Sinn entwickelt. Und diese Figur war gefährlich, das konnte Sarah Goldwyn spüren.

Irgend etwas stimmte da nicht.

Lady Sarah hielt die Augen halb geschlossen, als sie die Figur anschaute. Sie schien auf eine Bewegung zu lauern, doch da tat sich nichts. Ruhig lag der Fund in ihrer Hand.

Lady Goldwyn hatte sich entschlossen, die Figur zu kaufen.

Sollte es um sie ein Geheimnis geben, wollte sie es herausfinden. Ihre Neugierde war geweckt.

Sie wollte sich umwenden und befand sich schon halb in der Bewegung, als sie neben sich einen Schatten wahrnahm. Lady Sarah, nicht sehr groß, hob den Blick.

Der Mann stand neben ihr!

Und sein Arm fuhr nach unten, wobei seine Hand blitzschnell das rechte Gelenk der alten Dame umklammerte.

Mrs. Goldwyn holte tief Luft. Sie wollte etwas sagen, sich beschweren, als ihr das Wort buchstäblich im Halse steckenblieb, denn sie hatte in das Gesicht des Mannes geschaut.

Das war kein Gesicht mehr.

Der Mann hatte einen Nashornkopf!

Man konnte die alte Dame nicht so leicht schocken. Doch diesen Anblick verkraftete sie nur schwer.

Da stand ein bis zum Hals völlig normaler Mensch vor ihr, der jedoch kein Gesicht, sondern einen Nashornkopf hatte.

Ein Monster...

Sekundenlang war die alte Dame nicht fähig, sich zu rühren. Sie hielt sogar den Atem an und schaute in die kleinen, tückisch funkelnden Augen. Dann riß das Monster an ihrer Hand, es wollte die kleine Figur haben, doch Lady Sarah ließ sie fallen, so daß sie mit einem dumpfen Ton auf dem Bretterboden landete.

Das Monster stieß einen schnaufenden Laut aus und bückte sich. Dabei wollte es nach der Figur fassen, doch nun bewies die alte Dame ihre Cleverness.

Bevor die Pranke zupacken konnte, schob sie mit der Spitze des Stocks die kleine Figur unter das Regal und damit in die Ecke des Zeltes, wo sie irgendwo zwischen den Ritzen des notdürftig zusammengehämmerten Bodens verschwand.

Gleichzeitig sprang Mrs. Goldwyn zurück und begann zu schreien.

Das Monster richtete sich auf.

Paul McDaven, der junge Mann, riß die Tür auf und sprang über die Schwelle.

Er erlitt einen Schock.

Seine Augen weiteten sich, doch bevor er schreien konnte, drückte ihn die Horror-Oma wieder zurück. Sie befürchtete, daß dieses Monster Paul und sie umbringen würde.

Doch der Unheimliche warf sich auf dem Absatz herum und lief auf die Zeltwand zu. Mit seinem Horn schlitzte er sie auf.

Der Stoff riß und knirschte.

Im nächsten Augenblick tauchte der Unheimliche in die entstandene Lücke und war verschwunden.

Lady Sarah Goldwyn atmete auf. Sie sah den leichenblassen Paul McDaven an, dessen stierer Blick die alte Dame zum Lachen reizte. »Nun kommen Sie mal wieder zu sich, junger Mann.«

»Was... was... war das?«

»Ein Monster«, erwiderte die Horror-Oma kühl. »Haben Sie noch nie ein Monster gesehen?«

»Ooohhh nein«, stöhnte Paul. »Ich werde wahnsinnig. Ich drehe durch, ehrlich.« Er raufte sich die Haare.

»In Ihrem Alter hatte ich bessere Nerven.« Ein leichter Vorwurf schwang in Lady Sarahs Stimme mit.

Einige Kunden hatten gemerkt, daß etwas nicht stimmte. Sie traten näher. Sarah Goldwyn beruhigte sie. »Es ist alles in Ordnung, Ladies and Gentlemen, keine Panik.« Lady Sarah lächelte so offen und ehrlich, daß man ihr die Worte auch abnahm.

Sie wandte sich wieder an Paul. »Wollen Sie nicht mit hineingehen? Ich habe da etwas verloren.«

Der junge McDaven blickte sie an. »Ich? Da hinein? Auf keinen Fall, meine Liebe. Nicht für alles Geld der Welt. Wenn dieses Biest nun wieder auftaucht, dann bin ich...«

»Es ist weg.«

»No, ohne mich.«

»Dann gehe ich allein.« Lady Sarah gab sich einen Ruck und betrat das kleinere Zelt, wobei sie demonstrativ die Holztür hinter sich zuzog. Ein wenig komisch war ihr schon, aber das konnte sie vor dem jungen Mann nicht zugeben.

Sie rekapitulierte. Sie hatte an dem kleinen Tisch gestanden, das Kästchen geöffnet, die Figur herausgenommen, und dann war das Monster erschienen.

Blitzschnell...

Und es war wieder verschwunden. Noch immer klaffte der

große Spalt in der Leinwand. Die Horror-Oma wunderte sich nur, daß keiner der Besucher das Monster gesehen hatte. Anscheinend hatte es sich wieder in einen normalen Menschen verwandelt.

Sarah Goldwyn warf einen Blick durch die Lücke.

Nichts zu sehen. Das Monster war und blieb verschwunden. Es schien sich in Luft aufgelöst zu haben. Aber die kleine Figur, die hatte es liegenlassen.

»Da muß man auf seine alten Tage noch auf dem Boden herumrutschen«, beschwerte sich die Lady, ging in die Knie und bewegte sich dorthin, wo sie die Figur ungefähr vermutete. Sie hatte ihr einen ziemlich harten Stoß gegeben.

Neben dem Tisch kroch die Lady entlang und glitt so auf die Zeltwand zu, wo der Holzboden dicht davor aufhörte. Und genau dahinter war die kleine Figur gefallen. Lady Sarah tastete mit den Fingern und fühlte sie.

»Wer sagt's denn?« Sie nahm die Figur an sich und kroch wieder den Weg zurück.

Da ging die Tür auf. Bevor sich die Horror-Oma umdrehen konnte, hörte sie die Stimme des alten McDaven.

»Aber Mrs. Goldwyn, sind Sie denn von allen guten Geistern verlassen? Sie können doch nicht auf dem Boden herumkriechen. Dazu noch in Ihrem Alter.«

»Ein anderer war ja nicht da, der mir helfen konnte. Bitte, seien Sie doch so gut.«

»Gern, natürlich.« Lächelnd ließ sich Lady Sarah hochhelfen. Sie gab sich immer ein wenig schwächer, als sie war. Dann konnte sie sich immer köstlich über ihre Mitmenschen amüsieren.

Schließlich stand sie und wischte mit beiden Händen ihren Mantel ab. »Danke, Mr. McDaven, daß Sie so nett waren und mir geholfen haben.«

»Was haben Sie denn dort am Boden zu suchen gehabt, wenn ich mir mal die Frage erlauben darf?«

»Sie dürfen, mein Lieber, Sie dürfen.« Lady Sarah öffnete ihre rechte Hand.

McDaven schaute auf die Figur. »Deswegen sind Sie auf dem Boden herumgerutscht?«

»Ja.«

»Was wollen Sie denn damit?«

»Die Figur kaufen.«

McDaven begann zu lachen. »Das ist komisch«, sagte er. »Dafür habe ich gar keinen Preis gemacht. Wissen Sie, die lag in dem Kästchen. Wenn Sie das auch noch mitnehmen würden, dann würde ich Ihnen die Figur glatt schenken.«

»Sie sind ein raffinierter Fuchs«, sagte die Lady. »Geschäftsmann durch und durch. Was soll das Kästchen denn kosten?«

»Hundertzehn Pfund.«

»Was? Ich will doch nicht das Zelt kaufen.«

McDaven drehte sich einmal im Kreis. Lady Sarah kannte das Spiel. Sie führten es jedesmal auf. »Wie lange kaufen Sie schon bei mir?« fragte der Mann plötzlich.

»Zwei Jahre bestimmt.«

»Gut, Mrs. Goldwyn. Nur weil Sie eine so treue Kundin sind, gebe ich Ihnen dieses Kästchen mit seinem Inhalt für hundert ganze Pfund. Sind Sie damit einverstanden?«

»Ja.«

»Gut, aber Sie machen mich damit nicht glücklich.«

»Ein glücklicher Geschäftsmann hat entweder seinen Kunden betrogen oder steht dicht vor der Pleite«, konterte die alte Dame. »Ich kenne euch Bäckerburschen.« Sie holte aus ihrer alten Geldbörse ein paar Scheine hervor. »Keine Quittung, Mr. McDaven, dann brauchen Sie auch dem Finanzamt nichts zu sagen.«

»Danke sehr.« Blitzschnell ließ der Mann das Geld verschwinden. »Trinken Sie noch ein Täßchen Tee?«

»Nein, danke, ich habe es eilig.«

»Wie Sie wollen. Aber eine Frage hätte ich noch.«

»Bitte.«

McDaven beugte sich vor, als hätte er Angst, daß jemand mithören konnte. »Mein Sohn erzählte mir da, daß er ein Monster hier im Zelt gesehen hätte.«

»Ein Monster?«

»Ja, wirklich. Ich habe immer geglaubt, daß der nur 'ne kleine Macke hätte, aber die scheint sehr groß geworden zu sein.«

»Schauen Sie sich um«, sagte Mrs. Goldwyn. »Sehen Sie hier ein Monster?«

»Nein.« Der Mann blickte tatsächlich in die Runde. »Nein, ich sehe nichts.«

»Na bitte.«

»Allerdings frage ich mich, wie der große Riß in die Zeltwand kommt.«

»Ja, Mr. McDaven, das genau frage ich mich auch schon die ganze Zeit.« Die Horror-Oma hob ihren Stock und tippte McDaven die Spitze gegen die Brust. »Sie sollten mehr Wert auf die Instandhaltung Ihres Zeltes legen, sonst kann es passieren, daß Sie plötzlich irgendwelchen ungebetenen Besuchern gegenüberstehen.«

Mit diesen Worten ließ sie den Mann allein, der sprachlos auf die Öffnung starrte.

Sarah Goldwyn hatte es plötzlich sehr eilig. Das Monster existierte ebenso wie die Figur. Und dafür interessierte sie sich nicht allein, denn bestimmt würde auch ein junger Mann daran Interesse haben, den sie sehr gut kannte.

Dieser Mann hatte schon zweimal mit ihr zusammengearbeitet, er war Oberinspektor bei Scotland Yard und hieß mit vollem Namen John Sinclair...

Eigentlich hatte ich das Wochenende ja auf eine angenehmere Art und Weise verbringen wollen, aber da war mir am Freitag dieser verdammte Fall in die Quere gekommen.

Menschen mit Nashornköpfen.

Ein Unding an sich, aber eine Tatsache, denn ich hatte sie selbst gesehen.

Also tigerte ich am Samstag ins Yard Building und begab mich sofort in das Labor.

Hier unten im Keller hausten unsere schlauen Köpfe. Die Chemiker, Physiker und Metallurgen. Sie arbeiteten mit den modernsten Geräten. Die Lasertechnik war ihnen ebenso geläufig wie die Anwendung der Spektralanalyse.

Natürlich kannte man mich hier. Aber wie immer war man nicht begeistert, als ich auftauchte.

»Sinclair!« hörte ich das Stöhnen. »Das bedeutet Arbeit.«

»Und wie!« sagte ich.

Mein Gesprächspartner war Dr. Flynn, ein alter Stratege, dem so leicht nichts mehr vorzumachen war. Ihm drückte ich die

Figur in die Hand. »Können Sie mir sagen, aus welchem Metall das Zeug besteht?«

Dr. Flynn setzte sich eine Brille auf die lange Nase. »Wollen Sie das nur so wissen, oder soll ich eine Analyse durchführen?«

»Letzteres wäre sicherer.«

»Klar.« Er sah sich die Figur an, wog sie wie ich in der Hand und schüttelte den Kopf. »Auf Anhieb kann ich Ihnen da wirklich nichts sagen. Sieht aus, als wären da Einschlüsse von Chrom oder Nickel. Kann auch Eisen sein.«

»Wie lange dauert denn eine Untersuchung?« erkundigte ich mich.

»Warten Sie eine halbe Stunde. Ich lasse ein Spektogramm anfertigen.«

»Danke.«

Der Wissenschaftler verschwand kopfschüttelnd. Vielleicht stand er zum erstenmal in seinem Leben vor einem unlösbaren Rätsel. Ich war sehr gespannt.

Um die Wartezeit zu überbrücken, holte ich die Zeitschrift hervor, die ich in der Schublade gefunden hatte. Den Artikel hatte ich zwar schon gelesen, aber ich wollte ihn mir noch einmal zu Gemüte führen.

Der unbekannte Schreiber berichtete von einem atlantischen Erbe, das auf dieser Welt zu finden wäre. Aber nicht nur eins, sondern mehrere Erbteile, die nur verschüttet waren, aber langsam ans Licht der Öffentlichkeit drangen. Das Erbe dieses versunkenen Kontinents faßte auf der Welt Fuß und breitete sich aus, man mußte es eben nur zu finden wissen. Unter anderem hatte es im alten Atlantis Hunderte von Sekten und Religionen gegeben. Die Menschen hatten Götter angebetet, Dämonen und Monster. Sie waren auch nicht alle Menschen in unserem Sinne. Der Schreiber berichtete da von Vogelmenschen, von Echsenmenschen und anderen Kreaturen. Auch auf die Nashornmenschen kam er zu sprechen. Sie waren eine besonders aktive Gruppe und hatten in einem tiefen Tal, umgeben von himmelstürmenden Bergen, gelebt. Dort beteten sie ein Tier an, das sie Chiimal nannten. Dieser Chiimal schien Ähnlichkeit mit dem auf unserer Erde hausenden Nashorn zu haben, wenigstens dem Beschreiben nach. Er hatte ein großes Horn, aber darüber einen regelrechten Kranz aus kleinen Hörnern. Chiimal war ungeheuer gefährlich und verlangte nach Opfern. Damit die Anhänger dieser Bestie bewiesen, wie treu sie ihr ergeben waren, ließen sie abbildgetreue Statuen nachbilden, die sie mit dem Blut des Götzen füllten. Diese Statuen waren der Beweis für ihre Treue, und wer sie besaß, würde immer den Kontakt zu dem großen Geist Chiimals halten. Atlantis versank und mit ihm Chiimal. Aber irgendwie mußte es jemandem gelungen sein, das Erbe Chiimals zu finden, denn plötzlich tauchten die Figuren wieder auf und auch die Menschen, die Chiimal anbeteten. Sie waren auf der Suche nach ihrem Götzen und würden ihn irgendwann finden. Wo sich der Götze befand, das stand in dem Artikel nicht zu lesen.

Ich klappte die Zeitschrift wieder zu und zündete mir eine Zigarette an.

Von Chiimal hatte ich noch nie etwas gehört. Wo konnte dieser Götze nur stecken? Daß der Bericht nicht an den Haaren herbeigezogen war, hatte ich aus eigener Anschauung erlebt. Es war nur die Schwierigkeit, die Spur weiter zu verfolgen.

Ich war sehr gespannt, was die Analyse brachte. Daß Blut des Götzen in dieser Figur verarbeitet worden war, hatte ich ja gelesen, aber aus welch einem Material bestand die Figur dann noch?

Für mich hieß es abwarten.

Schließlich kam Dr. Flynn. Ich wollte ihn sofort fragen, sah aber seinem Gesicht an, daß er mir keine Antwort geben konnte. Er nahm die Brille ab und fuhr mit allen zehn Fingern durch sein braunes Haar. »Ehrlich gesagt, ich bin ratlos, Mr. Sinclair.«

»Wieso?«

»Mit der Analyse kommen wir nicht zurecht. Wollen Sie selbst sehen?«

»Gern.«

Ich betrat zusammen mit Dr. Flynn den Laborraum, in dem zwei andere Mitglieder ratlos herumstanden und auf die zahlreichen Apparaturen starrten, als könnten sie diese hypnotisieren.

Dr. Flynn führte mich zu einem kleinen Monitor, wo ich ein Spektrogramm sah.

»Das ist ein Vergleichsbild«, erklärte er mir den komplizierten

Vorgang möglichst einfach. »Sie sehen hier zahlreiche Linien, die sich vom ultravioletten Bereich bis hin zum Infrarotbereich hinziehen. Wir haben da praktisch alle chemischen Elemente erfaßt, und jedes Element hat seine eigene Linie. Manche tauchen mehrmals in den verschiedensten Wellenlängenbereichen auf. Wenn ich nun einen Stoff untersuche, müßte dessen Spektrum unter unserem Vergleichsbild zu sehen sein. Wenn sich dann Linien decken, kann man sagen, das und das Element ist in der Probe vorhanden. Doch was sehen Sie hier?«

»Nichts.«

»Genau, Mr. Sinclair. Sie sehen nichts. Das ist es, was uns aus der Bahn wirft.«

»Mit anderen Worten: Die von mir mitgebrachte Probe hat kein eigenes Spektrum.«

»Genau, so sieht es aus.«

»Und was kann man daraus folgern?« fragte ich.

»Daß in Ihrer Probe Elemente vorhanden sind, die auf der Erde nicht bekannt sind.«

Das war ein Hammer. Aber so überrascht war ich gar nicht. Ich war einiges gewohnt.

»Sie sind ganz sicher?«

»Ja. Es sei denn, daß es Elemente sind, die im nicht sichtbaren Bereich liegen. Doch das herauszufinden bedeutet sehr viel Arbeit.«

»Für die Sie jetzt keine Zeit haben«, vollendete ich.

»Nein, nein.« Der Wissenschaftler wich diplomatisch aus. »Sie werden bestimmt nicht so lange warten können.«

»Kann ich die Figur trotzdem noch einmal sehen?« erkundigte ich mich.

»Natürlich.«

Das Labor war ziemlich groß. Wir begaben uns in einen anderen Teil und durchquerten es in der Breite. Dort stand das Spektrometer, in das die Probe eingeklemmt war. Sie lag unter Verschluß. Dr. Flynn mußte erst die Tür eines kleinen Sichthäuschens zur Seite schieben, um an das Stück zu gelangen.

Er nahm es aus der Verspannung – und schrie im selben Moment auf. Plötzlich sah ich, wie die Figur zwischen seinen Fingern anfing zu qualmen, als wäre sie in diesen Augenblicken glühendheiß geworden. Von allen Seiten rannten die Kollegen herbei, nur reagierten sie nicht so, wie es sein sollte.

Ich schlug Flynn auf die Finger.

Die Figur fiel zu Boden. Auf den dunkelroten Fliesen blieb sie liegen.

Aber ich hütete mich, sie anzufassen, und riet den Kollegen, aus dem unmittelbaren Bereich zu verschwinden, was sie auch schnell taten.

Ich aber blieb bei der Figur und sah sie mir genau an.

Sie war auf den Rücken gefallen, und deutlich konnte ich das kleine Gesicht erkennen.

Aus den Augen stieg Rauch.

Es waren ätzende, grüngraue Wolken, die sofort einen Nebel über der Figur bildeten, wo er sich langsam ausbreitete und wie ein Teppich in der Luft stehenblieb.

Hinter mir vernahm ich die aufgeregten Stimmen der Kollegen. Sie beobachteten aus der Distanz, was geschah.

Ich blieb mit der Figur allein.

Noch immer strömte der Nebel aus den beiden Augen. Allerdings nicht mehr so stark wie zuvor. Nur noch intervallweise stießen die Augen die kleinen Rauchwolken aus.

Abermals nahm ich den Geruch wahr, den auch das Innere des Wagens ausgeströmt hatte. Und abermals erinnerte er mich an ranzige Butter, die mir den Magen hochtrieb. Ich schluckte dagegen an und konzentrierte mich auf die Figur.

Sicherheitshalber hielt ich das Kreuz griffbereit, denn sollten der Nebel oder die Figur mich angreifen, würde ich gewappnet sein.

Ich wartete ab.

Seltsamerweise wallte der Rauch nicht auf und nieder, wie es bei einem normalen Nebel der Fall war, sondern er bildete in der Luft stehend ein Rechteck, das mich in seiner Farbe irgendwie an einen Monitor erinnerte, der an den Seiten flimmerte.

So war es auch hier.

Die Ränder befanden sich in zitternder Bewegung, aber auch in der Mitte tat sich etwas.

Ein Bild erschien.

Ein rötlicher Himmel, der sich über eine trostlose Wüstenlandschaft spannte. Zuerst sah das Bild völlig leer aus, doch dann erschienen zwei Gestalten.

Ein Mann und eine Frau.

Die Frau war bis auf einen knappen Lendenschurz nackt, hatte dunkles Haar und um die Stirn einen goldenen Reif gebunden, von dem tropfenförmige, ebenfalls goldene Perlen herabhingen und sich im Haar der Frau verfingen.

Der Mann trug auch nur einen Lendenschurz, allerdings mit einem breiten Gurt, an dem ein Schwert befestigt war, dessen Griff aus einer Scheide ragte. In der Linken hielt der Mann eine Lanze, während die Finger seiner Rechten die Hand der braunhaarigen Frau umklammert hielten.

Beide rannten und wandten mir, dem Betrachter, den Rücken zu.

Der Mann war überaus muskulös. Ein wahrer Kämpfer und Hüne. Sein blondes Haar war fast so lang wie das der Frau, und es flatterte im Wind.

Plötzlich tauchte vor den beiden ein gewaltiges Ungeheuer auf. Es erhob sich aus dem Wüstensand, ein riesiger Schädel mit einem gewaltigen Horn versehen und einem Kranz aus weiteren Hörnern um den Kopf geschwungen. Die Augen glühten in einem düsteren Rot, aus dem Maul drangen gewaltige Atemwolken.

Das war Chiimal.

Für mich gab es keinen Zweifel, und die beiden Menschen liefen genau auf das Monster zu.

Als sie es dann in seiner vollen Größe sahen, stoppten sie. Die Frau verkroch sich ängstlich hinter den Rücken des Mannes und sah zu, wie ihr Beschützer dem Monster furchtlos entgegentrat, wobei er den linken Arm hob.

Wie ein Streichholz wirkte die Lanze im Gegensatz zu der riesigen Gestalt des Monsters.

Der Recke schleuderte seine Waffe – und da verlöschte das Bild. Ich konnte nicht mehr erkennen, ob er Chiimal getroffen hatte.

Wieder sah ich nur die matte graue Fläche, die an den Rändern seltsam zitterte.

Doch nur für wenige Sekunden. Dann bewegte sich die Fläche und wurde von den Augen der kleinen Figur wieder aufgesaugt.

Ich hatte die beiden Menschen nur von hinten gesehen, doch wenn mich nicht alles täuschte, glaubte ich Kara, die Schöne aus dem Totenreich, erkannt zu haben.

Wenig später lag nur noch die Figur vor mir auf dem Boden. Und sie sah völlig harmlos aus.

Ich faßte sie an.

Auch normal. Nicht zu heiß, nicht zu kalt. Sie hatte die Temperatur, die sie auch gehabt hatte, als ich sie in der Schublade des alten Tisches fand.

Ich richtete mich auf.

Sprachlos starrten mich die Wissenschaftler an. So etwas hatten sie noch nicht erlebt.

»Wie ist das möglich?« erkundigte sich Dr. Flynn mit tonloser Stimme.

Ich hob die Schultern. »Wenn ich Ihnen sage, daß es Schwarze Magie gewesen ist, würden Sie mir das glauben?«

»Vielleicht.«

Ich lächelte. »Wahrscheinlich nicht.«

»Es ist auch schwer.«

»Eben.«

»Und was wollen Sie jetzt tun?«

Ich ließ die kleine Figur wieder in meiner Tasche verschwinden. »Nachforschen, woher sie stammt.«

»Aber die Analyse...«

»Ist jetzt unwichtig, lieber Doktor. Sie werden wahrscheinlich nichts herausfinden, weil die Figur allem Anschein nach nicht von dieser Welt stammt.«

»Nicht von dieser Welt?« Dr. Flynn schaute sprachlos in die Runde. »Woher dann?«

»Vielleicht aus dem alten Atlantis«, sagte ich. »Möglich ist alles, meine Herren.«

»Ja, das scheint mir auch so«, sagte der Physiker.

Ich verabschiedete mich und ließ ratlose Naturwissenschaftler zurück, die an der Physik zweifelten. Mein Plan stand längst fest. Ich mußte unbedingt wissen, wer diesen Artikel geschrieben hatte. Der Mann konnte mir unter Umständen mehr über die Herkunft der Statue mitteilen.

In meinem Büro ließ ich mich hinter dem Schreibtisch nieder.

Es war ruhig, und ich glaubte, noch einen letzten Duft von Glendas Kaffee zu riechen.

Aus dem Impressum erfuhr ich, daß der Verlag in New York seinen Sitz hatte. Die Telefonnummer war auch angegeben. Über das Atlantikkabel versuchte ich, New York zu kriegen.

Es war gar nicht so einfach, aber schließlich stand die Verbindung. Weit entfernt hörte ich eine Stimme. Und nun verfluchte ich es, daß wir Samstag hatten.

Ich hatte irgendeinen Nachtwächter oder was weiß ich an der Strippe. Den konnte ich ja nun nicht fragen, aber ich brachte ihn soweit, daß er mir die Adresse des Verlegers verriet.

Den rief ich an.

Diesmal klappte die Verbindung besser. Der Verleger, Walter Bryant mit Namen, war zu Hause. Und er zeigte sich überrascht, aus London und dazu noch von Scotland Yard angerufen zu werden.

»Habe ich was verbrochen?« lachte er.

»Nein.« Dann erklärte ich ihm mein Problem.

»Ach, den Artikel meinen Sie. Natürlich weiß ich, wer ihn geschrieben hat. Julio Valdez, einer meiner besten Reporter.«

»Kann ich seine Telefonnummer haben?«

»Wieso?«

»Ich möchte ihn anrufen.«

»Das verstehe ich schon. Aber Valdez ist nicht zu Hause. Er ist vorgestern nach London geflogen.«

»Was?«

»Ja, er steckt bei Ihnen. Wußten Sie das nicht?«

»Nein.«

»Da hätten Sie sich das Gespräch sparen können. Rufen Sie im Hilton an. Dort wollte er absteigen. Aber sagen Sie mal, worum geht es eigentlich, Mr. Sinclair? Da scheint sich ja was zusammenzubrauen.«

Ich hatte nicht vor, dem Verleger alles unter die Nase zu binden, deshalb wiegelte ich ab. »Es geht mir wirklich nur um den Artikel, Mr. Bryant.«

»Das glaube ich Ihnen zwar nicht, aber ich werde meinen Reporter fragen. Alles Gute für Sie.«

Dann war die Verbindung unterbrochen.

Ich starrte auf den Hörer. Die Informationen mußte ich erst einmal verdauen.

Julio Valdez hieß also der Mann, der den Artikel geschrieben hatte. Und dieser Valdez befand sich in London. Er wohnte im Hilton. An Zufall wollte ich dabei nicht glauben. Valdez schien irgend etwas mit der Sache zu tun zu haben. Vielleicht steckte er sogar mit drin.

Das jedoch waren nur Vermutungen. Beweise hatte ich nicht, aber ich wollte mit Valdez reden.

Die Nummer hatte ich schnell herausgefunden. Die stets verbindliche Stimme eines Hilton-Angestellten schallte mir entgegen, und ich fragte nach Mr. Valdez.

»Einen Moment, Sir. Ich werde sehen, was sich machen läßt.«

Ich mußte warten, hörte es ein paarmal knacken und dann wieder die Stimme des Mannes.

»Es tut mir außerordentlich leid, Sir, aber Mr. Valdez ist leider nicht zu sprechen.«

»Ist er abgereist?«

»Nein, aber nicht im Hause.«

»Danke sehr.«

Valdez war also unterwegs. Aber wie sollte ich einen Mann in London finden, von dem ich nur seinen Namen kannte, nicht aber sein Aussehen? Unmöglich.

In diesem Moment meldete sich das Telefon. Überrascht hob ich ab und war noch überraschter, als ich die Stimme einer alten Freundin hörte.

»Hallo, Lady Sarah«, rief ich. »Das ist ein Ding. Was verschafft mir die Ehre Ihres Anrufs?«

»Mr. Sinclair. Nach einigem Hin und Her habe ich Sie endlich erreicht. Darf ich Ihnen einen Besuch abstatten?«

»Selbstverständlich, Mrs. Goldwyn. Im Prinzip schon. Nur habe ich im Augenblick...«

»Sie arbeiten an einem Fall!«

»Ja.«

»Ich ebenfalls. Um mit Ihnen ein Schäferstündchen zu verbringen, hätte ich Sie nicht angerufen«, sagte die Horror-Oma. Ich mußte grinsen, wie sie das brachte. »Ich habe wirklich eine sehr seltsame Sache erlebt. Haben Sie schon mal Nashornmenschen gesehen, Mr. Sinclair?«

Ich war wie elektrisiert. »Natürlich habe ich davon gehört, Mrs. Goldwyn. Soll ich zu Ihnen kommen, oder wollen Sie...«

»Keine Panik, John Sinclair, ich komme. Und benehmen Sie sich, wenn ich beim Yard bin. Sie wissen ja, ich bin eine Dame!« Die Lady räusperte sich und legte auf.

Ich lachte. Diese Horror-Oma hatte ich in mein Herz geschlossen. Obwohl wir erst zweimal miteinander gearbeitet hatten, waren wir uns doch auf Anhieb sympathisch gewesen. Daß sie jetzt wieder über einen Fall gestolpert war, konnte man als typisch bezeichnen. Lady Sarah hatte eben ein Faible für Horrorfälle. Und nicht nur das, sie schien auch eine magische Anziehungskraft zu besitzen.

Ich lächelte vor mich hin. Hätte ich allerdings gewußt, was sich da zusammenbraute, wäre mir das Lächeln vergangen...

Lady Sarah rief ein Taxi an.

Sie hatte immer ihren bestimmten Unternehmer. Dort in der Zentrale erkannte man sie schon an der Stimme.

»Geht in Ordnung, Mrs. Goldwyn, wir schicken Ihnen einen Wagen. Dauert vielleicht zwei Minuten.«

»Ich kann warten.«

Lady Sarah zog sich an. Sie schlüpfte wieder in ihren Mantel und nahm die dunkle Handtasche, ein Erbstück ihrer Mutter, das auch sie bestimmt noch überleben würde. Aus solch gutem Material war die Tasche hergestellt. So etwas gab es heutzutage nicht mehr zu kaufen.

Mrs. Goldwyn hatte den Mantel soeben zugeknöpft, als der Wagen vor ihrer Haustür hielt.

Rasch verließ Lady Sarah die Wohnung, durchquerte den kleinen Vorgarten und sah den Fahrer, der ihr bereitwillig die Tür offenhielt.

»Ah, Sie fahren mich heute, Ted?«

»Sehr wohl, Madam.« Ted schlug die Tür zu, nachdem sich Lady Sarah in den Fond gesetzt hatte. Sie kannte die meisten Fahrer persönlich. Schließlich war sie Stammkunde.

»Wo soll's denn hingehen?«

»Zu Scotland Yard.«

»Oh.« Der Fahrer drehte den Schlüssel. »Wollen Sie mal die berühmte Polizeianstalt besichtigen? Das kann man ja wohl am Wochenende, wie ich weiß.«

»So ungefähr.«

»Dann viel Vergnügen.«

Als der Fahrer startete, setzte sich gleichzeitig ein anderer Wagen in Bewegung. Es war ein Japaner, ein weinroter Toyota. Dieser Wagen nahm die Verfolgung des Taxis auf.

Lady Sarah wohnte in Mayfair, dort, wo London noch seine alte Atmosphäre aufwies. Die hohen, vornehmen Häuser, die alten Villen in den kleinen Parks, ruhige Straßen, viel Baumbestand. Hier ließ es sich leben.

Sie fuhren in Richtung Hyde Park Corner, wo der Hyde Park und der Green Park praktisch zusammenliefen. Letzteren durchquerten sie auf der Wellington Constitution Hill und sahen links den Buckingham Palace liegen. Den passierten sie und bogen in die Buckingham Palace Road ein, die an der Victoria Station vorbeiführt. Aber so weit brauchten sie nicht. Vorher bogen sie schon in die Victoria Street ein, in der das Gebäude von New Scotland Yard liegt.

Der Toyota blieb immer hinter ihnen.

Mal ließ er drei oder vier Fahrzeuge dazwischen, dann rückte er wieder näher auf. Aber der Fahrer des Wagens ließ das Taxi nie aus den Augen.

Nicht umsonst beschäftigte sich Lady Sarah Goldwyn mit allem, was nach Horror und Kriminalistik roch. Sie war auch eine große Anhängerin der Krimifigur Miss Marple. Und was der aufgefallen wäre, fiel Lady Sarah ebenfalls auf.

Sie wurden verfolgt.

Mrs. Goldwyn wollte den Fahrer nicht nervös machen, deshalb schwieg sie. Der merkte auch nichts, sondern erzählte von seiner Familie, er hatte nämlich vor wenigen Monaten Nachwuchs bekommen. Lady Sarah gab hin und wieder eine kurze Antwort, während sie aber den Wagen nicht aus den Augen ließ.

Der Toyota blieb dran.

Mrs. Goldwyn fragte sich, wer wohl hinter dem Lenkrad saß.

So sehr sie sich auch anstrengte, den Fahrer erkannte sie nicht, weil der Wagen getönte Scheiben hatte.

Das ärgerte die Lady, doch sie konnte sich ausrechnen, wer der Verfolger war.

Bestimmt der Kerl mit dem Nashornschädel. Andererseits war es für ihn gefährlich, sich so offen zu zeigen, deshalb wollte die Lady nicht so recht daran glauben.

Sie war aber gespannt, wie es weiterging.

Wenn der Mann etwas von ihr wollte, dann mußte er es noch vor dem Yard Building versuchen, denn wenn sie erst einmal bei Scotland Yard war, dann befand sie sich in Sicherheit.

So dachte die Lady schon ganz richtig.

Aber sie hatte die Kraft des Bösen unterschätzt.

Das Gebäude von New Scotland Yard befand sich bereits in Sichtweite, als das Taxi ausgerechnet jetzt in einen kleinen Verkehrsstau geriet. So lange war es gutgegangen.

Der Fahrer schimpfte.

Lady Sarah aber zog daraus ihre Konsequenzen. »Ich könnte ja den Rest der Strecke zu Fuß gehen«, schlug sie vor.

»Wenn Sie wollen, Mrs. Goldwyn.«

»Sicher. Was habe ich zu zahlen?«

Ted nannte den Preis.

Bei ihm handelte die Lady nicht. Im Gegenteil, sie legte noch ein gutes Trinkgeld hinzu und sagte: »Kaufen Sie Ihrem Kleinen etwas.«

»Danke, werde ich machen.«

Bevor Mrs. Goldwyn ausstieg, warf sie noch einen Blick durch die Heckscheibe.

Die Schnauze des Toyota befand sich dicht hinter dem Taxi. Fast schien es, als würde seine vordere Stoßstange die hintere des Taxis berühren. Jetzt konnte die Lady auch den Fahrer erkennen. Er war ein dunkelhäutiger Typ mit einem dichten Schnauzbart und schwarzen Haaren. Mehr jedoch sah sie nicht.

Rasch stieg sie aus.

Lady Sarah lächelte, als sie bemerkte, wie überrascht der Kerl plötzlich aus der Wäsche schaute. Er drehte seinen Kopf, und die Lady sah noch, wie sich seine Lippen bewegten. Anscheinend sprach er mit einer Person im Fond, die Mrs. Goldwyn jedoch nicht sehen konnte.

Sie warf die Tür zu, lief hastig über die Straße und betrat den Gehsteig.

Am linken Arm trug sie ihre Tasche. In der rechten Hand hielt sie den Stock. Ihn nahm sie überall mit hin, egal, wo sie sich aufhielt.

Auch die Gehsteige waren belebt. Zahlreiche Passanten begegneten ihr oder überholten sie.

Wenig später sah sie den Grund des Staus. Ein kleiner Morris kam nicht mehr weiter. Zwei Polizisten schoben ihn zur Seite, während ein junges Mädchen daneben stand und mit traurigem Blick auf den Wagen schaute.

Über die Schulter blickte Lady Sarah zurück.

Von einem Verfolger sah sie nichts.

Der Mann schien noch in dem Toyota zu hocken. Er konnte ja nicht raus und den Wagen stehenlassen.

Es ist manchmal wirklich besser, wenn man zu Fuß geht, dachte die Lady voller Schadenfreude.

Aber sie hatte zu früh triumphiert.

Plötzlich spürte sie, daß etwas mit ihrer Handtasche nicht stimmte.

Als sie ihren Blick nach links warf, erkannte sie den dünnen Rauch, der zwischen den beiden Klapphälften der Tasche hervorstieg.

Mrs. Goldwyn wußte sofort Bescheid. Die kleine Figur spielte ihre Magie aus.

Irgendwie mußte es der Mann im Wagen geschafft haben, sie zu aktivieren.

Was sollte sie machen?

Lady Sarah lief schneller, während immer mehr Rauch durch den Spalt zwischen den beiden Taschenhälften stieg und ihrem Gesicht entgegenquoll.

Die Frau hustete und keuchte.

Plötzlich wurde ihr schwindlig. Sie fiel gegen eine Hauswand und hatte Mühe, sich auf den Beinen zu halten. Alles verschwamm vor ihren Augen. Die Straße, die Fahrzeuge und die

Menschen wallten auf und nieder, aber die alte Dame riß sich mit einer unwahrscheinlichen Energie zusammen.

»Ich muß es schaffen!«

Und sie lief weiter.

Es war schon mehr ein Torkeln. Sie spürte, daß sich die Figur in ihrer Tasche bewegte. Von innen stieß sie gegen das Leder, sie war zu einem unheilvollen Leben erwacht, wollte raus aus dem engen Gefängnis.

Lady Sarahs Ziel.

Nur ein paar Yards war es entfernt. Schon türmte sich vor ihr die Glasfassade des Yard Building hoch, die Treppe, der Eingang – endlich die Stufen.

Menschen verließen den Bau, kamen Lady Sarah entgegen, sahen, was mit ihr geschehen war, halfen ihr auf die Beine und zogen sie hoch.

»Sinclair!« keuchte die alte Dame. »Sagen Sie um Himmels willen John Sinclair Bescheid...«

Kräftige Hände zogen sie in die große Halle. Dort brach die Frau zusammen. Sie wäre hart gefallen, wenn zwei Männer nicht so schnell reagiert und sie aufgefangen hätten.

In ihren Armen blieb sie hängen.

Dann rutschte die Tasche von ihrem Arm. Noch mehr Helfer liefen zusammen, und niemand achtete auf den dunkelhaarigen Mann mit dem Schnäuzer, der in dem allgemeinen Trubel das Gebäude betrat und mit schnellen Schritten zu den Aufzügen lief...

Ich bekam von diesen Vorgängen nichts mit, sondern hockte in meinem Büro und wartete auf Lady Goldwyn.

Eine Zigarette hatte ich schon geraucht. Dabei warf ich des öfteren einen Blick auf die seltsame Figur mit dem Nashornschädel, die auf meinem Schreibtisch stand.

Welches Rätsel verbarg sich in ihrem Innern? Der Wissenschaft gab sie ein Rätsel auf. Sie bestand aus einem Material, dessen Zusammensetzung unbekannt war.

Stammte der Stoff gar nicht von der Erde?

Mittlerweile war ich zu der Überzeugung gelangt, daß es so

war. Entweder gab es das Metall auf einem anderen Stern oder in einer anderen Dimension.

Ich spürte einen pelzigen Geschmack im Mund und holte mir einen Kaffee aus dem Automaten. Natürlich verbrannte ich mir fast wieder die Lippen, als ich das kochendheiße Zeug trank.

Da klingelte das Telefon.

Ich nahm ab und hörte sofort die aufgeregte Stimme des Kollegen unten am Empfang.

»Bitte kommen Sie sofort, Sir! Hier ist eine ältere Dame zusammengebrochen, die Sie unbedingt sprechen wollte!«

Ohne eine Antwort zu geben, schleuderte ich den Hörer zurück auf die Gabel.

Lady Goldwyn!

Mein Gott, was mochte mit ihr geschehen sein?

Im Sturmschritt verließ ich mein Büro, jagte zu den Fahrstühlen und hatte Glück, daß soeben einer kam. An die Figur dachte ich nicht mehr, sie stand auf meinem Schreibtisch und war in diesen Augenblicken unbewacht.

Die Türen des Lifts schwangen auf. Ein Mann verließ die Kabine. Dunkelhaarig, mit einem dichten Schnauzbart auf der Oberlippe. Ich kannte ihn nicht, aber wer kennt schon sämtliche Kollegen, die in einem so großen Haus arbeiten?

Da der Mann mir die rechte Seite zuwandte, fiel mir nicht auf, daß er eine Handtasche unter seinen linken Arm gepreßt hatte.

Mit einem freundlichen Nicken ließ er mich vorbei.

Der Lift katapultierte mich nach unten.

Viel zu langsam verging die Zeit. Ich dachte an Mrs. Goldwyn. Was mochte mit ihr geschehen sein? Sie hatte irgend etwas mit diesen Nashornmenschen zu tun. Und wie gefährlich die waren, hatte ich am eigenen Leibe erfahren müssen. Die nahmen keinerlei Rücksicht.

Endlich stoppte der Lift.

Selten hatte ich ihn so schnell verlassen. Sofort sah ich die Menschentraube, die sich in der Halle versammelt hatte.

»Da ist Sinclair!« rief jemand.

Man machte mir Platz. Neben der Lady ging ich in die Knie. Sie stützte sich schon wieder auf, ihr Blick war klar, und ein Lächeln verzog ihren Mund, als sie mich anschaute.

»Helfen Sie mir mal hoch, John!«

»Nein, Mrs. Goldwyn. Sie müssen jetzt liegenbleiben. Ich sage den Sanitätern...«

»Unsinn, John. Ich bin doch keine alte Frau. Los, beeilen Sie sich. Ich will auf die Füße kommen.«

Sie sprach schon wieder wie früher.

»Und schicken Sie die Leute weg. Haben Sie eigentlich nichts zu tun hier?«

Die Kollegen grinsten, auch ich konnte mir ein Lachen nicht verkneifen, wenn ich die Horror-Oma so reden hörte. Aber so war sie eben.

Auf mich und ihren Stock gestützt, kam sie auf die Füße. Gemeinsam steuerten wir eine Sitzgruppe hinten in der Halle an, wo wir uns niederließen.

»Tja«, sagte die Horror-Oma, noch ein wenig blaß um die Nase. »Das ist nun mal ein Ding. Ich weiß auch nicht, wie das alles geschehen ist. Aber diese seltsame Figur...«

»Ich besitze ebenfalls eine«, sagte ich.

Ein erstaunter Blick traf mich. »Sie auch, John? Dann ist es vielleicht kein Zufall.«

»Mal sehen.« Ich räusperte mich. »Wie sind Sie denn an die Figur gekommen?«

»Auf dem Trödlermarkt. Bei Mr. McDaven. Er hat sie mir verkauft.«

»Und woher hatte er sie?«

»Das weiß ich nicht. McDaven ist Geschäftsmann, der verrät seine Quellen nicht.«

»Erzählen Sie bitte von vorn.«

Sarah Goldwyn berichtete. Ihre Stimme klang schon wieder normal. Sie machte auch nicht viel Gerede, sondern sprach frei von der Leber weg, und ich hörte aufmerksam zu.

Auch Lady Sarah hatte die Nashornmenschen gesehen. Allerdings wußte sie ebensowenig wie ich, woher diese Wesen stammten und welch eine genaue Funktion sie erfüllten.

»Dann bin ich noch verfolgt worden«, erklärte sie. »Ein weinroter Toyota hatte sich hinter unseren Wagen gesetzt. Der Kerl hatte doch tatsächlich die Frechheit, mich fast bis zum Ziel zu behelligen.«

»Haben Sie gesehen, wie er aussah?«

»Ja, zum Schluß. Ein südländischer Typ. Mit einem Schnauzbart und ziemlich dunkler Haut...«

»Ah so...«

Irgend etwas machte in meinem Gehirn »Klick«. Aber es rastete nicht ganz ein. Da fehlte noch was. Wieso Schnauzbart und dunkelhäutiger Typ? Hatte ich nicht vorhin einen Mann aus dem Lift steigen sehen, auf den die Beschreibung paßte?

Ein überraschter Ruf riß mich aus meinen Gedanken.

»Was ist?«

Lady Sarah saß auf der Sesselkante und hatte eine Hand gegen die Lippen gepreßt. Als sie anfing zu sprechen, nahm sie die Finger fort. »Wissen Sie was, John?«

»Nein!«

»Man hat mir meine Tasche gestohlen. Verdammt noch mal, die ist verschwunden.«

Das war wirklich ein Hammer.

»Und mit ihr die Figur«, flüsterte Lady Sarah.

Ich schloß für zwei Sekunden die Augen und breitete dann die Hände aus. »Nun mal langsam, Mrs. Goldwyn. Überlegen Sie in aller Ruhe, wann Sie die Tasche zuletzt noch besaßen.«

»Als ich hier reinstolperte.«

»Sie hatten die Tasche also noch, als Sie die Halle betraten.«

»Ja, dann bin ich umgefallen.«

»Und?«

»Nichts und! Dieser komische Nebel, der wie ranzige Butter roch, hatte mich eingelullt. Hach, ich ärgere mich darüber. Habe mich so reinlegen lassen.«

»Augenblick mal«, sagte ich und stand auf. Ich wollte die Kollegen fragen. Vielleicht hatte einer von ihnen die Tasche an sich genommen. Aber dann müßte noch der Qualm zu sehen sein, der aus ihr gedrungen war. Ich stellte meine Fragen, erhielt jedoch nur negative Antworten. Da war wirklich nichts zu machen.

Es hatte auch niemand gesehen, daß irgendeiner die Tasche an sich nahm.

Als ich zu Lady Sarah zurückging, fiel mir wieder der Kerl mit dem Schnauzbart ein. Ihn hatte die Horror-Oma im Wagen gesehen, mir war solch ein Typ auf dem oberen Flur begegnet. Ich hatte ihn für einen Kollegen gehalten. War er wirklich ein Kollege – oder sogar der unbekannte Taschendieb?

»Und?« Mrs. Goldwyn schaute mich fragend an.

Mein Schulterzucken sagte alles.

»Es muß hier passiert sein«, murmelte Lady Sarah. »Hier bei Scotland Yard. Wirklich kein Ruhmesblatt. Und es ging mir auch wieder besser, als ich die Tasche los war.«

»Ich werde mich darum kümmern«, versprach ich und dachte weiterhin an den schnauzbärtigen Typ, der mir da über den Weg gelaufen war. Ich wurde den unbestimmten Verdacht nicht los, daß er verdammt viel mit der Sache zu tun hatte.

Wir würden sehen, denn kaufen wollte ich ihn mir allemal.

Ich stand vor Lady Sarah und damit mit dem Rücken zum Eingang. Die alte Dame jedoch konnte an mir vorbeischauen. In ihrem Blickfeld lag praktisch die Halle.

Plötzlich zuckte sie zusammen.

»Was ist?« fragte ich.

Ihr Arm fuhr vor. Der Zeigefinger bildete eine Verlängerung und deutete auf die Tür.

»Da, da ist der Kerl, der mich verfolgt hat!«

Ich kreiselte herum.

Ja, es war der Schnauzbart, den ich oben am Lift getroffen hatte. Mit eiligen Schritten durchquerte er die Halle, schielte dabei nach links, und so kam es, daß sich unsere Blicke kreuzten.

Deutlich sah ich die Handtasche, die er unter den Arm geklemmt hatte.

»Bleiben Sie stehen!« schrie ich und setzte mich gleichzeitig in Bewegung.

Das Gegenteil tat er.

Der Mann rannte los.

Er hatte nur wenige Schritte bis zum Eingang. Ich mußte eine viel größere Distanz überwinden.

Wie ein 100-Yard-Sprinter zischte ich los. Ich wollte den Schnauzbart noch vor der Tür abfangen. Das war ungemein schwierig, und die letzte Distanz überwand ich mit einem gewaltigen Hechtsprung.

Ich flog genau in seinen Tritt.

Der Typ war plötzlich stehengeblieben und hatte eiskalt abgewartet. Ich sah den Schuh auf mich zurasen und konnte gerade noch den Kopf einziehen.

Trotzdem krachte die Fußspitze gegen meine Schulter. Der verdammte Treffer schleuderte mich herum und warf mich zu Boden. Einmal überschlug ich mich, hörte dabei die Stimmen der Kollegen und stand wieder auf. Mehrere Männer wollten den Schwarzhaarigen verfolgen. Ich hielt sie zurück.

»Das ist meine Sache!« knirschte ich und warf mich durch die breite Eingangstür.

Der Schnauzbart hatte bereits einen guten Vorsprung gewonnen. Und jetzt rannte er auch, von einer gewissen Trägheit war nichts mehr zu merken.

Ich jagte ihm nach.

Meine linke Schulter schmerzte. Der Tritt war verflucht hart gewesen, zum Glück hatte er mir nicht das Gelenk ausgekugelt.

Der Schnauzbart nahm keinerlei Rücksicht auf die Passanten. Brutal stieß er sie zur Seite. Frauen fielen zu Boden, Männer wurden gegen die Hauswände geschleudert, ein Kind warf er kurzerhand um. Im letzten Augenblick konnte ich über die Kleine springen.

Auch ich rannte Zickzack, doch ich kam dem Kerl um keinen Deut näher. Plötzlich bog er scharf ab und sprang auf die Fahrbahn. Im ersten Augenblick glaubte ich, er würde gleich von mehreren Wagen überfahren, doch geschickt wieselte er vor zwei Kühlerschnauzen her und erreichte schon die Fahrbahnmitte. Mehrere Fahrer bremsten.

Ich hörte das Kreischen der Reifen, irgendwo gab es deswegen einen Auffahrunfall, dann stand die Kolonne, zum Teil dicht aneinander, so daß ich keine Lücke mehr fand.

Ich machte es wie die Darsteller im Film, jumpte auf die Motorhauben und überquerte so die Straße vor den erschreckten Gesichtern der überraschten Autofahrer.

Inzwischen hatte der Schwarzhaarige längst die andere Seite erreicht. Und damit seinen Wagen.

Ich sah den weinroten Toyota halb auf dem Gehsteig parken. Jemand öffnete dem Mann von innen die Tür, und der Schwarzhaarige hechtete hinter das Lenkrad.

Er startete.

Als der Wagen anruckte, erreichte ich ihn. Doch der Fahrer konnte nicht weg.

Er hatte zwar einen Parkplatz gefunden, doch durch den Verkehrsstau war die Lücke zu. Als er rückwärts fahren wollte, krachte er mit dem hinteren Kotflügel in die Flanke eines Lieferwagens.

Innerlich grinste ich.

Da wurde die Fondtür des Toyota aufgestoßen. Das geschah sehr plötzlich, ich konnte nicht mehr rasch genug reagieren und wurde von der Tür voll getroffen. Der Aufprall schleuderte mich gegen den angefahrenen Lieferwagen, ich hörte den Fahrer schreien und sah gleichzeitig die unheimliche Gestalt aus dem Toyota klettern.

Das Monster mit dem Nashornschädel!

Hier sah ich es wieder. Und es machte diesem Untier auch nichts aus, von zahlreichen Zeugen gesehen zu werden.

Es stürzte aus dem Wagen und hatte nur ein Ziel.

Mich!

Ich klebte noch immer an der Außenwand des größeren Fahrzeugs. Als sich das Monster auf mich stürzte und das Horn vorstieß, brachte ich mich mit einem gewaltigen Satz in Sicherheit. Ich krachte dabei auf die Kofferhaube des Toyota, überschlug mich einmal, fiel an der anderen Seite wieder herab und landete im Rinnstein.

Hinter mir hörte ich einen Schrei, kam wieder auf die Beine und sah den Unheimlichen, der ebenfalls über den Kofferraum flankte und mich killen wollte.

Ich sprang zurück.

Die Passanten waren entsetzt stehengeblieben und beobachteten aus weit aufgerissenen Augen den Kampf. Eigentlich konnten sie kaum glauben, was sie da sahen, viele dachten bestimmt an Dreharbeiten zu einem Film, aber das hier war ernst.

Wieder hieb das Monster zu.

Diesmal wischte das Horn nur haarscharf vor meinem Gesicht

hoch. Ich spürte sogar den Luftzug, und dann fühlte ich wieder die Hände an meiner Kleidung.

Ich schlug meine Fäuste nach unten, traf, und die Hände des Unheimlichen rutschten ab.

Diesmal trat ich zu.

Viel Kraft hatte ich in diese Attacke gelegt. Sie schleuderte das Monster weit zurück, so daß ich Gelegenheit hatte, meine Beretta zu ziehen.

Zielen, abdrücken – der Schuß.

Das Untier lief genau in die Kugel hinein, die seinen Schädel dicht über dem Horn traf.

Dieser Treffer bedeutete seinen Tod.

Der Schädel flog zwar nicht auseinander, aber er brach. Sofort quoll dicker Rauch aus den Rissen, die sich sekundenschnell verbreiterten und den häßlichen Schädel zu Asche werden ließen. Gleichzeitig löste sich sein Körper inmitten einer widerlich stinkenden, grünlichen Wolke auf.

Das Untier war erledigt.

Und der Schnauzbart?

Ich kreiselte herum. Ein Blick in den Toyota reichte mir. Der Wagen war leer.

Ich wandte mich an die Passanten. »Wo ist der Mann hin, der in diesem Wagen gesessen hat?«

Einige deuteten die Straße entlang. Und zwar in die entgegengesetzte Richtung, weg vom Yard.

Ich bedankte mich und rannte wieder einmal.

Die Waffe steckte ich weg, sie würde zuviel Aufsehen erregen. Als ich das Ende der Autoschlange erreicht hatte, sah ich von dem Schnauzbart noch immer keine Spur. Trotzdem lief ich weiter und vergaß auch nicht, rechts und links in die Einfahrten und Geschäfte zu peilen. Überall konnte er sich versteckt haben. Ihm boten sich wirklich Hunderte von Möglichkeiten.

Dann sah ich ihn doch.

Er rannte hinter einem Truck mit einer langen Ladefläche her, die mit zahlreichen langen Holzbrettern so vollgestopft war, so daß die Enden der Bretter über die Ladefläche hinwegragten.

Als der Wagen etwas langsamer fuhr, nutzte der Schwarzhaarige die Gelegenheit, packte eine hervorstehende Holzlatte und zog sich blitzschnell daran hoch. Im nächsten Moment hatte er die Ladefläche des Trucks geentert.

Sollte er mir doch noch entkommen?

Nein, was er konnte, das schaffte ich auch.

Ich verdoppelte meine Anstrengungen, und mir gelang es tatsächlich, schneller zu sein als das Fahrzeug.

Noch zwei Yards.

Ein gewaltiger Sprung. Beide Arme riß ich hoch und bekam das Ende einer langen Holzlatte zu packen.

Es war ein wirklich verzweifeltes Unterfangen. Ich hörte das Hupen der übrigen Autofahrer. Der Truck beschleunigte jetzt, und meine Schuhe rutschten über den Boden.

Aber ich kletterte hoch.

Mit einem Klimmzug brachte ich meinen Körper so weit in die Höhe, daß ich über die Holzladung hinwegschauen konnte.

Der Schnauzbart hockte geduckt auf den Brettern und starrte mir entgegen.

Als er mich sah, grinste er teuflisch. Sofort sah ich den Grund. Er hatte sich eine handliche Planke aus Fichtenholz gepackt, die wollte er mir um die Ohren hauen.

Ich beeilte mich.

Der Schnauzbart war schneller und holte zum Schlag aus, der mir den Kopf vom Hals rasiert hätte. Sein wild verzerrtes Gesicht deutete auf nichts anderes hin.

Weit holte er aus.

Aber da hatte ich Glück. Bevor er zuschlagen konnte, bremste der Fahrer ab.

Mit dieser negativen Beschleunigung rechnete mein Gegner nicht. Das Bremsmanöver schüttelte ihn regelrecht durch. Er wurde nach hinten katapultiert und verlor die Balance. Wie ein Tänzer hüpfte er auf den Brettern, und für einen Moment sah es so aus, als würde er das Gleichgewicht verlieren und nach hinten kippen.

Er fiel auch, aber nicht von der Ladefläche, sondern auf den Rücken. An der Metallverspannung, mit der die Holzbohlen aufeinandergehalten wurden, konnte er sich festklammern.

Auch an mir ging das Bremsmanöver nicht wirkungslos vorüber. Ich wurde regelrecht durchgeschüttelt und hatte Angst, wieder auf die Fahrbahn zu fallen, doch mein Griff war stark genug.

Großes Aufatmen.

Unbeschädigt erreichte ich die Ladefläche und freute mich, als der Wagen anfuhr und mich dieses Manöver nicht herabschleuderte, weil ich mich rechtzeitig festgehalten hatte.

Auf allen vieren hockte ich dort und schaute zu meinem Gegner hin. Der hatte sich wieder gefangen und die gleiche Haltung angenommen wie ich.

Wir belauerten uns.

»Sind Sie Julio Valdez?« schrie ich.

»Ja.«

»Ergeben Sie sich. Sie haben keine Chance!«

Er lachte wild auf, und ich sah das fanatische Feuer in seinen Augen leuchten. »Ich denke gar nicht daran, jetzt aufzugeben. Ich habe, was ich brauche.«

»Die Figuren?«

»Genau. Die letzten beiden fehlten mir noch. Sie fand ich hier in London. Jetzt kann Chiimal zurückkehren.«

»Nie wird er das!«

»Wer will ihn darauf hindern?«

»Ich!«

Für diese Antwort hatte er wieder nur ein Lachen übrig. Aber er griff in die Tasche und holte die beiden Figuren hervor, und das alles bei der schaukelnden Fahrt des Wagens.

»Töten werden sie dich!« kreischte er. »Töten. Du kannst uns nicht aufhalten!« Er hielt beide Figuren in den Händen, so daß nur die Köpfe hervorschauten.

Ich wollte noch mehr von ihm wissen. »Und wo steckt dein großer Chiimal?«

»Du wirst ihn nie finden.«

Diesmal lachte ich. »Weil es ihn nicht gibt.«

»O doch, es gibt ihn. Er lauert im Tal der Götter, einem der unheimlichsten Orte der Erde. Im fernen Peru gibt es Menschen, die ihn allein anbeten. Dort werde ich hingehen und ihn zum Leben erwecken. Seine sechs Diener habe ich gefunden.«

»Du irrst dich. Zwei habe ich getötet.«

»Das waren nur Helfershelfer. Sie hatten ja keine Kraft. Dämonen, die man mir zur Seite gestellt hatte. Sie entstammten einem niederen Rang, aber gegen die anderen kommst du nicht an!«

Während seiner Worte hatte er sich auf mich zubewegt, ohne dabei die Figuren aus den Händen zu lassen.

Ich hatte mich ein wenig nach hinten gedrückt und meine Füße in die Spalten zwischen den Brettern geklemmt, so daß ich einen einigermaßen sicheren Halt fand.

Plötzlich sah ich, wie er die Hände öffnete und die beiden Figuren losließ. Im ersten Augenblick glaubte ich, daß er sie wegwerfen wollte, doch dem war nicht so.

Die kleinen Figuren mit den Nashornköpfen begannen zu tanzen und schwebten sogar in der Luft.

Aber nicht nur sie.

Ich sah noch einmal vier von ihnen.

Insgesamt also sechsmal diese gefährlichen Abkömmlinge einer völlig anderen Welt.

Es wurde kritisch, denn mein Gegner heizte sie durch Sprüche an. »Ihr seid Chiimals Erben, besteht aus seinem Blut. Ihr seid ein Stück von ihm. Rächt euch. Tötet seine Feinde!«

Und sie griffen an.

Plötzlich veränderten sich ihre Köpfe. Die Körper verschwanden fast völlig, sie wurden lang, immer länger und liefen vorn sehr spitz zu. Aus den Hörnern waren Nadeln geworden. Blitzende Nadeln von mindestens einem halben Meter Länge, die an der Spitze feuerrot glühten.

Ich zog die Beretta.

Dann schoß ich.

Natürlich hatte ich damit gerechnet, daß meine Kugel eines dieser kleinen Monster hinwegfegen würde, dem war aber nicht so. Das Silbergeschoß beschrieb einen Bogen und fuhr nach oben in den Himmel.

Mit der Beretta konnte ich sie nicht stoppen.

Dafür griffen sie an.

Plötzlich zuckten aus den Nadeln dünne Feuerstrahlen. Ich hatte zum Glück mit Ähnlichem gerechnet und sprang mit einem gewaltigen Satz nach vorn.

Das Feuer verfehlte mich.

Wie ein Betrunkener torkelte ich über die Ladung auf die Führerhauskabine zu. Ich konnte mich nicht mehr fangen, sondern prallte dagegen. Zum Glück fuhr der Wagen geradeaus, so daß ich auf der Ladefläche blieb.

Wie sollte ich diese Geschöpfe stoppen?

Mit der Beretta ging es nicht, aber ich trug noch etwas magische Kreide bei mir.

Aus der Jackentasche holte ich sie hervor. Als sich die Figuren zu einem neuen Angriff formierten, zeichnete ich blitzschnell einen Querstrich über die Holzplanken.

Da zischten schon die nächsten Feuerstrahlen auf mich zu.

Hielt die Barriere die gefährlichen Strahlen von mir ab?

Ja.

Das Feuer wurde von dieser magischen Grenze abgeblockt. Die Flammen stießen nach oben, loderten in der Luft noch einmal auf und verpufften.

Ich atmete auf.

Valdez schrie wütend und gab einen Befehl, den ich nicht verstand, ihn aber sehr schnell begriff.

Plötzlich rotteten sich die kleinen Figuren zusammen und bildeten um ihn herum einen Kreis.

Wieder zuckte das Feuer auf, wurde zu einem Ring, der sich um den Mann legte.

Einen Atemzug später begann die Luft innerhalb des Rings zu flimmern, und dann war Valdez verschwunden.

Mit ihm die Figuren.

Aber ein Erbe hatten sie hinterlassen.

Plötzlich puffte eine feurige Lohe hoch, und im nächsten Moment baute sich vor mir eine Flammenwand auf.

Die Ladung brannte lichterloh!

Niemand sah ihn.

Er war nur plötzlich da.

Von einem Augenblick zum anderen materialisierte er sich in seinem Hotelzimmer.

Julio Valdez war wieder zurückgekehrt.

Da stand er nun inmitten des Flammenkreises, der langsam ineinandersank.

Julio atmete auf.

Er schaute auf seine sechs Helfer, die ebenfalls wieder die normale Form angenommen hatten. Fast harmlos sahen sie aus, diese kleinen, unscheinbaren Figuren, in denen jedoch die Magie eines mächtigen Dämons steckte.

Chiimal hatte sie vor dem Untergang des gewaltigen Reiches noch abspalten können. Und nun sollte er zurückkehren. Sämtliche Vorbereitungen waren getroffen.

Valdez lachte, als er daran dachte. Man hatte versucht, ihn zu hindern, aber nichts hatte geklappt. Er war eben stärker als die anderen. Er mußte nur auf die Magie des großen Chiimal vertrauen, dann war alles klar.

Er sah sich im Zimmer um.

Gepäck hatte er nicht, bis auf einen flachen braunen Koffer, der auf dem Bett lag.

Er nahm den Koffer und klappte ihn auf.

Leicht sprang der Deckel hoch. Valdez blickte in den Behälter, der innen mit Samt ausgelegt war und sechs Fächer enthielt. Genau in der Größe, die nötig war, um die sechs kleinen Figuren aufnehmen zu können.

Vorsichtig nahm er sie der Reihe nach in die Hand und legte sie in seinen Koffer.

Zwei Minuten nahm die Arbeit in Anspruch. Danach klappte er den Koffer wieder zu, schaute sich im Zimmer um, sah, daß er nichts Verdächtiges hatte liegenlassen, und verließ den Raum.

Er fuhr hinunter zur Rezeption und verlangte seine Rechnung. Man gab sie ihm, und er zahlte.

Anschließend wünschte man ihm eine gute Reise.

Julio Valdez ging.

Als er eine Minute etwa das Hotel verlassen hatte, hielten zwei Streifenwagen vor dem Haus, und unter anderen verließ ein Chinese einen der Wagen.

An der Rezeption erkundigte sich der Chinese nach einem Gast mit Namen Valdez.

Man bedauerte, ihm mitteilen zu müssen, daß Mr. Valdez abgereist sei. Vor ein paar Minuten.

Suko war sauer, wenn er auch damit gerechnet hatte.

Wo mochte der Kerl jetzt stecken? Am Flughafen?

Der Chinese ahnte nicht, daß sich Valdez bereits auf einer magischen Reise zum Tal der Götter befand.

Chiimal mußte erweckt werden...

Ich starrte in die Flammen, die mich blendeten und sich mit rasender Geschwindigkeit ausbreiteten. Wenn mir noch etwas gefehlt hatte, dann ein brennender Lastwagen.

Jetzt erst hatte der Fahrer bemerkt, was mit seiner Ladung geschehen war.

Er stoppte.

Der hinter dem Truck fahrende Wagen wurde abgebremst. Die Fahrer hupten, es gab ein Chaos, das ich nur aus den Augenwinkeln mitbekam, denn ich mußte mich auf die verdammten Flammen konzentrieren, die sich mir sehr rasch näherten.

Wenn sie das Führerhaus des Wagens erfaßten und den Tank zur Explosion brachten, war es aus. Dann brach mitten in London die Hölle los.

Ich sprang an der Seite vom Wagen.

Genau in eine dicke schwarze Qualmwolke hinein, die mir vom Wind ins Gesicht getrieben wurde. Schemenhaft erkannte ich den Fahrer, wie der aus seinem Führerhaus stürzte. Er hielt einen Feuerlöscher in der Hand und fächerte den breiten weißen Strahl über die Ladefläche, ohne allerdings damit einen großen Erfolg zu erzielen.

Um den brennenden Wagen herum hatte sich eine Art Leerraum gebildet. Die Menschen standen und starrten wie hypnotisiert.

Der Fahrer stellte es zum Glück geschickt an. Er sprühte die Fläche dicht hinter dem Führerhaus ein, die noch nicht von den Flammen erfaßt worden war.

Ich sah einen zweiten Feuerlöscher, sprang auf den Fahrersitz, riß ihn aus der Halterung und beteiligte mich an den Löscharbeiten. Wir arbeiteten stumm und verbissen. Mein Einsatz hatte wohl Schule gemacht, denn plötzlich waren noch mehr Männer um mich herum, die ihre Feuerlöscher aus den Wagen gerissen hatten und den Schaum in die Flammen spritzten.

Die meisten wurden erstickt.

Als wir die Sirenen der Löschfahrzeuge hörten, war die Hauptarbeit erledigt.

Wir konnten aufatmen.

Der Fahrer, ein stämmiger Mann mit einem dichten Haarpelz auf den muskulösen Armen, schaute mich an. »Haben Sie gesehen, wie das passiert ist?«

»Nein«, log ich.

Da schrie ein anderer. »Aber er hatte sich doch auf dem Wagen befunden.«

Der Fahrer nahm sofort eine aggressive Haltung an. Zum Glück kamen die Feuerwehrleute und löschten den Rest der Flammen. Ich zeigte meinen Ausweis. Mehr Erklärungen wollte ich nicht abgeben, denn ich hatte es mehr als eilig. Die Polizei sollte sich um den normalen Vorgang kümmern. Von einem Geschäft aus rief ich Suko an.

Ich schickte meinen Freund zusammen mit zwei Streifenwagen zum Hilton Hotel. Suko sollte retten, was noch zu retten war.

Wenn ich auch nicht viel Hoffnung hatte.

Ich aber dachte schon weiter. An ein anderes Ziel. Das lag einige tausend Meilen entfernt.

Peru – im Tal der Götter. Dort würde ich unweigerlich auf Chiimal treffen...

Mrs. Sarah Goldwyn hatte sich geärgert, daß sie nicht mitfliegen konnte. Sie hatte aber schließlich die Gründe eingesehen, die wir ihr entgegenhielten. Dafür nahm ich Suko mit auf die Reise.

Wir landeten in Lima. Im Osten glänzten die schneebedeckten Gipfel der Anden, und für einen Augenblick wurde ich an das Himalaya-Gebirge erinnert, wo Suko und ich ebenfalls schon unsere Erfahrungen gesammelt hatten.

Ein grauer Himmel spannte sich über uns, der sich weiter östlich zu wolkenartigen Gebilden verdichtete und an den Berghängen festklebte.

Eine grandiose Kulisse fürwahr, an die ich jedoch nur kurz dachte, als ich mit einem peruanischen Kollegen die Zollabfertigung passierte. Wir waren ganz offiziell gekommen.

Das Tal der Götter mußten wir selbst finden.

Einen Jeep hatte man uns zur Verfügung gestellt, was immerhin viel bedeutete.

Ich erkundigte mich nach einem Führer, erhielt aber keine positive Antwort. Auch vom Tal der Götter wollte man nichts wissen, aber bei unserem Abmarsch drückte uns der Polizeioffizier eine gute Karte in die Hand und einen Zettel.

Im Jeep faltete ich ihn auseinander.

Zwei Namen standen auf dem Papier.

El Jefe und Canta.

Canta war der Ort, der dem Tal der Götter am nächsten lag. Und El Jefe schien der Mann zu sein, an den wir uns wenden sollten.

»Dann mal los«, sagte Suko.

Ich hatte lange keinen Jeep mehr gefahren, entsprechend schwer tat ich mich. Die Gänge bereiteten mir Schwierigkeiten und als ich mich daran gewöhnt hatte, war es die Straße, die mir Ärger bereitete.

Wir waren nicht nach Lima hineingefahren, sondern direkt vom Flugplatz aus in Richtung Canta. 100 Meilen ungefähr lag dieser Ort von der Hauptstadt entfernt, und die peruanischen Kollegen waren froh gewesen, uns vom Flughafen aus schnell wegschicken zu können.

Der Weg führte nach Nordosten, in die Berge hinein. Schon bald hörte die Asphaltbedeckung der Straße auf, und wir gondelten auf einer Schotterpiste weiter.

Hundert Meilen!

Eine Distanz, über die wir Europäer lachen, aber hier, im Hochland von Peru, konnte sie zu einer Quälerei werden. Ich hatte die Zähne zusammengebissen und hielt das Lenkrad eisern fest, denn die Stöße, die die schlechte Straße verursachte, konnten von den Dämpfern kaum aufgefangen werden.

Der Jeep war wirklich nicht der beste. Und mit ihm sollten wir im Gelände zurechtkommen.

Der Weg stieg an.

In Schlangenlinien wand er sich in die Höhe. Ein rotbraunes Einerlei war diese Hochebene, wo kein Baum, kein Strauch und kaum ein Grashalm wuchs. Nur die flachen Hügelrücken und dahinter die bizarre Hochgebirgswelt der Anden.

Meile um Meile legten wir zurück.

Zweimal begegnete uns ein Wagen. Trucks, die mit Waren vollbeladen waren.

Wir selbst überholten nur Maultiergespanne und Eselkarren. Die Einheimischen – zumeist Indios – winkten freundlich, und wir grüßten zurück.

Nach 70 Meilen wurde die Straße etwas besser. Man hatte wenigstens die tiefsten Schlaglöcher aufgefüllt. Trotzdem wurde die Füllung von den Reifen des Jeeps oft genug eingedrückt oder hochgeschleudert. Die Sonne stand als glühender Ball am Himmel und verwandelte die Täler in den tiefen Lagen in Brutöfen. Hier jedoch waren wir so hoch, daß wir die Hitze gar nicht spürten.

Ich war auf diesen Ort Canta gespannt. Bestimmt war er nicht mehr als nur ein kleiner Marktflecken inmitten einer grandiosen, aber kargen Landschaft.

Wir fuhren immer höher. Und ich sah bereits an den sonnengeschützten Hängen erste Schneereste. Das erinnerte mich wieder an unseren Winter, ich fühlte mich direkt heimischer. In der graublauen Luft standen über uns dunkle Punkte.

»Kondore«, sagte Suko, der die Tiere ebenfalls gesehen hatte. »Tolle Vögel.«

Mir waren diese Riesengeier im Augenblick egal, ich hatte keine Lust mehr, hinter dem Steuer zu hocken.

Mir tat schon mein Hinterteil vom langen Sitzen weh.

Endlich die Stadt.

Sie lag in einer Mulde, wir konnten von oben auf sie hinabschauen.

Zwei Kirchen fielen mir sofort auf. Die schlanken Türme stachen in den Himmel. Sie waren ebenso weiß wie die meisten der Häuser, die sich um einen Marktplatz gruppierten, wo ich einen Brunnen sah. Sternförmig führten die Straßen auf den Marktflecken zu. Ich war sicher, daß wir dort El Jefe finden konnten.

Es herrschte reges Leben und Treiben. Bunt zusammengewürfelte Menschen mit freundlichen Gesichtern und einem Lächeln auf den Lippen. Die Leute hier wußten zum Glück noch nicht, was Streß bedeutete.

Wir fuhren zum Marktplatz.

Als wir steifbeinig aus dem Wagen stiegen, hatte ich das Gefühl, gerädert zu sein. Ich klopfte mir den Staub von der Kleidung und sah mich um.

Zahlreiche Menschen standen um uns herum und beobachteten uns. Wir sahen auch wirklich nicht aus wie die Einheimischen. Zwar trugen wir lockere Kleidung, aber auf Poncho und den breitkrempigen Hut hatten wir doch verzichtet.

Die meisten Bauten waren ein-, höchstens zweistöckig. Wie Wohnhäuser sahen sie mir nicht gerade aus, eher wie öffentliche Gebäude.

Sicher fand ich hier El Jefe, den Chef, wie das übersetzt heißt.

Viele Kinder starrten uns an, aber auch Erwachsene. Sie lehnten zum großen Teil an Haltebalken. Vor jedem zweiten Gebäude gab es eine solche Rarität für uns. In Western banden die Cowboys vor dem Saloon ihre Pferde immer daran fest.

Natürlich war auch eine Bodega vorhanden.

Aus ihr trat ein Polizist. Der Mann war fast so breit wie die beiden Schwingtüren, die er lässig mit seinem dicken Bauch aufschob. Er trug eine braune Uniform, die sich verdächtig spannte, ein Koppel mit einer Waffe daran und Stiefel.

»Da kommt der Dorfsheriff«, sagte Suko.

Die Menschen machten ihm respektvoll Platz.

Gewichtig schlenderte er auf uns zu. Die Bartenden wuchsen ihm rechts und links des Mundes bis zum Kinn, seine Nase war fleischig, unter der Mütze quoll pechschwarzes Haar hervor.

Vor uns blieb er stehen und grüßte. Auf spanisch sprach er uns an. Ich konnte zwar einige Brocken, antwortete jedoch in englisch, das er seltsamerweise verstand.

»Wir möchten zu El Jefe«, sagte ich, nachdem wir uns vorgestellt hatten.

Der Polizist nickte. »Und was wollt ihr von ihm?«

»Wir haben etwas zu besprechen.«

Wieder das Nicken. Dann: »Ich bringe euch zu ihm. Folgt mir.«

Der dicke Polizist drehte sich um, und wir marschierten hinter ihm her.

Die neugierigen Blicke der Einwohner begleiteten uns. Der Dorfsheriff führte uns zu einem ehemals weißen Haus, in dessen Steinfassade sich der rötlich-braune Staub aus den Bergen festgesetzt hatte. Auch auf die Fensterscheiben hatte sich eine dicke Schicht gelegt.

An der Tür klopfte er.

Erst als eine Antwort aufgeklungen war, öffnete der Polizist. Wir betraten ein Büro, in dem ein Schreibtisch und zwei Aktenschränke standen. Vor dem Schreibtisch lag ein Teppich, und hinter dem Möbelstück hockte El Jefe.

Suko und ich waren beide überrascht. Wir hatten einen Einheimischen erwartet, doch vor uns saß ein blonder Mann um die 50 mit einem Knebelbart, sonnenbrauner Haut und hellwachen, blauen Augen.

»Die beiden Männer möchten Sie sprechen, El Jefe«, sagte der Polizist und salutierte dabei.

»Gut, Pablo. Ich danke dir, du kannst gehen.«

Pablo salutierte noch einmal, nickte uns zu und verschwand. El Jefe aber erhob sich und trat hinter seinem Schreibtisch hervor. Lächelnd reichte er uns die Hand.

»Was verschafft mir das Vergnügen Ihres Besuchs?« fragte er in fließendem Englisch, was mich zu der Frage anregte, ob ich einen Landsmann vor mir hatte.

El Jefe lachte. »Meine Vorfahren kamen zwar aus England, aber ich bin Amerikaner.«

»Und dann sitzen Sie hier?«

»Was will man machen? Ich bin als Entwicklungshelfer vor fast zwanzig Jahren nach Peru gekommen, habe mitgeholfen, die Stadt hier aufzubauen, und mir hat es in Canta so gut gefallen, daß ich geblieben bin. Wissen Sie, das Leben hier ist anders als in den großen Städten. Ruhiger, beschaulicher und überschaubarer. Hier gibt es keine Hetze und Eile, hier kennt jeder noch jeden. Die Menschen helfen sich und gehen ihre Probleme gemeinsam an. Sie hätten den Ort hier mal vor zwanzig Jahren sehen sollen. Nur ein paar Hütten, mehr nicht. Dann haben wir uns an die Arbeit gemacht und es geschafft. Doch was erzähle ich Ihnen. Deshalb sind Sie ja wohl nicht gekommen.«

»Nein, das nicht.« Ich stellte Suko und mich vor. Und ich sagte auch meinen Beruf.

»Von Scotland Yard sind Sie?«

»Ja.«

»Das ist ein Ding.« El Jefe öffnete eine Schranktür und holte eine Flasche hervor. Er nahm auch drei Gläser. »Darauf müssen wir einen Schluck nehmen, Gentlemen.«

Ich war nicht abgeneigt, doch Suko schüttelte den Kopf.

»Sehr vernünftig. Aber diesen Selbstgebrannten sollten Sie wirklich mal probieren.« El Jefe füllte die Gläser mit der gelblich schimmernden Flüssigkeit.

Ich nippte nur daran. Zum Glück. Der Schnaps war so stark, daß er die Socken durchbrannte.

El Jefe grinste. »Klasse, nicht?«

»Über Geschmack läßt sich ja bekanntlich streiten«, erwiderte ich.

Dann sagte er uns seinen richtigen Namen. Wir erfuhren, daß er Mike Hunter hieß. »Aber hier nennen mich alle nur El Jefe«, erklärte er.

»Auch der Polizist in Lima, der uns zu Ihnen geschickt hat«, lächelte ich.

»Ja, ich habe dort einige Freunde. Worum geht es eigentlich?«

Wir nahmen Platz, und ich erklärte Mike Hunter den Grund unseres Besuches.

Aufmerksam hörte er zu. Je länger ich redete, um so mehr verfinsterte sich sein Gesicht. Als ich mit meinem Bericht fertig war, sagte er: »Sie haben da ein verdammt heißes Eisen angepackt, wissen Sie das?«

»Ja.«

El Jefe trank sein Glas leer. »Ich habe von Chiimal gehört. Jeder kennt ihn hier. Chiimal geistert durch die alten Sagen und Legenden. Man spricht von einem gewaltigen Ungeheuer, das aus einem fernen Land gekommen ist und ein grausames Erbe hinterlassen hat, das allerdings noch verschüttet ist. Doch irgendwann soll die Zeit kommen, wo Chiimal sein Erbe antritt.«

»Das scheint jetzt zu sein«, bemerkte ich.

»Ja, es sieht so aus.«

»Haben Sie jemals den Namen Julio Valdez gehört?« erkundigte ich mich.

»So heißt hier jeder dritte.«

Ich beschrieb Valdez.

»Nein, der war in den letzten Tagen nicht hier. Ein Fremder fällt sofort auf.«

»Dann befindet er sich bestimmt schon im Tal der Götter.«

»Wo Sie auch hin wollen.«

Ich nickte.

El Jefe sah uns ernst an. »Normalerweise hätte ich Sie auslachen müssen, aber ich lebe schon zu lange in diesem Land, um über die alten Geschichten zu lachen oder sie nicht ernst zu nehmen. Das Tal der Götter gibt es, und kein Einheimischer traut sich in dieses Gebiet hinein. Der Ort ist verflucht.«

»Würden Sie uns denn begleiten?«

»Ich bin ehrlich. Nur ungern.«

»Aber Sie kommen mit?«

»Ja. Sollte dieses Ungeheuer wirklich erweckt werden...«

»Wo befindet sich Chiimal eigentlich?« unterbrach Suko.

»Der Sage nach soll er unter Tonnen von Gestein begraben sein. Genau weiß ich das nicht, aber wir müßten es herausfinden. Auch bedarf es gewisser Vorbereitungen, um Chiimal zu erwecken«, erklärte er.

»Die hat Valdez schon hinter sich.«

»Die Zeit drängt also?«

Suko und ich nickten gemeinsam.

»Dann werden wir noch an diesem Tag aufbrechen.«

»Wie weit ist es?« erkundigte ich mich.

»Zwanzig Meilen von hier finden Sie das Tal der Götter. Aber es gibt keine Straße, wir müssen über Geröllhalden und Felsen fahren. Wird ziemlich abenteuerlich.«

»Damit haben wir gerechnet«, lachte ich.

El Jefe stand auf. »Deshalb wollen wir keine Zeit mehr verlieren. Es wird bald dunkel. Wie sieht es mit Ihrer Ausrüstung aus?«

»Mies.«

»Okay, ich packe einiges zusammen.«

»Unseren Wagen könnten wir nehmen. Oder haben Sie einen besseren?«

»Nein.« Hunter schüttelte den Kopf.

Plötzlich wurde die Tür aufgerissen. Mit hochrotem Kopf stürmte der Polizist in den Raum. Er war so aufgeregt, daß er kaum sprechen konnte und eine Hand gegen seine linke Brustseite gepreßt hielt, als könnte er so seinen Herzschlag beruhigen.

»Was ist denn geschehen?« rief Mike Hunter.

»Chiimal!« keuchte Pablo, und mit diesem Wort elektrisierte er uns alle. »Chiimal! Die alten Legenden erfüllen sich. Sehen Sie selbst, El Jefe. Die Totenfeuer brennen...«

Wir rannten auf die Straße. Auch dort hatten sich inzwischen zahlreiche Menschen versammelt. Und alle schauten nur in eine Richtung. Zu den Bergen hinüber, die sich als dunkle Kette von dem langsam grau werdenden Himmel abhoben.

Jeder sah das unheimliche rote Leuchten, das von den Felswänden zurückgeworfen wurde und ein ganzes Tal mit seinem roten Schein ausfüllte.

»Die Totenfeuer«, sagte Hunter leise. »Pablo hat recht. So beginnt die Beschwörung des großen Chiimal.«

Ich sah mir die Menschen an. Sie hatten sich auf die Knie geworfen, die Hände gefaltet und zitterten vor Angst. Einige Frauen beteten laut und klagend.

Chiimal verbreitete Angst und Schrecken. Wir waren gerade noch rechtzeitig gekommen, glaubte ich.

Ich stieß El Jefe an, dessen Gesicht eine maskenhafte Starre zeigte. »Kommen Sie, Mike. Wenn es schon soweit ist, dürfen wir keine Sekunde mehr verlieren.«

Er nickte. »Ja, Mr. Sinclair, Sie haben recht.« Mit Riesenschritten stürmte er zurück ins Haus.

Suko und ich blieben bei den Menschen zurück. Auch uns bereiteten die Totenfeuer Unbehagen. Sie waren der Beweis, daß Julio Valdez es vor uns geschafft hatte.

Hoffentlich kamen wir noch rechtzeitig genug...

Umgezogen hatten wir uns nicht. Allerdings lagen hinten im Jeep lange Mäntel. Die Nächte hier oben im Hochland sollten sehr kalt werden.

Hatte ich schon über die Strecke nach Canta geschimpft, so konnte ich jetzt nur fluchen. Es gab überhaupt keine Straße mehr. El Jefe, der Fahrer, suchte den Weg durch eingetrocknete Flußbetten, über Hänge, Böschungen und Steinfelder.

Ich saß neben ihm, Suko hockte im Fond. Er wurde noch mehr durchgeschüttelt als wir.

Manchmal fuhren wir schräg, so daß ich befürchtete, der Jeep würde umkippen. Irgend etwas war immer.

Zum Glück waren die beiden Scheinwerfer durch ein Gitter gegen Steinschlag gesichert, sonst hätten die hochfliegenden Brocken das Glas zertrümmert.

Unser Fahrer zeigte ein verbissenes Gesicht. Die Anspannung hatte tiefe Kerben in seine Haut gemeißelt. Jeder von uns wußte, um was es ging. Niemand durfte nachlassen, und wir durften vor allen Dingen keine Schwäche zeigen.

Wir orientierten uns anhand des Feuerscheins. Nach wie vor war er zu sehen. Als eine rote Aura lag er zwischen den Hügeln auf dem gewaltigen Bergplateau.

Schon längst bedeckte eine Kruste aus rötlichem Staub unsere Körper. Dieses feine Zeug drang überall ein. In jede Ritze, setzte sich in den Hautfalten fest und trocknete unsere Kehlen aus.

Schon oft genug hatte ich das Zeug ausgespien, aber es kam immer wieder.

Zum Glück hatten wir Feldflaschen mit klarem Wasser mitgenommen. Hin und wieder nahm ich einen Schluck, dann fühlte sich die Kehle mal nicht wie ein Reibeisen an.

Eine Dämmerung gab es nicht. Schlagartig wurde es dunkel.

Nun waren wir gezwungen, die Scheinwerfer einzuschalten. Breite Strahlen fielen auf die Geröllebene und ließen manche metallenen Einschlüsse in den Steinen hell aufblitzen, ebenso wie die unzähligen Staubpartikel, die durch den Lichtteppich wirbelten.

Wir schaukelten auf und ab und wurden dann nach vorn gepreßt, als es einen Hang hinunterging, der erst in einem Flußbett mündete, das ebenfalls staubtrocken war.

Ich fluchte wieder.

Das war schon kein Fahren mehr, sondern nur noch ein Rutschen. Mike Hunter konnte das Lenkrad ruhig loslassen. Ich rechnete damit, daß unser alter Jeep die Strecke nicht überstehen würde, aber es geschahen noch Zeichen und Wunder. Heil erreichten wir das Flußbett. Auch die Lenkung war nicht defekt, so daß sich der Jeep weiterhin in die gewünschte Richtung voranbewegen konnte.

Wir fuhren in der Mitte. Dort waren die Steine weniger groß. An den Rändern hatten sie oft die Ausmaße von Felsbrocken, die Wind und Wetter glattgeschliffen hatten.

Kurs Osten.

Der erste Nachtwind heulte über die Hochebene. Wieder wurden gewaltige Wolken aufgewirbelt und um unseren Wagen geweht. Wir knüppelten uns voran. Manchmal grinste El Jefe sogar. Er war die Fahrerei ja gewohnt.

Daß die Scheinwerfer brannten, paßte mir gar nicht. Da wurde unsere Ankunft schon von weitem signalisiert. Aber ohne Licht waren wir in diesem Gelände verloren.

»Wie weit noch?« rief ich Mike Hunter ins Ohr.

Er hob die Schultern. »Mehr als die Hälfte haben wir hinter uns. Aber es kommt auf das Gelände an. Wenn wir Glück haben, läuft der Weg einigermaßen normal weiter. Doch daran glaube ich nicht.«

»Okay.« Ich schaute zurück. Suko hockte auf dem Rücksitz und machte auch kein glückliches Gesicht, obwohl er grinste, als sich unsere Blicke trafen.

Das Flußbett mündete in ein gewaltiges Geröllfeld. Diese Steine mußten rechts und links von den Hängen gestürzt sein und waren hier liegengeblieben.

Fast eine halbe Stunde verloren wir, um das Geröllfeld zu überqueren. Liebe Leser, ich will Sie mit Einzelheiten verschonen, aber es war schon eine verfluchte Quälerei.

Zum Abschluß stand uns eine Fahrt bevor, die auf einen Hügel oder ein Plateau führte, so genau war das nicht zu erkennen.

Der Jeep schaffte auch dies.

Auf halber Strecke schon sahen wir den rötlichen Schein auf

der Kuppe. Nur schwach, aber ich hatte das Gefühl, dicht vor dem Ziel zu sein.

Ich fragte El Jefe danach.

Er stimmte mir zu. »Ja, wir haben es bald hinter uns. Nach diesem Hügel geht es in das Tal der Götter.«

Die Spannung wuchs.

Ich hoffte darauf, daß Chiimal noch nicht erweckt worden war. Wenn es uns gelang, die finstere Beschwörung zu unterbrechen, war alles klar. Die Waffen hatten wir verteilt.

Suko trug außer der Beretta noch die Dämonenpeitsche und seinen Stab bei sich. Letzteren hatte er von einem buddhistischen Mönch erhalten, und die Sage erzählte, daß dieser Stab aus Buddhas Erbe stammte. Das war gut möglich, denn sein Einsatz hatte sich schon einige Male bezahlt gemacht.

Wenn Suko das Wort Topar rief, dann stand die Zeit für fünf Sekunden still. Er konnte die Gegner dann ausschalten, allerdings nicht töten. Tat er es doch, verlor der Stab seine Wirkung. Buddha war ein friedlicher Mensch gewesen, der die Gewalt haßte.

Der Jeep quälte sich weiter. Wenn ich mir den Motor so anhörte, bekam ich fast Zahnschmerzen, so sehr kratzte, würgte und jaulte er.

Die letzten Meter!

»Schalten Sie die Scheinwerfer aus!« rief ich El Jefe zu.

Er nickte.

Ich warf einen Blick hoch zum Himmel. Da schwebten Wolken. Leicht, faserig. Dazwischen leuchteten die Sterne in der Pracht des Südens.

Wir erreichten die Kuppe.

Mike Hunter stellte den Motor ab. Er verstummte mit einem letzten Gurgeln.

Wir wollten uns erst mal das Tal ansehen und dann einen Schlachtplan entwerfen. Ich war als erster aus dem Wagen und blieb steifbeinig stehen. Fast jeder Knochen tat mir weh, die Fahrerei hatte uns ganz schön in Mitleidenschaft gezogen. Ein paar Schritte hatten wir zu gehen, um einen freien Blick in das Tal zu haben.

Da wir uns nicht gern wie Scherenschnitte von der Hügelkuppe abheben wollten, gingen wir auf die Knie nieder und schauten in dieser Stellung hinunter ins Tal.

Er war gewaltig.

An der Ostseite wurde es von einer steil aufragenden Felswand begrenzt. Auch zum Süden und Norden hin wuchsen Felswände in die Höhe. Dunkel, zerklüftet, wild...

Aber uns interessierte die gegenüberliegende Wand. Sie wurde durch den roten Schein angeleuchtet, den wir schon von weitem gesehen hatten. Nur brannten diesmal nicht mehrere Feuer, sondern alle waren zu einem einzigen konzentriert worden.

Es loderte vor der Felswand.

Schon aus dieser Entfernung war zu sehen, daß wir es mit keinem normalen Feuer zu tun hatten. Diese Flammen gaben keinen Rauch ab, sie brannten klar und hell, so daß für mich feststand, daß dieses Feuer keinen normalen Ursprung hatte, sondern einen magischen.

Valdez hatte es entzündet.

Denn ihn sahen wir ebenfalls.

Aus dieser Entfernung wirkte er wie eine kleine Puppe oder ein Zwerg, der mich fatal an die Figur aus dem Märchen Rumpelstilzchen erinnerte, denn auch Valdez bewegte sich hin und her, stampfte mal mit dem Fuß auf, hob die Arme und schüttelte seinen Körper durch. Er bot ein ulkiges Bild, aber nach Lachen war mir nicht zumute.

El Jefe hatte ein Nachtsichtglas mitgenommen. Das hielt er sich vor die Augen und blickte hindurch.

Nach einer Minute etwa ließ er das Glas sinken, wandte sich an mich und sagte: »Schauen Sie mal durch, John. Ich glaube, in der Felswand bewegt sich etwas.«

Ich nahm das Glas und stellte die Schärfe ein. Dann konzentrierte ich mich auf das Ziel.

Es war ein gutes Gerät. Valdez, das Feuer und der Felsen rückten nah heran.

Es war nicht leicht, etwas zu erkennen, denn die tanzenden Flammen verzerrten die Perspektive. Aber El Jefe hatte nicht gelogen. Ich sah in der Tat einen Einschluß im Felsgestein, der mir irgendwie durchsichtig wirkte, als bestünde er aus Glas.

Und innerhalb der Felsen...

Ich hielt den Atem an.

Ja, da war etwas.

Ein gewaltiges Ungeheuer, das in seiner Größe fast die Höhe der Wand erreichte.

Zum erstenmal sah ich Chiimal!

Ich hörte Sukos Stimme gar nicht, so sehr war ich mit dem Anblick beschäftigt. Je länger ich hinschaute, um so deutlicher erkannte ich das gewaltige Horn und den schuppigen Echsenkranz über dem Kopf des Monsters. Sogar die Augen machte ich aus, die fast mit dem Horn zusammenwuchsen.

Welch ein Gigant!

»John, träumst du?« Suko stieß mich an. Ich drehte mich um und gab im das Glas.

»Da ist tatsächlich etwas?«

Suko brauchte nicht so lange wie ich. Als er das Nachtsichtgerät absetzte, sagte er etwas, was ich auch befürchtete.

»Schätze, wir sind zu spät gekommen.«

»Wieso?« fragte El Jefe.

»Ist Ihnen nicht aufgefallen, wie seltsam durchsichtig diese Felswand erscheint?«

»Ja.«

»Das ist der Trick bei der Sache. Das Feuer da unten kann man nicht als normal bezeichnen. Es ist ein magisches Feuer. Oder haben Sie schon mal gesehen, daß sie mit einfachen Flammen einen Felsen schmelzen können?«

»Nein.«

»Eben, und das Feuer dort im Tal schafft so etwas. Der Felsen wird durch die magische Kraft der Flammen geschmolzen und gibt das Monster frei. So lautet der ganze Trick.«

Trotz der Dunkelheit erkannte ich, wie blaß Mike Hunter wurde. »Dann sind wir wirklich zu spät gekommen«, flüsterte er nach einer Weile.

»Möglich.«

»Und was jetzt? Sollen wir uns zurückziehen?«

Das hatte ich auf keinen Fall vor. Auch wenn wir eine Erweckung des Urweltgiganten nicht verhindern konnten, wollten wir uns doch zum Kampf stellen.

Sollte Chiimal aber gewinnen, würde er, einem unheilvollen Drang folgend, auf die nächste Stadt zumarschieren und sie restlos zerstören, wobei er auf die Menschen keinerlei Rücksicht nahm.

Das gab ich El Jefe zu verstehen, und er stimmte mir bei.

»Deshalb habe ich folgenden Vorschlag, Mike. Sie setzen sich wieder in den Wagen und fahren nach Canta zurück. Evakuieren Sie sicherheitshalber den Ort, es ist besser. Die Menschen sollen sich im Gebirge verstecken, irgend jemand wird dann wohl eine Lösung finden, wie das Monster zu stoppen und zu töten ist.«

»Das... das kann ich nicht.«

»Wieso?«

»Ich kann Sie doch mit diesem Monster nicht allein lassen. Sie sind verloren.«

»Wollen Sie auch sterben?«

»Aber Sie doch auch nicht!« rief er.

»Nein, nur haben wir so unsere Erfahrungen. Verlassen Sie sich darauf.«

»Ich weiß nicht.«

»Tun Sie, was ich Ihnen gesagt habe. Und beeilen Sie sich. Viel Zeit haben wir nicht mehr.«

Mike Hunter sah ein, daß er uns nicht umstimmen konnte. Das Glas ließ er uns da.

Wir sahen uns das Untier noch einmal genau an, während hinter uns der Motor des Jeeps knatterte.

»Ich frage mich nur, ob das alte Atlantis noch weitere Überraschungen auf dieser Welt für uns bereithält«, murmelte Suko.

»Hoffentlich nicht.«

»Jetzt könnten wir Myxin brauchen. Der hätte uns sicherlich einen guten Tip geben können.«

Da hatte Suko zweifelsohne recht. Aber Myxin war nun mal nicht hier. Was sollten wir machen? Er und Kara gingen ihre eigenen Wege, auf denen sie die Dämonen bekämpften.

Wir erhoben uns.

Suko steckte das Glas ein.

Die Felswand glühte immer stärker. Sogar mit bloßem Auge konnten wir die Umrisse des Giganten aus Atlantis erkennen.

Ein schreckliches Erbe sollte wieder zum Leben erwachen.

Wir wollten es verhindern!

Abstiege sind immer gefährlicher als Aufstiege. Das merkten wir schon nach wenigen Yards, als sich unter unseren Füßen ein wahres Steinlager löste und in die Tiefe donnerte. Im Tal schlugen die Steine auf, die auf dem Weg dorthin zu einer kleinen Lawine geworden waren. Wer das nicht hörte, mußte schon taub sein, aber unser Freund Valdez kümmerte sich nicht darum.

Er tanzte auch nicht mehr, sondern hatte sich auf den Boden gekniet, die Arme gehoben und schrie irgendwelche Worte, die wir wegen der kehligen Aussprache nicht verstanden.

In den Alpen war ich schon des öfteren Berghänge hinuntergeklettert und auch in Schottland, als ich gegen die grausamen Ritter gekämpft hatte. Dort hatte ich immer wieder Sträucher und Buschwerk gefunden, an das ich mich klammern konnte.

Hier war nichts.

Kahle Felsen, Steine, Staub – und im Tal lauerte das Böse inmitten des rötlichen Kessels.

Die Arme hielt ich ausgebreitet, weil ich bei meiner Kletterpartie immer in Gefahr lief, das Gleichgewicht zu verlieren. Suko hielt sich hinter mir, er lief schräg versetzt den steinigen Hang hinunter, erwischte aber eine falsche Trittstelle, verlor die Balance und kugelte die schiefe Ebene hinab. Eine Staubwolke und Steinlawine hüllte ihn ein.

Ich rief ihn an, versuchte, nach seinem Arm zu fassen, doch der Chinese war nicht mehr zu bremsen.

Er verschwand vor meinen Augen. Nur das Klirren, Poltern und Rumoren der Steine hörte ich noch.

Verdammt. Wenn Suko etwas geschehen war, dann...

Für einen Moment waren Chiimal und die große Gefahr vergessen. Ich konzentrierte mich voll auf den Abstieg und beeilte mich, Suko zu folgen.

Schräg rutschte, lief und ging ich, riß Steine mit mir, Staubwolken bildeten einen regelrechten Mantel um mich. Ich keuchte, hustete und spuckte, aber ich blieb wie durch ein Wunder auf den Beinen.

Und erreichte das Tal.

Die letzten Yards rannte ich, paßte jedoch nicht auf. Ich konnte meinen Schwung nicht mehr abbremsen und ließ mich einfach fallen. Meinen Kopf schützte ich in den angewinkelten Armen und wartete, bis die letzten Steine über mich hinweggesprungen waren.

Dann wurde es ruhig.

Mir taten zwar ein paar Knochen weh, aber sonst war mir nichts passiert.

Ich stand auf. Zwangsläufig schaute ich dabei die Strecke zurück, die ich hinuntergerutscht war.

Mein lieber Mann, das sah ja direkt gefährlich aus. So steil hatte ich mir den Abhang nicht vorgestellt. Die Wolke umhüllte mich noch immer. Nur langsam senkte sie sich dem Boden entgegen.

Ich blickte zur Felswand.

Dort hatte sich zum Glück noch nicht viel getan. Das Ungeheuer war noch immer in dem Gestein eingeschlossen.

Suko fiel mir ein.

Himmel, wo mochte er liegen?

Ich sah ihn nicht, hörte ihn jedoch, wie er einige Steine zur Seite schleuderte. Nicht mal weit von meinem Standort entfernt. Rasch lief ich hin.

Suko schimpfte. »So was möchte ich auch nur alle zwei Wochen erleben.«

Mit der Taschenlampe leuchtete ich ihn an. Mein Partner hatte einiges abbekommen. Er blutete aus zahlreichen Hautabschürfungen an Hals und Gesicht.

»Bist du okay?« fragte ich besorgt.

»Einigermaßen.« Er tastete sich ab, allerdings nicht, um nach Brüchen oder Quetschungen zu suchen, sondern um herauszufinden, ob noch alle Waffen vorhanden waren.

Er hatte ebensowenig eine Waffe verloren wie ich.

»Wir können«, sagte er.

Seite an Seite schritten wir los.

Von oben hatte das Tal ziemlich klein gewirkt. Jetzt erwies sich dieser Eindruck als Täuschung. Die Felswand, die es abschloß, und damit der blendende Feuerschein waren doch noch eine ziemliche Strecke entfernt. Ich schätzte sie bestimmt auf achthundert Yards.

Valdez tanzte nicht mehr. Er kniete wieder am Boden und hatte das Gesicht auf die staubige Erde gepreßt. Dabei wandte er uns den Rücken zu und ließ sich in seiner Meditation nicht stören. Deutlich sahen wir seinen Körper vor der tanzenden, magischen Feuerwand.

Suko schüttelte den Kopf. »Ich verstehe das nicht. Der muß doch was gehört haben.«

»Sicher. Nur wird er sich schon als der große Sieger fühlen, daß ihn anderes nicht kümmert.«

»Das kann stimmen.«

Wir hatten uns flüsternd unterhalten, wollten Valdez nicht unnötig aufmerksam machen.

Das Feuer brannte lautlos. Bei einer normalen Flammenwand dieser Höhe hörte man schon von weitem das Knistern und Fauchen. Hier war und blieb alles ruhig.

Nur unsere Schritte vernahmen wir.

Da sich Valdez nicht um die Geräusche um ihn herum gekümmert hatte, riskierten wir es und liefen schneller. Keiner achtete mehr darauf, welch einen Krach er verursachte, wir wollten ihn so rasch wie möglich erreichen.

Die Hälfte der Strecke hatten wir hinter uns, als er plötzlich aufsprang und einen wilden Schrei ausstieß. Unwillkürlich blieben wir stehen.

Hatte er uns gesehen?

Nein, er drehte sich nicht um. Dafür tat er etwas anderes. Er hob seinen rechten Arm und schleuderte etwas auf die Felswand zu. Wir konnten nicht erkennen, was es war, aber den Wurf begleitete er mit wildem, triumphierendem Schreien.

Sechsmal hob er den Arm.

Sechs Gegenstände flogen auf die Wand zu.

Und plötzlich wußte ich, was dieser Wahnsinnige dort geworfen hatte. Es waren die kleinen Figuren, die Nachbildungen des Urzeitmonsters. Sie waren aus Chiimals Blut entstanden und somit ein Stück von ihm. Jetzt gab er sie Chiimal wieder zurück.

Der letzte Wurf!

Wir hatten nicht so lange gewartet, sondern waren weitergelaufen. Schon erreichte uns der Widerschein der magischen Flammenwand und warf tanzende Schatten auf unsere Gesichter.

»Valdez!« brüllte ich.

Als er seinen Namen hörte, fuhr er herum.

Ich rannte auf ihn zu. »Du hast keine Chance, Valdez!« schrie ich. »Gib auf!«

Er lachte. Wild, gellend. Sein Lachen hallte von den Felsen wider. Beide Arme riß er hoch. In seinem Rücken loderte die Feuerwand. »Ich habe es geschafft!« brüllte er mir entgegen. »Ich habe es verdammt noch mal geschafft! Hörst du?«

»Nein! Du hast es nicht geschafft. Chiimal wird nicht leben. Niemals!«

»Doch, doch!« Er kreischte wie von Sinnen.

Ich warf Suko einen Blick zu. Der Chinese verstand. Gemeinsam liefen wir Valdez entgegen. Wir wollten ihn packen und aus der Gefahrenzone ziehen.

Keuchend blieben wir vor ihm stehen. Ich spürte, daß mein Kreuz reagierte. Es ertastete die fremde Magie.

Der Irrsinn leuchtete aus Valdez' Augen. Er hatte die Arme halb ausgebreitet und halb erhoben. Seine Finger standen ab wie die Beine von Spinnen. Dabei wippte er auf den Fußballen. »Ihr wolltet mich hindern!« keuchte er. »Schon in London, aber ich war nicht aufzuhalten. Ich habe ein Erbe zu erfüllen. Zehn Jahre fast habe ich auf der ganzen Welt gesucht, um die sechs magischen Puppen zu finden, die eine Rückkehr Chiimals garantieren. Glaubt ihr denn im Ernst, ich lasse mir das von euch kaputtmachen? Nein, das ist mein Lebenswerk. Vielleicht war es ein Fehler, den Zeitungsartikel zu schreiben, denn durch Zufall hat ihn einer gelesen, der Bescheid wußte. Aber dieser Kerl war arm, er hatte keinen Einfluß, und die beiden dämonischen Helfer haben mitgeholfen, ihn auszulöschen. Sie existieren nicht mehr, aber das ist nicht tragisch. Hauptsache, ich habe die sechs Diener gefunden. Und ich habe sie dem großen Chiimal zurückgegeben. Das magische Feuer hat die Wand zum Schmelzen gebracht, den Felsen, der den großen Chiimal bisher umschlossen hatte. Ich allein habe ihm die Freiheit zurückgegeben. Mir wird er sehr dankbar sein.« Valdez mußte Luft holen, er konnte nicht mehr sprechen, seine Stimme hatte er sich heiser geschrien.

Ich sah, wie die Flammen sanken.

Ja, sie gingen zurück.

Schon war die Wand bis zur Hälfte geschrumpft, dann nur noch ein Drittel, danach fußhoch – aus.

Kein Feuer mehr.

Statt dessen hatten Suko und ich einen freien Blick auf die Felswand, deren Gestein wirklich geschmolzen war und sich gleichzeitig verändert hatte.

Wir schauten auf eine gläserne Fläche. Sie war zwar nicht so glatt wie ein Spiegel, sondern mit zahlreichen Versatzstücken und Einkerbungen versehen, aber dennoch war der unheimliche Koloß zu sehen.

Und nicht nur er.

Noch jemanden sah ich.

Gegen den Koloß wirkten die beiden Personen nahezu winzig. Es waren ein Mann und eine Frau.

Sie standen erstarrt im Stein. Der Mann trug eine Lanze in der rechten Hand, und die Frau hatte ihre Arme vor das Gesicht gerissen, als sie zu dem Giganten hochschaute. Die Szene schien nur für eine Sekunde erstarrt zu sein, obwohl in Wirklichkeit sicherlich Zigtausende von Jahren vergangen waren.

Ein Bild, das mich fesselte, und auch Suko schaute gespannt auf die Wand.

Dann hörten wir die Stimme des Reporters. »Gleich«, flüsterte er, »gleich ist es soweit...«

Wir hörten gar nicht hin. Ich warf Suko einen Blick zu und sagte: »Ich werde mit dem Kreuz die Wand berühren.« Kaum hatte ich die Worte ausgesprochen, als ich mir das Kruzifix schon über den Kopf streifte und es in die rechte Hand nahm.

Das sah auch Julio Vandez. »Nein!« schrie er. »Das darfst du nicht. Du kannst Chiimal jetzt nicht stören!« Bevor Suko ihn daran hindern konnte, stürzte er sich auf mich.

Ich wollte ihn lässig abschütteln, doch Valdez war zu einem rasenden Teufel geworden. Er verpaßte mir einen Schlag, der mich regelrecht durchschüttelte, und im nächsten Augenblick zog er ein Messer.

»Niemand wird ihm was tun!« schrie er. »Niemand wird Chiimal an seiner Rückkehr hindern.«

Valdez fühlte sich als Hüter des Ungeheuers. Er wollte dem Monster aus Atlantis den Weg in die Gegenwart ebnen und ging dabei über Leichen.

In diesem Falle sollte ich daran glauben. Das Messer hatte er bereits gezogen.

Suko wollte eingreifen, doch ich hielt ihn zurück. »Laß es, Suko, mit dem werde ich fertig.«

»Hoffentlich!«

»Beobachte du Chiimal.«

Bei dem Wort Chiimal griff mich Valdez an. Es mußte wohl wie ein Startsignal auf ihn gewirkt haben, denn plötzlich hechtete er vor und ließ seinen Arm von oben nach unten fahren.

Es war ein Angriff, über den ich nur lachen konnte. Anfängerhaft durchgeführt. Leicht konnte ich ausweichen und fing den zurückschnellenden Arm ab.

Eine Drehung.

Der Kerl schrie auf und ließ das Messer fallen. Dann hatte ich ihn im Griff. Am Kragen seiner Jacke zog ich ihn heran, bis er dicht vor mir stand und wir uns aus einer handbreiten Entfernung in die Gesichter schauten.

Ich roch den Schweiß, den seine Kleidung ausströmte, und verzog das Gesicht.

»Okay, Freund!« zischte ich. »Bis hierher war es Spaß, jetzt wird es ernst.«

Er wand sich in meinem Griff, doch ich ließ nicht los. Zudem war Valdez kleiner als ich.

»Was ist mit Chiimal? Hast du dieses verfluchte Höllenmonster erweckt?«

»Ja, ja...«

»Dann sieh zu, daß es in dem Felsen bleibt. Sprich den Gegenzauber!«

Er schüttelte den Kopf. »Den gibt es nicht!« kreischte er. »Es gibt keinen Gegenzauber. Chiimal wird leben. Ja, er allein wird leben. Und keiner kann ihn mehr aufhalten.«

Ich stieß Valdez von mir und wandte mich der Felswand zu.

Sie schien aus trübem Glas zu bestehen. Ich schaute dort hinein und sah inmitten des Felsens eine Bewegung.

Bewegung?

Bisher hatte sich Chiimal ruhig verhalten, nun aber erkannte ich mit eigenen Augen, daß der Gigant von Atlantis zu unheiligem Leben erwacht war.

Auch Valdez sah es. »Chiimal!« schrie er und warf sich dabei auf die Knie. »Chiimal, du bist da. Komm her. Komm zu mir, der ich dich erweckt habe...!«

Und der Gigant kam...

Es war schon faszinierend anzusehen, wie sich das Monster innerhalb der Felswand bewegte. Es schien, als holte er erst gewaltig Atem, wobei sich sein Körper noch mehr aufblähte und an Umfang zunahm. Dann richtete er seinen Schädel auf. Das Horn stieß in die Höhe. Irgendwie fühlte sich der Gigant eingeengt, ich merkte, daß er das Gefängnis verlassen wollte.

Unbedingt...

»Chiimal!« schrie Valdez. »Chiimal! Komm her! Komm zu mir, denn ich habe dich geholt. Sei mein Diener, Chiimal! Bitte...«

Er fiel sogar auf die Knie und hob beide Arme.

Ich warf Suko einen Blick zu.

Der Chinese stand dort wie ein Denkmal und starrte auf die glasig wirkende Felswand. In der rechten Hand hielt Suko die Dämonenpeitsche. Damit wollte er dem Monster zu Leibe rücken.

Reichte das?

Es war eine Frage, die wir uns immer wieder stellten. Bisher hatten wir Glück gehabt, aber nun sahen wir uns einem Koloß gegenüber, bei dem unsere Magie versagen konnte.

Ein häßliches Knirschen und Ächzen, wie ich es noch nie gehört hatte, peinigte meine Ohren. Das Geräusch drang uns aus der Felswand entgegen, denn nun machte sich das Monster bereit, aus seinem Felsengrab zu klettern.

Zuerst bewegte es den Kopf. Es schüttelte ihn und brach

durch diese Bewegung gewaltige Steinbrocken los, die wie Riesenkristalle zu Boden fielen.

Wir standen viel zu nahe an der Wand.

»Weg!« schrie ich.

Suko und ich reagierten gleichzeitig. Nur Valdez blieb stehen. Während wir rannten, hob er die Arme, und es sah so aus, als wollte er die geschmolzenen und wieder erhärteten Steine auffangen. Sie mußten ihn einfach zertrümmern, wenn...

Nein, sie zertrümmerten ihn nicht. Als ich einen Blick über die Schulter warf, sah ich, daß dicht neben ihm die gewaltigen Brocken zu Boden fielen. Sie trafen auf, und es klirrte, während sie gleichzeitig von der Wucht des Aufpralls in mehrere Teile gespalten wurden, die nach allen Seiten wegspritzten. Sogar uns erreichten die Brocken noch, allerdings in wesentlich geringerer Größe. Und sie tanzten zum Glück an uns vorbei.

Ganz fort vom Geschehen wollte ich auch nicht. Das Monster mußte einfach besiegt werden. Und das konnten wir nur hier. Wenn es auf einmal anfing zu laufen und sich auf die Suche nach Menschen machte, war es zu spät.

Wir blieben stehen, drehten uns um und blickten zurück.

Der Kopf des Giganten lag frei!

Dieser gewaltige Schädel mit dem riesigen Horn ragte aus dem Felsen. Das Maul stand offen. Wir konnten hineinsehen und hatten das Gefühl, in einen tiefen Schlund zu blicken. Ohne daß ich es wollte, rann mir eine Gänsehaut über den Rücken.

Dieses Untier war so gewaltig, so schlimm, daß ich direkt Furcht bekam. Es erreichte fast die Größe der Felswand. Zum erstenmal sahen wir auch seinen Körper.

Er wirkte gedrungen, aber ungeheuer wuchtig. Im Gegensatz zum Schädel allerdings war er ein wenig zu klein, genau wie die vier stämmigen Beine, die ebenfalls von einem grünlich schillernden Panzer umgeben waren.

Es war wirklich eine höllische Kraft.

Durch eine wilde Körperbewegung gelang es ihm, die nächsten Felsen zu sprengen.

Es knallte, als die Brocken nach allen Seiten wegspritzten und durch das Tal hüpften.

Ein weiterer Tritt.

Chiimal war drauf und dran, das ehemalige Felsengrab zu verlassen.

Und Valdez schrie. »Chiimal!« brüllte er. »Chiimal, komm her! Ich bin da, ich warte auf dich. Ich habe dich erweckt. Was im alten Atlantis begann, soll hier fortgesetzt werden. Komm zu mir, Chiimal! Hier bin ich!«

Das Monster öffnete sein Maul noch weiter. Eine breite Zunge fuhr daraus hervor, klatschte zu Boden und wühlte zahlreiche Steine auf. Dann machte es eine ungeduldige Bewegung mit dem hinteren Körper und sprengte die letzten Felsenreste.

»Verdammt, John, wie sollen wir das Untier stoppen?« fragte Suko. Seine Stimme klang belegt.

Ich hob die Schultern. Dabei zog ich die Beretta. »Ein Versuch kann nicht schaden!«

Ich lief ein paar Schritte vor, hockte mich nieder, hob den rechten Arm und zielte genau. Ich hatte mir den Schädel des Monsters ausgesucht, am liebsten würde ich die geweihte Kugel in den Schlund oder in eines der Augen schießen.

Langsam zog ich den Stecher zurück.

Trocken peitschte die Waffe auf. Ich traf das Monster auch, weil es in seiner Größe gar nicht zu verfehlen war, aber die Kugel zeigte keine Wirkung.

Chiimal schüttelte nur den Schädel.

Mehr geschah nicht.

»Es geht nicht!« knirschte ich. »Verdammt, es geht nicht! Und so nahe kommen wir nicht an das Biest heran, als daß wir mit der Peitsche zuschlagen könnten.«

»Wobei wir nicht wissen, ob es etwas hilft«, sprach Suko meine weiteren Gedanken aus.

»Genau.«

Chiimal schien den Aufprall der Kugel überhaupt nicht gespürt zu haben. Er war damit beschäftigt, sich völlig aus dem Felsen zu befreien.

Und er schaffte es.

Eine letzte wilde Bewegung, noch einmal ein gewaltiges Knirschen und Brechen, Felsbrocken jagten raketenartig nach allen Seiten weg, prallten gegen die anderen Wände der Schlucht und wurden zu gefährlichen Querschlägern, die zum Glück weder mich noch Suko erreichten. Mit einem letzten Tritt befreite es sich völlig aus seinem Gefängnis.

Jetzt war es frei!

Aber noch etwas geschah.

Auch die beiden Personen, die ich zuerst auf dem Nebelbild und jetzt im Gestein gesehen hatte, schafften die Befreiung. Der Krieger und das Mädchen lebten.

Für einen Moment irrte mein Blick zur Seite, so daß ich nur sie beobachtete.

Beide bewegten sich noch langsam, als wären ihre Gelenke stumpf und eingerostet. Kein Wunder, bei dem langen ›Schlaf‹, den sie hinter sich hatten.

Dann aber ruckte der Kopf des Mannes herum. Er schaute auf seine Lanze, blickte das Mädchen an und legte eine Hand auf seine Schulter, während die Fremde sich bei ihm festklammerte und auf das Untier deutete, das ihnen jetzt den Rücken zuwandte.

Der Krieger, ein ungeheuer mutiger Recke, nickte, löste sich von dem Mädchen und verließ ebenfalls das riesige Felsengrab. Ich sah seine geschmeidigen Bewegungen, und dann setzte er zu einem gewaltigen Sprung an.

»O je«, stöhnte Suko.

Der Krieger schaffte es tatsächlich, auf den Rücken des Monsters zu klettern. Er, der in einem langen, magischen Schlaf gelegen hatte, wollte das vollenden, was er vor ungeheuer langer Zeit begonnen hatte.

Er wollte Chiimal umbringen!

Konnte er es schaffen?

Wie ein Wiesel bewegte er sich über den breiten Rücken auf die strahlenförmigen Hörner zu, die wie ein Kragen hinter dem Kopf hervorstanden.

Noch hatte Chiimal nichts bemerkt, seine Haut war wohl zu dick. Aber er wurde gewarnt.

Valdez schrie: »Chiimal, Chiimal, Vorsicht!«

Der Koloß schüttelte sich. Er bewegte seinen Körper hin und her, setzte seine gewaltigen Kräfte ein, und wie ein Stromstoß fuhr es durch seine Knochen.

Der Krieger hatte die Lanze gehoben. Er befand sich jetzt dicht hinter dem gewaltigen Echsenkragen. Er wollte darüber klettern, um an die schwache Stelle des Monsters zu gelangen.

Da merkte Chiimal, was los war.

Plötzlich wuchtete er seinen Körper in die Höhe. Es ging sehr schnell, so daß der Krieger diese Bewegung nicht mitbekam, sondern nur die Folgen spürte.

Er wurde vom breiten Rücken des Monsters wie ein Blatt Papier hinweggefegt.

Wir hörten einen Schrei.

Das Mädchen hatte ihn ausgestoßen. Es sah, wie sein Freund durch die Luft flog und zu Boden krachte, wo er benommen liegenblieb.

Valdez lief auf ihn zu, und das Monster drehte sich schwerfällig um, weil es den am Boden liegenden Mann töten wollte.

Das konnten und durften wir nicht zulassen. Bis jetzt hatten wir tatenlos zugesehen, doch nun, als der Krieger keine Chance hatte, mußten wir ihm helfen.

»Komm, Suko!«

Der Chinese verstand. Gleichzeitig rannten wir los, während Suko seinen magischen Stab hervorholte und damit zu retten versuchte, was noch zu retten war...

Chiimal hatte die Drehung geschafft.

Ich sah die gesamte Szene wie auf dem Präsentierteller. Der Koloß stierte jetzt mit roten Augen auf den am Boden liegenden Krieger hinab, während das Mädchen vor Entsetzen stumm war und Julio Valdez das Untier anfeuerte.

»Töte ihn!«

Chiimal senkte seinen massigen Schädel.

Uns war klar, was er vorhatte. Er wollte den mutigen Krieger aufspießen.

Plötzlich flog ein Schatten an mir vorbei.

Suko!

Er war schneller gerannt, wollte so nahe wie möglich an das Untier heran, denn ihm blieben nur fünf Sekunden, wenn er die Zeit angehalten hatte.

Verdammt wenig.

Dann schrie er das Wort, und seine Stimme hallte in der Schlucht wieder.

»Topar!«

Kaum war der letzte Buchstabe über seine Lippen gedrungen, als die Szene erstarrte.

Alles stand still.

Auch ich...

Nur Suko war noch bewegungsfähig. Die Weiße Magie des Stabes ermöglichte dies. Das Erbe des großen Buddha funktionierte auch hier.

Und Suko handelte.

Mit Riesensätzen stürmte er vor, brauchte dennoch über die Hälfte der Zeit, bis er den jungen Krieger erreicht hatte, und riß ihn aus der unmittelbaren Gefahrenzone.

Dicht neben dem Krieger hatte Valdez gestanden. Mit ausgestrecktem Arm, wobei sein Zeigefinger auf den blonden Krieger gewiesen hatte.

Dann war die Zeit um.

Das Monster hatte bereits vor dem letzten Geschehen zum tödlichen Stoß ausgeholt. Er konnte ihn nicht mehr bremsen, die Bewegung ging fließend weiter, und das Horn traf nicht den jungen Krieger, sondern rammte hart in den Boden, wo er Steine und Dreck aufwirbelte.

Ein enttäuschter Schrei drang aus Valdez' Kehle. Er hatte nicht so recht begriffen, was geschehen war, sprang in seiner Wut nach vorn und damit ins Verderben.

Chiimal, in seiner Wut unberechenbar, hieb seinen Kopf ein zweitesmal nach vorn.

Diesmal stand Valdez im Weg.

Suko war zu weit weg, er hätte auch nicht so schnell reagieren können, und auch ich befand mich nicht in der Nähe. So kam es, wie es kommen mußte.

Das Horn fand ein Ziel.

Valdez!

Er wurde plötzlich hochgehoben und zappelte auf dem Horn liegend wie ein Fisch auf dem Trockenen.

Sein gellender Todesschrei hallte durch die Schlucht, wurde zu einem makabren Echo und verstummte, als Chiimal ihn mit einer wütenden Bewegung von sich schleuderte.

Wie eine Puppe wurde Julio Valdez durch die Luft gewirbelt. Als Toter schon krachte er gegen eine Felswand, nicht weit von mir entfernt, wo er auch liegenblieb.

Chiimal hatte sein erstes Opfer gefunden.

Das Entsetzen hielt uns alle gepackt, aber wir konnten uns jetzt nicht ausruhen, noch war Chiimals finsterer Instinkt nicht gestillt. Er wollte mehr.

Chiimal suchte ein weiteres Opfer.

Ich stand ziemlich genau in seiner Blickrichtung, während sich Suko, der Krieger und das Mädchen an der Seite aufhielten.

Und mich sah Chiimal auch.

Plötzlich stampfte er mit dem Fuß auf, ein grollendes Geräusch drang aus seinem Maul.

Dann rannte er auf mich zu.

Gleichzeitig jedoch setzte sich Suko in Bewegung. Er hatte ebenfalls die große Gefahr erkannt. Chiimal in dieser engen Schlucht auszuweichen war so gut wie unmöglich. Da mußte man schon sehr viel Glück haben.

Aber wir wollten ihn stoppen.

Es war ein unheimliches Bild, das sich meinen Augen bot. Aber auch faszinierend in seiner Stärke und gewaltigen Kraft.

Wie eine extrem große Maschine donnerte das Monster aus Atlantis auf mich zu. Ich fühlte mich winzig, unheimlich klein, und mir fiel nur der Vergleich mit einem Liliputaner ein.

Konnte ich diesen Koloß überhaupt stoppen?

Nein, nicht mit den Fäusten, auch nicht mit einer Kugel, aber vielleicht mit dem Kreuz.

Ich nahm es in die Hand, streckte den rechten Arm aus und ließ das Monster darauf zurennen.

Bei Schwarzer Magie reagierte das Kreuz manchmal wie ein Schutzengel. Es strahlte dann mit den Kräften des Lichts entgegen, aber diese Magie, in Atlantis geboren, war für das Kreuz unbekannt. Es fand kein Gegenmittel.

Völlig normal steckte es in meiner Faust.

Und das Monster rannte weiter.

»John!« Sukos Schrei erreichte mich. »John, du mußt weg, verdammt!«

Das wußte ich selbst. Ich warf mich zur Seite und startete. Wollte versuchen, eine Lücke oder einen Spalt in der Felswand zu finden und mich dort verkriechen.

Ich stolperte, raffte mich wieder auf, hetzte weiter und bemerkte plötzlich, daß Chiimal genau aufgepaßt hatte.

Der Koloß änderte seine Laufrichtung.

Wieder stürmte er frontal auf mich zu.

Nein, das schaffte ich nicht. Chiimal würde mich aufspießen. Er hatte für mich das gleiche Schicksal ausersehen wie für Julio Valdez.

Das Trommeln der Beine auf dem steinigen Boden wurde zu einem dumpfen, grollenden Orkan, dessen wahnsinniges Geräusch fast meine Trommelfelle sprengte.

Und wieder griff Suko ein.

Er schrie das bewußte Wort. Ich hörte es gar nicht, merkte nur, daß ich mitten im Lauf erstarrte und einfach stehenblieb.

Fünf Sekunden war die Zeit angehalten.

Mein chinesischer Freund wuchs über sich selbst hinaus. In der rechten Hand hielt er den Stab, in der linken die Dämonenpeitsche. Er befand sich dicht hinter dem Koloß, hatte ihn verfolgt und setzte sich plötzlich mit einem gewaltigen Sprung auf den Rücken des Unheimlichen.

Da war die Zeit um.

Suko hieb zweimal mit der Dämonenpeitsche zu, legte seine gesamte Kraft in diese Schläge, und die drei Riemen pfiffen über den Rücken des Monsters, wo sie plötzlich tiefe Wunden in die Panzerhaut rissen, aus denen eine dunkle Flüssigkeit kroch.

Dämonenblut.

Ich hetzte weiter und prallte auf einmal hart gegen die seitliche Wand der Schlucht.

Das Monster aber brüllte schrecklich auf.

Es schüttelte sich und warf Suko ab, der den Halt verloren hatte. Der Chinese hatte dem Koloß Wunden zugefügt, die stark schmerzten, jetzt drehte Chiimal durch.

Das Monster geriet in wilde Panik.

Es warf sich herum, das Maul klappte auf, die Zunge fuhr hervor, der Kopf vollführte wilde Bewegungen, es stieß das Horn nach vorn, in die Höhe und wieder nach unten.

Chiimal war nicht mehr zu stoppen.

Aber er reagierte auch nicht mehr kalt und abgebrüht, sondern nur noch in Panik.

Diese Chance wollten der junge Krieger und das Mädchen nutzen. Der Mann hatte die Frau an die Hand genommen. Gemeinsam rannten sie auf Chiimal zu, der immer noch tobte und menschengroße Felsbrocken vom Boden aufwühlte, als bestünden sie aus Pappe.

Ich sah dieses Bild, denn ich hatte mich auf der Stelle gedreht und preßte mich mit dem Rücken gegen die Felswand. Als ich sah, was die beiden vorhatten, war das für mich der reinste Wahnsinn.

Niemand hinderte sie daran, auch Suko nicht. Ich wußte gar nicht, wo er war, eine Wolke aus Staub und Steinen verdeckte meine Sicht.

»Bleiben Sie stehen!« brüllte ich, wobei sich meine Stimme überschlug.

Die beiden hörten nicht.

Sie dachten nur an ihre Aufgabe, die tödlich für sie enden konnte, denn Chiimal hatte sie bemerkt.

Er wandte ihnen seinen gewaltigen Schädel zu. Als er sie erkannte, da sah ich das Aufblitzen in seinen großen roten Augen. Für mich gab es nur eine Erklärung.

Er wollte ihren Tod!

Chiimal senkte seinen Schädel.

Noch einmal schrie ich. »Weg! Verschwindet!« Dabei war ich mir nicht sicher, ob sie meine Sprache auch verstanden, aber der Ruf war eindeutig.

Trotzdem wollten sie nicht.

Der junge Krieger löste seine Hand aus der des Mädchens und hob den rechten Arm, in dessen Hand er seine Lanze hielt. Weit holte er aus. Ich sah sogar das Spiel der Muskeln, trotz der ungünstigen Lichtverhältnisse.

Dann schleuderte er die Waffe.

Er wollte sie dem Ungeheuer ins Maul rammen, doch Chiimal hatte aufgepaßt. Er klappte genau im richtigen Moment sein

Maul zu, wobei die Lanzenspitze nicht in den Schlund fuhr, sondern das Horn in der Mitte traf.

Von dort prallte die Lanze ab und klirrte zu Boden.

Der Krieger stand eine Sekunde starr vor Schrecken. Es dauerte, bis er seine Niederlage begriff, dann wollte er weg.

Für ihn und das Mädchen war es zu spät.

Chiimal hatte seinen Schädel wieder gesenkt, zog ihn einmal seitlich über den Boden und rammte ihn dann in die Höhe.

Ich hörte keine Schreie, sah nur das Entsetzliche.

Chiimals Horn erfaßte beide Menschen. Und als dies passiert war und ich vor dem entsetzlichen Bild die Augen schließen wollte, geschah etwas völlig Überraschendes.

Chiimal löste sich auf.

Im Nu wurde sein Körper transparent, die Konturen flimmerten noch einmal auf, dann war das Monster verschwunden.

Suko und ich blieben allein im Tal der Götter zurück...

Zuerst wollte ich nicht glauben, daß so etwas geschehen war. Ich starrte noch immer auf die Stelle, wo Chiimal gestanden hatte. Sie war leer, das Ungeheuer gab es nicht mehr.

Ich atmete tief ein. Wundern konnte ich mich nicht. Dafür hatte ich schon zuviel Schlimmes und auch zu viele unerklärliche Dinge erlebt.

Wieso und warum Chiimal verschwunden war? Für mich war es müßig, mir darüber Gedanken zu machen. Ich mußte mich mit den Tatsachen abfinden und fertig.

Ich suchte Suko.

Zuletzt hatte ich ihn auf dem Rücken des Giganten gesehen. Durch die wilde Bewegung aber war er von dem Ungeheuer geschleudert worden. Er mußte irgendwo in der Schlucht liegen.

Ich fand ihn auch.

Ziemlich benommen hockte der Chinese am Boden. Er hatte in der letzten halben Stunde verdammt viel durchgemacht, ein anderer hätte das kaum so gut verkraftet. »Du lebst?« fragte er.

»Ja. Dank deiner Hilfe.«

»Ach, hör auf. Ich habe gar nicht viel tun können. Ich hätte gern mehr unternommen.« Suko schaute sich um. »Wo steckt eigentlich dieses verdammte Untier?«

»Weg!«

»Wie? Einfach so?«

»Ja, es ist verschwunden. Chiimal hat sich aufgelöst.« Ich erzählte Suko, was geschehen war.

Mein Freund und Partner wollte es gar nicht glauben. »Verdammt, das ist ja ungeheuerlich.« Da er noch immer am Boden hockte, mußte er hochschauen, als er fragte: »Und jetzt?«

Ich hob die Schultern.

Suko stemmte sich hoch. Ich war ein paar Schritte zur Seite gegangen und schaute auf den toten Julio Valdez. Er allein hatte das Grauen in die Welt gebracht, und wir mußten uns jetzt mit Chiimal herumschlagen. Ich hatte wirklich keine Ahnung, wie ich dieses unheimliche Wesen besiegen sollte.

Wo der mutige Krieger und das junge Mädchen geblieben waren, wußte ich nicht, ging aber davon aus, daß beide den Angriff des Monsters nicht überlebt hatten.

»Wir haben hier nichts mehr zu suchen«, sagte ich zu Suko.

Der Chinese nickte. »All right, machen wir uns auf den Rückweg.«

Wir waren beide sauer. Der Flug nach Südamerika und die Reise hierher war für die Katz gewesen, anders konnte man das nicht nennen. Wir hatten Chiimal zwar gesehen, aber seine Wiedererweckung nicht verhindern können.

Das nagte in uns.

Wesentlich langsamer schritten wir zurück. Der Staub fiel dem Boden entgegen, die Sicht wurde klarer. Am Himmel strahlten die Sterne wie frischgeputzt. Ein leichter Nachtwind fuhr über das schluchtartige Tal, fing sich in den Felsspalten und Rissen und schien mit dem Gestein einen flüsternden Dialog zu führen.

Uns beiden Geschlagenen stand ein ziemlich schwerer Aufstieg bevor. Ich hätte jetzt wer weiß was für den alten Klapperjeep gegeben, aber der war nun mal weg.

Der Aufstieg gestaltete sich wirklich zu einer Schufterei im wahrsten Sinne des Wortes.

Ein paarmal rutschten wir wieder zurück. Schließlich stiegen wir schräg hoch, neigten unsere Körper dabei zur Seite und stützten uns zusätzlich mit den Händen ab.

Es war kälter geworden. Der Wind schnitt durch unsere Kleidung, die wir wegwerfen konnten. Jetzt hätten wir die Mäntel gebrauchen können, doch die lagen im Wagen.

Wenn ich daran dachte, welch eine Strecke noch vor uns lag, wurde mir ganz anders.

Schließlich lag der Aufstieg hinter uns, und wir konnten uns auf dem Kamm des Hanges ausruhen.

Ziemlich erschöpft ließen wir uns nieder. Mit einem Tuch wischte ich mir den Schweiß aus dem Gesicht. Zurück warf ich keinen Blick, sondern nach vorn, wo sich Hügel an Hügel und Tal an Tal reihte. Eine wellige Landschaft, vom silbrigen Sternenlicht übergossen und im Hintergrund die dunklen Umrisse des Hochgebirges.

Ein prächtiges Bild, aber dafür hatte ich jetzt keinen Blick. Ich sprach mit Suko über die Richtung, die wir einschlagen mußten, um nach Canta zu gelangen.

»Spuren wird es kaum geben«, sagte er und klopfte sich seine Kleidung aus, wobei Wolken aufwallten.

»Moment«, sagte ich.

Ich hatte etwas entdeckt. In der Ferne blinkten Lichter. Und die bewegten sich, tanzten mal auf und nieder, waren für kurze Zeit verschwunden und erschienen wieder.

Es gab nur eine Lösung.

Dort fuhr ein Wagen.

Ich machte Suko darauf aufmerksam. Er sprach das aus, was ich dachte.

»Das kann unter Umständen El Jefe sein.«

»Aber was sollte ihn wieder hierherziehen?«

»Vielleicht die Sorge um uns.«

Wir einigten uns darauf, dem Fahrzeug entgegenzugehen. Wieder ein Abstieg. Allerdings nicht mehr so schlimm. Es lagen weniger Steine auf dem harten Untergrund.

Zwanzig Minuten später trafen wir tatsächlich zusammen. Wir hatten inzwischen eines der ausgetrockneten Flußbetten erreicht und warteten dort auf den Wagen.

Er schaukelte noch immer. Wir hörten das Motorengeräusch,

wurden vom Licht der Scheinwerfer geblendet und hoben beide Arme.

El Jefe stoppte und rannte auf uns zu. »Daß Sie noch leben!« rief er und schüttelte uns so fest die Hände, daß ich das Gefühl hatte, er wollte sie uns ausreißen.

Ich grinste. »Unkraut vergeht nicht.«

»Und Chiimal?«

Mein Grinsen erlosch. Mit wenigen Worten erklärte ich Mike Hunter, was wir erlebt hatten.

»O Gott«, flüsterte er und schüttelte den Kopf. »Das ist ja der reine Wahnsinn.«

»Wem sagen Sie das.«

»Und jetzt?«

Die Frage hatten wir uns auch gestellt. Eine Antwort wußte ich nicht, sondern erkundigte mich, ob er das Dorf hatte evakuieren lassen.

»Nein. Wenn ich ehrlich sein soll, bis Canta bin ich gar nicht gefahren. Ich... ich...« Er hob die Schultern. »Ich konnte einfach nicht glauben, daß dieses Monster freikommen würde. Tut mir leid...«

»Schon gut. Wir wollen hoffen, daß es Ihr Dorf verschont.«

»Aber wo kann es sein?«

Auf diese Frage wußte niemand eine Antwort. Wir zogen uns die Mäntel über und setzten uns in den Jeep. Bis Canta fuhr El Jefe. Als wir den Ort erreichten, war es tiefe Nacht.

»Wollen Sie übernachten oder sofort wieder nach Lima zurück?« fragte uns Hunter.

Wir entschieden uns für Schlaf. Es hatte keinen Sinn, bei Dunkelheit die Strecke zu fahren. Ausgeruht würde es besser klappen.

In seinem Haus war genügend Platz vorhanden. Mike Hunter stellte uns zwei Feldbetten zur Verfügung.

Wir schliefen wie Tote.

Und trotzdem wurde ich von wilden Träumen geplagt. Chiimal ging mir nicht aus dem Sinn. Ich sah ihn in meinen Träumen durch die Luft fliegen, und auf seinem Rücken hockte der junge Krieger mit seiner Lanze, die er immer nach mir schleuderte. Der Traum bewies, daß der Fall des Giganten aus Atlantis noch längst nicht ausgestanden war. Damit sollte ich recht behalten...

London!

Klirrende Kälte, ein strahlend blauer Winterhimmel, der langsam grau wurde.

So präsentierte sich das Wetter am Großflughafen Heathrow. Wir hatten einen langen Flug hinter uns, dabei viel geschlafen und auch über Chiimal geredet.

Beide waren wir zu der Überzeugung gelangt, daß dieses Ungeheuer auftauchen würde. Wir waren Zeugen, hatten es genau gesehen, und wahrscheinlich würde es sich an uns rächen.

Chiimal in London – das durfte ich mir gar nicht vorstellen. Wenn ich daran dachte, packte mich das Grausen. Das konnte zur Massenpanik führen.

Sir James, mein Chef, wußte Bescheid, daß wir eintrafen. Er hatte uns einen Wagen zum Airport geschickt. Auf dem schnellsten Weg brachte der uns zum Yard Building.

Ich war nicht einmal dazu gekommen, mich umzuziehen. Unsere Kleidung hatten wir nur notdürftig gereinigt. Gern ging ich nicht zu Powell, denn wir mußten eine Niederlage eingestehen, so etwas wurmt immer.

Der alte Stratege stand nicht auf, als wir sein Büro betraten. Er schaute uns nur an. So lange, bis wir Platz genommen hatten.

Dann sagte er: »Wieder eine Niederlage!«

Die Worte klangen ätzend. Das sollten sie auch sein und sich wie eine Säure in mein Innerstes fressen, denn in erster Linie machte der Alte mich für den Mißerfolg verantwortlich. »Und ich habe mal gedacht, ich hätte den besten Mann vom Yard. Haben Sie nicht mal von einer hundertprozentigen Aufklärungsquote gesprochen, Oberinspektor?«

»Ja«, erwiderte ich zerknirscht. »Ist aber schon lange her.«

»Genau. Zu lange.« Powell schüttelte den Kopf. »Ich brauche Sie nur an Dr. Tod und Lady X zu erinnern. Das Weib ist Ihnen sogar hier im Yard Building entwischt, und daß diese Viola Mandini tot ist, dafür konnten Sie nicht einmal etwas. Es sieht trübe aus. Andere Abteilungen arbeiten effektiver.«

»Dann können wir ja dahin gehen«, sagte ich.

»Um denen die Statistik zu versauen?«

Verdammt, das war hart. Ich kochte innerlich und hätte am liebsten alles hingeschmissen.

»Wir haben wirklich getan, was wir konnten, Sir«, verteidigte Suko mich.

»Leider zu wenig.«

»Dieses Monster verbreitete eine uns unbekannte Magie«, fuhr der Chinese fort. »Wir hatten kein Gegenmittel und wären beinahe selbst draufgegangen.«

»Ja, ich weiß.« Sir James nahm die Brille ab und wischte über seine Augen. Auf einmal wirkte auch er ungeheuer müde. »Möchten Sie etwas trinken?« fragte er.

»Ho, so freigiebig?«

»Ja, ich weiß ja selbst, wie sehr wir unter Erfolgszwang stehen. Aber die verdammte Mordliga beunruhigt schon die höheren Kreise, obwohl bisher nicht viel passiert ist. Zum Glück.«

Ich trank einen Whisky. Suko nahm Saft, und wir sprachen über den Fall.

Sir James meinte: »Sie werden sich bestimmt auch Gedanken gemacht haben. Wie könnte dieses Monster reagieren?«

Ich bewegte die rechte Hand und ließ die Flüssigkeit im Glas kreisen. »Wenn wir davon ausgehen, daß Chiimal uns als Zeugen und als Gegner ansieht, weil Suko das Monster mit der Dämonenpeitsche verletzt hat, müßten wir damit rechnen, daß es unter Umständen hier in London erscheint.«

Das war natürlich ein echter Schock, doch es gab keinen Grund, an den Tatsachen vorbeizureden.

»Ist das Ihr Ernst?« fragte Sir James.

»Jawohl.«

»Und Gegenmaßnahmen? Haben Sie darüber auch nachgedacht?«

Ich stellte das Glas auf die Schreibtischecke. »Habe ich, Sir, aber keine gefunden.«

»Nicht gerade gut.«

»Ich weiß.«

Suko meldete sich zu Wort. »Wir müssen es eben darauf ankommen lassen«, sagte er. »Wenn Chiimal auftaucht, werden wir ihn zum Kampf stellen.«

Sir James schluckte hastig eine Magentablette. Er drehte sich um und blickte auf die große Karte hinter ihm an der Wand. Da hing Groß-London vor ihm.

»Chiimal kann also überall erscheinen«, flüsterte er. »In der Regent Street, im Hyde-Park, in Soho, Picadilly... ich wage gar nicht daran zu denken.«

Ich auch nicht, wenn ich ehrlich sein sollte. Daß Sir James besorgt war, sah ich an den Schweißperlen, die auf seiner Stirn glitzerten. Jetzt war auch er ratlos.

»Vielleicht sollten wir es mit militärischen Waffen bekämpfen«, schlug ich vor.

»Mit Bomben?«

»Nicht gerade damit. Unter Umständen reichen Granaten. Wenn wir ein paar von den Dingern in sein Maul stopfen, wird es vielleicht zerfetzt.«

Sir Powell nickte gedankenschwer. »Das wäre vielleicht eine Möglichkeit«, gab er zu. »Doch sie gefällt mir nicht, meine Herren. Wirklich nicht.«

»Sie ist auch nicht gut«, hörten wir plötzlich eine Stimme. Im nächsten Augenblick flirrte die Luft in Sir Powells Büro, und ein kleiner Mann im langen grünen Mantel stand im Büro.

Es war Myxin, der Magier!

Alle drei waren wir vor Überraschung sprachlos. Wo kam der kleine Magier so plötzlich her?

Ich fing mich als erster. »Du hier, Myxin?«

»Ja.«

»Aber wie...«

Myxin schnitt mir mit einer knappen Handbewegung das Wort ab. Eine wirklich seltene Geste bei ihm. »Wir haben jetzt keine Zeit für lange Erklärungen. Es hat sich etwas getan, das sofort untersucht und gestoppt werden muß.«

»Chiimal?« rief ich.

»Genau.«

»Aber woher weißt du...?«

»Kara hat es gespürt. Nicht ich. Sie kannte Chiimal von Atlantis her. Und sie weiß, wie gefährlich dieser Koloß ist. Chiimal gehörte zu den Monstern, die in einer vergessenen Kolonie lebten und von gewissen Kreaturen angebetet wurden. Sie waren magisch begabt. Und es hat fast keine Waffen gegeben, um sie zu töten. Aber Kara weiß, wie man ihn besiegen kann.«

Myxin redete nur von Kara. Er und das schwarzhaarige Mädchen aus Atlantis, die Tochter eines Weißen Magiers, die schon einmal gestorben war und deren Geist die Unendlichkeit der Dimensionen durchwandert hatte, war auf die Erde zurückgekehrt, um Myxin, der früher ihr Feind gewesen war, im Kampf gegen die Kräfte der Finsternis zu unterstützen. Sie hatte auch dafür gesorgt, daß es Myxin gelang, einen Teil seiner alten magischen Fähigkeiten zurückzubekommen. Er beherrschte zum Beispiel die Teleportation, konnte sich allein durch Gedankenkraft an jeden beliebigen Punkt der Erde teleportieren. Ein sehr, sehr großer Fortschritt. Und die beiden hatten nun bemerkt, daß Chiimal frei war.

»Und wie kann man Chiimal besiegen?« fragte ich. »Wir haben es nicht geschafft.«

»Das kann ich mir denken, denn Suko und auch du könnt die Waffe nicht kennen. Sie ist auch nicht gegen Chiimal angewendet worden, denn die große Katastrophe beendete die Existenz des großen Atlantis. Die Waffe ist der Eiserne Engel.«

Suko und ich tauschten einen Blick. Davon hatten wir noch nie gehört. Was mochte das sein? Je länger ich mich mit meinem Job befaßte und mehr hineinkniete, um so vielseitiger wurde es. Ich lernte ganz andere Vorgänge kennen und dachte in anderen Dimensionen. Immer neue Dinge begegneten mir, die ich verkraften oder einfach hinnehmen mußte. Wie eben diesen Eisernen Engel.

»Was hat Chiimal vor?« wollte ich wissen.

»Er will die Zerstörung«, erwiderte Myxin. »Er ist darauf programmiert.«

»Und wo steckt er?«

Myxin schaute mich an. »Chiimal ist bereits in London«, erwiderte er sehr ernst...

Wir hielten uns dort auf, wo die Themse in den großen Bogen einfließt, der auf der Karte immer wie ein Fragezeichen wirkt. Hinter uns befand sich die Chelsea Bridge, vor uns die Vauxhall

Bridge. Es war die Gegend mit den großen Uferwiesen, die bei Hochwasser und Schneeschmelze oft überschwemmt waren. Heute jedoch nicht. Dafür waren die Wiesen hart gefroren, denn eine strenge Frostnacht lag über der Millionenstadt London.

Klarer Himmel, klare Sicht, Sternenlicht. Eis am Ufer, aber nicht auf dem Wasser. So schnell fror die Themse nicht zu. Wir waren mit dem Bentley gefahren, hatten den Wagen oberhalb der ›Banks‹ abgestellt und waren den letzten Rest gelaufen.

Niemand hielt sich bei der Kälte und um diese Zeit hier auf. Wir waren die einzigen. Aber ich sah keine Spur von dem Monster aus Atlantis.

Ich hauchte in meine klammen Hände. Der Atem dampfte. Ich ärgerte mich, daß ich die Handschuhe zu Hause gelassen hatte. Das erwies sich nun als Fehler.

Wir blieben am Ufer stehen.

Bisher hatte sich Myxin ausgeschwiegen. Auch jetzt sagte er noch nichts. Unsere Blicke glitten über die fast schwarze Wasserfläche, wo nur hin und wieder ein ferner Lichtschein einen Reflex auslöste.

Suko war ein Stück zur Seite gegangen. Auch er suchte dieses Monster, und wir kamen uns bald vor wie Touristen, die unbedingt das Ungeheuer von Loch Ness entdecken wollten.

»Wie können wir Chiimal denn besiegen?« fragte ich den kleinen Magier.

»Wir überhaupt nicht.«

»Wieso?«

»Nein, John Sinclair, du schaffst es nicht. Kara wird es versuchen. Gemeinsam mit dem Eisernen Engel.«

»Sag endlich genau, wer der Eiserne Engel ist.«

»Der Eiserne Engel war der Hüter der Gerechten. Im alten Atlantis traf man überall auf seine Bilder oder seine Statuen. Er bekämpfte das Böse und war ein Bindeglied zwischen den Priestern der Weißen Magie und den jenseitigen Welten. Kara kennt ihn gut, sie hat des öfteren mit ihm zu tun und hat ihn auf ihren langen Ausflügen mehrmals getroffen. Der Eiserne Engel wird uns zur Seite stehen.«

Myxin sprach diese ungeheure Tatsache schlicht und einfach aus, aber begreifen konnte ich sie trotzdem nicht.

Ich blickte weiterhin über die Wasserfläche, da der kleine Magier keine Erklärungen mehr gab. Schiffsverkehr herrschte schon längst nicht mehr. Wer jetzt noch über den Fluß fuhr, hatte bestimmt Finsteres im Sinn.

Die Polizeiboote hatten Order erhalten, die Stelle zwischen den beiden Brücken zu meiden. Sie hielten sich auch zurück.

Und wir warteten.

Von Kara, der Schönen aus dem Totenreich und Myxins Gefährtin, hatten wir nichts gesehen. Aber sie konnte ihren Geist vom Körper lösen, um in anderen Dimensionen zu forschen.

Eine wirklich fantastische Fähigkeit.

Myxin streckte seinen Arm aus. Wie auf Kommando blickten Suko und ich auf die gezeigte Richtung.

Dort begann das Wasser zu brodeln.

Mir kam es vor, als würde jemand vom Grund des Flusses her mit gewaltigen Händen Dreck, Schlamm, Schlick und wer weiß was aufschaufeln und in die Höhe treiben.

Eine braunschwarze Brühe, die quirlte und schäumte, gischtete und Blasen warf, wobei lange Wellen ans Ufer klatschten und dort die dünne Eisschicht zerbrachen.

»Er kommt«, sagte Myxin nur.

Gebannt starrten wir auf das Wasser. Ich fragte gar nicht danach, wie es möglich war, daß der Gigant so plötzlich aus der Themse auftauchte, doch für ein solches Ungeheuer waren Entfernungen und Ortswechsel kein Problem.

Es war einfach da.

Dann sahen wir ihn.

Der gewaltige Schädel mit dem Kranz aus Hörnern und dem nach oben gebogenen mittleren Horn erschien wie Phönix aus der Asche. Dunkelrot glühten die Augen, ein unheiliges Feuer brannte in ihnen, das auch von dem Wasser nicht gelöscht werden konnte, das am Schädel des Monsters herabrann.

Mein Herz klopfte schneller. Die Umgebung sah ich nicht mehr, ich konzentrierte mich voll und ganz auf das Monster, das zu mitternächtlicher Stunde aus den Fluten der Themse stieg, seinen Schädel drehte, uns sah und langsam zum Ufer watete.

Dorthin, wo wir standen.

»Zurück!« rief Myxin.

Suko und ich folgten dieser Aufforderung sofort, während der kleine Magier noch stehenblieb, beide Arme hob und die Hände wie einen Trichter zu beiden Seiten des Mundes legte.

Was hatte er vor?

Zwei Sekunden später erhielten wir die Antwort.

»Kara!« rief er, und sein Ruf schallte über das Wasser. »Kara, deine Zeit ist gekommen!«

Dann wurde es auch für ihn Zeit. Myxin drehte sich um und lief auf den Uferhang zu, wo wir warteten.

Wo steckte Kara?

Ich schaute aufs Wasser, weil ich damit rechnete, daß sie dort erscheinen würde.

Aber ich hatte mich getäuscht.

Kara erschien in der Luft, hoch über dem Wasser. Und mit ihr der Eiserne Engel!

Zuerst war es nur eine schwache Lichterscheinung, die sich jedoch deutlich von der Dunkelheit der Nacht abhob. Das Licht tanzte hin und her, wurde zu einem Streifen, und im nächsten Augenblick hörten wir Karas Stimme.

»Seht nach rechts!«

Unsere Köpfe folgten dem Befehl wie an der Schnur gezogen.

Da stand er.

Von seinem Körper und seinem Gesicht war nichts zu sehen, da er eine dunkle Rüstung trug. Trotz der schwarzen Farbe erkannten wir sie, denn sie schimmerte, als wäre sie mit einem glänzenden Fett eingerieben worden.

Der Eiserne Engel war bewaffnet. In der rechten Hand trug er ein Schwert, dessen Klinge nicht aus Stahl, sondern aus einem weißen Material bestand, das im Dunkeln hell leuchtete.

Ein Schwert des Lichts!

Langsam ging der Engel vor. Er wurde von Kara begleitet, deren Geist sich nicht materialisiert hatte und dann plötzlich wieder verschwunden war.

Uns konnte man in diesem Fall wirklich nur als Statisten bezeichnen, denn der Eiserne Engel wollte und würde den Kampf allein ausfechten und durchstehen.

Inzwischen hatte auch der Gigant aus Atlantis das Ufer erreicht. Er stieg aus dem Wasser.

Der Eiserne Engel näherte sich ihm im spitzen Winkel. Genau zwischen uns und der Themse würden sie aufeinandertreffen, das war abzusehen.

Hatte das Monster vorhin uns noch angesehen, so hatte es jetzt nur Augen für seinen neuen Gegner.

Myxin flüsterte uns die folgenden Worte zu. »Das ist ein uralter Kampf, in den wir uns nicht einmischen dürfen. Von diesen Giganten gab es zahlreiche im alten Atlantis, und der Eiserne Engel ist der Erzfeind der Monster gewesen. Zahlreiche von ihnen hat er schon vernichtet. Er wird es jetzt wieder tun.«

Der Eiserne Engel war stehengeblieben. Uns wandte er den Rücken zu, dafür erwartete er das Monster.

Und es kam.

Der Gigant wich dem Kampf nicht aus. Er trottete schwerfällig auf seinen Feind zu, der jetzt den rechten Arm hob, mit der Schwertklinge einen leuchtenden Kreis in der Luft schlug und damit seine Bereitschaft andeutete, den Kampf gegen den Giganten aufzunehmen.

Im selben Augenblick stürmte das Monster vor.

Der Kampf begann!

Wir zitterten innerlich mit, denn wenn der Eiserne Engel es nicht schaffte, sah es böse aus.

Er ließ das Monster kommen.

Und dann schlug er zu.

Praktisch im letzten Augenblick, als wir schon glaubten, er würde von dem Horn aufgespießt werden, wischte sein Schwert durch die Luft und hieb das gefährliche Mordinstrument des Ungeheuers genau in der Mitte durch. Die Spitze wirbelte durch die Luft und klatschte irgendwo in die Fluten.

Das Ungeheuer stieß einen fast menschlich zu nennenden Schrei aus, es warf seinen gewaltigen Schädel hoch, und wir sahen den Rauch aus der Schnittstelle quellen.

Das Monster war geschwächt.

Aber es gab nicht auf.

Voller Wut rannte es gegen den Eisernen Engel an. Und der wurde zu einer Kampfmaschine.

Mit dem Schwert hieb er rechts und links zu. Er traf das Ungeheuer an den empfindlichsten Stellen, hieb es regelrecht zusammen, so daß sein dunkles Dämonenblut aus den Wunden quoll und über den Körper strömte.

Wir waren fasziniert von diesem gewaltigen Kampf, der schon das Prädikat gigantisch verdiente. Das verzweifelte Brüllen des Untiers schallte über das Wasser, es hielt sich nur mit letzter Kraft auf den Beinen, versuchte, sich umzudrehen und zum Wasser zu laufen.

Das ließ der Eiserne Engel nicht zu.

Plötzlich hockte er auf dem Rücken des Ungeheuers, hielt sein Schwert mit beiden Händen gepackt, holte weit, weit aus und hieb die Klinge nach unten.

Es war ein gewaltiger, ungemein kräftiger Schlag, in den der Engel alles hineingelegt hatte.

Und er trennte mit diesem einen Hieb den Kopf vom Rumpf des Monsters. Der Schädel rollte in den Uferschlick und blieb dort liegen. Aus der Wunde strömte das schwarze Dämonenblut und benetzte wie ein See den Boden.

Chiimal brach zusammen.

Er war so geschwächt, daß seine kurzen Füße das Gewicht nicht mehr halten konnten. Sein Torso lag am Boden, und der Eiserne Engel hieb noch einmal zu.

Es war der letzte Schlag, der den Giganten aus Atlantis endgültig vernichtete.

Plötzlich quoll dichter Rauch aus den Wunden, der vom Uferwind erfaßt und weggetrieben wurde.

Der Engel hob sein magisches Schwert zum Gruß.

Wir winkten ihm zu.

Im nächsten Augenblick löste er sich auf, und da war auch wieder der Lichtstreifen zu sehen.

Kara befand sich in der Nähe.

»Wir haben gesiegt!« rief sie.

Dem war nichts mehr hinzufügen.

Wir sahen Myxin an, als wir auf das tote Monster zuschritten. Der kleine Magier lächelte, denn er erriet unsere Gedanken.

»Ihr wollt eine Erklärung haben«, sagte er. »Nun, es ist schwer, sie zu geben, denn auch ich muß mich erst in der neuen Rolle zurechtfinden. Das müßt ihr verstehen. Atlantis hat ein gewaltiges Erbe hinterlassen. Wo es sich überall auf der Welt befindet und was wir von dem alten Kontinent als Böses und Gutes geerbt haben, das kann ich euch nicht sagen. Ich bin selbst noch nicht soweit. Kara und ich suchen und werden wohl noch sehr lange Suchende bleiben. Zudem müssen wir immer damit rechnen, Asmodina in die Hände zu fallen, denn unsere Todfeindin lauert im verborgenen.«

Da sagte Myxin die Wahrheit.

Vor dem toten Giganten blieben wir stehen. Viel war nicht mehr von ihm übriggeblieben. Der Eiserne Engel hatte wirklich gewütet. Chiimals Überreste zerliefen.

»Ich werde wieder gehen«, sagte Myxin schlicht. »Alles Gute, ihr beiden.« Er lächelte noch einmal und war verschwunden. Irgendwohin teleportiert. Wahrscheinlich zu seiner Kara. Ich gönnte ihm die Schöne aus dem Totenreich.

»Und was machen wir?« fragte Suko.

Über die Schulter hinweg deutete ich auf den Wagen. »Dem Alten mitteilen, daß er wieder ruhiger schlafen kann. Eine Gefahr weniger für London.«

»Wozu wir gar nichts beigetragen haben«, meinte Suko. »Ist ein komisches Gefühl, wenn man dabeisteht und zusehen muß, wie andere für dich kämpfen. Oder irre ich mich da?«

»Nein.« Ich dachte ähnlich wie Suko.

»Dabei besitzen wir starke Waffen. Und dennoch gibt es Kämpfe, wo auch die uns nichts helfen.«

Ich schwieg dazu. Das Problem war nicht neu. Aber irgendwie hatten wir es immer geschafft, uns durchzubeißen.

Dabei hoffte ich nur, daß es für uns auch in Zukunft so bleiben würde...

ENDE

Desteros Rache

Seit drei Nächten schon quälte mich ein schrecklicher Alptraum. Immer wieder sah ich dasselbe Bild.

Ich lag gefesselt auf einem etwa hüfthohen Steinblock, der eher einem Richtblock ähnelte. Die harten Stricke umschnürten meinen Körper, und selbst mein Hals wurde nicht verschont. Um mich herum lauerte das Grauen. Es schien in der roten, glosenden Luft festzusitzen, flüsterte, wisperte, freute sich und triumphierte, daß der Geisterjäger endlich besiegt war.

Und noch zwei Personen hatten ihre wahre Freude.

Asmodina und Destero, der Dämonenhenker.

Beide standen hinter dem Stein und reichten sich die Hände, wobei sie freudig erregt auf mich herabschauten.

Sie hatten gewonnen, sie waren die Sieger!

Ich befand mich in ihrem Reich und konnte mich aus eigener Kraft nicht befreien.

Es geschah nichts. Ich lag nur da und ließ mich von meinen Feinden anstarren.

Trotzdem hatte ich Angst.

Mein Unterbewußtsein spülte sie hoch, setzte die Funktionen der Drüsen in Gang und ließ den Schweiß aus allen Poren strömen. Ich hörte mich stöhnen, ächzen, schwer atmen, wollte aufstehen, doch es gelang mir nicht.

Mein Körper schien mit Blei gefüllt zu sein.

Dann – praktisch ohne Übergang – erwachte ich aus dem schlimmen Alptraum.

Hastig fuhr ich im Bett hoch und sah mich um. Alles war völlig normal.

Das Zimmer, der Wecker auf der Nachtkonsole, der Umriß der Tür, nichts hatte sich verändert. Ich saß in meinem Bett und befand mich nicht in einer anderen Welt.

Beide Handflächen preßte ich gegen meine Wangen.

Zwei Stunden nach Mitternacht. Und wieder der gleiche Traum. Das hatte doch etwas zu bedeuten.

Ich stand auf, ging in die Küche und fror, weil es im Bett wesentlich wärmer gewesen war. Zudem schwitzte ich. In der Küche trank ich ein Glas Mineralwasser. Das spülte den faden Geschmack aus meinem Mund.

Welch eine Bedeutung konnte dieser Traum, der sich immer wiederholte, für mich haben?

Ich zermarterte mir den Kopf, und ich kam auch zu einem Ergebnis. Allerdings zu einem abstrakten.

Folgendes war geschehen: Man hatte mich vor wenigen Tagen in eine dieser schrecklichen Dämonenwelten entführt. Dort sollte ich das Grab in der Hölle aufspüren. Nach einem unendlich schwierigen Weg war mir dies gelungen. Als ich die Kammern der Tausend Qualen schließlich hinter mich gebracht hatte, wurde ich von Destero, dem Dämonenhenker, erwartet.

Er schaffte es, mich auf einen Richtstein zu legen. Asmodina trat hinzu und auch Maddox, der unheimliche Richter. Beide wollten zusehen, wie Destero mich tötete, indem er mir den Kopf abschlug. Doch es gelang mir durch Sukos Zauberstab, wenn ich ihn mal so nennen darf, zu entkommen. Ich konnte die Zeit anhalten, und Kara, die Schöne aus dem Totenreich, half mir dabei, wieder in unsere normale Welt zurückzukehren. Myxin, der kleine Magier wartete dort, bei den flaming stones, den Flammenden Steinen.*

Wir waren wieder nach London zurückgekehrt, und ich hatte mit meinen Freunden lange über den letzten Fall geredet. Suko, Bill Conolly und auch ich waren zu der Überzeugung gelangt, daß dieser Fall noch längst nicht abgeschlossen war.

Asmodina und vor allen Dingen Destero wollten es wissen. Sie brauchten meinen Tod, um sich wieder bestätigt zu sehen.

Einen Tag nach meiner Rückkehr aus der anderen Dimension begannen die Alpträume. Ich war sicher, daß Asmodina sie mir geschickt hatte, denn sie stand hinter allem. Sie wollte mich psychisch zermürben, mich fertigmachen, damit der Dämonenhenker leichtes Spiel mit mir hatte. So jedenfalls interpretierte ich diese schrecklichen Träume.

Nur in dieser Nacht war ich erwacht. In den beiden Nächten zuvor hatte ich hinterher tief und fest geschlafen, aber da waren die Träume auch nicht so schlimm gewesen. Ich hatte das Gefühl, als würde Asmodina die Intensität steigern.

Eine Viertelstunde war vergangen. Mein Inneres hatte sich

* Siehe John-Sinclair-Taschenbuch, Band 73003: ›Das Grab in der Hölle‹

mittlerweile wieder beruhigt, aber das dumpfe Gefühl im Kopf war dennoch geblieben. Ich hoffte nur stark, daß ich dem seelischen Terror widerstehen konnte, und beschloß, in Zukunft besonders auf der Hut zu sein und vor allen Dingen nicht unbewaffnet herumzulaufen. Destero würde zuschlagen, dessen war ich mir sicher.

Es nutzte nichts, wenn ich die restlichen Stunden der Nacht in der kleinen Küche verbrachte. So legte ich mich wieder ins Bett. Schlaf konnte ich keinen finden.

Meine Gedanken kreisten zu sehr um Asmodina und Destero. In letzter Zeit war verdammt viel auf mich eingestürzt. Meine Freunde und ich kämpften praktisch gegen mehrere Parteien.

Da gab es einmal Asmodina und ihre Gehilfen und zum anderen die Mordliga, die von Dr. Tod angeführt wurde. Aber auch eine dritte Gefahr kristallisierte sich langsam hervor.

Das Erbe des versunkenen Kontinents Atlantis!

Von Myxin hatte ich erfahren, daß es existierte. Überall auf der Welt verteilt. Atlantis war ein Kontinent voller Rätsel und Geheimnisse gewesen, und nicht immer waren diese Dinge positiv zu beurteilen. Es hatte im alten Atlantis Magie, Grauen und Entsetzen gegeben. Nicht alles war mit der gewaltigen Flut untergegangen.

Das jedoch waren Sorgen, die mich im Augenblick nicht so sehr berührten. Darum kümmerten sich Myxin und Kara, die Schöne aus dem Totenreich. Sie gingen den Spuren des versunkenen Kontinents gewissenhaft nach.

Wieder war eine halbe Stunde vergangen. Mittlerweile wurde die Müdigkeit stärker als meine Gedanken, und mir fielen langsam die Augen zu.

Diese Nacht war wie verhext.

Ich hatte nur wenige Minuten geschlafen, als mich das harte Klingeln des Telefons weckte.

Begann Asmodinas Psycho-Terror von neuem?

Auch die Familie Conolly schlief fest. Das Haus, ein großer Bungalow im Londoner Süden, war dunkel. Nur vor der Eingangstür spendete eine einsame Lampe ein wenig Licht.

Johnny, der jüngste Conolly war plötzlich von einer seltsamen Unruhe erfüllt. In seinem Bett wälzte er sich von einer Seite zur anderen, seufzte manchmal schwer auf und stieß sogar den Teddy zu Boden, der beim Einschlafen immer neben ihm liegen mußte. Er bemerkte es gar nicht. Seine Hände streiften über das Bettlaken, manchmal krallten sich die Finger in dem Stoff fest, dann wieder zuckte er mit den Beinen und strampelte sich bloß.

Unruhe erfüllte den Schlaf des kleinen Jungen. Und Unruhe lag auch in dem Kinderzimmer.

Es schien, als würde der Odem des Bösen über das Bett streichen und den kleinen Jungen berühren.

Irgendwo lauerte die Gefahr, und Johnny spürte instinktiv, daß etwas nicht stimmte.

Ohne Übergang wachte er auf.

Er lag quer im Bett, öffnete die Augen, setzte sich dann auf und blickte verwirrt um sich.

Alles war normal.

Johnny verzog das Gesicht. Im ersten Moment sah es aus, als würde er anfangen zu weinen, dann hatte er sich wieder gefangen und blieb aufrecht im Bett sitzen.

Sein Blick fiel auf das Regal mit dem Spielzeug. Dort standen seine Bauklötze, die Holzeisenbahn, die zahlreichen Teddys und Tiere und die Spiele für Kinder im Vorschulalter. Er sah auch die bunte Tapete und die Lampe an der Decke, die ebenso farbig war wie die Wanddekoration.

Johnny zitterte plötzlich. Es war nicht die Kälte, denn die Conollys ließen auch über die Nacht die Heizung in seinem Zimmer an, damit sich der Kleine nicht erkältete.

Es war etwas anderes, das ihn frösteln ließ.

Johnny wollte nicht mehr im Bett liegenbleiben. Er schwang seine Beine über die Kante und rutschte mit seinen kleinen Füßen in die Pantoffeln. Er stolperte über den Teddy, der neben dem Bett lag. Johnny kümmerte sich nicht darum, was auch nicht normal war. Sonst hätte er ihn aufgehoben und ins Bett gelegt.

Johnny ging zum Fenster. Er war in der letzten Zeit gewachsen und konnte bereits über die Fensterbank hinaus in den Garten schauen, der vom silberfarbenen Mondlicht gebadet wurde.

Johnny sah die Büsche, den Rasen und die Terrasse. Es war

sehr kalt, auf den meisten Zweigen und auch auf den Blättern lag eine weiße Reifschicht.

Obwohl im Garten nichts Besonderes zu sehen war, blieb Johnny doch am Fenster.

Irgend etwas hielt ihn dort fest.

Er hatte seine kleinen Hände auf die Bank gelegt und blickte durch die Scheibe mit den zahlreichen bunten Aufklebern, die bekannte Figuren aus der Comic-Szene zeigten.

Was gab es dort zu sehen?

Einen Schatten.

Ja, plötzlich sah der Kleine einen langen Schatten, der nicht ruhig war, sondern durch den Garten wanderte und sich immer mehr dem Fenster näherte.

Johnny bekam Angst.

»Mummy!« weinte er, und seine Augen füllten sich dabei mit Tränen. »Bitte, Mummy...«

Doch Sheila hörte ihn nicht. Sie und ihr Mann lagen im tiefsten Schlummer.

Der Schatten verschwand. Statt dessen sah der kleine Johnny eine Gestalt um die Hausecke biegen. Im kalten Sternenlicht konnte er sie sehr deutlich erkennen.

Trotz der Kälte hatte der Fremde nichts über seinen nackten Oberkörper gezogen. Seine muskulöse Haut glänzte, als wäre sie mit Fett eingerieben worden. Von seinem Kopf sah Johnny auch nichts, denn eine blutrote Kapuze verbarg ihn. Der Unheimliche trug eine enge lange Hose, die unten in den Schäften eines Stiefelpaars endete. Die Metallbeschläge an seinem breiten Gürtel glänzten, und in der rechten Hand hielt der nächtliche Besucher ein Schwert.

Das Sternenlicht spiegelte sich auf der langen Klinge und warf irgendwie fahl wirkende Reflexe.

Etwa fünf Schritte vor dem Fenster war der Unheimliche stehengeblieben. Noch wandte er dem kleinen Johnny seinen breiten Rücken zu, aber langsam drehte er sich um.

Johnny stand da und staunte. Die Augen hatte er weit aufgerissen, seine Lippen zitterten, und kleine Tränen rannen an seinen Pausbacken entlang.

Der nächtliche Besucher sagte keinen Ton. Er stand nur da, schaute auf das Fenster und starrte Johnny an.

Dann ging er einen Schritt nach vorn, wobei er drohend sein Schwert hob.

In diesem Augenblick zuckte Johnny zusammen. Seine kindliche Erinnerung funktionierte wieder. Schon einmal hatte dieser Mann im Garten gestanden und den Kleinen töten wollen.

Sheila und Bill hatten zwar mit ihrem Sohn nie mehr darüber gesprochen und seine Erinnerung daran somit verdrängt, doch nun kehrte sie mit aller Deutlichkeit zurück.

Johnnys Angst wurde riesengroß. Plötzlich hielt ihn nichts mehr an dem Fenster, er stolperte zurück, fiel und begann zu schreien. Dann raffte er sich wieder auf und lief zur Tür, wo er die Klinke beim ersten Griff verfehlte.

»Mummy!« schrie der Kleine.

Johnny war auf die Knie gefallen. Etwas tapsig stand er wieder auf, faßte erneut nach der Klinke und schaffte es diesmal, die Tür aufzuziehen. Er hörte, wie die Schlafzimmertür seiner Eltern ebenfalls aufgestoßen wurde, und wollte in den Flur rennen.

Im selben Augenblick zersplitterte die Fensterscheibe seines Zimmers...

Sheila Conolly wurde zuerst wach. Sie setzte sich ruckartig im Bett auf und warf ihrem Mann Bill, der neben ihr schlief, einen kurzen Blick zu.

»Hörst du nichts?« fragte sie.

Bill brummte nur.

Sheila stieß ihren Mann gegen die Schulter und rüttelte ihn. »Bill, Johnny hat geschrien. Steh auf!«

»Was?« Mit einem Satz fuhr der Reporter in die Höhe. Der Name seines Sohnes hatte ihn aus dem tiefsten Schlummer gerissen. Sofort war er voll da.

Sheila schwang schon die Beine aus dem Bett, und Bill tat es ihr nach. Er schlief zwar nicht so nah an der Tür wie seine Frau, aber trotzdem war er eher da als sie.

Bill zog die Tür auf.

Das Zimmer des Kleinen lag schräg gegenüber. Der Reporter konnte erkennen, daß Johnny die Tür geöffnet hatte.

»Was ist denn los?« rief er und machte Licht.

Da sah er die Hand des Kleinen, wie sie um das Türblatt griff, und er hörte das Klirren einer Fensterscheibe.

»O Gott!« rief Sheila hinter ihm und wollte sich an ihrem Mann vorbeidrängen.

Das war nicht mehr nötig.

Wie ein Tiger stürzte Bill Conolly auf den Flur. Er war mit zwei Sprüngen an Johnnys Tür und riß sie auf.

Das Entsetzen bannte ihn auf der Schwelle.

Sein Sohn war nicht mehr allein.

Destero, der Dämonenhenker, befand sich bei ihm und hatte ihn mit der linken Hand umklammert. Der Griff war so stark, daß sich der Kleine von allein daraus nicht befreien konnte.

In der anderen Hand hielt der Dämonenhenker sein Schwert, und die Spitze wies auf Bill Conolly.

Sheila schaute über die Schulter ihres Mannes. Sie sah die Szene ebenfalls und wurde von der Angst um ihren Sohn durchgeschüttelt. »Johnny!« schrie sie, während sich in ihren Schrei das Lachen des Henkers mischte.

Sheila wollte an ihrem Mann vorbei, doch Bill reagierte richtig und hielt sie an der Schulter fest. Er kannte seine Frau. Die würde sich auf den Henker stürzen, denn für Johnny tat sie alles.

Bill drückte hart zu und zog Sheila zurück.

Dumpf hörte Bill die Stimme unter der Kapuze. »Ich habe ihn. Ich habe euren Sohn. Und ich werde ihn töten...« Wieder lachte er.

Erst jetzt gelang es Bill Conolly, sich zu fangen. Er würgte ein paar Worte hervor. »Warum?« keuchte er. »Warum willst du das Kind umbringen? Was hat es dir getan?«

»Das Kind nichts. Aber ein anderer, den ich haben muß. John Sinclair! Ich hatte ihn fast, doch durch einen Trick ist es ihm gelungen, dem Richtblock und damit dem Schwert zu entkommen. Und das hier ist meine Rache. Desteros Rache! Merkt euch das!«

Bill nickte. Hinter sich hörte er das Schluchzen seiner Frau. Er sah nicht, daß Sheila am Türrahmen zusammengesunken war, im Moment hatte er nur Augen für seinen Sohn und den Henker.

Die Jacke des Schlafanzugs war verrutscht, so daß Johnnys Hals frei lag. Das kleine goldene Kreuz, das an einer dünnen Kette hing und Johnny als Talisman diente, schimmerte im Licht des Lampenscheins. Es hatte den Kleinen nicht geschützt, nicht gegen Destero, diesen gewalttätigen Dämon.

Er war nur mit anderen Waffen zu besiegen.

Der Henker zog sich zurück. Er schleifte Johnny mit zum Fenster. Dort war er in das Zimmer gestiegen, durch das Fenster wollte er auch wieder verschwinden.

Bill Conolly unternahm einen letzten Versuch. »Gib ihn frei!« flehte er. »Ich bitte dich darum.«

Grollend lachte Destero. »Du bittest mich?«

»Ja.«

»Und die Gegenleistung?«

»Ich tue, was du verlangst.«

»Alles?«

Bill Conolly nickte. Er war in diesem Moment zu einem anderen geworden, war nicht mehr er selbst. Das Schicksal hatte hart und grausam zugeschlagen, wollte ihm das Liebste nehmen, was er neben Sheila besaß, seinen Sohn.

Bill wußte in diesen Augenblicken nicht mehr, was er tat.

Destero war stehengeblieben. »Dein Angebot interessiert mich«, sagte er. »Es ist wirklich außergewöhnlich, das muß man schon sagen. Und ich werde mich auch kompromißbereit zeigen.«

»Dann läßt du Johnny frei?«

»Davon habe ich nichts gesagt.« Die harte Antwort zerstörte Bills Hoffnungen.

»Rede!« Der Reporter zitterte. Er wollte endlich wissen, was er tun mußte, um Johnny freizubekommen.

»Es ist so«, sagte der Henker. »Ich lasse mich nicht gern austricksen. Normalerweise würde ich deinen Sohn töten, aber ich gebe dir noch eine Chance. Ich nehme deinen Johnny mit und lasse ihn frei, wenn du meine Bedingung erfüllst.«

»Wie lautet sie?« schrie Bill.

»Töte John Sinclair!«

Bill Conolly glaubte, gegen eine Mauer gelaufen zu sein, solch ein dumpfes Gefühl befand sich plötzlich in seinem Kopf.

Töte John Sinclair! hallte es in seinem Schädel nach. Töte John Sinclair...

»Nun?« Destero lachte. »Du sagst ja gar nichts.«

Bill konnte auch nicht reden. Ihm war schwindlig geworden. Diese Forderung war so ungeheuer, daß Bill sie gar nicht richtig erfaßte.

Er sollte seinen besten Freund umbringen!

Bill Conolly hatte einen Blick, der an einen Geisteskranken erinnerte, so stierte er den Henker an.

Destero war ungeduldig. Er hob die rechte Hand, in der er das Schwert hielt, und drehte die Klinge so, daß sie sich dicht an der Kehle des Kleinen befand.

»Du zögerst?« höhnte er. »Soll ich deinen Sohn...?«

»Nein!« schrie Bill.

»Dann tust du es also? Wenn Sinclair tot ist, bekommst du deinen Sohn zurück. Aber erst dann, denn wie ich dich kenne, würdest du nicht zögern, mich zu hintergehen.«

Das waren harte Worte, die Bill Conolly sehr wohl verstand. Er nickte und sagte. »Ja, Destero, ich tu's. Ich werde John Sinclair töten!«

So grausam leer kam beiden das Zimmer vor.

Sheila hockte auf der Bettkante. Tränennaß war ihr Gesicht. Bill hatte ihr eine Jacke über die Schultern gehängt, sie hatte es gar nicht zur Kenntnis genommen. Sie mußte immer daran denken, wie Destero aus dem Fenster geklettert war und ihren kleinen Johnny mitgenommen hatte.

Die letzten Minuten zählten wirklich zu den schlimmsten in ihrem Leben.

Der Reporter stand am Fenster. Er starrte durch die zerbrochene Scheibe in den Garten hinaus und merkte nicht, wie die Kälte in den Raum drang und durch seinen dünnen Schlafanzug fuhr.

Bill starrte ins Leere.

Doch in seinem Kopf wirbelten die Gedanken. Dort mischten

sich Vergangenheit, Gegenwart und Zukunft zu einem furiosen Kreislauf.

Er hatte versprochen, John Sinclair zu töten. Seinen besten Freund. Einen Kameraden, wie man ihn nur einmal im Leben findet.

John Sinclair sollte durch seine Hand sterben.

Bills Gedanken glitten zurück in die Vergangenheit. Er dachte daran, wie er John kennengelernt hatte, an die zahlreichen Abenteuer, die sie gemeinsam erlebt und überstanden hatten.

Wie oft hatten sie sich gegenseitig das Leben gerettet! Bill konnte es gar nicht mehr zählen.

Und jetzt sollt er John Sinclair, seinen besten Freund, töten, um das Leben seines Sohnes zu retten. Bills Augen wurden feucht. Er atmete schwer und keuchend. Lippen und Mundwinkel zuckten. In seinem Innern tobte eine Hölle.

Nein, er konnte es nicht. Er brachte es nicht fertig, John umzubringen. Doch wenn er es nicht tat, dann geschah das, was ebenso schlimm war. Destero, der Dämonenhenker, würde nicht zögern, den kleinen Johnny zu töten.

Da war er eiskalt. Erbarmen kannte Destero nicht. Und Bill Conolly hatte dem Henker sein Wort gegeben, es zu tun.

Sheila merkte, was in ihrem Mann vorging und welch einen Kampf er mit sich selbst ausfocht. Sie erhob sich und schritt auf ihren Mann zu. Eine gebeugte Gestalt, zitternd, kalkweiß im Gesicht. Hinter Bill blieb sie stehen und legte ihm eine Hand auf die Schulter.

Der Reporter zuckte zusammen, als er die Berührung spürte. Langsam drehte er den Kopf.

Sheila sah ihn an. »Es wird schon alles wieder gut werden«, sagte sie leise.

Bill schüttelte den Kopf. »Nein, Sheila. Nichts wird gut werden. Ich weiß das, ich spüre es. Ich bin doch auf diesen Handel eingegangen und muß mein Versprechen halten.«

»Dann willst du John töten?«

»Siehst du einen anderen Weg, deinen Sohn zurückzuholen?« rief Bill verzweifelt.

Sheila schwieg.

Bill ballte die Hände zu Fäusten. Er war innerlich so zerrissen, daß er am liebsten durchgedreht hätte. Destero hatte seinen Sohn mitgenommen. O verdammt, die andere Seite wußte nur zu gut, wo die Schwachstellen des Teams um John Sinclair lagen. Einmal hatte ja so etwas passieren müssen. Der Kleine war zwar durch ein Kreuz geschützt gewesen, aber darüber lachten Dämonen wie Destero nur. Damit konnte man sie nicht abschrecken.

Wie sollte es weitergehen?

Bill Conolly hatte wirklich keine Idee. Er blickte Sheila an und sah an ihrem Gesicht, daß sie auch nicht wußte, wie er reagieren sollte.

Mit einer sanften Geste strich Bill Conolly über das lange blonde Haar seiner Frau. »Es tut mir leid«, flüsterte er. »Es tut mir unendlich leid.«

Mehr konnte er nicht herausbringen. Dann verließ er das Zimmer, ging in den großen Wohnraum und blieb neben dem Telefonapparat stehen.

Lange starrte er ihn an.

Sollte er, sollte er nicht? Bill Conolly überlegte hin und her. Seine Hand zuckte vor, umfaßte schon den Hörer, als seine Finger wieder zurückschnellten.

Er traute sich nicht.

Bill Conolly stand vor der schwersten Entscheidung seines Lebens. Schweiß glitzerte auf seiner Stirn. Es war der Angstschweiß, und die Nervenbelastung quälte ihn.

Ein Anruf und John würde kommen. Er würde aber auch in sein Verderben laufen.

Abrupt wandte sich Bill Conolly um und ging quer durch den Raum zu einem Sekretär, der immer abgeschlossen war. Bill schloß ihn auf und zog die Klappe herunter.

Das Innere war in mehrere Fächer unterteilt, in denen der Reporter Papiere und Unterlagen verwahrte. Ganz rechts befand sich ein kleines Fach, das durch ein Spezialschloß gesichert wurde. Um es zu öffnen, mußte Bill einen flachen Schlüssel nehmen.

Die Klappe fiel.

Da lag sie.

Die alte Luger, die er schon seit vielen Jahren besaß. Sie hatte ihn früher auf seinen Reportagen oft begleitet. Die Waffe war geladen und ausgezeichnet gepflegt. Bill hatte sie in ein Tuch gewickelt. Jetzt nahm er sie heraus.

Sein Gesicht war zur Maske erstarrt, als er die Pistole in der Rechten wog.

Ja, er konnte mit ihr umgehen.

Dann stand plötzlich Sheila in der Tür.

Die beiden Eheleute sahen sich an. Kein Wort wurde gewechselt, aber Sheila las in den Augen ihres Mannes die finstere Entschlossenheit. Bill atmete noch einmal tief durch und gab sich einen Ruck.

Dann ging er zum Telefon...

Wie versteinert hockte ich hinter dem Lenkrad des Bentley. Bill Conolly hatte angerufen, und noch immer hämmerten seine Worte in meinem Kopf.

»Johnny ist entführt worden!«

Es war, als hätte mich der Schlag getroffen. Als ich hörte, daß Destero dahintersteckte, da war mir viel klar geworden. Meine Alpträume waren nur ein Ablenkungsmanöver gewesen. Destero und damit auch Asmodina verfolgten ganz andere Ziele. Viel, viel schlimmere. Sie hatten dort zugeschlagen, wo ich nicht mit rechnete.

Ein Kind!

Mein Gott, was konnte der kleine Johnny denn dafür? Aber danach fragte niemand.

Brutal gingen unsere Gegner vor. Sie nahmen auf niemanden Rücksicht. Machten vor nichts halt. Weder vor Frauen, Kindern oder Männern.

Viel zu schnell lief mir die Zeit davon. Ich mußte mich beeilen, ich wollte mit Bill reden, ihn und Sheila trösten, falls das überhaupt jemand konnte. Aber die Straßen waren regelrechte Rutschbahnen. Auf den Hauptstraßen ging es ja, aber die anderen hatte der Frost in eine Eisfläche verwandelt. Ein paarmal sah ich Wagen, die sich um ihre eigene Achse gedreht hatten oder gegen einen Baum gekracht waren. Deshalb fuhr ich so überaus vorsichtig.

So langsam war ich den verdammten Winter leid. Manchmal schien es mir, als würden die Bäume überhaupt nicht mehr grün.

Johnny entführt!

Es ging mir nicht aus dem Kopf. Ich bastelte Pläne, verwarf sie wieder, fing von neuem an, ein ewiges Wechselspiel, ein Hin und Her, doch zu einem Ergebnis gelangte ich nicht. Ich mußte erst mit den Conollys reden.

Die beiden wohnten ziemlich weit im Süden von London, und ich hatte einige Meilen zu fahren. Mein Mund war trocken, die innere Uhr voll aufgedreht.

Die beiden Scheinwerfer warfen ihre Lichtflut vor mir auf die Straße. Im hellen Schein sah ich das Eis auf der Fahrbahn glitzern. Besonders nahe an den Gehsteigen hatte sich die spiegelnde Fläche gebildet.

Wieder eine Kurve.

Vorsichtig fuhr ich in sie hinein. Ich befand mich bereits in einer Gegend, in der es sich lohnte zu wohnen. Ruhige Straßen, auch tagsüber, alter Baumbestand, keine Industrie.

Und dann sah ihn ihn.

Destero!

Er stand plötzlich vor mir auf der Straße, hatte sich aus dem Nichts materialisiert und hob drohend sein Schwert.

Ich dachte nicht mehr an die Fahrbahnglätte und trat vor Schreck auf die Bremse.

Das war mein Fehler.

Der schwere Bentley verlor die Haftung und rutschte ein Stück über den glatten Asphalt. Dabei geriet er aus der ursprünglichen Richtung, wurde herumgedriftet und glitt im schrägen Kurs auf den Straßenrand zu.

Plötzlich sah ich die Bäume übergroß.

Verzweifelt lenkte ich dagegen. Und ich hatte riesiges Glück. Noch vor den Bäumen brachte ich den Wagen zum Stehen.

Destero lauerte noch immer.

Auch als ich die Tür aufstieß, blieb er stehen und wartete ab.

Ich verließ den Wagen, hütete mich jedoch, einen schnellen Schritt auf ihn zuzugehen, da ich nicht auf die Nase fallen wollte. Neben der Tür blieb ich stehen.

Ich glaubte nicht, daß der Henker einen Kampf haben wollte, er war aus einem anderen Grund erschienen.

»Sinclair!« sagte er dumpf. »John Sinclair. Das Grab in der Hölle hast du überstanden, die Kammern der Tausend Qualen haben dir nichts anhaben können, aber nun erlebst du Desteros Rache!«

Verächtlich verzog ich die Mundwinkel. »Seid ihr schon so weit gesunken, daß ihr euch an einem unschuldigen Kind vergreifen müßt?« höhnte ich. »Ist das eure Dämonenkraft?«

»Wir nehmen jede Chance wahr, um dich zu vernichten, John Sinclair. Du bist unser Feind, und ich will nicht mehr länger warten. Es muß eine Entscheidung geben.«

»Was hast du vor?« rief ich.

Destero lachte nur. Ich sah, wie seine Kapuze Falten warf. Gern hätte ich gewußt, was sich unter der Kapuze verbarg. Vielleicht wußte das nur Asmodina. War es ein Menschenschädel, ein Dämonenkopf – keine Ahnung.

Bevor ich noch eine andere Frage stellen konnte, war Destero wieder verschwunden.

Ein letztes Flimmern – aus.

Ich grinste bitter. Er hatte mir seine Macht zeigen wollen. Wie schon so oft, denn etwas konnten die Dämonen nie ablegen. Ihre Eitelkeit. Sie waren sehr eitel, wollten immer mit ihren Siegen protzen und erzählen, wie toll sie doch waren und was sie noch alles vorhatten. Ich hatte immer genau zugehört, wenn sie sich produzierten, und dabei war es mir so manches Mal gelungen, sie mit ihren eigenen Waffen zu schlagen. Aber Destero hatte nichts gesagt. Wenigstens nichts, was mir hätte weiterhelfen können. Er wollte nur beweisen, daß er noch da war und kräftig die Karten mischte.

Ich stieg in meinen Wagen. Hoffentlich konnte ich bei dieser Glätte anfahren. Vorsichtig drehte ich am Lenkrad, gab behutsam Gas, ja, die Reifen packten wieder.

Ich konnte den Bentley in die richtige Fahrspur bringen.

Destero hatte den Jungen! Wo er ihn versteckte, konnte ich nicht einmal raten. Wahrscheinlich in irgendeiner Dimension, die man normalerweise nicht fand. Wenigstens nicht mit den Mitteln, die mir augenblicklich zur Verfügung standen.

Wie mußte es nur in Sheila und Bill aussehen! Ich wußte genau, wie sehr sie an dem Kind hingen. Bill würde durchdrehen – und Sheila?

Ich stoppte vor dem Haus. Der Bungalow lag auf einem künstlich angeschütteten Hügel. Von der Straße her wand sich ein schmaler Fahrweg auf das Haus zu. Er führte durch einen prächtigen Garten, der um diese Zeit jedoch leer und tot aussah.

Die Conollys mußten mich gesehen haben, denn das Einfahrtstor schwang auf einen elektronischen Kontakt hin zurück.

Ich hatte freie Fahrt.

Auch auf dem Weg glitzerte Eis. Die Büsche waren von einer silberfarbenen Schicht überzogen, ebenso wie das Gras und die Steine an den Wegrändern.

Vor der großen Garage stoppte ich meinen Bentley. Einen Moment zögerte ich, auszusteigen. Wie nett, lachend und lärmend war ich sonst immer empfangen worden, doch heute lastete das Schweigen wie eine Wand.

Eine Gänsehaut kroch über meinen Rücken. Man kann dieses Gefühl schlecht beschreiben, vielleicht ist es Ihnen auch mal so ergangen. Man weiß dann nicht, was man sagen soll. Auch mir kam es vor, als wäre ich zum ersten Mal hier.

Behutsam ließ ich die Wagentür zufallen, drehte mich um und ging auf die Haustür zu. Meine Schritte waren steif. Unter meinen Füßen knirschte Streusalz.

Bill stand vor der Tür. Er trug nur eine Hose und einen weit fallenden Pullover.

»Komm rein«, sagte er.

Ich machte mir schon Vorwürfe, daß ich ihn immer wieder in die Fälle mit hineingezogen hatte, aber Bill hatte es ja nicht anders gewollt. Er war kein Mensch, der zu Hause hockte und ›rostete‹. Bill brauchte die Bewegung. Er mußte raus aus seinen vier Wänden.

Sein Gesicht war eine Maske. Trotzdem sah ich, daß er geweint hatte. Nun prägte ein Stück Entschlossenheit seine Züge. Selten hatte ich ihn so bleich gesehen. Der Reporter schien in den letzten Minuten um Jahre gealtert zu sein.

»Und Sheila?« fragte ich.

Bill hob die Schultern. »Sie hält sich gut, finde ich.«

»Das ist viel wert.«

Kein Wort von der Entführung. Alles war so unwirklich, so unglaubhaft. Wir betraten den Wohnraum. Sheila stand am Fenster. Als sie uns hörte, drehte sie sich um.

Ich nickte ihr zu. Ich wollte irgend etwas sagen, aber verdammt noch mal, ich brachte kein Wort über die Lippen. Ich fühlte mich hilflos in dieser Situation.

Sheila deutete auf einen Sessel. Auf ihren Wangen zeichneten sich die nassen Spuren der Tränen ab. Die Lippen hatte sie fest aufeinandergepreßt. Sie hatte Mühe, sich zu beherrschen.

Ich setzte mich.

»Möchtest du etwas trinken?« fragte Bill. Er kam dabei nahe an mich heran, ich roch, daß er schon einen Whisky getrunken hatte.

»Ja, aber keinen Alkohol.«

»Okay.« Bill ging.

Ich war mit Sheila allein. Sie trug einen roten Hausmantel über dem Nachthemd. Ihre Lippen zitterten, als sie anfing zu sprechen. Als ich ihr in die Augen schaute, glaubte ich, einen Anflug von Panik und Angst zu entdecken. Und ein Gefühl, das man mit einer Warnung oder einem beschwörenden Blick bezeichnen konnte.

»Es ist schlimm, John«, sagte sie plötzlich mit tonloser Stimme. »Du glaubst gar nicht, wie...«

Ich nickte nur. Sprechen konnte ich nicht, weil mir ein verfluchter Kloß in der Kehle saß.

Da waren wir drei erwachsene Menschen. Auch Sheila hatte schon in lebensgefährlichen Situationen gesteckt, doch in diesen Augenblicken fühlten wir uns so unsagbar hilflos. Wir waren nicht in der Lage, einen klaren Gedanken zu fassen.

Bill kam zurück. Er reichte mir ein Glas Wasser. Zigaretten hatte er ebenfalls mitgebracht. Seine Hände zitterten, als er sich ein Stäbchen anzündete.

Ich trank.

Bill blieb neben dem Sessel stehen. Sein Blick war in unendliche Fernen gerichtet. »Aber das hatte mal so kommen müssen«, erzählte er im Flüsterton. »Es konnte einfach nicht gutgehen. Ich wußte das, wirklich. Wir hätten besser auf ihn achtgeben sollen. Diese verfluchte Brut.«

Bill Conolly erging sich in Selbstvorwürfen. Ich sprach dagegen. »Ihr konntet nichts tun. Und falsch ist es, jetzt nach einem Schuldigen zu suchen.«

»Und wenn Johnny tot ist?« Er fuhr herum und starrte mich wild an.

»Noch ist nichts bewiesen«, erklärte ich und berichtete gleichzeitig, was ich auf der Fahrt hierher erlebt hatte.

»Klar, dieser Destero wollte seinen Triumph auskosten und uns zeigen, wie hilflos wir sind. Er hat ja nicht einmal unrecht, wir können nichts tun. Es ist zuviel, was da auf uns einströmte...« Er brach ab und stampfte seine Zigarette im Ascher aus.

»Wie ist es passiert?« erkundigte ich mich behutsam.

Bill erzählte. »Als wir wach wurden, war schon alles vorbei. Da hatte Destero sich den Kleinen geschnappt. Sie standen auf der Schwelle zu Johnnys Zimmer. Er hatte den Kleinen und bedrohte ihn mit seinem verdammten Schwert. Wir waren so hilflos.«

»Auch Dämonen haben ihre Motive«, sagte ich. »Hat euch Destero Bedingungen gestellt?«

Nach meiner Frage wurde es still. Wir hörten nur das Ticken einer Uhr.

Sheila hatte die Lippen zusammengepreßt und blickte zu Boden. Auch Bill wollte nichts sagen. Selbst ein Blinder hätte gesehen, daß da etwas nicht stimmte.

Ich hakte nach. »Was ist denn?«

»Nichts«, flüsterte Sheila.

Bill, der noch immer neben meinem Sessel stand, drehte sich so, daß er in meinen Rücken gelangte. Ich merkte nichts und wurde völlig überrascht, als ich plötzlich den kalten Druck der Mündung in meinem Nacken spürte.

Die Stimme meines Freundes klang rauh und schwer, als er sagte. »Doch, John, er hat etwas gesagt. Wenn ich Johnny wiedersehen will, dann muß ich dich töten!«

Ich hielt den Atem an.

Noch nicht einmal bewußt, aber diese ungeheure Forderung raubte mir die Luft. Ich wurde innerlich zu Eis, hockte auf meinem Platz und konnte mich nicht rühren.

Sheila saß mir gegenüber. Unsere Blicke trafen sich. In ihren Augen las ich die ungeheure Qual, die sie empfand. Es war eine Situation, wie sie kein Regisseur sich besser hätte ausdenken können. Da stand mein bester Freund hinter mir und drückte mir eine geladene Waffe in den Nacken.

Töten! Er wollte mich töten, damit sein Sohn überlebte. Welch eine Hölle mußte in ihm toben. Ich suchte nach einem Verständnis. Wie hätte ich an seiner Stelle gehandelt?

Keine Antwort. Ich wußte es nicht, und Bill drückte fester zu. »Hast du gehört, was ich gesagt habe, John?«

»Ja.«

»Die Waffe ist geladen, John. Ich... ich will es nicht, aber mein Johnny. Du mußt verstehen, John...«

»Vielleicht...«

Sheila stand auf. Ihr Gesicht war noch blasser geworden, die schönen Augen noch größer. Fast greifbar lag die Angst zwischen uns. Es war so gefährlich, gleichzeitig auch unwirklich und grausam.

Am schlimmsten war Bill Conolly dran. Er atmete schwer und keuchend, und sein Atem streifte meinen Nacken. Obwohl er die Mündung hart in das Fleisch meines Nackens preßte, merkte ich doch, wie sehr er zitterte.

Er stand vor der schwersten Entscheidung seines Lebens.

Ich versuchte zu reden. »Wäre es nicht besser, Bill, darüber zu sprechen?«

»Nein, es gibt keine andere Lösung.«

»Und du, Sheila?«

Sie senkte den Kopf und starrte zu Boden. Die Entscheidung überließ sie ihrem Mann.

Welch ein Kampf mußte in dem Reporter getobt haben, bis er sich zu dem Entschluß durchgerungen hatte. Er wollte einen Mord begehen. Mord an seinem besten Freund.

»Glaubst du denn, daß Destero den Kleinen freigibt, wenn du mich getötet hast?«

»Ich muß mich an jeden Strohhalm klammern.«

»Der wird zerbrechen!«

Bill schluckte. »John, ich sage dir, versuche nicht, mich von meinem Vorhaben abzubringen. Ich habe mich entschlossen, auf die Bedingungen Desteros einzugehen. Und ich werde sie durchführen, koste es, was es wolle.«

»Du hast es dir reiflich überlegt?«

»Und wie. Ich habe mit mir gerungen, mit mir gekämpft. Ich habe gebetet und gezittert, aber ich sehe keine andere Möglichkeit. John, du bist mein Freund, und ich würde wer weiß was für dich geben, aber plötzlich ist eine Grenze aufgetaucht. Es gibt da meinen Sohn. Johnny, er bedeutet mir soviel. Das... das mußt du doch verstehen...«

Der Reporter versuchte, sich mit diesen verzeifelten Worten zu entschuldigen, er wußte selbst nicht, ob das, was er tat, richtig war. Und Freunde, ich verstand ihn, ich verstand ihn sogar gut, seine innere Aufgewühltheit, die Quälereien, mit denen er sich herumschlug.

»Wie hättest du denn an meiner Stelle gehandelt, John?«

Ich blieb ihm einige Sekunden die Antwort schuldig. Was hätte ich getan? Die Frage stellte sich nicht für mich. Ich hatte kein Kind, das mir so sehr am Herzen lag wie einem Vater der Sohn. Aber wenn ich Vater gewesen wäre, hätte ich es auch nicht gewußt.

Und das sagte ich Bill.

»Ja, John, es ist verdammt schwer. Du kennst mich, ich habe es mir nicht leicht gemacht, aber ich kann nicht anders. Sie werden Johnny sicherlich laufenlassen, wenn ich ihnen deinen Kopf geliefert habe.«

Bill sprach mit einer Stimme, die ihm und mir fremd vorkam. Sie klang krächzend, kieksig und kippte fast über. Der Reporter stand unter Strom. Seine Nerven vibrierten. Er befand sich dicht vor dem Punkt, wo man durchdrehte.

Ich hütete mich, auch nur eine falsche Bewegung zu machen, ich war buchstäblich eingefroren. Ich atmete leise und konzentriert. Bill sollte keine Veranlassung sehen, den Stecher durchzuziehen.

»Vielleicht können wir gemeinsam nach einer Lösung suchen«, schlug ich vor. Dabei blickte ich Sheila hoffnungsvoll an, die auch völlig erledigt war.

»Du willst nur Zeit gewinnen«, sagte der Reporter.

»Nein, Bill, ich...«

»Hör auf, John! Lüg mich nicht an. Wie oft haben wir das gleiche in anderen Situationen durchexerziert. Verdammt, ich kenne die Spielregeln nur zu genau.«

Sheila ging auf ihren Mann zu. »Bill«, sagte sie. »John hat unter Umständen recht. Wenn wir gemeinsam darüber nachdenken, gibt es für Johnny vielleicht eine Chance.«

»Die töten ihn doch.«

»Wer gibt dir denn die Gewähr, daß sie ihn nicht töten, wenn...«

»Sheila!« schrie Bill seine Frau an. »Sheila, geh hinaus! Verlasse den Raum...«

Bill Conolly knirschte hörbar mit den Zähnen. Er zitterte noch stärker. Ich suchte verzweifelt nach einem Ausweg aus diesem Dilemma. Leider hatte ich am Rücken keine Augen. Ich wußte nicht, wie und wo Bill stand. Aber er brauchte nur falsch zu zucken, und ich war erledigt.

Mein Gott...

Ein Himmelreich für einen Einfall!

Sheila ließ sich nicht beirren. Sie ging weiter. Ihr Blick fraß sich an Bill Conolly fest.

»Deine Frau hat recht, Bill«, sagte ich krächzend, während ich Mühe hatte, die Angst zu unterdrücken. »Sie hat wirklich recht. Du solltest auf sie...«

»Halt deinen Mund, John!« kreischte er. »Verdammt, halt dein widerliches Maul.« Er saugte pfeifend die Luft ein. »Ich schieße, John, verdammt, ich schieße. Ich tu's...!«

Bill krümmte den Finger, und bevor ich richtig begriff, peitschte der Schuß...

Johnny Conolly zitterte vor Angst!

Er wußte nicht, wo er sich befand. Man hatte ihn einfach mitgenommen, und jetzt saß er mit gekreuzten Beinen auf einer kreisrunden Steinplatte, die in einer Landschaft stand, die der Kleine noch nie gesehen hatte.

Er sah einen Himmel, der fast schwarz war, sich aber immer bewegte, wobei er ein grünes Glosen ausstrahlte, das sich langsam vortastete und wie ein gewaltiger Schleier nach unten fiel, wobei es den Kleinen einhüllte.

Johnny hockte auf der Platte und rieb sich die Augen. Er war so müde und wollte schlafen, aber er vermißte sein Bett. Er verzog das Gesicht, seine kleinen Hände fuhren tapsig über die glatt polierte Steinplatte, die mit Einschlüssen versehen war und ein Muster zeigte, mit dem er nichts anfangen konnte. Er sah nur, daß sich die Striche in der Mitte des Steines in einem kleinen Kreis trafen, in dem eine schreckliche Fratze gemalt war, die das Gesicht des Teufels zeigte.

Ein dreieckiges Gesicht, an den Seiten breit und unten spitz zulaufend. Der Mund war geöffnet. Ein breites Grinsen verzerrte das Gesicht, und Johnny sah auch die gefährliche Zahnreihe, die den Mund entstellte.

Die Zähne waren hart, sie wirkten wie in den Kiefer hineingeschlagen und glänzten.

Der Junge wußte noch nicht, daß er auf dem Abbild des Teufels hockte, er wollte nur weg.

Bis jetzt sah er das Ganze noch ein wenig als Spiel an. Und wie Kinder nun mal sind, auch Johnny hielt es nicht lange auf einem Platz aus. Er wollte von der Platte runter.

Da sie über dem Boden stand und er noch nicht so groß war, kroch er auf allen vieren zum Rand der Platte. Rasch hatte er sein Ziel erreicht und zuckte zurück.

Obwohl nichts zu sehen war, faßte Johnny mit seiner kleinen Hand gegen eine Mauer.

Sie war unsichtbar und hielt den Jungen zurück. Er konnte wirklich nicht von der Platte herunter, da war eine unsichtbare Barriere, die das verhinderte.

Johnny überlegte. Er zog sich wieder zurück, drehte sich dabei und versuchte es an einer anderen Stelle erneut.

Mit dem gleichen Mißerfolg. Auch hier gelang es ihm nicht, die Platte zu verlassen.

Der Kleine schluckte.

Plötzlich wurden seine Augen feucht. Er merkte instinktiv, daß dies kein Spiel mehr war, daß er sich irgendwo befand, wo er einer feindlichen Umwelt gegenüberstand und sich nicht mehr im Schutz seines Elternhauses befand.

Johnny war verzweifelt.

Was sollte er tun?

Noch einmal unternahm er einen Versuch, kroch in die entgegengesetzte Richtung, und wieder wurde er von der ›Wand‹ aufgehalten. Er kam einfach nicht weg.

Johnny Conolly bewegte sich wieder zur Mitte des kreisrunden Steines hin.

Dort hockte er sich nieder und begann zu weinen...

Ich hörte den Schuß, rechnete mit dem Einschlag der Kugel und damit, daß mein Lebensfaden von einem Augenblick zum anderen reißen würde.

Das geschah nicht.

Dafür vernahm ich Bills Stimme. »Bist du denn wahnsinnig, Sheila? Geh mir aus dem Weg!«

»Nein!«

Jetzt hielt mich nichts mehr. Ich hatte die Überraschung verdaut und federte aus dem Sessel.

Eine Sekunde brauchte ich, um die Szene in mich aufzunehmen. Sheila kämpfte mit ihrem Mann. Sie bog dessen rechten Arm nach oben, so daß die Mündung der Waffe gegen die Decke zeigte.

Sheila war es also gewesen, die mich im letzten Augenblick vor dem sicheren Tod bewahrt hatte.

Ich flankte über das Vorderteil des Sessels hinweg und wuchtete mich von der Seite her auf die beiden zu.

Meine Handkante fiel nach unten und traf Bill Conollys rechte Schulter. Es war ein harter Schlag, aber ich mußte in diesen Augenblicken so handeln.

Wie von selbst öffnete sich die Faust, und die Waffe rutschte Bill aus den Fingern. Mit einem dumpfen Laut landete sie am Boden. Sofort kickte ich sie weg.

Dann nahm ich mir Bill vor.

»Zur Seite, Sheila!«

Sie gehorchte instinktiv, ich stand vor Bill und sah seinen stieren Blick. Mein Freund hatte den Mund halb geöffnet, sein rechter Arm hing an seinem Körper herab, als würde er gar nicht mehr dazu gehören. Bill zitterte.

»Können wir uns jetzt unterhalten?« fragte ich.

Er schüttelte den Kopf. Dann griff er an. Obwohl er nur einen Arm gebrauchen konnte, riskierte er es. Er wollte mich mit der linken Faust zu Boden dreschen.

Ich unterlief den Schlag, und dann folgte mein Konter. Es war ein Hieb, der ihn durchschüttelte und seinen Kopf in den Nacken riß. Bill taumelte zurück, seine Knie wurden weich, der Blick seiner Augen glasig, und dann fiel er zusammen, als hätte ihm jemand die Beine unter dem Körper weggerissen.

Quer über der großen Ledercouch blieb er liegen.

Ich rieb mir meine rechte Hand. Die Knöchel schmerzten, so hart hatte ich zugeschlagen. Sogar die Haut war an einigen Stellen abgeschürft. Oben im Schultergelenk spürte ich ein schmerzhaftes Ziehen. Aber ich lebte, und das allein zählte. Obwohl ich dies allein Sheila zu verdanken hatte, Bills Frau.

Ich steckte die Luger ein und ging dann auf Sheila zu.

Sie stand vor dem Tisch und sah aus, als würde sie jeden Moment umkippen. Ihr Gesicht war nur eine wächserne Maske. Sie bebte am gesamten Körper, und auf ihren Wangen tanzten hektische rote Flecken.

Behutsam legte ich einen Arm um ihre Schultern. Als sie die Berührung spürte, sah sie mich an und erwachte wie aus einem tiefen Schlaf. »John!« flüsterte sie.

»Danke, Sheila«, sagte ich und konnte nicht vermeiden, daß meine Stimme kratzte.

»Was... was hast du mit Bill gemacht?«

»Er schläft und wird bald wieder voll da sein. Nur eine Beule bleibt zurück.«

»Er... er wollte dich töten?«

»Ja, Sheila.«

»Mein Gott.« Sheila preßte ihre Hände vor das Gesicht und begann zu schluchzen. »Er wollte dich umbringen, dich, seinen besten Freund. Ich habe gesehen, wie sein Finger – ich... ich konnte es nicht zulassen. Er durfte nicht zum Mörder werden. Ich habe seinen Arm zur Seite geschlagen, John.«

»Ich weiß«, sagte ich leise. »Und ich möchte dir dafür danken.«

Behutsam führte ich Sheila auf den Sessel zu, in dem ich gesessen hatte und der beinahe zu einem Todesstuhl für mich geworden wäre.

Wie eine Puppe blieb sie im Sessel sitzen, legte ihre Hände in den Schoß und starrte ins Leere.

Sheila hatte eine Hölle hinter sich, und sie würde noch eine Hölle vor sich haben.

Ich wußte, wo die Getränke standen, und schenkte Sheila einen Cognac ein. »Bitte, trink.«

Sie nahm das Glas in beide Hände und leerte es fast auf einen Zug. Dabei holte sie tief Atem, die Flüssigkeit rann wie Feuer durch ihre Kehle, aber sie belebte Sheila auch. Langsam kehrte Farbe in ihr Gesicht zurück.

Ich nahm das Glas aus ihren Händen und stellte es weg. Dabei fiel mein Blick auf die Wand. Dicht über einem Bild sah ich das Einschußloch. Dort hatte die von Bill abgefeuerte Kugel die Tapete zerrissen und eine fingertiefe Schramme hinterlassen.

Ich schaute nach Bill. Seine Haltung hatte sich noch nicht verändert. Nach wie vor lag er schräg über der Couch, das Gesicht im Lederpolster vergraben.

Ich berührte ihn an der Schulter.

Bill regte sich nicht. Ich hatte ziemlich hart zugeschlagen. Es war durchaus möglich, daß er noch eine Stunde in seiner Bewußtlosigkeit dalag. Beide Hände legte ich unter seine Achseln und hievte ihn auf den Rücken.

Sein Gesicht war blaß, die Wangen eingefallen, tiefe Ringe lagen unter den geschlossenen Augen. Ich hob seine Beine an und legte sie ebenfalls auf die Couch.

Dann ging ich in die Küche, fand ein Tuch und näßte es durch. Damit kehrte ich in den Wohnraum zurück.

Sheila hatte ihren Platz gewechselt. Sie kniete jetzt neben der Couch und berührte mit beiden Händen Bills Wangen, während sie auf ihn einredete.

»Laß mich mal«, sagte ich und schob Sheila ein wenig zur Seite. Mit dem feuchten Tuch mußte es klappen. Ich legte es Bill auf die Stirn und tätschelte gleichzeitig seine Wangen. So hoffte ich, ihn aus der Bewußtlosigkeit zu holen.

Zuerst hatte ich keinen Erfolg. Bill dachte nicht daran, aus der Bewußtlosigkeit zu erwachen. Nur die Beule an seinem Kinn wurde immer dicker.

Schließlich öffnete er doch die Augen.

Es geht wohl jedem so. Wenn er aus der Bewußtlosigkeit erwacht, schaut er erst einmal dumm aus der Wäsche. Bei Bill war es nicht anders. Er erkannte uns gar nicht.

»He, alter Junge, wir sind es.«

Bill stöhnte.

Sheila stieß mich an. »Willst du ihm etwas sagen? Ich meine, daß er dich... also...«

»Keine Angst«, beruhigte ich sie. »Ich mache ihm keine Vorwürfe. Er wird sie sich selber machen, wenn er zu sich kommt und die Erinnerung wieder da ist.«

Sheila nickte.

»Aber du kannst einen Whisky holen.«

Das tat sie auch. Bills Mund stand halb offen. Behutsam flößte ich ihm einige Tropfen ein. Automatisch begann er zu schlucken, und nach einigen Sekunden hustete er.

»John, verdammt. Oh... du hast...«, er keuchte. »Du hast einen Schlag wie ein Ochse.«

Da war er wieder.

Ich setzte mich zurück und grinste. »Das schien mir auch nötig zu sein, mein Lieber.«

»Wieso?«

»Denk mal nach.«

Bill hatte noch einen glasigen Blick. Wenn er sich zu heftig bewegte, verzog er das Gesicht. »Und was hast du mit meinem Arm gemacht?«

»Der kommt wieder in Ordnung.«

»Hoffentlich.«

Ich gab ihm auch den Rest des Whiskys. Bill trank ihn, doch plötzlich ließ er das Glas fallen. »Johnny!« rief er. »Verdammt, wo ist Johnny?«

Sheila und ich blickten ihn stumm an.

Bill stöhnte auf. »Dann... dann habt ihr es nicht geschafft?«

»Nein.«

»Aber ich... o Gott, John, was war ich für ein Idiot. Wollte ich dich tatsächlich...?«

Ich nickte.

Bill wurde noch blasser. Plötzlich konnte er mir nicht mehr in die Augen sehen. Er blickte zu Boden, ich sah, wie er schluckte und Mühe hatte, seine Beherrschung zu bewahren. Ihm fehlten jetzt einfach die Worte, und ich hatte großes Verständnis.

Wir ließen ihn in Ruhe. Nach einer Weile meinte er: »Daß du noch da bist, sagt mir, daß...«

»Bedanke dich bei Sheila. Sie hat deinen Arm zur Seite geschlagen, sonst läge ich hier wirklich mit einem Loch im Kopf auf dem Teppich.«

»Wie kann man nur so reagieren. Ich... ich muß einen völligen Blackout gehabt haben.«

»Irgendwie verstehe ich dich sogar. Es ging um Johnny.«

»Ja.«

Mehr sagte Bill nicht. Aber in diesem einen Wort lag alles, was er an Gefühlen auszudrücken vermochte. Depression, Angst und auch Aufgabe. Sein Blick war leer, die Hände zitterten. Bill Conolly war ein gebrochener Mann.

Und das konnten wir nicht brauchen. Denn im Gegensatz zu Bill Conolly hatte ich den kleinen Johnny keinesfalls aufgegeben. Ich suchte nach einer Möglichkeit, wie wir ihn befreien konnten. Die Bedingungen waren klar.

Destero gab Johnny erst frei, wenn ich tot war.

»Hat Destero irgend etwas gesagt, wie er sich die Sache weiter vorstellt?« fragte ich.

Bill schüttelte den Kopf. »Nein, er will dich nur tot sehen. Ich nehme an, daß er sich dann meldet.«

Ja, das glaubte ich auch. Und ich dachte verzweifelt über eine Lösung nach, aber mir fiel keine ein. Bill brauchte ja nicht nur zu sagen, daß er mich umgebracht hatte, nein, er brauchte Beweise, einen toten John Sinclair.

Andererseits konnte ich es nicht zulassen, daß Johnny weiterhin in den Klauen der Dämonen blieb. Ich mußte eine Lösung finden.

»Ich darf mal anrufen?«

Sheila und Bill nickten. Sheila hatte sich neben ihren Mann gesetzt.

Ich wählte Sukos Telefonnummer. Seine Stimme klang nicht gerade frisch, doch als er hörte, wer ihn sprechen wollte, war er sofort voll da. »Was ist geschehen, John?«

»Ich bin bei den Conollys. Destero hat wieder zugeschlagen. Diesmal schlimmer als zuvor.« Danach berichtete ich, was geschehen war. Nur daß Bill mich hatte umbringen wollen, verschwieg ich. Ich würde es keinem sagen, das war eine Sache, die nur Sheila, Bill und mich etwas anging.

Der Chinese wußte auch keinen Rat. Er war so geschockt, daß er kaum einen normalen Satz hervorbrachte. Es wäre zuviel verlangt gewesen, von ihm die Lösung zu erwarten.

»Soll ich vorbeikommen?« fragte er.

»Nein. Ich wollte dir nur Bescheid sagen, damit du dich darauf einstellen kannst.«

»Was hast du vor?«

»Ich suche nach einer Lösung und werde auch Sir James einschalten. Ich rufe ihn sofort an.«

Das tat ich auch. Bei Sir James Powell hatte ich keine Gewissensbisse, ihn aus dem Bett zu holen. Nicht ein Wort des Vorwurfs hörte ich. Sir James war sofort ganz Ohr.

Auch er zeigte sich geschockt, als er von der furchtbaren Tat vernahm. Natürlich sicherte er mir jede Unterstützung zu, und auch er fragte nach meinen Plänen.

»Tut mir leid, Sir, aber ich weiß nicht, wie ich reagieren soll.«

»Dann lassen Sie sich auf jeden Fall etwas einfallen. Ich bin in einer Stunde in meinem Büro zu erreichen.«

»Danke.«

Ich legte auf, und die Ratlosigkeit stand auf meinem Gesicht geschrieben. Selten in meinem Leben hatte ich mich so schlecht gefühlt. Und auch so hilflos. Wir kannten unsere Gegner, aber wir durften nicht eingreifen, weil uns die Hände gebunden waren.

Von Bill konnte ich keine Lösung des Problems erwarten. Seine Gedanken drehten sich um etwas ganz anderes. Er zitterte um seinen Jungen, war nervlich fertig, am Ende. Zudem drückte ihn noch die Belastung, daß er mich, seinen besten Freund, hatte umbringen wollen.

Ich gab ihm die Luger wieder.

Bill sah mich aus großen Augen an. »Du vertraust mir, John?«

»Warum nicht?«

»Aber ich könnte doch jetzt die Waffe nehmen und dich damit erschießen.«

Ich nickte. »Sicher, das könntest du. Aber würdest du es auch wirklich tun?«

Da senkte Bill den Kopf und schwieg. Er blickte auf die Luger, gab sich einen Ruck und steckte die Pistole weg. »Nein, John, ich würde es nie mehr tun.«

Ich lächelte. »Das war mir klar.«

Bill stand auf und reichte mir die Hand. Wir schauten uns in die Augen. Worte waren in diesem Fall überflüssig. Ich verstand den Reporter auch so.

Unser Händedruck war kräftig. Er besiegelte eine Freundschaft. Wir wußten, daß wir uns wieder aufeinander verlassen konnten. Sheila erschien. Beide sahen wir das Lächeln auf ihrem Gesicht. Das erste, nach all den schrecklichen Minuten der Qual.

Ein paar Minuten verstrichen, in denen jeder seinen Gedanken nachhing.

Auch ich zermarterte mir den Kopf, doch es wollte mir einfach keine Lösung des Problems einfallen.

Dann war es Sheila Conolly, die Bill und mich aus unseren Gedanken riß.

»Ich glaube, John, ich habe die Lösung«, sagte sie schlicht.

Beide fuhren wir herum und schauten Sheila an. Zuerst waren wir sprachlos, bis Bill sagte: »Du... du hast was?«

»Einen Lösungsversuch.«

»Raus damit, Sheila. Bitte...«

»Nicht so hastig«, wehrte die blondhaarige Frau ab. »Es ist nur eine Blitzidee gewesen.«

»Besser als nichts«, sagte ich schnell.

Sheila sah mich an. Sie war in diesen Augenblicken wirklich über sich selbst hinausgewachsen. »Die Hauptrolle in meinem

Lösungsvorschlag spielst du, John. Destero will deine Leiche sehen, das kann er auch. Wir präsentieren ihm deine Leiche.«

»Also doch töten?«

»Nein, John, so meine ich das nicht. Er bekommt eine Leiche präsentiert, aber du bist es nicht.«

»Moment mal«, sagte ich. »Laß mich nachdenken.« Und Bill meinte: »Das geht nicht.«

Ich wanderte im Raum auf und ab. »Ich weiß genau, worauf deine Frau hinaus will, Bill. Sie möchte Destero täuschen. Sie will ihm eine Leiche präsentieren, die zwar so aussieht wie ich, es aber nicht ist. Oder?«

»Genau, John.«

»Ein Bluff!« keuchte Bill.

Sheila und ich nickten.

»Ob Destero darauf reinfällt?« fragte der Reporter skeptisch.

»Weißt du eine bessere Lösung?«

Bill schüttelte den Kopf. »Nein, Sheila, die weiß ich auch nicht. Es tut mir leid.«

Ich dachte schon weiter und murmelte: »Wir könnten eine Wachsfigur nehmen. Sie von unseren Maskenbildnern so zurechtmachen lassen, daß dieser Tote wie ein echter wirkt.«

»Und wir werden John Sinclair begraben«, sagte Sheila.

»Wie?« Bill schaute seine Frau erstaunt an.

»Wir führen ein Begräbnis durch. Wir machen den Bluff entweder ganz oder gar nicht.«

»Dazu wird es bestimmt nicht kommen. Destero durchschaut das Spiel sofort.«

»Das müßte man abwarten«, hielt ich entgegen.

»Und Johnny?« fragte Bill. »Ist euch eigentlich klar, in welch eine Gefahr wir den Kleinen bringen?«

Ich schüttelte den Kopf. »Nein, Bill. Johnny steckt bereits in einer ungeheuren Gefahr. Es kann meines Erachtens nicht schlimmer für ihn werden. Wichtig ist, daß Destero den Bluff schluckt und du deinen Sohn zurückerhältst.«

»Mir ist nicht wohl bei der Sache«, stöhnte der Reporter.

Ich war auf dem Weg zum Telefon und blieb jetzt stehen. »Noch kannst du es dir überlegen, Bill. Wir können den Plan auch abblasen, dann...«

»Nein, John. Ich stimme zu.«

Ich nickte und wählte die Nummer meines Chefs. Es war noch keine Stunde vergangen, und ich erwischte Sir James Powell zu Hause.

»Haben Sie inzwischen einen Plan?« fragte er sofort.

Ich bejahte und berichtete. Danach war es erst einmal still. Man konnte die Gedanken des Superintendenten förmlich hören, so sehr arbeitete es in seinen Gehirnwindungen.

»Und Sie haben es sich genau überlegt?« erkundigte er sich zum Schluß.

»Was heißt überlegt, Sir. Selbstverständlich haben wir uns Gedanken gemacht, aber Sie wissen selbst, wie schwer es ist, eine Lösung zu finden. Unser Einfall schien mir der beste zu sein. Wir haben nicht viel Zeit, die Maßnahmen erst von einem Computer auf Erfolgsaussichten durchrechnen zu lassen. Wir müssen handeln, Sir.«

»Das sehe ich ein. Veranlassen Sie alles, was nötig ist, John. Wie gesagt, bei mir haben Sie Rückendeckung. Ich bete darum, daß wir den Kleinen retten können.«

»Ich auch, Sir, ich auch...«

Der große Leichenwagen rollte sanft über die Straßen. In den Morgenstunden war es noch kälter geworden, die Temperatur sank so tief, daß fast der Atem vor den Lippen zu Eis gefror.

Die Straßen waren spiegelglatte Flächen, und der Fahrer bewegte den schweren schwarzen Wagen so vorsichtig, als bestünde seine Ladung aus Nitroglyzerin.

Mit zwei Leuten war das Fahrerhaus besetzt. Beide kannten sich in der Gegend nicht so gut aus. Der Beifahrer mußte erst ein paarmal den Stadtplan zur Hilfe nehmen, um sich zurechtzufinden.

»Nächste links, dann wieder rechts«, sagte er.

»Und dann?«

»Sind wir da.«

»Okay, Jim, du bist der Bessere.«

Die beiden Männer waren Scotland-Yard-Beamte. Sie trugen die Kluft der Angestellten eines Beerdigungsinstitutes. Dunkle

Rollkragenpullover, graue Kittel und schwarze Hosen. Alles mußte seine Richtigkeit haben. Von dem Auftrag waren sie überrascht worden. Man hatte sie vergattert und ihnen das Versprechen abgenommen, daß niemand etwas von ihrem Job erfahren dürfe.

Dabei sollten sie nur einen Sarg zu einer bestimmten Adresse bringen.

Doch etwas war anders als bei einer normalen Fuhre. Der Sarg war besetzt. Ein Mann lag darin – ein Lebender.

Da der Deckel nicht ganz zugefallen war und spaltbreit offenstand, bekam der Mann in seiner makabren Liegestatt genügend Luft. Trotzdem fluchte er das Blaue vom Himmel herunter. Schließlich hatte man ihn mitten in der Nacht aus dem Bett geholt, in einen Sarg gesteckt und dazu noch eine Wachspuppe in die Totenkiste gelegt, die auf ihm lag und langsam lästig wurde.

Auch Ron Garret, der Maskenbildner, wußte nicht, was los war. Er war nur zu strengstem Stillschweigen verpflichtet worden und fertig. Ron hoffte nur, daß die Fahrt bald ein Ende hatte.

In der Tat hatten die beiden Männer ihr Ziel erreicht. Sie stoppten vor dem eisernen Tor, hinter dem der in Schlangenlinien zum Haus führende Weg begann.

Der Beifahrer stieg aus, achtete nicht mehr auf das Glatteis und wäre fast gefallen. Im letzten Augenblick fand er am Dach des Leichenwagens Halt.

Sein Fluch stammte aus der tiefsten Seemannskiste. Als er schellte, ertönte augenblicklich die Stimme aus der Sprechanlage. »Wer ist da?«

»Der Leichenwagen.«

»Moment, ich öffne.«

Tatsächlich schwang das Tor zurück. Der weitere Weg war gestreut worden, so daß der Wagen auch die kleinen Steigungen nehmen konnte, wo er sonst sicherlich abgerutscht oder mit durchdrehenden Reifen stehengeblieben wäre.

Ron Garret wurde in seinem Sarg noch ein paarmal hin und hergeschaukelt. Schließlich stoppte der Wagen, und die hintere Klappe wurde geöffnet.

»Bald kommst du raus, Ronny.«

»Halten Sie den Mund«, sagte da eine andere Stimme scharf.

Das war Bill Conolly. Ihn hatte es nicht mehr im Haus gehalten. Er wollte zusehen, wie die beiden Männer den Sarg in den Bungalow trugen.

»Wieso, Mister...?«

»Das hier ist kein Spaß, verdammt!« zischte Bill. »Auch wenn es Ihnen so vorkommen mag.«

»Schon gut. Regen Sie sich ab«, sagte Jim.

Gemeinsam mit seinem Kollegen hievten sie den schweren Sarg von der Fläche. Bill Conolly wies ihnen den Weg ins Haus, wo Sheila und ich bereits auf die Männer warteten.

In Bills Arbeitszimmer stellten sie den Sarg ab.

Sofort wurde der Deckel in die Höhe gedrückt. Mit hochrotem Gesicht erschien Ron Garret, der Maskenbildner. Sein Toupet war verrutscht, die blanke Kopfhaut leuchtete. Unter anderen Umständen hätten wir gelacht, heute jedoch nicht.

Garret zog sich sein Toupet zurecht. Dabei fiel sein Blick auf mich. »Das ist doch bestimmt deine Idee gewesen, John?«

»Fast.«

Wir kannten uns schon lange. Ron gehörte praktisch zum Inventar des Hauses.

Die beiden Leichenträger kannte ich auch. Ich nahm sie mir noch einmal vor.

»Was Sie hier getan haben, vergessen Sie sofort wieder«, erklärte ich ihnen eindringlich. »Behandeln Sie das so wie ein Staatsgeheimnis.«

Die Kollegen wollten erst grinsen, doch als sie mein ernstes Gesicht sahen, verging ihnen die Reaktion. Sie nickten synchron. »Sollen wir warten?«

»Nein, Sie können fahren.«

»Okay, Oberinspektor.«

Die Leichenträger verschwanden wieder, und ich wandte mich Ron Garret zu.

Der Maskenbildner hatte sich wieder gefangen. Er war einer der dünnsten Menschen, die ich kannte. Er gehörte zu den Leuten, die sich hinter einem Laternenpfahl ausziehen konnten. Er trug einen Pullover, eine enge Cordhose und rauchte Kette. Auch jetzt qualmte eine Zigarette zwischen seinen langen, nikotingelben Fingern. Nichtsdestotrotz war er auf seinem Gebiet ein absoluter Könner. Der brachte es fertig und machte aus einer Oma ein junges Mädchen.

Ich hatte mich umgezogen und trug Sachen von Bill, die mir leidlich paßten.

»Wenn ich mir die Sache so ansehe, dann soll ich sicherlich aus der Wachspuppe einen gewissen John Sinclair machen – oder nicht?«

»Ja, du bist Klasse, Ronny.«

Ronny strich über sein Toupet. Lob hörte er gern. »Nun ja«, sagte er und schnippte Asche auf den Sargdeckel. »Dann wollen wir uns mal an die Arbeit machen.«

Seine Utensilien hatte er mitgebracht. Sie lagen ebenfalls im Sarginnern.

Garret packte seinen Kasten aus und wies mich an, in einem Sessel Platz zu nehmen. Dann verzog er das Gesicht.

»Was ist?« fragte ich.

»Die beiden stören mich. Ich bin schließlich ein sensibler Künstler.«

Ich gab Sheila und Bill einen Wink, das Zimmer zu verlassen. Bill wollte etwas sagen, verstummte jedoch, als er meinen fordernden Blick sah.

Ron Garret war eben etwas eigen. Man kannte seine Marotten, ließ sie ihm auch, denn er war ein As.

Die Puppe legte er auf Bills Schreibtisch, nachdem die Platte zuvor mit einem Tuch abgedeckt worden war. Dann machte er sich an die Arbeit. Aus seinem Koffer holte er allerlei Salben und Farben, schmierte die Wachspuppe damit ein, griff zu Pinsel, Stift und kleinem Federmesser und arbeitete konzentriert.

Ich saß still im Sessel und hing meinen Gedanken nach. Nach wie vor zitterten wir. Würde Destero den großen Bluff schlucken? Das allein war die große Frage. Wir beteten, daß er darauf hereinfiel, denn sonst sah ich für den kleinen Johnny keine Chance mehr. Destero würde ihn umbringen, er kannte da keine Gnade.

Wir hatten ausgemacht, daß ich mich im Keller der Conollys versteckte und erst wieder in Erscheinung trat, wenn Destero Bedingungen gestellt hatte.

Dreißig Minuten vergingen. Da der Maskenbildner ununterbrochen qualmte, lag eine dichte Nebelwolke im Raum. Hin und wieder sprach er auch. Zumeist beschwerte er sich, daß er in einen Sarg gelegt worden war.

»Es ging nicht anders«, sagte ich.

»Ihr nehmt aber auch überhaupt keine Rücksicht auf einen sensiblen Menschen.«

»Es sind besondere Umstände eingetreten. Das Leben eines Kindes hängt von deiner Arbeit ab.«

Ron Garret unterbrach seine Tätigkeit. »Wirklich?« hakte er nach. »Oder sagst du das nur so?«

»Nein, Ronny.«

»Dann will ich mich nicht beschweren«, sagte er.

Er hatte ungeheuer geschickte Hände. Und er schaffte es tatsächlich, aus der Wachspuppe ein Ebenbild von mir zu machen. Er hätte wirklich als freier Künstler mehr Geld verdienen können als bei uns, aber er ging vom Yard nicht weg. Was ihn hielt, wußte ich auch nicht.

»Und nun noch die Perücke«, sagte er. Er nahm sie, und wieder wunderte ich mich. Das Haar hatte dieselbe Farbe wie meins.

Er setzte die Perücke auf den nackten Kopf, nahm einen Kamm und kämmte das Haar durch. Jetzt brauchte er mich nur noch anzuziehen. Dabei half ich ihm.

Fünf Minuten später stand dort ein fertig nachgebauter John Sinclair. Auch die Größe stimmte.

Ich rief die beiden Conollys.

Als sie das Zimmer betraten, blieben sie überrascht auf der Schwelle stehen und staunten.

Ronny lächelte. »Ja, es war gar nicht so einfach, aber ich habe es gepackt.«

Bill nickte. »So langsam glaube ich auch, daß die Idee meiner Frau nicht schlecht war.«

»Hast du deine Waffe mit?« fragte ich.

»Wieso?«

Ich lächelte Bill an. »Dieser Sinclair ist zwar schön, aber wir müssen ihm doch ein Einschlußloch in seinen Schädel verpassen.«

»Du willst das Werk zerstören?« rief Ron Garret.

»Leider.«

»Und ich habe mir solche Mühe gegeben, aber Undank ist der Welten Lohn, das habe ich ja gleich gesagt.«

Ich kümmerte mich nicht um den Maskenbildner und streckte meinen Arm aus. »Gib mir die Luger, Bill. Oder willst du selbst schießen?«

»Nein, um Himmels willen.« Er zog die Waffe aus dem Hosenbund und reichte sie mir.

Ich nahm ein Kissen, hielt es vor den Lauf, damit der Schall gedämpft wurde, zielte und feuerte.

Das Geschoß hieb durch das Kissen und klatschte gegen den Wachsschädel, wo er eine fingertiefe ›Wunde‹ hinterließ. Sie befand sich direkt hinter dem linken Ohr.

Während Garret jammerte, sagte ich nur: »Gib mir ein wenig Blut, Ronny.«

So etwas führte er auch mit sich. »Aber laß mich's machen«, flüsterte er mit erstickt klingender Stimme.

Er träufelte ein wenig von der Flüssigkeit in die Wunde, die dem normalen Menschenblut täuschend ähnlich sah. Einen Unterschied konnte man wirklich nicht feststellen.

Ein feiner Faden rann noch an dem Wachsschädel entlang und fing sich am Beginn des Halses in einem dicken Tropfen.

Der nachgemachte John Sinclair sah wirklich makaber aus. Der Meinung waren auch Sheila und Bill.

Hoffentlich würde Destero den Bluff auch schlucken!

Ich zitterte innerlich, und es war schwer, meine Nerven unter Kontrolle zu bekommen.

»Was geschieht jetzt mit ihm?« wollte der Maskenbildner wissen.

»Wir legen ihn in den Sarg.«

»Auch das noch.« Theatralisch rang er die Hände und drehte sich einmal im Kreis.

Die Totenkiste schleppten Bill und ich herbei. Der Sarg war wirklich schwer, und wir hatten zu schleppen. Schließlich stand er im Arbeitszimmer.

»Ich würde ja auch noch Kerzen aufstellen«, schlug Ron Garret vor.

»Darauf verzichten wir«, erwiderte ich.

Ich faßte die Puppe an den Schultern, und Bill packte sie an den Füßen an. Dann legten wir »mich« in den Sarg.

Sheila konnte den so täuschend echten Anblick nicht ertragen und wandte sich ab.

Ich blieb am Fußende stehen und schaute mich an.

Es war schon komisch, und das makabre Gefühl durchströmte auch mich. Erinnerungen wurden wach. Man hatte mich mal lebendig begraben. So kam es mir jetzt vor.

»Begeistert siehst du nicht aus«, meinte Bill.

Ich hob die Schultern. »Wer ist das schon beim Anblick seiner eigenen Leiche.«

»Da hast du recht.«

»Dann wäre meine Arbeit ja wohl getan«, meinte Ron Garret. »Und ich kann gehen.«

»Noch nicht, mein Lieber«, sagte ich.

»Wieso?«

»Du mußt noch einige Stunden hierbleiben. Wir werden dich irgendwann heimlich aus dem Haus schaffen. Das ist alles mit Sir James Powell abgesprochen worden.«

»Also...« Er holte tief Luft und öffnete den Mund.

»Reg dich ab. Mrs. Conolly wird dir sicherlich ein gutes Frühstück bereiten.» Ich kniff Sheila ein Auge zu.

»Natürlich, Mr. Garret, kommen Sie.«

Die beiden verschwanden in der Küche.

»Der ist aber auch nicht ganz echt«, meinte Bill.

Ich grinste. »Nee, aber kochen kann er gut. Er wird sich mit Sheila ausgezeichnet verstehen und sie bestimmt ein wenig von ihren Sorgen ablenken.«

»Das hoffe ich. Und du, John?«

Ich nahm die Beretta ab und auch das Kreuz. Erst dann gab ich eine Antwort. »Ich verstecke mich bei dir im Haus. Damit es echter aussieht, habe ich Kreuz und Beretta abgelegt.«

Bill nickte. »Wir haben unter der Kellertreppe ein Verlies. Damit müßtest du dich zufrieden geben.«

Ich war einverstanden, und der Reporter führte mich hin. Er schloß eine kleine Holztür auf. Ich leuchtete mit der Bleistiftlampe in das Versteck.

Es war wirklich winzig, aber es reichte aus. Ansprüche konnte ich nicht stellen.

Wir reichten uns noch einmal die Hände.

Bill meinte: »Und die Sache ist vergessen?«

»Ja. Bill. Wir reden nicht mehr darüber.«

Der Reporter wußte, daß ich mein Wort noch nie gebrochen hatte.

Johnny Conolly hockte noch immer auf der runden Platte. Er hatte mehrere Male versucht, von diesem dämonischen Altar herunterzusteigen, es war ihm nie gelungen.

Immer wieder war er von der unsichtbaren Barriere aufgehalten worden.

Die Luft um ihn herum blieb nicht ruhig. Sie wallte auf und nieder, dabei wurde sie zu einem zähflüssigen Nebel, aus dem sich langsam Gestalten schälten.

Schreckliche Geschöpfe, die an Grausamkeit und Abnormität nicht zu überbieten waren.

Johnny sah schlangenköpfige Monstren, schleimige Ghouls, Vampire mit mehreren Köpfen, Werwölfe, Skelette, Gerippe und riesige Würmer, die Menschenarme hatten.

Er sah sie, und er bemerkte, wie sie nach ihm griffen, doch auch für sie gab es die unsichtbare Wand.

Jeder Angriff prallte ab.

Johnny Conolly schien auf einer Insel inmitten des Dänonenreiches zu sitzen.

Da die Monster in ihrer geballten Kraft und Masse auftraten, verloren sie allmählich den Schrecken. Johnny nahm sie zwar wahr, aber er blickte hindurch.

Seine Gedanken drehten sich um etwas völlig anderes. Er dachte an seine Eltern, an das Spielzeug, das schöne Haus, und er flüchtete in seine Träume. Manchmal sprach er auch die Namen seiner Eltern aus, dann rief er nach dem Vater und der Mutter, doch eine Antwort erhielt er nicht.

Und das stimmte ihn so traurig.

Er hockte auf der runden Platte, wartete und hoffte darauf,

daß bald sein Daddy oder seine Mummy erschien, um ihn zurückzuholen.

Doch die waren weit weg.

Viel zu weit...

Für uns alle begann nun das große Warten. Während Sheila in der Küche ein erstes Frühstück vorbereitete und dabei mit dem Maskenbildner über die Vorzüge des Essens sprach, wobei sie von ihren eigentlichen Sorgen abgelenkt wurde, hockte ihr Mann Bill in dem großen Wohnraum und wartete auf Destero.

Draußen wurde es langsam hell. Fast schüchtern kroch das erste Grau im Osten über den Horizont und vertrieb die langen Schatten der Nacht. Bill hatte sich einen starken Mokka kochen lassen, die Tasse neben sich auf den Tisch gestellt und blickte aus dem Fenster in den Garten, wo es heller wurde.

Die Bäume und Sträucher waren mit einer dicken Eiskruste überzogen. Sie sahen aus, als hätte man sie mit einer Schicht aus Puderzucker bestäubt.

Bill fühlte trotz des Kaffees die Müdigkeit, und dann konnte er die Augen nicht mehr aufhalten.

Der Reporter schlief ein.

Er schreckte auf, als Sheila ihn anstieß und das Frühstück brachte. Eier, Kaffee, Orangensaft, Schinken, Butter und Toast.

»Ich habe keinen Hunger«, sagte Bill.

»Du mußt etwas essen.«

»Wo ist der Maskenbildner?«

Sheila stellte das Tablett ab. »Ich habe ihn in eines der Gästezimmer geschickt, dort ist er am besten aufgehoben«, erwiderte sie. »Er hat sich hingelegt.«

Bill nickte. »Das ist gut. Destero braucht ihn nicht zu sehen, wenn er kommt.«

»Glaubst du denn daran?«

»Sicher.«

»Ich nicht.«

Bill stand auf und nahm seine Frau in die Arme. »Du mußt den Mut nicht sinken lassen. Wir schaffen es, Sheila. Wir kommen hier raus, das verspreche ich dir.«

»Ich weiß nicht so recht«, flüsterte die blondhaarige Frau und preßte sich enger an ihren Mann. Sheila hatte sich umgezogen und trug einen dicken Pullover und eine Cordhose. Beides farblich aufeinander abgestimmt. Sie löste sich aus Bills Griff und deutete auf das Tablett. »Du mußt was essen, Bill.«

»Ich werde es versuchen.«

Während Bill den Orangensaft trank, schob Sheila das große Fenster auf. Frische Luft strömte in den Raum und vertrieb die dicken Rauchschwaden.

Auch Bill atmete tief die frische Luft ein. Er stand sogar auf und schaute auf die große Terrasse. Eine glitzernde Eisschicht lag auf den Fliesen.

»Es wird Zeit, daß es wärmer wird«, murmelte Sheila. »Sollte alles gut ausgehen, werde ich den Frühling doppelt genießen. Aber wahrscheinlich haben wir...«

»Sprich jetzt nicht weiter.«

»Du setzt viel Hoffnung in den Bluff – oder?«

»Alles, Darling.«

»Dann wünsche ich uns nur, daß alles klappt. Manchmal habe ich eine furchtbare Angst.«

»Destero muß sich melden.«

»Ja, sicher.« Sheila ging wieder und begann ebenfalls zu essen. Die beiden Menschen sahen übernächtigt aus. Bill hatte sich nicht rasiert, die Erschöpfung war in seinem Gesicht zu lesen. Dunkle Bartschatten bedeckten seine Wangen, die Ringe unter den Augen hatten sich noch tiefer in die Haut gegraben.

Er aß und trank, aber er hatte keinen Genuß. Er tat alles automatisch. Immer wieder blickte er zum Fenster. Bill nahm an, daß Destero durch den Garten kommen würde.

Alles blieb ruhig. Nur der Tag schritt immer weiter fort. Er hatte nicht nur Helligkeit mitgebracht, sondern auch leichten Nebel, der durch den Garten kroch und wie ein Gespenst die Büsche und Bäume umklammerte.

Sheila hatte sich etwas frisch gemacht und auf die blassen Wangen ein wenig Rouge gelegt.

»Willst du nicht duschen?« fragte sie Bill.

Der schüttelte den Kopf. »Ich kann es nicht riskieren. Schließlich erscheint Destero, wenn ich unter der Brause stehe.«

»Möglich.«

Bill schob den Teller zur Seite und griff wieder zur Zigarette. Es war seltsam still im Haus. Es fehlte das helle Kinderlachen, das Rufen nach Daddy und Mummy und das kleine Chaos, das Johnny immer veranstaltete, wenn er mit seinen Problemen nicht weiterwußte.

Sheila und Bill saßen sich schweigend gegenüber. Jeder dachte wohl das gleiche, aber niemand wagte es, seine Gedanken auszusprechen.

»Ich räume dann ab«, sagte Sheila.

Bill stellte Teller und Tassen auf das Tablett, und Sheila trug es in die Küche.

Allein blieb der Reporter zurück.

Minuten vergingen, in denen er seinen schweren Gedanken nachhing. Und plötzlich war es ihm, als wäre er nicht mehr allein. Eine Gänsehaut kroch von seinem Nacken her über den Rücken und ließ ihn frösteln. Langsam drehte sich Bill Conolly um.

Da stand er – Destero, der Dämonenhenker!

Er war allein.

Keine Spur von Johnny. Bill gab es einen schmerzhaften Stich in der Brust, als er dies feststellte. Für zwei Sekunden schloß er die Augen. Sein Herzschlag hatte sich beschleunigt. Die Enttäuschung war ihm deutlich anzumerken.

Der Dämonenhenker sah aus wie immer. Dunkelrote Kapuze, nackter Oberkörper, Stiefel, das Schwert in der Scheide.

Hinter der Maske glitzerten seine Augen. Sie füllten die Schlitze völlig aus. Bill kam dieser Blick metallen vor, nicht echt, so kalt, grausam und brutal.

Der Reporter mußte sich beherrschen, um nicht aufzuspringen und ihm das Tuch vom Schädel zu reißen.

Um Desteros Körper herum flimmerte die Luft. Langsam erlosch das Flimmern, und Bill Conolly sah die Gestalt des Henkers klar und deutlich vor sich.

Viele Fragen quälten ihn plötzlich, aber er brachte es nicht fertig, auch nur eine zu stellen. Wie zugeschnürt war auf einmal seine Kehle. Bill mußte sich erst freiräuspern.

Er blickte an Destero vorbei und sah Sheila im Türausschnitt auftauchen.

Bill warf ihr einen warnenden Blick zu, den Sheila verstand. Sie zog sich zurück.

»Hast du es getan?« fragte Destero.

»Wo ist mein Sohn?« Bill wunderte sich plötzlich, daß er doch reden konnte.

»Ich habe dich zuerst etwas gefragt!«

»Ja, ich habe es getan!«

Ein grollendes Lachen drang unter der Kapuze hervor. »Wo ist die Leiche? Ich will sie sehen.«

»Erst möchte ich meinen Sohn haben.«

»Hier stelle ich die Bedingungen!«

»Dann hast du dich nicht an die Abmachungen gehalten, Destero!« schrie der Reporter. »Ich aber habe meinen besten Freund umgebracht, habe dir vertraut, aber du spielst falsch.«

»Zeige mir die Leiche!«

Der Dämonenhenker ließ sich auf keine Diskussion ein. Bill stellte fest, daß er am kürzeren Hebel saß und sich leider fügen mußte. Destero wollte es so.

Der Reporter stand auf.

»Aber keine Tricks!« warnte Destero und ließ seine behandschuhte Hand auf den Schwertgriff klatschen. Der Ring mit dem Abbild der Teufelstochter leuchtete wie ein Fanal.

»Nein, es ist alles in Ordnung.« Bill Conolly ging an Destero vorbei, und er spürte körperlich die Aura des Bösen, die dieser verfluchte Dämon ausstrahlte.

Bill schüttelte sich.

Er verließ den Wohnraum, während der Dämonenhenker immer hinter ihm blieb und auch seine Hand nicht vom Griff der Waffe nahm. Er achtete auf Bills Bewegungen und war bereit, sofort zu töten, solle ihm irgend etwas nicht passen.

Sie betraten die Diele.

Bill zählte die Türen.

Links lagen Johnnys Zimmer und die Gästeräume. Hoffentlich ließ sich jetzt dieser Garret nicht blicken. Der Reporter wandte sich nach rechts, wo sein Arbeitszimmer lag und der ›Tote‹ aufgebahrt worden war.

Bill betete und zitterte. Seine Lippen bewegten sich, kein Laut drang jedoch hervor. Niemand konnte ihm jetzt helfen. Diesen Weg mußte er allein gehen.

Vor der Tür blieb er stehen. Er hatte plötzlich Angst, sie zu öffnen. Dann spürte er die Berührung des Dämons in seinem Rücken, und sofort zog ein kaltes Gefühl seinen Rücken hinauf, das sich im Nacken verdichtete.

»Öffne!«

Bill schluckte. Er winkelte den rechten Arm an, hob die Hand und legte sie auf die Klinke.

Jetzt kam es darauf an. Würde Destero den Bluff schlucken? Er mußte es.

»Mach schon!« zischte Destero. »Oder willst du deinen eigenen Sohn umbringen?«

Bill Conolly ritt der Teufel. Er drehte sich halb um und sagte: »Auch für mich ist es schwer, die Leiche meines Freundes zu sehen und dabei zu wissen, daß ich der Mörder bin.«

»Deine Sache!«

»Und was soll ich der Polizei sagen?«

Auf diese Frage gab Destero keine Antwort. Dafür hörte Bill ein schleifendes Geräusch. Er konnte sich denken, was das war, und erhielt im nächsten Augenblick die Bestätigung, als er das kalte Metall der Schwertklinge in seinem Nacken spürte.

»Okay, okay, ich drücke die Tür auf!« keuchte der Reporter. Er wollte nicht sterben.

Bill betrat das Zimmer. Er hatte das Licht brennen lassen, und es fiel auf den dunklen Sarg, der mitten im Raum stand.

Ein Mann lag in der offenen Totenkiste.

John Sinclair!

Destero befand sich noch immer einen Schritt hinter Bill Conolly. Er schaute über dessen Kopf hinweg, und er sah den Toten im Sarg liegen.

Bills Herz schien sich vergrößert zu haben, so hart klopfte es, und in seinen Ohren dröhnte es wie Hammerschläge. Er hatte Angst, große Angst sogar und wußte nicht, was er tun sollte.

»Da... das ist er...«

»Ich sehe ihn!« Destero trat interessiert näher und schaute in den offenen Sarg.

Sie hatten die Wachsfigur so hingelegt, daß genau noch das Einschußloch zu sehen war, aus dem das Blut rann.

Bill hatte die Hände ineinandergekrampft. Sein Atem ging stoßweise. Nervös huschte seine Zunge über die Lippen. Würde Destero den Bluff schlucken?

Es kam darauf an. Vielleicht gab er sich mit einer Sichtkontrolle zufrieden.

Wenn nicht, dann...

Destero hob den Kopf, er drehte ihn so, daß er Bill Conolly anschauen konnte.

Sekunden vergingen. Niemand sprach ein Wort. Bill gelang es sogar, dem Blick des anderen standzuhalten, und er bewunderte sich selbst in diesem Augenblick.

»Hast du ihn erschossen?«

Der Reporter nickte. Sprechen konnte er auf einmal nicht mehr. Destero schien den Bluff zu schlucken.

»Das hätte ich nicht gedacht.« Der Henker lachte und schaute dann auf das Kreuz und die Pistole, die Bill auf einen kleinen Nebentisch gelegt hatte.

»Nun ja«, sagte Destero und hielt sein Schwert so, daß es über dem Toten schwebte. »Ich könnte sichergehen, und noch einmal zustoßen...«

Bills Herz klopfte wieder schneller, aber er hatte sich ungeheuer in der Gewalt.

»Wenn du willst«, sagte er lässig.

»Nein, und ich habe auch einen Grund.«

»Wo ist mein Sohn?« fragte Bill.

»Den willst du zurückhaben, nicht wahr?«

»So war es ausgemacht.«

»Nichts war ausgemacht, Mensch. Gar nichts. Du kannst deinen Sohn sehen, dagegen habe ich ja nichts. Ich bringe dich sogar zu ihm. Ich bringe alles zu ihm, Sinclair eingeschlossen. Asmodina hat alles vorbereitet. Sie erwartet euch...«

»Wie, ich verstehe...«

Bill brach ab, denn plötzlich hatte er das Gefühl, als würde er vom Boden abheben. Es wurde dunkler. Im selben Augenblick strahlte das Kreuz auf. Es war nur ein kurzes Zucken, dann fielen die Strahlen wieder ineinander.

Bill spürte den Schwindel. Auch Sheila, die sich in der Küche aufhielt, merkte ihn. Ihr war, als hätten ihr unsichtbare Hände einen gewaltigen Stoß gegeben.

Sie taumelte quer durch den Raum.

Dann war alles vorbei.

Auch für Bill Conolly. Er drehte den Kopf und blickte aus dem Fenster. Kein Tag mehr, sondern...

Bill schluckte, und ein schrecklicher Verdacht keimte langsam in ihm auf.

Suko fand keine Ruhe. Mein Anruf hatte ihn aufgeschreckt und irgendwie aus dem Tritt gebracht. Es paßte ihm nicht, in der Wohnung herumzusitzen und nichts zu tun, er war ein aktiver Mensch, und nur Zuschauer bei einem Spiel zu sein hatte Suko noch nie gefallen.

Auch Shao, seine Freundin, merkte, daß mit ihrem Partner etwas nicht stimmte.

»Was hast du denn?« Suko hatte auch sie nervös gemacht. Er, der sonst die Ruhe in Person war, drehte irgendwie durch. Das paßte überhaupt nicht zu ihm.

»Was ist denn nur los?« wollte Shao wissen.

»Destero ist aufgetaucht.«

»Das weiß ich bereits.«

»Und mehr weiß ich auch nicht.«

»Hat John nichts gesagt?«

»Nein. Außerdem kann ich ihn nicht erreichen. Ich habe ein paarmal versucht, bei den Conollys anzurufen, aber da meldet sich niemand. Die haben den Hörer neben den Apparat gelegt oder was weiß ich. Shao, da stimmt einiges nicht.«

Shao nickte, wobei ihre langen, schwarzen Haare wie ein Vorhang über ihr Gesicht strichen. Aber sie konnte ja auch nichts tun, Suko war nicht zu beruhigen.

»Rufe doch beim Yard an«, schlug sie schließlich vor.

Der Chinese nickte. »Das werde ich auch. Vielleicht hat sich

John mit Sir James in Verbindung gesetzt.« Der Chinese ging zum Telefon und wählte.

Sir James meldete sich sofort.

Suko trug sein Anliegen vor und erlebte einen barschen Superintendenten.

»Es tut mir leid, aber ich kann Ihnen da nicht helfen«, sagte er.

»Trauen Sie mir nicht?«

»Das hat damit nichts zu tun. Aber wir sind gezwungen, uns ruhig zu verhalten, wenn wir nicht das Leben aller in Gefahr bringen wollen. Es tut mir leid für Sie, aber ich sehe da keinen anderen Weg.«

»Dann bin ich aus dem Spiel?«

»Im Augenblick ja.«

Das waren die letzten Worte des Superintendenten.

Wütend warf Suko den Hörer auf die Gabel. »Das schlägt dem Faß den Boden aus«, schimpfte er, »was die sich alles einbilden. Die behandeln mich wie einen kleinen Jungen, als würde ich überhaupt nicht mehr dazugehören. So geht es nicht.«

»Vielleicht sollten wir wirklich ruhig sein«, meinte Shao.

Suko schaute seine Freundin an. »Nein, wir fahren. Zieh dir etwas über. Wir müssen zu den Conollys. Ich will endlich wissen, was da alles läuft.«

»Meinetwegen.« Begeistert war Shao von diesem Vorschlag nicht. Sie hatte ein unbestimmtes Gefühl, daß sich über ihren Köpfen etwas Schlimmes zusammenbraute. Sie betrat das Schlafzimmer und zog die Kleidung über, die am besten für diese Witterung war, wenn man auf dem Rücksitz eines Motorrads hockte.

Dicke, wärmende Lederkleidung.

Das Haar steckte sie hoch, damit die schwarze Flut auch unter den Helm paßte. Suko zog sich ebenfalls um. Shao wollte ihm ein paar Fragen stellen, ließ es jedoch bleiben, als sie in das Gesicht ihres Freundes schaute. Es wirkte verschlossen. Suko war regelrecht wütend und sauer.

»Wahrscheinlich kann John gar nichts dafür«, sagte Shao. »Das wird Sir James gewesen sein.«

»Nehme ich auch an.«

Shao war fertig. Sie holte nur noch den signalroten Helm vom

Schrank. Beide wußten, daß es keine Freude war, bei diesem Wetter und den glatten Straßen zu fahren, aber sie hatten in diesem Fall keine andere Wahl.

Der Lift brachte sie nach unten.

In der großen Tiefgarage war es kalt. Es herrschte auch Betrieb, denn zahlreiche Mieter fuhren zum Dienst. Draußen war es fast schon hell, alle hofften, daß es tagsüber tauen würde.

Suko kickte die schwere Harley vom Ständer und startete. Das satte Dröhnen des Motors rollte durch die unterirdische Garage, eine dicke Wolke drang aus dem Auspuff.

Shao nahm auf dem Rücksitz Platz, während Suko die schwere Maschine aus der Parktasche lenkte. Sie fuhren hinter einem kleinen Golf her, der vor ihnen die Auffahrt ansteuerte.

Eisige Kälte schlug ihnen schon bald gegen die Gesichter. Es war zwar nicht mehr viel Haut zu sehen, aber auf den schmalen Stellen spürten sie doch die eisige Temperatur.

Die Straßen glänzten nicht mehr so glatt. Dafür waren sie feucht, denn das Streusalz hatte einen großen Teil des Eises tauen lassen. Zwischen dem Eis schillerten zahlreiche Pfützen.

Suko fuhr vorsichtig. Immer wieder mußte sie mit Glatteisfallen rechnen. Sie gerieten leider in den Berufsverkehr. Die kalten Motoren produzierten gesundheitsgefährdende Abgasfahnen, die wie lange Schleier in der Luft hingen.

Suko suchte seinen Weg zwischen den Wagen und hoffte, so schneller voranzukommen.

Er konnte nicht nur schnell fahren, sondern auch sicher. Shao hatte sich an ihm festgeklammert, und als sie zwanzig Minuten später die Chelsea Bridge überquerten, mußte Suko daran denken, daß sie vor kurzem noch in dieser Gegend Chiimal, das Monster aus Atlantis, getötet hatten. Die Conollys wohnten noch weiter südlich. Dort wurde bestimmt nicht so früh gestreut, und Suko sollte recht behalten. Oft genug lag noch eine dünne Eisschicht auf der Straße.

Der Chinese benötigte seine volle Konzentration, um die schwere Maschine sicher lenken zu können. Als er schließlich dort einbog, wo die Conollys wohnten, schwitzte er trotz der Kälte unter seiner Lederkleidung.

Aber sie hatten es geschafft.

Die Straße lag völlig ruhig vor ihnen. Nichts rührte sich, nichts wies darauf hin, daß hier etwas Schlimmes passiert war, das man mit dämonischen Aktivitäten in einen unmittelbaren Zusammenhang bringen konnte.

Suko fuhr auf den schmalen Gehsteig und stellte die Harley neben der Grundstücksmauer ab.

Beide entledigten sich ihrer Helme. Shao stellte sich auf die Zehenspitzen, um einen Blick über die Mauer werfen zu können.

Suko ging bis zum Tor vor. Er konnte durch die Stangen schauen, auf denen ebenfalls eine Eisschicht glitzerte.

Nichts zu sehen.

Still und ruhig lag der Garten vor ihnen. Die Bäume und Sträucher waren mit einer dicken Reifschicht bedeckt, so daß der große Garten ein nahezu malerisches Bild bot.

»Alles normal«, murmelte Shao.

Suko nickte.

»Sollen wir schellen?«

Das war die Frage, die der Chinese so rasch nicht beantworten konnte. Vielleicht waren sie wirklich nicht willkommen. Unter Umständen spielte sich jedoch hinter den Mauern des Bungalows ein Drama ab, bei dem sie helfen mußten.

Suko hatte sich mit seinen Waffen eingedeckt. Unter anderem mit dem Stab. Er war ein Erbe des großen Buddha, und durch ihn war es ihm möglich, für fünf Sekunden die Zeit anzuhalten, wenn man ein bestimmtes Wort rief.

Es ging um Destero, das wußte Suko. Und er wußte auch, wie gefährlich dieser Dämonenhenker war.

Suko setzte sich über alle Bedenken hinweg und wollte klingeln. Sein Zeigefinger lag noch nicht auf dem in der Mauer eingelassenen Knopf, als es geschah.

Plötzlich war der gesamte Bungalow in eine rötlich schimmernde Wolke gehüllt, und im nächsten Augenblick löste er sich vor den Augen der beiden Menschen auf...

Shao und Suko waren sprachlos. Beide starrten dorthin, wo der Bungalow gestanden hatte. Jetzt befand sich dort nichts mehr, nur eine freie Fläche.

Das Haus hatte sich von einer Sekunde auf die andere aufgelöst.

Unwahrscheinlich – ein magisches Phänomen.

»Das war Desteros Werk«, flüsterte der Chinese. »Er hat das Haus durch Schwarze Magie in eine andere Dimension oder in eine andere Zeit versetzt. Unheimlich...«

Shao sagte gar nichts. Sie nickte nur.

Suko wischte sich über die Stirn. Dann hob er die Schultern. Es war eine hilflose Geste, die das ausdrückte, was er im Augenblick empfand. Er wußte wirklich nicht weiter.

Niemand – außer ihnen – schien etwas bemerkt zu haben. Jedenfalls gab es keine Reaktionen auf dieses magische Phänomen. Einerseits verständlich, denn die nächsten Nachbarn lagen einfach zu weit entfernt. Wer hier sein Haus baute, besaß noch ein großes Grundstück. Fast alle Besitzer hatten es eingezäunt.

»Was sollen wir tun?« fragte Shao. »Wir können doch hier nicht stehenbleiben.«

Suko war ihrer Meinung. »Wir sehen uns das Haus, Unsinn, den Platz einmal an.«

»Aber du hast keinen Schlüssel.«

»Mauern waren für mich noch nie ein Hindernis.« Suko hatte die Worte kaum ausgesprochen, als er sich schon daranmachte, das Hindernis zu überklettern.

Ein Sprung, ein Klimmzug, und er befand sich oben. Dort legte er sich flach auf die Krone und ließ einen Arm nach unten baumeln.

Shao faßte seine Hand. Mit einem Ruck zog Suko seine Freundin auf die Mauer.

Gemeinsam sprangen sie in den Garten.

Die Erde war knochenhart gefroren. Suko sah, daß Bill die Wege gestreut hatte, trotzdem nahmen die beiden den kürzeren Weg und liefen quer durch das Gelände.

Der Atem dampfte vor ihren Lippen. Eine fahle Morgensonne kroch langsam über den Himmel. Sie sah aus wie ein verwaschener Ball, ihre Strahlen wärmten noch nicht.

Der silbergraue Bentley stand dort, wo sich normalerweise die Garage befand. Er wirkte wie ein Fremdkörper. Scheiben und Lack waren mit einer dünnen Eisschicht bedeckt.

Suko konnte nur den Kopf schütteln.

Am Rand, wo sonst der Bungalow gestanden hatte, blieb er stehen. Shao trat neben ihn und hakte sich bei ihrem Freund unter. Sie fror plötzlich. Das allerdings machte nicht nur die Kälte, sondern auch die unheimliche Atmosphäre, die beide spürten. Ein Rest Schwarzer Magie war zurückgeblieben.

»Was können wir tun?« fragte Shao.

Da wußte auch Suko keine Antwort. »Nichts, ich weiß mir ehrlich gesagt keinen Rat mehr.«

»Schade, daß Myxin nicht hier ist. Der wüßte sicherlich eine Lösung.«

»Möglich«, meinte Suko. Er war mit seinen Gedanken woanders. Und er fragte sich, in welch eine Dimension das dämonische Schicksal die Menschen in dem Haus verschlagen hatte...

Ich fühlte mich wie ein Gefangener in dem kleinen Kabuff. Stehen konnte ich nicht. Sobald ich mich aufrichtete, stieß ich mit dem Kopf gegen die Schräge. Also blieb mir nur noch diese verdammte Hockstellung.

Zudem fühlte ich mich nackt, weil ich meine Beretta vermißte, und vor allen Dingen mein Kreuz, das mir schon in sehr schwierigen Situationen geholfen hatte. Ich gab es eigentlich nie aus der Hand, aber bei diesem großen Bluff war mir nichts anderes übriggeblieben.

Hoffentlich machte uns Destero keinen Strich durch die Rechnung. Wenn er etwas merkte und durchdrehte, dann gab es Tote. Dann wurde Destero zur reißenden Bestie.

Ich kannte ihn.

Die Zeit verging, und ich horchte auf die Geräusche innerhalb des Hauses.

Da war nichts zu hören, deshalb drückte ich die leichte Tür auf, die die Nische verschloß. Mit dem angewinkelten Arm stieß ich dabei gegen einen aufgestellten Klappstuhl und hätte ihn fast umgeworfen. Im Nachgreifen erwischte ich ihn und drückte ihn wieder in die Ruhestellung.

Spaltbreit öffnete ich die Tür und brachte mein Ohr dicht an die schmale Öffnung.

Nichts zu hören.

So langsam wurde es mir in meiner Lage unbequem. Ich hätte mich gern hingestellt, aber da war nichts zu machen. Ich mußte schon so ausharren, bis sich etwas tat.

Und es passierte was.

Ich glaubte Stimmen zu hören. Wenn ja, dann mußte ein Besucher gekommen sein.

Ich kannte nur einen, der etwas von den Conollys wollte.

Destero!

Und ich war mir sicher, daß er jetzt durch das Haus ging, denn ich konnte die Schritte von mindestens zwei Menschen ausmachen.

Er und Bill.

O Gott, wie sollte das noch alles enden? Sie schritten durch den Flur und näherten sich Bills Arbeitszimmer, wo meine ›Leiche‹ aufbewahrt wurde.

In den nächsten Sekunden mußte es sich herausstellen, ob unser Bluff geklappt hatte.

Ich fieberte innerlich.

Zu gern wäre ich dabeigewesen, aber es ging nicht, ich mußte hier in meinem Versteck hocken bleiben, um den großen Plan nicht zu gefährden.

Es wurde wieder ruhig.

Ich hatte die schmale Tür weit aufgestoßen, so daß ich möglichst hören konnte, was gesprochen wurde.

Im Gegensatz zu mir mußte Bill die Tür zum Arbeitszimmer geschlossen haben, denn ich vernahm nichts.

Es blieb alles ruhig.

Vor Aufregung stand mir der Schweiß auf der Stirn. Meine Kleidung klebte am Körper, mit der Zunge fuhr ich mir über die Lippen. Der Herzschlag hatte sich verdoppelt.

Schluckte Destero den Bluff?

Das war die große Frage. Darauf allein kam es an.

Endlos dehnte sich die Zeit. Ich wurde immer nervöser, weil sich über mir nichts tat.

Zu ruhig blieb es...

Dann jedoch geschah etwas, womit ich nie im Leben gerechnet hatte. Plötzlich erfaßte mich ein Schwindel. Ich konnte mich in meiner Hockstellung nicht mehr halten und wurde zurückgeworfen, dabei fiel ich zu Boden und blieb liegen, denn der Schwindel war nicht vorbei. Er kam wie ein Sturmwind, mein Kopf schien anzuschwellen, und sekundenlang hatte ich einen völligen Blackout. Ich wußte nicht mehr, wo ich mich befand, ich fiel nur... Plötzlich war ich wieder da.

Hastig richtete ich mich auf, dachte nicht mehr an die niedrige Decke und stieß mir prompt den Kopf, wobei ein Fluch über meine Lippen sprang.

Ich kroch zur Tür.

Noch immer hielt mich der Schwindel umklammert. Ich hatte Mühe, mein Gleichgewicht zu finden, und dachte darüber nach, was in den letzten Sekunden geschehen war.

Die Tür stand noch offen.

Ich streckte meinen Kopf durch den Spalt und merkte sofort, daß sich einiges verändert hatte.

Da war nicht mehr die kalte Kellerluft, sondern eine nach Pest und Schwefel stinkende dicke Brühe, die mich umgab. Ich hörte Geräusche. Summen, Brausen, entfernte Schreie, Kichern, gräßliches Lachen und triumphierendes Heulen.

Ein schrecklicher Verdacht keimte in mir hoch, ein Verdacht, der immer mehr zur Gewißheit wurde.

Destero hatte das Haus in eine andere Dimension entführt. Wir hatten uns alle verrechnet, er war noch schlauer, als wir angenommen hatten.

Und mir war klar, daß unser Bluff bald platzen würde wie eine Seifenblase...

Noch einmal erfaßte Bill Conolly ein kurzer Taumel, dann war alles wieder normal.

Der Reporter blickte sich um.

Er befand sich noch immer im selben Zimmer. Da stand der Sarg, der sah die Regale, seinen Schreibtisch, die beiden Ledersessel – und er sah Destero.

Normal? Nein, bestimmt nicht, denn draußen brodelte und loderte die Hölle.

Bill Conolly wurde vor Schreck kalkweiß, als er einen Blick

durch das Fenster warf. Rotviolette, düstere Nebel, die auf- und abwallten. Eine grauenhafte, gefährliche Düsternis, in der der Schrecken auf seine Opfer lauerte.

Monster, Teufelsgeschöpfe, abartige, dämonische Kreaturen heulten und tanzten um das Haus, führten bizarre Verrenkungen durch und drohten mit ihren tentakelartigen Armen, wobei sie wie Geister an der Außenhaut der Scheiben entlangstrichen.

Bill schüttelte sich. Er wußte jetzt genau, daß er sich in einem Pandämonium befand, wo Heulen und Zähneknirschen herrschte, vielleicht im Reich der Asmodina. Und trotzdem hielt er sich in seinen eigenen vier Wänden auf. Schwarze Magie hatte es möglich gemacht, daß das Haus mitsamt Inhalt in die andere Welt geschafft worden war.

Das hieß, daß nicht nur Bill sich in einer anderen Dimension befand, sondern auch Sheila und dieser Maskenbildner, der noch im Haus gewartet hatte.

Alle schwebten sie in höchster Gefahr, auch John Sinclair, der waffenlos im Keller hockte.

Und Bill Conolly war klar, daß der Bluff schon sehr bald platzen würde.

Nur – was geschah dann?

Der Reporter wußte es nicht, aber er glaubte fest daran, daß sich die Gegenseite die Chance nicht entgehen lassen würde, die Hälfte des Sinclair-Teams auszuschalten.

Bills Überlegungen wurden durch schnelle Schritte auf dem Flur unterbrochen.

Dort kam jemand.

Auch Destero hatte die Tritte gehört. Ein großer Schritt brachte ihn in den toten Winkel hinter der Tür, die in diesem Moment von Sheila aufgestoßen wurde.

Sie trat über die Schwelle und wurde von der blitzenden Schwertklinge gestoppt, die sich plötzlich vor ihren Hals legte.

Sheila blieb abrupt stehen!

Ihr Gesicht war gerötet, tief atmete sie ein, und sie schielte zur Seite, wobei ihr Blick die unheimliche Gestalt des Henkers traf.

Sheila erschrak.

Bill fieberte um seine Frau. Wenn sie jetzt eine unbedachte Bewegung machte, war es aus. Aber Sheila riß sich zusammen, sie dachte an ihren Sohn, den sie unbedingt retten wollte.

»Warum bedrohst du sie?« fragte Bill mit kratzender Stimme. »Sie kann dir nichts tun.«

Destero schien eingesehen zu haben, daß Bill recht hatte. Er ließ die Klinge sinken.

Sheila atmete auf. Sie hatte die Hände geballt, spürte die Fingernägel in ihrem Fleisch und sah Bill an. Der Reporter verstand den fragenden Blick und hob die Schultern.

»Genau kann ich dir auch nicht erklären, was geschehen ist«, sagte er. »Wir müssen es halt hinnehmen.«

»Man hat uns entführt, nicht?«

»Ja.«

»Aber warum? Wir haben doch alles getan, was dieser Dämon von uns verlangt hat. John ist tot!« Sheila spielte ihre Rolle ausgezeichnet, und Bill bewunderte sie insgeheim.

»Ja, John ist tot. Ich habe mich an die Abmachungen gehalten, aber Destero nicht.«

Der Henker lachte grollend. »Alle sollt ihr sterben!« zischte er. »Alle...«

»Und... und Johnny?« hauchte Sheila.

»Auch der!«

Im ersten Augenblick sah es so aus, als wollte sich Sheila auf den Henker stürzen. Sie hatte sich schon auf die Zehen gestellt, ihr Gesicht verkantete regelrecht, doch ein Ruf ihres Mannes hielt Sheila zurück.

»Nicht!«

Sie blieb stehen.

Aber in ihren Augen flammte etwas auf, das es wohl nur bei einer Mutter gibt, die bereit ist, um ihr Kind zu kämpfen und ihr eigenes Leben zu geben.

»Dafür haben wir John Sinclair nicht getötet«, sagte der Reporter rauh.

»Hauptsache, er ist tot«, erwiderte Destero. Mit der Schwertspitze deutete er auf den Sarg. »Schafft ihn aus dem Raum!«

»Und wohin?« fragte Bill.

»Ins Wohnzimmer. Dort werden wir uns versammeln, und dort werdet ihr auch sterben!«

Zwei Sekunden rührte sich Bill Conolly nicht, er atmete nur durch die Nase ein. Die letzten Worte hatten verdammt hart und endgültig geklungen.

Und Bill sah auch keine Fluchtchance. Draußen lauerte das Unheil, er konnte sich nicht einfach aus dem Fenster werfen und fliehen. Sheila und er mußten den grausamen Tatsachen ins Auge sehen.

»Beeilt euch!« befahl Destero. Er machte eine blitzschnelle Bewegung, und die Klinge wischte dicht an Sheilas Gesicht vorbei, daß sie sogar den Luftzug spürte.

»Komm«, sagte Bill.

Steifbeinig setzte sich Sheila Conolly in Bewegung. Sie schritt um den Sarg herum, um an dessen Fußende zu gelangen. Bill hievte den oberen Teil der Totenkiste hoch.

»Tragt ihn hinaus!« befahl Destero.

Die beiden gehorchten. Obwohl der Sarg sehr schwer war, brach Sheila nicht zusammen. Nein, diese Blöße wollte sie sich nicht geben. Die anderen sollten nicht triumphieren. Ihr reichte es schon, daß man sie so gedemütigt hatte.

Dabei war alles wie normal. Sie befanden sich in ihrem eigenen Haus, doch durch Schwarze Magie war der Bungalow mitsamt Inhalt in eine andere Dimension geschleudert worden.

Das war verrückt, das war irre...

Sie gingen über den Flur. Destero blieb immer dich hinter ihnen und beobachtete sie genau. Ihm entging keine ihrer Bewegungen, die Augen hinter den Schlitzen funkelten bösartig und wild.

Die Tür zum Wohnzimmer war nicht ganz geschlossen. Bill konnte sie mit dem Ellbogen aufstoßen.

Langsam schwang sie nach innen.

Bill wollte weitergehen, als Sheila gellend aufschrie und dabei den Sarg fallen ließ.

Hart rammte er auf die Erde.

Bill war überrascht. Er schaute Sheila an, die so blaß geworden war und an ihm vorbeistarrte.

Auch Bill ließ den Sarg fallen. Was Sheila sah, mußte schrecklich sein. Er drehte sich um.

Da traf auch ihn der Schock.

Mitten im Wohnraum stand eine runde, steinerne Platte. Und auf ihr hockte ein Junge.

Johnny Conolly!

Gott sei Dank, er lebt, war Bills erster Gedanke. Ihm ist nichts geschehen.

Und Johnny schaute aus großen Augen seine Eltern an.

Plötzlich bewegten sich seine Lippen. »Mummy... Daddy«, stammelte er. »Ihr... ihr«, er streckte seine kleinen Arme aus.

Das genau war der Punkt, wo Sheila sich nicht mehr halten konnte. Ohne auf Destero und dessen Schwert zu achten, warf sie sich nach vorn und damit auf den runden Altarstein, wo ihr Sohn hockte und ein Bild des Jammers abgab.

Selbst Destero reagierte nicht schnell genug. Sheila wischte an ihm vorbei, stieß auch Bill aus dem Weg – und prallte, wie vor eine Wand gelaufen, zurück.

Ihr Schrei zitterte durch den Wohnraum, sie riß beide Arme hoch, die fahrige Bewegungen durchführten, und dann kippte sie steif wie ein Brett nach hinten.

Bill reagierte schnell.

Bevor Sheila zu Boden fallen konnte, breitete er seine Arme aus und fing sie auf.

Zitternd lag sie in einer schrägen Haltung, während ihre Lippen kaum verständliche Worte murmelten.

»Bist du okay, Darling?« flüsterte Bill. »Ist alles in Ordnung? Bitte, gib Antwort.« Die Sorge um Sheila machte ihn fertig, denn er glaubte daran, daß seine Frau einen magischen Schlag erhalten hatte.

Sheila richtete sich wieder auf, und Bill half ihr dabei. »Ja, ich bin okay.«

Der Reporter war beruhigt. Trotzdem hielt er Sheila noch fest. Er fühlte, wie sie zitterte. Jeder von ihnen stand unter einem ungeheuren Streß.

Destero trat vor. Und wieder hörten sie sein Lachen. »Glaubt ihr denn im Ernst, daß ich euch so ohne weiteres an den Jungen heranlasse? Nein, das schaffe nur ich.« Als wäre überhaupt nichts gewesen, schritt er durch die magische Sperre und betrat die kreisrunde Scheibe.

Johnny drehte den Kopf und starrte erstaunt zu Destero hoch. Er begriff noch nicht, sondern sah nur, wie sich der Henker bückte und mit der behandschuhten Linken den Kleinen hochhob.

»Da seht ihr ihn!« grollte er.

Es war ein schauriges Bild, eine Quälerei für die entsetzten Eltern, wie dieser schreckliche Dämon in der rechten Hand sein Schwert hielt und in der linken das Kind.

Nein, dieser Henker kannte kein Pardon.

Johnny begann zu weinen. Die Laute schnitten den beiden Eltern durchs Herz.

Bill war vor Wut, ohnmächtigem Zorn und Entsetzen kalkweiß im Gesicht. Er hatte die Hände zu Fäusten geballt, manchmal tanzten vor seinen Augen rote Ringe.

Sheila wunderte sich selbst, daß sie noch nicht zusammengebrochen war. Dieses Bild war so schlimm, so schaurig, daß es über ihre normalen Kräfte ging.

Sie hatten beide oft genug mit Dämonen zu tun. Schließlich war Sheilas Vater auf makabre Weise ums Leben gekommen und war nach seinem Tod noch erwacht. Sie wußten also, daß diese Wesen keinen Spaß machten und kein Pardon gaben.

Da waren sie eiskalt.

Sheila hatte nur Angst, daß Destero ihren Sohn fallen ließ. Das tat er nicht. Er bückte sich und setzte den kleinen Johnny wieder auf die Steinplatte.

Dann verließ er sie.

Vor den beiden dicht beieinanderstehenden Eltern blieb er stehen. Mit dem Daumen deutete er über die Schulter. »Auf dieser Platte«, versprach er, »werdet auch ihr euren Tod finden. Durch mein Schwert stirbt nicht nur das Kind, sondern auch die beiden Eltern. Denkt immer daran.« Er drehte sich halb. »Und jetzt stellt den Sarg in den Raum, damit Asmodina ihn sehen kann.«

Zum erstenmal seit langer Zeit erwähnte er diesen Namen wieder. Bill hatte genau hingehört. Die Teufelstochter würde also auch noch erscheinen.

Kein Wunder, denn wo sich Destero aufhielt, da war sie meist nicht weit.

»Komm, Sheila«, flüsterte der Reporter.

Er bückte sich als erster, bevor er seiner Frau mit einem Kopfnicken zu verstehen gab, das gleiche zu tun.

Der Sarg mit der ›Leiche‹ stand noch halb im Flur. Sheila und Bill trugen ihn in den Wohnraum, der so aussah, als würde das Haus noch auf der Erde stehen.

Bis auf die runde Steinplatte hatte sich nichts verändert.

Sie stellten den Sarg neben die Platte, auf der Johnny hockte und seinen Eltern zuschaute.

Sheila konnte den Blick nicht ertragen. Sie streckte den Arm aus, um ihren Sohn zu berühren, zuckte aber zurück, als ihre Finger gegen das unsichtbare magische Feld stießen.

Da war kein Durchkommen.

»Gib es auf!« flüsterte Bill.

Destero hatte die Worte trotzdem gehört. »Ja, dein Mann hat recht, du schaffst es nicht, den magischen Ring zu durchbrechen. Das kann niemand.«

Vielleicht John Sinclair, dachte Bill. Er hatte oft an seinen Freund gedacht. John hockte noch immer im Keller. Waffenlos, alleingelassen. Würde er merken, was sich über ihm abspielte? Und wenn ja, was konnte er unternehmen?

Diese Frage quälte den Reporter ebenfalls. Sie bewies aber auch, daß er mit dem Leben noch nicht abgeschlossen hatte. Solange John und er noch existierten, war nicht alles verloren.

Dann dachte er an Asmodina. Wenn sie die Leiche sah und feststellen sollte, daß man sie reingelegt hatte. Wie würde sie das aufnehmen? Würde sie alle Register ziehen und die Menschen schlagartig vernichten?

Das waren ernste Fragen, an die Bill Conolly mit Schaudern dachte.

Destero zeigte wieder auf den Reporter. »Du wirst sterben und neben deinem Freund John Sinclair liegen. Denn das Grab in der Hölle wartet noch auf euch.«

Bill hörte gar nicht hin. Und auch Sheila war abgelenkt, denn dicht neben dem Fenster, wo hinter der Scheibe die Nebel wallten und sich zahlreiche Ungetüme tummelten, erschien eine Gestalt.

Eine Frau.

Sie hatte langes rotes Haar, das ihr weit bis über die Schultern floß. Aus der glatten Stirn wuchsen zwei gekrümmte Teufelshörner. Zwischen den beiden schaukelte, an einer Kette befestigt, ein kleiner gelber Totenkopf.

Zwei schmale Schals liefen quer über den Oberkörper der Frau und bedeckten die Brüste. An den Armen trug sie goldene Reifen, und der Blick aus den Augen war grausam und kalt.

So schaute nur eine.

Asmodina, die Tochter des Teufels!

Über mir tat sich etwas.

Ich sah es nicht, aber ich hörte es, und ich identifizierte auch die Geräusche.

Schritte, eine Stimme, die befahl.

Destero!

Der Dämonenhenker hatte wieder das Kommando übernommen. War auch nicht anders zu erwarten gewesen. Er befahl in diesem Reich.

Ich hatte das Risiko auf mich genommen und war bis zur Treppe vorgelaufen. An der untersten Stufe blieb ich stehen und spitzte die Ohren.

Nun hörte ich es deutlicher. Die Schritte näherten sich dem Wohnraum, sie waren auch nicht mehr so leicht, sondern schwerfällig.

Im nächsten Augenblick vernahm ich einen Schrei, und etwas polterte zu Boden.

Unwillkürlich zuckte ich zusammen. Damit hatte ich wirklich nicht gerechnet. War das schon das Ende? Brachte Destero meine Freunde vielleicht jetzt um?

Allein der Gedanke daran trieb mir das Blut in den Kopf. Zwei Sekunden später war ich wieder beruhigt, da hörte ich die Stimmen meiner Freunde, obwohl ich nicht verstand, was sie sagten.

Sie gingen mit Destero.

Und ich hockte hier unten.

Plötzlich stellte sich mir die Frage, ob ich wirklich hier weiterhin sitzen bleiben sollte. War es nicht besser, wenn ich nach oben schlich und zu retten versuchte, was noch zu retten war?

Ich bin zwar kein Mensch von übereilten Entschlüssen, aber wenn ich mich einmal damit abgefunden hatte, dann führte ich eine Aufgabe auch sofort durch.

Kein langes Zögern mehr.

Jetzt galt es.

Da fiel mir ein, daß ich keine Waffen bei mir trug. Bill hatte sie mir sicherheitshalber abgenommen. Sogar die Luger hatte ich meinem Freund zurückgegeben.

Das gefiel mir gar nicht.

Was also tun? Mich waffenlos meinen Gegner stellen, damit sie mich umbringen konnten? Nein, verdammt, das war nicht der Sinn der Sache. Vielleicht fand ich noch irgend etwas im Keller.

Zum Glück kannte ich mich bei den Conollys aus, so daß ich mich auch im Dunkeln einigermaßen zurechtfand. Und wenn es wirklich zu finster war, dann half mir meine kleine Lampe.

So schlich ich durch den Flur. Es gab hier unten einige Räume, nicht nur die Waschküche oder den Raum mit der großen Tischtennisplatte und den Flipper-Apparaten. Bill hatte hier auch sein Archiv und ein zweites Arbeitszimmer eingerichtet.

Das betrat ich.

Licht wagte ich nicht anzuschalten, aber ich sah auch so, was los war.

Draußen hatte sich die Welt verändert.

Normalerweise hätte durch das Fenster Tageslicht fallen müssen, ich aber sah nur ein violettrotes Glosen und Wallen hinter der Scheibe, was mir endgültig bewies, wo wir steckten.

In einer anderen Dimension, im Pandämonium!

Hinter der Türschwelle blieb ich stehen. Ich sah nicht nur die Nebel hinter der Scheibe, sondern auch die grausamen Geschöpfe, die sich darin tummelten und wohl fühlten.

Dämonen, widerliche Kreaturen, die den Menschen oft in ihren Alpträumen erschienen.

Ich schluckte hart.

Der Weg nach draußen war mir versperrt. An eine Flucht

konnte ich nicht denken. Nein, Bill, Sheila und ich mußten es hier im Haus auskämpfen.

Obwohl mich die Umgebung beunruhigte, betrat ich doch den Raum und durchsuchte ihn nach Waffen.

Ich fand viel.

Altes Archivmaterial, Bildbände, Illustrierte, Berichte über Bills Reisen und Abenteuer, aber keine Waffe, die ich gegen Dämonen hätte einsetzen können.

Es half alles nichts, ich mußte die schwierigere Möglichkeit in Kauf nehmen und zusehen, daß ich wieder an mein Kreuz und meine Beretta gelangte. Vielleicht kam ich so dicht an Destero heran, daß ich ihn mit dem Kreuz zerstören konnte.

Das wäre natürlich eine gute Sache. Ich war davon überzeugt, daß mein Kreuz auch Destero vernichtete, denn sogar den Schwarzen Tod hatte es geschafft.

Ich drehte mich um und wollte den Raum wieder verlassen. Schon vor der Schwelle stieg mir der Geruch von Fäulnis und Verwesung in die Nase.

Ich blieb stehen und öffnete weit die Augen, bevor ich die Lampe anknipste und den feinen Strahl auf die Tür zuwandern ließ.

Dort stand er.

Ein Ghoul!

Er stank so widerlich. Mochte der Teufel wissen, wie er den Weg in dieses Haus gefunden hatte. Wahrscheinlich stand irgendwo ein Fenster offen.

Gerade Ghouls gehören zu meinen besonderen Lieblingen. Es sind die ekligsten aller Dämonen. Erst vor kurzem hatte ich mich noch zusammen mit Kommissar Mallmann mit ihnen herumgeschlagen.

Aber da hatte ich Waffen.

Jetzt nicht.

Das schien der Ghoul zu wissen, denn er freute sich um so mehr und machte dies auch deutlich.

Seine plumpe, schleimige Gestalt befand sich in dauernder Bewegung. In diesen Dimensionen zeigten sich Ghouls immer in ihren ursprünglichen Formen, da brauchten sie keine Rücksicht auf Menschen nehmen. In der normalen Welt, und das hatte ich des öfteren erlebt, verwandelten sie sich.

Da konnten sie sogar die Gestalt eines Menschen annehmen.

Ein Gesicht konnte ich bei dem Ghoul kaum erkennen. Alles waberte und verschwamm auch immer wieder, bevor es sich neu bildete.

Die Farbe konnte ich nicht genau erkennen, nahm jedoch an, daß der Ghoul wie so oft gelblich-grün schimmerte.

Er bewegte sich auf mich zu.

Ich dachte daran, die Öffnung, durch die er gekommen war, zu schließen, denn ich wollte nicht, daß sich noch mehr Monster von draußen in das Haus verirrten.

Mit einer geweihten Silberkugel hätte ich ihn erledigen können. Es wäre kein Problem gewesen, aber ich war waffenlos, und meine Chancen sanken deshalb.

Der Ghoul aber freute sich. Er stieß dabei ein Schlürfen aus, das mir eine Gänsehaut über den Rücken jagte. Ziemlich schnell bewegte er sich auf mich zu. Lange wohl war ihm nicht solch eine sichere Beute über den Weg gelaufen. Ich ließ ihm seinen Spaß, doch als er sich lang machte und einen Arm teleskopartig ausfuhr, um mich zu packen, sprang ich mit einem Satz auf den alten ausrangierten Schreibtisch, und der Ghoul griff ins Leere.

Mit einem weiten Sprung setzte ich über den Ghoul hinweg und landete dicht vor der Tür. Einen Atemzug später hatte ich den Kellerraum verlassen und wandte mich nach links, wo der Gang weiterlief und sich noch weitere Räume befanden.

Eine Tür stand offen. Bill hatte sie grün gestrichen, weil sich dahinter die Gartengeräte befanden.

Ich huschte in den Raum und sah das offene Fenster.

Dort war der Ghoul also durch die schräge Öffnung geschlüpft. Er hatte es nicht mehr aushalten können, seine Gier war unersättlich gewesen, und deshalb hatte er diesen Weg durch den schmalen Fensterspalt gewählt.

Andere Kreaturen waren zum Glück nicht in das Haus gelangt. Um einem weiteren Eindringen vorzubeugen, schloß ich das Fenster. Im Raum war es hell genug, um die hier aufbewahrten Gegenstände erkennen zu können.

Da stand der Rasenmäher neben dem Saatgut, ich sah Harken, Spaten, Schaufeln, einen langen Wasserschlauch und noch vielerlei, das man für die Kultivierung eines Gartens von der Größe, wie ihn die Conollys besaßen, benötigt.

Fast alle Geräte ließen sich auch als Waffe benutzen.

Ich entschied mich für eine Mist- oder auch Laubgabel. Die Zinken glänzten in der unteren Hälfte, so sehr waren sie bereits abgeschabt.

Ich roch den Ghoul.

Direkt neben der Tür baute ich mich auf und hielt die Gabel stoßbereit in der Hand.

Der Ghoul kam näher, sein Geruch wurde intensiver.

Dann schob ich das schleimige Wesen durch die Öffnung, und ich hörte das Schlürfen und Schmatzen, das es von sich gab, weil es sehr erregt war.

Der Ghoul sah mich noch nicht.

Ich ließ ihn passieren und handelte dann.

Wuchtig stieß ich die Zinken der Gabel in die quallige Masse. Ich hörte einen überrascht klingenden, quiekenden Laut und wuchtete die Gabel hoch.

Der Ghoul zappelte an den Zinken. Himmel, ich hätte nicht gedacht, daß er so schwer war. Dicke Tropfen fielen von seinem Körper und klatschten zu Boden.

Ich wuchtete ihn hoch.

Der Ghoul kreischte. Und verdammt noch mal, es war Musik in meinen Ohren. Dieses Untier mußte vernichtet werden, bevor es Menschen anfiel.

Ich drehte mich halb um die eigene Achse. Durch diesen Schwung rutschte der Ghoul von der Gabel.

Voll klatschte er gegen die Kellerwand.

Im ersten Moment sah es aus, als wollte er sich daran festhalten, doch er fand nichts, wonach er greifen konnte. Wie ein dicker Schleim rutschte der widerliche Dämon an der Wand entlang zu Boden und blieb dort liegen.

Tot war er nicht. Die Zinken hatten zwar Löcher gerissen, aber die schlossen sich sehr rasch wieder, so daß man davon nichts mehr sehen konnte.

Das wäre geschafft.

Ich verließ den Keller und zog die Tür hinter mir zu. Einen Schlüssel fand ich auch und drehte ihn herum. Jetzt würde es der Ghoul schwer haben, den Keller zu verlassen, doch wie ich ihn kannte, schaffte er auch das. Tür und Boden schlossen nämlich nicht fugendicht. Vielleicht quälte sich der Ghoul durch diesen Zwischenraum.

Ich hatte einiges an Zeit verloren. Meine Gedanken kreisten um Sheila und Bill. Wie mochte es den beiden inzwischen ergangen sein?

Lebten sie noch, hatten sie alles überstanden? Und wie reagierte Destero, wenn ich auftauchte?

Alles Fragen, auf die mir die nächsten Minuten eine Antwort geben sollten.

Diesmal lief ich schneller auf die Treppe zu. Allerdings bemühte ich mich, so wenig Geräusche wie möglich zu verursachen. Hallende Schritte wurden oben bestimmt gehört.

Die Stufen nahm ich auf Zehenspitzen. Dann stand ich vor der Kellertür.

Meine Gedanken wanderten in eine andere Richtung. Himmel, wie oft war ich diesen Weg schon gegangen, hatte Bier und Sekt raufgeholt, aber da war alles so völlig normal gewesen, da saß man oben im Wohnzimmer beisammen, trank etwas, lachte, feierte.

Auch diesmal befand ich mich im Haus der Conollys. Aber jetzt war alles anders. Ein schlimmes Schicksal hatte uns in eine fremde Dimension geschleudert, in das Pandämonium, wo Heulen und Zähneknirschen beheimatet waren.

Schlimm, daran zu denken, daß man unter Umständen überhaupt nicht mehr zurückkam.

Ich schüttelte die trüben Gedanken ab, legte meine Hand auf die Klinke und öffnete vorsichtig die Kellertür.

Zum Glück waren die Türangeln gut geölt. Nahezu lautlos schwang sie auf.

Ich befand mich am anderen Ende des langen Gangs und warf erst einmal einen Blick durch den Türspalt.

Alles leer.

Nicht einen Zipfel konnte ich von Bill und Sheila sehen.

Günstiger hätte ich es gar nicht treffen können. Abermals

huschte ich auf Zehenspitzen weiter und erreichte schon bald die Tür des Arbeitszimmers.

Obwohl ich auf dem Gang ziemlich deckungs- und waffenlos stand, legte ich erst ein Ohr gegen die Tür und lauschte. Drinnen tat sich nichts. Ich hörte keine Stimmen, riskierte es, und öffnete die Tür.

Einen Lidschlag später stand ich im Zimmer.

Es war leer.

Das heißt, die Möbel standen noch dort, aber den Sarg sah ich nicht mehr.

Das war wirklich ein Hammer!

Aber wer, zum Henker, hatte ihn weggeschafft? Und warum vor allen Dingen?

Im Moment war die Frage unwichtig, denn ich hatte etwas anderes entdeckt.

Den Sarg hatte irgend jemand mitgenommen, aber meine Beretta und auch das Kreuz lagen noch an ihrem Platz. Die beiden wichtigen Dinge waren vergessen worden.

Zum erstenmal seit langer Zeit konnte ich wieder lächeln. Ich hängte mir die Kette um den Hals und fühlte die beruhigende Schwere des Kreuzes.

Jetzt ging es mir wieder besser.

Die Beretta steckte ich zurück ins Holster. Noch ein schneller Blick, alles war klar, ich konnte beruhigt den Raum verlassen. Kaum hatte ich die Tür aufgestoßen, als ich Stimmen hörte.

Sie klangen dort auf, wo der Wohnraum lag. Also mußten sich meine Freunde da aufhalten.

Aber nicht nur sie, denn auch eine zweite weibliche Stimme vernahm ich.

Sie gehörte Asmodina!

Sheila und Bill zuckten unter dem erbarmungslosen Blick der Teufelstochter zusammen. Noch nie in ihrem Leben hatten sie solch gnadenlose und kalte Augen gesehen. Sie hatten das Gefühl, bis auf den Grund ihrer Seele durchleuchtet zu werden.

Diese Frau strahlte eine Kälte und Grausamkeit aus, die schon bald körperlich fühlbar war und direkt wehtat.

Unwillkürlich tastete Sheila nach Bills Hand. Sie suchte Schutz, der Anblick hatte sie zutiefst getroffen.

Das also war sie, die Tochter des Satans, der auch Dr. Tod und die Mordliga gehorchten.

Sheila fühlte sich plötzlich so winzig, so verloren und klein. Sie merkte, welch eine Macht von dieser Frau mit den langen, roten Haaren ausging, und sie konnte sich gut vorstellen, daß die Kreaturen der Hölle vor ihr dienerten.

Wie auch Destero.

Er deutete eine linkische Verbeugung an und sprach zu ihr. »Wie du es befohlen hast, Herrin. Da ist die Leiche des Mannes, den du so haßt. John Sinclair ist tot!« Die letzten Worte sprach Destero mit einer gewaltigen Genugtuung.

Asmodina tat, als hätte sie die Sätze kaum zur Kenntnis genommen. Sie starrte nur Bill und Sheila an.

Der Reporter bekam feuchte Hände. Ein Zeichen, welch eine Angst er hatte. Wenn er daran dachte, daß alles auf einem Bluff aufgebaut war und diese Dämonin das Spiel durchschaute, dann... Bill dachte nicht mehr weiter, er hätte sich am liebsten in ein Mauseloch verkrochen.

Aber vielleicht wußte sie schon alles. Unter Umständen spielte sie nur mit ihnen.

Zwei Schritte vor Sheila und Bill blieb sie stehen. Den Sarg und auch Johnny bedachte sie mit keinem Blick. Er schien sie überhaupt nicht zu interessieren.

Bill mußte sich beherrschen, um nicht laut mit den Zähnen zu klappern oder zu zittern. So groß waren seine Angst und seine Befürchtungen geworden.

»Die Conollys«, sagte Asmodina. Ihre Lippen verzogen sich dabei. »John Sinclairs Freunde. Wie schön, daß ich euch alle in meinem Reich begrüßen kann.«

Bill übersprang seinen eigenen Schatten, als er sagte: »Ja, wir sind Sinclairs Freunde, und er ist tot. Ich habe ihn umgebracht!«

»Na und?«

»Dann weißt du auch, daß du es jetzt bist, die sich an den zweiten Teil der Abmachung halten muß.«

»An welchen zweiten Teil?«

»Tu doch nicht so!« zischte Bill.

»Nein, ich weiß von nichts. Oder haben wir beide miteinander geredet? Ich kann mich nicht erinnern.«

»Mit Destero haben wir gesprochen.«

Asmodina wandte ihren Kopf. »Das ist etwas anderes. Dann muß Destero auch die weiteren Verhandlungen führen. Wende dich an ihn, Bill Conolly. Frage ihn, ob er bereit ist, auf deine Wünsche einzugehen. Wenn ja, dann ist es gut. Wenn nein, kann ich nichts daran ändern. Destero hat auch seinen Stolz.«

Das war klar genug gesagt worden. Die Teufelstochter hatte dem Henker den Schwarzen Peter zugeschoben. Bill konnte nun mit ihm verhandeln. Aber dessen Antwort kannte er.

Trotzdem unternahm er noch einen Versuch. »Was ist, Destero? Hältst du dich an unsere Abmachung, und wirst du meinen Sohn freigeben, denn ich habe John Sinclair getötet!«

Destero schüttelte den Kopf. »Nein!« grollte er dann unter seiner Maske. »Ihr werdet alle sterben. Und das ist auch im Sinne Asmodinas, denn ihr habt uns schon zuviel Schaden zugefügt. John Sinclair ist tot, ihr werdet ihm folgen.«

»Bist du sicher, daß dieser Geisterjäger nicht mehr lebt?« fragte die Teufelstochter.

»Ja, denn da liegt er.« Destero deutete auf den offenen Sarg.

»Natürlich, da liegt er«, wiederholte Asmodina spöttisch. Sie blieb dicht vor dem Sarg stehen und bückte sich.

Sheila und Bill warfen sich einen raschen Blick zu. Jeder von ihnen dachte das gleiche.

Jetzt ist es aus!

»Ein sehr schöner Toter«, murmelte Asmodina, »eine wirklich außergewöhnliche Leiche.« Sie nickte anerkennend. »Fantastisch. Ich hätte mich auch gefreut, nur...« Sie richtete sich wieder auf und schaute die Conollys an. »Haben Sie mir eigentlich nichts zu sagen?«

Bill preßte die Lippen zusammen, Sheila blickte zu Boden. Keiner gab eine Antwort.

Und Asmodina fuhr mit ätzender Stimme fort: »Wirklich ein schönes Stück Arbeit. John Sinclair liegt hier, er sieht gut aus, fast zu gut für meinen Geschmack.« Asmodina verstand es, sich prächtig auf die Menschen einzustellen. Deshalb redete sie auch so hämisch und überlegen. »Destero ist ein Vollidiot, der nicht denken kann. Ihn konntet ihr täuschen, mich nicht. Niemals im Leben hast du deinen Freund John Sinclair erschossen!« peitschte die Stimme der Teufelstochter, und fuhr Bill Conolly wie ein Eishauch ins Gesicht. »Dieser Mensch im Sarg ist nie und nimmer der Geisterjäger John Sinclair!«

Harte Worte, die ihre Wirkung nicht verfehlten.

Destero zuckte zusammen. Er war als einziger überrascht. Sheila und Bill hatten schon zuvor erkannt, was auf sie beide zukam.

»Was sagst du da?« fragte er.

»Das ist nicht John Sinclair.«

Destero stand einige Sekunden reglos da. »Woher willst du das wissen?«

»Weil ich es sehe.«

»Aber...«

Asmodina schnitt ihrem Paladin mit einer knappen Handbewegung das Wort ab. »Kein Aber, Destero. Du hast dich reinlegen lassen. Man hat dich genarrt. Sei nur froh, daß es mir eingefallen ist, dieses Haus in eines meiner Reiche zu schaffen, du hättest versagt.«

»Wenn es nicht John Sinclair ist, bringe ich alle drei um. Und das Kind zuerst!«

Asmodina lachte, während Sheila und Bill zusammenzuckten.

»Gib mir dein Schwert!« verlangte die Teufelstochter.

»Willst du sie töten?«

»Gib schon her!«

Destero zog die Klinge aus der Scheide und überreichte sie seiner Herrin.

Für einen Moment streckte Asmodina den Arm aus und ließ die Klinge zwischen Sheila und Bill pendeln. Es sah auch aus, als wollte sie zustoßen, dann jedoch überlegte sie es sich anders und sagte zu ihrem Diener: »Gib genau acht, was ich jetzt mache. Dann sage mir mal, was du von solch einer Leiche hältst.« Asmodina hielt das Schwert mit beiden Händen umklammert und hob es über ihren Kopf.

Dann schlug sie zu.

Sheila zuckte zusammen, als die Klinge nach unten fuhr und in die ›Leiche‹ hackte.

Der eine Schlag reichte. Die Klinge war so scharf, daß sie die ›Leiche‹ in zwei Hälften teilte. Sie spaltete die Wachsfigur von oben nach unten, fetzte sie auf.

»Und?« schrie Asmodina. »Siehst du Blut, Destero? Siehst du einen Tropfen Blut?« Sie lachte gellend. »Nichts siehst du – nichts! Die haben dich reingelegt. Das hier ist nicht John Sinclair, das ist eine verdammte Puppe, die man uns unterschieben wollte, mehr nicht.« Asmodina wechselte das Schwert in die linke Hand und griff mit der Rechten in den Sarg, wobei sie eine Hälfte der Wachsfigur aus der Totenkiste holte, hochhob, sie einmal um ihren Kopf schwenkte und sie dann voller Wut gegen einen alten Schrank schleuderte, dessen Tür unter dem Aufprall erbebte und erzitterte.

Destero, der Dämonenhenker, stieß einen Laut aus, der kaum zu beschreiben war. Er wurde tief in seinem Innern geboren, war wie das Grollen eines Donners, dann wandte er sich den beiden Conollys zu und öffnete seine Hände.

Er wollte sie mit den bloßen Fingern erwürgen.

Blitzschnell stellte sich Bill vor seine Frau und hob die Fäuste. Im selben Moment fing der kleine Johnny an zu weinen, und Asmodina rief: »Schluß, laß ihn!«

Desteros Hände sanken herab. Sprungbereit blieb er stehen.

»Du bekommst noch deinen Spaß«, versprach die Teufelstochter. »Das verspreche ich dir, aber erst einmal habe ich ein paar Fragen an diese beiden Oberschlauen hier.« Ihre Augen verengten sich noch mehr, die Stimme schien ganz tief aus der Kehle zu dringen, als sie sagte. »Bisher war vieles nur Spaß. Ihr habt euren Spaß gehabt und wir auch. Doch nun wird es ernst. Daß ihr hier nicht mehr lebend wegkommt, steht fest. Doch es liegt an euch, ob ihr und euer Sohn einen gnädigen Tod habt oder nicht. Deshalb frage ich euch eins. Wo ist John Sinclair?«

Sie hatte die Frage gestellt.

Sheila und Bill wußten beide, daß so etwas auf sie zukommen würde. Unabhängig voneinander hatten sie überlegt, wie sie sich aus der Affäre ziehen konnten, doch sie waren zu keinem Ergebnis gelangt. Ihre Hirne schienen eingerostet zu sein, der Denkapparat war völlig durcheinander, einen klaren, logischen Gedanken konnten sie kaum fassen. Dafür war die Situation zu schrecklich.

Und doch zögerten sie mit der Antwort.

Sheila begann zu schluchzen. Bill merkte, wie ihm der Schweiß aus allen Poren brach. Er dachte an das Versprechen, das er John Sinclair gegeben hatte. Wenn er ihn jetzt hereinriß, dann war alles aus. Dann starb auch John.

»Nun?«

Bill öffnete den Mund, formulierte die Worte, und sie fielen ihm verdammt schwer.

»Ich – ich weiß es nicht!«

Asmodina hob nur die dünnen Augenbrauen, ansonsten zeigte sich auf ihrem Gesicht keine Reaktion. »Du weißt es nicht?« höhnte sie.

»Nein.«

»Vielleicht deine Frau.« Sie schob Bill zur Seite, damit sie Sheila anschauen konnte. »Sag du es!«

Sheila schüttelte den Kopf.

»Du weißt es auch nicht?«

»Nein.«

»Oder doch?«

»Nein, ich habe keine Ahnung, wo sich John Sinclair aufhält. Wirklich nicht.«

Bill fragte sich, wie seine Frau dieser Nervenbelastung überhaupt noch standhielt. Beide wußten sie ja, wo John steckte, aber sie logen Asmodina etwas vor.

»Da habe ich wohl Pech gehabt«, sagte die Teufelstochter. »Wirklich, ihr wißt es nicht. Aber es könnte doch sein, daß es euch wieder einfällt, oder nicht?«

Sheila und Bill schüttelten die Köpfe.

»Also nicht? Hm.« Asmodina überlegte, wenigstens tat sie so. Aber Bill glaubte ganz sicher, daß die Teufelstochter hier nur eine große Schau abzog. Sie hielt bestimmt noch einige Karten in der Hinterhand. Bill sollte sich nicht getäuscht haben.

»Ihr wißt es also nicht. Dann müßte Destero euer Gedächtnis

ein wenig auffrischen.« Sie wandte sich nach diesen Worten ruckartig um und deutete auf den kleinen Johnny. »Pack ihn dir, und schlage ihm den Kopf ab!«

Suko und seine Freundin Shao standen noch immer auf dem Grundstück. Sie hielten sich dort auf, wo vor wenigen Minuten noch ein Haus gestanden hatte.

Jetzt war es verschwunden.

Unbegreiflich...

Niemand von ihnen sprach ein Wort. Jeder mußte die Tatsache erst einmal verdauen. An den Gesichtern der beiden sah man, wie ratlos Shao und Suko waren.

»Was sollen wir tun?« fragte die Chinesin.

Suko hob nur die Schultern. Dann begann er die Fläche abzugehen, wo zuvor das Haus gestanden hatte. Er schritt genau die Maße ab, wo zuvor der Keller gewesen war.

Auch hier war nichts zu sehen.

Einfach weg, verschwunden. Man sah keine Leitungen mehr, keine Mauern, kein Fundament – die Schwarze Magie hatte es möglich gemacht. Eine schlimme Tatsache.

Als er wieder zu Shao zurückkehrte, da war er genauso schlau wie zuvor.

»Ob wir Sir James informieren?« fragte die Chinesin.

»Ja, das werden wir«, erwiderte Suko. »Nur wird er uns auch nicht helfen können.«

»Wer dann?«

Die Frage war gut, und Suko hatte während seines Gangs auch schon darüber nachgedacht. »Es gäbe unter Umständen jemanden, der das könnte«, murmelte er.

»Und?«

Suko drehte sich um und schaute Shao an. »Myxin!«

Shao nickte sofort. »Ja, das stimmt.« Dann wurde ihr Gesicht ernst. »Aber weißt du, wo er sich aufhält?«

»Nein, das ist ja das Schlimme. Als Chiimal erledigt wurde, verschwand er wieder von der Bildfläche. Er wird sich mit Kara weiterhin auf der Suche nach den Überresten der versunkenen

Stadt Atlantis begeben. Es gibt auch keine Möglichkeit, ihn anzurufen.«

»Vielleicht merkt er es von allein.«

»Das glaube ich nicht. Diese Sache hier hat nichts mit Atlantis zu tun. Außerdem kann Myxin nicht überall sein. Nein, wir stehen vor einem Rätsel, damit müssen wir uns abfinden.«

Die beiden schwiegen.

Mittlerweile war es hell geworden. Ein paar Vögel zwitscherten. Sie zogen ihre Kreise durch die klare Winterluft und hüpften von Baum zu Baum. Suko, der die kleinen Tiere beobachtete, fiel auf, daß sie den Platz, wo der Bungalow gestanden hatte, nie überflogen. Sie glitten immer daran vorbei.

Das machte Suko nachdenklich, und er sprach darüber mit seiner Freundin.

»Kannst du dir den Grund denken?« fragte Shao.

Suko wiegte den Kopf. »Unter Umständen. Ich kann natürlich nur raten, aber die Aura der Schwarzen Magie ist noch nicht verschwunden. Sie besteht weiterhin zwischen dieser und der anderen Dimension.«

»Du denkst, es gibt da eine Verbindung.«

»Möglich.«

»Und?« Shao fragte bewußt, denn sie sah Sukos nachdenkliches Gesicht. Der Chinese überlegte scharf.

»Wenn diese Verbindung tatsächlich noch existiert, müßte es doch möglich sein, sie zu aktivieren«, meinte Suko.

»Das stimmt.«

»Leider weiß ich nicht wie.«

»Vielleicht mit dem Stab?«

Suko schüttelte den Kopf. »Nein, der Stab würde sie höchstens zerstören, weil er eine Waffe der anderen Seite ist. Und die Dämonenpeitsche ist dafür nicht geeignet. Verdammt, ich weiß wirklich nicht mehr weiter.«

Sie standen am Rand der Grube und blickten hinein. Und jeder von ihnen glaubte, das Flimmern zu sehen, das über dem Boden lag. Suko faßte einen Entschluß.

»Ich springe rein«, sagte er.

»Nein, das ist gefährlich.«

»Du kannst ja hier warten.« Bevor Shao noch irgendeinen Einwand erheben konnte, stieß Suko sich schon ab. Federnd kam er unten auf, und sofort spürte er den Hauch des Bösen.

Fremde Gedanken strömten auf ihn ein. Er merkte jetzt deutlich, daß es eine Verbindung zwischen den Dimensionen gab. Sie war noch nicht abgerissen.

Vorsichtig durchmaß der Chinese die Baugrube. Je mehr er zur Mitte hin kam, um so stärker wurde die Verbindung. Suko rechnete nach, ließ den Grundriß vor seinem geistigen Auge vorbeiziehen und kam zu dem Ergebnis, daß er sich ungefähr dort befinden mußte, wo sonst der große Wohnraum zu finden war.

Hier konzentrierte sich die Magie.

Und sie wurde sogar stärker.

Suko spürte den Kopfschmerz. Kräfte hatten sich hier verdichtet, die in ihrer Stärke kaum meßbar waren. Sie zogen und zerrten an ihm, versuchten, in seinen Kopf einzudringen, seine Gedanken zu zerstreuen, und Suko hatte Mühe, sich auf die Gegenwart zu konzentrieren.

Shao rief seinen Namen.

Sie hockte am Rand der Grube und hatte Angst, denn auch sie spürte, daß etwas nicht stimmte.

»Suko!« rief sie. »Bitte, komm zurück. Es hat doch keinen Zweck, was du da machst.«

Der Chinese hörte nicht. Er konnte nichts hören, denn da waren plötzlich die fremden Stimmen in seinem Hirn.

Suko lauschte.

Worte konnte er nicht verstehen, aber er unterschied doch, daß es sich bei den Stimmen um einen Mann und um eine Frau handelte. Sie redeten miteinander und waren unendlich weit von Suko entfernt, aber gleichzeitig irgendwie nah.

Ein Phänomen!

»Suko!« Wieder rief Shao, und der Chinese hörte die Stimme seiner Freundin wie durch einen Filter.

Unendlich langsam wandte er den Kopf. Shao sah von ihrem Platz, daß Suko jede seiner Bewegungen Mühe bereitete. Sie fielen ihm ungeheuer schwer.

Er starrte Shao an.

Die schwarzhaarige Frau erschrak. Sukos Gesicht war gerötet. Sogar Schweiß glitzerte auf seiner Haut. Er schien entrückt zu sein und fremden Stimmen zu lauschen, die in irgendeiner sphärenhaften Ferne aufklangen und an Sukos Ohren drangen.

»Komm raus!«

Dumpf erreichten die Worte Sukos Ohren. Er reagierte nicht. Die andere Kraft wurde stärker. Sie verdichtete sich zu einem regelrechten Sog, der Suko immer mehr packte und innerhalb seines Körpers wie Elektrizität wühlte.

Das Fremde überwog.

Plötzlich verschwammen vor Suko die Umrisse der Baugrube. Die lehmigen Wände lösten sich auf, wurden zu nebelhaften Gebilden, und dabei war es Suko, dessen Körper plötzlich in die andere Dimension gerissen wurde.

Shao konnte dies genau beobachten. Ihre eigene Hilflosigkeit machte sie stumm.

Die Chinesin mußte mit ansehen, wie sich Suko vor ihren Augen langsam auflöste und verschwand.

Asmodinas Magie hatte auch ihn getroffen!

Die Teufelstochter warf Destero das Schwert zu, und der Dämonenhenker fing die Klinge geschickt auf. Mit der rechten Hand umfaßte er den Griff, mit der Linken hob er Johnny Conolly hoch, der anfing zu weinen und verzweifelt seine kleinen Arme ausstreckte und nach seinen Eltern greifen wollte.

Sheila und Bill waren wie betäubt. Beide glaubten, sich verhört zu haben.

Wie konnte jemand nur so brutal, gemein und widerlich sein und ein kleines, unschuldiges Kind umbringen. Das ging einfach nicht in ihre Köpfe hinein.

Doch sie brauchten sich nur Destero anzuschauen, um zu sehen, daß dies keine leere Drohung war.

Der Dämonenhenker hatte das Schwert zum Schlag erhoben. Die Spitze befand sich etwa eine Armlänge vom Körper des Kindes entfernt. Ein kurzer Stoß würde genügen...

In Sheilas Kopf wirbelten die Gedanken. Es herrschte ein völliges Durcheinander. Die Frau konnte das Grauen kaum noch ertragen. Sie wollte ohnmächtig werden, andererseits sah sie ihr Kind, das so nah und doch so weit entfernt war.

Mein Gott...

Auch Bill Conolly war ein völlig Fremder geworden. Sein Gesicht hatte sich verzerrt. Er sah anders aus, vom blanken Entsetzen gezeichnet. Halboffen stand sein Mund. Speichel quoll hervor und lief am Kinn entlang.

Bill merkte es nicht.

Dafür hörte er die Stimme der Teufelstochter, die sich für den brutalen Befehl verantwortlich zeigte.

»Ich habe meinen rechten Arm erhoben, Bill Conolly. Wenn ich ihn herunternehme, ist das für Destero das Zeichen, dein Kind zu töten. Also, noch einmal: Wo befindet sich John Sinclair?«

»Hier!« peitschte eine kalte Stimme.

Und mit diesem Wort betrat ich den Raum!

Ich hätte gern schon früher eingegriffen, war aber nicht rasch genug weggekommen und hatte deshalb buchstäblich bis zum letzten Moment warten müssen. So aber war es mir gelungen, ungesehen bis an die Tür zu gelangen.

Die Überraschung war perfekt.

Wie Ölgötzen standen die Hauptakteure herum. Sogar Asmodina hatte ich mit meinem Auftauchen geschockt. Und Destero ließ vor Schreck den kleinen Johnny los, der zum Glück so auf die runde Platte fiel, daß er sich nicht wehtat.

In der rechten Hand hielt ich die Beretta, das Kreuz lag vor meiner Brust und schützte mich in diesen Augenblicken vor einem dämonischen Angriff.

In dieser Welt konnte ich mich auf das Kruzifix verlassen, denn hier konzentrierte sich das Böse an sich. In diesen Dimensionen hatten vor unsagbaren Zeiten die Kämpfe zwischen Gut und Böse stattgefunden, hier hatte der Tod reiche Ernte gehalten, und es waren Gut und Böse entstanden.

Der Überlieferung nach waren die abtrünnigen Engel – Luzifer an ihrer Spitze – in die Hölle geschleudert worden, und da mein Kreuz die Insignien der vier Haupterzengel trug, galt auch in dieser Dimension ihre Magie.

Was bei fremden Mythen nicht immer der Fall war, denn sie

waren nach der großen Auseinandersetzung entstanden. Man konnte sie als gefährliche Splittergruppen bezeichnen.

Nun aber stand ich abermals dem Urbösen gegenüber, manifestiert in Asmodina, der Tochter des Teufels, des ehemaligen Erzengels Luzifer, jetzt Herrscher der Hölle.

Die beiden Conollys starrten mich an, als wäre ich ein Geist. Für sie mußte mein Auftauchen auch ungeheuer überraschend gekommen sein. In ihren Augen las ich Unglauben und Nichtbegreifen, aber auch wieder eine winzige Spur Hoffnung.

Noch war nichts entschieden, aber nach wie vor standen unsere Chancen verdammt schlecht.

Wir waren zu dritt gegen zwei Gegner, aber Asmodina konnte man überhaupt nicht ausrechnen, dazu war sie viel zu mächtig. Sie beherrschte die Magie perfekt und konnte uns mehr Schwierigkeiten bereiten, als uns allen lieb war.

Asmodina fing sich auch als erste. »Ich wußte, daß du nicht tot bist, Geisterjäger, obwohl der Bluff so gut war, daß Destero darauf hereinfiel, aber das ist keine Kunst«, schwächte sie ab. »Mich jedenfalls konntet ihr nicht bluffen.«

»Das habe ich mir gedacht«, sagte ich.

»Du hast dich im Haus versteckt?«

»Ja.«

»Und du bist bewaffnet. Auch ein Fehler, dir die Waffen so zu lassen, daß du sie nehmen konntest. Ich habe mich da leider auf einen Falschen verlassen.«

»Was hast du jetzt vor?« fragte ich, während ich Destero nicht aus den Augen ließ.

»Weißt du, wo du dich befindest?« antwortete Asmodina mit einer Gegenfrage.

»In deinem Reich.«

»Ich besitze viele Reiche. Denk nur an die Schädelwelt, wo wir dich fast gehabt hätten. Aber du bist dort, wo du vor kurzem schon mal warst. Dein Grab wartet noch auf dich.«

»Müßte ich dazu nicht erst wieder die Kammern der Tausend Qualen durchqueren?«

»Nein, die Probe hast du bestanden. Leider bist du uns im letzten Augenblick entwischt, denn dieser Zwerg Myxin hat in die Auseinandersetzung eingegriffen. Das wird heute nicht passieren. Ich habe dieses Reich durch eine starke Magie abgeschirmt, die niemand durchbrechen kann, wenn ich es nicht will.«

»Dein Grab gefällt mir nicht«, flüsterte ich kalt.

»Wie willst du denn überleben?«

»Indem ich kämpfe. Ich bin ja nicht ohne Grund hier. Ich will Destero!«

Die Teufelstochter lachte. »Destero willst du? Narr, John Sinclair, mehr sage ich nicht dazu. Destero wird dich töten. Sein Schwert ist stärker.«

»Ich lasse es darauf ankommen.«

Auch der Dämonenhenker hatte meine Worte gehört. »Du willst mit mir kämpfen, Geisterjäger? Womit denn? Du bist waffenlos, ich werde dich erledigen!«

Ich drehte mich halb. »Mein Kreuz wird dich vernichten, Destero! So wie es auch den Schwarzen Tod vernichtet hat. Vier Erzengel haben ihre Zeichen hinterlassen, durch ihre Magie wird dein unseliger Körper zerstört.«

Destero zuckte zusammen. Diese Worte hatten ihn getroffen, aber nicht Asmodina.

Sie sprach mich an. »Klar kannst du gegen Destero antreten, John Sinclair, aber ohne dein Kreuz und ohne Waffen. Mit bloßen Fäusten wirst du ihm gegenüberstehen. Dann stellt es sich heraus, wer der Stärkere ist.«

Diese Worte bewiesen mir, daß Asmodina Angst um ihren Dämonenhenker hatte. Sie traute ihm zwar viel zu, aber nicht soviel, daß er mich besiegen konnte. Auch sie fürchtete sich vor meinem Kreuz. Dagegen hatte sie noch kein Mittel gefunden. Ich war versucht, die Kette über den Kopf zu streifen und Asmodina das Kreuz entgegenzuschleudern, aber dann wären unter Umständen Bill und Sheila schutzlos gewesen, denn es war nicht sicher, ob das Kreuz Asmodina vollständig ausschalten konnte. Sie kannte sicherlich genügend Tricks, um einem schnellen Treffer zu entgehen.

»Ich trete trotzdem gegen ihn an«, sagte ich fest.

»Bist du wahnsinnig, John?« schrie Bill Conolly. »Du kannst doch nicht waffenlos...«

»Doch, ich kann«, unterbrach ich ihn.

»Dann weg mit dem Kreuz!« zischte Asmodina.

»Nein, so leicht mache ich es dir nicht. Erst läßt du den Kleinen frei!«

Die Teufelstochter zögerte. Ich wußte, daß ich von ihr viel verlangte. Denn wenn sie Johnny freiließ, gab sie damit ihren letzten Trumpf aus der Hand.

»Destero!«

Der Henker war von ihr angerufen worden und wußte, was er zu tun hatte.

Eine schnelle Bewegung, und plötzlich zeigte die Klinge wieder auf den Jungen.

Verdammt, die hatten mich reingelegt.

Sheila schrie auf. Sie hatte in den letzten Minuten eine relative Ruhe genossen, doch nun sah sie Johnny wieder im Mittelpunkt des mörderischen Spiels.

Ich streifte die Kette über meinen Kopf. In diesem Moment überschwemmte mich die Wut, ich schleuderte das Kreuz auf Asmodina zu und sah die lautlose Explosion. Heller als tausend Sonnen strahlte sie auf, blendete uns, dann war alles vorbei.

Langsam öffnete ich die Augen.

Die Szene hatte sich nur wenig verändert. Asmodina stand nicht mehr an ihrem Platz, dafür war jedoch der magische Ring um die runde Steinplatte zerstört.

Mein Kreuz lag daneben.

Blitzschnell bückte ich mich, um es wieder an mich zu nehmen, als sich Bill Conolly auf mich warf.

»Nicht!«

Dem Anprall konnte ich nicht standhalten und fiel zu Boden.

Bill hatte im allerletzten Augenblick reagiert. Hätte ich das Kreuz genommen, wäre es um mein Patenkind geschehen gewesen. Destero hielt dem Kleinen das Schwert an die Kehle.

»Die Finger weg!« schrie eine scharfe weibliche Stimme.

Ich drehte mich am Boden.

Die Teufelstochter war wieder da!

Und sie hatte sich präpariert. Meine Augen weiteten sich entsetzt, Sheila stieß einen erstickt klingenden Ruf aus, denn wie auch ich sah sie die grünen, mannshohen Schlangen, die sich aufgerichtet hatten und die Teufelstochter wie ein Schild schützten. Sie befanden sich nicht weit von den Conollys entfernt und neigten sogar ihre Köpfe den beiden entgegen, um sofort zubeißen zu können, wenn ihre Herrin es befahl.

»Rühr das Kreuz nicht an!« befahl die Teufelstochter.

Ich hütete mich wirklich davor, es in die Hand zu nehmen, denn nun hatte man mich von zwei Seiten unter Kontrolle. Einmal Destero, der Dämonenhenker, der sich den Kleinen als Geisel genommen hatte, und zum anderen Asmodina mit ihren Schlangen, die auf ihren Befehl hin gehorchten.

Das erinnerte mich wieder an Apep, die Höllenschlange, in die sich Asmodina einmal verwandelt hatte. Damals hatte sie mir zu verstehen gegeben, daß sie und die Schlange eine Person wären.

Ich hockte noch immer am Boden, hob beide Arme halb in die Höhe und drehte die Flächen nach außen. Auch die Beretta hatte ich zur Seite gelegt.

»Es ist gut«, sprach ich die Teufelstochter an. »Ich komme deinen Befehlen nach.«

»Dann steh auf.«

Ich bewegte mich bewußt langsam, denn ich wollte Sekunden herausschinden.

Hoffentlich gelang es mir noch, einen Ausweg zu finden. Es kam jetzt alles auf mich allein an. Sheila und Bill waren aus dem Rennen. Ich wollte Destero endgültig vernichten und dabei noch den kleinen Johnny retten.

Eine fast unlösbare Aufgabe, denn tief in meinem Innern machte sich die Angst breit, es nicht zu schaffen.

Asmodina trat einen Schritt vor. Die Hälfte der Schlangen wandten sich dabei von ihr ab und umringten die Conollys. Die anderen glitten an ihrem Körper hoch, wobei sie sich um den Hals, Gelenke, Arme, Beine und Hüften drehten.

Asmodina schien sich sehr wohl zu fühlen. Das sah ich ihrem Gesicht an.

»Gern hätte ich dich persönlich getötet«, sagte sie. »Aber ich habe Destero schon damals versprochen, daß ihm die große Aufgabe zufällt, dich endgültig zur Hölle zu schicken. Du sollst durch seine Hand und durch sein Schwert sterben, John Sinclair. So will ich es haben!«

Die Worte beeindruckten mich nicht sonderlich. Ich hatte ja damit gerechnet und sogar oft genug gehofft, daß es zu einer Entscheidung zwischen mir und Destero kommen würde. Allerdings unter anderen Bedingungen, da bin ich ehrlich genug, dies zuzugeben. Während wir kämpften, würde der kleine Johnny zwischen uns liegen.

Gab es etwas Schlimmeres?

Ich wandte den Blick nach rechts.

Breitbeinig hatte sich der Dämonenhenker auf der Steinplatte aufgebaut. Das Schwert hielt er jetzt waagerecht, es bildete mit seinem Gürtel eine Linie.

Eine höllische Klinge, fürwahr. Irgendwie erinnerte sie mich an eine Waffe, die Tokata, der Samurai des Satans, trug. Auch er konnte die Klinge meisterlich führen, war darin ein Könner ersten Ranges, wie eben Destero.

»Geh zu ihm. Er erwartet dich, und ich will endlich den großen Kampf sehen!« befahl die Teufelstochter.

Ich nickte.

Sie sagte noch etwas, aber das galt nicht mir, sondern den Schlangen, die sie beschützten. Auf einen zischenden Befehl hin lösten sie sich vor meinen Augen auf.

Bevor ich die wenigen Schritte vorging, warf ich Bill und Sheila noch einen Blick zu.

Ihre Gesichter wirkten wir Masken. Frost schien auf ihrer Haut zu liegen. Kein Muskel regte sich.

Wie mußte es in ihnen aussehen? Sie hatten sich an den Händen gefaßt, jeder berührte so den anderen und gab ihm vielleicht ein wenig Sicherheit oder Vertrauen.

Wie gern hätte ich ihnen gesagt, daß alles nur ein Traum war, aus dem sie bald aufwachen würden, aber das konnte ich nicht.

Ich hätte lügen müssen.

Dann ging ich die ersten Schritte vor...

Destero zeigte sich schon sehr ungeduldig. Er wippte auf den Fußballen, die Augen in den Schlitzen leuchteten. Unruhig bewegte er den Kopf, so daß seine Kapuze Falten warf.

Ich hätte gern gewußt, welch ein Gesicht sich hinter dem Stoff verbarg. Wie sah Destero aus? Welch eine grausame Überraschung würde er mir bieten?

Sicherlich wußten nur wenige, was sich hinter der scharlachroten Kapuze verbarg, und unter den wenigen befand sich bestimmt Asmodina. Ich aber war fest entschlossen, es heute noch herauszufinden. Ich wollte es sehen.

Dann berührte ich mit meiner Hose den Stein. Destero, sowieso schon größer und breiter als ich, wirkte jetzt, wo er erhöht stand, wie ein Riese.

Man konnte schon Angst bekommen.

Mein Herz klopfte schneller. In meinen Handflächen hatte sich Schweiß gesammelt. Ich ärgerte mich darüber, daß ich mich hatte aus dem Spiel bluffen lassen. Dieser höllische Poker war nicht zu meinen Gunsten entschieden worden.

»Komm schon, Geisterjäger!«

»Nur keine Eile!« Mein Blick glitt tiefer. Ich sah den Kleinen, der mir aus großen Augen entgegensah und jetzt die Lippen zu einem Lächeln verzog.

Der Anblick schnitt mir ins Herz und hinterließ dort eine schmerzende Wunde.

Was konnte ein kleines Kind dafür, daß es eine Auseinandersetzung zwischen Gut und Böse gab? Johnny war in die Gefahr geraten, zwischen den Steinen zerrieben zu werden.

Das mußte man ganz klar sehen.

Und das wollte ich auf gar keinen Fall. Ich wollte Johnny nicht in meiner Nähe haben, wenn ich gegen den Dämonenhenker einen Kampf auf Leben und Tod ausfocht.

Er mußte weg.

Ich reagierte gedankenschnell.

Bevor Destero auch nur etwas unternehmen konnte, schnellte mein rechter Arm vor, ein blitzschneller Griff, und ich hatte Johnny gepackt und zu mir herangezogen.

Sofort warf ich mich zurück.

Ich hörte ein Pfeifen und registierte, daß Destero, dieser brutale Schlächter, tatsächlich zugeschlagen hatte. Er hatte das Kind töten wollen, doch die Klinge verfehlte uns, sirrte mit der Spitze über die Steinplatte und ließ einen Funkenbogen entstehen.

Als Destero das Schwert wieder anhob, drückte ich dem überraschten Bill seinen Jungen in den Arm.

»Halt ihn fest«, sagte ich nur und wandte mich sofort wieder um, denn ich rechnete mit einer weiteren Aktion des Henkers.

Doch der war auf der Platte stehengeblieben.

Glück gehabt.

Auch Asmodina griff nicht ein. Sie sagte nur: »Auch das wird dir nichts helfen!«

Nein, bestimmt nicht. Aber diese Aktion hatte so etwas wie den Mut und den Trotz in mir hochgepeitscht, obwohl mein Leben weiterhin an einem seidenen Faden hing.

Ich schielte auf mein Kreuz.

Asmodina bemerkte den Blick.

»Laß es!« warnte sie.

»Schon gut.«

Ich ging wieder vor. Und diesmal betrat ich ohne zu zögern die runde Steinplatte, die als Kampfplatz diente.

Sofort ging Destero zurück und nahm eine Kampfhaltung ein.

Den linken Arm hatte er etwas zurückgenommen, in der rechten Hand hielt er das Schwert. Wenn man die mörderische Klinge aus der Nähe sah, dann erkannte man erst, wie scharf sie doch an beiden Seiten geschliffen war.

Die zerhieb alles.

Auch mich.

Noch zögerte der Dämonenhenker. Ich erkannte schon sehr bald den Grund.

Er wartete auf das Signal.

Das gab Asmodina!

»Fang an!« schrie sie...

Shao hatte es am Rand der Grube nicht lange ausgehalten. Kaum war Suko verschwunden, da rannte sie zurück. Sie lief quer durch den Garten, die Angst schüttelte sie und auch die Befürchtung, daß alles zu spät war.

Der Weg kam ihr auf einmal doppelt so lang vor, und als sie schließlich gegen das Tor fiel, hatte sie kaum noch die Kraft, darüber zu klettern. Das mußte sie jedoch, weil es sich auch von innen leider nicht öffnen ließ.

Sie keuchte. Shao wußte wirklich nicht, was sie noch unternehmen sollte, deshalb wollte sie Sir James Powell anrufen. Vielleicht wußte der einen Rat.

Zwei Minuten vergingen. Dann waren Shaos Kräfte so weit zurückgekehrt, daß sie es riskieren konnte. Sie kletterte am Tor hoch. Zweimal rutschte sie an den glatten Stangen ab, erst beim dritten Anlauf gelang es ihr, das Hindernis zu überwinden.

Als sie auf der anderen Seite zu Boden sprang, konnte sie den Sprung nicht mehr abfangen und fiel hin.

Sofort kämpfte sie sich wieder hoch.

Shao taumelte über den Gehsteig und dachte nicht mehr an die Glätte. Wieder fiel sie.

Tränen der Wut traten in ihre Augen. Weiter oben in der Straße sah sie einen dunklen Wagen fahren.

Sie aber wollte zu einem Telefon.

Shao rannte die stille Villenstraße entlang. Dabei achtete sie sehr auf die Eisfelder, denn ein Ausrutscher hatte ihr gerade noch gefehlt.

Wo stand die nächste Zelle?

Shao erreichte das Ende der Straße. Sie blieb an einer Kreuzung stehen. Blickte nach rechts und nach links.

Eine Zelle sah sie zwar nicht, aber ein altes Haus, das keinen großen Vorgarten hatte, den sie erst durchqueren mußte. Er war auch nicht durch ein Tor abgesichert.

Die Chinesin lief quer über die Straße, erreichte das Haus, sah das Klingelbrett und schellte Sturm.

Sie hatte den Knopf gedrückt, der zur Erdgeschoß-Wohnung gehörte. Das Geräusch hallte bis an ihre Ohren.

Jemand drückte die Haustür auf, und Shao taumelte in den Flur. Aus einer Tür waren zwei ältere Leute getreten, die Shao überrascht anschauten.

Die Chinesin hob den Kopf. »Bitte!« keuchte sie. »Kann... kann ich bei Ihnen telefonieren?«

Der Mann handelte schnell und gab den Weg frei.

Von der Wohnungseinrichtung bemerkte Shao nichts, sie sah

nur das Telefon im Flur. Sie riß den Hörer von der Gabel und wählte mit zitternden Fingern die Nummer des Yard.

»Bitte, Sir James Powell.«

Sie bekam die Verbindung.

»Sir«, rief die Chinesin, »es ist etwas Schreckliches passiert.« Dann berichtete sie.

Das ältere Ehepaar stand in der Diele. Als die beiden hörten, daß ein Haus von einem Augenblick zum anderen völlig verschwunden sein sollte, sahen sie sich nur an.

Beide dachten das gleiche.

Die gehört in eine Irrenanstalt.

Destero griff an!

Er hieb schräg von oben nach unten, doch die Bewegung war zu langsam, ich konnte der Klinge mit einem beinahe lässigen Sidestep entgehen.

Der Henker lachte.

Da wußte ich, daß er nur getäuscht hatte. Er wollte mit mir spielen, mich hin- und herhetzen, um dann hart und grausam zuzuschlagen.

Den nächsten Stich duckte ich ab.

Zwischen Kopf und Schulter rasierte die Klinge vorbei, sogar den Luftzug spürte ich. Destero zog seinen Arm sofort wieder zurück und wechselte die Klinge jetzt in die linke Hand.

Seine schwarzen Lederhandschuhe umklammerten den Griff, und am Schlag erkannte ich, daß er mit der linken Hand ebensogut schlagen konnte wie mit der rechten.

Dem Hieb entging ich mit einem Sprung.

Sofort war Destero wieder da. Diesmal stieß die Spitze waagerecht auf mich zu.

Für den Bruchteil einer Sekunde verspürte ich Angst, und das Gefühl lähmte meine Reaktion. Plötzlich berührte mich die Klinge an der Brust, sie durchdrang die Kleidung, und ich nahm den scharfen, beißenden Schmerz wahr, als mir die Spitze die Haut einritzte.

Stocksteif blieb ich stehen.

Unter der Maske schallte mir das Lachen des Dämons entgegen. Jetzt hatte er mich da, wo er mich hinhaben wollte. Ich war waffen- und wehrlos, und spreizte meine Arme vom Körper.

Himmel, war das ein Gefühl.

Ich bekam das Zittern in den Knien, mein Magen revoltierte, die große Angst überschwemmte mich.

Wie aus weiter Ferne vernahm ich Sheilas angsterfüllten Ruf, und aus den Augenwinkeln sah ich Asmodina, wie sie sich zur Seite bewegte und dann stehenblieb, um besser sehen zu können.

Ich steckte in der Falle. Mein Leben lag in der Hand dieses grausamen Dämons.

Er brauchte nur zuzustoßen, und die Klinge würde mich durchbohren.

Es fällt mir schwer, meine Gefühle zu beschreiben, die mich damals ergriffen hatten. Aber eins war besonders stark ausgeprägt.

Die Todesangst!

Eine Wunde hatte mir die Spitze schon zugefügt. Ich merkte, wie das Blut daraus hervorrann und an meiner Haut entlanglief, bevor das Hemd es aufsaugte.

»Ich habe ihn!« triumphierte der Dämonenhenker und lachte abermals grollend auf.

»Ja, das sehe ich.« Asmodina ging noch einen weiteren Schritt zur Seite, um mich besser anschauen zu können. Sie nickte. »Das habe ich mir immer gewünscht. Wie geht es denn einem Geisterjäger, wenn er auf der Schwelle zum Tod steht?«

Ich gab keine Antwort. Dafür rann mir der Schweiß in Strömen über das Gesicht. Asmodina konnte erkennen, daß es mir verdammt mies ging.

»Sag doch was! Du bist doch sonst immer so ein großer Held«, verhöhnte sie mich.

Meine Kehle war zu trocken. Die Angst hatte sie regelrecht zugeschnürt.

Was ich hier durchmachte, waren schlimme Dinge, wie ich sie sonst nur in Alpträumen erlebte.

»Willst du ihn durchbohren?« fragte der Dämonenhenker. Dabei drehte er den Kopf, um Asmodina ansehen zu können.

»Ich überlege noch.«

»Du bist die Herrin. Ich überlasse dir die Wahl.«

Die beiden redeten miteinander. Auch Bill und Sheila hörten die Worte. Der Reporter hatte sich inzwischen wieder ein wenig gefangen und das Entsetzen der letzten Minuten überwunden. Er hatte den Kleinen Sheila in die Arme gedrückt, die ihren Jungen fest umklammert hielt.

Bill Conolly hatte eine Idee.

Er konnte seine Blicke einfach nicht von dem Kreuz lösen, das dicht vor dem kreisrunden Altar auf dem Boden lag und einen schwachen Glanz abstrahlte. Sollte er das Kreuz nehmen?

Asmodina war abgelenkt, Destero ebenfalls. Solch eine Chance erhielt er vielleicht nie mehr.

Bill bewegte sich behutsam vor.

Sheila merkte dies. Sie erschrak, als sie sah, was ihr Mann vorhatte, doch sie sagte nichts und hielt eisern den Mund.

Bill Conolly konnte sich weiter vorbewegen, während Asmodina und Destero über mich verhandelten.

Das Kreuz!

Es schien Bill anzulachen, ihn zu locken, und er mußte es besitzen!

»Sei vorsichtig!« Sheilas Warnung war kaum zu hören.

Bill nickte nur knapp. Er konnte nicht tatenlos mit ansehen, wie sein bester Freund umgebracht werden sollte.

Zum Glück achtete niemand auf ihn, denn die beiden waren mit mir beschäftigt.

»Denk an mein Versprechen«, sagte die Teufelstochter plötzlich. »Ich gebe dir die Chance, John Sinclair zu töten. Du hast sie nun. Nimm sie endlich wahr!«

Diese Worte waren das Todesurteil, und sie festigten in mir einen verzweifelten Entschluß. Ich setzte in diesen Augenblicken alles auf eine Karte.

Blitzschnell ließ ich mich nach hinten fallen und gleichzeitig in die Knie. Das ging so rasch, daß Destero nicht mehr dazu kam, mir die Klinge in die Brust zu stoßen.

Ich war verschwunden.

Trotzdem stieß er das Schwert nach vorn, doch es fuhr über meinen Kopf hinweg.

Aus der Hocke wuchtete ich meinen Körper auf den Dämonenhenker zu. Die Arme ausgestreckt, gelang es mir, mit den Händen Desteros Knöchel zu umklammern.

Hart packte ich zu und riß gleichzeitig an seinen Beinen.

Der Dämonenhenker kippte mir entgegen. Ich rollte mich auf dem Boden herum, damit er mir nicht noch im letzten Augenblick sein Schwert in den Rücken bohren konnte.

Die Klinge prallte auf den Stein und verursachte dort einen singenden Ton.

Natürlich hatte auch Asmodina bemerkt, daß nicht alles nach ihren Wünschen ablief.

Sie erlitt einen regelrechten Kollaps, wollte in den Kampf eingreifen, als sich Bill Conolly mit einem wahren Hechtsprung auf das Kreuz warf, es an der Kette packte, sie festhielt und das Kruzifix dann auf die Teufelstochter zuschleuderte.

Die Weiße Magie des Kreuzes explodierte in einer grellen Lichtkaskade, die Asmodina traf und quer durch den Raum zurückschleuderte. Sie war zwar nicht von dem Kreuz unmittelbar getroffen worden, aber es hatte sich ihrer magischen Aura so weit genähert, daß es sie erst einmal aus dem Geschehen riß.

Asmodina heulte wie eine Furie und sah Bill Conolly auf sich zukommen.

Der Reporter hatte jetzt einen Punkt erreicht, wo ihm alles egal war. Er wollte die Teufelstochter vernichten.

Ich kämpfte inzwischen gegen Destero. Der Dämonenhenker hatte sich wieder gefangen.

Er sprang auf die Beine und trat wie ein Pferd aus.

Damit hatte ich wieder nicht gerechnet. Nicht schnell genug kam ich weg, und der Tritt schleuderte mich zurück auf die Platte.

»Ahhh!« schrie Destero triumphierend und sprang auf mich zu, wobei er sein gewaltiges Schwert hoch über den Kopf schwang, um es auf mich niedersausen zu lassen.

Ich rollte weg.

Meinen Körper wuchtete ich um die eigene Achse, der Hieb verfehlte mich und traf dafür genau in der Mitte der Steinplatte die Teufelsfratze.

Diesmal wurden grellrote Funken hochgeschleudert, die mir gegen das Gesicht spritzten.

Bis zum Rand der Platte rollte ich und kam wieder auf die Beine.

Destero holte zu einem Rundschlag aus. Der hätte mich buchstäblich geteilt.

Wieder flog ich zur Seite.

Das Schwert pfiff an mir vorbei, und Destero hatte Mühe, seinen eigenen Schwung abzufangen.

Erneut holte er aus.

Da jedoch geschah etwas, womit ich nicht mehr gerechnet hatte. Genau über der Teufelsfratze begann die Luft zu flimmern, wurde zu einer roten Säule, aus der sich eine Gestalt schälte.

Suko.

Und er hielt den Stab in der rechten Hand!

Im Bruchteil einer Sekunde erkannte ich meine Chance, die der Chinese mir bot.

Einen Herzschlag später hatte er sich vollends materialisiert. Ich sprang auf ihn zu, prallte gegen ihn und riß ihm den Stab aus der Hand, während ich ihn selbst von der runden Platte fegte.

Destero kam.

Er hechtete mit gezücktem Schwert auf mich zu, wollte alles klarmachen, als ich den Stab einsetzte.

Ich schrie das bewußte Wort.

»Topar!«

Und das Erbe Buddhas reagierte.

Plötzlich erstarrten sämtliche Akteure in den Bewegungen, nur ich nicht, und ich nutzte die einmalige Chance, die sich mir bot. Ich sprang auf Destero zu, packte seinen rechten Arm, wuchtete ihn herum und riß ihm das Schwert aus der Faust.

Jetzt hatte ich die Waffe.

Im nächsten Augenblick waren die fünf Sekunden vorbei.

Destero bewegte sich wieder...

Des einen Freud, des anderen Leid, das sagt schon ein altes Sprichwort. Und so ähnlich mußte es Bill Conolly ergehen, als er sich aufraffte und Asmodina mit dem Kreuz attackieren wollte.

Sie stand inmitten einer Lichtwolke und hatte die Arme hochgerissen. Ein kurzes, abgehacktes Gelächter drang aus ihrem Mund, sie setzte dabei all ihre Fähigkeiten ein, um die magische Wolke zu vernichten.

Das gelang ihr jedoch nicht.

Die Kraft des Kreuzes schien stärker zu sein als Asmodina. Sie drang in ihren Körper und wollte ihn zerstören.

In Bill loderte eine wilde Freude hoch. Plötzlich wußte er, daß er es packen konnte.

Ja, er konnte sie vernichten.

Und er warf sich auf die Teufelstochter. Das Kreuz gab ihm die Kraft und den Mut dazu.

Bill war so in seine Aufgabe vertieft, daß er die Umgebung vergaß. Er sah nicht, wie Suko erschien, hörte aber den Ruf und erstarrte.

Halb schwebend hing der Reporter in der Luft, den linken Arm zurückgebogen, den rechten ausgestreckt.

Auch Asmodina bewegte sich nicht. Sie war ebenfalls von dem Bann getroffen worden.

Doch einem machte er nichts aus.

Urplötzlich erschien eine dunkle Gestalt, mehr ein Schatten, der Asmodina einhüllte und sie mit seinem eigenen Körper schützte.

Der Spuk!

Da war die Zeit um.

Bill fiel nach vorn. Er sah nicht mehr Asmodina, sondern den Spuk, der die geschwächte Teufelstochter umfaßt hielt und sie gegen den Reporter abdeckte.

Bill Conolly wollte mit dem Kreuz zuschlagen, da hatte er kein Ziel mehr.

Der Spuk und Asmodina waren verschwunden!

Destero sah mich an, und er starrte auf die Waffe, die ich in der Hand hielt.

Sein Schwert!

Ich lachte. »So, Dämonenhenker, jetzt werden wir sehen, wer

der bessere von uns beiden ist. Du wolltest mich töten, doch nun bin ich an der Reihe. Ich bringe dich um!«

Ich merkte, daß ihn meine Worte getroffen hatten. So etwas war noch nie vorgekommen, daß ein Mensch ihn bedrohte. Es warf all seine Vorstellungen völlig durcheinander, das konnte Destero nicht verkraften.

Dann schlug ich zu.

Ich wunderte mich dabei, wie glatt und elegant ich die lange Klinge führen konnte, als wäre sie extra für mich geschmiedet worden. Es war ein gutes Gefühl, und Destero kam nicht so schnell weg. Er hatte mich gleichzeitig angreifen wollen. Mit dem rechten Arm schlug er nach mir, und hieb genau in meinen Schwerthieb hinein.

Die Schneide trennte seine Hand vom Arm.

Ich sah, wie die Hand in der Luft schwebte, aber nicht zu Boden fiel. Es war die, an der der Ring mit Asmodinas Konterfei saß.

Dann jedoch wurde mein Blick abgelenkt, und ich konnte mich nicht mehr um die Hand kümmern.

Zuerst hatte ich gedacht, daß die Schnittstelle glatt gewesen wäre, doch da unterlag ich einem Irrtum.

Kein Blut drang aus der Wunde.

Keine Sehnen waren zu erkennen!

Keine Adern, keine Knochen!

Dafür etwas anderes – Kabel!

Jawohl, ich sah elektrische Drähte und Kabel aus dem Armstumpf ragen.

Ein irrer Gedanke schoß mir durch den Kopf. Sollte Destero vielleicht kein Mensch und auch kein Dämon sein, sondern ein...

Mann, das wäre ja ungeheuer.

Jetzt wollte ich es genau wissen. Noch nie hatte ich sein Gesicht gesehen. Immer hatte er es vor meinen Blicken verborgen. Die Zeit war nun vorbei.

Wie lange hatte ich darauf gewartet, Destero fertigzumachen! Er reagierte auch längst nicht mehr so wie früher. Seine Bewegungen waren träge geworden, müde, schlaff.

Er deckte kaum noch seinen Körper.

Ich sprang vor.

Von oben nach unten hieb ich mit meinem erbeuteten Schwert zu und schlug ihn quer in die Brust.

Die Haut riß auf, ein breiter Spalt entstand. Aber war es überhaupt Haut, oder bestand sie aus irgendeinem anderen künstlichen Zeug? Kein Blut quoll aus der Wunde. Ich sah etwas in seinem Innern blinken, doch es blieb mir nicht die Zeit, genauer nachzusehen, denn ich attackierte ihn weiter.

Der nächste Hieb.

Diesmal zielte ich nach seinem Kopf. Destero wollte zwar zur Seite ausweichen, doch er war zu langsam. Mit der scharfen Schwertspitze teilte ich den Stoff der Kapuze.

Nach zwei Seiten fiel er weg.

Meine Augen wurden groß.

Zum erstenmal seit ich Destero kannte, sah ich sein Gesicht!

Ein Gesicht?

Nein, das war kein Gesicht. Das war ein viereckiger Kasten, ähnlich wie bei einem Roboter. Und nicht nur ähnlich. Dieser Dämonenhenker war ein Roboter.

An dieser Tatsache biß keine Maus den Faden ab!

Destero hatte einen metallenen Schädel. Jetzt wußte ich auch, weshalb die Augen immer so seltsam geglänzt hatten. Auch sie waren künstlich und hatten den metallischen Glanz.

Diese Erkenntnis schockte mich und ließ mich zögern, noch einmal zuzuschlagen.

Mein Blick glitt von seinem Gesicht weg, tastete sich abwärts und blieb dort haften, wo das Schwert die große Wunde gerissen hatte.

Ich schaute in das Innere des Dämonenhenkers und sah auch hier keine Organe, sondern elektrische Bauteile und zahlreiche feine Drähte.

Wieder hieb ich zu.

Diesmal wuchtete ich das gewaltige Schwert gegen den Kopf des Dämonenhenkers.

Es gab ein klirrendes Geräusch, doch die Klinge schaffte es und drang in den viereckigen Schädel ein. Sie hieb einen klaffenden Spalt in den Kopf.

Plötzlich blitzte, schmorte und zuckte es. Der Schlag mußte wohl irgendeinen Kurzschluß ausgelöst haben, denn die Bewegungen des Dämonenhenkers gerieten außer Kontrolle.

Er riß seinen gesunden Arm hoch, tanzte hin und her, wurde herumgeworfen, vollführte ungelenke Bewegungen, seine Augen verloren an Glanz, und eine gewaltige Kraft drückten sie aus der Metallfassung, so daß sie vorsprangen.

Destero lief in meinen nächsten Hieb.

Der trennte einen Arm ab.

Ich schlug wie ein Berserker auf den Roboter ein, zerstörte in wilder Wut dieses dämonisch-technische Gebilde, das mich all die Jahre über so gequält hatte.

Ich schlug weiter.

Dabei bemerkte ich gar nicht, daß meine Freunde die runde Altarplatte umstanden.

Sheila, die den kleinen Johnny auf dem Arm trug, Suko, Bill – sie standen und staunten.

Ich schlug weiter. Zerhieb diesen verdammten Roboter, stand inmitten bläulich schimmernder und zuckender Blitze und drosch mit dem Schwert auf ihn ein.

Bis plötzlich etwas Glänzendes an mir vorbeiflog und genau in der Mitte der Platte liegenblieb, wo die Teufelsfratze zu sehen war.

Das Kreuz!

Einen Lidschlag später erfolgte die magische Reaktion.

Die Teufelsfratze wurde von der Magie des Kreuzes zerstört. Ein gräßlicher Schrei drang aus dem Stein, draußen vor den Fenstern veränderte sich die Welt, die schrecklichen Gestalten zerplatzten, als wäre eine Bombe zwischen ihnen detoniert, und das Band zwischen den Dimensionen riß.

Im nächsten Augenblick versank um uns allen herum die Welt...

»Willkommen in der Heimat!« hörte ich Bill sagen und sah mich um.

Wir standen mitten im Wohnraum. Meine Freunde um mich herum, aber ich nicht mehr auf der Platte. Von draußen schien eine blasse Morgensonne durch die Scheiben und ließ uns mit den Augen blinzeln. Nur der Sarg mit der zerstörten Wachspuppe war als makabre Erinnerung vorhanden.

Sheila sprach das aus, was wir alle dachten. »Gerettet, Freunde«, sagte sie und warf sich Bill in die Arme. Der kleine Johnny befand sich zwischen ihnen.

Es war also doch kein Traum gewesen. Destero existierte nicht mehr, und ich hatte eine weitere Waffe dazubekommen.

Wenn das kein Grund zur Freude war!

Vielleicht ein kleiner Ersatz für den verlorenen Bumerang, der sich noch immer in den Händen von Dr. Tod befand.

Plötzlich stand jemand in der Tür, der sich völlig verschlafen die Augen rieb.

Ron Garret, der Maskenbildner. An den hatten wir überhaupt nicht mehr gedacht.

»War irgend etwas?« fragte er.

»Nein«, erwiderte Bill, »alles normal.«

»Dann ist es ja gut.«

Ron Garret würde wohl sein ganzes Leben darüber nachdenken, warum wir lachten...

Dann begannen natürlich die großen Diskussionen. Jeder erzählte und berichtete. Wir gratulierten uns gegenseitig, waren irgendwie ausgelassen und vor allen Dingen froh, daß wir noch lebten.

»Noch einmal möchte ich das auch nicht erleben«, stöhnte Sheila, während ihre Augen in Freudentränen schwammen.

Da waren wir ihrer Meinung.

Bill hatte eine Flasche Sekt aus dem Keller geholt. Dort war wieder alles normal.

»Kinder, darauf müssen wir anstoßen«, sagte er und ließ den Korken aus der Öffnung knallen.

Wir prosteten uns zu.

Kaum hatten wir den ersten Schluck genommen, als es Sturm klingelte. Bill lief zur Tür. Dort befand sich ein kleiner Monitor. Eine eingebaute Kamera im Tor nahm jeden Besucher auf, der davorstand.

»Die Polizei!« rief Bill. »Und auch Shao.«

Er öffnete.

Shao war als erste im Haus. Sie lief sogar den Polizisten davon, die ziemlich verlegen herumstanden.

»Du lebst!« rief die Chinesin Suko zu und warf sich in dessen Arme.

Der Streifenführer fragte nach dem Besitzer des Hauses. Als Bill sich meldete, sagte er: »Entschuldigen Sie, Sir, aber diese Frau dort erzählte, daß hier ein Haus verschwunden wäre. Stimmt das?«

Bill grinste. »Sehen Sie etwas?«

»Nein.«

»Na bitte.«

Der Beamte wurde sauer. »Wenn das eine bewußte Falschmeldung war, dann können Sie etwas...«

»Die Verantwortung übernehme ich«, sagte ich und zeigte meinen Ausweis.

Die Beamten zogen ab. Sie hielten uns wahrscheinlich für total übergeschnappt.

Wir aber leerten auch noch eine zweite Flasche. Und die, so finde ich, hatten wir uns redlich verdient.

ENDE

Die
Teufelsuhr

Als das erste Kind verschwand, ahnte noch niemand etwas Böses. Die Leute im Dorf waren zwar irritiert, die Eltern der Kleinen am Boden zerstört, aber man beruhigte sich nach einigen Wochen wieder.

Dann verschwanden die beiden nächsten Kinder. Ein Geschwisterpaar. Und plötzlich war die Hölle los.

Jeder verdächtigte jeden. Man schaute sich schief an, die Polizei ermittelte in den Wohnungen, durchsuchte die Häuser, aber sie fand nichts.

Nicht die geringste Spur war von den drei verschwundenen Kindern zu entdecken.

Aus dem fernen London reisten sogar Beamte von Scotland Yard an. Spezialisten, wie der Bürgermeister den aufgeschreckten Bewohnern versicherte.

Aber auch die Yard-Beamten waren erfolglos. Sie fanden trotz intensiver Suche nicht heraus, wo die drei Kinder geblieben waren. Das Dorf Miltonburry, es lag eingebettet zwischen sanft gerundeten Hügeln, schien plötzlich ineinanderzuwachsen, als würde ein Fluch auf den ziegelroten Wänden und Hausdächern liegen.

Kein Kind lief mehr allein über die Straßen und Gassen. Die Eltern brachten ihre Sprößlinge in die Zwergschule und holten sie auch wieder ab.

Die Angst lauerte überall.

Menschen aus den Nachbarorten mieden Miltonburry. Abends, beim Schein der Petroleumlampen, berichteten sie ihren Freunden und Nachbarn, was in Miltonburry so alles vor sich gegangen war. Daß man dort nicht mehr hinfahren konnte.

Aus den Erzählungen wurden Gerüchte, aus den Gerüchten Übertreibungen, und irgend jemand kam plötzlich damit heraus, daß die Kinder ja nicht so ohne Grund verschwunden wären. Hier müsse ein anderer seine Hand im Spiel haben.

»Ein anderer?« wurde er gefragt.

»Ja, der Teufel!«

Jetzt war es heraus. In Windeseile verbreitete sich das Gerücht. Man hatte ja in den alten Geschichten gelesen, daß der Teufel die Kinder mitnehmen würde. Und so war es sicherlich auch in Miltonburry gewesen.

Jetzt wurde nicht nur der Ort gemieden, sondern auch dessen Bewohner. Niemand kaufte den Bauern oder Handwerkern aus Miltonburry mehr etwas ab, man wollte mit den Verfluchten nichts zu tun haben.

In Miltonburry breitete sich die Angst aus. Ein kleines Wirtschaftsgefüge brach zusammen. Die Bauern blieben auf ihren Waren sitzen, sie konnten die Waren wegwerfen, weil ihnen keiner mehr etwas abnahm. Bis zur nächsten Stadt hatte sich das Gerücht bald herumgesprochen, und die Einwohner aus Miltonburry trafen hier ebenfalls auf taube Ohren.

Vom Bürgermeister wurde eine Krisensitzung einberufen. Vier vertrauenswürdige Personen wurden dazu auserwählt.

Der Pfarrer, der Lehrer, der Apotheker und der Dorfpolizist. Alle, die sich im Wohnzimmer des Bürgermeisters bei geschlossenen Vorhängen versammelt hatten, waren sich einig, daß etwas geschehen mußte. Über dem Ort lag ein Schatten, ein Fluch, und der mußte von ihm genommen werden.

Aber wie?

Die Männer diskutierten hin und her. Sie kamen zu keinem Ergebnis. Sie kauten das noch mal durch, was auch die Beamten von Scotland Yard vorgemacht hatten.

Es nutzte nichts.

Niemand wußte, wie es weitergehen sollte.

»Sie sagen, daß die Kinder dem Teufel geweiht wären«, meinte der Pfarrer und nickte gedankenschwer. »Ich glaube nicht daran, denn wir haben nichts gefunden.«

Der Polizist schaute auf. »Und wer sollte so etwas Schreckliches tun?«

Der Pfarrer hob die Schultern. »Was weiß ich? Aber ich habe mir meine Gedanken gemacht.«

»Raus damit«, forderte der Bürgermeister und nahm einen Schluck von dem dunklen Bier.

»Aber es muß unter uns bleiben.«

»Natürlich, Herr Pfarrer. Wir sind doch keine Klatschweiber.«

»Ich bin von folgender Grundüberlegung ausgegangen«, begann der Geistliche. »Wer den Teufel liebt oder anbetet, der kommt nicht in die Kirche. Der würde Angst haben, sie überhaupt zu betreten. Er schaffte es einfach nicht, einen Fuß über die Schwelle des Gotteshauses zu setzen. Habe ich recht?«

»Ja«, stimmte der Bürgermeister zu, und die anderen drei Männer nickten.

»Ich habe also immer nachgezählt und aufgeschrieben, wer in die Kirche gekommen ist«, redete der Pfarrer weiter. »Ihr seid fast immer dagewesen, andere im Dorf auch, aber einen, den habe ich nie in meinem Gotteshaus gesehen.«

Nach diesen Worten entstand eine Pause, die der Pfarrer erst wirken ließ. Er sah die gespannten Blicke der vier Männer auf sich gerichtet und merkte auch, wie nervös die Leute geworden waren.

Der Apotheker rutschte unruhig auf seinem Stuhl hin und her. Der Polizist kaute an seinen Schnurrbartenden, der Lehrer blinzelte mit den Augen, und der Bürgermeister trank hastig sein Glas leer. Als er es aufsetzte, war seine Geduld am Ende. »Sagen Sie endlich, wen Sie meinen, Herr Pfarrer.«

»Rick Holloway!«

Jetzt war es heraus. Der Pfarrer hoffte nur, daß die Männer genügend Courage haben würden, den Namen für sich zu behalten.

»Der alte Holloway?« flüsterte der Bürgermeister.

»Ja, der.«

»Aber der verkauft doch nur Plunder. Alte Möbel und irgendwelchen Dreck...«

»Ich habe ihn nie in der Kirche gesehen«, hielt der Pfarrer entgegen. »Das kann viele Gründe haben, die völlig harmlos sind, oder aber einen bestimmten.«

Die Männer sahen sich an. Nicht nur einem lief ein kalter Schauer über den Rücken, und das Licht der Petroleumlampe ließ ihre Gesichter zum Teil im Halbdunkeln, so daß sie einen fratzenhaften Ausdruck annahmen.

Im Ofen knackte das Holz, als es von den Flammen zerrissen wurde. Irgendwo in den Dachsparren verfing sich der Nachtwind und blies dort seine klagende Melodie.

»Rick Holloway«, murmelte der Bürgermeister. »Wer hätte das gedacht.«

»Noch ist nichts bewiesen!« rief der Pfarrer schnell, dem diese

Antwort nicht paßte, weil sie die Gedanken der Männer in eine Richtung trieb, die der Pfarrer nicht wollte. »Ich habe es nur als eine Möglichkeit angedeutet.«

»Was wissen wir eigentlich von ihm?« fragte der Apotheker, der bisher am schweigsamsten gewesen war.

»Ja, was wissen wir von ihm?« wiederholte der Bürgermeister. »Soviel wie nichts.«

Die Männer schauten sich an. Ratlose Gesichter. Schulterzucken. Bis der Bürgermeister das Wort ergriff. Irgendwie fühlte er sich dazu verpflichtet.

»Er ist nicht in Miltonburry geboren«, sagte er. »Vor zehn Jahren ist er hergezogen. Er kam mit einem alten Wagen und hat sein Geschäft eröffnet.« Der Bürgermeister wies auf den Lehrer. »Sie müßten es doch am besten wissen. Sie wohnen schließlich nur drei Häuser weiter.«

»Ich habe mich nie um ihn gekümmert. Er lebt allein, hat keine Frau, keine Kinder...«

Bei dem letzten Wort stockte er und senkte den Kopf.

»Wie dem auch sei«, sagte der Pfarrer. »Ich bin dafür, daß wir ihn genau beobachten. Vielleicht fällt uns etwas an ihm auf. Kann ja sein, daß er sich verdächtig macht.«

Die anderen Männer waren ebenfalls der Meinung.

Mit diesem Ergebnis lösten sie ihre Zusammenkunft auf und gingen nach Hause.

Ihren Frauen erzählten sie wirklich nichts, und der Pfarrer betete in der Kirche für die verschwundenen Kinder.

Rick Holloway ahnte von alledem nichts. Aber die Männer waren immer in seiner Nähe. Auch nachts.

So verging der Winter.

Und eines Tages, kurz vor dem Osterfest, entdeckte der Lehrer im Stall des Mannes einen alten Karton. Holloway hatte ihn erst einen Tag zuvor dorthin gestellt.

Der Lehrer öffnete den Karton und wurde steif vor Entsetzen. Zusammengeknüllt lag dort Kinderkleidung. Es waren genau die Sachen, die die drei verschwundenen Kinder getragen hatten...

Irgend etwas braute sich gegen ihn zusammen. Das fühlte Rick Holloway, da war er sogar sicher. Er überlegte fieberhaft, was er unternehmen sollte.

Flucht?

Das kam in Frage, aber wenn er floh, dann machte er sich erst recht verdächtig. Also im Dorf bleiben und alle Spuren verwischen. Was natürlich schwer sein würde. Aber er wollte es vor Ostern noch geschafft haben. Nur mußte er zusehen, daß er irgendwie aus dem Haus kam, ohne daß man ihn bemerkte.

Sein Laden lag zwar für den Verkauf günstig, direkt an der Hauptstraße, aber hier konnte man ihn auch immer gleich sehen, was natürlich schlecht war.

An diesem Tag waren nur zwei Kunden in seinen Laden gekommen. Ältere Frauen, die irgendeinen Kram kauften. Nähgarn und Knöpfe. Davon konnte man nicht reich werden. Aber er wollte Geld.

Geld und Gold!

Und dafür tat er alles. Den Anfang hatte er gemacht. Als sich der Teufel ihm offenbarte, hatte er nicht eine Sekunde gezögert, sich auf denn Pakt einzulassen.

Seelen sollte er ihm besorgen.

Seelen von jungen Menschen. Erst dann konnte sich der Satan wieder frei entfalten, denn er war eingesperrt in ein teuflisches Uhrwerk aus Silber und konnte nicht heraus.

Der Teufel in einer Uhr!

Das wollte Holloway nicht glauben. Bestimmt war es nicht der Teufel, sondern nur ein anderer Dämon. Aber das wollte er noch herausfinden.

»Einen recht schönen Abend wünsche ich, Mr. Holloway!« Als der Kaufmann die Stimme hörte, zuckte er zusammen und wandte sich hastig um.

Der Pfarrer überquerte die Straße und lüftete höflich seinen dunklen Hut.

Holloway grinste. Er nickte nur und sah dem Pfarrer nach. Auch einer von diesen Heuchlern, dachte er. Aber ein gefährlicher, das spürte Holloway.

Hastig schloß er die Tür und verzog sich wieder in seinen Laden, wo alles übereinander stand oder lag. Die dunklen Holzregale an den Wänden quollen fast über. Holloway hatte alles hineingestopft, was er den Bauern billig oder umsonst abnehmen konnte. Körbe, Flaschen, Tiegel, Gefäße, Kannen, Pfannen, Töpfe, alte Waagen, Schöpfkellen – alles war vorhanden.

Gebraucht natürlich und deshalb billiger. Die Leute im Ort hatten oft von diesen preiswerten Angeboten Gebrauch gemacht. Auch die Garten- und Ackergeräte wurden gekauft, die noch innerhalb des Verkaufsraumes standen.

Holloway wohnte eine Etage höher. In drei kleinen, winkligen Räumen. Auch dort stand alter Plunder herum. Die wertvollen Stücke allerdings befanden sich in einem Nebenraum des Ladens. Dort hortete Holloway die Gegenstände, die er von seinen Raubzügen mitgebracht hatte. Alte Schränke und Kommoden, die er in Schlössern und Burgen gestohlen hatte.

Er ahnte mit dem sicheren Gespür eines Geschäftsmannes, daß diese Dinge noch einmal wertvoll werden würden, und warf sie deshalb nicht weg. Bei einer Nacht- und Nebelaktion hatte er auch die Uhr erbeutet. Sie hatte, versteckt in einer Mauernische, im Keller eines alten Gutshauses gestanden, das wohl keinem mehr gehörte. Die Uhr war eine leichte Beute für Holloway gewesen. Sie gefiel ihm ausgezeichnet, bis er eines Tages herausgefunden hatte, welches Geheimnis die Uhr barg.

Ja, sie war wirklich eine Teufelsuhr!

Rick hatte ihr grauenhaftes Prinzip erkannt und sich danach gerichtet. Auch jetzt, als er offiziell den Laden geschlossen hatte, betrat er die Kammer, zündete zwei Kerzen an und stellte sie vor die Uhr, um sie in Ruhe zu betrachten.

Eigentlich sah sie völlig harmlos aus mit ihrem glänzenden Zifferblatt, dem warmen Braunton des Holzes, den beiden schweren Perpendikeln und dem Pendel dazwischen.

Beides konnte man nur sehen, wenn man die schmale Tür im unteren Teil der Uhr aufschloß.

Holloway wußte, daß sich der Dämon irgendwann wieder melden würde. Und dann mußte Rick reagieren.

Ein neues Opfer...

Er atmete durch die Nase und spürte den Staub, der sich auf seinen Schleimhäuten festgesetzt hatte. In dieser Nacht wollte er die letzten Spuren beseitigen, die an das schreckliche Verbrechen erinnerten. Zwischen Mitternacht und Morgen war die beste Zeit, um solche Dinge zu erledigen.

Bis dahin jedoch wollte er schlafen. Das hatte er immer gekonnt, denn Gewissensbisse belasteten den 43jährigen Mann nicht, der eine entfernte Ähnlichkeit mit einem Bären aufwies. In Rick Holloways Gesicht wucherte ein dunkler Bart. Der Mann war breit in den Schultern, hatte trotz seiner braunen Haare helle Augen und ging stets ein wenig gebückt. Das mußte er in diesem Haus auch, denn die Decken waren nicht sehr hoch. Alte Holzdielen bedeckten den Fußboden. Wenn Holloway darüber hinwegschritt, bewegten sie sich und knarrten.

Sein Bett stand in der kleinsten Kammer. Ein altes Feldbett mit einer Matratze darauf. Für kalte Tage besaß er noch eine Schaffelldecke, die schon widerlich stank.

Das Fenster in der Kammer war nicht größer als zwei Menschenköpfe. Bevor sich Holloway hinlegte, öffnete er es noch und schaute nach draußen.

Hinter dem Haus begann der verwilderte Garten. Er war von einem Zaun umgeben, der an einigen Stellen große Löcher und Risse zeigte. Holloway dachte gar nicht daran, ihn zu flicken, ebensowenig wie er daran dachte, das Unkraut aus dem Garten zu schaffen.

Für ihn reichte das, und was die Leute sagten, das war ihm sowieso egal.

Angezogen legte er sich ins Bett. Nur die alten Schuhe streifte er von den Füßen. Eine Uhr, die ihn weckte, brauchte er nicht. Holloway wurde auch so wach, er hatte einen inneren Wecker, der ihn aus dem Schlaf scheuchte.

Bald fielen ihm die Augen zu. Schwere, tiefe Atemzüge verrieten, wie fest der Mann schlief. Er bekam nicht mit, was draußen vor sich ging.

Die fünf Männer hatten reagiert.

Pfarrer, Bürgermeister, Apotheker, Polizist und Lehrer hatten sich getroffen, um den Mann zu bestrafen, den sie als den Mörder ansahen.

Der Pfarrer trug ein etwas größeres Holzkreuz. Die anderen Männer hatten sich bewaffnet. Sogar der Apotheker trug ein Gewehr. Er hatte noch nie geschossen und war bleich.

Niemand im Dorf wußte, was die Männer vorhatten. Sie schwiegen eisern, als sie sich auf Schleichwegen dem Haus näherten und es umstellten. Zuvor hatten sie sich schon abgesprochen.

Der Bürgermeister, der Pfarrer und der Polizist wollten in das Haus eindringen, während die anderen draußen Wache hielten. Der Lehrer an der Vorder-, der Apotheker an der Rückseite des Hauses. Beide waren bereit, sofort zu schießen, wenn der Mörder zu flüchten versuchte.

Der Polizist öffnete die Tür. Das Schloß bereitete ihm keine Schwierigkeiten. Als erster betrat er auch das Geschäft. Das Gewehr hielt er schußbereit. Ihm folgte der Pfarrer, und den Schluß bildete der Bürgermeister, der sich auf seine Schrotflinte verließ.

Es war eine dunkle, mondlose Nacht. Deshalb drang auch kaum Licht in das Geschäft, und es war kein Wunder, daß die Männer, die sich hier nicht auskannten, im Dunkeln gegen irgendwelche Dinge liefen, die herumstanden.

Bevor der Polizist Licht machen konnte, hatte der Pfarrer schon eine Schüssel umgestoßen. Sie fiel von ihrem Standplatz und zerbrach klirrend.

Die Männer zuckten zusammen. War das Geräusch gehört worden? Lauschend blieben sie stehen.

Nein, nichts rührte sich.

Sie atmeten auf.

»Wir müssen nach oben«, wisperte der Pfarrer. »Dort schläft er.«

»Aber nicht ohne Licht«, sagte der Bürgermeister.

»Einen Moment noch«, flüsterte der dritte im Bunde. Er zündete den Docht der tragbaren Petroleumlampe an, die er dann an seiner Gürtelschnalle befestigte.

Ein warmer Schein hüllte die Männer ein und leuchtete gerade so weit, daß sie in zwei Schritt Entfernung alles erkennen konnten.

Wichtig für sie war allein die schmale und steile Treppe, die im Hintergrund des Verkaufsraumes in die obere Etage führte. Darüber gab es nur noch das Dach.

Die Männer waren ziemlich optimistisch. Sie hatten das

Geräusch der zerbrechenden Schüssel schon wieder vergessen und rechneten nicht mehr damit, daß es gehört worden war.

Da irrten sie sich.

Rick Holloway hatte zwar einen tiefen, aber auch leichten Schlaf. Und er hatte das Splittern sehr wohl im Unterbewußtsein vernommen. Sofort signalisierte sein Gehirn Gefahr.

Hastig setzte er sich auf seiner primitiven Lagerstatt auf und sah sich um.

Im Zimmer befand sich außer ihm niemand. Schwach erkannte er die Umrisse des Schranks und des Fensters, doch als er zum Fenster schlich und durch die Scheiben blickte, sah er draußen hinter dem Haus eine fremde Gestalt.

Fremd war ihm der Mann eigentlich nicht. Er kannte ihn aus dem Dorf. Die Frage war nur, was ein Apotheker um diese Zeit in seinem Garten zu suchen hatte. Der Mann patrouillierte vor dem alten Schuppen auf und ab. Manchmal warf er einen Blick zum Fenster hoch, dann zog sich Holloway immer schnell zurück.

Er wußte Bescheid.

Die anderen hatten Verdacht geschöpft und wollten sich Gewißheit verschaffen.

Für Holloway ging es ums nackte Leben. Und das wollte er so teuer wie möglich verkaufen. Als er zum Schrank ging, wo er seine Waffe aufbewahrte, ein belgisches Sturmgewehr mit aufgesetztem Bajonett, dachte er für einen Moment an den Teufel.

Ob er ihm beistehen würde?

Kaum, aus dieser Sache mußte er sich selbst befreien. Durch das Fenster klettern konnte er nicht, der Kerl da unten im Garten hätte sofort Alarm geschlagen.

Blieb die Treppe.

Natürlich rechnete er damit, daß auch welche im Haus waren, aber die wollte er von der Treppe putzen, falls sie es wagen sollten, zu ihm hochzukommen.

Die Waffe war geladen und befand sich ausgezeichnet in Schuß. Rick Holloway konnte sich auf sie verlassen.

Die Schuhe zog er nicht an. Er wollte sich möglichst lautlos bewegen.

Vor der Tür blieb er stehen. Hart und kalt war sein Lächeln, das die Mundwinkel kerbte. Die Hände umklammerten den Schaft des Gewehres so fest, daß die Knöchel weiß hervortraten. Die Spitze des Bajonetts schimmerte.

Die linke Hand legte der Mann auf die eiserne Klinke. Jetzt war er froh, daß die Tür nicht knarrte, wenn er sie aufzog. Bevor er öffnete, horchte er noch einmal.

Da waren tatsächlich Geräusche auf der Treppe zu hören. Das Holz konnte man nicht überlisten. Es knarrte und kündigte jeden Besucher sofort an.

Die würden sich wundern.

Mit einem Ruck riß Rick Holloway die Tür auf, machte einen großen Schritt und stand auf der Schwelle.

Er sah sie sofort. Der Schein einer kleinen Lampe umflorte die drei Gestalten, die wie angewurzelt stehenblieben, als sie Rick Holloway erkannten.

Schräg nach unten richtete er die Mündung des Gewehres und die Spitze des Bajonetts. Seine Stimme hatte einen höhnischen Klang, als er fragte: »Was verschafft mir denn die Ehre Ihres Besuches, Gentlemen?«

Keiner der Männer wußte so schnell eine Antwort. Holloways Auftauchen hatte sie völlig überrascht. Sie hatten gedacht, er würde im Bett liegen und schlafen, eine fürwahr irrige Annahme. Rick Holloway hatte den Spieß einfach umgedreht, jetzt mußten sie ihm Rede und Antwort stehen und nicht er ihnen.

Der Bärtige lachte rauh. »Sieh an«, sagte er. »Sogar der Pfarrer befindet sich auf verbotenen Wegen...«

Der Geistliche wußte, was er zu tun hatte. Zudem war er direkt angesprochen worden. »Es sind keine verbotenen Wege«, erwiderte er scharf und drängte sich an dem Polizisten vorbei, damit er Holloway anschauen konnte. »Es ist der Weg der Vergeltung und der Aufklärung. Wir wissen, daß du ein Sünder bist...«

Holloways Lachen unterbrach die Rede des Pfarrers. »Ein Sünder«, prustete er. »Glaubt ihr denn, ihr seid heilig?«

»Nein. Niemand von uns ist heilig und kann sich mit dem Ebenbild des Herrn vergleichen. Wir alle sind Sünder, aber wir haben nicht solche Schuld auf uns geladen wie du, Rick Holloway.«

»Und was soll ich getan haben?«

»Wo sind die Kinder?«

Rick grinste spöttisch. »Welche Kinder?«

Die Gestalt des Pfarrers streckte sich. Sein Blick wurde flammend. »Du wagst es, mir ins Angesicht zu lügen? Hast du nicht selbst unschuldige Geschöpfe entführt und getötet? Welcher Satan hat dich dazu verleitet? Rede!«

»Satan ist gut.« Holloway lachte weiter. »Aber ich sehe keine Kinder. Tut mir leid. Ihr müßt sie schon woanders suchen. Und jetzt will ich schlafen!«

»Nein, Rick Holloway!«

Nicht nur der mutmaßliche Mörder, sondern auch die beiden Begleiter des Pfarrers zuckten zusammen. Selten oder noch nie hatte er so laut gesprochen.

Und Holloway merkte, daß es dem Geistlichen ernst war. Tiefe Falten hatten sich in sein Gesicht gegraben. Er umklammerte das Kreuz, das vor seiner Brust hing, mit beiden Händen.

»Wenn du den Weg nicht freigibst, versuchen wir es mit Gewalt!« sagte der Geistliche. »Obwohl ich dagegen bin und es mir mein Glaube verbietet, aber widrige Umstände zwingen mich, Gewalt anzuwenden, wenn du nicht willst.«

Um Holloways Mundwinkel zuckte es. »Ich jage dir eine Kugel durch den Schädel, Pfaffe, da merkst du nichts mehr.« Er spie aus. »Und ihr beiden da, laßt eure Gewehre fallen!«

Der Polizist und der Bürgermeister sahen sich an. Sie waren keine Helden, sondern normale Menschen, und sie hatten Angst. Doch der Mut des Geistlichen imponierte ihnen so, daß sie sich der Aufforderung widersetzten.

»Nein«, sagte der Bürgermeister laut.

In dem Augenblick ging der Pfarrer vor. Die Antwort hatte wie ein Startsignal auf ihn gewirkt.

Rick Holloway sah ein, daß seine Argumente nicht überzeugten. Er ging einen Schritt zurück und schoß.

Der Schuß dröhnte durch das Treppenhaus. Eine Mündungsflamme leuchtete bläulich vor dem Gewehr auf. Alle Anwesenden hörten den dumpfen Einschlag der Kugel und sahen, wie der Pfarrer nach hinten kippte, dabei gegen den Dorfpolizisten fiel und diesen fast umriß.

Der Bürgermeister handelte instinktiv.

Ohne zu überlegen, drückte er ab. Es war ein Reflex, der ihn so handeln ließ. Die Flinte streute stark und war in ihrer Wirkung frappierend.

Als der Bürgermeister abdrückte, donnerte die Flinte so laut auf, daß man das Gefühl haben konnte, das Haus würde zusammenbrechen.

Holloway wurde in die Kammer geschleudert und krachte schwer auf sein Bett, wo er Sekunden später sein Leben aushauchte.

Der Bürgermeister aber, bleich im Gesicht und mit zitternden Knien, kümmerte sich um den Pfarrer.

Noch lebte der Geistliche, aber er mußte dringend in ärztliche Behandlung. Die Gewehrkugel steckte zwar im Körper, aber sie war nicht so tief eingedrungen, weil sie genau die Mitte des Eichenkreuzes getroffen hatte und ihr somit ein wenig von ihrer Wucht genommen wurde. Ein roter, nasser Fleck breitete sich auf dem dunklen Rock des Pfarrers aus, dessen Gesicht weiß und schmerzverzerrt war.

Von unten hörten sie Schritte und polternde Geräusche. »Was ist geschehen?« Es war der Lehrer, der dies rief.

»Hol den Arzt!« schrie der Polizist, während sich der Bürgermeister auf die Stufe gesetzt hatte. Ihm war hundeelend zumute.

Der Lehrer rannte los.

Die nächsten Minuten wollten einfach nicht vorbeigehen. Unheimlich lang kamen sie dem Polizisten vor, der ebenfalls auf der Treppe hockte und den Kopf des Pfarrers in seinen Schoß gebettet hatte. Hoffentlich überlebte der Geistliche!

Der Apotheker erschien. Mit tonloser Stimme erklärte ihm der Bürgermeister, was sich abgespielt hatte.

Endlich traf der Arzt ein. Und mit ihm zahlreiche Einwohner, die von den Schüssen aufgeschreckt worden waren. Der Polizist schickte sie mit barscher Stimme weg.

Der Doktor kümmerte sich um den Schwerverletzten. Ein paarmal schüttelte er den Kopf.

»Was ist los?«

»Wenn wir ihn retten wollen, muß er in ein Krankenhaus gebracht werden. Ich hoffe nur, daß er den Transport in die Stadt übersteht. Lassen Sie meine Kutsche anspannen.«

Sofort rannte der Lehrer los.

Keiner der Männer beantwortete die Fragen, die gestellt wurden. Alle zitterten um den Pfarrer.

»Und was ist mit ihm?« fragte der Arzt. Er hob die Hand und deutete auf den Toten in der Kammer.

»Ihm kann keiner mehr helfen!« wurde ihm geantwortet.

Der Polizist verschloß die Tür.

Fünf Minuten später stand die Kutsche fahrbereit vor dem Haus, wo auch schon der Einsarger wartete. Einige Helfer transportierten den schwerverletzten Pfarrer unter Aufsicht des Arztes behutsam nach unten. Der Geistliche war bei Bewußtsein. Er blickte in die besorgten Gesichter der Männer und versuchte sogar zu lächeln, doch es wurde nur eine Grimasse.

Vorsichtig legten sie ihn in die Kutsche. Sie hatte eine Spezialfederung, die die schlimmsten Stöße der Fahrbahn einigermaßen dämpfte. Der Doktor selbst nahm auf dem Bock Platz. Neben ihm saß sein Gehilfe, ein breitschultriger junger Mann, der richtig anpacken konnte.

Der Bürgermeister drückte dem Arzt die Hand. »Bringen Sie unseren Pfarrer durch.«

»Ich tue mein Bestes.«

Die Kutsche fuhr an. Staub wallte unter ihren Rädern hoch. Der Bürgermeister sah dem Gefährt so lange nach, bis es seinen Blicken entschwunden war.

Dann ging er zurück ins Haus, wo die anderen auf ihn warteten. Der Polizist hatte es tatsächlich geschafft und die Neugierigen hinausgeschickt. Nur der Sargmacher und der Totengräber waren noch da. Ein langer, dürrer Mann, der immer einen fleckigen Zylinder trug und mit seinen dünnen Hängebacken leidend aussah.

»Können wir?« fragte der Bürgermeister.

Die Männer nickten.

»Um was geht es denn?« Der Totengräber hatte die Frage gestellt. Ratlos sah er sich um.

»Wir suchen die Leichen der drei verschwundenen Kinder.«

Natürlich wußte der Mann Bescheid. Er wurde noch blasser. »Wo denn? Hier im Haus?«

»Ja.«

»O Gott, dann ist ja...«

Der Polizist schnitt ihm mit einer knappen Handbewegung das Wort ab. »Ja, du Leichenhengst. Er ist es oder er war es. Rick Holloway hat sie getötet.«

Der Totengräber verdrehte die Augen. Fehlte nur noch, daß er ohnmächtig geworden wäre. Auf jeden Fall beteiligte er sich an der Suche. Die Männer fingen mit dem Dachboden an. Nicht im Keller, wie es vielleicht normal gewesen wäre. Eine nicht zu erklärende Furcht hielt sie davon ab. Sie stöberten alles durch, fanden nichts und durchsuchten das Zimmer mit dem Toten.

Auch hier entdeckten sie keine Spur von den verschwundenen Kindern, in den unteren Räumen ebenfalls nicht, und so blieb nur noch der Keller.

Jeder trug eine Lampe. Der Polizist ging vor. Auch ihm war unheimlich zumute. Die Lampe in seiner Hand zitterte. Der Schein tanzte hektisch über die Wände.

Sie stiegen hintereinander die ausgetretene Steintreppe hinab. Niemand konnte aufrecht gehen. Geduckt gingen sie weiter und durchstöberten die Kellerräume.

Es waren nur Bretterverschläge. Feucht, klamm, mit schimmelbezogenen Wänden. In den Räumen lag allerlei Gerümpel. Alte Säcke, weggeworfene Kleidungsstücke, Bretter, Bohlen, ein paar Werkzeuge, alte Lappen...

Die Kinder fanden sie nicht.

Der Bürgermeister drehte sich um. »Ob wir ihn umsonst verdächtigt haben?« fragte er.

Hastig schüttelte der Lehrer den Kopf. »Nein, dann hätte er nicht so schlimm reagiert.«

»Stimmt auch wieder.«

»Noch mal von vorn«, schlug der Apotheker vor. »Die Kinder müssen doch irgendwo sein.«

»Er könnte sie auch draußen verscharrt haben.« Diese Vermutung sprach der Totengräber aus.

Die Männer sahen sich an. Eine Schweigepause entstand. Ein frostiges Gefühl hatte sich aller Menschen bemächtigt. »Ja, das ist möglich«, murmelte der Polizist. »Trotzdem bin ich dafür, daß wir hier noch weitersuchen.«

Die anderen stimmten zu. So nahmen sich die Männer noch einmal die Verschläge vor.

Bis der Lehrer eine Entdeckung machte. Im größten Raum stand ein Schrank mit zwei Türen. Der Lehrer hatte sie noch einmal aufgezogen und war in das Möbelstück hineingeklettert. Er nahm an, daß es dicht an der Mauer stand, klopfte gegen die Rückwand und wunderte sich sehr, daß es hohl klang.

Sofort machte er die anderen darauf aufmerksam.

»Wir müssen den Schrank zur Seite rücken«, schlug der Bürgermeister vor.

Das taten die Männer auch. In gemeinsamer Arbeit schafften sie es und waren überrascht, daß sich hinter dem Schrank eine türbreite Öffnung befand.

Dahinter war es dunkel.

Niemand sagte etwas, doch jeder der Anwesenden ahnte, daß sie dicht vor der Lösung des grauenvollen Rätsels standen.

Der Bürgermeister machte den Anfang, weil sich selbst der Polizist nicht traute. Er ging auf die Knie nieder und kroch vor. Die Lampe hielt er in der rechten Hand. Sie zitterte, und der Schein warf gespenstische Schatten.

Der Bürgermeister leuchtete in das Verlies. Alle hörten den erstickten Schrei.

»Was ist?«

Der Bürgermeister gab keine Antwort. Er zog sich wieder zurück. Allerdings kratzte etwas über den Boden.

Die Männer sahen sich an. Furchtsam waren ihre Blicke. Dann sah jeder, was der Bürgermeister mit der linken Hand aus dem Loch gezogen hatte.

Es war ein Sarg.

Ein weißer Kindersarg!

Sekundenlang sprach keiner der Männer ein Wort. Alle waren viel zu entsetzt, um sich ausdrücken zu können. Sie starrten den Sarg an, als wäre er ein fremdes Lebewesen.

Der Bürgermeister blieb auf dem Boden hocken. Er blickte zu den Männern hoch.

»Da sind noch zwei«, flüsterte er. »Ebenfalls weiße...«

»Die Kinder«, hauchte der Lehrer.

»Holst du sie hervor?« fragte der Apotheker.

»Ja.«

Die Arbeit verrichteten der Bürgermeister und der Polizist. Schon bald standen die drei Särge nebeneinander. Die Männer starrten auf die Deckel. Keiner traute sich, das in die Hand zu nehmen, was geschehen mußte.

Der Polizist räusperte sich. »Wir... wir müssen die Särge öffnen!« Seine Stimme klang dumpf.

Nicken.

Es war ein gespenstisches Bild. Tanzend huschte der Widerschein der Flammen über die Wände und schuf dort ein bizarres Muster. Selbst die Luft schien sich zu verdichten, war schwerer zu atmen, und jeder spürte, daß ein unsichtbarer Gast zwischen ihnen lauerte.

Das Grauen...

»Dann will ich mal«, sagte der Polizist leise, bückte sich und machte sich an den Verschlüssen des ersten Sarges zu schaffen. Er löste sie, hievte den Deckel aber noch nicht an, sondern öffnete erst die Verschlüsse der beiden anderen Särge.

»So«, sagte er, »jetzt können wir sie öffnen.«

Der Bürgermeister, der Lehrer und der Polizist hatten sich gebückt. Jeder fühlte sich jetzt verantwortlich. Sie mußten es tun, es führte kein Weg daran vorbei.

»Jetzt!« flüsterte der Bürgermeister.

Gemeinsam hoben sie die schmalen Sargdeckel hoch, so daß die kleinen Särge offen vor ihnen standen und sie hineinschauen konnten.

Sie hatten mit vielem gerechnet, mit grauenhaften Bildern, aber nicht mit dem, was sie nun sahen.

Die Kinder trugen schwarze Kutten. Ihre Körper waren nicht verwest. Die Finger hatten lange Nägel, als wären diese im Sarg weitergewachsen.

Aber das war nicht das Schlimmste, sondern es gab etwas

anderes, etwas so Wahnwitziges, daß man es kaum glauben konnte.

Die Kinder hatten keine Gesichter mehr, sondern pure Teufelsfratzen!

»O Gott«, stöhnte der Bürgermeister und schlug hastig ein Kreuzzeichen. »Das... das darf doch nicht wahr sein...« Er schluckte und drehte den Kopf, um nicht mehr in die Gesichter blicken zu müssen. Sie sahen wirklich scheußlich aus.

Dreimal die dreieckige Fratze des Satans, die beiden Hörner, die aus den schmalen Stirnen wuchsen, das grinsende Maul, leicht geöffnet, damit man die Stiftzähne sehen konnte.

Ja, das war das genaue Abbild des Satans!

Der Teufel war in die Kinder gefahren oder hatte sich ihre Seelen geholt.

Dem Lehrer wurde es schlecht. Er wandte sich ab und würgte. Bleich taumelte er aus dem Verlies und blieb im Gang stehen, wo er sich schweratmend gegen die Wand lehnte. Er zitterte so, daß seine Zähne wild aufeinanderschlugen. Seine Lippen stammelten Gebete, irgendwelche Worte, die ihm gerade einfielen.

Ein wahrhaft schlimmes Bild.

Der Polizist holte ihn zurück. Krampfhaft vermied der Lehrer es, auf die Särge zu schauen.

»Wir müssen etwas tun«, sagte der Bürgermeister. »Hierlassen können wir sie nicht.«

»Aber was?« fragte der Lehrer.

»Vielleicht sind sie gar nicht tot«, vermutete der Leichenbestatter.

»Wieso?«

Scharf sahen die anderen ihn an.

»Ich meine... es könnte sein, nicht wahr?«

»Und?«

»Dann... dann müßten wir sie eben töten.«

»Nein!« Hart und scharf klang die Ablehnung des Bürgermeisters. »Das kommt nicht in Frage.«

»Was denn?«

»Wir werden sie begraben, Freunde. So wie sie sind. In ihren

Särgen. Wir verscharren sie dicht an der Küste in unheiliger Erde, wo vor über zweitausend Jahren der alte Druide gelebt haben soll. Noch heute wird dieser Platz gemieden. Da sollen sie ihre letzte Ruhestätte bekommen.«

Die anderen stimmten zu.

»Aber wie machen wir es?« fragte der Lehrer.

»Auf jeden Fall sagen wir den anderen nichts davon. Niemand darf etwas von diesen grauenhaften Vorgängen wissen. Wir werden sie begraben und nicht mehr darüber reden.«

Die Männer nickten.

»Aber zuerst muß ich das Haus versiegeln, daß niemand mehr hinein kann«, sagte der Polizist.

Der Meinung waren die anderen auch.

Der Totengräber verschloß die Särge wieder. Die Männer verabredeten sich für den anderen Abend. Dann wollten sie zu den Klippen ziehen und die drei Särge dort verscharren. Ebenfalls ihren Mörder.

Fragen gingen sie aus dem Weg. Sie gaben nur zu, daß Holloway der Mörder der Kinder gewesen war. Mehr nicht.

Dann, kurz nach Mitternacht des nächsten Tages, der Himmel war bewölkt, und kein Stern lugte hervor, gingen die Männer ihrer traurigen Pflicht nach. Sie hatten drei Stunden zuvor erfahren, daß der Pfarrer seinen Verletzungen erlegen war. Auch eine sehr deprimierende Nachricht.

Der Totengräber hatte seinen Wagen zur Verfügung gestellt. Er hatte eine offene Ladefläche, auf der nicht nur die drei weißen Särge standen und sorgfältig abgedeckt waren, sondern auch eine vierte Totenkiste, in der Rick Holloway lag.

Mit knarrenden Rädern fuhr der Leichenwagen durch den Ort und näherte sich der Küste, wobei er den schmalen, gewundenen Weg nahm, der zu den Klippen führte, wo auch das einsame Haus stand, das irgendeinem reichen Mann aus London gehörte.

Der kam zweimal im Jahr her und feierte ein rauschendes Fest. Er kümmerte sich nicht um den verfluchten Ort, hielt das alles für Spinnerei und Aberglaube.

Doch die Einheimischen wußten es besser.

Schweigend hoben sie die Gräber aus, während der Wind durch ihre Haare fuhr und das Lied von Tod und Vergänglichkeit sang. Kein Kreuz schmückte die Gräber der drei Kinder, und auch bei Holloway war kein christliches Symbol zu sehen.

In unheiliger Erde waren die Leichen verscharrt worden. Sie sollten dort bis in alle Ewigkeit liegenbleiben...

Dann kam der Erste Weltkrieg. Die Männer wurden eingezogen. Im Jahre 1916 tauchte plötzlich der Mann aus London auf, dem das Haus bei den Klippen gehörte. Er erfuhr, daß im Dorf ein Haus leerstand. Der Mann kümmerte sich nicht um das Verbot, sondern drang in das Haus ein. Er war sehr angetan von den alten Möbeln, und besonders die Standuhr stach ihm ins Auge.

Niemand hatte ihm gesagt, was es mit dieser Uhr für eine Bedeutung hatte und welche Verbindung es zwischen Holloway, den drei toten Kindern und der Uhr gab.

Woher sollten die Leute dies auch wissen?

Der Käufer aber nahm alles mit. Die Möbel und auch die Uhr verschwanden in der Versenkung.

Die Zeit deckte den Mantel des Vergessens über die schrecklichen Vorgänge, und aus dem Krieg kam nur der Bürgermeister zurück. Die anderen waren im Feld geblieben.

Der Bürgermeister ging noch einmal vor seinem Tode in das Haus. Er fand es halb ausgeräumt vor, und erst auf dem Sterbebett vertraute er seiner Frau und seinen beiden Kindern das schreckliche Geheimnis an. Er bat den Herrgott um Verzeihung, dann starb er.

Doch die Verbindung zwischen der Teufelsuhr und den Toten riß nie. Im Jahre 1981 erst sollte sie auf grauenhafte Art und Weise wieder aktiviert werden...

Durch die Ruine pfiff der Wind und fuhr mir unangenehm in den Nacken. Schutt türmte sich vor meinen Füßen zu einem kleinen Berg auf. Vorspringende Mauern und leere Fensterhöhlen gaben Deckung und Sicht gleichzeitig.

Von dem Vampir aber hatte ich noch keine Spur gesehen. Auch Suko nicht, der sich an der Suche beteiligte.

Ein Telefonanruf beim Yard war zu mir durchgestellt worden. Eine hysterische Stimme erzählte, daß ein Vampir durch die Ruine an der Vincent Street geistern würde. Hier hatte früher mal ein öffentliches Verwaltungsgebäude gestanden, nun hatte man es abgerissen, aber nicht dem Erdboden gleichgemacht, so daß noch zahlreiche Mauern standen.

Nun ja, wir fuhren hin, denn Vampire erinnerten mich immer an den Kosmetik-Konzern Fariac oder an Vampiro-del-mar, den Kaiser der Blutsauger, der lange auf dem Meeresboden gelegen hatte und sogar widerstandsfähig gegen Wasser war.

So sah die Lage aus, als Suko und ich losfuhren. Die Arbeit hatten wir uns geteilt. Während ich von Westen her in die Ruine eindrang, hatte Suko den östlichen Weg genommen.

Jetzt suchten wir unseren »Freund«. Ich sah zwar viel Schutt und hochgewachsenes Unkraut, aber von dem Vampir entdeckte ich nichts. Wenn tatsächlich einer hier herumgeistern sollte, dann hatte er sich bestimmt im Keller versteckt. Die Räume waren sicherlich noch nicht zusammengebrochen.

Ich suchte den Einstieg und mußte dabei über den Schutthügel steigen. Als ich die höchste Stelle erreicht hatte und mir einen Rundblick erlaubte, da entdeckte ich ihn.

Er kroch zwischen zwei Mauerresten hindurch und versuchte, immer in Deckung einer Wand zu bleiben. Sein Ziel war eines der großen Fenster im unteren Teil.

Mich bemerkte er nicht, weil er mir den Rücken zuwandte. Sein Gesicht konnte ich nicht sehen, nur den langen, schwarzen Mantel mit dem roten Futter, der sich aufbauschte, als ein Windstoß ihn traf.

Wirklich ein Vampir.

Ich hetzte los.

Er hörte meine Schritte, kreiselte herum und starrte in die Mündung der Beretta, die ich natürlich gezogen hatte. Ich weiß nicht, was mich davon abhielt zu schießen, obwohl sämtliche Anzeichen auf einen Blutsauger hinwiesen. Die schwarzen Haare, die Dracula auch gehabt hatte, das hagere Gesicht, die langen Zähne, die blutunterlaufenen Augen, alles war so perfekt, daß es mir schon zu perfekt vorkam.

Und deshalb zögerte ich.

»He, was ist los?« fragte der Mann mit zitternder Stimme, als ich ihm die Waffenmündung in den Nacken drückte.

Ich gab keinen Antwort, denn mir war etwas aufgefallen. Mit

der linken Hand griff ich in sein Haar und hielt im nächsten Augenblick die Perücke zwischen den Fingern. Plötzlich wurde der Mann rot, senkte den Kopf und griff zwischen seine Lippen.

Er holte das künstliche Vampirgebiß hervor und warf es wütend weg. »Mann«, sagte er im breitesten Eastend-Slang, »kann man sich hier denn keinen Spaß erlauben?«

Ich ließ die Beretta verschwinden. »Schon gut, Mr. Vampir«, sagte ich.

»Was soll das überhaupt?« fuhr er mich an, weil er wieder Mut gefaßt hatte. »Was erlauben Sie sich eigentlich, mich hier mit einer Waffe zu bedrohen?«

Ich zeigte ihm meinen Ausweis.

»Polizei?« fragte er.

»Ja. Und wir sind gerufen worden, weil Sie eine Frau in Ihrer lächerlichen Verkleidung erschreckt haben.«

Er wand sich vor Lachen. »Die alte Hexe hat tatsächlich geglaubt, einen Vampir vor sich zu sehen. Klasse, wirklich.« Er klatschte in beide Hände. »Als ob es dies gäbe.«

Ich hätte ihm ja eine andere Antwort geben können, ließ es jedoch bleiben. Niemand von uns hatte etwas davon, wenn ich ihm erzählte, daß es doch Vampire gab.

Eine halbe Stunde später war die Sache erledigt. Ich konnte dem Mann auch keine Vorwürfe machen. Sich als Vampir zu verkleiden verstieß nicht gegen das Gesetz.

Suko und ich fuhren wieder zurück. Inzwischen war beim Yard auch offiziell Feierabend, ich hatte keine Lust, noch ins Büro zu fahren, und rollte nach Hause. Telefonisch meldete ich mich bei meinem Vorgesetzten, Superintendent Sir Powell, ab.

Bevor ich hochfuhr, räumte ich den Briefkasten leer. Suko wollte an diesem Abend noch zum Karatetraining und Shao mitnehmen. Ich hatte vor, die Beine auszustrecken.

Vor meiner Wohnungstür trennten wir uns.

Ich schlüpfte in bequeme Kleidung und sah erst einmal die Post durch. Reklame, Reklame und noch einmal Reklame. Doch der letzte Brief war normal.

Er duftete sogar ein wenig nach Parfüm.

Ich runzelte überrascht die Augenbrauen. Nanu, wer schrieb mir denn solche Briefe?

Ich drehte ihn um und las den Absender.

Nadine Berger!

Ein Name, der mir einiges sagte und der Erinnerungen weckte. Ich dachte an Dr. Tod, wie ich ihm den silbernen Nagel in die Stirn geschlagen hatte. An den Kampf mit ihm auf dem Turm, und ich dachte an den unheimlichen Mönch, der uns einige Schwierigkeiten bereitete, als ein Team mit Nadine Berger in der weiblichen Hauptrolle einen Film drehen wollte.

Damit war über Nadine Berger alles gesagt. Sie hatte einen exotischen Beruf und war Filmschauspielerin. Zweimal hatte ich mit ihr zu tun gehabt. Nadine war eine tolle Frau. Bei ihr hätte ich wirklich nicht ›Nein‹ sagen können, doch beim letzten Fall mischte noch Jane Collins mit, und die wachte mit Argusaugen über uns, damit wir ja keine Dummheiten machten.

Nun denn, ich war gespannt, was die gute Nadine von mir wollte. Vorsichtig öffnete ich den Brief, und mir rutschte eine handschriftlich und auf Büttenpapier geschriebene Einladung in die Hände.

Lieber John!

Ich hoffe, daß Du mir nicht böse bist, weil ich so lange nichts mehr von mir habe hören lassen. Aber du weißt ja selbst, wie hektisch das Filmgeschäft ist. Da kommt das Privatleben halt zu kurz.

Ich werde am nächsten Wochenende dreißig jahre alt und habe vor, diesen Geburtstag mit Freunden groß zu feiern. Gleichzeitig will ich mich an diesem Tag verloben.

Mein Auserwählter, er ist Antiquitätenhändler, besitzt ein altes Haus an der Küste von Wales. Hier wollen wir meinen Geburtstag und unsere Verlobung feiern. Du, John, bist herzlich eingeladen, und ich hoffe sehr, daß du kommst. Alles weitere mündlich.

Deine Nadine

Es folgte noch eine Telefonnummer, unter der Nadine Berger zu erreichen war.

Ich überlegte. Die Einladung war ziemlich plötzlich gekommen, denn heute hatten wir schon Mittwoch.

Allerdings hatte ich nichts am Wochenende vor, und ich hatte Nadine zudem lange nicht mehr gesehen. Ich freute mich wirklich, sie wiederzusehen.

Verloben wollte sie sich. Ich lächelte müde und auch etwas verloren. Wieder überkamen mich die Erinnerungen an unsere beiden gemeinsam erlebten Fälle. Ich sah sie noch genau vor mir. Mal blond, dann wieder schwarz. Nadine wechselte die Haarfarbe, das war ein kleiner Tick von ihr. Seit der Begegnung mit dem unheimlichen Mönch hatte sie sich geschworen, nie wieder Gruselfilme zu drehen. Das schien sie auch durchgehalten zu haben, denn ich hatte nichts anderes mehr gehört. Auf jeden Fall war ich gespannt, sie wiederzusehen.

Der Telefonnummer nach zu urteilen, mußte sie sich bereits in Wales aufhalten.

Das Gespräch würde teuer werden, aber Nadine war mir dies wert. Ich rief an.

Ein Hotelportier meldete sich. Ich sagte meinen Namen und bat, Miss Berger sprechen zu dürfen.

Man verband mich weiter.

Dann hörte ich ihre Stimme. »John!« rief sie. »Bist du es wirklich? Oder hat der Knabe von der Rezeption den Namen falsch verstanden?« Ihre Stimme klang freudig erregt.

»Ich bin es in der Tat, du großer Star«, sagte ich und hörte ein silberhelles Lachen.

»Dann hast du meine Einladung erhalten?«

»Soeben.«

»Und?«

Ich ließ sie bewußt ein wenig zappeln und gab erst mal keine Antwort.

»John, bitte sag schon«, drängte sie. »Ich sterbe hier fast vor Spannung.«

»Am Wochenende habe ich nichts vor. Und ich hoffe auch nicht, daß etwas dazwischen kommt.«

Sie unterbrach mich. »Dann kommst du, John?«

»Wie es aussieht – ja.«

Ein Jubelschrei war die Antwort.

»Und du verlobst dich?«

»Ja, John.«

»Wer ist denn der Glückliche?«

»Es ist ein bekannter Antiquitätenhändler aus London und heißt Don Mitchell.«

»Kenne ich nicht.«

»Du interessierst dich ja auch nicht für alte Möbel.«

»Nun ja, Hauptsache, ihr versteht euch gut«, sagte ich und spürte ein leichtes Kratzen im Hals.

»Ja, das tun wir.«

»Hörst du dann mit der Filmerei auf?« wollte ich wissen.

»Nein. Don hat nichts dagegen.«

»So ganz begeistert klingt deine Stimme nicht«, sagte ich. »Hast du irgend etwas?«

»Wieso?«

»Ich frage nur.«

Eine Pause entstand. »Vielleicht, John. Ich bin mir nicht so sicher. Es könnte sein.«

»Sag es, Nadine.«

»Unsinn, John. Aber wir reden darüber, das kann ich dir versprechen. Sieh zu, daß du früh bei mir bist, dann haben wir noch für uns ein wenig Zeit.«

»Okay, ich fahre in der Nacht los. Du mußt mir nur noch die genaue Adresse sagen.«

Den Ort kannte ich nicht. Eines der zahlreichen Dörfer, die es überall in Wales gab. Einsam, an der Küste liegend und noch ursprünglich.

»Das Haus ist auf jeden Fall nicht zu übersehen. Es liegt ziemlich nahe an den Klippen. Richtig romantisch.«

»Ich bin gespannt«, sagte ich.

Das war ich wirklich. Und ich dachte auch noch lange über das Gespräch nach.

Sehr glücklich hatte Nadines Stimme nicht geklungen. Irgend etwas lag in der Luft, und ich beschloß, zu der Verlobungsfeier nicht unbewaffnet zu fahren...

Nadine Berger fürchtete sich!

Nicht vor irgendwelchen Feinden oder Einbrechern, ihre Furcht hatte einen anderen Grund.

Es war das Haus!

Trutzig, gewaltig, wuchtig – und düster stand es hoch auf den Klippen. Vom Wind umtost, mit dicken Mauern und den dunklen Steinen machte es einen unheimlichen Eindruck. Vor allen Dingen bei Vollmond und Sturm. Wenn die riesigen Wolkenberge am Himmel trieben, wurden das Haus und die unmittelbare Umgebung zu einer gespenstischen Kulisse, dann knarrten die Fensterläden, dann ächzte das Dach, und jedes Mauerstück schien sein eigenes Leben zu haben.

Don Mitchell hatte das Haus geerbt, und er wollte davon nicht lassen. Das hatte er Nadine Berger deutlich genug zu verstehen gegeben. Er wollte sogar die Verlobung hier feiern. Nadine konnte sich nicht vorstellen, daß dieses Haus sich jemals mit Leben füllte. Alles war so kalt und düster. Es war ein Haus, um darin begraben zu werden!

Zudem schien sich ein düsteres Geheimnis um das Haus und die Umgebung zu ranken. Nadine Berger wußte nichts Genaues, aber die Menschen im nahen Dorf hatten kaum mit ihr gesprochen und sie nur seltsam angesehen.

Sie hatte nachgehakt, aber keine Antworten erhalten. Man schwieg sich halt aus.

Nadine war eine moderne junge Frau. Sie akzeptierte es, wenn andere ihre Hobbys hatten. Das Sammeln alter Gegenstände, zum Beispiel. Aber zwischen diesen alten Möbeln konnte sie nicht leben. Da fühlte sie sich eingeengt. Und ihr zukünftiger Verlobter hatte das Haus mit allen Dingen vollgestopft. Antiquitäten, für die er nicht einmal hatte zu bezahlen brauchen, weil die Sachen ihm vererbt worden waren, von einem seiner Vorfahren mütterlicherseits, der ebenfalls Antiquitätenhändler gewesen war.

Der war öfter in diese Gegend gefahren und hatte hier ›abgeräumt‹, wie man so schön sagt.

Momentan befand sich Nadine Berger allein in dem düsteren Haus. Ihr Fast-Verlobter war weggefahren, weil er noch etwas besorgen wollte. Nadine wollte nicht mitfahren. Sie hatte keine Lust, hinaus in den Frühjahrsregen zu laufen, der aus der dichten grauen Wolkendecke fiel und gegen die Scheiben hämmerte.

Hier an der Küste war es immer windig. Vom Meer her wühlte sich der Wind heran, schleuderte das Wasser vor sich her und warf es gegen die Felsen.

Wales – ein wildes, romantisches Land.

Daran mußte Nadine Berger denken, als sie sich abwandte. Sie konnte das an den Scheiben herablaufende Wasser nicht mehr sehen und hoffte, daß Don bald zurückkehren würde. Es war nicht jedermanns Sache, allein in solch einem Haus zu bleiben.

In den Keller hatte sich Nadine noch gar nicht hineingetraut. Davor fürchtete sie sich. Personal war auch nicht da. Es würde erst später eintreffen.

Die dunkelhaarige Schauspielerin zündete sich eine Zigarette an und blies den Rauch in den Raum hinein. Er war so groß, genau richtig für die alten Möbel. Inzwischen gab es in diesem Gemäuer auch elektrisches Licht, und die Küche war mit allem Komfort eingerichtet. Nadine würde es an nichts fehlen. Ihr zukünftiger Verlobter war sehr reich. Trotzdem fragte sie sich, ob es nicht eine Wahnsinnsidee war, sich mit ihm zu verloben.

Don war ein lieber, netter Mensch, wirklich, aber er hatte eben seine Macken.

Nadine überlegte hin und her. Sie schritt die Seiten des kostbaren Teppichs ab, rauchte, dachte nach und fragte sich, ob sie alles richtig gemacht hatte.

Und bei wem konnte sie sich Rat holen? Freunde hatte sie nicht. Zwar ungeheuer viele Bekannte, wie das ja in der Filmbranche so üblich ist, aber die Kollegen waren keine Freunde, die dachten nur an ihren eigenen Vorteil. Nadine wußte keinen, mit dem sie über ihre Probleme reden konnte.

Da war ihr John Sinclair eingefallen, und daß er kommen würde, empfand sie als einen großen Lichtblick. Ihm konnte sie sich anvertrauen, und er würde auch Verständnis dafür haben, daß sie sich in dem Haus nicht wohl fühlte.

Dieses Gemäuer lebte. Da war nicht nur der Sturm, der um die Mauern toste, sondern es gab noch etwas anderes, das sie beunruhigte. Etwas nicht Faßbares, nicht Greifbares, Unheimliches.

Dieses Haus oder die Umgebung mußten ein schreckliches Geheimnis bewahren...

Sie wußte nicht, was es war, aber sie fühlte es. Wie das Netz einer Spinne breitete es sich aus, es überfiel sie regelrecht und umwob sie. Nadine hatte das Gefühl, in den großen Hallen und Zimmern keine Luft mehr zu bekommen. Diese breite Treppe, die mit Stuck verzierten Decken, das knarrende Holz, die dicken Bohlen, die Fenster – und...

Nadine unterbrach ihre Wanderung und blieb abrupt stehen. Sie befand sich in Nähe der Tür, die offenstand, und sie hörte genau das Geräusch.

Kinderlachen...

Es kam von unten. Entweder aus der Halle oder aus einem der Räume, die sich darum gruppierten.

Aber es waren keine Kinder im Haus, deshalb konnte es nicht sein, daß Kinder sprachen. Oder sollten etwa aus dem nahen Dorf welche eingetroffen sein?

Nadine Berger wollte rufen, doch irgendein Zwang hielt sie davor zurück. Statt dessen näherte sie sich der offenstehenden Zimmertür, um den Raum zu verlassen. Sie wollte hinaus in den breiten Korridor, der die Halle im Quadrat umlief.

Nadine Berger spitzte die Ohren.

Wieder die Kinderstimmen.

Es mußten sicherlich zwei oder drei sein, die miteinander sprachen. Allerdings konnte Nadine nicht unterscheiden, ob es Jungen- oder Mädchenstimmen waren.

Sie klangen zu gleich.

Vor der breiten Brüstung blieb sie stehen, legte ihre Hände auf den lackierten Handlauf und schaute in die Tiefe.

Von den Kindern sah sie nichts.

Aber sie hatte doch ihre Stimmen gehört!

Nadines Herz klopfte schneller. Sie raffte ihren Mut zusammen und rief: »Hallo, da unten, ist da jemand?«

Keine Antwort.

Die Filmschauspielerin rief noch einmal, und in der Halle blieb es immer noch still.

Nadines Blick flackerte. Was sollte sie tun? Daß sich dort jemand befand, das hatte sie sehr deutlich gehört, aber warum meldete sich dann keiner?

Wenn doch nur ihr Freund da gewesen wäre! Don Mitchell hätte bestimmt eine Antwort gewußt. Aber der war unterwegs und würde erst später eintreffen.

Das Haus verlassen konnte sie zwar, aber sie wollte nicht durch die Dunkelheit und sich irgendwo in Miltonburry verkriechen. Was hätte sie den Dorfbewohnern auch erzählen sollen? Man hätte sie ausgelacht, den Bericht für eine Farce gehalten, für die Wichtigtuerei einer überkandidelten Schauspielerin.

So ähnlich dachte sie. Aber hier oben wollte sie auch nicht bleiben, überwand sich selbst und schritt auf die breite Treppe zu, die im Bogen nach unten führte.

Das Licht brannte zwar, aber diese Dinge gefielen ihr nicht. Nadines Meinung nach war es nicht hell genug. Die großen Leuchter an der Decke brannten einfach zu matt.

Nadine biß sich auf die Lippen. Nur keine Panik, schärfte sie sich ein, du hast schon einiges erlebt und wirst dich doch durch Kinderstimmen nicht bangemachen lassen.

Schritt für Schritt ging sie die Stufen hinunter. Der dunkelrote Teppich schluckte jedes Geräusch, so daß ihre Ankunft gar nicht bemerkt werden würde.

Nadine Berger zwang sich zur Ruhe. Die Atmosphäre des Hauses sollte nicht auf sie abfärben.

Als sie die Hälfte der Treppe hinter sich gelassen hatte, zuckte sie wieder zusammen.

Abermals hörte sie die Stimmen.

Jemand lachte.

Aber es war ein rauhes Lachen, das so gar nicht zu einem Kind passen wollte.

Irgendwie klang es wild, abgehackt und gefährlich.

Nadines Furcht wuchs...

Aber sie ging weiter. Stufe für Stufe ließ sie hinter sich und atmete auf, als sie in der Halle stand. Ihre Blicke saugten sich an der schweren Eingangstür fest.

Sie war geschlossen.

Hatten die Kinder diesen Weg genommen, oder waren sie auf einem anderen in das Haus gelangt? Vielleicht durchs Fenster eingestiegen. Sie rechnete mit allem.

Mehrere Türen zweigten ab. In der Mitte der Halle lag ein großer Teppich. Ein Flügel stand hier, an den Wänden hingen große Ölschinken, ein wuchtiger Lüster, der mit Glasplättchen übersät war, zog unwillkürlich die Aufmerksamkeit der Eintretenden auf sich.

Unter dem Lüster blieb die Frau stehen.

Irgendwie paßte sie nicht so recht in dieses Gemäuer. Nadine trug ein elegantes, weinrotes Kostüm, dessen Rock ziemlich eng geschnitten und geschlitzt war. Das Kostüm unterstrich deutlich ihre biegsame Figur. Da der Rock nicht zu lang war, kamen auch die fantastisch gewachsenen Beine zur Geltung. Das dunkle Haar fiel als Ringellockenfrisur bis fast auf die Schultern und umrahmte das aparte Gesicht der bekannten Filmschauspielerin.

Wieder hörte Nadine die Stimmen.

Sie zuckte herum.

Genau gegenüber waren sie aufgeklungen, wo die Tür des Zimmers spaltbreit offenstand.

Da mußten sie sein.

Nadine fröstelte, als ihr dies bewußt wurde, und sie schreckte auf, als sie plötzlich das Geräusch hörte.

Direkt über ihr.

Der Kronleuchter begann zu schwanken. Nadine warf einen Blick nach oben, sah, daß sich die kleinen Glaspailletten bewegten und gegeneinanderklirrten.

Sie verursachten diese seltsame Musik, die Nadine eine Gänsehaut über den Rücken jagte. Jeden Moment konnte der Leuchter fallen, und Nadine sah zu, daß sie wegkam.

Hastig lief sie auf die Tür zu, hinter der die Stimmen aufgeklungen waren.

Vor dem Raum blieb sie stehen.

Im selben Augenblick hörte das Klirren auf.

Nadine fiel ein Stein vom Herzen, sie zuckte jedoch zusammen, als sie abermals die Stimme vernahm.

Und nun konnte sie etwas verstehen.

»Wir kommen wieder – der Teufel läßt uns... wir müssen in das Haus... es gehört uns...«

Nadine Berger begann zu zittern. Wer redete so, und warum redeten die Kinder so?

Eine seltsame Sprache hatten sie. Eine Sprache, die Nadine überhaupt nicht begriff.

Die Filmschauspielerin unterdrückte für einen Moment die Angst, faßte sich ein Herz und stieß die Tür auf.

Sie hatte erwartet, auf mehrere Kinder zu treffen, doch der Raum war leer.

Das heißt, es hielten sich keine Personen darin auf. Aber woher kamen die Stimmen?

Nadine Berger blickte sich um. Sie sah an der einen Wand den großen Schrank, dessen wertvolle Intarsienarbeit auch ihr gefiel, sie sah die beiden Stühle mit den gebogenen Lehnen, und sie sah noch mehr.

Die Standuhr!

Ein prächtiges Stück, das seinen Platz an einer Wandseite hatte und auf das ihr zukünftiger Verlobter besonders stolz war.

Die Uhr übte auf sie eine gewisse Faszination aus, das mußte sogar Nadine Berger zugeben.

Ohne es eigentlich zu wollen, schritt sie auf die Standuhr zu.

Diese Uhr war ziemlich breit. Breiter als die normalen Uhren, und in der unteren Hälfte lief sie auseinander, so daß der Sockel wuchtiger war als das Oberteil. Man konnte ihn auch aufschließen. Nadine sah die Tür und den im Schloß steckenden Schlüssel. Ihre Hand war schon unterwegs, doch dann zuckte sie wieder zurück. Nein, sie traute sich nicht, die Tür zu öffnen.

Ihr Blick wanderte höher und blieb auf dem ziemlich großen Zifferblatt haften.

Die römischen Ziffern waren auf die runde, leicht bläulich schimmernde Unterlage genietet, und sie sah auch die beiden Zeiger, von denen sich der größere langsam bewegte.

Die Standuhr ging genau, obwohl sie schon so alt war. Ein Meister seines Fachs mußte sie angefertigt haben.

Der Anblick dieser Uhr weckte seltsame Gefühle in ihr. Dieses wirklich fantastische Schmuckstück stieß sie ab und zog sie gleichzeitig an.

Sie wußte nicht weshalb, aber sie hatte das Gefühl, daß von der Uhr eine Bedrohung ausging.

Die Filmschauspielerin fröstelte. Sie stand davor, wagte sich nicht zu rühren und hatte die Kinder völlig vergessen, so sehr war sie in den Anblick vertieft.

Nadine nagte auf der Lippe. Ein Schauer rieselte über ihren

Rücken. Sie konnte nicht sagen, woher dieses Gefühl der Bedrohung kam, es war einfach da.

Vielleicht ging ihr auch der Schlag der Uhr auf die Nerven.

Gleichmäßig bewegte sich das Pendel.

Tack – tack – tack...

Und der Minutenzeiger wanderte weiter. Drei Minuten vor zweiundzwanzig Uhr. Nadine dachte an ihren Freund, der noch nicht da war und um den sie sich Sorgen machte.

Warum kam er nicht...?

Ihre Gedanken wurden abgelenkt. Denn abermals zog sie das Zifferblatt in seinen Bann.

Das bläuliche Schimmern war doch nicht normal, denn sie hatte das Gefühl, als würde sich innerhalb des Zifferblattes etwas bewegen.

Nadine schluckte.

Da war doch etwas...

Im selben Augenblick schlug die Uhr an.

Zehnmal!

Nadine Berger erschrak. Zehn dumpfe Glockenschläge hallten durch das Zimmer, und jeden einzelnen Schlag schien sie körperlich zu spüren, er drang ihr durch und durch.

Der letzte Schlag...

Da geschah es.

Urplötzlich veränderte sich das Zifferblatt. Aus dem Innern schälte sich eine gräßliche Fratze hervor.

Die Fratze des Teufels!

Es war wärmer geworden. Der letzte Schnee taute auf den Bergen, dafür aber fiel der Regen vom Himmel, als würde er dort aus Kannen gegossen.

Don Mitchell fluchte. Er hatte vorgehabt, schon längst zu Hause zu sein, aber der Weinhändler hatte ihn aufgehalten und ihn noch in seinen Keller geführt, wo es einige erlesene Kostbarkeiten zu probieren gab.

Don hatte sie probiert. Eigentlich schon zuviel, er hätte nicht mehr fahren dürfen, aber wie sollte er sonst an sein Ziel gelangen? Außerdem gab es hier keine Polizei, die kontrollierte. Man befand sich ja nicht in der Großstadt.

Mitchell lenkte seinen knallroten Jaguar dennoch sicher über die Straßen. Er schien der einzige Autofahrer hier in der Gegend zu sein, denn niemand kam ihm entgegen.

Die starken Halogenleuchten warfen ihr breites, helles Band auf die Fahrbahn. Unzählige Regentropfen glitzerten wie Diamanten auf, wenn sie von den Lichtspeeren getroffen wurden.

Don Mitchell war froh, wenn er endlich im Bett lag. Die letzten Tage waren aufregend gewesen, und der folgende würde noch aufregender werden.

Er dachte an seine Fast-Verlobte. Vor einem halben Jahr hatten sie sich kennengelernt, bei einer Filmpremiere, auf die ihn ein Bekannter geschleppt hatte.

Sofort war er von Nadine Berger fasziniert gewesen. Diese Frau stellte für ihn alles in den Schatten. Er hatte schon viele Mädchen gehabt, vom Callgirl bis zur Millionärstochter, aber so etwas wie Nadine war noch nicht dabeigewesen.

Himmel, war das eine Frau!

Und er war Nadine auch sympathisch gewesen. Kein Wunder, denn der 35jährige Antiquitätenhändler war ein gutaussehender Mann. Die Frauen liefen dem Schwarzhaarigen regelrecht nach, er hatte keine Mühe, und wenn er sein Playboylächeln aufsetzte, dann war schon meistens alles klar.

Und jetzt die Verlobung.

Ein tiefer Einschnitt in seinem Leben. Er mußte seine Devise ändern, früher hatte er schnell mit den Mädchen geschlafen, und jetzt war Nadine da.

Don war ehrlich gegen sich selbst. Er wußte nicht, ob er ihr treu bleiben würde, im Moment jedenfalls kam für ihn keine andere in Frage.

Die Straße führte bergauf. Und noch immer schüttete es wie aus Eimern. Braune Fluten spülten dem Wagen entgegen. Der Regen hatte die lehmigen Hänge ausgewaschen, das Wasser auf die Straße getragen, wo es hinabgewirbelt wurde und dem einsamen Fahrer entgegenschäumte.

Die Wischer fuhren in der stärksten Stufe über die Scheibe. Trotzdem konnten sie die Wassermassen kaum schaffen. Bald hatte der Fahrer die höchste Stelle der Straße erreicht. An der linken Seite ging es in die Tiefe. Dort war die Straße leider nicht besonders gut abgesichert, nur ein paar Grenzpfähle, das war alles.

Das Meer wirkte wie eine wogende dunkelgraue Fläche. Nur hin und wieder schäumte der Kamm einer Welle auf, ansonsten rollten die grauen Wellen der Küste zu.

Die Cardigan Bay war für ihre Stürme und Wildheit bekannt. Zahlreiche Schiffe waren bereits an den Klippen zerschellt.

Eine weitere Kurve. Mitchell nahm sie vorsichtig, da der Straßenbelag mit einer Schlammschicht überzogen war. Er war sonst ein flotterer Fahrer, doch hier mußte er sich den Verhältnissen anpassen, sonst landete er zwischen den Klippen.

Vor ihm lag das Dorf.

Er atmete auf, als er die Häuser von Miltonburry sah. Hier und da brannte ein einsames Licht. Die Bauten verschwanden im grauen, dichten Regenschleier.

Mitchell hatte das Dorf schnell erreicht, durchfuhr es, und die vier Räder schleuderten hohe Wasserfontänen nach allen Seiten weg, wenn sie durch die großen Pfützen rollten.

Mitchell war froh, endlich nach Hause zu kommen. Er schlidderte förmlich mit seinem Jaguar in die Kurven hinein, das Aquaplaning machte seinem Wagen zu schaffen, die Reifen rutschten wie auf Schmierseife über den Belag.

Don Mitchell beugte sich am Lenkrad etwas vor und schaute schräg durch die breite Frontscheibe. Er suchte sein Haus und wollte sehen, ob hinter den Fenstern noch Licht brannte.

Der Regen machte ihm einen Strich durch die Rechnung. Don Mitchell sah nur die graue Wand.

Im Kofferraum rumpelten die flachen Weinkisten gegeneinander, wenn er die Kurven nahm. An das Geräusch hatte er sich inzwischen gewöhnt, und die Flaschen waren gut verpackt.

Noch zwei Kurven, dann hatte er es hinter sich. Die erste schaffte er gut, ging dann in die zweite hinein, folgte mit seinen Blicken den Lichtspeeren der Scheinwerfer und riß plötzlich die Augen weit auf, während er gleichzeitig auf die Bremse trat.

Vor ihm auf der Straße standen drei Kinder!

Das Licht der Scheinwerfer hatte sie getroffen, und Don Mitchell sah sie trotz des Regens ziemlich deutlich. Wie Denkmäler standen sie nebeneinander und wandten ihm den Rücken zu.

Nur drei Schritte von den Kindern entfernt brachte er seinen Jaguar zum Stehen.

Mitchell schluckte. Er wischte sich über die Stirn und fühlte den kalten Schweiß. Das war wirklich ein Hammer. Drei Kinder mitten im strömenden Regen und nahe bei seinem Haus. Wo kamen sie her? Und was suchten sie in der Nacht auf dem einsamen Weg, dazu bei strömendem Regen?

Don schüttelte den Kopf. Die Kinder gingen auch nicht weg, obwohl sie den Wagen gehört haben mußten.

Sie blieben stehen und rührten sich nicht.

Er drückte auf die Hupe.

Das Horn tutete sein Signal hinaus in die Nacht, aber die Kinder reagierten nicht.

»Verdammt!« schimpfte Mitchell. Er hatte eingesehen, daß er so nicht weiterkam. Jetzt mußte er doch tatsächlich aussteigen und wurde noch klatschnaß.

Noch einmal betätigte er die Hupe. Als sich wiederum nichts tat, war er es leid.

Don Mitchell stieß die Fahrertür auf und schwang seinen Körper aus dem Wagen. Sofort klatschte das Wasser auf seine Beine, doch zum Glück hatte er den Mantel während der Fahrt angelassen. Er stemmte sich völlig aus dem Fahrzeug, ging an der langen Kühlerschnauze entlang, spürte, wie der Regen in sein Gesicht fuhr, und hatte gerade die Hälfte der Strecke zwischen sich und den Kindern hinter sich gelassen, als sich die drei umdrehten.

Der Schock traf den Mann völlig unvorbereitet.

Er hatte erwartet, normale Kindergesichter zu sehen, aber über den langen, schwarzen Umhängen zeichneten sich drei Gesichter ab, die es gar nicht geben durfte.

Es waren Teufelsfratzen!

Nadine Berger konnte einen Schrei nicht vermeiden. Automatisch drang er über die Lippen, als sie die Fratze auf dem Zifferblatt anstarrte. Natürlich hatte sie schon Abbildungen vom Teufel gesehen. Dieses Gesicht sah nicht ganz so aus. Es hatte etwas menschlichere Züge an sich, auch wenn Hörner aus dem Schädel wuchsen. Der Mund stand offen, die Augen blickten kalt, die Pupillen zeigten eine gelbe Farbe, und aus dem Gesicht hallte der fassungslosen Filmschauspielerin ein höhnisches Gelächter entgegen.

Nadine schwankte. Dieses Bild war so schrecklich, daß sie es kaum fassen konnte. Sie hatte Angst vor dieser Fratze, deren Lachen plötzlich stoppte.

Dafür begann sie zu reden. »Du bist dem Tod geweiht, Nadine Berger. Morgen, um Mitternacht, werde ich deine Todesstunde einläuten. Und nicht nur du wirst sterben, alle werden umkommen, denn dieses Haus gehört mir. Mir allein!«

Mit diesen Worten verschwand die Fratze, und die entsetzte Nadine starrte auf die völlig normale Uhr. Sie stand da und tickte, als wäre nichts geschehen.

Die Schauspielerin wankte zurück. Erst als sie die Wand im Rücken spürte, blieb sie stehen. Sie konnte sich kaum auf den Beinen halten, so sehr zitterte sie.

Dann warf sie sich plötzlich herum und rannte in die Halle hinein, wo ein zweisitziges Sofa aus der Biedermeier-Zeit stand. Nadine warf sich hinein und begann zu schluchzen.

Sie ahnte nicht, daß das eben Erlebte nur der Auftakt zu weiteren grauenvollen Ereignissen sein sollte...

Don Mitchell wagte sich keinen Schritt weiter vor. Zu sehr hatte ihn der Anblick geschockt. Er schüttelte den Kopf, spürte plötzlich den Regen nicht mehr, der auf ihn herunterprasselte, er sah nur noch die schrecklichen Gesichter der drei Kinder.

Sie waren grauenhaft.

Teufelsfratzen!

Und sie fingen an zu sprechen. »Wir warnen dich, Sterblicher«, sagten sie alle drei auf einmal. »Dieses Haus gehört nicht dir, sondern uns. Flieh, solange du es noch kannst, sonst wirst du ebenso sterben wie die junge Frau. Deine Uhr läuft ab, Don Mitchell. Der Fluch der Vergangenheit hat dich erreicht. Verschwinde, bevor es zu spät für dich ist. Das Haus muß leer bleiben, es gehört uns!«

Die drei hatten so laut gesprochen, daß sie mit ihren Stimmen das Prasseln des Regens übertönten. Und Don Mitchell hörte genau zu. Er verstand zwar jedes Wort, aber er begriff es nicht. Was sollten diese Andeutungen?

Er wollte nachfragen. Das war jedoch nicht mehr möglich. Plötzlich lösten sich die Konturen der drei Kinder vor seinen Augen auf, dann waren sie verschwunden.

Als hätte sie der Erdboden verschluckt.

Don Mitchell wischte sich über die Stirn. Er schleuderte nur Wasser ab, mehr nicht. Und jetzt merkte er, daß er trotz seines Mantels bis auf die Haut naß war. Er stand im strömenden Regen neben seinem Wagen und starrte in die graue Wand.

Nichts von den Kindern zu sehen, nichts mehr von einer Warnung zu hören.

War das alles nur eine Täuschung gewesen?

Mitchell wußte selbst nicht, wie er in seinen Wagen gekommen war. Auf jeden Fall fand er sich rauchend hinter dem Lenkrad wieder und starrte auf die Frontscheibe.

Tausend Gedanken gleichzeitig wirbelten durch seinen Kopf, doch es war ihm nicht möglich, sie zu ordnen.

Tief atmete er ein.

Die Scheiben waren beschlagen, er starrte ins Leere, und irgendwann startete er.

Automatisch steuerte er den Weg zu seinem Haus hoch. Links, wo es zu den Klippen ging, sah er die knorrigen Bäume, die ihre Äste und Zweige wie verrenkte Arme ausgestreckt hatten und sie auch noch über den Abgrund ausbreiteten.

Uralt waren die beiden Eichen. Der Wind und die wilde Natur hatten es nicht geschafft, sie zu brechen. Sie stemmten sich immer wieder gegen die Unbilden des Wetters an.

Don Mitchell fuhr bis dicht vor den Eingang. Dort stoppte er und stieg aus.

Er hatte im Haus Licht brennen sehen. Durch den herabfallenden Regen wirkte der Schein sehr verwaschen.

Den Jaguar ließ er vor der Tür stehen, duckte sich und lief rasch der Haustür entgegen. Seine Schuhe patschten durch Pfützen, und das Wasser spritzte nach allen Seiten weg. Die Stufen zur Haustür hoch waren glitschig. Fast wäre er noch ausgerutscht, doch Don erreichte den Eingang, ohne Schaden zu nehmen.

Hastig schloß er auf.

Tropfnaß stand er in der Diele und schüttelte sich wie ein Hund. Sofort hörte er das Schluchzen. Etwas verkrampfte sich in seinem Magen. Er hatte vorgehabt, seiner Fast-Verlobten nichts von seinem Erlebnis zu berichten, doch sie schien schon auch einiges hinter sich zu haben, denn so verzweifelt hatte er Nadine noch nie erlebt. Sie lag auf dem Sofa und weinte.

Neben ihr blieb er stehen. Sie hatte den Mann gar nicht wahrgenommen. Erst als er sie berührte, schreckte sie auf.

Mitchell bekam einen Schreck. Unwillkürlich prallte er zurück. Was war nur geschehen? Die verweinten Augen, die Angst auf ihrem Gesicht, das Zittern der Lippen, es war schrecklich.

Er setzte sich neben sie und legte einen Arm um sie. »Was ist denn passiert?« fragte er.

Nadine zog die Nase hoch. Die Tränen hatten dunkle Spuren auf ihren Wangen hinterlassen. Sie wies mit dem Kopf zur Tür, hinter der die Uhr auch stand.

»Don«, flüsterte sie, wobei ihre Stimme kaum zu verstehen war, »Don, da in dem Zimmer... die Uhr... sie...« Ihre Stimme versagte.

»Was ist denn mit der Uhr?«

»Sie zeigt ein Teufelsgesicht!«

Obwohl Don Mitchell einen gelinden Schreck bekam, hatte er sich doch sehr in der Gewalt und gab mit keinem Zucken zu verstehen, wie sehr ihn die Nachricht getroffen hatte. Statt dessen lachte er auf und erwiderte: »Wie kann eine Uhr ein Gesicht zeigen?«

»Du glaubst mir nicht?«

»Es fällt mir zumindest schwer.«

»Aber es war so. Wirklich. Ich habe es mit den eigenen Augen gesehen, und ich habe auch Kinderstimmen gehört. Wirklich, die Stimmen von Kindern, in dem Raum, wo die Uhr steht. Don, dieses Haus ist verflucht. Ich will nicht mehr in diesem Haus bleiben. Da bekomme ich Angst. Hier lauert etwas, ich spüre es...«

Don Mitchell strich über die Haare seiner Freundin. »Aber das ist doch Unsinn, Nadine, das Haus ist völlig normal.«

Nadine Berger richtete sich hastig auf. »Nein!« Die Antwort war ein Kreischen. »Nichts ist normal. Gar nichts. Ich habe es doch selbst erlebt. Wirklich. Das ist schlimm, alles ist schlimm, sehr schlimm sogar. Ich will hier raus.«

»Jetzt?« fragte Don Mitchell kühl.

»Ja, nein... ich...« Sie schlug die Hände gegeneinander und schüttelte den Kopf. »Ich weiß überhaupt nichts mehr. Bitte, Don, versteh mich, aber das ist alles so schrecklich für mich. Ich habe dir von vornherein gesagt, daß ich dieses Haus nicht mag. Es ist mir zu düster, die Atmosphäre stört mich, verstehst du?«

»Natürlich, du brauchst hier ja auch nicht zu leben. Aber ich habe nun mal unsere Verlobungsfeier hier angesetzt. Wir können jetzt nicht alles rückgängig machen.«

»Ja, du hast recht.«

»Und wie hast du dich entschieden?« fragte Don Mitchell.

»Tu, was du willst.«

Mitchell lächelte, als er aufstand. Erst jetzt sah Nadine, wie naß er war. »Aber was ist denn mit dir passiert, Don? Hast du im Regen gestanden?«

»Ja, leider, ich mußte einen Reifen wechseln. Tut mir leid, deshalb bin ich auch so spät gekommen.« Er hatte sich blitzschnell die Ausrede zurechtgelegt, weil er seine Freundin nicht noch weiter beunruhigen wollte.

Nadine lächelte krampfhaft. »Nun ja, du mußt es wissen. Aber diese Uhr?« Sie hob die Schultern. »Ich scheine das Grauen irgendwie anzuziehen.«

»Wieso?«

Nadine zerknüllte ein Taschentuch. »Ich habe dir doch mal von diesem Fest erzählt, wo ein Dr. Tod das Grauen verbreitet hat. Und auch von dem Mönch. Das waren Dinge, die mit dem normalen Verstand nicht zu erklären sind.«

»Dafür hast du ja deinen John Sinclair als Beschützer eingeladen«, meinte der Mann etwas spöttisch.

»Was soll das heißen?«

»Nichts, nur so.«

»Er ist nicht mein John Sinclair. Aber wenn er nicht gewesen wäre, hättest du mich nicht kennengelernt. Er hat mir das Leben gerettet. So etwas vergißt man nicht.«

»Wie schön für ihn.«

Nadine Berger holte tief Luft. Sie wollte zu einer scharfen Erwiderung ansetzen, überlegte es sich jedoch anders und sagte nichts. Sie schluckte die Bemerkung hinunter und blickte zu Boden, während Don Mitchell in das Zimmer ging, wo die Uhr stand.

Sie sah völlig normal aus.

Er schaute sich sorgfältig um, konnte aber nichts entdecken, was ihn irgendwie gestört hätte.

Das sagte er auch Nadine.

Sie nickte. »Ist ja schon gut, Don. Entschuldige, aber ich hatte einen schlechten Tag.«

»Am besten ist es, wenn du darüber schläfst. Morgen sieht alles ganz anders aus. Das Wetter soll auch besser werden, wie ich gehört habe.« Er ging auf Nadine zu und legte einen Arm um ihre Schultern, wobei er lächelte. »Du wirst sehen, morgen scheint die Sonne, und alles ist vergessen.«

Nadine nickte automatisch, während sich ihre Gedanken in eine ganz andere Richtung bewegten.

Später lag sie im Bett, hatte die Decke bis zum Kinn hochgezogen und lauschte auf die prasselnden Wasserstrahlen in der Dusche nebenan. Don nahm noch kurz ein Bad. Er war bis auf die Haut durchgefroren.

Nadine Berger aber war nur froh, daß sie John Sinclair angerufen und dieser zugesagt hatte. Zudem dachte sie über Don Mitchell nach. Seine Reaktion vorhin hatte ihr zu denken gegeben. Ob er wirklich der richtige Partner für sie war?

Als er ins Bett kam und seine Hand ihren Körper berührte, da rückte sie von ihm weg.

»Bitte, Don, heute nicht.«

»Ist schon okay.« Der Antiquitätenhändler drehte sich auf die andere Seite und schlief sofort ein.

Nadine Berger aber lag noch lange wach und lauschte auf jedes Geräusch. Manchmal glaubte sie sogar, unten im Haus helle Kinderstimmen zu hören...

Ich fuhr aus dem Regen in schöneres Wetter hinein. Als ich die Provinz Wales erreichte, verschwanden die dicken Wolken vom Himmel, und ein helles Blau schimmerte durch.

Meine Laune steigerte sich um einige Prozente.

Ich war allein gefahren und hatte mir dafür einen Tag Urlaub genommen. Jane Collins wußte Bescheid, wen ich besuchen wollte, und hatte die Nase gerümpft.

»Da wird der Verlobte aber sauer sein«, hatte sie mir am Telefon gesagt.

»Wieso? Es war doch nichts zwischen uns.«

»Hätte aber leicht etwas werden können.«

»Nein, du hast zu gut aufgepaßt.«

Mit einem wütenden Laut hatte Jane Collins den Hörer aufgelegt. Ich war gefahren.

Auf der normalen Karte hatte ich den Ort Miltonburry nicht gefunden. Ich mußte erst auf einer Spezialkarte nachschauen und hatte dort festgestellt, daß das Dorf in der Nähe von Aberaeron lag, dem nächst größeren Ort.

Den hatte ich auch auf einer normalen Karte gefunden. Nachts hatte ich losfahren wollen, war aber nicht richtig aus dem Bett gekommen, so daß ich erst in den Morgenstunden aus London abdampfte. Fast eine Stunde dauerte es, bis der Riesenmoloch hinter mir lag, doch nun fuhr ich bereits durch das grüne Wales mit seinen zahlreichen Wäldern, Bergen, Hügeln, Burgen und wildromantischen Schlössern.

Die Waliser waren ein Völkchen für sich. Ich hatte sie bereits des öfteren kennengelernt, weil mich gefährliche Abenteuer in diese Gegend führten.

Der Bentley lief gut. Ich wollte mir so schnell keinen neuen Wagen kaufen, auch wenn Bill Conolly immer hetzte, daß ich mich doch kleiner setzen sollte. Ich hatte mich an den Silbergrauen gewöhnt. Mir kam er so vor, als wäre er ein Stück von mir.

Unterwegs hielt ich an einem Gasthof an und aß zwei kleine Hammelkoteletts zu Mittag. Sie schmeckten gut und waren ausgezeichnet gewürzt. Gesättigt fuhr ich weiter.

Eine Stunde später erreichte ich die größere Stadt, fand Hinweisschilder und fuhr schon bald über die schmale Straße, die nach Miltonburry führte.

Ich kam praktisch aus den Bergen, hier waren nur noch die Ausläufer zu sehen. Sanfte Hügel, auf denen noch das braune Wintergras zu sehen war, betteten die Straße ein.

Viel Verkehr herrschte nicht. Ich wurde nur ein paarmal überholt, von schnellen Flitzern, deren Fahrer es besonders gut meinten. Die konnten rasen, wie sie wollten, ich ließ es langsam angehen.

Dann überholte mich ein weißer Triumph mit offenem Verdeck. Das wurde sogar ziemlich knapp, ich mußte bis an den äußeren Straßenrand ausweichen.

Rotblonde Haare flatterten im Wind, an der Stirn durch ein Band gehalten.

Das war eine Fahrerin.

Ich hatte sie nicht richtig erkennen können, alles war zu schnell gegangen.

Doch ich sah sie wieder.

Sehr schnell schon und hinter der nächsten Kurve. Da hatte sie ihren Flitzer nämlich in den Graben gesetzt, wobei sich der Kühler noch im Stacheldrahtzaun verfangen hatte. Die Fahrerin kletterte soeben fluchend aus dem Graben und reinigte sich die Kleidung, während einige auf der Wiese stehende Schafe teilnahmslos zuschauten.

Ich hielt und stieg aus.

Die Rotblonde kam auf mich zu. Sie trug einen schicken, hellblauen Hosenanzug aus Cord. Bei der weißen Bluse hatte sie die drei obersten Knöpfe offengelassen, und in der linken Hand schlenkerte sie lässig eine Sonnenbrille.

»Pech«, sagte sie.

»Nein«, erwiderte ich. »Unvermögen.«

»Wie meinen Sie das?«

»Sie hätten auf diesen engen Straßen nicht so rasen sollen.«

»Sparen Sie sich Ihre Belehrungen. Wenn Sie Kavalier sind, sehen Sie zu, daß Sie meinen Wagen wieder flott kriegen.«

»Ich will es versuchen, Miss.«

»Mitchell, Marion Mitchell.«

»Oh«, sagte ich nur.

»Sie kennen mich?«

»Nein. Aber von Ihrem Bruder habe ich gehört. Er soll sich ja heute verloben.«

»Klar, da will ich hin.«

»Da hätten wir beide den gleichen Weg.«

»So?«

»Ich bin ebenfalls eingeladen worden und komme extra aus London.«

»Woher kennen Sie denn meinen Bruder?« fragte sie mich. »Außerdem weiß ich noch nicht Ihren Namen.«

Ich stellte mich rasch vor.

»John Sinclair? Nie gehört, ehrlich. Dabei kenne ich die Bekannten meines Bruders ziemlich genau.«

»Ich gehöre zur anderen Seite.«

»Zu Nadine? Dann sind Sie vom Film.« So etwas wie Interesse blitzte in ihren Augen auf.

»Das nicht.«

Das Interesse erlosch. Ich hatte die Frau – sie war schätzungsweise Mitte Zwanzig – sofort richtig eingestuft. Das rotblonde Girl gehörte zu den Menschen, denen alles in den Schoß gefallen war. Sie war ziemlich arrogant, und die Männer mußten schon etwas ›Besonderes‹ sein, wenn sie bei ihr landen wollten.

»Trotzdem könnten Sie mal nach meinem Wagen schauen«, sagte sie.

»Ja, natürlich.«

Ich sprang in den Graben, bückte mich und sah die Bescherung. Da war nichts mehr zu machen. Als ich mich aufrichtete, stand Marion Mitchell am Rand und hatte beide Hände in die Hüften gestützt.

»Und?«

»Sie werden nicht mehr fahren können.«

Sie verzog das Gesicht. »Warum nicht?«

»Weil die Vorderachse Ihres Wagens gebrochen ist. Den können Sie auf den Schrott werfen.«

»Mist, verdammter.« Das klang nicht gerade ladylike. Sie warf mir ihren Wagenschlüssel zu. »Holen Sie wenigstens noch mein Gepäck aus dem Kofferraum.«

Ich tat es.

Sie dachte gar nicht daran, mir beim Tragen zu helfen. So kletterte ich mit zwei schweren Koffern in den Händen aus dem Graben und verstaute sie im Bentley.

Ich schlug die Haube zu. »Wir können, Miss Mitchell.«

Sie nickte. »Gehören Sie zu den konservativen Typen?« fragte sie beim Einsteigen.

»Wieso?«

»Solch einen Wagen fährt doch kein Mann in Ihrem Alter. Der setzt auf Sportlichkeit.«

»Es gibt Ausnahmen.«

»Das sehe ich.« Sie sah sich um. Ich hatte Zeit, sie zu betrachten. Marion Mitchell hatte ein schmales Profil mit zahlreichen Sommersprossen auf den Wangen, die aber nicht störten. Der Mund hatte einen leicht arroganten Zug, die Hände waren schmal, schlank und sehr gepflegt. Der Lack stimmte mit dem Lippenstift überein.

»Und Telefon besitzen Sie auch?«

»Ja, ich muß erreichbar sein.«

»Was machen Sie denn beruflich?«

Ich ließ mir Zeit mit der Antwort und startete erst. Während der Bentley anrollte, sagte ich: »Ach, nichts Besonderes. Ich bin ein Vertreter. Sie würden vielleicht Klinkenputzer sagen.«

»Wissen Sie was, Mr. Sinclair?«

»Nein.«

»Das glaube ich Ihnen nicht.«

»Das überlasse ich Ihnen.« Ich lenkte den Bentley in die nächste Kurve.

»Aber ich finde noch heraus, wer sich hinter dieser Maske verbirgt«, kündigte sie mir an. »So leicht gebe ich nicht auf. Ich schätze sogar, daß Sie es faustdick hinter den Ohren haben.«

Ich schenkte ihr ein entwaffnendes Lächeln. »Tun Sie sich keinen Zwang an, Miss Mitchell.«

Dann sah ich zum ersten Mal das Haus. Obwohl ich es nicht kannte, gab es keine andere Möglichkeit. Es mußte es einfach sein.

Es stand auf der Spitze einer Felswand. Trutzig reckten sich die Mauern in den klaren Himmel. Es war gradlinig und ohne

Schnörkel gebaut werden. Keine verspielten Balkone und Erker. Dieses Haus paßte sich der klimatisch harten Umgebung an.

Zwei alte Eichenbäume standen zwischen Haus und Schlucht und breiteten die Äste wie ein Dach aus. Daß wir nicht die ersten Gäste waren, erkannte ich an den abgestellten Wagen vor dem Haus.

»Gefällt es Ihnen?« fragte mich Marion Mitchell.

»Ja.«

»Mir nicht.«

»Und warum nicht?«

»Ich mag diese alten Kästen nicht. Sie sind muffig und dunkel. Ich brauche Sonne, Sand, Meer...«

»Was machen Sie eigentlich beruflich?« jetzt war ich neugierig.

»Nichts«, antwortete sie mit entwaffnender Offenheit. »Ich lebe so in den Tag hinein.«

»Und das kann man?«

»Sicher. Es ist doch genügend Geld vorhanden. Erbteil und so. Ich lebe von den Zinsen. Im Winter Gstaad oder St. Moritz, im Sommer Ibiza oder die Bahamas. Je nachdem, was gerade ›in‹ ist.«

Ich lenkte den Wagen in eine Lücke zwischen zwei dunkelblauen Mercedes Coupés. »Und so etwas füllt Sie aus?«

»Ja. Man gewöhnt sich daran.«

Der Meinung war ich nicht. Bis jetzt hatten wir nichts mitbekommen, doch als ich die Wagentür aufstieß, hörten wir schon das Lachen und das Klirren der Gläser.

Sofort hellte sich das Gesicht meiner Beifahrerin auf. »Da scheint ja schon was los zu sein.«

»Hört sich so an.«

Während ich die Tür abschloß, stürmte Marion Mitchell bereits die Stufen hoch.

Ich ging langsamer.

Da wurde die Tür aufgezogen. Ein schwarzhaariger Typ im weißen Dinnerjackett hielt eine Sektflasche in der Hand, aus deren Öffnung der helle Schaum perlte.

»Hi, Brüderchen!« rief Marion und drückte dem Mann zwei Küsse rechts und links auf die Wangen. »Ihr seid ja schon schwer in Stimmung, wie ich höre.«

»Ja, du bist die letzte.«

»Shit, ich habe den Wagen in den Graben gesetzt.«

Der Mann lachte. »Das geschieht dir recht. Du fährst ja auch immer wie eine Wilde.«

Marion hob die Schultern. »Ich habe eben Temperament.« Dann deutete sie auf mich. »Das ist übrigens John Sinclair. Er hat mich aufgelesen.«

Die Augenbrauen des Mannes ruckten in die Höhe. Für einen winzigen Moment wurde sein Blick starr, dann hatte er sich wieder in der Gewalt. »Sie sind also John Sinclair.«

»Ja.«

Er reichte mir die Hand. Sie war klebrig vom Sekt.

»Ist er wirklich Vertreter?« fragte Marion.

Ich versuchte es noch mit einem beschwörenden Blick, hatte jedoch keinen Erfolg.

»Quatsch, Marion. John Sinclair ist Polizist. Scotland-Yard-Beamter.«

Das Girl grub die Schneidezähne in die Unterlippe. Flüchtige Röte huschte über die Wangen. »Habe ich mir doch gleich gedacht. Wie ein Klinkenputzer sieht er nicht aus.«

»Ich hoffe, Sie verzeihen mir«, sagte ich, »aber ich möchte nicht, daß jeder hier meinen Beruf erfährt. Ich bin privat hier auf dieser Verlobungsfeier.«

»Wirklich?« fragte der Antiquitätenhändler.

»Ja, Mr. Mitchell.«

»Okay, kommt rein. Es ist genug da.«

Ich betrat die Halle des Hauses. Sie war festlich geschmückt worden. Überall hingen Girlanden, und auch Blumen fehlten nicht. Soeben setzte sich jemand an den Flügel und spielte den ABBA-Song ›Super Trooper‹.

Ungefähr zwanzig Personen waren anwesend. Leute vom Film und Bekannte des Antiquitätenhändlers. Ich wurde keinem vorgestellt, und das war auch gut so.

Marion hatte bereits einen Bekannten gefunden und war in dessen Arme geflüchtet. Ein weißblonder Playboy-Typ mit breiten Schultern und einer Popper-Frisur.

Ich suchte Nadine Berger.

So sehr ich auch meine Augen verdrehte, ich sah sie nicht.

Dafür fuhr jemand einen Wagen heran, auf dem gefüllte Sektgläser standen. Ich nahm ein Glas und wollte es an die Lippen setzen, als ich schräg hinter mir eine Stimme hörte.

»Willst du auf mich anstoßen, John?«

Ich drehte mich um.

Vor mir stand Nadine Berger!

Ich hatte sie lange nicht mehr gesehen, nicht einmal auf der Leinwand, weil mir die Zeit nicht geblieben war, doch sie hatte sich wirklich nicht verändert.

Und das sagte ich ihr auch.

»Hör auf, du Schmeichler.«

Ich stellte mein Glas weg. Es war das Zeichen für Nadine. Sie umarmte mich und küßte mich auf beide Wangen. Ich spürte ihren geschmeidigen Körper und sah gleichzeitig ihren Verlobten im Hintergrund des Raumes stehen, von wo er uns argwöhnisch beobachtete.

Nadine hielt mich länger fest als gewöhnlich. Dafür flüsterte sie mir etwas ins Ohr.

»Ich muß dich sprechen, John. Unbedingt.«

Ich schob sie weg, lächelte strahlend und zischte dabei durch die Zähne: »Probleme?«

»Ja.«

»Private?«

»Mehr, die in deinen Bereich fallen.«

Mein Gefühl! Es hatte mich nicht getrogen. Nadines Stimme hatte am Telefon bedrückt geklungen. Es schien also doch etwas dahinterzustecken.

»Trotzdem, du siehst bezaubernd aus, Nadine«, sagte ich, und ich meinte es ehrlich.

Sie trug ein lachsfarbenes, schulterfreies Kleid, das nur von zwei dünnen Trägern gehalten wurde. Die schwarzen Haare hatte sie zum Teil hochgesteckt, an den Seiten fielen sie wieder in Korkenzieherlocken herunter. Den Hals schmückte eine schlichte Perlenkette. Ansonsten trug sie im Gegensatz zu einigen anderen Damen kaum Schmuck.

Von Marion Mitchell sah ich nichts mehr. Ich nahm an, daß sie sich umzog.

Nadine hakte sich bei mir unter. »Jetzt mußt du mir aber erst erzählen, wie es dir ergangen ist. Was gibt es Neues?«

»Sehr viel.«

»Und?«

»Dr. Tod ist wieder da.«

»O Gott.« Erschrecken zeichnete ihr Gesicht. »Das gibt es doch nicht.«

»Leider.«

»Und? Hattet ihr schon Auseinandersetzungen?«

»Mehr als einmal. Er ist dabei, sich eine schlagkräftige Truppe aufzubauen, die sich die Mordliga nennt. Es sieht ziemlich übel aus, Nadine. Aber davon wollen wir heute nicht reden.«

Nadine blickte zu Boden. »Nein, sicher nicht. Es ist ja auch ein toller Tag.« Sie schluckte.

Ich legte zwei Finger unter ihr Kinn und hob den Kopf leicht an. »Mädchen, was ist los mit dir?«

Sie sah mich aus feuchten Augen an. »John, ich glaube, ich habe vieles falsch gemacht.«

»Ach, das darfst du nicht so eng sehen, Nadine. Es war vielleicht etwas viel für dich.«

»Kann sein.«

»Wo treffen wir uns?«

»In einer Viertelstunde oben in einem Zimmer. Die fünfte Tür auf der rechten Seite. Dorthin ziehe ich mich immer zurück, wenn ich allein sein will.«

»Okay, ich bin pünktlich.« Wir trennten uns wieder. Ich nahm ein Glas Sekt und sah mich um. Die meisten kannte ich nicht, aber mir fiel ein älterer Mann auf, dem es ähnlich erging wie mir. Er hatte sich in eine Ecke gestellt. Er trug einen dunklen Anzug, dessen Schnitt schon aus der Mode gekommen war.

Er betrachtete die Gesellschaft teils mit kritischen, teils mit müden Augen.

Ich blieb neben ihm stehen. »Sie scheinen hier auch kaum einen zu kennen?« sprach ich ihn an.

»Ja, das stimmt.« Der Mann rückte an seiner Brille. »Dabei

stamme ich von hier. Ich komme aus Miltonburry und bin der Bürgermeister. Mr. Mitchell hat mich eingeladen.«

»Ich bin aus London. Ein Bekannter der Braut.«

Der Mann lächelte. »Sie ist ein patentes Mädchen, wirklich. Nicht eingebildet.«

»Und der Bräutigam?«

»Nun ja, ich will nichts Schlechtes sagen, aber er ist ziemlich arrogant, das finden wir im Dorf. Entschuldigen Sie, daß ich mich noch nicht vorgestellt habe. Mein Name ist Patrick Kiboran.«

Ich sagte ihm auch meinen Namen, verschwieg aber den Beruf. Dann erschien Marion Mitchell oben an der Treppe. Selbst aus dieser Entfernung konnte man sehen, daß sie einen Traum aus türkisfarbenem Tüll als Kleid trug.

»Kinder!« rief sie, und ihre Stimme überklang selbst den Partylärm. »Kann mir denn niemand helfen? Ich bekomme mein Kleid am Rücken nicht zu. Ein Kuß für den, der es schafft.«

Das war etwas für den blondhaarigen Playboy. Rücksichtslos räumte er im Wege stehende Gäste zur Seite und sprintete die Stufen hoch.

»Hi, Freddy, du bist wie immer der Schnellste.«

»Klar. Bei einer Frau wie dir.«

Marion lachte hell. »Komm, wir gehen ins Zimmer.«

Freddy legte seinen Arm um sie, und die beiden verschwanden unter dem Beifall der Gäste.

Ich hörte, wie jemand sagte: »Mann, die geht aber schon früh am Tage ran.«

»Vielleicht muß sie was nachholen?« Die fragende Antwort stammte aus einem Frauenmund.

Bürgermeister Kiboran verzog das Gesicht und wischte sich über den Mund.

Ich merkte seine Gefühlsregung und fragte: »Das hier ist nicht so Ihr Fall – oder?«

»Ganz und gar nicht.«

»Sind Sie allein gekommen?«

Er nickte. »Ja, meine Frau lebt nicht mehr. Ich bin seit zwei Jahren Witwer.«

»Das tut mir leid.«

»Schon gut.« Der Bürgermeister nahm einen Schluck. »Sie hatte Krebs. Vielleicht hätte man sie in der Großstadt retten können, aber hier auf dem Land?« Er schüttelte den Kopf. »Da ist nichts zu machen. Ich wollte erst meinen Posten aufgeben, aber man hat mich so lange bekniet, bis ich weitermachte. Ist gewissermaßen eine alte Familientradition. Ich hoffe, daß mein Sohn auch mal so einschlägt.«

»Dann hatte Ihr Vater das Amt auch?« fragte ich.

»Und mein Großvater.«

»Alle Achtung, das findet man selten.«

»Wissen Sie, Mr. Sinclair, in Miltonburry ist vieles anders. Hier kümmern sich die Leute nicht um Parteien. Die wählen irgendeinen, der dumm genug ist, das Amt zu übernehmen. Das war eben die Tragik unserer Familie.«

Ich mußte lachten. Der Bürgermeister sprach mit einer Leidensbittermiene. Irgendwie gefiel er mir.

»Sie mögen Mr. Mitchell nicht so recht?« fragte ich ihn.

»Was heißt mögen? Mit Mitchell ist es komisch. Er hat sich ins Nest gesetzt. Sein Großvater hat schon bei uns im Dorf Antiquitäten gesammelt.«

»Wie?«

»Ja, der alte Mitchell ist über das Land gefahren und hat sich Möbel zusammengeholt. Ob er sie gestohlen oder bezahlt hat, weiß ich nicht. Auch die Sachen von dem Mörder Rick Holloway hat er an sich genommen. Teile davon stehen jetzt bei seinem Enkel im Haus.«

»Sie meinen hier?«

»Klar.« Der Bürgermeister deutete auf eine der verschlossenen Türen gegenüber. »Dahinter finden Sie eine alte Uhr. Die hat schon bei dem Kindermörder gestanden.«

»Erzählen Sie.«

»Wieso?« Der Bürgermeister sah mich skeptisch an. »Sie sind hier auf einer Verlobungsfeier, wollen sich amüsieren, und ich soll Ihnen blutige Geschichten erzählen?«

»Ja, bitte.«

»Wenn Sie meinen. Ich kenne die Geschichte von meinem Großvater. Er war nämlich dabei, als es geschah, gehörte gewissermaßen zu den Initiatoren.«

Mr. Kiboran erzählte mir, was sich damals zugetragen hatte und daß die drei Kinder sowie ihr Mörder hier in der Nähe des Hauses unter unheiliger Druidenerde lagen.

»Was Sie bis jetzt gehört haben, Mr. Sinclair, sind Tatsachen. Das andere ist Spekulation.«

»Zum Beispiel?«

»Daß die Kinder hier in diesem Haus spuken sollen. Sensible Menschen spüren das.«

»Und Mr. Mitchell?«

Kiboran winkte ab. »Hat mit all dem nichts am Hut, denke ich. Nee, das ist ein Geschäftsmann, aber Sie müssen Ihre Bekannte fragen. Miss Berger wird da bestimmt anders denken.«

Ich nickte gedankenverloren. »Das glaube ich auch«, murmelte ich und dachte scharf nach.

Nadine Berger wollte unbedingt mit mir reden, wie sie mir versicherte. Über das Thema hatte sie keine Andeutungen gemacht, aber es sollte in mein Metier fallen. Der Bürgermeister erzählte mir davon, daß es in dem Haus spuken würde. Standen die beiden Aussagen in einem unmittelbaren Zusammenhang?

Unwillkürlich blickte ich zur Decke. Sie zeigte eine mattweiße Farbe. Ich sah auch die zahlreichen Stuckverzierungen, die überall verteilt waren.

Ich war so in Gedanken versunken, daß sie der gellende Schrei plötzlich hart durchbrach.

Jeder zuckte zusammen.

Auch ich.

Auf einmal wurde es still. Die Menschen standen starr auf ihren Plätzen und lauschten, ob sich der Schrei wiederholen würde. Er war nicht hier unten aufgeklungen, sondern hatte seine Quelle oben auf der ersten Etage.

Bevor sich irgendwer rühren konnte, startete ich. Diesmal war ich es, der im Wege stehende Menschen zur Seite drückte und mir so freie Bahn schaffte.

Ich erreichte die breite Treppe und jagte die ersten Stufen hoch. Dann stoppte ich, wie vor eine Wand gelaufen.

Am Ende der Treppe erschien eine Gestalt. Es war der weißblonde Playboy, mit dem Marion Mitchell verschwunden war. Er torkelte. Quer in seinem Hals steckte ein Messer. Eigentlich hätte der Mann längst tot sein müssen.

Ich war so einiges gewohnt, aber dieser Anblick ging mir verdammt unter die Haut.

Heftig biß ich die Zähne zusammen und starrte auf den Mann, der wie von einem unsichtbaren Band gehalten auf der obersten Stufe stehengeblieben war und jetzt schwankte.

Den Schrei vorhin hatte eine Frau ausgestoßen, das war deutlich zu hören gewesen.

Aber jetzt schrien andere.

Ich hörte die entsetzten Rufe hinter mir. Die Menschen unten in der Halle hatte das Entsetzen gepackt. Ich vernahm einen dumpfen Aufschlag. Wahrscheinlich war jemand der Gäste in Ohnmacht gefallen.

Ich jagte die restlichen Stufen hoch. Drei lange Sprünge brachten mich an mein Ziel, und ich stützte den Mann ab, der mir soeben entgegenfallen wollte.

Im selben Augenblick brachen dessen Augen. Der weißblonde Playboy war tot.

Ich zog ihn in das nächste Zimmer. Es war ein als Salon eingerichteter Raum. Dort legte ich ihn neben dem Sofa zu Boden und breitete eine Decke über ihn aus.

Für Sekunden schloß ich die Augen und dachte darüber nach, daß ich wieder mitten in einem Fall steckte. Nadine Berger hatte mir wirklich nicht umsonst Bescheid gegeben.

Nur – wer war der Mörder? Oder hatte ich es hier vielleicht mit einer Mörderin zu tun?

Ich verließ den Raum und lief über den Flur. Unten in der Halle sprachen alle durcheinander, jemand rief nach der Polizei, ich kümmerte mich nicht darum.

Für mich war Marion Mitchell wichtiger.

Ich fand sie in einem der Zimmer. Völlig apathisch hockte sie auf dem Bett und merkte nicht, wie ich die Tür aufstieß und neben ihr stehenblieb.

Erst als ich sie berührte, zuckte sie zusammen. Ihr Kopf flog hoch, sie sah mich, ihr Gesicht verzerrte sich und wurde zu einer Grimasse des Grauens.

»Nein!« schrie sie. »Nicht, ich will nicht!«

Ich faßte sie hart an. »Reißen Sie sich zusammen, Miss Mitchell!«

Da wurde sie zur Furie. Bevor ich es verhindern konnte, sprang sie auf und wollte mir mit allen zehn Fingern durchs Gesicht fahren. Ihre Augen leuchteten wild, sie tobte und schrie. Ich hatte Mühe, ihre zupackenden Hände abzuwehren, und mußte zum Allheilmittel in solchen Situationen greifen.

Ich verpaßte ihr einen Schlag ins Gesicht.

Es klatschte laut, und sofort wurde die Frau ruhiger. Sie sackte wieder zusammen und schluchzte. »Ich war es doch nicht!« jammerte sie, wobei Tränen über ihre Wangen liefen. »Ich habe ihn nicht getötet. Ich war es nicht...«

Ich ließ sie in Ruhe, sah einen Aschenbecher und zündete mir eine Zigarette an. Die Frau mußte sich erst beruhigen, sonst erhielt ich keine klare Aussage. Sie stand unter einem regelrechten Schock.

Ich hatte mich auf die Lehne des Sofas gesetzt und stand jetzt auf, als ich vom Gang her Schritte hörte.

Bevor ich an der Tür war, stand Don Mitchell schon auf der Schwelle. Er schaute mich an, und er sah verdammt blaß aus. Mir ging es sicherlich nicht anders.

»Wo ist er?« fragte er mit kaum zu verstehender Stimme.

»Ich habe ihn in ein anderes Zimmer gelegt.«

Er nickte. Dann blickte er auf seine Schwester. »Hat sie ihn ermordet?«

»Keine Ahnung.«

»Sonst war doch niemand oben.«

»Das stimmt.«

»Dann... dann kommt nur sie als Täterin in Frage.« Er lachte schrill. »Ich rede wie ein Polizist, nicht wahr? Ist das auch Ihre Meinung, Sinclair?«

»Nicht unbedingt.«

»Sie haben eine andere Erklärung?«

»Nein, doch ich würde vorschlagen, daß wir zuerst einmal

Ihre Schwester reden lassen, wenn sie wieder zu sich gekommen ist.«

»Ja, natürlich.«

Ich drückte die Zigarette aus. Am liebsten wäre es mir gewesen, wenn ich mich mit Marion hätte allein unterhalten können, aber ich konnte Don in seinem eigenen Haus ja schlecht wegschicken.

Marion hob den Kopf. Sie sah ihren Bruder, der auf sie zueilte und sie umarmte.

»Don!« flüsterte sie. »Bitte, Don, ich war es nicht. Du mußt mir glauben.«

»Ich glaube dir ja.«

»O mein Gott, ich weiß nicht, was ich machen soll. Es... es war so schrecklich.«

»Sind Sie in der Lage, uns den Vorgang zu erklären?« erkundigte ich mich vorsichtig.

»Kaum. Sie sehen doch, wie es ihr geht.« Die Antwort gab Don Mitchell.

»Ich hatte Ihre Schwester gefragt.«

»Was wollen Sie wissen?« fragte sie, ohne mich dabei anzusehen.

»Wenn Sie sagen, daß Sie es nicht waren, dann muß es einen anderen Täter geben, Miss Mitchell. Und vielleicht haben Sie ihn sogar gesehen. Sie wären also eine wichtige Zeugin.«

»Natürlich, das habe ich.«

Jetzt wurde es interessant.

Stockend begann sie zu erzählen. »Ich... ich kam mit meinem Kleid nicht zurecht, und Freddy wollte mir helfen. Er kam auch hoch, und ich, nun ja, ich freute mich auf ihn. Wir waren mal zusammengewesen. Er nahm mich in die Arme, küßte mich und stand dabei mit dem Rücken zur Tür. Ich konnte auf die Tür schauen. Und da... da... tauchte diese Gestalt auf.«

»Welche Gestalt?«

»Sie war klein. Wie ein Kind. Aber sie... sie hatte ein Messer. Ich sah sie, auch ihr Gesicht, das wie die Fratze des Teufels aussah, und schrie. Freddy ließ mich los. Er drehte sich um. Da schleuderte die kleine Gestalt das Messer...« Marions Stimme versagte und endete in einem Schluchzen.

Don Mitchell starrte mich an. »Das reicht ja wohl, Mr. Sinclair. Oder meinen Sie nicht?«

Ich nickte. »Fast, Mr. Mitchell.«

Das Mädchen erzählte weiter. »Ich sah ihn fallen, hörte, wie die Gestalt lachte und dann verschwand. Anschließend schrie ich nur noch, weil alles so schrecklich war.«

»Sie haben diesen Raum nicht verlassen?« fragte ich.

»Nein.«

»Dann wissen Sie auch nicht, wo die Gestalt hingelaufen ist?«

Sie nickte.

Ich blickte Don Mitchell an. »Haben Sie vielleicht eine Erklärung für die seltsamen Vorgänge?«

»Keine.«

»Und Sie bringen diese Geschichten, die man sich über das Haus erzählt, nicht in einen ursächlichen Zusammenhang mit dem Mord?«

»Ich weiß nicht so recht.«

»Aber über die Geschichten sind Sie informiert?«

»Gewiß.«

»Ihnen ist nichts aufgefallen? Ich meine, Sie besitzen das Haus ja nicht erst seit gestern.«

»Ja und nein«, gab er zu. »Im Haus ist mir nichts aufgefallen, aber auf der Fahrt hierher ist etwas passiert, für das ich keine Erklärung finde. Es war schon nach dem Dorf, als ich drei Gestalten mit den Teufelsgesichtern auf der Straße sah. Sie sahen so aus, wie meine Schwester sie beschrieben hat.«

»Und sie haben wirklich nichts gesagt?« hakte ich nach.

»Doch. Sie warnten mich. Sie sagten, daß meine Verlobte und ich das Haus verlassen sollten, aber ich habe mich nicht darum gekümmert. Das Haus würde außerdem ihnen gehören. Was sollte ich denn machen? Verschwinden? Ich konnte die Party doch nicht absagen.« Seine Stimme klang auf einmal schrill.

»Sicher«, gab ich zu. »Aber jetzt müssen wir reagieren.«

»Wollen Sie die Polizei holen?«

Ich lächelte schief. »Die ist ja schon hier. Ich möchte auch nicht die Dorfpolizisten in den Fall hineinziehen, doch ich werde dafür sorgen, daß die Gäste abreisen.«

Don Mitchell nickte. »Das ist auch in meinem Sinne.«

»Kommen Sie, wir gehen nach unten.«

»Und was geschieht mit ihr?« Er deutete auf seine Schwester.

Marion stand auf. »Ich gehe mit«, sagte sie. »In diesem Zimmer bleibe ich auf keinen Fall.«

Dafür hatte ich vollstes Verständnis. Gemeinsam verließen wir den Raum. Marion wurde von ihrem Bruder gestützt, als wir über den Gang und auf die Treppe zuschritten.

Die Gäste sahen uns. Sie standen in der Halle wie die Ölgötzen. Wenn gesprochen wurde, dann nur flüsternd. Allen stand die Angst in den Gesichtern geschrieben. Aus flackernden Augen blickten sie uns entgegen, als wir die Stufen hinabschritten.

Auch Nadine Berger sah ich. Sie stand ziemlich nah der Treppe, und sie sah aus, als wollte sie etwas fragen, sich aber nicht traute. Ich ließ die Geschwister vorgehen und blieb dicht bei der Treppe stehen. Man starrte mich an. Es schien sich herumgesprochen zu haben, daß ich von der Polizei war, das fühlte ich irgendwie.

»Ladies and Gentlemen«, begann ich mit einer kurzen Erklärung. »Unvorhergesehene Ereignisse zwingen mich dazu, die Feier aufzulösen. Ich hoffe, ich handle in Ihrem Sinne.«

Gemurmel wurde laut. Alle sprachen durcheinander. Ich sah skeptische Blicke und stellte mich offiziell vor. An der Reaktion merkte ich, daß die Anwesenden Bescheid gewußt hatten.

»Es ist wirklich besser, wenn Sie fahren«, gab ich noch einmal bekannt. »Alles weitere überlassen Sie bitte mir.«

Die Gäste waren erleichtert. Sie gingen auch ohne zu murren, nahmen ihre Mäntel und verschwanden.

Draußen war es windig geworden. Die Böen fuhren durch die offene Tür in den Raum und bliesen einige brennende Kerzen aus.

Erste Motoren brummten auf. Die Wagen fuhren ab. Keiner verabschiedete sich, nur hin und wieder wurde Nadine ein bedauernder Blick zugeworfen.

Ich schloß die Tür und drehte mich um.

Nicht alle waren gegangen. Außer mir befanden sich noch Nadine Berger, die Geschwister Mitchell und der Bürgermeister

Kiboran im Haus. Den sprach ich an. »Möchten Sie nicht auch gehen, Herr Bürgermeister?«

»Nein, ich bleibe.«

»Haben Sie einen Grund?«

»Vielleicht kann ich dabei mithelfen, das Rätsel zu lösen. Schließlich kenne ich die Vorgeschichte.«

Was der Bürgermeister da sagte, klang plausibel. Ich war einverstanden, daß er blieb.

Und die Geschwister sowie Nadine Berger?

Die Filmschauspielerin ahnte meine Gedanken. Sie schüttelte den Kopf. »Nein, John, ich gehe nicht.«

Ich atmete tief ein. »Nadine, es ist besser, wenn du dich zurückziehst. Glaub mir.«

Sie schüttelte den Kopf. »Wo sollte ich mich denn verkriechen?«

»Aber hier befindest du dich in Gefahr.«

»In diesem Haus fühle ich mich sicherer als irgendwo allein, das kannst du mir glauben.«

Ich kannte Nadine Berger. Sie reagierte so ähnlich wie Jane Collins. Wenn sie sich einmal etwas in den Kopf gesetzt hatte, dann war sie nicht durch Geld und gute Worte davon abzubringen.

Deshalb stimmte ich zu. »Okay, Nadine, du kannst hierbleiben. Aber mach mir bitte keine Vorwürfe.«

»Nein, nein.«

»Das gleiche gilt natürlich auch für mich«, sagte Don Mitchell. »Ich lasse meine Verlobte nicht im Stich.«

Auch da hatte ich kein Gegenargument. Ich wußte auch, was weiterkam. Marion gab es mir deutlich genug zu verstehen. »Auch mich wird man hier nicht aus dem Haus bekommen«, erklärte sie mit fester Stimme. »Ich bleibe.«

Da ich mit der Antwort gerechnet hatte, gab ich keinen Kommentar.

»Die Frage ist, wie wir uns verhalten«, meinte Bürgermeister Kiboran.

Ich schaute mich um. In der Halle sah es zwar nicht aus wie auf einem Schlachtfeld, aber es fehlte nicht mehr viel. Einige Gäste hatten in ihrer Angst die vollen Tabletts umgestoßen. Die Gläser waren zerbrochen, die Getränke ausgelaufen.

»Am besten ist, wenn wir zusammenbleiben«, schlug ich vor. »Und zwar hier in der Halle, da sind wir auch schnell an der Tür.«

»Dann sollen wir warten, bis etwas geschieht?« hakte der Bürgermeister nach.

»Erst einmal ja. Ich weiß nicht, wo ich die Gegner suchen soll«, gab ich zu.

»Vielleicht weiß ich es, John.«

Nadine Berger hatte die Worte gesprochen. Überrascht blickte ich sie an.

Sie lächelte verlegen. »Ich wollte dir doch etwas erzählen, bin aber nicht dazu gekommen, weil dieser schreckliche Mord passiert ist. Gestern war ich allein im Haus. Don wollte noch Wein holen, und da hatte ich ein unheimliches Erlebnis...«

Nadine berichtete, was vorgefallen war. Ich hörte sehr aufmerksam zu, und mich interessierte besonders die Uhr, von der sie gesprochen hatte. Sie schien ihren Erzählungen nach zu urteilen ein wichtiges Indiz zur Lösung des Falles zu sein.

»Wo steht die Uhr?«

Nadine drehte sich halb und deutete auf eine verschlossene Tür. »Dahinter.«

Bevor ich ging, sagte der Bürgermeister. »Diese Uhr hat übrigens in der Wohnung des Kindermörders gestanden.«

Das zweitletzte Wort brachte mich auf eine Idee. »Sagen Sie, Mr. Kiboran, Ihr Großvater war doch zugegen, als der Kindermörder gefaßt wurde.«

»Er hat ihn sogar erschossen.«

»Okay, auch das. Wie haben die Kinder eigentlich ausgesehen, als sie gefunden wurden? Wissen Sie das vielleicht?«

»Mein Vater hat es mir erzählt. Sie waren völlig normal, bis auf den Kopf. Gesichter hatten sie nicht mehr, sondern nur noch Teufelsfratzen.«

Als er das sagte, schrie Marion Mitchell auf und starrte ihn aus schockgeweiteten Augen an.

»Was hat sie?« fragte Kiboran.

»Solch ein Kind hat den Blonden getötet«, antwortete ich.

»O Gott.« Der Bürgermeister wurde bleich. »Dann... dann gibt es sie tatsächlich. Dann stimmen die alten Geschichten, die besagen, daß es hier spuken soll.«

»Es sieht so aus.«

»Und wie wollen Sie Tote umbringen?« fragte Don Mitchell.

»Erst einmal muß ich sie haben«, erwiderte ich. »Ich weiß schließlich nicht, wo sie sich aufhalten.«

»Hier im Haus«, behauptete Nadine.

»Das sagst du so. Hast du Beweise?«

»Die Uhr...«

Ich nickte und ließ mich jetzt nicht mehr aufhalten, sondern ging auf die Tür zu, hinter der sich die geheimnisvolle Uhr befand. Die wollte ich mir ansehen.

In dem Raum roch es muffig. Ich machte Licht und sah die Uhr sofort. Sie stach direkt ins Auge, man konnte wirklich nicht an ihr vorbeischauen.

Einen Schritt davor blieb ich stehen. Die Uhr sah völlig normal aus. Ein altes englisches Standmodell, vielleicht zweihundert Jahre alt, ich bin da kein Fachmann. Mir fiel weiterhin auf, daß dieses Stück noch sehr gut erhalten war. Es war nicht restauriert worden, ich sah es in seinem Urzustand vor mir.

Das Ticken war nicht übermäßig laut, und mit einem Blick auf das Zifferblatt stellte ich fest, daß die Uhr die richtige Zeit anzeigte. Auf die Minute genau.

Niemand war mir in das Zimmer gefolgt. Eine gewisse Scheu hielt die Menschen davor ab. Sie waren in der offenen Tür stehengeblieben.

Alle zuckten wir zusammen, als die Uhr schlug.

Achtmal!

Vier Stunden vor Mitternacht. Irgendwie kam mir dieser Begriff in den Sinn.

Ich wollte etwas ausprobieren und holte mein Kreuz hervor. Die anderen beobachteten staunend, wie ich das Kruzifix dem Zifferblatt näherte und plötzlich etwas Seltsames geschah.

Wie verrückt begannen sich die Zeiger zu drehen. Das alte Holz ächzte und stöhnte, als wäre Leben in ihm. Die Uhr schlug ununterbrochen, die Gewichte schleuderten hin und her, die Perpendikel schlugen ebenfalls aus, und ich trat sicherheitshalber einen Schritt zurück, um nicht getroffen zu werden.

Sobald eine gewisse Entfernung zwischen der Uhr und dem

Kreuz bestand, liefen die Zeiger wieder normal. Sie pendelten sich sogar auf die herrschende Zeit ein.

Ein Phänomen, wirklich.

Ich drehte mich um.

Aus blassen Gesichtern starrten mich die Zurückgebliebenen an. In den Augen las ich die unausgesprochene Frage.

»Tut mir leid, aber ich weiß selbst nicht, aus welchem Grund die Uhr so reagierte.«

»Die ist dem Bösen geweiht«, sagte Nadine.

»Das befürchte ich auch.«

»Man sollte sie über die Klippen werfen«, schlug der Bürgermeister vor.

Diese Idee war gar nicht so schlecht. Ich nahm mir vor, mich näher damit zu befassen. Doch zunächst wollte ich noch einige Waffen aus dem Koffer holen.

Ich verließ das Zimmer und schloß die Tür, wobei ich erklärte, was ich vorhatte.

»Aber kommen Sie schnell wieder«, sagte Mitchell.

»Natürlich.«

Ich ging nach draußen. Es war inzwischen dunkel geworden. Ich konnte über den etwa fünfzig Yards entfernten Klippenrand schauen und sah weit dahinter das Meer.

Schaumkronen glitzerten auf den Wellen, und das Tosen der Brandung gegen den Fels wurde zu einer wilden Melodie. Der Wind fuhr durch meine Haare und bewegte auch die starken Äste der Bäume. Er bog die Zweige der Eichen, spielte mit ihnen und sang sein ewiges Lied.

Irgendwie fühlte ich das Unheil, das um dieses einsam stehende Haus herumschlich. Das Grauen schien seine Arme nach dem Gebäude ausgestreckt zu haben.

Ich ging zu meinem Bentley. Bevor ich die Haube anhob, sah ich mich um.

Es geschah bewußt, denn ich wurde das Gefühl nicht los, daß man mich heimlich beobachtete.

Ich konnte nichts Verdächtiges entdecken, aber das Gefühl der drohenden Gefahr blieb.

Besonders interessierte mich der Baum, der am nächsten zur Klippe stand. Er hatte einen gewaltigen Stamm, und das dicke

Astwerk war in der ausladenden Krone ineinandergeflochten. Noch trug der Baum keine Blätter, ich konnte durch das Astwerk schauen und sah Ausschnitte des grauen, düsteren Himmels.

Dann sah ich die Bewegung.

Es war ein huschender Schatten, direkt am Stamm und so gut wie kaum zu erkennen.

Aber er war da, daran gab es keinen Zweifel.

Ich drückte die Kofferraumhaube wieder zu und startete. Der Bewegung wollte ich auf den Grund gehen.

Nach etwa zehn Schritten blieb ich abrupt stehen. Jetzt war es kein Schatten mehr, sondern eine kleine Gestalt. Nicht größer als die eines Kindes, und sie stand neben dem Stamm. Und zwar so dicht, daß sie fast damit verschmolz.

Doch etwas war anders. Wenn auch von dem Körper nicht viel zu erkennen war, so sah ich doch das glitzernde Etwas, das dicht über dem Hals schwebte.

Es war der Kopf.

Nein, kein Kopf, sondern eine Teufelsfratze!

Ich rannte. Und das wurde auch von dem kleinen, aber gefährlichen Wesen erkannt, denn es machte auf dem Absatz kehrt und wischte davon. Sofort befand sich der dicke Eichenstamm zwischen ihm und mir. Ich konnte es nicht mehr sehen.

Heftig atmend blieb ich stehen. Über mir befanden sich die knorrigen Äste und Zweige.

Und dort lauerte auch die Gefahr. Das Wesen hatte nur als Lockvogel gedient.

Ich merkte zu spät, in welch eine raffinierte Falle ich voll hineingestolpert war, und wurde völlig überrascht, als der wuchtige Körper von oben her auf mich knallte und mich mit seinem Gewicht zu Boden riß.

Es blieb mir keine Zeit mehr, die Arme noch auszustrecken. Mit dem Kopf zuerst berührte ich die Erde, sah einen Blitz und hatte erst einmal Sendepause...

Die Geschwister Mitchell, Nadine Berger und auch der Bürgermeister sahen, wie sich die Tür hinter mir schloß. Sie blieben allein zurück. Allein mit ihren Gedanken und Gefühlen.

Jeder spürte jetzt die Angst.

Aber Nadine merkte noch etwas anderes. Sie hatte genau mitbekommen, wie wenig sich ihr Verlobter um sie gekümmert hatte. Er sorgte sich mehr um seine Schwester. Nadine fühlte sich vernachlässigt. Und ihr waren auch nicht die Blicke entgangen, die ihr Marion Mitchell zugeworfen hatte.

Hämisch, triumphierend, abschätzend...

Nadine dachte darüber nach. Vielleicht hatte sie wirklich nicht die richtige Entscheidung getroffen. Dieser Don Mitchell war zwar ein gut aussehender Mann, doch wer ihn näher kannte, der mußte feststellen, daß männliches Aussehen noch lange keinen Mann ausmachte. Bei Don war zu viel Fassade. Und das kannte sie zur Genüge von manchem Schauspielerkollegen.

Zudem liefen ihre Interessen gegensätzlich, eine echte Partnerschaft würde es zwischen ihnen beiden wohl nie geben. Das stand für Nadine fest.

Auch jetzt hatte er seinen Arm fürsorglich um die Schultern der Schwester gelegt. Sicher, Marion hatte einiges hinter sich, aber sie mußte es inzwischen verkraftet haben.

Ein dicker Kloß wollte vom Magen her hochsteigen, doch Nadine schluckte tapfer.

Mitchell zündete sich eine Zigarette an. »Also, ich glaube nicht, daß er es schafft«, sagte er.

»Und warum nicht?« fragte Nadine patzig.

Don ließ den Rauch durch die Nase ausströmen. »Hat er vielleicht den Mord verhindert? Nein. Oder hat er die Gegner gestellt? Du siehst, meine liebe Nadine, so toll ist dein Supermann Sinclair auch nicht.«

Fest blickte Nadine Berger ihren Verlobten an. »Erstens bin ich nicht mehr deine liebe Nadine und zweitens ist John Sinclair kein Supermann. Drittens sind wir noch nicht verlobt. Die Verlobung hätte ja erst noch stattfinden sollen.«

Mitchells Augenbrauen zogen sich zusammen. »Was soll das denn heißen?«

»Daß ich es mir noch überlegen werde.«

Sekunden war der Mann sprachlos. Dann lachte er laut auf. »Ist das eine deiner Filmstarlaunen?«

»Nein, Don, das ist mein Ernst.«

Marion lachte ebenfalls. »Ich habe dir gleich gesagt, daß sie nicht viel taugt, aber du wolltest ja nicht auf mich hören. Gewarnt habe ich dich des öfteren.«

»Sei ruhig jetzt!«

»Kinder, nun streitet euch doch nicht«, mischte sich Kiboran, der Bürgermeister, ein, »als wenn wir nicht Sorgen genug hätten. Sie werden es sich bestimmt noch überlegen, Miss Berger.«

»Nein.«

»Kommt Zeit, kommt Rat«, sagte Mitchell. »Ich frage mich nur, wo Sinclair bleibt. Er ist ja lange genug weg. Schließlich wollte er nur seine Sachen aus dem Kofferraum holen.«

»Vielleicht hat er Angst bekommen«, vermutete Marion.

»Du kannst ja mal nachsehen«, forderte Nadine die Frau auf.

»Ich? Wie käme ich dazu? Er ist schließlich dein Bekannter, du hältst doch so viel von ihm.«

»Ja, das halte ich auch«, erwiderte Nadine. Ohne sich um die anderen zu kümmern, lief sie zur Tür und zog sie auf.

Die Schauspielerin blickte nach draußen. Sie sah die leeren Stufen und die restlichen Wagen, die noch vor dem Haus parkten. Nur von John Sinclair sah sie nichts.

Nadine schluckte. Plötzlich schlug ihr Herz schneller. Geflohen war John nicht, ein Mann wie er lief nicht weg. Da er jedoch nicht zu sehen war, kam Nadine der Gedanke, daß ihm etwas passiert sein könnte.

Eine Gänsehaut kroch über ihren Rücken. Am liebsten wäre sie nach draußen gelaufen, aber dort fühlte sie sich schutzlos.

Sie zog sich wieder zurück.

»Nun, hast du ihn gesehen?« Marion Mitchells Stimme klang lauernd und spöttisch zugleich.

»Nein, ich habe ihn nicht gesehen.«

»Dann hat er wohl das Weite gesucht.«

»Sein Wagen steht noch auf dem Parkplatz. Und zu Fuß wird er ja nicht gelaufen sein.«

»Wer weiß...«

»Jetzt hört auf mit dem Streit«, mischte sich Don Mitchell ein. »Ich habe auf jeden Fall Hunger.«

»Geh essen, es ist genügend da«, meinte seine Schwester.

Da hatte sie nicht gelogen. In einem Nebenraum war ein Büfett aufgebaut worden. Ein ländlich deftiges.

Der Mann zog die Tür auf und machte Licht.

Er wollte den Raum betreten und hatte bereits einen Fuß vorgesetzt, als er zurückprallte und einen unterdrückten Schrei ausstieß.

»Was ist?« rief der Bürgermeister.

Er war als erster bei Mitchell, die anderen standen Sekunden später neben ihm.

Jetzt sahen sie es alle.

Das Büfett war quer zur Tür aufgebaut worden und noch abgedeckt. Vor den Tischen jedoch stand etwas, das überhaupt nicht in diesen Rahmen paßte.

Drei weiße Kindersärge!

»O nein«, stöhnte Marion Mitchell. »Das ist Wahnsinn, das darf nicht sein. Halte mich, bitte, Don!«

Sie kippte nach hinten, und ihr Bruder mußte sie tatsächlich auffangen.

Neben Nadine stand der Bürgermeister. Er hatte die Hände geballt und flüsterte: »Drei weiße Särge. Wie damals. Alles ist wie damals.«

»Was ist wie damals?«

»Ich weiß es von meinem Großvater. Die ermordeten Kinder sind in drei weißen Särgen bestattet worden, und jetzt stehen hier auch welche. Vielleicht sind es sogar dieselben.«

»Die müßten doch längst vermodert sein.«

»Normalerweise ja. Aber wissen Sie, welche Kräfte hier mitspielen, Miss Berger?«

»Nein.«

»Sehen Sie.«

Die Mitchells sprachen nicht. Nur Don räusperte sich. Bemerkungen waren ihm ebenso vergangen wie seiner Schwester. Alle wußten, daß die Gefahr noch längst nicht vorbei war, daß sie vielleicht jetzt erst richtig anfangen würde.

»Ich rühre die Totenkisten nicht an!« kreischte Marion.

»Das hat auch niemand von dir verlangt«, gab Don zurück.

Marion war nicht zu bremsen. »Und überhaupt«, sagte sie. »Was soll ich hier noch? Sogar dieser Sinclair ist verschwunden. Ich haue auch ab. Mich hält hier nichts mehr. Ich bin doch nicht verrückt, noch länger in diesem Haus zu bleiben. Ein Toter reicht mir. Ich möchte nicht als nächste da liegen.«

Da hatte sie im Prinzip recht. Auch die anderen dachten ähnlich, sie sprachen es nur nicht aus.

Marion Mitchell drehte sich auf der Stelle, schaute wieder in die Diele und schrie zum zweitenmal.

Lautlos hatte sich hinter dem Rücken der anderen etwas verändert. Sie sahen es, als sie in die Halle blickten.

An den strategisch wichtigen Stellen standen die drei Kinder mit ihren Teufelsfratzen.

Und alle drei hielten Messer in ihren Händen...

Lange war ich nicht bewußtlos. Ich öffnete die Augen und merkte, daß ich geschleppt wurde. Jemand hatte mich unter den Achselhöhlen gepackt und schleifte mich über den Boden einem unbekannten Ziel entgegen. Meine Hacken wühlten sich in die Erde und hinterließen tiefe Rinnen, die den genauen Weg markierten.

Ich merkte jede Unebenheit und spürte auch, wie unregelmäßig die Person ging, die mich schleppte.

Wohin?

Da gab es an sich nur eine Möglichkeit. Auf die Klippe zu. Hinunterstürzen und fertig.

Ich schluckte, als mir dieser Gedanke kam, aber noch war es nicht soweit. Zudem wollte ich gern sehen, wer mich da abschleppte.

Ich schielte hoch. Viel sehen konnte ich nicht. Ein verschwommen erscheinendes Gesicht, aus dem knurrende Laute drangen, die aber mit einem Sprechen oder Atmen nicht zu vergleichen waren.

Okay, machten wir dem Spiel ein Ende. Ich hatte nämlich keine Lust, mit mir weiterhin Mehlsack spielen zu lassen.

Urplötzlich stemmte ich meine Füße hart in den Boden, fand an einem aus der Erde wachsenden Stein noch Widerstand und warf mich nach vorn. Das geschah so plötzlich, daß die Pranken aus meinen Achselhöhlen rutschten.

Ich stand.

Und kassierte einen Treffer.

Ich sah noch die Hand vor meinem Gesicht und hatte danach das Gefühl, sämtliche Zähne würden mir im Mund durcheinanderpurzeln. Mit den Armen ruderte ich, war jedoch nicht in der Lage, meinen Sturz zu bremsen. Wieder ging ich zu Boden.

Diesmal jedoch fiel ich auf den Rücken. Und wurde nicht bewußtlos, was ein großer Vorteil war.

Ich lag auf dem Rücken, kämpfte gegen das taube Gefühl im Kopf an und hatte noch den Mut, meine Beretta zu ziehen und den Kerl, der mich hergeschleppt hatte, in die Mündung schauen zu lassen.

Zuerst dachte ich, er würde die Waffe kurzerhand ignorieren, weil er weiterging, dann aber blieb er stehen und starrte mich an.

Unsere Blicke trafen sich.

Und ich muß ehrlich gestehen, daß mir der Anblick dieses Kerls doch verdammt zusetzte.

Es war schlichtweg grauenhaft.

In die Brust mußte ihn irgendwie etwas getroffen haben. Denn sie war aufgerissen, aber kein Blut drang daraus hervor. Der Kopf wurde von grauen, stumpf wirkenden Haaren umwallt, und der Blick der verdrehten Augen war seltsam glanzlos.

Da wußte ich, wer vor mir stand.

Ein Untoter, ein Zombie.

Der Kindermörder!

Ja, das mußte er sein. Rick Holloway hatte er geheißen. Der Bürgermeister hatte es mir ja deutlich genug zu verstehen gegeben. Sein Großvater hatte ihn erschossen, nun stand er vor mir.

Von den Toten zurückgekehrt.

Ich hatte oft genug mit Zombies zu tun gehabt. Zwar fürchtete ich mich immer noch vor ihnen, doch ich geriet nicht in Panik oder verfiel in wilden Schrecken – ich blieb gelassen.

Und auch das dumpfe Gefühl aus meinem Kopf verschwand wieder. Langsam konnte ich einen klaren Gedanken fassen.

»Wenn du dich einen Schritt auf mich zubewegst, schieße ich!«

Der Zombie grunzte nur.

Er stierte mich an, und besonders hatte es ihm das Kreuz angetan, das ich zum Glück nicht verloren hatte. Und erst jetzt merkte ich, wie nahe wir den Klippen waren. Das Rauschen der Brandung war lauter geworden. Links von mir fiel nach ein paar Yards das Gelände steil zum Meer hin ab.

Da war ich gerade noch zur rechten Zeit erwacht. Der Zombie hatte mich über die Klippen stürzen wollen.

Ich zog mich etwas zurück, fand an einem aus der Erde wachsenden Stein Halt und fragte: »Du bist Rick Holloway. der Kindermörder, nicht wahr?«

Er erwiderte nichts.

»Gib Antwort!«

»Was willst du hier? Du gehörst nicht in das Haus!« spie er mir entgegen. »Ich werde dich töten!«

»Da kannst du lange warten«, erwiderte ich kalt. »Wenn du mir eine Antwort gegeben hast, sage ich dir, weshalb ich hergekommen bin. Einverstanden?«

Sein Blick blieb leer. Auch in seinem Hirn konnte nichts arbeiten. Er war ein Zombie, eine Maschine, die nicht dachte, höchstens Befehle ausführte.

Er trug zerfetzte Kleidung, die um seinen hochgewachsenen Körper flatterte. Der Mund war grausam verzogen, die Ohren wurden durch das Haar verdeckt, auf dem Nasenrücken war die Haut aufgeplatzt, und über die Brust habe ich ja schon berichtet.

Wir waren in sein Gebiet eingedrungen. Es lag auf der Hand, daß er das nicht zulassen wollte. Man hatte ihn in unheiliger Erde begraben, ein Druide hatte hier vor vielen, vielen Jahren seinen Zauber wirksam werden lassen, und der war jetzt intensiviert worden.

»Ja, ich bin Rick Holloway«, sagte er plötzlich. »Ich bin der, den sie vor vielen Jahren getötet und verscharrt haben wie einen Hund. Aber sie haben nicht mit dem Zauber des alten Druiden gerechnet. Seine Magie war noch vorhanden. Sie lauerte in den Tiefen der Erde und wurde an mir wirksam. Ich konnte die feuchte Erde verlassen und sorgte auch dafür, daß die drei Kinder wieder auferstanden.«

»Warum hast du sie getötet?«

»Weil der Teufel es so wollte. Er hat mich angesprochen, und ich bin zu seinem Diener geworden.«

»Ist er dir erschienen?« fragte ich.

»Ja.«

»Wie?«

»Hast du die alte Uhr gesehen? Darin steckt der Satan. Sie ist ihm geweiht worden, und die läutet die Todesstunde seiner Feinde ein. Wenn jemand stirbt, schlägt sie. Sie wird auch schlagen, wenn ich dich töte, Mann.«

»Was ist mit den Kindern?«

»Sie finden keine Ruhe. Ich habe sie damals entführt und dem Satan geopfert. Sie sind ein Teil von ihm geworden und stehen mir zur Seite, wenn Gefahr droht.«

»Sind sie im Haus?«

»Ja, da kannst du sie finden. Bei den anderen. Alle vier, die zurückgeblieben sind, werden sterben. Die Hölle wird ihre Freude haben, der Satan kann lachen. Niemand hält den Tod auf, auch du nicht. Einer mußte schon sein Leben lassen. Durch Zufall hat er ein Kind gesehen. Es hat sofort sein Messer geworfen...«

Ich hörte die Worte und dachte fieberhaft nach. Dieser Zombie hatte mich in eine Falle gelockt. Ich war förmlich hineingestolpert und hatte meine Freunde allein gelassen. Sie waren den kleinen, teuflischen Geschöpfen hilflos ausgeliefert, würden sich gegen die mit Magie aufgeladenen Monster nicht wehren können.

Aber ich konnte es, obwohl ich erst den Untoten aus dem Weg schaffen mußte.

Noch hockte ich auf dem Boden und ließ den Zombie in die Waffenmündung schauen. Er rührte sich nicht, stierte mich nur an und tat auch nichts, als ich langsam aufstand.

Es war nicht leicht, sich zu erheben und dabei die Waffe so zu halten wie zuvor. Deshalb forderte ich Holloway auf: »Dreh dich um!«

Er zögerte einen Moment, stieß ein unwilliges Knurren aus, gehorchte aber.

Und er überraschte mich.

Er hieb, noch während er sich drehte, mit einem Fuß in den Boden und schleuderte mir Dreck und Sand ins Gesicht. Instinktiv drückte ich ab, aber ich wußte gleich, daß ich nicht getroffen hatte.

Dafür traf Holloway.

Ein wuchtiger Tritt traf mein rechtes Handgelenk und fegte mir die Waffe aus den Fingern. Sie landete irgendwo hinter mir, und ich drehte mich um die eigene Achse, so daß mich der nächste Tritt, der meinem Kopf gegolten hatte, verfehlte.

Ich prallte gegen zwei große Steine, etwas klirrte, und als ich mich in die Höhe wuchtete, spürte ich im Nacken einen kurzen Ruck.

Im nächsten Augenblick fiel das Kreuz von meiner Brust, weil die Kette gerissen war.

Den Grund konnte ich sehen.

Das Kreuz war mit seiner Schmalseite unglücklich zwischen die beiden Steine gerutscht. Der Zufall hatte es die einzige Lücke finden lassen. Beim Hochkommen war dann die Kette zerrissen. Das konnte ein tödliches Pech für mich werden, denn waffenlos stand ich nun dem gefährlichen Zombie gegenüber.

Ich schnellte aus meiner Hockstellung hoch und konnte mich gerade noch zur Seite drehen, um einem Hammerschlag zu entgehen. Die Faust krachte dafür auf den Felsen.

Beiden machte es nichts aus. Dem Stein nicht und auch nicht der Hand, denn sie war ohne Leben, ohne Gefühl.

Dann griff ich an.

Ich zog den Kopf zwischen die Schultern, duckte mich und rannte vor. Der Zombie war etwas unbeweglich, kam nicht schnell genug weg, und ich rammte meinen Schädel in seinen Leib.

Gemeinsam taumelten wir zurück. Während sich der Untote auf den Beinen hielt, stolperte ich über seine Füße, fiel hin, rollte mich sofort herum und federte wieder hoch.

Der Zombie griff nicht an. Dafür bückte er sich und wuchtete einen gewaltigen Stein hoch.

Der war so schwer, daß selbst dieses untote Monster Mühe hatte, ihn in die Höhe zu stemmen. Was er mit diesem Stein wollte, lag auf der Hand. Mich zerschmettern.

Soweit ließ ich es nicht kommen. Mein Tritt in die Seite warf den Seelenlosen zu Boden. Er rollte dem Abgrund immer näher.

Nichts anderes hatte ich gewollt.

Mit den bloßen Fäusten konnte ich ihn nicht besiegen. Er war ja schon tot. Es würde mir nicht gelingen, ihn noch einmal umzubringen. Nicht auf normale Art und Weise. Aber wenn er über den Abgrund stürzte und zwischen die Klippen fiel, hatte ich Zeit, an meine Waffen zu kommen. Bis Holloway wieder auftauchte, war auch ich fit.

So meine Rechnung.

Ich kämpfte.

Ein weiterer Hieb trieb den Untoten noch mehr zurück. Rückwärts torkelte er auf den Klippenrand zu. Der Wind packte uns beide und schüttelte uns regelrecht durch.

Schon jetzt schmerzten mir meine Hände. Ich würde mir an dieser seelenlosen Maschine die Knochen aufschlagen, deshalb griff ich zu einem Hilfsmittel.

Auf der Erde und in unmittelbarer Nähe liegend, entdeckte ich einen starken Ast.

Blitzschnell hob ich ihn auf, und als der Zombie mich angriff, lief er in meinen Stoß hinein.

Holloway wurde gebremst und sogar noch zurückgetrieben. Er knurrte wütend.

Es war ein wilder und verzweifelter Kampf, in dem es um alles oder nichts ging. Ich wußte vier Menschen in Gefahr, die auf meine Hilfe hofften, doch ich konnte ihnen nicht beistehen, weil ich erst noch dieses verdammte Monster hier erledigen mußte.

Er trat wieder in den Boden und schleuderte mir Dreck entgegen. Diesmal gab ich acht und zog den Kopf ein.

Die Ladung schoß an mir vorbei.

Dafür traf ihn mein nächster Schlag gegen den Hals. Und wieder sprang ich auf ihn zu.

Ich sah bereits das Ende der Strecke. Zwei, höchstens drei Schritte hinter ihm ging es in die gefährliche Tiefe, noch ein Hieb, dann konnte ich es packen.

Ich geriet dabei in eine solche Euphorie, daß ich die Vorsicht vergaß.

Frontal ging ich meinen Gegner an.

Das rächte sich.

Plötzlich schnellten die Arme des Zombies vor, und ehe ich mich versah, umklammerten die Hände den Ast. Ich war noch im vollen Lauf und prallte gegen ihn. Gleichzeitig wich er zur Seite aus und stellte mir ein Bein.

Ich stolperte.

Plötzlich war der Abgrund vor meinen Augen. Noch konnte ich mich fangen, merkte, wie mir der Ast aus den Händen gerissen wurde, und dann bekam ich den Hieb in den Rücken.

Es war ein Hammer.

Ich wurde nach vorn geschleudert, eine urwelthafte Kraft riß mich von den Beinen, ich sah die Kante, erhielt noch einen Stoß und wurde über die Felsleiste hinwegkatapultiert.

In das Rauschen der Brandung mischte sich das Lachen meines untoten Gegners...

Niemand wagte sich zu rühren.

Die Angst fraß sich wie Säure in die Herzen der vier Menschen. Jeder reagierte anders.

Während der Bürgermeister und Nadine Berger vor Schrecken nichts sagen konnten, zitterte Marion Mitchell am ganzen Leib. Sie hatte die Arme halb erhoben und die Hände zu Fäusten geballt. Ihre Augen waren weit aufgerissen, die Zähne klapperten aufeinander, und mit fiebrigem Blick starrte sie auf die teuflische Erscheinung an der Tür.

Ein Kind nur, doch mit einem Messer in der Hand und einer Teufelsfratze.

Don Mitchell sagte nichts. Er konnte nicht sprechen. Zu sehr hatte ihn das Auftauchen der drei teuflischen Kinder geschockt. Er war weiß geworden, und der kalte Schweiß lag auf seiner Stirn.

Die Kinder starrten die Menschen nur an, und die Klingen der Messer warfen blitzende Reflexe.

»Was sollen wir tun?« hauchte Marion.

»Nichts.« Diese tonlose Antwort kam von ihrem Bruder. Er hatte einen Blick zur Treppe geworfen. Dieser Fluchtweg war ebenfalls versperrt, weil dort auch ein Kind stand.

Es würde keinen vorbeilassen.

Und das dritte hatte sich vor dem Fenster aufgebaut.

Sie trugen schwarze Gewänder, die allerdings schmutzig und

zerknittert wirkten. Ihre Fingernägel waren überdurchschnittlich lang.

Sie mußten im Grab weitergewachsen sein.

Bürgermeister Kiboran fühlte die Finger der Schauspielerin an seiner Hand. Sie waren kalt. Sämtliches Blut schien aus ihnen gewichen zu sein.

»Was sollen wir tun?« wisperte sie.

»Ich weiß es nicht.«

»Aber wir können uns doch nicht so ohne weiteres töten lassen«, schluchzte Nadine.

»Nein.«

»Und dir, Don? Fällt dir nichts ein?«

Als sich der Antiquitätenhändler angesprochen fühlte, drehte er den Kopf. »Nein, verdammt, mir fällt nichts ein. Hättest deinen Sinclair fragen können, aber der hat sich ja aus dem Staub gemacht.«

»Du bist gemein.«

Mitchell lachte nur.

»Vielleicht weiß ich etwas«, sagte der Bürgermeister, denn wie auch die anderen hatte er gesehen, daß sich die drei kleinen Monster langsam in Bewegung setzten.

»Und was?«

»Wartet es ab.«

Kiboran raffte all seinen Mut zusammen und trat einen Schritt vor. Er hob die Hand und rief mit lauter Stimme: »Halt!«

Was niemand erwartet hatte, geschah.

Die drei Teufelskinder stoppten!

Kiboran atmete aus, die erste Hürde hatte er genommen. Er sprach die teuflischen kleinen Gestalten weiterhin direkt an. »Ich weiß, wer ihr seid«, sagte er, »aber auch ihr müßt meinen Namen kennen, wenn ihr genau überlegt. Ich heiße Kiboran. Erinnert ihr euch?«

Die kleinen Monster zeigten keine Reaktion.

Der Bürgermeister beugte sich vor. Beschwörend glitt sein Blick in die Runde. »Kiboran.« Jeden Buchstaben betonte er. »Erinnert ihr euch nicht? Denkt zurück an euren Tod. Holloway hat euch ermordet. Euch drei. Zwei Mädchen und einen Jungen. Aber es gab Männer im Dorf, die sich zusammenschlossen, um euren

Tod zu rächen. Der Pfarrer, der Bürgermeister, der Polizist, der Apotheker und der Lehrer. Sie schlossen ein Bündnis, um den geheimnisvollen Mörder zu finden. Und sie haben ihn auch gefunden. Holloway konnte nicht mehr flüchten. Wir stellten ihn, und wir kämpften gegen ihn.« Der Bürgermeister war so in Fahrt, daß er seinen Großvater mit sich selbst verwechselte, dann aber schwenkte er wieder um. »Mein Großvater hat Holloway erschossen, nachdem er den Pfarrer getötet hatte. Wißt ihr das?«

Keine Antwort.

Kiboran sprach weiter. »Sie haben euch hier oben begraben, neben dem Kindermörder. Ihr seid ja nicht mehr normal gewesen, unsere Vorfahren mußten es tun, wirklich...«

»Wir waren dem Teufel geweiht.« Zum erstenmal sprach eines der kleinen Monster. Die Stimme drang dumpf unter dieser Teufelsfratze hervor, von der man nicht wußte, ob sie eine Maske war oder nicht. »Es hatte keinen Zweck mehr gehabt. Die Arbeit deiner Vorfahren war völlig umsonst gewesen«, erklärte man dem Bürgermeister.

»Das könnt ihr nicht so sehen.« Kiboran versuchte alles, um die drei Geschöpfe aufzuhalten. »Sie dachten damals noch, daß sie euch finden könnten, und sie hofften, daß ihr weiterhin am Leben wäret.«

»Wir leben ja auch.«

»Was ist das für ein Leben? Schlimm, sehr schlimm!« rief der Bürgermeister den drei Monstern entgegen. »Ihr seid nicht eingegangen in das Paradies, ihr kennt nur den Teufel, an den euch Rick Holloway verkauft hat. Nie werdet ihr euren Frieden finden, ihr werdet immer als ruhelose Geister herumirren, aber der Seelenfrieden bleibt euch verwehrt. Und warum wollt ihr töten? Was haben die Leute euch hier getan? Nichts, gar nichts.«

»Es ist unser Gebiet!«

»Wieso?«

»Deine Vorfahren haben uns in der unheiligen Erde verscharrt, das mußt du doch wissen. Ja, diese Erde war unheilig, denn die Magie eines alten Druiden wirkte noch nach. Wir verfaulten nicht, wir starben nicht, wir blieben in unseren feuchten Gräbern und warteten ab, bis die Zeit günstig war.«

»Wer führte euch?« fragte Kiboran. »Der Teufel?«

»Nein. Rick Holloway. Er ist unser Führer!«

»Und warum habt ihr ihn nicht mitgebracht?«

Da lachten die drei kleinen Monster gleichzeitig, aber es war kein freundliches, helles Lachen, sondern ein böses, grausames. »Holloway läuft draußen herum und sichert dort das Haus ab. Er kann genau sehen, wer es verlassen will...«

Diese durch die Blume gesprochene Bemerkung verstand Kiboran sehr wohl. Er spürte, wie es kalt seinen Rücken hinablief, und er dachte dabei nicht so sehr an sich, sondern an den Oberinspektor aus London, der das Haus verlassen hatte.

»Wir wissen, daß einer fehlt«, erhielt er sogleich die Bestätigung. »Einer von euch hat das Haus verlassen, wir haben ihn gesehen. Und er hat uns auch gesehen. Wir lockten ihn in die Falle, damit sich Rick Holloway mit ihm beschäftigen kann. Denn Rick will auch nicht, daß hier jemand herumläuft. Alles gehört ihm, auch die Uhr.«

»Die Uhr?«

»Ja, die besonders.«

Kiboran begriff, daß es zwischen der Uhr, den Teufelskindern und diesem Rick Holloway eine ursächliche Verbindung gab. Doch das war im Moment nicht so wichtig. Viel wichtiger und akuter erschien ihm der Fall des Oberinspektors zu sein.

»Wo befindet sich der Mann jetzt, der vorhin das Haus verlassen hat?«

Diese Frage putschte die Spannung in den Menschen noch höher als zuvor.

Jeder starrte die drei kleinen Monster an, doch die ließen sich mit der Antwort Zeit. Eine seltsame Beklemmung legte sich über den Raum. Nadine Berger spürte, wie ihr Herz oben im Hals klopfte. Unter Umständen erfuhr sie jetzt von John Sinclairs Tod. Das brachte sie nahe an den Wahnsinn.

Aber auch die Geschwister Mitchell standen lauernd da. Für sie ging es ebenfalls um alles oder nichts.

»Holloway hat ihn!«

Die Antwort war wie ein Peitschenhieb, denn die Menschen duckten sich förmlich zusammen.

Der aus dem Grab gestiegene Kindermörder hatte sich des Oberinspektors bemächtigt!

Kiboran stöhnte auf, während Don Mitchell sagte: »Ich habe es doch gleich gewußt.«

Nur Nadine reagierte ohne äußere Anzeichen, doch in ihrem Innern sah es anders aus. Dort jagten sich die Gedanken. Da zitterte sie. Aber sie dachte auch an die Vergangenheit. An Dr. Tod, den John Sinclair besiegt hatte, und an den unheimlichen Mönch, der auch nichts gegen den Geisterjäger hatte ausrichten können.

Vielleicht hatte John doch eine Chance...

Sie betete darum und faltete sogar die Hände. Die Stimme eines Teufelskinds unterbrach ihren Gedankenlauf.

»Holloway hat es übernommen, euren Freund zu töten. Wir haben andere Aufgaben. Wir werden euch töten!«

Das hatte zwar jeder angenommen oder geahnt, aber das so deutlich zu hören war für die Anwesenden ein regelrechter Schock.

Und sie waren waffenlos, konnten sich nicht wehren.

Das wurde auch dem Bürgermeister klar. Langsam trat er zurück. Er wollte nicht zu nahe sein, doch die Kinder zogen den Kreis sofort enger, versperrten weiterhin die Fluchtwege.

»Verdammt!« keuchte Don Mitchell. »Die bringen es fertig und machen uns alle!« Wild schaute er sich um, während seine Schwester plötzlich die Nerven verlor.

»Ich will aber nicht sterben!« kreischte sie. »Ich will nicht!« Sie riß die Arme hoch, ballte die Hände und stampfte wild mit dem rechten Fuß auf, so daß der Holzboden vibrierte.

»Was machen wir?« fragte Nadine Berger den Bürgermeister mit zitternder Stimme.

»Ich weiß es nicht.«

»Wir müssen vorbei!«

»Genau, das meine ich auch«, sagte Don Mitchell. Er hatte die geflüsterten Worte vernommen und reagierte.

Urplötzlich stieß er sich ab. Selten in seinem Leben war er so schnell gerannt. Er flog förmlich auf die Treppe zu und wollte nach oben hin entfliehen.

»Don!« kreischte Marion. »Nimm mich mit!«

Der Mann kümmerte sich nicht darum.

Die Stufen!

Er warf seinen Körper vor, nahm die ersten drei – und...

Das Teufelskind, das in Treppennähe gelauert hatte, reagierte jetzt erst.

Es drehte sich halb, hob den Arm, etwas flirrte durch die Luft und traf mit tödlicher Präzision den Rücken des fliehenden Mannes.

Zuerst schien es, als würde Don Mitchell seinen Lauf nicht unterbrechen, als wäre gar nichts gewesen, dann aber sackte er plötzlich zusammen. In einer reflexartigen Bewegung streckte er noch seinen linken Arm aus, und die Hand klatschte auf den Lauf des Geländers. Er wollte sich daran festklammern, fand jedoch nicht die Kraft und verlor den Halt.

Gleichzeitig auch das Übergewicht.

Don Mitchell kippte nach hinten und rollte sich mehrmals überschlagend und vom Gelächter der drei Teufelskinder begleitet die Treppe hinab. Etwa ein Yard vor der ersten Stufe blieb er liegen und rührte sich nicht mehr.

Das Messer hatte ihn tödlich getroffen!

Im ersten Moment war keiner der Anwesenden fähig, auch nur ein Wort zu sagen. Die letzten Sekunden waren so entsetzlich gewesen, daß sie sie überhaupt nicht begriffen. Der jähe Schock hatte sie bewegungsunfähig gemacht.

Doch auch die Schrecksekunde ging vorbei.

Marion Mitchell reagierte als erste.

Grell durchschnitt ihr panikerfüllter Schrei die lastende Stille. »Don!« brüllte sie. »Don!« Dann hielt sie nichts mehr auf ihrem Platz. Sie rannte auf den am Boden liegenden Toten zu und warf sich über ihn. Dabei rollte sie ihn auf die Seite, schaute in die gebrochenen Augen und konnte es nicht fassen, daß Don tot war.

Sie schrie weiter, umklammerte sein Gesicht, bedeckte es mit Küssen, als wollte sie den Toten ins Leben zurückholen, und konnte nicht begreifen, daß dies nicht möglich war.

Die Teufelskinder machten weiter.

Eines von ihnen hob seinen Arm, um sein Messer auf die neben dem Toten knieende Marion zu schleudern.

In diesem Augenblick schlug im anderen Zimmer die Uhr an.

Ihre dumpfen Schläge trieben den Menschen Angstschauer über den Rücken.

Totengeläut...

Das Kind zögerte.

Und da reagierte Kiboran. »Stoß die Tür auf!« zischte er Nadine Berger zu.

Gleichzeitig rannte er auf Marion Mitchell zu, erreichte sie und riß sie von dem Toten weg.

Da flog das Messer.

Doch Kiboran hatte sich instinktiv geduckt. Er und das Mädchen befanden sich nicht mehr in der Flugbahn der Waffe, so daß die Klinge sie verfehlte und in die drittunterste Stufe hieb, wo sie steckenblieb.

Kiboran aber zerrte die schreiende Marion auf die Tür zum Nebenzimmer zu.

Sie stand weit offen.

Doch da war noch das dritte Kind. Es wollte ebenfalls sein Messer schleudern.

Nadine Berger überwand sich selbst. Sie hatte bisher nur zugeschaut, jetzt aber sprang sie vor, erreichte den in der Halle stehenden Flügel und schnappte eine Sektflasche, die irgend jemand von den Partygästen dort abgestellt hatte.

Wuchtig schleuderte sie die Flasche.

Und traf.

Das gläserne Wurfgeschoß hieb gegen den Hinterkopf des teuflischen Kindes. Der Treffer schleuderte das kleine Monster nach vorn, so daß der Bürgermeister und Marion Mitchell Zeit gewannen. Sie konnten in das Zimmer flüchten.

Nadine Berger folgte ihnen sofort.

Hart rammte sie die Tür zu, sah den von innen steckenden Schlüssel und schloß ab.

»Geschafft!« keuchte sie. In ihren Augen flackerte er.

Kiboran nickte und lehnte sich gegen die Wand. Sie befanden sich dort, wo die drei weißen Särge standen und das Büfett aufgebaut war. Und der Raum hatte ein Fenster.

Eine Fluchtchance!

Nadine lief hin. Sie drehte am Griff und schrie schluchzend und enttäuscht auf.

»Was ist los?«

Nadine irrte herum. »Der verdammte Bügel klemmt!«

»Nein!« Bürgermeister Kiboran schloß für Sekunden die Augen. Das war eine Enttäuschung.

Marion Mitchell lachte kreischend auf. Es schien, als habe sie den Verstand verloren.

»Ich helfe Ihnen«, sagte der Bürgermeister und lief zum Fenster. Nadine trat zur Seite.

Auch Kiboran schaffte es nicht, den Bügel herumzureißen.

»Dann müssen wir eben die Scheibe einschlagen«, sagte die Schauspielerin.

»Womit?« Kiboran schaute sich um.

Marion Mitchell hockte in einer Ecke. Sie war in sich zusammengesunken und stierte zu Boden. Nur unter ihrer Wangenhaut zuckte es hin und wieder.

Nadine Berger hatte ihren ersten Schrecken überwunden. Sie packte eine mit Salat gefüllte Schüssel und schleuderte sie dem Fenster entgegen.

Klirrend zerbrach die Scheibe.

Kalte Luft fiel in das Zimmer. Wie Messer hingen noch die Scherbenspitzen im Kitt. Mit dem Ellbogen schlug Nadine sie aus dem Rahmen, während sich der Bürgermeister um Marion Mitchell kümmerte und sie auf die Beine zog.

Das Girl ließ alles willenlos mit sich geschehen.

Nadine war am Fenster stehengeblieben. Sie wollte sich gerade hinauslehnen, als sie plötzlich die kleine Gestalt mit der Teufelsfratze sah.

Sie stand direkt vor dem Fenster.

Nadine Berger war unfähig, etwas zu sagen. Ihre Gesichtszüge erstarrten, während das kleine Monster langsam seine rechte Hand mit dem Messer hob und ein wissendes Grinsen die breiten Lippen kerbte...

Ich fiel!

Vor mir befand sich die gnadenlose Tiefe. Zudem hatte ich die Augen weit aufgerissen, sah den Schaum der Brandung und hörte das Tosen der Wellen.

All diese Eindrücke nahm ich in Bruchteilen von Sekunden

wahr, bevor ich den großen Schlag verspürte, der meinen Körper erschütterte.

Ich war nicht unten zwischen die Klippen gefallen, sondern hatte unverschämtes Glück gehabt. Ein Vorsprung, der wie eine Nase aus der Felswand wuchs, hatte mich gerettet.

Vorläufig jedenfalls...

Ich lag schräg auf dem Felsen, der an einigen Stellen mit Moos bewachsen war und an anderen wiederum von Wind und Regen ausgewachsenes blankes Gestein zeigte. Meine Beine baumelten über dem Abgrund, doch zum Glück lag ich mit dem größten Teil des Oberkörpers auf der Felsplatte und konnte mich weiterziehen.

Es lag auf der Hand, daß sich der Zombie überzeugen würde, was mit mir geschehen war, und sicherlich würde er auch versuchen, mich zwischen die Klippen zu stürzen.

Ich kroch vor, denn ich hatte gesehen, daß die Felsnase praktisch in die Wand hineinwuchs und dort eine winzige Höhle bildete, wo ich mich zwar nicht verkriechen konnte, aber durchaus geschützt lag.

Die Hälfte meines Körpers wurde auf jeden Fall abgedeckt, als ich mich schließlich hinhockte und meinen Rücken gegen die rauhe Wand hinter mir preßte.

Nur allmählich beruhigte sich mein aufgeregter Herzschlag. Ich atmete wieder tiefer durch und wischte mir mit dem Jackettärmel den Schweiß von der Stirn.

Tief unter mir lag das Meer. Eine dunkle, wogende Oberfläche, die erst an den hervorspringenden Felsen gebrochen und aufgeschäumt wurde, so daß das Wasser in langen Fontänen hochspritzte und an der Wand wieder herablief.

Ein feiner Regen aus Staub und kleineren Steinen wischte vor mir in die Tiefe. Für mich ein Zeichen, daß sich der Zombie dicht am Rand aufhielt.

Was würde er tun?

Ich rührte mich nicht, wagte nicht zu atmen und hörte ein wildes Knurren.

Dann die rauhe Stimme und die abgehackt klingenden Worte, die mich hart trafen.

»Ich weiß, daß du nicht gefallen bist. Aber ich werde dich holen, Mensch!«

Das war ein Versprechen.

Nun ja, sollte er kommen. Meinen Optimismus hatte ich nicht verloren. Vielleicht deshalb nicht, weil ich soeben nur mit knapper Not einem fürchterlichen Tod entgangen war.

Ich lauerte.

Und der Untote kam. Wieder rutschte Gestein an mir vorbei, diesmal etwas mehr. Holloway würde Schwierigkeiten haben, wenn er die Wand herunterkletterte.

Ich hörte das Scharren und Rutschen, vernahm einen Fluch, aber der Kindermörder dachte nicht an Aufgabe. Er kletterte weiter.

Ich rückte etwas vor.

Und nun bewahrheitete sich die These, daß Zombies nicht denken können. Ein normaler Mensch in seiner Lage wäre nie so nach unten geklettert wie der Untote. Er hangelte sich einfach weiter, und ich sah plötzlich seine Füße.

Wenn das keine Chance war.

Um eine Winzigkeit rutschte ich weiter vor und streckte langsam die Arme aus.

Es mußte einfach klappen.

Dann griff ich zu.

Meine Hände glichen plötzlich Schraubstöcken, als sie die Gelenke des Zombies umklammerten.

Ein wilder Ruck, dem ein Fluch des untoten Mörders folgte, und ich ließ los.

Holloway hatte es nicht geschafft, sich an der glatten Felswand festzukrallen. Trotz seiner gewaltigen Kräfte war ihm dies nicht gelungen. Er hatte den physikalischen Gesetzen nachgeben müssen und wirbelte an mir vorbei in die Tiefe.

Ich warf mich hastig zurück, denn fast hätte mich der Körper noch gestreift und mitgerissen, so aber rauschte er in die Tiefe. Als ich ihm nachsah, erkannte ich trotz der herrschenden Dunkelheit den Körper mit den ausgebreiteten Armen und Beinen. Er flog wie ein Fallschirmspringer ohne Schirm.

Der Aufschlag ging im Tosen der Brandung unter. Ein normaler Mensch wäre tot gewesen, nicht dieser Zombie. Er würde überleben – und wiederkommen. Damit mußte ich rechnen.

Aber erst einmal mußte ich zusehen, wieder von dieser Felsnase, die mir das Leben gerettet hatte, wegzukommen. Was vorhin gut gewesen war, erwies sich nun als Hindernis.

Es würde wirklich nicht einfach sein, an der glatten Wand hochzuklettern. Ich streckte meine Arme in die Höhe, tastete über den Fels und suchte nach irgendwelchen Einkerbungen im Gestein, wo ich einigermaßen Halt finden konnte.

Links von mir – ich mußte mich schon weit strecken – existierte ein schmaler Spalt. Nicht breiter als eine Kinderhand. Dort faßte ich zu, fand da den Haltepunkt und suchte mit meiner rechten Hand nach weiteren Stützen.

Die gab es auch.

Ich will nicht lange meine Kletterei beschreiben, auf jeden Fall kam ich oben an.

Wie, das wußte ich selbst nicht. Ich lag hinterher zerschunden und völlig erschöpft auf dem Bauch und rang verzweifelt nach Atem. Meine Lungen schienen zugestopft zu sein, und es dauerte wirklich Minuten, bis ich mich wieder auf die Beine quälen konnte.

Trotzdem torkelte ich noch wie ein Betrunkener, aber mein Gehirn arbeitete klar und präzise.

Noch hatte ich keinen Gegner erledigt.

Weder die drei Teufelskinder noch den Zombie, der sicherlich zurückkommen würde.

Ich dachte auch an die Menschen, die sich in großer Gefahr befanden. Hatten sie es überstanden, oder waren ihnen die teuflischen Geschöpfe zuvorgekommen?

Ich wollte schon losrennen, als mir einfiel, daß ich unbewaffnet war. Die beiden dicht nebeneinanderstehenden Steine waren schnell zu finden. Und ich hatte auch sehr bald mein Kreuz wieder.

Fehlte die Beretta. Wo konnte die Pistole nur gelandet sein? Ich vergegenwärtigte mir noch einmal die gefährliche Situation und rechnete nach. Anschließend ging ich in die Richtung, in der ich die Waffe vermutete.

Fast wäre ich darüber gestolpert.

Als ich die Beretta in meiner Hand spürte, fühlte ich mich wohler. Und nun hielt mich nichts mehr...

Nadine Berger zuckte zurück. Obwohl sie nichts sagte, wußte der Bürgermeister sofort, wer dort vor dem Fenster stand. Er schaute die Schauspielerin an.

Nadine nickte.

»Dann ist es aus«, flüsterte Kiboran.

»Wenn nur John Sinclair hier wäre«, hauchte Nadine.

»Er könnte uns auch nicht mehr helfen.«

Sie fuhr herum. »Doch, Mr. Kiboran. Er könnte es. Ich kenne ihn und vertraue...«

»Aber Sie haben doch gehört, was diese kleinen Monster uns gesagt haben. Sinclair wird auf Holloway getroffen sein. Und was will er gegen solch eine Gestalt ausrichten?«

»Viel.«

»Davon sehe ich nichts.«

Nadine atmete tief ein. Sie konnte den Bürgermeister verstehen, aber sie erinnerte sich auch an eine Situation, als Dr. Tod sie in seinen Klauen gehabt und sie so gut wie keinen Ausweg mehr gesehen hatte, wie dann John Sinclair aufgetaucht war und ihm ihre Befreiung aus den Händen dieses Satans gelang.

Damals war es jedoch nur ein Gegner gewesen. Hier hatten sie es mit drei teuflischen Wesen zu tun.

Das war schlimmer...

Sie dachte an ihren Fast-Verlobten. Ein Messer hatte ihn getötet. Natürlich empfand Nadine Trauer, aber nicht so stark, wie es eigentlich der Fall hätte sein müssen. Ihre Bindung zueinander war doch nicht so eng gewesen.

Dumpfe Schläge gegen die Tür unterbrachen die Gedanken der Schauspielerin.

Nadine zuckte zusammen.

»Jetzt versuchen sie es schon von zwei Seiten«, sagte der Bürgermeister. In seiner Stimme schwang Panik mit.

»Sollen wir nicht doch aus dem Fenster klettern?«

Heftig schüttelte Kiboran den Kopf. »Nein, ich will nicht in ein Messer laufen.«

»Aber wir können auch nicht durch die Tür.«

»Das stimmt...«

Wieder erzitterte sie unter einem Ansturm. Die beiden Menschen sannen fieberhaft über einen Ausweg nach. Man müßte einen Gegenstand haben, mit dem man sich verteidigen kann, dachte Nadine. Ihre Blicke irrten durch den Raum, flogen auch über das Kalte Büfett, das nur zum Teil abgedeckt war, und plötzlich wurden ihre Augen groß.

»Was ist?« fragte der Bürgermeister.

Anstelle einer Antwort deutete Nadine auf einen Gegenstand, der dicht neben dem Stangenbrot lag.

Ein Messer!

»Ich nehme es«, sagte sie mit kaum zu verstehender Stimme. »Und dann klettere ich durch das Fenster...«

»Nein, die sind stärker!«

»Dann schlagen Sie doch etwas anderes vor, verdammt!«

»Ich weiß nichts.«

»Deshalb nehme ich das Messer!« Nadine Berger ließ sich nicht beirren. Sie griff zu.

Ihre Finger umklammerten den braunen Holzgriff. Tief saugte sie die Luft ein. Sie hatte sich entschlossen, zuzuschlagen, und sie würde sich durch nichts davon abhalten lassen. »Wenn ich dieses Wesen erledigt habe, können Sie mit dem Mädchen folgen«, sagte sie krächzend.

Kiboran nickte. Aufgeregt beobachtete er, wie Nadine auf das Fenster zuschritt. Sie ging steif wie eine Marionette, aber auch sehr entschlossen.

Hart umklammerten die fünf Finger der rechten Hand den Griff. Die Klinge wies zu Boden. Nadine wollte das Messer von oben nach unten ziehen. Vor dem Fenster blieb sie stehen.

Sie schaute durch die zerbrochene Scheibe. Viel sah sie nicht, da sich um das Haus herum die Dunkelheit zusammenballte. Der Nachtwind blies ihr ins Gesicht und wehte auch winzige Scherbenreste aus dem Rahmen. Von dem teuflischen Kind konnte sie nichts sehen, es hatte sich zurückgezogen. Nadine rechnete fest damit, daß es irgendwo auf sie lauerte.

Es fiel ihr schwer, jetzt noch standhaft zu bleiben. Der Mut hatte sie etwas verlassen, aber wuchtige Schläge gegen die Tür bestärkten sie wieder in ihrem Vorhaben.

Sie durfte jetzt nicht mehr zögern. Auch wenn die Tür noch so stabil war, irgendwann würde sie brechen. Und diese kleinen Monster hatten mehr Kraft als normale Kinder, davon war die Filmschauspielerin fest überzeugt.

Sie beugte sich vor.

Ihr Blickwinkel wurde jetzt besser. Nadine verdrehte die Augen, so daß sie etwas zur Seite schielen konnte.

Erst nach links, dann nach rechts.

Nichts zu sehen.

»Was ist?« zischte Kiboran hinter ihr.

»Es scheint nicht mehr da zu sein.«

»Wirklich?« Hoffnung klang in der Frage mit.

»Mal sehen.« Nadine Berger riskierte etwas. Sie kletterte auf die hohe Fensterbank und duckte sich, damit sie von den restlichen Scherbensplittern nicht getroffen wurde.

Dann holte sie noch einmal tief Luft, stieß sich ab und sprang nach draußen.

Sie kam gut auf, knickte nicht mit dem Fuß um und lief zwei Schritte vor, um sich rasch umzudrehen.

Das Geschöpf kam aus dem Schatten der Hauswand. Nadine sah die huschende Bewegung und nahm auch das Blitzen der gefährlichen Messerklinge wahr.

Wahllos stieß sie ein paarmal zu.

Sie spürte Widerstand, sah das verzerrte Gesicht dicht vor sich, die Faust mit dem Messer, zuckte zurück, spürte den brennenden Schmerz an der Schulter, gleich darauf auch an der Hüfte und wußte, daß sie getroffen war.

Diese Erkenntnis lähmte ihre Reaktionen. Nadine lief zurück, stolperte und fiel.

Gräßlich lachte das Geschöpf auf.

Nadine lag am Boden, sah das kleine Monster über sich, das ihr plötzlich sehr groß vorkam.

Auf der teuflischen Fratze spiegelte sich Triumph wider, die Augen schimmerten rötlich und rollten in den Höhlen.

Nadines Blick irrte ab, streifte das Fenster, sie sah dort den

Bürgermeister, dessen Gestalt sich vor der Helligkeit abhob. Sie wollte schreien, doch kein Laut drang aus ihrem Mund.

Das teuflische Geschöpf vor ihr lebte, obwohl sie es ein paarmal getroffen hatte.

So war es nicht zu töten.

Da warf sich das kleine Monster nach vorn und stieß wuchtig zu...

Im selben Moment krachte ein Schuß.

Das helle, peitschende Geräusch rollte über das Plateau. Die Bewegung des teuflischen Kindes wurde gestoppt, der Einschlag des Geschosses trieb es zur Seite, und das kleine Monster prallte neben Nadine Berger zu Boden.

Schreiend blieb es liegen.

Eine Gestalt hetzte heran.

Das war ich!

Ich hatte den Schrei des Bürgermeisters gehört und war schon auf dem Weg zum Eingang gewesen, als es mich herumgerissen hatte. Ich hatte die Szene nur schattenhaft erkannt, aber sofort meine richtigen Schlüsse daraus gezogen.

Der Schuß hatte Nadine Berger das Leben gerettet.

Ich lief zu ihr.

Sie lag am Boden, hatte sich zusammengerollt und schluchzte. Ihre Schultern bebten, wie im Kampf hielt sie das Messer mit der langen Klinge fest, das ich ihr vorsichtig aus der Hand wand.

Ich schleuderte es weg.

Erst dann sah ich nach dem Teufelskind.

Meine Silberkugel hatte es in den Kopf getroffen. Nichts war davon übriggeblieben, nur noch den Rumpf sah ich, der jetzt aber in das Stadium der Verwesung überging und langsam verfaulte.

»Nadine!« flüsterte ich. »Alles okay?«

Sie öffnete die Augen und richtete sich auf. »John!« hauchte sie und blickte mich an, als könnte sie es gar nicht begreifen, daß ich es war, und dann rief sie wieder, aber diesmal stärker:

»John!«

Es war ein Schrei, ein Ruf der Verzweiflung und der Erleichterung. Sie warf ihre Arme hoch, umklammerte meinen Nacken und preßte sich eng an mich.

»Mr. Sinclair!«

Der nächste Ruf riß mich aus meiner momentanen Lethargie. Ich stieß Nadine von mir, drehte mich und sah den Mann am Fenster. Bürgermeister Kiboran winkte, dann verschwand er mit einem grotesk wirkenden Sprung, und ich sah einen anderen Schatten, einen wesentlich kleineren.

Das Teufelskind...

Ich rannte los.

Die Zeit, erst den normalen Weg zu nehmen und durch den Eingang das Haus zu betreten, nahm ich mir nicht. Ich hätte wertvolle Sekunden verloren.

Mein Ziel war das Fenster!

Ich prallte fast gegen die Mauern, so viel Mühe bereitete es mir, den eigenen Schwung zu bremsen. Die Beretta steckte ich in den Hosenbund, meine Arme flogen hoch, und es gelang mir, den Rand der Fensterbank zu umklammern.

Hastig zog ich mich hoch.

Ein Klimmzug reichte. Ich hockte gekrümmt auf der Bank und blickte ins Zimmer.

Dort war die Hölle los.

Den teuflischen Wesen mußte es gelungen sein, die Tür einzutreten. Sie lag auf dem Boden, beide Monster befanden sich im Raum und attackierten Marion Mitchell und den Bürgermeister. Von Don Mitchell sah ich nichts.

Das Mädchen befand sich in größerer Gefahr, während sich Kiboran zurückgezogen und den langen Tisch zwischen sich und eines der Geschöpfe gebracht hatte.

Mit Schwung sprang ich in den Raum.

Genau in dem Augenblick drehte sich das Geschöpf um, das Marion angreifen wollte.

Ein fauchender Laut wehte mir entgegen. Ich sah das Messer und die nach oben zeigende Klinge.

Voll würde ich hineinspringen...

Da fegte, als ich mich noch in der Luft befand, mein linkes Bein vor. Die Fußspitze rammte gegen den Messerarm des kleinen Monsters und schleuderte das Wesen zurück.

Ich kam gut auf, knickte allerdings zur linken Seite weg, fing mich aber sofort wieder und nahm meine Beretta in die rechte Hand.

Das zweite Wesen griff an. Es hatte von dem Bürgermeister gelassen und stürmte auf mich los.

Ich packte den Tisch unter dem Rand und hievte ihn hoch. Es war eine wilde, kraftvolle Bewegung, und ich erzielte damit auch den nötigen Erfolg. Die Schüsseln und Schalen machten sich selbständig, sie rutschten dem kleinen Monster entgegen, und der Tisch kippte um.

Das Teufelskind wurde unter dem Tisch begraben!

»Vorsicht!« schrie der Bürgermeister.

Ich sprang zur Seite und wirbelte gleichzeitig herum.

Das zweite Wesen hatte den Arm bereits erhoben, um das Messer zu schleudern.

Ich war schneller.

Vor dem Lauf der Beretta blitzte es auf. Das Wesen kam nicht mehr dazu, sein Messer zu werfen, denn das geweihte Silbergeschoß warf es zurück, bis es vor der Wand aufgehalten wurde.

Noch ein Gegner.

Jetzt erst bemerkte ich, welch eine Kraft in den kleinen, aber gefährlichen Wesen steckte. Es hievte den schweren Tisch hoch und wollte ihn mir entgegenkippen.

Ich kam nicht schnell genug weg, so daß die Kante über mein Schienbein schrammte.

Es tat verflucht weh, und ich verzog das Gesicht.

Das kleine Monster jedoch griff nicht an, sondern lief auf das Fenster zu.

Dicht davor setzte es zu einem Sprung an. Mit einem Satz wollte es sich durch die Scheibe schnellen.

Dagegen hatte ich etwas.

Mein Schuß krachte.

In der Luft wurde das dritte Teufelskind herumgewirbelt, knallte gegen die innere Fensterbank und rutschte mit der Hälfte des Oberkörpers über die Brüstung.

So blieb es liegen.

Und so verging es auch.

Das Teufelsgesicht zerfiel, und der Körper ging über in das Stadium der Verwesung.

Wie bei den beiden anderen...

Ich steckte die Waffe weg und nickte dem Bürgermeister zu. »Die Gefahr ist vorbei«, sagte ich.

»Ja«, flüsterte er.

Mehr konnte er nicht sagen. Ich aber wies ihn an, sich um Nadine Berger zu kümmern. »Holen Sie sie her.«

Er nickte und verschwand durch die Tür. Er ließ sie offen, und ich konnte in die Halle schauen.

Dort sah ich Don Mitchell.

Er lag dicht vor der Treppe, und für mich stand fest, daß ihm kein Arzt der Welt mehr helfen konnte.

Diese teuflischen Wesen hatten sich ein zweites Opfer geholt.

Ich ging zu Marion Mitchell. Sie hatte sich während der gesamten Zeit nicht gerührt, sondern auf dem Boden gesessen und sich mit dem Rücken an die Wand gelehnt.

Den Kopf hielt sie gesenkt. Mir schwante Böses, als ich sacht ihr Kinn anhob.

Willenlos ließ sie es geschehen.

Ich sah auch den Grund.

Das Mädchen hatte keinen eigenen Willen mehr. Marion Mitchell war wahnsinnig geworden. Die vorausgegangenen Ereignisse – vielleicht auch der gewaltsame Tod ihres Bruders – hatten einen grausamen Tribut gefordert.

Sie blickte durch mich hindurch, erkannte mich nicht, und als ich sie ansprach, drang ein irres Lachen aus ihrem Mund.

Ich hob sie hoch. Zum Glück blieb sie auf ihren eigenen Beinen stehen. Dann sah sie die offene Tür und tanzte in die Halle, wo soeben Nadine Berger und der Bürgermeister erschienen. Die Schauspielerin wurde von Kiboran gestützt.

Ich sah sofort, daß sie etwas abbekommen hatte. Sie blutete aus zwei Wunden. Einmal war sie an der Schulter und dann in Höhe der Hüfte getroffen worden.

Ich dirigierte Marion zu einem Stuhl, auf den sie sich apathisch niederließ.

Dann kümmerte ich mich um Nadine. Die Wunden waren nicht schlimm, sie schmerzten nur, würden jedoch schnell verheilen. Sicherlich gab es in diesem Haus einen Verbandskasten. Der Bürgermeister wollte oben im Bad nachsehen.

»Du hast es also doch noch geschafft«, flüsterte Nadine, wobei sie immer wieder von Weinkrämpfen geschüttelt wurde.

»Ja, natürlich.«

»Aber die anderen haben nicht daran geglaubt. Nur ich.«

Was sollte ich dazu sagen? Ich hatte ja selbst nicht mehr damit gerechnet, nach dem, was alles geschehen war. Aber das konnte ich ihr nicht sagen und meinte deshalb: »Na ja, irgendwie packe ich es immer, kleine Nadine.«

»Ich weiß, John, ich weiß.« Bevor ich mich versah, preßte sie ihre Lippen auf meinen Mund und schob ihre kleine Zungenspitze zwischen meine Zähne.

Der Kuß sagte alles...

Ein Räuspern ließ uns auseinanderfahren. Der Bürgermeister stand mit der Hausapotheke bereit. »Nicht, daß ich unbedingt stören will, aber es ist wichtig...«

Ich lachte. »Schon gut.«

Es stellte sich heraus, daß Kiboran einen Kursus als Sanitäter mitgemacht hatte. Er verstand etwas von der Ersten Hilfe und verband Nadines Wunden fachmännisch.

Ich sah mich um.

Es war ein schauriges Bild, das diese Halle bot. Vor allen Dingen mit dem Toten an der Treppe. Und in der oberen Etage lag noch eine zweite Leiche.

Sie abzutransportieren war Sache der Polizei. Nur wollte ich sie noch nicht einschalten, denn der Fall war noch nicht beendet. Das sagte ich auch den beiden.

»Dann... dann müssen wir damit rechnen, daß Rick Holloway hierher zurückkehrt?« fragte der Bürgermeister.

Ich nickte.

»Und?«

Ich lächelte schwach. »Eine erkannte Gefahr ist nur halb so schlimm«, erklärte ich. »Ich werde hier auf Holloway warten.«

»Wie?«

»Ich setze mich hier in die Halle!«

»Aber schaffen Sie das denn?«

»Und ob er das schafft«, erwiderte Nadine Berger, wobei ihre Augen blitzten. »Da kennen Sie John Sinclair aber schlecht, Mr. Kiboran. Hat er uns nicht auch aus der Klemme geholfen?«

»War ja nur eine Frage. Entschuldigung.«

Ich winkte ab.

»Da ist noch etwas«, sagte mir der Bürgermeister. »Diese Standuhr muß mit Holloway in einem unmittelbaren Zusammenhang stehen. Ich weiß nicht, wie ich es ausdrücken soll, aber die Uhr scheint für ihn eine Art Seele zu sein.«

Ich fuhr mit dem Zeigefinger über meinen Nasenrücken. »Das war gar nicht schlecht, Herr Bürgermeister. Und sicherlich haben Sie ziemlich genau den Kern des Problems getroffen. Ja, eine Art Seele. So könnte man es sehen.« Ich öffnete die Zimmertür und schaute auf die Uhr. Sie stand völlig normal an der Wand. »Würden Sie mir helfen, das Ding in die Halle zu schleppen?«

Kiboran nickte.

Die Uhr war schwer. Doch in gemeinsamer Arbeit gelang es uns, sie in die Halle zu verfrachten.

Ich ging noch einmal nach draußen, öffnete die Kofferraumhaube und nahm eine bestimmte Waffe hervor.

Desteros Schwert!

Im harten Kampf hatte ich es dem Dämonenhenker abgenommen. Nun gehörte es mir. Ich hatte es in einer weichen Lederscheide stecken. Die ließ ich liegen und nahm nur das Schwert.

Auf dem Weg ins Haus besah ich mir die Klinge. Sie schimmerte bläulich und war fantastisch geschliffen. Dieses Schwert war wirklich etwas Besonderes. Ich konnte stolz darauf sein, es in den Händen zu halten. Vor knapp einer Woche hatte ich es bekommen und wollte es nun zum ersten Mal einsetzen.

Der Bürgermeister und Nadine Berger sahen mich überrascht an, als ich mit dieser Waffe zurückkehrte.

»Was wollen Sie denn damit?« fragte Kiboran.

Meine Antwort klang diplomatisch. »Lassen Sie sich überraschen, Herr Bürgermeister…«

Die Eingangstür befand sich mir direkt gegenüber. Ich saß auf einem Stuhl und wartete.

Hinter mir stand die Uhr. Das Schwert hatte ich über meine Knie gelegt, das Kreuz hing offen vor meiner Brust.

So erwartete ich den Zombie!

Nadine Berger, den Bürgermeister und Marion Mitchell hatte ich nach oben geschickt. Sie sollten erst wieder in die Halle kommen, wenn alles vorbei war.

Die Zeit kann lang werden, wenn man da hockt und wartet. Hinter mir vernahm ich das Ticken der Uhr. Im Anfang hatte es mich ein wenig beunruhigt, jetzt war ich daran gewöhnt.

Ein paarmal schon hatte ich nachgerechnet, wie lange es wohl dauern würde, bis der Zombie kam. Wenn er an der Felswand hochklettern wollte, konnte ich hier warten, bis ich Schimmel angesetzt hatte. Sicherlich gab es noch einen anderen Weg, der in Wasserhöhe zwischen die Felsen schnitt und dann zu einem begehbaren Pfad wurde.

Neben mir stand eine Flasche mit Mineralwasser. Hin und wieder nahm ich einen Schluck.

Längst hatte die Uhr elfmal geschlagen, und ich fragte mich, ob Holloway überhaupt noch vor Mitternacht eintreffen würde. Das Licht brannte jedenfalls, so wurde ihm der Weg gewiesen.

Fast vierundzwanzig Uhr.

Nur noch drei Minuten fehlten.

Meine innere Spannung wuchs. Ich ahnte, daß der Untote bald eintreffen würde. Das hatte ich gewissermaßen im Gefühl, spürte es in den Fingerspitzen.

Drei Minuten können sich ganz schön in die Länge ziehen, dann aber war es soweit.

Mitternacht!

Für einen Moment hörte das Tick-Tack der Uhr auf. Danach begann sie zu schlagen. Zwölfmal...

Und mit dem letzten Schlag wurde die Eingangstür mit Vehemenz aufgetreten.

Der Zombie war da!

Ich blieb nicht sitzen, sondern stand auf.

Die Tür fegte bis zur Wand und wurde von dort wieder zurückgeschleudert. Hinter dem Rücken des Zombies knallte sie ins Schloß. Breit, wuchtig und gefährlich stand Rick Holloway da.

Aber wie sah er aus!

Der Sturz mußte ihm einige Knochen gebrochen haben. Eine Schulter saß schief, ein Arm stand schräg ab, der Kopf war an der rechten Seite gesplittert.

Aber er spürte keine Schmerzen, er lebte weiter und wollte mich töten.

Langsam kam er näher.

Ich trat zur Seite und stieß den Stuhl weg, der mich jetzt in meiner Bewegungsfreiheit störte. Mit beiden Händen hielt ich den Schwertgriff fest.

Ich würde die Waffe zum ersten Mal einsetzen, aber nicht gegen Rick Holloway.

Mein Plan sah anders aus.

Fünf Schritte war er noch von mir entfernt, als ich mit ungeheurer Wucht zuschlug.

Seitlich hämmerte ich die Klinge gegen die alte Standuhr. Es klimperte, splitterte, Holz brach, das Pendel flog von einer Seite zur anderen, und mit den Gewichten war es das gleiche Spiel.

Holloway aber schrie.

Sein Lauf wurde plötzlich gebremst, er knickte seitlich ein und hatte Mühe, sich auf den Beinen zu halten.

Der zweite Schlag.

Diesmal traf ich die Uhr von vorn. Die scharfe Klinge sägte in das Holz, schlitzte es auf, und ich vernahm einen gellenden Schrei.

Holloway zuckte zusammen. Er schüttelte sich wie im Fieber, und als ich mit dem dritten Hieb die Uhr fast in der Mitte auseinanderschlug, fiel er zu Boden und wälzte sich schreiend um die eigene Achse.

Es stimmte.

Zwischen der Uhr und Rick Holloway bestand eine magische Verbindung, die ich jetzt stufenweise zerstörte.

Drei Schläge hatten gereicht, der Untote lag am Boden. Aber ich wollte mehr.

Der vierte Schlag sollte alles klarmachen.

Weit holte ich aus. Und diesmal zielte ich auf das Herz der Uhr, das Zifferblatt.

Desteros Schwert hieb es in zwei Teile. Es gab erst einen singenden Ton, der dann in ein gewaltiges Kreischen überging, das sich wieder änderte und zu einem Fauchen wurde.

Plötzlich quoll Rauch aus der Schnittstelle, der rot gefärbt war und aus dem sich eine Teufelsfratze materialisierte, in die ich den nächsten Schlag setzte.

Das Schwert zerteilte den Rauch, aber er zerfaserte auch so, und ich hörte nicht nur ferne Schreie, die aus irgendeiner anderen Dimension zu kommen schienen, sondern vernahm auch die lauten Todesrufe des Zombies.

Rick Holloway starb.

Als ich mich umdrehte, bot sich mir ein schauriges Bild.

Mit dem letzten gezielten Schlag hatte ich nicht nur das Zifferblatt geteilt, sondern auch die Gestalt des Untoten.

Rick Holloway existierte nicht mehr. Und mit einem letzten Krachen brachen auch die Reste der Teufelsuhr zusammen.

Ich hatte auf der ganzen Linie gesiegt. Und es war ein verdammt gutes Gefühl, Freunde.

Ich hatte mit meinem Chef, Superintendent Powell, gesprochen. Zwar war er von mir aus dem Bett gerissen worden, doch das machte ihm nichts. Sir James versprach mir jegliche Rückendeckung und verwies mich auf einen Commissioner, der für Wales zuständig war.

Ihn trommelte ich aus dem Bett.

Eine halbe Stunde später war dann alles geklärt. Die Toten wurden weggeschafft.

Nadine Berger weinte, als man Don Mitchell in den Zinksarg legte und ihn hinaustrug. Seine Schwester saß schon in einem Kastenwagen. Sie sprach mit sich selbst. Vielleicht hatte sie Glück und würde bei entsprechender Behandlung gesund und aus der Anstalt entlassen.

Wir mußten uns noch längere Zeit in dem Haus aufhalten. Es

galt, zahlreiche Fragen zu klären, und sogar der Commissioner persönlich traf ein. Mit ihm redete ich lange unter vier Augen.

Wir trennten uns in beiderseitigem Einvernehmen.

Es wurde schon hell, als wir das Haus auf den Klippen verließen. Nadine ging neben mir.

»Du kannst mit mir fahren«, schlug ich vor.

»Gern.«

Wir verabschiedeten uns von dem Bürgermeister, der diesen Tag wohl nie vergessen würde.

»Willst du direkt nach London?« fragte Nadine viel später, als wir durch die hügelige Landschaft von Wales rollten.

»Nein, ich kann noch einen Tag ausschlafen. Wieso?«

Sie lächelte etwas verkrampft. »Weil es nicht weit von hier ein nettes kleines Hotel gibt, dessen Besitzer ich gut kenne. Wir haben dort mal einen Fernsehfilm gedreht und die Abende feucht-fröhlich in der Hotelbar verbracht.«

Natürlich erinnerte sich der Besitzer an Nadine Berger. Wir erhielten auch ein Zimmer.

Ich blickte überrascht auf das Französische Bett.

»Und da sollen wir schlafen?« fragte ich mit etwas kratziger Stimme.

Nadine nickte mir zu. »Warum nicht?«

Ja, Freunde, warum eigentlich nicht? Schließlich bin ich auch nur ein Mann, und wer Nadine Berger kennt, der kann meine Antwort sehr gut verstehen...

ENDE

Band 73 918

Jason Dark
Todesträume

Dieser Band enthält folgende JOHN SINCLAIR-Romane:

Die Mörder-Blumen
Der Leichenbrunnen
Die Eisvampire
Der Zyklop aus der Hölle
Mr. Mondos Monster
Königin der Wölfe
Der Todesnebel
Dr. Tods Horror-Insel

Erleben Sie in diesem Band mit, wie Jane Collins ein Opfer der Vampir-Blumen wird, wie John den Zombie Baxman zur Strecke bringt, wie Myxin einen Vampir beschwört und wie Will Mallmann im Teufelsmoor bei Bremen einen Zyklopen jagt. John gerät in die Fänge des Monstermachers Mr. Mondo, wird zum Werwolf und verliebt sich in Lupina, die Königin der Wölfe. Und dann lernen er und Suko den menschenmordenden Todesnebel kennen und sind dabei, als Dr. Tod in der Nordsee Vampiro-del-mar, den Kaiser der Vampire, zu neuem Leben erweckt...

BASTEI
LÜBBE